D1465032

MAXI

1.ª edición: junio, 2016

© Antonio Cabanas, 2008
© Ediciones B, S. A., 2016
   para el sello B de Bolsillo
   Consell de Cent, 425-427 - 08009 Barcelona (España)
   www.edicionesb.com

Printed in Spain
ISBN: 978-84-9070-269-7
DL B 8789-2016

Impreso por RODESA
         Pol. Ind. San Miguel, parcelas E7-E8
         31132 - Villatuerta-Estella, Navarra

El sueño milenario

Antonio Cabanas

MAXI

A Dolores, mi madre, con cariño

¡Oh, Egipto, Egipto, de tu religión nada quedará más que fabulosas leyendas que ni tus propios hijos creerán, y tan solo sobrevivirán, grabadas en la piedra, palabras que nos hablen de tu sabiduría!

HERMES TRISMEGISTO

LA LEYENDA

Hace tres mil años...

La oscuridad lo devoraba todo. Hambrienta hasta la desesperación, parecía haberse hecho corpórea engullendo cuanto le rodeaba con implacable ansia. Sin duda, ese era su privilegio, aunque no por ello dejara de infundir angustia y desasosiego a las dos figuras que luchaban denodadamente por abrirse paso por entre tan siniestro manto.

¿Eran humanas?, ¿o acaso solo desventuradas ánimas venidas desde alguna de las *puertas del inframundo* por las que discurrían las *doce horas de la noche*?

Difícil saberlo, de no ser por el ruido de sus pisadas, que parecían conducirles a las mismas entrañas de la Tierra. Aquellas delataban su verdadera naturaleza, lejana a la de cualquier genio o súcubo, aunque bien hubiera podido asegurarse que pertenecían a algún hijo de la noche.

Sin embargo, aquellos dos hombres nada tenían que ver con el reino de las sombras, y mucho menos formaban parte de él, y solo su afición desmedida a transitar por tan lúgubres dominios hacía que parecieran aspirar a cierto grado de parentesco con las criaturas propias de semejante submundo. Mas sobre su linaje no cabía duda alguna, pues descendían de una estirpe de reyes cuya grandeza los había llevado a ser considerados dioses entre los hombres, señores absolutos del país de Kemet. Su augusto padre, Usimare Setepenre, vida, fuerza y prosperidad le fueran dadas, era una buena prueba de ello, pues su memoria habría de ser recordada durante los milenios venideros, siendo considerado como el más grande de los faraones de Egipto: Ramsés II.

Deambulando entre la negrura, ambos hermanos apenas acertaban a atisbar cuanto los rodeaba, pues la antorcha que portaba uno de ellos más parecía destinada a alimentar aquellas tinieblas que a alumbrarlos. Hacía casi una hora que recorrían los más lóbregos pasajes envueltos en difusos velos de polvo y misterio, como dos penitentes en busca del perdón del guardián de las necrópolis. Pero este no parecía tener especial interés en atender sus plegarias, pues los zahería inmisericorde rodeándolos de un ambiente agobiante donde el aire parecía no existir, como si estuvieran en el mismísimo infierno.

¿Acaso no habían osado aventurarse en sus dominios, allí donde solo los muertos habitan y los más extraños conjuros se dan cita para velar por su eterno descanso? ¿Acaso sus temerarios pasos no les encaminaban hacia las puertas del reino de Osiris, señor del Más Allá? Él, Anubis, dios de los muertos, abominaba de todo aquel que tuviera el atrevimiento de cruzar el umbral de los vivos, aunque se tratara de príncipes.

—Hermano —dijo el que parecía más joven—, creo que nos hemos perdido.

El aludido lo miró con su habitual gesto inexpresivo, captando al instante la angustia en aquel rostro apenas iluminado.

—Ya hemos pasado por aquí antes —volvió a decir el menor de los hermanos—. Estoy seguro de ello, Khaemwase.

Este asintió en silencio en tanto observaba de nuevo la difusa imagen de su hermano recortándose entre las sombras. Aquel lugar había resultado ser un auténtico laberinto, una profusión de cámaras y pasadizos difíciles de imaginar que, no obstante, tampoco le causaban extrañeza. Las necrópolis de Egipto se hallaban plagadas de túmulos como aquel, construidos para que solo el alma del difunto pudiera encontrar la salida. Nada tenían que hacer allí los hombres, y él lo sabía.

Suspiró mientras apoyaba una de sus manos en los bajorrelieves que cubrían la cercana pared. A través de ellos, Khaemwase pudo sentir el significado de las letanías que adornaban aquellos muros y que habrían de ayudar al finado en su postrer viaje, aquel que le conduciría al reino de Osiris; magia en estado puro, sin duda.

Pero si había alguien en Egipto capaz de captarlas en toda su magnitud, sin lugar a dudas ese era él, Khaemwase, sumo sacerdote del dios Ptah y primer mago de Kemet, el País de la Tierra Negra. En realidad eran tantos los títulos que engalanaban su persona que nadie en Egipto, salvo su padre el faraón, podía comparársele. De hecho, era bien sabido por todos la predilección que este sentía hacia el cuarto de sus vástagos, al que quería y respetaba tanto por su rectitud como por sus grandes conocimientos. La sabiduría del príncipe Khaemwase era reconocida por todas las gentes que poblaban el Valle del Nilo, que conocían bien su desmedida afición por sacar a la luz las huellas olvidadas de su ancestral cultura. No les resultaba extraño, por tanto, ver al príncipe explorando las viejas necrópolis en busca de misteriosos vestigios del pasado. Además, su fama de estudioso de los más indescifrables papiros y su dominio sobre arcanos conjuros hacían que su figura resultara cautivadoramente enigmática y, por ende, vinculada a una naturaleza solo reservada a los magos.

Khaemwase volvió a mirar a su hermano, que, con mano temblorosa, asía una frágil antorcha cuya luz parecía desvanecerse por momentos, cada vez más trémula, y se arrepintió de haberle invitado a acompañarle.

Indudablemente, aquella no era la primera vez que Khaemwase se aventuraba en el interior de una tumba, aunque justo era reconocer que esta, en particular, le estaba resultando mucho más extraña de lo que hubiera imaginado. Todavía recordaba la tarde en que penetró en el complejo funerario del faraón Djoser III en Saqqara. Las entrañas de la pirámide escalonada que este rey se hiciera erigir más de mil años atrás le habían producido una impresión imborrable, ya que, al adentrarse en sus casi seis kilómetros de túneles y pasadizos, había estado a punto de perderse, y solo la ayuda de uno de sus hombres le había hecho encontrar la salida cuando se hallaba, confuso y asustado, en medio de un complejo entramado de cámaras y pasillos que parecían no tener fin.

El lugar en el que ahora se encontraban no podía compararse, en modo alguno, con la magnífica sepultura que Djoser se hiciera construir siglos atrás y, sin embargo, había resultado tan laberíntico como esta. Su hermano, el príncipe Anhurerau, tenía razón al advertirle que ya habían pasado con anterioridad por aquel túnel, haciéndole ver de esta forma que se encontraban perdidos.

Khaemwase no pudo sustraerse a un cierto sentimiento de culpabilidad. Él había elegido a uno de sus hermanos menores, famoso por su valentía, para que le acompañara en aquella singular misión, sin considerar lo poco que vale el temple de los hombres cuando se tratan asuntos que solo conciernen a los dioses. El hecho de que siempre hubiera sido respetuoso con todas las sepulturas en las que entrara con anterioridad de nada valía ahora, pues aquella tumba encerraba un secreto que nunca debió haber pertenecido a criatura alguna, por haber sido concebido en el fusor de la divina sabiduría.

Para Khaemwase, la búsqueda de aquella tumba había llegado a convertirse en una verdadera obsesión. Durante años había investigado en los archivos sagrados de los templos, estudiando antiguos papiros ya casi olvidados. Su afán de conocimiento le empujaba irremisiblemente a ello, como parte del destino que la diosa Mesjenet trazara para él en el día de su nacimiento. Por eso, cuando averiguó la situación del ansiado sepulcro, se vio presa de una euforia desmedida que llegó a sorprender hasta a su divino padre, el faraón. Ante semejante actitud, Ramsés II no tuvo más remedio que autorizarle la entrada a aquella sepultura, confiando en el buen juicio que su hijo siempre demostraba y en el respeto que, invariablemente, testimoniaba hacia las sagradas leyes.

Así fue como, aquella mañana, el príncipe se encaminó en compañía de su hermano Anhurerau y algunos obreros a la necrópolis de Saqqara, donde, tras despejar la arena que cubría la entrada de la tumba, forzaron su puerta, sellada muchos siglos atrás.

Los hombres que le acompañaban suspiraron aliviados al recibir la orden de permanecer fuera, a la vez que se cruzaban temerosas miradas al ver como ambos hermanos desaparecían en el interior del sepulcro. «Al fin y al cabo, ellos eran obreros de la necrópolis y si los príncipes habían decidido turbar el descanso eterno del difunto allí enterrado, ese no era asunto que les incumbiera, pues solo si les obligaban a hacerlo les acompañarían.»

Khaemwase sabía muy bien lo que pensaban aquellos hombres, pues no en vano eran fieles cumplidores de los sagrados preceptos, y todavía recordaba las expresiones de sus rostros al verles adentrarse en aquel túmulo, cuando la angustiosa voz de su hermano le hizo regresar de sus pensamientos. Al parecer, debía de llevar tiempo llamándolo, pues su tono era, en verdad, quejumbroso.

—Hermano, ¿te encuentras bien? Contesta. ¡Oh, genios del *Amenti*! —le escuchó decir casi con desesperación—. ¿Qué tipo de hechizo habéis obrado en su persona?

Khaemwase hizo un gesto de disgusto al oír aquellas palabras y se aproximó a su hermano.

—¡Deja el *Amenti* tranquilo! —masculló sin poder disimular su disgusto—. Sus genios no deben ser invocados con tanta ligereza.

—¿Pero es que no te das cuenta? Nos encontramos en un laberinto. Jamás saldremos de aquí.

Khaemwase acercó su rostro apenas a un palmo del de su hermano a la vez que lo miraba fijamente a los ojos. A la débil luz de la tea, a Anhurerau aquella mirada le pareció llegada desde las mismas tinieblas.

—Escúchame bien, soy Khaemwase; Kha-em-wa-se, ¿entiendes? Mago entre los magos de Egipto, y no saldremos de aquí hasta que encontremos lo que hemos venido a buscar.

Anhurerau no pudo ocultar su perplejidad.

—Ahora aproxima la antorcha a la pared —ordenó Khaemwase con gesto imperativo.

Sin decir una sola palabra, Anhurerau hizo lo que le pedía su hermano. Este le observó durante unos instantes con

expresión adusta, y luego dirigió su mirada hacia la mortecina luz que apenas iluminaba uno de los muros.

Mientras se concentraba en las inscripciones de aquella
pared, Khaemwase no pudo dejar de reconocer el hecho de
que su hermano pequeño tuviera razón. Habían estado recorriendo los lóbregos pasillos de aquella tumba durante
más tiempo del considerado como deseable, y siempre para
acabar en el mismo lugar. Conocía muy bien los peligros que
acechaban a quien se aventurase en un sepulcro que, como
aquel, había permanecido cerrado durante siglos. Llegaba
un momento en el que el aire, viciado por cientos de años de
confinamiento, se hacía irrespirable, a la vez que expandía
toda una gama de olores característicos que a la postre formaban parte de un mismo perfume: el de la muerte. Además,
el polvo levantado por sus pisadas acababa por crear un fino
velo que se adhería más y más a sus cuerpos a cada paso que
daban, como entes desesperados en busca de su salvación;
un abrazo terrible capaz de llevarlos a las puertas de la as-
fixia.

La propia arquitectura de la tumba no había hecho sino
complicar aún más la situación, pues era difícil imaginar un
laberinto como aquel. Pasadizos con profusión de cámaras
adyacentes, desoladoramente vacías, de las que partían nuevos corredores que volvían a comunicarse, aquí y allá, y en
los que perderse era ciertamente fácil.

Aquel enredo de salas y pasillos no parecía haber sido
diseñado por la mano del hombre, pudiéndose asegurar que
semejante complejidad en una tumba nunca había sido vista
en Egipto.

Khaemwase reflexionó un instante sobre ello y llegó a
la conclusión de que era algo lógico, puesto que lo que encerraban aquellos antiguos muros tampoco era humano.

Tras salir de su abstracción, el príncipe volvió a prestar toda su atención a los jeroglíficos que decoraban la pared. La escritura sagrada le hablaba del tránsito del difunto allí enterrado hasta el tribunal de Osiris, así como de los peligros que se vería obligado a sortear para poder alcanzar, finalmente, los anhelados Campos del Ialu, su paraíso.

El príncipe se hallaba ante la representación de la *quinta puerta* del Mundo Inferior, una de las doce que el finado tenía que franquear como paso obligado hacia la otra vida. Khaemwase reconoció enseguida a la divinidad que en ella residía, *la verdadera de corazón*, así como los conjuros mágicos que ayudarían al difunto a vencer a la serpiente que guardaba la puerta, la conocida como *ojos de llama*, y a todos los demonios con los que habría de encontrarse en su proceloso viaje.

«Incluso los más ingeniosos ardides pueden ser resueltos gracias al conocimiento», se dijo el príncipe mientras paseaba su vista por aquella pared.

Khaemwase hizo un gesto imperativo a su hermano para que se acercase.

—Aquí están los textos sagrados referentes al paso de las *doce puertas* —indicó a Anhurerau—. Ellos nos llevarán hasta la cámara funeraria.

Anhurerau aproximó la luz a su hermano a fin de que este pudiera leer mejor aquellas letanías. Gracias a ellas el fallecido esperaba vencer todos los obstáculos que se le presentaran para, finalmente, y tras el paso de la *duodécima puerta*, renacer glorificado en el Más Allá, tal y como hacía el sol cada mañana al salir de nuevo por el horizonte convertido en Ra-Khepri.

Ambos hermanos siguieron las enigmáticas manifestaciones inscritas en aquel muro siglos atrás como si fueran dos penitentes. Al llegar a la que escenificaba el paso de la *séptima puerta*, Khaemwase hizo una seña para que le alumbrase.

—¡Mira! —exclamó asombrado—. De aquí parte un pasadizo en el que apenas se repara.

Anhurerau movió la antorcha lentamente iluminando el corredor.

—Es sorprendente —masculló este—. Ya habíamos pasado antes por aquí sin percatarnos de su existencia.

Su hermano asintió con una media sonrisa.

—¡Fíjate! Es un pasillo más estrecho, y está tan hábilmente dispuesto que las inscripciones que hay en sus paredes coinciden con las del corredor principal. Es casi imposible descubrirlo —continuó Khaemwase animando a su hermano a que le siguiera.

—¿Estás seguro de que no será otro de esos pasadizos sin salida? —balbuceó Anhurerau temeroso.

—Completamente. ¿Ves?, esta es *la serpiente que respira fuego*. Aquí continúan los textos funerarios correspondientes al paso de la *octava puerta*. Estamos en el buen camino.

Con paso cauteloso, los dos hermanos se adentraron por aquel angosto pasadizo que parecía poder conducirlos directamente a sus propósitos. Ahora, escenas que parecían representar al finado en vida cubrían gran parte de una de las paredes en una serie de pinturas bellísimas que Khaemwase no pudo sino admirar.

—¡Son magníficas! ¡Y parecen mantenerse tan vivas como si hubieran sido pintadas ayer!

Anhurerau sintió como la angustia se adueñaba de nuevo de su corazón a la vez que su garganta parecía encontrarse atenazada por invisibles dedos. Fue entonces cuando, de improviso, lo oyó.

Al principio fueron apenas susurros, tan débiles que pensó que solo eran producto del temor que dominaba sobre su entendimiento. Pero enseguida se convenció de que no era su imaginación la que tañía tan extraños sonidos, sino las manos de los seres de ultratumba que les daban la bienvenida a su reino, aquel del cual no se regresa.

Aterrorizado, Anhurerau se detuvo, pues sus pies apenas eran capaces de dar un paso más. Entonces los susurros se convirtieron en crujidos, y un sordo estruendo surgido de las profundidades del infernal inframundo vino a presentarse como un furioso cántico de genios desatados. El príncipe pensó entonces que todas las ánimas errantes aullaban enardecidas ante su atrevimiento. «¿Quién era él para perturbar el sueño eterno de los súbditos de Anubis? ¿Cómo osaba aventurarse allí donde solo la muerte tenía derecho de paso?»

Sintió otra vez que aquellos invisibles dedos se aferraban a su garganta, haciéndole difícil respirar el enrarecido aire que le envolvía. El calor se le hizo entonces espantoso, y el valor del que tantas veces había hecho gala en la batalla le abandonó inmisericorde, dejándolo indefenso, cual si no tuviera voluntad.

El temible dedo acusador que desde el Mundo Inferior llegaba cargado con el quejumbroso lamento de los condenados a vagar sin rumbo durante toda la eternidad, le señalaba implacablemente, y Anhurerau tuvo el convencimiento de que su alma se cargaba con el peso de los terribles pecados de todas aquellas desventuradas ánimas que parecían maldecirles con sus horrendos llantos.

Fue justo en ese momento cuando algo comenzó a abrirse paso entre tan angustiosos acordes. Un sonido que bien pudiera provenir de las profundidades de aquella tumba, o quién sabe si de los remotos confines del infernal *Amenti*.

Semejante sonido distaba de parecerse a un llanto, pues era grave y se presentaba henchido de poder, pletórico, como si hubiera sido causado por el violento dios Set, aquel que era capaz de desatar las más terribles tormentas.

Casi al instante, los corredores de aquel antro se llenaron de un ensordecedor rugido, imposible de imaginar, y Anhurerau tuvo la impresión de que la tumba bramaba.

El joven príncipe ya no albergaba duda alguna de que el tribunal de Osiris se hallaba presto a recibirle y que debía disponerse a que su alma fuera pesada en la sagrada balanza del Juicio Final. La pluma del contrapeso, aquella que representaba a Maat, diosa de la verdad y la justicia, parecía encontrarse lista, pues al punto el estruendo vino a hacerse corpóreo. Anhurerau sintió como su cuerpo era golpeado con inusitada furia e, instintivamente, trató de protegerse la cara con sus brazos. Entonces, estos recibieron embates por doquier, mientras que aquellas manos que anteriormente pugnaban por atenazarle el corazón se apoderaban ahora de todo su cuerpo, como si quisieran arrastrarle lejos de aquel maldito lugar. Anhurerau creyó, en ese momento, que los demonios se lo llevaban para siempre.

En su desesperación, el joven príncipe hizo acopio del poco valor que le quedaba y comenzó a agitar los brazos frenéticamente, luchando con desesperación contra el invisible enemigo. Mas fue inútil, pues este se reveló como el más tenaz de los combatientes, golpeándole una y otra vez, sin conmiseración alguna, hasta que finalmente acabó por derribarle sobre el polvoriento suelo.

Anhurerau cayó hecho un ovillo, gritando horrorizado, en tanto comprobaba como la débil luz de su antorcha desaparecía como por ensalmo. Los hijos de las sombras se la llevaban en medio de su infernal cabalgada entre espantosos chillidos, ululando a través de aquellos interminables pasadizos.

En poder de la más absoluta oscuridad, Anhurerau creyó escuchar su nombre. Acongojado por el miedo, el corazón del príncipe trató de razonar, pues el entendimiento, que todo egipcio pensaba que en él residía, luchaba por hacerse un sitio entre el terror que lo aprisionaba. En ese instante, su nombre volvió a llegar hasta él, y esta vez lo hizo con claridad.

Parecía venir desde lo más remoto de aquel atroz sepulcro que él mismo maldecía con desesperación. Sí, lo maldecía a la vez que se maldecía a sí mismo por su vanidad y estupidez al haber aceptado profanar aquella tumba.

—Anhurerau...

Su nombre resonó con nitidez, y el príncipe no tuvo ninguna duda de que alguien lo llamaba. ¿Sería Anubis, el dios de los muertos, que reclamaba su presencia para acompañarle a la Sala de las Dos Justicias?

Anhurerau creyó que su vientre era pasto de los retortijones y se sintió desvanecer.

—¿Eres tú, Anubis, el que me emplaza? —preguntó sin poder ocultar su temor.

—¿Anubis? ¿Qué Anubis ni qué mal genio del inframundo? —le contestó aquella voz—. Soy yo, Khaemwase, tu hermano.

—Khaemwase... —apenas acertó a musitar el joven con su tono más trémulo.

—El mismo. Pero dime. ¿Qué suerte de locura se ha apoderado de ti? Por un momento parecía que el dios Bes te hubiera embriagado e invitado a bailar una de sus esperpénticas danzas.

—Luchaba contra ellos...

—¿Luchabas contra quién? Mira lo que ha pasado. Hemos perdido nuestra única antorcha —le reprendió Khaemwase.

—Luchaba contra los genios y demonios del Mundo Inferior. Ellos son los que se han llevado la antorcha. ¿Acaso no los has visto?

Khaemwase lanzó una carcajada que retumbó en las paredes del estrecho pasillo.

—¿Demonios, dices? —inquirió con sorna—. ¡Solo eran murciélagos!

—¿Murciélagos?

—Sí, murciélagos. El corredor se encuentra plagado de ellos, debe de haber miles aquí dentro. Al volar producen un sonido muy desagradable que se ha visto aumentado por el eco. Fueron los murciélagos los que se nos echaron encima asustados, sin duda, por nuestra presencia. Ellos te quitaron la antorcha, Anhurerau. Ven, aproxímate hacia mi voz.

El príncipe obedeció a su hermano y al punto se sentó junto a él.

—¿Y ahora qué vamos a hacer? —preguntó al poco, avergonzado.

—Sin la antorcha nos encontramos en un buen aprieto; no nos va a resultar fácil salir de aquí. Como has podido comprobar, esta tumba es un auténtico laberinto.

Anhurerau miró hacia el lugar de donde suponía que procedía aquella voz, aunque, obviamente, no viera a nadie, pues la oscuridad era absoluta. Sin poder evitarlo, volvió a sentirse avergonzado, ya que la calma de la que hacía gala su hermano mayor le resultaba asombrosa.

—Comprendo —dijo tratando de recomponer su tono a fin de que pareciera más tranquilo—. ¿Propones entonces que nos quedemos aquí?

—Exacto. No daremos ni un paso más. Cuando vean que tardamos en salir, vendrán a buscarnos. Confía en mí.

Anhurerau asintió con un gesto mecánico, aunque esto solo lo supiera él.

—En ese caso, lo más conveniente será acomodarse para pasar la mejor de las vigilias —contestó el joven con ironía, en tanto se recostaba contra la pared.

—Pues sí; y además te recomiendo que respires con suavidad. El aire de este lugar parece haber sido emponzoñado por la mismísima serpiente Apofis.

Anhurerau rio quedamente al escuchar las palabras de su hermano, reconociendo que este parecía no perder su ánimo ni en las peores circunstancias. Quién sabe, quizá fuera verdad lo que aseguraban de él, respecto a que era el mago más poderoso de Egipto.

Sobre este particular, poco podía opinar, ya que él era hombre de armas y en nada se asemejaba a Khaemwase, a pesar de ser ambos hijos de la misma madre, la reina Isisnofret.

Anhurerau suspiró, a la vez que extendía indolentemente sus piernas sobre el arenoso suelo. Decidido a abandonarse en el silencio que, ahora, dominaba el lugar, el joven se dedicó a escudriñar las tinieblas entre las que parecían hallarse atrapados. Nunca había visto una oscuridad semejante y, sin pretenderlo, al momento se vio pensando de nuevo en el inefable *Amenti*. ¿Sería tan oscuro como aquella tumba? ¿Sería un lugar silencioso o, por el contrario, tan ruidoso como se temía? Sin lugar a dudas, al príncipe le obsesionaba tan inhóspito paraje, pues, al poco, él mismo tuvo que reconocer su ofuscación y el desasosiego que experimentaba al pensar en el Más Allá.

Un poco avergonzado, acabó por apartar semejantes

ideas de su corazón y se concentró en intentar averiguar si aquellas espesas cortinas tejidas por las sombras podían ser atravesadas por los ojos de un príncipe. Al fin y al cabo, su padre, el gran Ramsés, era tenido como un dios, y como tal debía poseer poderes no extensibles al resto de los mortales que él, como hijo suyo que era, podía haber heredado.

Andaba en tales disquisiciones cuando, al mirar hacia su derecha, tuvo la sensación de que su vista era capaz de atravesar la tenebrosa noche que, desde hacía siglos, allí habitaba. ¿Eran sus ojos los que se habían acostumbrado a la oscuridad? ¿O quizás alguna suerte de encantamiento le volvía a jugar una mala pasada a su ya maltrecho corazón?

Dadas las circunstancias, todo podía ser, desde luego, aunque esta vez se decidiera por dejar a un lado sus naturales fobias y dirigir su mirada en aquella dirección. Pasados unos instantes se incorporó lentamente, sin desviar su atención. Allí, al fondo del pasillo, había algo.

—Khaemwase —susurró con toda la tranquilidad que le fue posible—. Mira a tu derecha, hacia el final del pasadizo.

Este obedeció al momento, mas dijo no ver nada.

—Mantén tu vista fija durante un tiempo —le animó de nuevo Anhurerau—. Está allí.

Khaemwase miró con atención hacia donde le indicaba su hermano mientras pensaba que este volvía a ser presa de atemorizadoras visiones; sin duda, aquel joven era capaz de imaginar las peores pesadillas.

Sin embargo, aquello no resultó ser ninguna visión o espejismo. Transcurridos unos minutos, Khaemwase fue capaz de verlo con claridad, allí donde su hermano le señalaba. Al fondo de aquel corredor parecía surgir una luz tan extraña que daba la impresión de ser fantasmal, pues su tono, sumamente difuso, abarcaba desde el blanco a un azul pálido, delicadamente suave, que terminaba por deshilacharse dentro del espectro en infinitos destellos.

—¿Lo ves ahora? —oyó que volvía a preguntarle su joven hermano, sin disimular su ansiedad.

—Sí —contestó mientras se incorporaba—. Al fin hemos encontrado lo que vinimos a buscar. Vamos.

Anhurerau estuvo a punto de protestar, pero obedeció al instante imaginando inconscientemente la cara que pondría Khaemwase si no lo hacía.

Así fue como, con paso incierto, ambos hermanos se encaminaron por aquel corredor que les conducía hasta la más etérea de las luces. Conforme avanzaban, aquel vaporoso halo se desprendía de su sutileza transformándose en un centelleante fulgor de inusitada pureza; como nunca antes hubieran visto.

Al llegar a uno de los recodos del lóbrego pasadizo, aquella misteriosa luz se mostró en toda su magnitud resplandeciendo pletórica, a la vez que inundaba por completo un pequeño corredor que conducía hacia lo que parecía una cámara. Seguido por su hermano, Khaemwase se sumergió en ella, dejando que aquel resplandor tornasolado jugara entre los pliegues de su faldellín y se fundiera con sus propios miembros.

Al ver a su hermano rodeado por semejante aura, Anhurerau volvió a sentir miedo. Quiso abrir la boca, pero no pudo, e incluso sus pies se mostraron remisos a obedecerle, comprendiendo al instante que no era posible volverse atrás. Observó admirado como Khaemwase formaba ya parte de aquella luz propia del dios Ra, cual si fuera uno de sus rayos, y él mismo, con un nudo en la garganta, le siguió como el primero de sus servidores, pues su voluntad ya había desaparecido hacía tiempo en algún lugar de aquella maldita tumba.

De este modo, ambos hermanos recorrieron el corto pasillo que les llevaba hacia la sala de la que surgía aquella claridad inmaculada a la que era imposible resistirse. ¿Qué tipo de conjuro era capaz de producir tal luminaria? ¿Acaso aquella luz era parte de alguna de las estrellas imperecederas a la que la magia inscrita en los muros de los corredores había dado vida? ¿Qué suerte de hechizo obraba allí?

Cuando, finalmente, los dos príncipes entraron en aquella habitación, sus rostros fueron incapaces de disimular su asombro ante lo que vieron.

El más rico mobiliario que jamás hubieran visto adornaba la cámara funeraria hasta casi abarrotarla. Magníficos sillones de ébano adornados con láminas de oro cubiertas de jeroglíficos. Muebles fabricados con las mejores maderas repujadas de precioso marfil. Hermosas pieles de leopardo, dignas de reyes, extendidas por el habitáculo. Soberbios recipientes del más puro alabastro, casi translúcido.

Aquel suntuoso ajuar lucía espléndido, tal y como si hubiera sido depositado allí recientemente.

Fascinado, Anhurerau reparó en el fastuoso sarcófago que se encontraba al fondo, e inmediatamente desvió la mirada hacia su hermano. Este, absorto, no apartaba sus ojos de la pequeña mesita de madera situada justo enfrente. La expresión de su rostro pareció cambiar súbitamente y un extraño rictus acabó por apoderarse de él.

Sobre aquella mesa se hallaba la fuente de la que manaba la luz más clara y diáfana que cupiera imaginar, y Khaemwase la contemplaba anhelante, tal y como si deseara alimentarse de ella.

El tiempo pareció detenerse durante un espacio imposible de precisar, en tanto los dos hermanos, inmóviles, no eran sino una parte más de aquel rico ajuar funerario que los siglos se habían encargado de guardar con envidiable celo. Dos príncipes de Egipto habían tenido la osadía de romper el hechizo que un día los más sabios entre los sabios tejieran en aquel sagrado lugar a fin de apartarlo para siempre de la inconsumible codicia de los hombres y, ahora, la cegadora luz de la verdadera sabiduría les atrapaba sin remisión.

Incapaz apenas de pestañear, Anhurerau vio como su hermano volvía lentamente su rostro hacia él para sonreírle de forma extraña, como nunca antes le había visto; luego, súbitamente, observó a Khaemwase inclinar su cabeza hacia atrás justo para lanzar la más siniestra de las carcajadas; una risa desaforada que parecía surgida de las profundidades de los mismísimos infiernos.

Como apresado por una insólita locura, el príncipe de Egipto reía y reía en tanto sus manos jugaban con la resplandeciente luz, creando imaginarios arabescos entre sus sutiles haces. Todo cuanto le rodeaba había dejado de existir, como si el vástago real formara ya parte del insondable misterio que parecía habitar en aquella sala, y que iba mucho más allá de la propia comprensión humana.

Para Anhurerau, semejante revelación significaba poco menos que el final de sus días en el mundo de los hombres. El poder de los dioses se manifestaba allí sin ambages, advirtiéndoles de los terribles castigos a los que se verían sometidos a causa de su vacua vanidad por creer que podrían, alguna vez, alcanzar su divina sabiduría.

Sin embargo, para el príncipe Khaemwase aquello solo era el principio.

LA SUBASTA

1

Arrebujada entre las sábanas, Julia observaba la oscuridad. El tenue haz de luz que, desde el exterior, pugnaba por abrirse paso entre las gruesas cortinas le permitía hacerlo, a la vez que le invitaba a tomar una difusa conciencia de cuanto la rodeaba. Sin embargo, los párpados todavía le pesaban, como si fueran de plomo, animándola de esta forma a continuar con su sueño. Solo aquella velada preocupación que desde su interior porfiaba por manifestarse le hacía pestañear una y otra vez, ayudándola inconscientemente en su sorda lucha contra el sopor.

La creciente claridad que anunciaba la llegada del nuevo día vino a asistirla en su antinatural esfuerzo, y así, al poco, sus ojos fueron capaces de permanecer abiertos casi sin dificultad.

De inmediato, la vaga sensación de angustia que había experimentado durante su despertar se hizo plenamente presente, haciéndole buscar instintivamente el reloj junto a su mesa de noche.

—Las siete y diez —se dijo, mientras observaba la hora.

Al punto su preocupación no hizo sino aumentar mientras se refugiaba de nuevo bajo las sábanas. Junto a ella, Juan, su marido, parecía ausente a su desasosiego, pues no había duda de que disfrutaba del más plácido de los sueños.

Julia se incorporó levemente para observarlo mejor y no tuvo ninguna duda de ello. Mientras dormía, las facciones de su rostro, particularmente distendidas, le daban una expresión bondadosa, casi rayando en lo beatífico, que hacían pensar que el lugar donde se encontraba su marido debía de hallarse más cerca del cielo que de la tierra, pues hasta la saliva fluía levemente por la comisura de sus labios en forma de un pequeño hilillo. Y luego estaba su respiración, regular y acompasada, y tan profunda que era capaz de componer toda una sinfonía de los más variados ronquidos sin ninguna dificultad.

Julia odiaba los ronquidos, aunque con el tiempo no hubiera tenido otra alternativa que dormir junto a ellos. Sin embargo, acostumbrarse a estos le había resultado de todo punto imposible; por eso, cuando el estrépito se le hacía insoportable, no tenía más remedio que jalear a su marido tal y como si fuera un equino, para ver si así se calmaba, aunque en la mayoría de las ocasiones tuviera también que moverle, eso sí, con suavidad.

Semejante estrategia solía darle buenos resultados, y en aquella ocasión también sucedió así; Juan se dio la vuelta y continuó su placentero sueño, respirando, esta vez, con angelical suavidad.

Julia se acurrucó entonces junto a él experimentando cierto fastidio. El hecho de sentirse preocupada mientras su marido dormía a pierna suelta la molestaba irremediablemente. Sobre todo porque la causa de dicha preocupación no le era ajena en absoluto a su cónyuge, ya que, al fin y al cabo, se trataba de sus hijos.

No obstante, justo era reconocer que aquel sinvivir no era nada nuevo, pues se presentaba invariablemente cada fin de semana, justo cuando sus hijos salían a divertirse. Sus escapadas nocturnas no acababa de comprenderlas, sobre todo porque solían iniciarlas sobre la una de la madrugada, casi a la hora en que ella y su marido se iban a dormir. Mas el principal problema estribaba en que nunca regresaban antes de las siete, lo cual se traducía en el hecho de que hubiera tiempo más que suficiente para que la intranquilidad acabara por apoderarse de Julia, impidiéndole descansar.

En ocasiones se despertaba a media noche sobresaltada, creyendo haber oído sonar el timbre del teléfono insistentemente, como solo ellos saben hacerlo cuando guardan una mala noticia. Luego, tras tomar conciencia de su espejismo, trataba de conciliar el sueño de nuevo aun a sabiendas de que la desazón volvería a llamar otra vez a su puerta.

Aunque no se tuviera por el paradigma de las madres protectoras, aquella preocupación por lo que pudiera ocurrirles a sus hijos era algo que no podía remediar. Para ella, la noche se encontraba plagada de peligros que iban mucho más allá de la propia comprensión de sus vástagos, quienes, obviamente, solían hacer burlas sobre lo que ellos consideraban «rancias exageraciones». Por el contrario, Julia se tenía por lejana a la mojigatería; nunca lo había sido, y en sus años mozos gustaba de divertirse como el que más, aunque jamás encontró la necesidad de regresar a su casa a la hora del desayuno.

Julia suspiró con fastidio en tanto se acomodaba mejor junto a su marido. De ordinario él no compartía sus temores, y casi siempre quitaba importancia a sus inquietudes, a veces incluso delante de sus hijos, hecho este que a ella la exasperaba irremediablemente.

Sin embargo, él era un buen hombre. Llevaban casados veinte años, aunque juntos estos resultaran muchos más. Ella había conocido a Juan en una fiesta del colegio mayor donde este residía, cuando cursaba su segundo año en la universidad. En aquella época, mediados de los ochenta, Julia era una chica llena de ilusiones, con una idea muy clara de cómo le gustaría que fuera el mundo que la rodeaba, y la necesidad imperiosa de aportar su granito de arena para conseguirlo. Como además era de carácter resuelto, enseguida se apuntó a todos los movimientos estudiantiles habidos y por haber, en defensa de esto o aquello. Esta circunstancia causó no poca perplejidad a su padre, don Sócrates, aunque también ternura e íntimo orgullo, pues si existía alguien con la fuerza suficiente para acometer la difícil tarea de mejorar aquel mundo de Dios, esos eran los jóvenes. A don Sócrates le parecía bien que su hija poseyera tan elevadas inquietudes, ya que si a los dieciocho años estas no se tenían, no se tendrían jamás Eso sí, él, muy circunspecto, se cuidaba de hacer comentario alguno en público, dejando que solo su corazón compartiera tales opiniones; entre otros motivos porque don Sócrates era catedrático de Historia Antigua en aquella universidad.

Ni que decir tiene que Julia adoraba a su padre. Para ella representaba el compendio de todos los valores que debían poseer los hombres, incluido ese pequeño toque excéntrico que les daba un singular atractivo. Su propio nombre, poco común, no era sino una minúscula parte de una peculiar personalidad que podía causar de todo menos indiferencia. Sus padres, grandes aficionados al mundo clásico, habían decidido llamarle así debido a la profunda admiración que sentían por el filósofo griego del mismo nombre y, cosa curiosa, como ocurriera con los progenitores del gran pensador de la antigüedad, se dedicaban a los mismos oficios, puesto que él era escultor y ella, comadrona.

Con semejante ascendente es fácil comprender que don Sócrates se sintiera atraído por la antigua civilización griega ya desde temprana edad, aunque también, justo es reconocerlo, en él confluyeran una capacidad de síntesis y una memoria prodigiosas, que a la postre conseguirían hacer de él una verdadera enciclopedia andante de todas las culturas clásicas del Mediterráneo.

En realidad su forma de ser parecía, en no pocas ocasiones, una extrapolación de todo aquel pensamiento clásico, crisol de futuras civilizaciones. Era aficionadísimo a las tertulias y discusiones, y como poseía una hábil dialéctica, se regocijaba creando confusión entre sus contertulios, a veces con pensamientos contradictorios.

Julia tenía que reconocer que, a menudo, resultaba agotador, ya que la actitud de su padre podía llegar a resultar extravagante, particularmente cuando intentaba trasladar las costumbres de aquellas antiguas culturas a la actualidad. Su propio nombre, Julia, era una buena prueba de ello, pues don Sócrates lo había elegido en recuerdo de la hija que tuviera Julio César, personaje por el que sentía una verdadera fascinación. En muchas ocasiones, Julia había pensado en ello, y también en el hecho de que su madre se llamara Cornelia, como la esposa del dictador romano.

Este aspecto le había llegado a intrigar sobremanera, pues le parecía mucha casualidad la coincidencia de nombres tan poco comunes. ¿Habría sido su padre capaz de casarse con su madre por el simple hecho de que se llamara Cornelia? Julia reconocía que esta cuestión se la había formulado más veces de las que hubiera deseado, y hubo ciertos momentos en los que creyó a don Sócrates perfectamente capaz de hacerlo.

Luego se arrepentía de haber pensado semejante dislate, sobre todo al comprobar lo felices que habían sido sus padres y el amor que siempre se habían profesado. Ella fue el resultado de dicho amor, un fruto inesperado y algo tardío que vino a completar la ventura de su pequeña familia.

Huelga decir que la educación que recibió Julia estuvo plagada de toda una pléyade de héroes antiguos y personajes mitológicos, así como de las doctrinas de los más grandes pensadores. «Hombres de otro tiempo —solía repetirle a menudo su padre— sin cuyos elevados ideales aún nos hallaríamos en las cavernas.»

Por tal motivo la pasión que don Sócrates sentía por las humanidades prendió en ella con facilidad y así, al llegar a la edad en la que debía decidir qué estudios cursaría, la elección ya estaba tomada: sería historiadora.

Independientemente de que Julia creciera dentro de aquel universo, don Sócrates puso especial cuidado en que su educación fuera la adecuada a los tiempos que corrían. Según el parecer del catedrático, el aprendizaje de las lenguas era fundamental en cualquier formación humanística, no circunscribiéndose esta al mero conocimiento del latín y el griego. Don Sócrates quería que su hija hablara correctamente algún idioma moderno, por lo que la matriculó desde bien pequeña en un centro bilingüe, enviándola además todos los veranos a estudiar a los mejores colegios ingleses que se pudo permitir. Así fue como Julia aprendió el inglés, lengua que llegó a hablar con fluidez ya desde la adolescencia.

—Algún día ese idioma te será de gran utilidad —le dijo orgulloso don Sócrates—. Es la lengua de los dioses del nuevo imperio.

Don Sócrates recibió la alegría de su vida el día en que su hija se matriculó por primera vez en la universidad, y luego aprovechó para hacer sus acostumbrados chistes y mostrar su natural inclinación hacia las travesuras, al hacerle ver que, finalmente, él sería quien debería aprobarla.

—Je, je —reía don Sócrates—. Tendrás que estudiar más que el resto; mi reputación también está en juego.

Julia nunca defraudaría a su padre, pues desde el primer día demostró ser una estudiante brillante que, en poco tiempo, habría de ser bien conocida en el campus universitario, aunque por motivos bien diferentes.

No cabía duda de que a los dieciocho años Julia era toda una belleza. Su padre le decía que sus rasgos eran el vivo ejemplo de las formas clásicas.

—Si hubiera sabido que ibas a ser tan bella, te hubiera puesto por nombre Helena —aseguraba orgulloso—. Aunque también te prevengo para que te cuides de los Paris y Menelaos que, de seguro, se cruzarán en tu vida.

Julia ya sabía que era hermosa. Su rostro se asemejaba al de las antiguas diosas que los artistas griegos inmortalizaran en el más excelso mármol del Pantélico. Además, era poseedora de una figura de armoniosas formas en la que las proporciones también parecían seguir las pautas de los escultores de la admirada Hélade; y luego estaba su cabello, oscuro y abundante, que caía como una cascada hasta su cintura enmarcando aquellas facciones que parecían haber sido sacadas de los antiguos talleres de Praxíteles, Escopas o Lisipo, ya olvidados por los siglos; nariz recta, labios carnosos, rasgos simétricos, y unos ojos almendrados de ese mismo color, que desbordaban toda la fuerza que la joven albergaba en su interior.

No era de extrañar que Juan se enamorara de ella el primer día en que la vio. En realidad, media facultad ya lo estaba, y los anhelos, deseos y suspiros eran algo común cuando se la veía pasar. Lo verdaderamente insólito fue que la joven se fijara en él, sobre todo porque Juan se encontraba lejos de parecerse a las criaturas que, como Julia, podían habitar en el Olimpo. Él era un simple mortal, muy normalito, en el que la naturaleza no había puesto demasiado entusiasmo, aunque, eso sí, le distinguiera con una más que aceptable inteligencia y considerable bondad.

Cuando se conocieron, Juan apenas pudo balbucear tres palabras seguidas. Fue durante una fiesta de disfraces celebrada en su colegio mayor, a la que Julia también había sido invitada. La joven había decidido hacer honor a su fama y llevaba puesta una clámide, de un blanco inmaculado, que dejaba al descubierto uno de sus hombros a la vez que colgaba grácilmente sobre su espalda. Tocada con un elaborado peinado, Julia parecía una auténtica heroína de los tiempos de Herodes Ático, y ante aquella visión Juan creyó desfallecer.

De inmediato él mismo se avergonzó de su aspecto, pues se había disfrazado de torero y el traje le quedaba francamente mal. Con la chaquetilla algo descolorida y la taleguilla más bien apretadita, Juan era todo un espectáculo que no dejaba indiferente a nadie, sobre todo porque el joven estaba un poquito entradito en carnes, y con aquel atuendo parecía un embutido de los que solían manufacturarse en su tierra, ya que él era de Salamanca.

A Julia le hizo tanta gracia que incluso llegó a bailar con él tres veces, ante la algarabía general. Al verse frente a semejante sílfide, Juan se puso colorado como el capote que le acompañaba, y sintió tal vergüenza que hasta se le olvidó quitarse la montera.

Sin embargo, aquello fue el principio de su relación y, ante la incredulidad del campus universitario, acabaron por hacerse novios.

Para don Sócrates resultó un auténtico enigma el que su hija pudiera enamorarse de aquel joven. En su opinión, Julia debía estar predestinada para algún semidiós reencarnado, algo de lo que, obviamente, Juan se encontraba lejano. Que el muchacho fuera estudioso y muy formal no ayudaba a mejorar la impresión que tenía de él, pues, en su opinión, era una persona gris y, además, estudiante de ciencias, con lo que eso significaba, pues era por todos conocida la poca consideración que don Sócrates sentía por tal disciplina.

—Los tecnócratas acabarán con nuestra sociedad —decía a menudo.

Sin embargo, nunca se manifestó en contra de aquella relación, dejando que fuera su hija la soberana de su vida. Si ella decidía casarse algún día con aquel futuro ingeniero, a él le parecería bien.

Lo que no pudo imaginar don Sócrates fue la forma en que se casarían. Después de tres años de noviazgo, Julia se quedó embarazada, algo que, por otra parte, se veía venir, pues Juan se enardecía con suma facilidad en cuanto se quedaban a solas. Las precauciones que de ordinario solían tomar no surtieron efecto en aquella ocasión, y la joven se quedó en estado.

Cuando Julia se lo contó a sus padres, estos la abrazaron con lágrimas en los ojos asegurándole que no debía preocuparse, al tiempo que le hacían ver que la vida daba sorpresas de aquel tipo. Juan ya había terminado su carrera y se encontraba buscando trabajo, por lo que se podrían casar, aunque don Sócrates le advirtió que solo lo hiciera si estaba enamorada del joven.

—Veo en él lo que los demás no veis —le respondió Julia con un cierto tono enigmático—. Es un hombre bueno y le quiero. Estoy segura de que seré feliz a su lado.

Pero todo el ánimo y comprensión que la joven recibiera de sus padres no fue correspondido por sus suegros cuando estos se enteraron de la noticia. A su suegra, doña Virtudes, mujer de moral intachable que hacía honor a su nombre, no le gustó en absoluto que su hijo, ya ingeniero, se tuviera que casar de penalti con aquella jovencita que había resultado ser una fresca.

—Esta ha cazado a nuestro Juan —le aseguraba muy compungida a su marido.

Para Julia aquel fue el principio de una mala relación con su familia política, que con el tiempo no haría sino deteriorarse aún más. Doña Virtudes llegó a resultarle insufrible, y solo la distancia, al vivir la señora en Salamanca, le ayudó a sobrellevarlo mejor.

Así fue como ambos jóvenes iniciaron su vida en común. Julia terminó sus estudios el mismo año en que dio a luz a una niña, a la que puso por nombre Aurora, sintiéndose feliz como nunca, y convencida de que los dioses mitológicos de los que tanto hablaba su padre la habían señalado con la fortuna.

De hecho, al año de haber nacido Aurora, ambos decidieron tener otro niño. Quizás el que los dos cónyuges fueran hijos únicos les animara a hacerlo, pues deseaban que la niña creciera junto a un hermanito con el que poder jugar.

De este modo vino al mundo el segundo de sus retoños, al que llamaron Juan, para gran disgusto de don Sócrates, que sin duda hubiera preferido bautizarle con el nombre de Aquiles o incluso Héctor.

Julia suspiró al recordar aquellos años mientras escuchaba la respiración pausada de Juan. Había sido un buen marido, sin duda, siempre atento y considerado a la vez que respetuoso con las decisiones que, de ordinario, ella tomaba. De ningún modo podía quejarse de la vida que había llevado, pues Juan siempre había procurado su felicidad, dentro de sus posibilidades.

Por otro lado, Juan había resultado ser un trabajador incansable y, tras estar empleado en varias empresas del sector de las comunicaciones, se había colocado definitivamente en una multinacional dedicada a la informática, donde estaba muy bien considerado, ejerciendo unas funciones que le obligaban a viajar con frecuencia por Europa.

Ella, por su parte, se había doctorado, y en la actualidad impartía clases como profesora de Historia Antigua en la universidad, algo que enorgullecía enormemente a su casi octogenario padre.

Aunque sin ostentaciones, su vida podía considerarse como desahogada. Vivían en un piso junto al Retiro madrileño y poseían un pequeño apartamento en la costa, donde solían disfrutar los días de puente y parte de sus vacaciones.

Fuera de estos lujos, sus ingresos no daban más que para la vida diaria. La educación de sus dos hijos y los gastos habituales dejaban poco margen para el ahorro, como también ocurriera con la mayoría de las familias.

Mientras notaba cómo los párpados comenzaban a pesarle de nuevo, Julia tuvo un último pensamiento para su marido. Su vida junto a él apenas había sufrido sobresaltos. Los años habían acabado por convertir su convivencia en algo rutinario, en donde la monotonía era señora absoluta de sus vidas. Lejos quedaba el frenesí que desbordaba a Juan cada vez que la veía y, por qué no decirlo, a ella misma. Hacía muchos años que sus relaciones sexuales no eran sino una parte más de aquella monotonía, y la pasión había acabado por consumirles con su propio fuego, cual pira funeraria, haciéndoles olvidar llevar el óbolo para que Caronte, el barquero, los llevase a la otra orilla del Aqueronte.

Quizá fuese ese el motivo por el que el ardor y el arrebato se hubieran diluido para siempre, como si en verdad se encontraran en el Hades.

Luego pensó que debía de haber otra explicación que tal vez concerniera solo a la condición humana, pues aquel hecho le ocurría a la mayor parte de las parejas que conocía. Al final, solo quedaba la ternura y un amor que podía ir mucho más allá que el propio deseo, con suerte, o quizá la destrucción.

Sus ojos se cerraban al ritmo de su respiración acompasada, y otra vez aquella velada preocupación se acomodaba en sus entrañas.

Su despertar fue tan repentino como convulso. Jadeante, Julia se incorporó en la cama justo para escuchar cómo alguien cerraba la puerta de la casa. A su lado, Juan había recobrado nuevos ánimos y roncaba a pierna suelta, emitiendo una especie de estertores sumamente desagradables. El brío de su marido la invitó a levantarse definitivamente y, tras ponerse una bata, salió de la habitación.

Julia entró en la cocina en el momento en que su hija se preparaba un café.

—Hola, mamá, ¿quieres que haga para ti?

Julia negó con la cabeza mientras se disponía a llenar un cazo de agua para hacerse una de las infusiones a las que era tan aficionada. Miró de soslayo a su hija y acto seguido puso el agua a hervir.

Hacía tiempo que Aurora vivía su vida. Llevaba saliendo con un chico un par de años, y el mes anterior le había dicho que deseaban irse a vivir juntos. A ella, como madre, no le gustó nada la idea, sobre todo porque su novio no le parecía el hombre más indicado para su hija. El muchacho había estudiado informática, y Juan le había colocado temporalmente en su empresa proporcionándole, así, su primer trabajo. El joven era buena persona, pero tan apocadito que Julia no se lo imaginaba haciendo frente a los duros avatares que la vida acostumbraba a plantear.

Al principio de conocer la relación de su hija, ella se disgustó mucho, aunque luego tuvo que reconocer que tampoco a su padre, don Sócrates, le había gustado en su día su futuro marido y, no obstante, no puso objeciones a su decisión de casarse con él.

Después, pasado algún tiempo, Julia se consoló pensando que el chico era trabajador y no parecía proclive a vicios tales como el alcohol o las drogas, tan habituales entre buena parte de los jóvenes.

Por otra parte, Aurora había cumplido ya veinte años y era lógico que tuviera sus ilusiones, aunque estas hubieran de ser compartidas con tan insulso muchacho. Ella cursaba el tercer año de Bellas Artes, y lo único que inquietaba a su madre era el que el día menos pensado le dijera que se había quedado embarazada. Lo último que deseaba Julia es que su hija repitiera su misma historia, por lo que no se cansaba de prevenirla para que tomara sus precauciones.

—Hija, no comprendo cómo podéis estar divirtiéndoos hasta estas horas. ¡Son las ocho y media! —exclamó Julia mientras se servía el té verde.

—Mamá, no seas antigua. Hoy todo el mundo sale por la noche.

Julia se llevó la taza a los labios en tanto volvía a mirar el reloj de la cocina.

—¿Has visto a tu hermano?

—Sabes que no frecuentamos los mismos lugares. Además él tiene otro tipo de amigos.

Julia conocía de sobra los amigos que tenía su hijo, que no eran sino parte destacada de su propia preocupación.

Su hijo, Juanito, la traía por la calle de la amargura. Con dieciocho años recién cumplidos, era el joven más vago e irresponsable que cupiera imaginar. Era un pésimo estudiante, y no parecía tener el más mínimo interés por nada que no fueran los videojuegos, y una música estridente que se inoculaba durante la mayor parte del día a través de unos pequeños auriculares. Cuando intentaba dialogar con él en busca de su opinión sobre lo que pensaba de la vida o su futuro, se limitaba a mirar con cara de ausencia sin molestarse siquiera en abrir los labios.

A Julia, en semejantes ocasiones, le parecía estar hablando con un selenita, e invariablemente terminaba por alterarse para decirle de todo, aunque a él le diera lo mismo, pues según acababa su madre con la perorata, volvía a ponerse sus auriculares como si nada fuese con él.

Claro que sus amigos no le iban a la zaga, ya que eran tan vagos y pasotas como él. Desconocían el significado de la palabra *responsabilidad*, y no digamos la de *solidaridad*. Lo que fuera a ocurrir con el planeta Tierra no era asunto suyo, y pensaban que ya que todos los actuales males del mundo habían sido originados por sus padres, era a estos a los que les correspondía solucionarlos. A Julia le parecían un atajo de redomados egoístas, sin criterio, cuyo único fin en esta vida era el de divertirse. Eso sí, con el dinero de sus padres.

Tanto su esposo como ella habían intentado comprender

aquella mentalidad tendiendo un puente hacia su hijo, con la esperanza de poder ser considerados como sus amigos, mas esta estrategia había fracasado estrepitosamente. Juanito había terminado por coger la medida a sus padres, y la situación había acabado por írseles de las manos.

A Julia solo le quedaba resignarse y sufrir, como madre suya que era. A la postre, su hijo no representaba sino un fracaso en sus vidas y, aunque su marido había decidido no mantener apenas relación con semejante bergante, ella no podía apartar su preocupación tan fácilmente. Además, en los últimos meses, Julia sospechaba que su hijo tomaba drogas en sus salidas nocturnas, pues un día había descubierto en uno de los bolsillos de sus pantalones unas pequeñas pastillas de color amarillo que llevaban grabado el logotipo de una serpiente, y que resultaron ser anfetaminas pertenecientes a las llamadas drogas de síntesis.

El escándalo que se originó fue mayúsculo, aunque el chico, impertérrito, se enfrentó a la ira de sus padres argumentando que dichas pastillitas pertenecían a un amigo, y que él solo se las había guardado. A partir de aquel instante, Julia se convenció de que cualquier noche de fin de semana el teléfono de su casa sonaría para darles una mala noticia.

Eran más de las nueve cuando Juanito llegó aquella mañana. Como siempre, tuvo que aguantar el sermón de su madre mientras su cándida hermanita se terminaba la tostada con mermelada. Él optó por no entrar en discusiones, pues después de lo que había trasegado aquella noche no tenía el cuerpo para debates familiares, así que se tomó un vaso de Cola Cao y se metió en la cama tan campante, ante la mirada furiosa de su madre. Ella nunca lo comprendería, pues no en vano vivía en un mundo cuya realidad era bien diferente.

2

Aquella mañana de sábado Julia decidió salir a dar un paseo. Era finales de abril y el día lucía espléndido, abigarrado con todos los aromas que el Retiro era capaz de propagar y que tenían cumplida respuesta en todo un alarde de colorido apasionado, desparramado con la generosidad que solo la primavera posee.

Era la época preferida de Julia, y durante esta disfrutaba más que de costumbre paseando por aquel verdadero oasis que pugnaba por mantenerse firme frente a la vorágine de los ladrillos y el hormigón. Atravesó el parque abandonándose, en parte, a sus sentidos, feliz de captar la propia esencia de una naturaleza desbordante de vida. Después se dejó llevar por las calles del barrio de Salamanca sin otro propósito que no fuera el del simple paseo, sin tener otra cosa que hacer. Julia odiaba las prisas; una prenda actual que todos llevamos y que algunos no son capaces de quitarse ni para dormir. Caminar despreocupadamente significaba para ella un verdadero placer. Mirar los escaparates de las tiendas, aunque los precios prohibitivos que exhibían garantizaban que no compraría en ellas; mezclarse con los transeúntes;

esperar en los semáforos sin sentir la necesidad de tener que cruzar la calle apresuradamente o simplemente sentarse en una terraza a tomar un refresco en tanto algún hombre solitario, en una mesa cercana, la observaba con avidez, mientras ella, tras sus oscuras gafas de sol, simulaba que miraba hacia otro lado.

Plantada ante uno de aquellos escaparates, Julia observó su figura reflejada. Obviamente, lejos quedaba la diosa griega que levantara suspiros en la universidad cuando tenía dieciocho años. Aunque se cuidaba, había engordado, y su cabello, antes oscuro y largo, lucía ahora con una media melena y teñido con mechas, pues las canas hacía ya tiempo que habían hecho acto de presencia. Su rostro continuaba siendo bello, aunque los avatares de la vida hubieran cincelado en él las consecuencias de su inefable paso. Formaba parte de la propia vida, sin duda, aunque para ser justos habría que reconocer que con Julia habían sido sumamente benévolos. Pese a que su monótona existencia hiciese pensar lo contrario, sus facciones expresaban la fuerza interior que siempre había poseído, y sus cautivadores ojos y su porte de otro tiempo la hacían resultar indudablemente atractiva.

Cambió de posición ante el improvisado espejo con evidente coquetería a la vez que se estiraba el suéter para resaltar su talle. Los pocos kilos de más que tanto se resistían a abandonarla daban una mayor rotundidad a sus formas, confiriéndole un aspecto ciertamente poderoso, de mujer de rompe y rasga.

Al observar sus caderas hizo un pequeño mohín de disgusto. Bajo sus ajustados pantalones se encontraba su enemigo más contumaz, una más que incipiente celulitis contra la que luchaba denodadamente y que se resistía a abandonarla. Esta, junto con la cicatriz de la cesárea que hubo que practicarle en el alumbramiento de su segundo hijo, eran las señales inequívocas de que el paso de los años era un proceso cuyas consecuencias, con suerte, podían llegarse a retrasar, aunque a la postre siempre hubiera que enmascararlas.

Julia suspiró al pensar en ello mientras un individuo que pasaba a su lado le soltaba una barbaridad. Ella estaba acostumbrada a los disparates que, en ocasiones, le decían al verla caminar. En realidad los había venido escuchando más o menos veladamente desde su época de estudiante. Miradas desbordantes de deseo, gestos procaces o tipos relamiéndose indisimuladamente eran escenas que le habían acompañado desde su adolescencia. Sin embargo, ella nunca se había sentido halagada por ello. Su propia naturaleza parecía encontrarse lejana a las pasiones incontroladas, y sus apetitos carnales eran saciados con facilidad.

A sus cuarenta y dos años, Julia podía presumir de haber sido siempre fiel a su marido, quien, por otra parte, había resultado ser su única relación amorosa. Jamás se había acostado con otro hombre que no fuera él y, a decir verdad, tampoco había experimentado la necesidad de hacerlo.

Julia pensó en ello en tanto reanudaba su paseo, sin sentir ninguna emoción especial. Sus recuerdos sobre encendidas pasiones y enardecidos deseos se le antojaban vagos y extrañamente lejanos, como si pertenecieran a otra persona. Hacía muchos años que sus relaciones íntimas con Juan se habían convertido en actos puramente mecánicos y cada vez más inusuales; como una parte más de la rutina de su vida familiar a la que, indudablemente, también se encontraba sujeto su marido, siempre agotado a causa de su trabajo.

Sus inquietudes estudiantiles habían acabado por dispersarse en un mar de realidades en el que, no obstante, se resistía a bañarse. Sus anhelos de cómo debía ser el mundo que la rodeaba hacía mucho tiempo que se habían topado con el inexpugnable muro de la cruda realidad, un baluarte formidable que había acabado por resultarle infranqueable, indiferente a las penurias humanas. Solo el universo que su padre le había mostrado desde su niñez permanecía en ella tal y como se lo había imaginado. El mundo de las culturas clásicas había terminado por convertirse para Julia en un reducto donde permanecer a salvo de aquella realidad que ella, un día, creyó poder moldear, y de la cual ahora conocía su verdadera cara. Julia se sentía a gusto entre los seres y semidioses que un día poblaran las lejanas tierras de las que surgió el embrión de nuestra propia civilización. Gestas sin fin que gustaba de rememorar a sus alumnos tal y como si ella misma las hubiera vivido. Ese era su verdadero refugio. Allí podía soñar cada día con las proezas de un tiempo en el que los hombres valían lo que en realidad eran.

Entre tales disquisiciones, sus pasos la llevaron a tomar la siguiente bocacalle. Era una calle tranquila que confluía en una de las vías más importantes de aquel señorial barrio y que, de ordinario, solía tener poco tráfico. Casi sin proponérselo, Julia caminó por una de sus aceras mientras dejaba que los cálidos rayos de aquel sol de primavera la envolvieran, acompañándola en su paseo. A ella le agradaba su presencia, y fue así como, juntos, llegaron a detenerse frente a la vidriera de aquella tienda.

ORLOFF ANTICUARIOS: MADRID-MOSCÚ-PARÍS-ÁMSTERDAM, rezaba el rótulo escrito en grandes letras doradas sobre un fondo ocre.

No era la primera vez que Julia se paraba ante el establecimiento, pues había pasado por delante de él en varias ocasiones en las que ya había admirado los magníficos objetos que adornaban su amplio escaparate. Ella recordaba perfectamente el lugar, ya que, durante años, allí se hallaba ubicado un viejo almacén que, con el tiempo, había sido abandonado.

Por eso, cuando Julia pasó junto a la vidriera, enseguida acudió a curiosear entre lo que resultó ser un muestrario de piezas extraordinarias. Obras de indudable belleza, entre las que destacaba una figura de Bastet, la diosa gata egipcia, por la que se sintió fascinada.

Aquella mañana, sin embargo, el escaparate se encontraba repleto de fotografías de obras de arte, con un cartel que anunciaba: PRÓXIMA SUBASTA. EXPOSICIÓN EN EL INTERIOR.

Desde el otro lado del cristal, Julia intentó atisbar algún detalle de aquella exposición. Tal y como aseguraba el anuncio, pudo ver una serie de vitrinas que parecían albergar los objetos que habían de ser subastados, así como algunos muebles y diversos cuadros colgados en las paredes. Sentada junto a una mesa, una joven rubia tomaba nota de lo que quizá fuera un inventario, pues Julia observó como le echaba un vistazo a los objetos cada vez que escribía algo. Fue entonces cuando, súbitamente, la señorita volvió la cabeza en su dirección y la vio.

Durante unos instantes la joven pareció observar con atención a la mujer que, desde la calle, miraba hacia el interior del establecimiento con las manos a ambos lados de la cara, quizá para poder ver mejor. Luego esbozó una sonrisa y, tras levantarse con parsimonia, se dirigió hacia la puerta.

—Disculpe, señora, parece que está usted interesada en las antigüedades, ¿quiere pasar?

Julia puso cara de sorpresa, aunque enseguida sonrió.

—Me parece que no puedo permitirme semejantes lujos —le contestó haciendo un gesto de fastidio.

—Pero sin duda le gustan. ¿Estoy en lo cierto?

Aquella joven hablaba con un acento extraño que a Julia le pareció propio de los pueblos eslavos. Su pelo rubio, tez pálida, y ojos de un azul profundamente intenso, le hicieron pensar que quizá su nacionalidad perteneciera a algún Estado del este de Europa.

—Perdone mi atrevimiento —oyó Julia mientras regresaba de sus pensamientos—, pero creo haberla visto en alguna ocasión mirando el escaparate.

Julia se sintió algo incómoda.

—Le ruego que no se moleste, pero en este negocio solemos ser buenos fisonomistas. Además, adivino que se siente atraída por Bastet —dijo señalando la figura de la gata.

—Me parece fascinante —replicó Julia sin ocultar su emoción.

—Es una joya, créame, aunque no sea tan antigua como usted se piensa.

Julia hizo un gesto con el que daba a entender su desconocimiento.

—Es una talla de bronce del siglo XIX. Su autor, un artista italiano, murió prematuramente en un duelo, por motivos, según parece, de amores inconfesables que yo más bien me atrevería a calificar como imposibles. A la postre, el marido engañado se tomó cumplida venganza, aunque afortunadamente el artista tuvo tiempo suficiente para legarnos algunas piezas verdaderamente soberbias.

Julia miraba la figura de bronce mientras permanecía en silencio.

—Pero me parece que estoy siendo poco cortés con usted —dijo la joven en un tono más jovial—. ¿No le apetecería entrar?

Julia observó como aquella señorita le hacía un ademán de invitación con la mano.

—Dentro tenemos piezas muy interesantes —insistió la joven.

—Me encantaría —contestó Julia, apartando su mirada de la gata para sonreírle abiertamente.

Aquella no era la primera vez que Julia entraba en una tienda de antigüedades, aunque sí lo fuera en una como aquella. En nada se parecía aquel establecimiento a algunos de los que salpicaban las calles del barrio, pues no era solo lujo lo que allí se exponía, sino verdadero arte, auténticos vestigios del pasado. Sin poder evitarlo, sus ojos recorrieron con curiosidad el espléndido muestrario que se exhibía en la sala, una estancia de generosas dimensiones cuyas paredes, pintadas en un ocre estucado, daban la sensación de ser aún más antiguas que las propias obras que custodiaban; un efecto como de otro tiempo, que a Julia le hizo recordar las antiguas *domus* romanas.

Cuadros, muebles, vitrinas en cuyo interior descansaban obras de una belleza cautivadora; aquella cámara era a los ojos de Julia como un sueño formado por las más delicadas formas creadas por las manos del hombre. El genio humano, capaz de lo mejor y de lo peor, parecía haberse desbordado en aquella habitación, alumbrando prodigios difíciles de imaginar.

—Cuesta resistirse a tanta belleza, ¿verdad? —oyó Julia que le decían.

Ella se sentía presa de un magnetismo que solo un alma de artista como la suya podía comprender. Todo cuanto acaparaba su vista le parecía exquisitamente maravilloso y a la vez inabordable, una utopía para sus apretados bolsillos. En ese momento, Julia creyó tener clara la utilidad del dinero; si ella pudiera permitírselo, poseería todo cuanto veía en aquella sala.

Suspiró regresando a la realidad en tanto buscaba con la mirada a la joven que ahora le sonreía abiertamente.

—Disculpe —dijo al fin devolviéndole la sonrisa—, pero su colección ha hecho que, por un momento, perdiera la noción de la realidad.

—No se preocupe, a mí me pasa todos los días. Si lo desea puede ver la exposición con tranquilidad mientras finalizo el inventario para un próximo catálogo.

Julia le hizo un ademán de agradecimiento y al punto se dejó llevar a través de la sala de aquella tienda, totalmente embelesada por cuanto veía. Sus pasos la condujeron a admirar las variopintas obras, deteniéndose, de vez en cuando, el tiempo necesario para poder leer las fichas de referencia de aquellas que más le llamaban la atención. Los precios de muchas de ellas le parecieron verdaderamente prohibitivos, aunque no dudara de su valor.

Reparó entonces en los dos agentes de seguridad que, indiferentes, la observaban mientras iba y venía por entre aquellas piezas dignas de un museo, tal y como si formaran parte del propio mobiliario; y también en el hombre de pelo blanco y barba recortada que, sentado tras un viejo escritorio, allá en el fondo de la estancia, parecía ojear algún tipo de documento. Ella lo observó con disimulo, y luego continuó con su visita volviendo a deleitarse con cuanto sus ojos veían.

Fueron sus caprichosos pasos los que hicieron que Julia se detuviera, casi sin proponérselo, frente a la vitrina que daba cobijo a aquel objeto, el más fascinante que hubiera visto en su vida.

El suave haz de luz que incidía sobre él desde el mismo interior de la urna le daba un aspecto de cierta intemporalidad, haciendo que pareciese intangible, como si nunca hubiera pertenecido a los hombres. Atónita, Julia observó aquella joya digna de haber sido creada por la mano de los antiguos dioses.

—Resulta maravilloso, ¿verdad? —oyó que le decían.

Julia parpadeó un instante mientras salía de su ensoñación; luego, sonrió a la joven.

—Es increíblemente hermoso —contestó sin apenas mirar a la señorita rubia que se había acercado de nuevo.

—Creo que lo tiene todo —indicó esta—. Belleza, armonía, pureza, misterio... y además es muy antigua. ¿Sabe lo que es?

Julia asintió levemente mientras la miraba a los ojos.

—Es un escarabeo —contestó volviendo a fijar su vista en el objeto—. El escarabajo que los antiguos egipcios llegaron a divinizar, convirtiéndolo en todo un símbolo del eterno renacimiento. Al dios que lo representaba lo llamaban Khepri.

—En efecto —corroboró la joven sin perder su sonrisa—. Veo que posee conocimientos sobre arte antiguo.

—No crea que tantos —dijo Julia negando con la cabeza—. En realidad soy historiadora, doy clase en la universidad.

—¿De veras? Bueno, ese es bagaje más que suficiente para poder apreciar esta maravilla en todo su valor. Fíjese bien —continuó, señalando con el dedo—. El núcleo principal está formado por el escarabeo, que es de lapislázuli engastado en oro. Si lo observa con atención, podrá ver cómo el oro delimita las diferentes partes del cuerpo del insecto, así como sus patas. Las anteriores sujetan un disco de cornalina, también engastado en oro, que simboliza al sol naciente.

—Ra-Khepri —musitó Julia como para sí.

—Alrededor del escarabeo gira el resto de la obra —prosiguió la joven pasando por alto el comentario—. Las dos alas de halcón envuelven al escarabeo tal y como si este estuviese alado, y están hechas con incrustaciones de cientos de piedras, como la cornalina, el lapislázuli, o la calcita. Juntas componen un efecto que imita el plumaje, dando a la obra un equilibrio de matices insuperable.

Atenta a cada una de las explicaciones, Julia pudo percatarse de la infinidad de pequeños detalles que atesoraba aquella pieza. El haz de luz proyectado sobre ella creaba reflejos imposibles al reverberar sobre las valiosas piedras que componían el singular plumaje. A Julia le pareció que aquel escarabeo alado era poseedor de vida propia, y que formaba parte de la luz que lo envolvía, tal y como si en verdad hubiera surgido de ella con su poder regenerador. Subyugada, creyó comprender el verdadero significado de aquella enigmática reliquia, captando su extraña magia. Sin duda los orfebres que la crearon habían realizado un trabajo soberbio con aquella obra, cuyo tamaño apenas abarcaba la palma de su mano. A Julia se le antojó digna de los dioses en los que aquel pueblo tanto creía.

—¿Se sabe a quién perteneció? —preguntó en tanto se encaminaba hacia el otro lado de la vitrina.

—El nombre de su propietario original nos es desconocido.

—En la parte posterior hay unas inscripciones —señaló Julia.

—Al parecer son unas fórmulas de ofrenda, aunque en ellas no se menciona ningún nombre en particular. Seguramente, la obra procede de algún ajuar funerario.

Julia asintió sin poder apartar su mirada de la pieza.

—¿A qué período pertenece?

—Nuestros especialistas creen que puede tener unos tres mil quinientos años de antigüedad; principios de la XVIII Dinastía.

En ese momento, Julia se percató de la existencia de una tarjeta adherida a una de las paredes de la vitrina que, a modo de ficha, explicaba algunos pormenores de la pieza. En ella, tal y como le había dicho la joven, se indicaba su antigüedad, así como su origen; una colección privada.

—Según la referencia de su catálogo, la pieza proviene de una colección privada —observó Julia.

—En efecto —aseguró la joven—, aunque sobre este particular me temo que no pueda ser más explícita. Mantenemos una discreción absoluta sobre las procedencias privadas de nuestras obras.

Julia la miró un instante y luego volvió a admirar el escarabeo.

—Jamás me desharía de algo así —dijo con rotundidad.

—La mayoría de los coleccionistas piensan lo mismo que usted cuando las adquieren por primera vez. Luego, los avatares de la vida o simplemente sus descendientes acaban por sacar las obras a la venta.

Inmediatamente, Julia pensó en su hijo Juanito, y frunció el ceño al imaginarse lo que podría ser capaz de hacer con una obra semejante si cayera en sus manos.

—Las antigüedades vienen y van —señaló la joven, que pareció haber leído el gesto de Julia—. Siempre ha ocurrido así.

—Bueno —intervino esta, dando un pequeño suspiro—. En mi caso creo que no se llegará a esa situación. Nunca podré permitirme el acceder a una obra semejante. Supongo que este será el precio —concluyó, señalando las dos cantidades que mostraba la ficha.

—Así es. Los llamamos precios de estimación baja y alta,

y es el modo usual en el que se fija el precio de salida en el mundo de las subastas. Como puede observar, en este caso el precio estará entre los doscientos cincuenta mil y trescientos cincuenta mil euros.

—Para mí es una fortuna —apostilló Julia, mientras dirigía otra vez su mirada hacia la figura—. Aunque supongo que un objeto como este de seguro tendrá potenciales compradores.

—Eso espero —intervino la joven riendo con suavidad.

Al oír aquellas palabras Julia experimentó una extraña sensación. Por un momento se imaginó al espléndido escarabeo alado en manos de algún petimetre adinerado, para quien aquella pieza no significaría sino una más de sus múltiples posesiones. Posiblemente le reservaría un lugar destacado de su casa donde poder exhibirlo ante sus amistades; como si de un simple trofeo se tratase.

Julia sintió un regusto amargo ante semejante idea, y un súbito deseo de poseer la obra. Al mirarla de nuevo se convenció de que se había creado un cierto nexo de unión entre ellos.

«Es absurdo», se dijo, apartando su vista de aquella vitrina con pesar.

La joven, que no perdía detalle, observó la expresión algo compungida de la señora.

—Escuche —señaló con suavidad—. Según parece, usted no ha acudido nunca a presenciar una subasta. ¿Le gustaría asistir a esta?

Julia la miró sorprendida.

—¿Asistir? Como le dije antes, yo no podría permitirme el adquirir una obra semejante.

—Creo que no me ha comprendido. La estoy invitando a presenciar el acto, nada más. Usted no tendrá ninguna obligación de pujar.

Julia pareció dudar.

—Anímese, mujer. Le garantizo que le resultará toda una experiencia. ¿Qué me contesta?

Por un momento Julia consideró la propuesta. La joven le brindaba la posibilidad de estar presente en la subasta, una oportunidad que quizá no volviera a surgirle jamás. Además, si asistía podía saber quién sería el afortunado que adquiriría el escarabeo.

—No sé... No quisiera molestarles —indicó poco convencida.

—No se hable más —concluyó la joven con rotundidad—. Le diré lo que haremos. Si le parece, le tomo nota de sus datos para poder enviarle una invitación al acto. Así usted decidirá lo que le convenga más.

Julia observó a la joven, que con tanta amabilidad la estaba invitando. Su rostro era hermoso, aunque los rasgos que lo enmarcaban le resultaran un tanto angulosos, y sus ojos, además de bellos, denotaban una indudable determinación. Luego se fijó con disimulo en su figura, que era alta y bien proporcionada, llegando a la conclusión de que poseía un cuerpo de ensueño.

—Si me acompaña al escritorio, con gusto anotaré su nombre y dirección —señaló la joven con su característico acento, en tanto hacía un gesto para que la siguiera.

Mientras aquella le tomaba sus datos, Julia volvió a reparar en el hombre de pelo blanco y barba recortada sentado al fondo de la sala. Durante unos instantes, ambos se miraron.

La señorita terminó de tomar nota y observó la escena.

—Es mi padre —dijo mostrando de nuevo su habitual sonrisa—. Se llama León, León Orloff.

Julia la miró enarcando una de sus cejas.

—Perdóneme, pero ahora me doy cuenta de que todavía no me he presentado; no tengo excusa. Mi nombre es Anna, y como ha podido comprobar, trabajo en el negocio, junto a mi padre.

—Creo entonces que podemos tutearnos, ahora que tú también sabes cómo me llamo —repuso Julia con cierta ironía—. Tu nombre es extranjero, ¿verdad?

—Ruso. Toda mi familia es originaria de Moscú; sin embargo, tras la revolución, mis abuelos emigraron a Holanda. Mi padre pasó la mayor parte de su vida en Ámsterdam, aunque ahora vivamos en París, que es la ciudad donde nací. Allí se encuentra la sede principal de la firma.

Julia asintió, en tanto hacía ademán de despedirse.

—Te espero —insistió Anna, tendiéndole la mano—. La subasta tendrá lugar el próximo 27 de abril a las ocho de la tarde, no te olvides.

Julia miró una vez más hacia la vitrina que guardaba la preciosa joya.

—Procuraré venir —aseguró con una sonrisa.

Los días siguientes transcurrieron con la lentitud propia que confiere la cotidiana monotonía. Las clases en la universidad, la frustrante relación con su hijo Juanito, o la distancia que últimamente había decidido poner Aurora entre ambas, y que no hacía sino añadir más témpanos de hielo al glaciar en que se habían convertido sus lazos. Su marido viajaba más cada día, huyendo quizá de aquella singular familia en la que cada miembro parecía estar perdido para los demás.

Julia sabía que, en cierta forma, el trabajo de Juan representaba un refugio irrenunciable para él, y no podía reprochárselo, pues en no pocas ocasiones ella misma desearía desaparecer lejos, muy lejos, a un lugar que solo sus sueños fueran capaces de dibujar; sin duda en otro mundo.

No le cabía duda de la fidelidad de su marido, y tampoco del hecho de que la quisiera. Simplemente, era incapaz de superar las infranqueables barreras que, seguramente, ellos mismos habían creado.

Sin embargo, Julia sentía que todo venía a recaer sobre sus hombros. Ella era la que diariamente regresaba a una casa, la mayor parte de las veces solitaria, y la que tenía que enfrentarse a la dura realidad que habían terminado por mostrarle sus hijos.

—Si quieres que te sea sincera, no sé cómo puedes aguantar más esta situación —le decía su amiga Pilar, mientras almorzaban en la cafetería de un centro comercial—. Yo en tu lugar hacía mucho que los habría mandado a todos a hacer gárgaras.

Pilar era una amiga de toda la vida, de muy buen ver y fuerte carácter, que se había separado hacía poco.

—Mujer, cómo dices eso.

—Mira, Julia, desengáñate. Lo nuestro es el timo llevado a su máxima expresión. Nos quejábamos de la vida que llevábamos antes, pero la que nos han preparado ahora es digna de esos héroes clásicos en los que tanto crees. A Hércules quisiera verlo yo lidiando con lo que nos espera cada día.

—Vaya ejemplo que me pones —dijo Julia lanzando una carcajada.

—No te rías. Él, al menos, no tenía que regresar a casa después de haber realizado sus famosos trabajos, y estar hecho un pimpollo. Nosotras, encima, nos hemos impuesto la tarea de representar una función diaria más propia de los seriales de amor y lujo que de la realidad.

—Pilar, siempre has sido una exagerada.

—Eso es lo que tú te crees. En cuanto bajas la guardia, siempre hay una dispuesta a dejarte en evidencia. Mira, si no, lo que me pasó con Pepe. El muy cabrón parecía incapaz de romper un plato, y me la jugaba con una de sus secretarias, más joven que yo, claro. Cuando descubrí su engaño, no se le ocurrió otra cosa que decirme que se deprimía terriblemente cuando llegaba a casa y me veía con la bata y sin maquillar, el muy cerdo. Claro que le ajusté bien las clavijas. ¡Le saco hasta el último euro!

Julia movió su cabeza después de tomar un sorbo de su refresco.

—Tú y Pepe también disfrutasteis de momentos felices, y, al fin y al cabo, tuvisteis tres hijos.

—Visto desde la distancia, todo parece una farsa. Desengáñate, querida, los hombres son todos iguales. ¿Ves a aquel de allí? —dijo haciendo una disimulada seña con sus ojos—. No nos quita los ojos de encima. Bastaría que le mirara un par de veces para que le tuviéramos aquí sentado, dispuesto a asediar la plaza. Seguro que está casado.

Julia volvió a reír con ganas mientras observaba distraídamente a aquel individuo, convencida de que su marido jamás entraría en ese juego.

—Querida, yo no pondría la mano en el fuego ni siquiera por Juan. En cualquier caso, tus quebraderos de cabeza vienen a causa de tus hijos, y de estos nunca te podrás librar.

—Hay veces que no sé qué hacer —se lamentó Julia moviendo la cabeza—. A menudo pienso en qué hemos podido equivocarnos, pero, no sé, créeme que resulta frustrante.

—Te entiendo perfectamente, no te olvides de que yo aún tengo a tres monstruos en casa, y dos de ellos saliendo de la adolescencia. Ya te puedes imaginar; en cuanto tienen ocasión, se meten en internet a buscar las páginas más asquerosas que puedan encontrar. Te aseguro que, llegando a esa edad, se convierten en auténticos homínidos, y son incapaces de pensar en otra cosa que no sean cochinadas. Los problemas que tú me cuentas son universales, y no creo que haya muchas familias hoy en día que se libren de ellos.

—Pues sí que me das buenos ánimos.

—Ay, hija, yo lo tengo clarísimo. No pienso estar todo el día detrás de ellos preocupándome por lo que hacen o dejan de hacer; entre otras cosas porque al final lo único que conseguiré será llevarme continuos berrinches. Pienso disfrutar de la vida todo lo que pueda, y te aconsejo que tú hagas lo mismo.

—No digas eso, Pilar. Son nuestros hijos.

—Llevamos toda la vida sacrificándonos por ellos y, francamente, creo que la situación se está convirtiendo en abusiva. No dejes que te marchite; todavía estás espléndida; al final serás tú la que tengas que vivir tu vida.

Julia todavía recordaba las palabras de su amiga, cuando entró en el portal de su casa. «Quizá tuviera razón», se dijo con melancolía.

Aunque, a su modo de ver, todo era más complejo.

Suspirando, se aproximó a su buzón de correo y abrió su pequeña puerta. Había tres cartas en su interior, y una de ellas le produjo una extraña emoción. Lentamente se dirigió hacia el ascensor mientras abría el sobre con cierta ansiedad. En su interior había una tarjeta:

La firma de anticuarios Orloff se complace en invitarle a la subasta que se celebrará en su sala el próximo viernes, día 27 de abril, a las 20 horas.

ANNA ORLOFF

3

Se podría asegurar sin temor a caer en la exageración que Henry Edwards Charles Philips Archibald, vizconde de Langley y quinto conde de Bronsbury, era un hombre inmensamente rico. Pertenecía a una de las familias más aristocráticas del país, cuyo linaje se remontaba a los tiempos en los que Guillermo el Conquistador, duque de Normandía, invadiera Inglaterra allá por el siglo XI. Los tres condados en los que este dividió la isla recién conquistada significaron el asentamiento de sus lejanos ancestros, cuya suerte corrió pareja desde entonces con los avatares históricos que los siglos depararon a Gran Bretaña.

Lógicamente, entre sus antepasados había habido de todo, desde católicos recalcitrantes hasta exacerbados jacobitas, pasando por revolucionarios cromwelianos, obispos, grandes militares, reconocidos políticos, o primeros lores del tesoro de Su Majestad.

Su difunto padre, sir Ralph Archibald, lord Belford, había sido el vértice en el que había confluido aquella enorme pirámide, cuya base comenzara a construirse casi diez siglos atrás, y dentro de la cual se escondía algo más que la simple historia de sus apellidos. A través de casi un milenio, los intereses de su familia habían sido sabiamente negociados con todo tipo de enlaces y variopintas uniones, de tal suerte que su sola mención era sinónimo, en la actualidad, de fortuna y gloria. Sus intereses iban mucho más allá de sus extensas posesiones repartidas por toda Inglaterra. La tierra y el ganado, que antaño les reportaran pingües beneficios, hacía mucho tiempo que habían dejado de ser su principal fuente de ingresos. Los Archibald habían ido con los tiempos, y a diferencia de lo que ocurriera con otras casas ilustres del país, que acabarían por arruinarse, ellos decidieron comprometerse en la industrialización de la nación, casi desde el principio, convencidos de que el futuro económico había dejado de pertenecer a la tierra. Por todo ello, con el paso de los años, sus inversiones habían acabado por diversificarse prácticamente por todo un tejido industrial que se extendía más allá de las propias fronteras del Reino Unido. Primero fueron las industrias tradicionales de siderurgia en el Midlands, la metalurgia en Bristol, y la producción de carbón en los Lowlands de Escocia. Luego llegó el momento de apostar por la floreciente industria química y de participar en el negocio del petróleo, ampliando sus intereses a refinerías, gaseoductos y grandes multinacionales, haciendo que los beneficios ascendieran hasta cifras insospechadas.

Sir Ralph Archibald, el hombre que durante decenios había gobernado con habilidad aquella gigantesca nave, había heredado, no obstante, el genuino toque excéntrico que a través de todos aquellos siglos habían demostrado poseer no pocos miembros de su familia.

Casado en primeras nupcias con lady Sarah Ormond, una mujer sumamente estricta perteneciente a la aristocracia rural, con la que había tenido dos hijos, sir Ralph no tuvo el más mínimo reparo en mandarla a freír espárragos durante una cena oficial en la que se encontraba lo más granado de la alta sociedad londinense. Ante la mirada sorprendida de todos los asistentes, lord Belford se levantó de la mesa y alzando su copa dijo solemnemente:

—Querida, brindo por los treinta años de felicidad que he tenido la desgracia de soportar a tu lado.

Tras ello, se marchó como si nada hubiera ocurrido.

Aquello fue muy comentado y motivo de no pocos chascarrillos, aunque el verdadero escándalo se produjo cuando, al poco tiempo, sir Ralph anunció que iba a casarse de nuevo con una mujer treinta años más joven, que además era española.

Al enterarse, lady Sarah cogió tal berrinche que le dio un síncope a la pobrecilla, muriendo en el acto.

«Una pérdida irreparable», aseguró lord Belford, quien, sin embargo, no tuvo reparo en aprovechar para casarse de nuevo por la Iglesia, aunque esta vez fuera la católica, con su nueva esposa.

La novia era una joven andaluza de inmensa belleza, perteneciente a una buena familia afincada desde hacía algunos años en Londres, donde su padre desempeñaba un alto cargo dentro de la embajada española. Al verla por primera vez, durante el transcurso de una recepción, sir Ralph se volvió loco por ella, perdiendo literalmente el juicio, como si fuera un adolescente, aunque ya hubiera cumplido cincuenta y tres años.

Carmen, que así se llamaba la joven, se vio sorprendida por un hombre que resultó ser un verdadero torbellino, al que no parecía ponérsele nada por delante, que la abrumó hasta el punto de aceptar casarse con él a pesar de la diferencia de edad.

La pasión desenfrenada que por ella sentía sir Ralph dio sus frutos, y antes de pasado un año Carmen alumbró a un niño al que bautizaron, entre otros, con el nombre de Henry, en honor a su abuelo materno, que se llamaba Enrique. A menudo, Henry había pensado en la influencia que su madre había tenido en su vida. Ella fue la que hizo especial hincapié en que su educación resultara diferente a la que habían recibido sus hermanastros. Desde hacía siglos, los varones de la familia Archibald habían estudiado, indefectiblemente, en Eton, donde la más estricta disciplina estaba asegurada. Carmen decidió que existían otras buenas opciones que pondrían al niño en contacto con un ambiente que, aunque distinguido, resultara un poco más abierto. Fue así como Henry ingresó en el exclusivo colegio de Harrow en Middlesex, del que guardaría siempre un imborrable recuerdo.

Sin lugar a dudas, fue su madre la que le transmitió aquella sensibilidad especial que poseía para apreciar todo lo bello. Él se había criado entre obras de arte, y en su memoria habían quedado grabadas sus frecuentes incursiones por los interminables pasillos de la residencia familiar en Surrey, siempre abarrotados por el inconmensurable legado que solo mil años son capaces de ofrecer. Por todo ello, no resultó extraño el que Henry decidiera, para su formación universitaria, estudiar Historia del Arte.

Sir Ralph se quedó perplejo, pues se había formado planes para que el muchacho pudiera ayudar a dirigir el vasto entramado de negocios de la familia, pero Carmen fue determinante al hacer ver a su marido que un espíritu como el de Henry no podía verse encerrado el resto de sus días junto a la mesa de un consejo de administración.

Así fue como, tras su paso por el colegio, Henry ingresó en Oxford, entrando en contacto con un universo en el que se daban cita gentes de la más diversa condición, y cuya meta no era otra que la de empaparse de todo el saber acumulado en la universidad más antigua de Inglaterra.

Durante su estancia en Oxford, el joven pudo forjarse una idea más real de cómo era el mundo que le rodeaba. Alejado del ambiente exclusivo en el que siempre había vivido, Henry tomó conciencia de lo diferente que podía resultar la vida para los demás. Él se mostró como un alumno brillante, pero no obstante pudo constatar como otros muchos alumnos tan aventajados como él tenían la posibilidad de estudiar allí solo gracias a las becas que les habían sido concedidas.

En sus años pasados en Oxon, la forma abreviada con la que se referían a la universidad, Henry hizo grandes amistades con personas de diferente condición social, algunas de las cuales se convertirían, andando el tiempo, en sus mejores amigos.

Sin embargo, aquella ventana por la que se había asomado al mundo que lo rodeaba también le mostraba sus propios privilegios. El carnaval de la vida había decidido ofrecerle caviar y champán en abundancia, y él se convenció de que lo mejor sería evitar desairarla, y no rehusar semejante ventura.

Ocurrió que en el último año en la universidad, Henry trabó conocimiento con el lado más amargo de la vida, pues su inseparable compañera hizo acto de presencia, súbitamente, como suele ser norma habitual en ella, y una tarde le anunciaron que sus padres habían sufrido un fatal accidente, muriendo ambos en el acto.

A Henry la noticia le causó tal impresión que tardó mucho tiempo en recuperarse, a la vez que planteó sobre él problemas de verdadera consideración.

Las relaciones con sus hermanastros siempre habían sido malas. Ellos le consideraban un advenedizo que poco o nada tenía que ver con el linaje de sus antepasados, y que no era sino el resultado del descontrol de los instintos de su extravagante padre. Con semejantes premisas, es fácil imaginar la feroz batalla que se desató por la descomunal fortuna de lord Belford. Aquella herencia era digna de reyes y, durante meses, la prensa de todo el país se hizo eco del desarrollo de la encarnizada pugna legal que se desencadenó.

Ante la magnitud de lo que se le avecinaba, Henry demostró su buen tino y una gran inteligencia. Poco o nada le interesaba el dominio de las grandes empresas de su padre, así que sus abogados obraron con gran habilidad, de tal forma que centraron su lucha en el control de estas, para desgastar a la otra parte. Al final, el resultado fue el deseado, ya que a cambio de la renuncia por dirigir todas aquellas compañías, Henry conservaría sus títulos nobiliarios, diversas posesiones, y una más que generosa cantidad de acciones distribuidas por la mayor parte de las empresas en las que su familia tenía intereses. Una inmensa fortuna con la que podría permitirse disfrutar despreocupadamente de cuanto se le antojase durante el resto de sus días.

Desde aquel momento, lord Bronsbury se convirtió en adorador furibundo del arte en todas sus formas.

El destino, siempre caprichoso, le había elegido colmándole de abundancia para así permitirle acceder allí donde tan solo unos pocos podían. Él, por su parte, procuró no decepcionarle, pues se rodeó de todo cuanto le pareció exclusivo, desde el más hermoso de los caballos hasta la talla más delicada, recorriendo el mundo entero para encontrarlo, dondequiera que estuviese. Quizá por eso no se había casado, pues creía que, en cierto modo, su corazón jamás podría pertenecer en exclusividad a nadie.

Cómodamente sentado frente a la chimenea de la biblioteca en su casa de Mayfair, lord Bronsbury observaba ensimismado las finas volutas de humo que se desprendían de su habano. Mientras fumaba parecía encontrarse en un estado de abstracción próximo al abandono, como perdido en la más profunda de las meditaciones, aunque en realidad se hallara muy lejos de estarlo. Simplemente reflexionaba sobre un hecho, sin aparente importancia, acaecido varios días atrás, y que no obstante había terminado por acaparar toda su atención.

Cuanto más pensaba en ello, más heterodoxo le parecía el asunto, lo cual no había hecho sino aumentar su inicial interés. Todo había comenzado una fría mañana de principios de abril al recibir el correo. La mayoría de las cartas de aquel día habían sido enviadas por distintas galerías de arte que tenían la amabilidad de invitarle a visitar sus exposiciones. Sin embargo, entre ellas había una en la que le comunicaban la próxima celebración de una subasta, a la que esperaban que asistiese, que le causó cierta extrañeza.

El hecho en sí mismo no tenía nada de particular. Él era una persona muy conocida en el ámbito de las subastas de arte, y por tanto recibía de ordinario invitaciones de ese tipo. Fueron la casa que lo organizaba y el lugar los que realmente despertaron su curiosidad.

En su ya dilatada experiencia en el negocio de las antigüedades, Henry no había oído hablar nunca de la sala de subastas Orloff; por eso le extrañó sobremanera que aquella casa poseyera sedes en varias capitales como París, Moscú, Ámsterdam y Madrid, tal y como rezaba en la tarjeta de invitación, sin que él hubiera tenido nunca la más mínima referencia.

En cuanto al lugar en el que habría de celebrarse el acto,

Madrid, a Henry le produjo una gran perplejidad. Madrid era una ciudad que conocía bien, y a la que viajaba con cierta frecuencia, aprovechando siempre que podía para visitar a algunos de sus más reputados anticuarios.

Henry se sirvió una copa de brandy mientras pensaba en aquel asunto.

Con la carta, la firma Orloff le había enviado un catálogo con los diferentes lotes de la subasta. La mayor parte de ellos englobaban obras que, aunque antiguas, no le parecieron especialmente interesantes; sin embargo, había una que destacaba sobre todas las demás hasta el punto de llegar incluso a desentonar. Se trataba de un escarabeo alado de magnífica apariencia que a lord Bronsbury le llamó la atención de inmediato. En su colección privada, el lord ya poseía varios escarabeos del antiguo Egipto, aunque poco tuvieran que ver con aquel. A Henry le recordó, al momento, a una de las piezas procedentes del ajuar funerario descubierto en la tumba de Tutankhamón por Carter más de ochenta años atrás. Era espléndido, sin duda, y muy poco corriente.

El aristócrata se dirigió con parsimonia hacia una de las ventanas, en tanto agitaba suavemente el brandy de su copa. La tarde se presentaba desapacible, y a través de los cristales Henry observó cómo la fina lluvia entretejía translúcidos visillos, apenas perceptibles, que sin embargo envolvían Londres bajo una enorme bóveda de gélido vapor, capaz de crear las más difusas formas. Lord Bronsbury comprobó el intenso tráfico que a esas horas abarrotaba la calle, y el fantasmagórico aspecto que mostraba Green Park, justo frente a él. Los inermes bancos, acostumbrados a las habituales inclemencias del tiempo, aguantaban solitarios y enmudecidos el inacabable chaparrón que, desde hacía días, se cernía sobre la City.

Más allá, escondido entre los cortinajes del agua, se encontraba St. James Park, su parque favorito, y al instante pensó en la incansable lluvia que alimentaría su lago y en el aspecto desolador que ofrecería.

Al separarse de nuevo de la ventana, su rostro se reflejó en un espejo próximo. Henry lo observó durante unos instantes, adivinando el inflexible paso del tiempo. Todo el mundo estaba de acuerdo en afirmar que era el vivo retrato de su madre, aunque él se resistiera a creerlo. Su recuerdo, en ocasiones, le producía una congoja que trataba de disimular, como le habían enseñado sus educadores desde niño.

El amor que había sentido por ella iba mucho más allá de aquellos recuerdos y, en su memoria, su imagen se representaba risueña y vivaz, tal como ella era. Decían que él poseía sus mismos ojos verdes y su oscuro cabello, y que su piel, suavemente morena, era un remedo de la de Carmen, de quien, al parecer, también había heredado su sonrisa. Del mismo modo, su padre había contribuido más que generosamente en su naturaleza, dejándole su apuesta y esbelta figura, y aquella elegancia innata, aunque sin aparato, de caballero de otra época que Henry mostraba de forma natural hasta en su caminar. El viejo lord Belford había sido un gran señor, pero también un hombre implacable y sumamente tenaz para con todo aquello que se proponía. Henry había heredado en buena medida todas esas particularidades, que se veían incrementadas al abrigo de su gran fortuna.

En cuanto a su comportamiento, este no podía ser más británico, forjado por años de una estricta educación en colegios donde la disciplina era la norma común. Sin embargo, los largos períodos pasados en internados no habían sido capaces de borrar aquella mirada pícara, tan suya, reflejo de un alma apasionada que él se encargaba de sujetar con mano de hierro.

Así era lord Bronsbury; tenía cuarenta y seis años y un buen número de incipientes canas dispuestas a no separarse nunca de él.

Henry volvió a sentarse en el sillón de cuero frente a la chimenea en tanto ojeaba otra vez el catálogo. Al ver de nuevo el escarabeo, desvió su vista hacia los troncos que ardían en el hogar, pensativo. Obviamente, había algo que no terminaba de encajar, pues era extraño que una pieza de tal magnitud saliera a subasta junto con otros lotes con los que no se podía comparar. Una casa que, como Orloff, parecía poseer otras sedes en ciudades tales como París y Ámsterdam, quizá pudiera obtener una mayor ganancia subastando la pieza en cualquiera de ellas.

Por otra parte, el que ninguna publicación especializada hubiera hecho referencia a una subasta con joyas como aquella también resultaba sorprendente. No había aparecido el mínimo comentario al respecto, y eso, de por sí, ya era toda una noticia.

La procedencia del escarabeo era otra de las causas que le llamaban la atención. Según indicaba el catálogo, procedía de una colección privada, sin especificar cuál, lo que invitaba a hacer varias consideraciones. En primer lugar, pudiera ser que algún coleccionista español hubiera poseído aquella pieza desde mucho tiempo atrás y que ahora él o sus descendientes hubieran decidido desprenderse de ella. Este punto le había hecho reflexionar. Parecía raro que alguien que poseyera una joya semejante no se hubiera puesto en contacto con las grandes casas de subastas como Sotheby's o Christie's, que además tenían representación en Madrid. Sin embargo, había elegido otra, Orloff, de cuya existencia él, al menos, no había tenido nunca conocimiento, algo que sin duda era extraño.

La otra posibilidad era que aquella pieza procediera de un robo que no hubiera sido denunciado, o incluso que se tratara de una falsificación. El negocio de las antigüedades se encontraba plagado de individuos cuyas prácticas distaban mucho de ser honradas. Junto a los profesionales serios, se alineaban otros a los que Henry catalogaba como aventureros, y que hacían que el mercado del arte se convirtiera en un negocio en el que era conveniente andar con mucho cuidado.

El precio de salida de la pieza ayudaba a pensar en que esta fuera auténtica, aunque, como él bien sabía, las mayores estafas solían producirse en situaciones de este tipo.

Lord Bronsbury hizo una extraña mueca al pensar en la labor de investigación que, en ocasiones, se había visto obligado a realizar al adquirir determinadas obras, lo que a la postre se había convertido en un acicate para su propia fascinación. Este podía llegar a ser uno de aquellos casos, pues cuanto más estudiaba la pieza de aquel catálogo, más enigmática la encontraba. Los mismos jeroglíficos grabados en el chatón, la parte inferior del escarabeo, destilaban su propio misterio. El propio Henry se había encargado de copiarlos para, posteriormente, enviárselos a su gran amigo Barry Howard, egiptólogo del Griffith Institute de la Universidad de Oxford, para que los examinara.

Aquella mañana, lord Bronsbury había recibido una llamada de su amigo, que parecía muy excitado.

—Escucha, Henry, es preciso que nos veamos —le había dicho Barry, con ese tono característico que solía emplear cuando algo le entusiasmaba.

—¿Ocurre algo? Te encuentro un poco excitado —le había respondido Henry con un deje de ironía.

—Nada que te pueda contar por teléfono, amigo.

—Bien. En ese caso te espero en mi casa esta tarde sobre las seis. ¿Te parece bien?

—Perfecto, Henry. Allí estaré.

Esta había sido toda la conversación, y al estirar sus piernas para acercarlas al calor de la chimenea, Henry pensó en el carácter espontáneo de su amigo, que tanto le divertía. Mientras acababa de fumarse plácidamente el habano, el reloj dio las seis, y casi de inmediato la figura de Banks, su viejo mayordomo, se recortó en la puerta de la biblioteca.

—Con su permiso, milord, el señor Howard espera a ser recibido.

—Gracias, Banks, tenga la amabilidad de hacerle pasar.

El mayordomo inclinó levemente la cabeza, y acto seguido Barry entró en la sala calado hasta los huesos.

—¡Pero, Barry, si estás empapado! —exclamó Henry al verle—. Ven y siéntate junto a la chimenea. ¿Quieres beber algo?

Barry negó con la cabeza, aunque al fijarse en la copa de brandy que Henry tenía en la mano, cambió de opinión.

—Bueno, tomaré un poco de ese licor celestial que acostumbras a beber. Me vendrá muy bien. Creo que esta vez el diluvio es verdadero, ni Gilgamesh al relatar su epopeya vio tal cantidad de agua, querido amigo.

Henry lo observó de soslayo mientras le servía una copa de brandy. Su aspecto era el de casi siempre: pelo ensortijado y despeinado, barba sin arreglar y de un color tan rojizo como su cabello, mirada afable, y las características gafas redondas que cubrían sus pequeños ojos azules, que le daban el toque final a aquel rostro de sabio despistado.

Barry poseía la innata capacidad de perderse en circunloquios filosóficos durante horas sin temor alguno a la servidumbre del tiempo, al que, por otro lado, no solía demostrar demasiado respeto. Sin embargo, este campeón de la perífrasis era a su vez un egiptólogo de gran reputación, a la vez que muy respetado en el ámbito académico y en los foros internacionales.

En la universidad era una auténtica celebridad, y pertenecía al escogido grupo de especialistas capaces de descifrar la escritura hierática.

Su enciclopédica cultura lo convertía, además, en un buen conversador, y su humanidad era tan grande que el más leve de sus gestos podía hablar sin ambages sobre la gran bondad que atesoraba. Un tipo entrañable, en suma.

Ambos amigos se conocían desde la época en que estudiaron juntos en la universidad.

—Solo tú podías tener la osadía de salir sin paraguas en una tarde como la de hoy —dijo Henry mientras le daba la copa.

Barry se encogió de hombros.

—He andado enredado entre milenarias fábulas y enigmáticas leyendas; historias de tiempos remotos —puntualizó, mientras se acomodaba—. En cualquier caso, deberías estarme agradecido por emplear mi tiempo en ayudarte en tus pesquisas.

—Ya conoces mi ingratitud —contestó Henry, burlón—. Forma parte de mi naturaleza.

—Nunca pronunciaste palabras tan acertadas, desventurada reencarnación del legendario Midas.

Henry lanzó una carcajada.

—Tú ríete, pero puede que acabes por tener que sumergirte en las fuentes del Pactolo, tal y como le ocurrió a él, para librarte de una vez del maleficio que parece haberse apoderado de tu persona. Quién sabe, igual hasta Apolo termina por castigarte alargándote las orejas; entonces te convertirías en una copia perfecta de Midas.

Henry le miró arqueando una de sus cejas.

—Este brandy que tomas es como terciopelo para mi garganta. Bes, el antiguo dios egipcio, estaría encantado de venir a visitarte cada día; incluso creo que no le importaría vivir aquí —aseguró Barry mirando a su alrededor—. Es lo que tiene ser rico, claro.

—Esta tarde estás particularmente gracioso, no me diste la misma impresión esta mañana cuando hablamos por teléfono. Me pareciste, ¿cómo lo definiría?... ¿Emocionado?

Barry hizo una mueca en tanto apuraba su copa.

—He de reconocer que así era —convino mientras recibía la botella de brandy de manos de su amigo para así servirse a su gusto—. Y te aseguro que no me faltaban motivos —señaló después de dar el primer sorbo.

Henry hizo un gesto con las manos invitándole a continuar, conocedor de lo aficionado que era su amigo a mantener el misterio en sus exposiciones hasta doblegar por completo a sus contertulios.

—Antes que nada quisiera echar un vistazo al escarabeo, Henry.

Este hizo un gesto de invitación y le entregó el catálogo. Durante varios minutos, Barry lo observó con atención.

—Hummm... Es espléndido, y verdaderamente inusual. Dudo que haya alguno como este en manos de ningún coleccionista privado.

Henry miró fijamente a su amigo mientras lo escuchaba.

—Una pieza magnífica; y sumamente enigmática, diría yo.

—¿A qué te refieres?

—Escucha. Si ha habido un pueblo amante de los simbolismos, ese ha sido, sin lugar a dudas, el del antiguo Egipto. El escarabeo es una buena prueba de lo que te digo.

Como tú ya sabes, representa al escarabajo pelotero, aunque su significado resulte mucho más complejo. En el país de los faraones, el escarabajo sagrado estaba íntimamente asociado al dios Khepri, una divinidad solar que, fusionada con Ra, simbolizaba el nacimiento del sol cada mañana después de su proceloso viaje por las doce horas de la noche. En síntesis, es un concepto de resurrección.

—No hay duda de que eres inigualable a la hora de mantener el interés en una conversación.

—Sin embargo, en el antiguo Egipto tuvieron muchas utilidades —continuó Barry haciendo caso omiso del comentario—. Algunos cumplían funciones mágicas, como amuletos, o meramente funerarias. Incluso durante determinadas épocas también se utilizaron los llamados conmemorativos, que solían ser más grandes. Amenhotep III hizo fabricar cientos de ellos para rememorar sus cacerías.

Lord Bronsbury ladeó ligeramente su cabeza frunciendo el ceño.

—No me mires así, hombre. Si te cuento todo esto es porque nuestro escarabeo no parece ajustarse fielmente a ninguno de los tipos que te he comentado.

—Yo diría que es un escarabeo alado y, si no recuerdo mal, estos cumplían funciones funerarias.

—Podría ser, aunque si te fijas bien en el catálogo, sus medidas son demasiado grandes para pertenecer a dicho tipo. ¡Casi quince centímetros!

Lord Bronsbury suspiró resignado mientras se recostaba en el sillón; en ocasiones, su amigo podía llegar a resultar insufrible.

—Mira —continuó Barry en un tono más confidencial que invitaba a pensar en que, por fin, el egiptólogo iría al fondo de la cuestión—. El verdadero misterio no radica en la forma del escarabeo, sino en el texto que lleva inscrito en su chatón.

—Vaya, pensé que no me hablarías nunca de él —intervino Henry con una mueca de fingida sorpresa—. ¿No me digas que pudiste transcribirlo?

—Pues sí; y te aseguro que, desde ese momento, a duras penas he sido capaz de dominar mis emociones.

Henry le observó intrigado.

—Es un texto terrible, que en un principio me desconcertó; sin embargo, al leer aquel nombre...

—¡Vamos, Barry, a qué nombre te refieres! —exclamó Henry, molesto por tantos rodeos.

El egiptólogo sacó un papel de uno de sus bolsillos y se lo entregó.

—Será mejor que lo leas tú mismo.

Lord Bronsbury cogió la cuartilla y la acercó a la lámpara. Lo que leyó le dejó atónito:

Soy maldito a los ojos de los dioses. La ira de Thot, el más sabio entre los sabios, cayó sobre mí merecidamente como castigo a mi soberbia. Hasta Ra, el gran padre, me señaló con su dedo sentenciándome sin compasión. Los dioses de Egipto me condenaron, y Hapy, el Señor del Nilo, acogió mi cuerpo bajo sus aguas, junto al de mi esposa y mi hijo, en la más atroz de las muertes. De nada vale la magia de los hombres ante el inmenso poder del divino Thot.

Yo, Neferkaptah, tuve la desgracia de poseer su sagrado papiro. Ningún mortal deberá jamás evocar mi nombre.

Todavía con aquel papel entre sus manos, Henry miró a su amigo con indisimulada perplejidad.

—¡Es espantoso! —musitó devolviéndole la cuartilla.

—Más bien desgarrador, ¿no te parece?

—Desde luego. Neferkaptah... —balbuceó Henry—. No había oído ese nombre en mi vida. ¿Sabes quién fue?

Barry asintió mientras sonreía enigmáticamente.

—Es una vieja historia.

Henry le miró sin comprender, y Barry lanzó un profundo suspiro.

—¿Has oído hablar alguna vez del *papiro de Thot*?

—No, aunque supongo que te referirás a algún tipo de manuscrito escrito por el dios de la sabiduría del antiguo Egipto.

—No es un papiro cualquiera —recalcó su amigo mirándole fijamente—. Algunos lo llaman el Libro Maldito.

Los ojos de lord Bronsbury brillaron como ascuas salidas de su propia chimenea.

—Según la leyenda —continuó Barry—, el libro permaneció oculto durante milenios, hasta que el príncipe Neferkaptah lo encontró. Desde ese momento, ambos compartirían un destino digno de los genios que habitaban en su *inframundo*.

Visiblemente interesado, Henry escuchaba a su amigo con atención.

—Dices que Neferkaptah era príncipe. ¿Sabes qué fue de él?

—Todo en su historia es misterioso, incluso el lugar en donde se halla enterrado, pues su tumba se encuentra perdida.

A Henry se le iluminó el rostro.

—¿Qué contiene ese papiro? ¿Crees que serás capaz de decírmelo?

Barry rio quedamente.

—El poder sobre la muerte, amigo mío. La vida eterna.

4

El Travellers Club de Londres era, sin lugar a dudas, un club de rancio abolengo. Había sido concebido por lord Castlereagh, tras las guerras napoleónicas, siendo fundado definitivamente en la primavera de 1819. Su sede inicial estuvo en el número 12 de Waterloo Place, aunque en 1832 esta fuera cambiada a su actual emplazamiento sito en el 106 de Pall Mall, en St. James's. El magnífico edificio en el que se encontraba había sido obra del arquitecto Charles Barry, que diseñó una obra de una clara influencia italiana que fue muy del gusto de la época, y por la que recibió la cantidad de mil quinientas libras y el derecho a ser nombrado socio en 1834.

El propósito original del club fue el de proporcionar un emplazamiento en el que los caballeros que habitualmente solían desplazarse al extranjero pudieran recibir a los distinguidos viajeros procedentes de otros países que tuvieran a bien visitarles. El logotipo del club no podía estar más en consonancia con el propósito de su creación, pues en él se hallaba inscrita una cabeza que representaba al legendario Ulises, cuyos épicos viajes y aventuras pretendían ser un fiel reflejo del espíritu expedicionario que subyacía en aquel club, así como la fecha de su fundación, 1819.

Como también ocurriera con otros clubes londinenses, insignes personajes habían tenido el honor de pertenecer a él. Estadistas como el mismo duque de Wellington, Balfour, Baldwin, o el que fuera primer ministro, vizconde de Palmerston, fueron socios destacados, aunque entre estos fueran más numerosos los intrépidos aventureros o los grandes exploradores como Beauford, Fitaroy, Murchison, Perry o Thesiger.

La misma sede social en sí era un claro exponente de tales esencias, ya que las lujosas estancias desprendían aromas de otro tiempo que traían a la memoria vestigios de un pasado colonial del que, por otra parte, se sentían orgullosos. Por ese motivo, los largos corredores cuyas altas paredes, pintadas en un color mostaza, se veían salpicadas por arcadas y molduras decoradas en tonos marfil, hacían juego con las elegantes columnas que generosamente adornaban sus muros y que comunicaban los diferentes salones que albergaban las tres plantas del edificio, en los que se cuidaba hasta el más mínimo detalle.

Mas si había una sala capaz de destacar entre todas las demás, esa era sin duda la biblioteca, un verdadero compendio de libros de viajes y exploraciones enmarcados en una habitación de ensueño, en la que las paredes de suaves tonos amarillos se hallaban rematadas por un friso espectacular, un molde extraído del auténtico de mármol que Cockerell excavara en el templo de Apolo Epicúreo en Bassae, y que en la actualidad se encontraba en el British Museum.

Así era, a grandes rasgos, el Travellers Club, el lugar al que lord Bronsbury había sido invitado a almorzar aquel día.

Como solía ser habitual en él, Henry había llegado con cierta antelación, la suficiente como para poder admirar el exquisito gusto con el que estaba decorado aquel palacete, y sobre todo la magnífica balaustrada de la escalera principal, un regalo del príncipe de Talleyrand, de la que había oído hablar. Al no ser miembro del club, no podía acceder a determinadas salas, como por ejemplo la mencionada biblioteca, por lo que fue acomodado en el *smoking room*, una acogedora estancia situada al fondo del corredor principal, que le pareció sumamente agradable y que, en cualquier caso, era mucho más apropiada para esperar a sus anfitriones que el bar ubicado en la planta sótano.

Mientras le servían un jerez, lord Bronsbury reflexionó sobre aquel tipo de establecimientos que apenas solía frecuentar, aunque perteneciera a dos de ellos. De hecho, su difunto padre le había inscrito al poco de nacer en el White's, el más antiguo y exclusivo de Londres, y al que habían pertenecido grandes personajes como el duque de Devonshire o el conde de Rockingham. Muchos hombres esperaban durante casi una década el derecho para poder ingresar en él, mientras que para las mujeres estaba prohibido, siendo admitidas en el mejor de los casos como invitadas. Hacía muchos años que Henry no acudía a él, entre otros motivos para evitar encontrarse con su hermano mayor, que, como él bien sabía, era un asiduo visitante.

A pesar de ello, Henry reconocía que el White's poseía un indudable encanto. Eran muchas las anécdotas que se habían vivido en él durante sus casi trescientos años de antigüedad, e innumerables las fortunas que se habían perdido en sus salas de juego. Era famoso su gran ventanal en forma de arco, junto al que gustaban de apostarse los hombres más conocidos de su tiempo. El mismo George *Beau* Brummel y sus amigos habían sido asiduos de dicho lugar, marcando toda una época. Sin ir más lejos, él fue quien cambió los hábitos de la moda al empezar a llevar pantalones largos y el pelo más corto.

Henry sonrió para sí al pensar en ello, pues el cambio de hábitos se debió a un impuesto establecido por el primer ministro William Pitt sobre el polvo utilizado en las pelucas, con el que confiaba recaudar nada menos que doscientas diez mil guineas, y que tuvo un rechazo general que llevó al abandono de su uso. Los hombres optaron por cortarse sus coletas, y al final el bueno de Pitt no pudo conseguir más de cuarenta y seis mil guineas, aunque eso sí, sin pretenderlo fue el artífice de un cambio en la moda. Brummel, un hombre tan elegante como de acerada lengua, fue el abanderado de los nuevos usos, un verdadero dandy, aunque al final de sus días muriera totalmente arruinado.

Aquel histórico ventanal había sido testigo de lances sin cuento, aunque el más divertido para Henry fuera el protagonizado por lord Alvanley, y que su padre tantas veces le había relatado. En una tarde lluviosa, Alvanley llegó a apostarse tres mil libras por cuál de entre dos gotas alcanzaría primero la parte baja del cristal del ventanal, lo que sin duda fue una verdadera excentricidad.

El otro club al que Henry pertenecía era el Brook's, que debía su nombre a un comerciante de vinos y prestamista. Fundado en 1764 por veintisiete hombres, incluidos cuatro duques, el Brook's era el lugar de encuentro de los *whigs* de la clase alta y en él todos sus miembros eran liberales. Su gran rival era el White's, que no dejaba de ser un reducto *tory*, y ambos se encontraban situados en la misma calle, St. James's Street, a apenas cincuenta yardas de distancia.

Como norma curiosa, ninguno de los miembros del

Brook's podía pertenecer a otro club que no fuera el White's, algo que resultaba paradójico, dada la pugna que siempre había existido entre liberales y conservadores.

A lord Bronsbury semejante singularidad le parecía extravagante e incluso genial, y quizás ese fuera el motivo por el que continuaba siendo miembro de ambos.

Henry paladeó su jerez en tanto paseaba distraídamente su vista por la habitación. Estaba pintada en un verde suave que contrastaba con el rojo oscuro de las gruesas cortinas recogidas a los lados de las grandes ventanas. Como en el resto de las cámaras, las paredes poseían molduras, así como los techos, que lucían un ligero tono pastel. Henry se fijó un instante en un magnífico mueble de caoba y luego miró su reloj, mientras al fondo varias personas hablaban en voz baja.

Había sido idea de su amigo Barry el concertar aquella cita. Según este, era necesaria la opinión autorizada de un experto a fin de poder recabar alguna información más acerca del escarabeo.

A pesar de su habitual flema, Henry había sentido cómo la pasión que corría por su sangre española pugnaba por apoderarse de él. En varias ocasiones, se había sorprendido a sí mismo observando extasiado la fotografía de aquella imagen en el catálogo, como si se hubiera entablado una incomprensible relación entre ambos Sin duda, un extraño magnetismo surgía de la página satinada en la que se encontraba la pieza, obligándole a fijar sus ojos en ella, casi sin pestañear.

Durante los últimos días había experimentado la desagradable sensación de tener que mirar aquella página más de lo que debiera, como si fuera una necesidad. Él era un hombre acostumbrado a poseer obras de indudable valor sin que por ello se vieran alteradas sus emociones; sin embargo, en esta ocasión todo resultaba diferente, pues un extraño deseo parecía haberse despertado en él haciéndole anhelar el poseer aquel objeto.

Henry movió imperceptiblemente la cabeza mientras abandonaba un estado de abstracción que ya no le satisfacía. Volvió a mirar su reloj y, justo en ese momento, vio aparecer a Barry acompañado por un señor de avanzada edad y porte aristocrático. Eran las doce y media y como de costumbre su amigo llegaba puntualmente.

A sus ochenta y cinco años, James Soane personificaba la más exquisita educación. Alto, delgado, de nariz prominente y cabello tan níveo como su grueso bigote, a Henry le pareció uno de aquellos personajes londinenses que Dickens dibujara con maestría más de un siglo atrás. Vestido con un impecable traje de color negro, Soane llevaba una camisa blanca de cuello duro, en la que anudaba una corbata tan negra como su traje, sobre la que prendía una hermosa perla nacarada. De manos huesudas y recorridas por exageradas venas, el señor Soane hablaba con la parsimonia propia de quien no conoce el significado de la palabra *atropello*, y al hacerlo gustaba de tomarse sus pausas para observar a sus contertulios por encima de unas lentes que al parecer le habían acompañado toda la vida. Sus ojos, de un azul casi cristalino, resultaban inmensamente pálidos, quizá debido a la proximidad de unas cejas tan espesas y blancas como su propio pelo, o simplemente porque el color se había acabado por difuminar después de tantos años.

Sus maneras eran similares a las que Henry había visto en su niñez a los viejos amigos de su padre, como de otro tiempo, y su acento apenas tenía que ver con el de la mayoría de la gente, pues invitaba a cerrar los ojos solo para escucharlo, resultando inusualmente perfecto. En cuanto a las facciones de su cara, estas parecían acordes con lo esperado para su edad, aunque todavía dejaran entrever el atractivo que aquel hombre hubo de tener en su juventud. Ahora se hallaban acompañadas por infinidad de tenues capilares diseminados aquí y allá, que daban a aquel rostro un aspecto algo enrojecido y proclamaban su afición por la buena bebida, a la que el señor Soane no tenía inconveniente en homenajear.

James Soane había sido un hombre con una sólida reputación dentro de los ambientes académicos del Reino Unido. Eminente egiptólogo, ejerció como profesor en el Instituto Griffith de la Universidad de Oxford y más tarde fue conservador en el Ashmoleam Museum de dicha universidad, el más antiguo de Inglaterra, para, finalmente, jubilarse como máximo responsable del cuidado de las colecciones del antiguo Egipto del British Museum. Al parecer, de él se aseguraba que podía determinar de un simple vistazo la importancia de una pieza, así como su composición y estado de conservación. No había detalle que pudiera escapar a su vista certera, que algunos constataban le venía de familia, ya que había quien afirmaba que era pariente lejano de sir John Soane, un famoso arquitecto que allá por 1824 comprara el magnífico sarcófago de alabastro perteneciente al faraón Seti I por la cifra de dos mil libras para su colección privada, que todavía se podía admirar en su antigua casa de Lincoln's Inn Field, aunque todo esto a Henry le pareciera un poco exagerado.

En cualquier caso, Barry sentía verdadera veneración por el conservador y no había dudado en ponerse en contacto con él para pedirle su parecer sobre el enigmático objeto. El que hubiera sido profesor en su misma universidad, en la que Henry también había cursado sus estudios, fue más que suficiente para que Soane se sintiera dispuesto a prestarles su desinteresada ayuda, insistiendo en invitarles a almorzar en su club.

—No es el club más antiguo de Londres, pero sí posee su propia historia —decía el señor Soane mientras degustaba su segundo gin-tonic—. Este enclave mantiene intactos los valores que llevaron a crearlo y que lo convierten, dados los tiempos que corren, en poco menos que un reducto. Mi padre y mi abuelo también pertenecieron a él.

Henry lo observaba con curiosidad, en tanto Barry asentía despreocupadamente.

—A mi edad, caballeros, este lugar es como mi hogar, pues desde que enviudé paso aquí más tiempo que en mi propia casa. Además, los cocineros cuidan de que mi dieta sea la adecuada —aseguró muy serio dando otro sorbo a su bebida.

Henry hizo un gesto, apenas imperceptible, que no pasó desapercibido al profesor.

—Este excelso combinado se encuentra por encima de cualquier régimen —dijo Soane con rotundidad—. Créame, milord, estoy convencido de que contiene elementos capaces de aumentar la longevidad del individuo.

Barry sonrió beatíficamente mientras dejaba su vaso de whisky sobre la mesa y acto seguido hizo uno de aquellos extravagantes comentarios que en ocasiones se le ocurrían.

—De haber conocido sus propiedades, seguro que los antiguos egipcios lo hubieran empleado en sus ritos funerarios.

Henry lo miró estupefacto, en tanto el profesor parecía considerar aquella barbaridad.

—Nunca se me hubiera ocurrido, sin duda —dijo al cabo, pasándose los dedos por el bigote.

El almuerzo en sí estuvo en consonancia con la dieta del profesor: una ensalada de mozarella con tomates secos y un filete de barbuda a la plancha con puerros tiernos fue todo lo que este estuvo dispuesto a comer, aunque, eso sí, se bebieran dos botellas de clarete.

No obstante, el señor Soane resultó un gran conversador y sumamente ceremonioso, no ocultando el respeto que sentía hacia la nobleza.

—Milord —decía mientras se llevaba con lentitud pequeños pedazos de filete a la boca—. Créame, una sólida formación académica lo es todo. Ahora, con los ordenadores, esta acabará por resentirse. Es necesario cierto espíritu de sacrificio para consolidarla.

—El profesor es un ferviente admirador de los arqueólogos de antaño —intervino Barry, que no tenía inconveniente en comer a dos carrillos.

—Los viejos métodos son solo antiguos, pero no malos. Con ellos, algunos hombres fueron capaces de construir una sólida base sobre la que apoyarnos. No cabe duda de que fueron grandes sabios a los que les debemos todo.

—Por lo que sé, tampoco estaban faltos de audacia —dijo Henry después de dar un pequeño sorbo a su copa—. Hicieron descubrimientos sensacionales.

Al señor Soane se le iluminó el rostro.

—¿Sabía que yo nací el día en el que se descubrió la tumba de Tutankhamón? —dijo el profesor enderezando aún más la espalda contra el respaldo de su silla.

Henry hizo un gesto de desconocimiento, mientras observaba el extraño brillo que se había apoderado súbitamente de los ojos del anciano.

—Mi madre siempre me dijo que aquello había sido una premonición, y que mi futuro estaba escrito en ella, y tenía razón.

—El señor Soane llegó a conocer a Howard Carter —apuntó Barry mirando a su amigo.

Este hizo un gesto de curiosidad.

—Así es, milord. Tuve el honor de saludarle poco antes de su muerte, en marzo de 1939. Yo iba a cumplir diecisiete años, y me causó una impresión imborrable, fue un gran hombre.

—Sin duda, aunque convendrá conmigo en que en los últimos años su memoria se ha visto enturbiada por, digamos, amenazadoras sombras —indicó Henry.

—Carter ya tuvo muchos enemigos en vida —apuntó el anciano con voz pausada—. Como seguramente usted ya sabe, él no era un egiptólogo de carrera, pero, sin embargo, hizo el mayor descubrimiento en la historia de la arqueología. Como comprenderá, aquello no fue fácil de asimilar para muchos de sus colegas.

—No obstante, hoy en día no son pocos los que critican los métodos que utilizó para tratar alguno de los objetos encontrados en la tumba.

—Conozco bien esas críticas y también a quienes las hacen, milord —observó el profesor—. En mi opinión, Carter realizó un magnífico trabajo y utilizó los medios de los que se disponía en aquel tiempo a fin de hacerlo lo mejor posible. Además, contó con la ayuda del equipo de especialistas más competente de la época; es fácil reprobar a Carter ochenta años después. A mi parecer, Carter representa uno de los casos más flagrantes de indiferencia pública en la historia de este país. Jamás recibió ningún tipo de honor o reconocimiento por parte de nuestra sociedad. Su muerte apenas despertó interés, siendo su sobrina, Phyllis Walker, su única heredera. Sus libros, e incluso sus muebles, acabaron siendo subastados poco después en Sotheby's, algo lamentable, diría yo.

Los camareros sirvieron los postres, y el señor Soane continuó relatando historias del pasado que, en realidad, no dejaban de formar parte de él. Henry observó cómo, a su manera, aquel anciano hablaba con la pasión que le permitía la estricta formalidad en la que siempre había vivido. El marco no podía ser más adecuado, pues el restaurante de aquel club resultaba tan formal como el viejo profesor; altos techos, exquisitas molduras, paredes de un indefinible color en el que señoreaba el verde y que daban a la sala un aspecto indudablemente lujoso a la vez que serio. Unas magníficas lámparas colgaban del techo como arañas tornasoladas que recogían reflejos de una luz que se desparramaba a través de sus pequeños cristales, y Henry pensó que ya no existían muchos lugares así, símbolos de conceptos para muchos trasnochados, pero que formaban parte de un modo de vida que algunos trataban de que perdurasen.

Cuando levantó su vista de la gruesa moqueta de color verde oliva, en la que unos ribetes blancos formaban simétricos rombos, Henry se encontró con la mirada expectante de sus acompañantes.

—Ruego que me disculpen, caballeros, pero he de reconocer que los inusuales relatos del señor Soane han conseguido que me abandonara a ellos durante unos instantes.

Barry torció levemente el gesto ante aquella excusa tan poco creíble.

—Decía al profesor que quizás el momento de tomar el café fuera el adecuado para que milord le mostrara el catálogo —señaló Barry con cierto retintín.

—Oh... Por mí perfecto —dijo Henry engolando su acento a propósito, en tanto le entregaba el catálogo al profesor.

Ambos amigos cruzaron un instante sus miradas mientras el señor Soane se ajustaba las gafas. Luego le observaron intentando atisbar algún gesto en una cara que parecía encontrarse desprovista de ellos.

Durante un tiempo imposible de precisar, el señor Soane pareció perderse por entre los mágicos trazos impresos en aquella página satinada, absorto en quién sabe qué pensamientos, que en cualquier caso resultaban imposibles de descifrar.

Lord Bronsbury se reclinó cómodamente sin apartar su vista de las manos del anciano, cuyos dedos acariciaban cada línea de aquella imagen casi con reverencia.

—*Dominus illuminatio mea* —dijo al fin, lanzando un suspiro, parafraseando de esta forma la leyenda inscrita junto al escudo de la Universidad de Oxford.

Luego, durante breves instantes, miró a ambos amigos por encima de sus lentes.

Barry no pudo ocultar su ansiedad.

—¿Qué opinión le merece, profesor?

—Hummm... Yo diría que nos encontramos ante algo inusual, sin duda —respondió volviendo a concentrar su mirada en la imagen—. Aunque parece espléndido.

—¿Cree que es auténtico? —le inquirió Henry.

—A simple vista sería difícil asegurarlo, milord. Durante mi larga carrera como conservador he sido testigo de falsificaciones asombrosas —aseguró el anciano sacando una pequeña lupa de uno de sus bolsillos.

Durante varios minutos el señor Soane pareció examinar la imagen con mayor detenimiento, en tanto sus contertulios guardaban un respetuoso silencio.

—Lord Bronsbury opina que pudiera tratarse de un escarabeo alado —intervino al fin Barry, sin poder remediarlo.

Henry frunció el ceño ante el comentario, y el profesor levantó su vista del catálogo para volver a mirarlos.

—En tal caso sería el ejemplo más inusitado con el que me hubiera encontrado nunca, caballeros. Los escarabeos alados suelen tener un cuerpo pequeño y una considerable envergadura. Como seguramente sabrán, solían insertarse entre las redecillas que hacían las veces de sudario en el cuerpo del difunto. Por otra parte, todos los que he visto estaban fabricados con fayenza, y este, según parece, es de lapislázuli.

—¿Opina entonces que se trata de un escarabeo de corazón? —preguntó Henry, incorporándose levemente.

—Yo diría que no, milord. Si tienen la bondad de aproximarse, les mostraré algo.

Los dos amigos se levantaron y fueron a sentarse junto al anciano.

—Muy amables, caballeros. La pieza es una representación del *scarabeus sacer*, el escarabajo sagrado del antiguo Egipto, de eso no hay ninguna duda, pero como muy bien han observado, posee unas alas que rodean el cuerpo principal del objeto que pueden invitar a pensar que es alado, aunque se encuentre muy lejos de serlo. Por otra parte, los escarabeos que se colocaban sobre el corazón del difunto, entre los vendajes, no ostentaban semejantes adornos. Además, en el chatón, su parte inferior, solía inscribirse algún texto del *Libro de los Muertos*, algo que no ocurre en este caso, como ya se ha encargado de demostrar el señor Howard.

Henry se acarició la barbilla pensativo.

—Su perplejidad es comprensible, milord —dijo el señor

Soane enfatizando sus palabras—. Salta a la vista que es una pieza singular. Si se fijan bien, podrán observar que el elemento principal de la obra es el escarabajo de lapislázuli que, con toda seguridad, va engastado en oro; sobre él gira toda la composición.

—Es de una creatividad excepcional —apuntó Henry—. Ya a simple vista es capaz de transmitir su perfecta simetría. La obra es un prodigio de equilibrio.

—Y le aseguro que no es por casualidad, milord. Mucho más allá del simple valor crematístico de la pieza está el simbólico. Las connotaciones mágicas que posee nos llevarían mucho más allá del propósito de esta reunión.

—En mi opinión, el artista realizó un trabajo insuperable —apostilló lord Bronsbury.

—Digno del ajuar funerario de un faraón —señaló el profesor—. Fíjese en las alas de halcón que rodean al escarabajo. Parecen estar decoradas con la técnica del *cloisonné*, lo cual hace posible imitar su plumaje. Me recuerda a un pectoral en forma de escarabajo encontrado en la tumba de Tutankhamón, aunque bien podría ser obra de alguno de los grandes joyeros del Imperio Medio, seiscientos años antes.

Henry volvió a acariciarse el mentón pensativo, en tanto trataba de disimular su creciente interés por aquella obra.

—He de reconocer, profesor, que la imagen me subyugó desde el primer momento que la vi —intervino Barry—. Sería una lástima que se tratara de una falsificación.

—Como les dije antes, habría que estudiarla con detenimiento. Sin embargo...

Barry lo miró con los ojos muy abiertos.

—Sin embargo —prosiguió el señor Soane—, hay ciertos detalles que me inclinan a pensar en la autenticidad de la obra, empezando por las mismas inscripciones del chatón.

Se me antoja difícil que alguien haya podido reproducirlas, aunque en ese campo el experto es usted, Barry.

—El texto tiene su complejidad, desde luego —subrayó este—. Está escrito en egipcio clásico, la escritura jeroglífica propia del Imperio Medio, una forma que posteriormente solo se empleó para decorar los monumentos, o en las solemnidades. Además, la historia que relata forma parte de una leyenda; solo un gran especialista podría haberlo falsificado.

El profesor asintió en silencio mientras volvía a mirar el catálogo.

—¿Y qué me dice acerca de la procedencia? —preguntó Henry acercándose un poco más al anciano.

Este soltó una suave risita.

—Me temo que parece bastante oscura.

—Eso pienso yo —confirmó Henry esbozando una sonrisa pícara.

—Me atrevería a decir, milord, que existen fundadas posibilidades de que provenga de alguna desgraciada desaparición.

—Un robo no denunciado —apuntó Henry categórico—. El catálogo solo determina que la obra pertenece a una colección privada, sin dar más detalles. Me temo que sea suficiente para despertar sospechas.

—Convendrán conmigo, caballeros, en que la pieza parece una obra maestra —señaló el señor Soane—. Es sumamente extraño que ninguna de las grandes casas de subastas internacionales se haya interesado en ella; algo verdaderamente insólito, diría yo.

—A no ser que el propietario no pueda dar garantías de su autenticidad —dijo Henry—. En ese caso, debe tratarse de una obra oficialmente sin catalogar, solo así podría ser subastada sin que nadie la reclamase. Por algún motivo, esa pieza ha aparecido en España, y la firma encargada de subastarla cree que es el lugar más apropiado para llevar a cabo la puja.

El profesor volvió a reír quedamente.

—Los tiempos cambian, aunque existan negocios que apenas hayan variado, señores. La ambición y el hombre siguen yendo de la mano

Lord Bronsbury le miró sin decir nada, sabedor de que él mismo estaba acostumbrado a poseer cuanto le interesaba.

Un camarero se aproximó con una botella de oporto y les sirvió unas copas. El señor Soane levantó la suya a modo de brindis.

—En fin, caballeros, creo que puedo aventurarme a asegurar que la pieza que nos ocupa es tan auténtica como nuestra presencia hoy aquí. Brindemos por ello.

Los tres contertulios alzaron sus copas y apuraron su contenido.

—Espléndido, espléndido —murmuró el profesor mientras chasqueaba su lengua con indisimulado deleite—. Es lo que yo digo, milord, no hay nada como un buen oporto.

—A estas alturas, la autenticidad de la obra se me antoja más que plausible —intervino Henry, que parecía continuar sumido en sus propias cavilaciones—. Sin embargo, continúo teniendo dudas acerca de cuál era su función.

—Intrínsecamente, su cometido es muy claro, milord —se apresuró a contestar el profesor—. Los escarabeos son, en sí mismos, un compendio de todos los talismanes utilizados en el antiguo Egipto; toda su magia queda resumida en ellos, por así decirlo. Su simbología solar no es más que una evocación a la regeneración eterna que en sí perseguían.

—No obstante, profesor —intervino Barry—, la atípica

representación de este escarabeo nos hace plantearnos serias dudas acerca de él.

El señor Soane miró a sus dos acompañantes un momento y luego acarició su poblado bigote.

—Si me pregunta por el lugar en el que fue encontrado —señaló el anciano—, he de reconocer que no podría asegurarlo con rotundidad. Hay serios motivos para pensar que esta obra pertenece a un ajuar funerario, aunque estoy seguro de que no se hallaba entre los vendajes de la momia.

—No tengo conocimiento de que se haya descubierto últimamente ninguna tumba que contuviera piezas de estas características —aseguró Barry, haciendo un gesto con sus manos.

—Eso es muy interesante, sin duda —subrayó el señor Soane—, aunque quizás estemos dando demasiada importancia a ese detalle. Es posible que, en realidad, la pieza fuera adquirida por algún particular hace más de un siglo, y haya permanecido hasta este momento en una colección privada, tal y como asegura el catálogo.

Henry permanecía ausente, sumido en sus propios pensamientos.

—Profesor —dijo al fin, saliendo de su abstracción—. Llevo lo suficiente en el mercado del arte como para asegurarle que aquí hay algo extraño. El mismo precio de la pieza puede resultar engañoso; aunque parezca elevado, yo estaría dispuesto a ofrecer mucho más por hacerme con ella.

—Sin duda su señoría dispone de más elementos de juicio que yo para ese particular —declaró el anciano respetuosamente.

Barry observó a ambos un instante.

—Yo diría que todo el misterio radica en el texto inscrito en el reverso, y no en la figura en sí —apuntó mientras limpiaba sus gafas.

El señor Soane pareció vacilar un momento.

—¿Tendría la amabilidad de dejarme leer de nuevo su transcripción? —le inquirió el profesor súbitamente.

Barry le entregó la cuartilla en la que había traducido el texto y el señor Soane la estudió con atención.

—Curioso, e interesante, desde luego —musitó mientras terminaba de leer aquellas líneas—. Caballeros —continuó en tanto devolvía la hoja a Barry—, es posible que esta pieza no pertenezca en sí a ninguna tumba.

Lord Bronsbury lo miró con atención, arqueando una de sus cejas.

—¿Entonces? —intervino Barry con incredulidad.

—El texto lo dice por sí mismo —aseguró el señor Soane—. A mi modo de ver, estas inscripciones no son más que un aviso.

Henry se reclinó juntando ambas manos bajo su nariz.

—El difunto, el príncipe Neferkaptah, nos advierte de algo terrible que, según parece, le ocurrió —indicó el profesor—. No obstante, él confiaba en alcanzar los *Campos del Ialú*, su paraíso. Tenía esperanzas en la resurrección eterna, pues de otro modo no hubiera realizado estas inscripciones en el escarabeo.

Los ojos de Henry brillaron de nuevo con intensidad.

—Si es así, el escarabeo pudo haber sido depositado en las cercanías de la tumba —musitó como para sí.

—Probablemente, milord. Es posible que fuera enterrado a la entrada de la tumba junto con el resto de los materiales utilizados para la momificación del difunto. Eso era algo común, y explicaría la singularidad de la obra.

A Henry se le iluminó el rostro con una sonrisa.

—En fin, caballeros —concluyó el profesor—, creo que para poder arrojar más luz sobre el asunto sería deseable poseer la obra. En cualquier caso, espero haberles sido de alguna ayuda.

Lord Bronsbury hizo un gesto de agradecimiento, alzando su copa en lo que parecía un último brindis.

—Le aseguro que su opinión ha resultado verdaderamente esclarecedora, señor Soane.

Cuando abandonaron el club, el tibio sol de aquella tarde de abril les vino a saludar con cierta desgana, atrapado entre nubes dispersas que pasaban dispuestas a velar su cálido aliento. Tras agradecer de nuevo al señor Soane su gran amabilidad, ambos amigos se despidieron del viejo profesor, asegurando que le harían saber el desenlace de aquel enigmático asunto.

Mientras paseaban, Barry hizo diversas consideraciones sobre los puntos de vista del profesor, tal y como si hablara para sí mismo. Henry caminaba a su lado con un semblante desprovisto de atisbo alguno de emociones, envuelto quizás en su propio ensueño.

Al llegar al final de la calle Pall Mall giraron a la derecha para tomar St. James's Street. Barry prosiguió hablando, mientras su amigo continuaba con la mirada perdida en ambiguas entelequias. Sus deseos por poseer aquella obra iban mucho más allá de los de un mero coleccionista. Aquel escarabeo le había embrujado a través del papel satinado del catálogo en el que se hallaba representado. Era algo que le resultaba inexplicable y que, en cierto modo, le hacía sentirse enardecido, como si él mismo formara ya parte de aquel misterio.

Al cruzar King Street sintió cómo le zarandeaban el brazo.

—No has escuchado ni una palabra de lo que te he dicho, Henry.

Este pestañeó ligeramente, como regresando paulatinamente de su ensoñación, a la vez que dirigía su mirada hacia el fondo de la calle, justo donde se encontraba la sala de subastas Christie's, que tan bien conocía.

—Disculpa, amigo mío —dijo mientras proseguían su paseo—, pensaba en el punto de vista del señor Soane.

Barry pareció escudriñarle con la mirada.

—Me temo que su autorizada opinión ha logrado aumentar aún más la desazón de mi espíritu —afirmó Henry.

Barry lanzó una pequeña carcajada.

—Es curioso cómo una pequeña reliquia de una civilización milenaria es capaz de hacer zozobrar tu flema aristocrática. Aunque te aseguro que lo entiendo.

Henry hizo uno de sus gestos habituales arqueando una de sus cejas para mirarle con desdén.

—Ruego a su señoría tenga a bien no mirarme así —continuó Barry volviendo a reír—. Milord debe entender que, no en vano, soy egiptólogo y puedo imaginar lo que siente.

Lord Bronsbury le dirigió una media sonrisa que podría significar cualquier cosa.

—Escucha, Henry —dijo Barry en un tono más confidencial—. Puedo comprender lo que sientes, créeme. Desde que leí el texto jeroglífico me siento esclavo de una excitación impropia de un hombre de ciencia.

Ahora fue Henry quien rio.

—Sí. En Oxford los profesores también nos apasionamos por determinadas cosas. Piensa si no en el señor Soane; a sus ochenta y cinco años hoy ha experimentado una indudable emoción al examinar la imagen del escarabeo.

—Me he llevado una magnífica impresión de él —subrayó Henry.

—Te aseguro que sigue siendo muy respetado entre la clase académica.

Luego Barry soltó otra risita.

—En realidad es un hombre muy particular y, entre nosotros, nadie ha comprendido jamás cómo pudieron admitirle en el club.

—¿Te refieres al Travellers?

—Al mismo. No sé si sabrás que, entre las reglas originales para la admisión de miembros del club, se excluía a todo aquel que no hubiera viajado fuera de las islas Británicas a una distancia de, al menos, quinientas millas en línea recta desde Londres.

Henry lo miró divertido.

—Créeme. Y lo bueno del caso es que nadie ha visto nunca al señor Soane ir más allá de Bristol.

Lord Bronsbury no pudo reprimir una carcajada.

—Bueno —dijo volviendo al poco a su tono habitual—. Nosotros sí que lo haremos.

Barry lo interrogó con la mirada.

—Será mejor que prepares la maleta, Barry. Nos vamos a Madrid. Allí nos espera una subasta, y espero que, por el camino, me cuentes la historia del príncipe Neferkaptah.

5

La tarde se presentaba amenazadoramente oscura y tormentosa. El cielo, que el alba había teñido de un azul límpido e infinito, había acabado por convertirse en un escenario tenebroso en el que el crepúsculo ya venía vestido de luto. La atmósfera resultaba pesada, y el aire parecía encontrarse saturado de una humedad que resultaba inusual en una ciudad como Madrid. En la capital no se recordaba un mes de abril tan caluroso como aquel, atribuido, al parecer, al tan temido cambio climático que algunos aseguraban se trataba ya de una realidad.

Indudablemente, aquella jornada se había empeñado en dar la razón a los que argumentaban que el cambio era irreversible, ya que había mostrado unas temperaturas más propias del tórrido verano que de la florida primavera.

Ello no había hecho más que aumentar la sensación de agobio, arropando las calles con invisibles cortinas de vapor que ascendían hacia un cielo pletórico de nubes de torvo aspecto a las que servirían de alimento, anunciando la llegada de una tormenta que se presagiaba memorable.

Quizás ese había sido el motivo por el que Julia había

decidido acudir a la subasta en su utilitario. Ella, que no sentía ningún placer al conducirlos, solía utilizar el suyo solo cuando el mal tiempo hacía acto de presencia, pues, en general, era asidua del transporte público y las largas caminatas. Sentada en una silla tapizada en terciopelo rojo, Julia escuchó el eco apagado de los primeros truenos que se abrían paso en la distancia, alegrándose, al instante, de haber dejado estacionado su pequeño automóvil en un aparcamiento próximo. Suspiró suavemente en tanto paseaba su vista con curiosidad por un salón al que había llegado con cierta antelación. Allí, discretamente sentada en un extremo de la tercera fila, Julia fue testigo de los prolegómenos del acto, y de cómo los asistentes se fueron distribuyendo hasta completar prácticamente el aforo de la sala. Todo le pareció distinto a como se lo había imaginado, quizá porque su única referencia provenía de las estereotipadas escenas de alguna película. La propia decoración de la estancia se encontraba lejana a cuanto hubiera podido suponer, pues las paredes, estucadas en un tono rojo oscuro, recogían los reflejos de la suave luz que algunos apliques desparramaban sobre ellas, haciéndoles parecer propias del castillo del más tenebroso señor de los Cárpatos.

Julia encogió sus hombros involuntariamente en un acto reflejo, ya que el lugar parecía un tanto tétrico.

Sin embargo, enseguida desvió su atención hacia los asistentes. Cerca de un centenar de personas ocupaban sus asientos, la mayoría portando unas paletas que mostraban el número con el que se habían registrado para realizar las pujas, aunque también hubiera simples invitados como ella, sin paleta que les diera derecho alguno a participar. Era curioso, pero, sin poder explicárselo, Julia había sentido durante todo el día una especie de excitación que no había podido remediar y que la había llevado a contar, inconscientemente, las horas que faltaban para asistir a la subasta. Ella, que tan poco apego creía tener por el dinero, se había sorprendido a sí misma al desear poseerlo para así poder adquirir aquella pieza por la que se sentía cautivada. Ahora comprendía que hubiera alguien dispuesto a ofrecer una fortuna por el escarabeo, y solo sentía no poder ser ella misma la afortunada.

Abrió una vez más el catálogo que tenía entre sus manos, justo por la página en la que se mostraba la joya, cuyas especificaciones se sabía ya de memoria. «Lote 28», anunciaba un encabezamiento que había sido motivo de ensoñación durante los últimos días; pensamientos absolutamente ilusorios que la habían llevado a considerar la posibilidad de que la puja por la enigmática obra quedara desierta y esta continuara libre de dueño para, de este modo, poderla sentir como un poco suya.

A la postre todo aquello se traducía en fantasías más propias de púberes que de una mujer de cuarenta y dos años que, no obstante, se resistía a perder esa recóndita parte de niño que todos poseemos y que, en ocasiones, nos invita a soñar, envolviéndonos con maravillosas quimeras.

«Al menos conoceré a su nuevo propietario», acabó por decirse Julia cuando regresó de su corto viaje por las páginas de aquel catálogo.

—Cuesta dejar de mirarlo, ¿verdad, señorita?

Julia dio un inconsciente respingo a la vez que miraba a su interlocutor. Sentado a su lado, un hombre de piel cetrina y grandes ojos oscuros le mostraba una dentadura irregular y amarillenta que se asomaba bajo un poblado bigote en lo que parecía una sonrisa. Por un instante, ella se sintió azorada ante el hecho de que aquel extraño hubiera podido adivinar sus pensamientos.

—Espero que no se moleste por mis palabras —oyó que le decía—, pero le aseguro que usted no es la única a la que le ocurre.

Ahora Julia lo observó con más atención en tanto recobraba su compostura. Aquel hombre se le dirigía con el acento propio de los árabes que hablan español, y seguía ofreciéndole su sonrisa.

—Es precioso —contestó Julia, volviendo a dirigir involuntariamente su vista hacia el catálogo.

—Lo es —subrayó el extraño—. Nadie hubiera podido emplear un término que lo definiera mejor.

Julia volvió a mirarle, observando cómo aquel rostro mostraba una expresión enigmática.

—Sin embargo —continuó él—, no parece estar dispuesta a pujar por la obra.

Julia ladeó ligeramente la cabeza.

—Es usted muy observador...

—Ahmed. Mi nombre es Ahmed —dijo volviendo a sonreír.

—Me temo que mi presencia hoy aquí sea como mera espectadora —apuntó Julia desviando su mirada hacia el otro lado de la sala.

—Una actitud loable la suya —apostilló Ahmed.

Julia volvió la cabeza hacia él, incómoda. En ese instante pensó en su amiga Pilar, que, con toda probabilidad, lo habría mandado ya a irse con viento fresco.

—Otra vez le pido disculpas, señorita. Le aseguro que mi presencia aquí se debe solo a la subasta —señaló mostrando una paleta con el número veintiuno.

—Dejémoslo en señora —especificó Julia.

Ahmed inclinó respetuosamente su cabeza.

—Usted —prosiguió este— ha acudido exclusivamente

por la fascinación que le despierta la pieza. A mi entender, es un gesto encomiable, aunque sufrirá cuando vea que otra persona se la lleva.

Julia desvió otra vez su mirada de aquel hombre.

—Le ruego que no se moleste, pero sabe que tengo razón. Yo mismo sufriría si eso ocurriese.

El tono misterioso de Ahmed hizo que Julia se volviera de nuevo hacia él.

—Usted es dueña de su propia luz —le advirtió Ahmed—, como el escarabajo. Por eso intuye su poder, aunque se encuentre lejos de conocer su auténtico significado.

—¿A qué se refiere? —intervino Julia sin intentar ocultar su interés.

Ahmed rio quedamente.

—Khepri no tiene dueño, pues pertenece al mundo de los antiguos dioses —dijo Ahmed en un tono que a Julia le pareció proferido por los Oráculos.

—Lástima que...

—Su tierra es Egipto —la cortó Ahmed—. Pertenece a sus sagradas arenas; ese es el lugar que le corresponde.

Julia lo miró boquiabierta y, justo en ese momento, una voz reclamó la atención de los asistentes. La subasta iba a comenzar.

En general todo se desarrolló como Julia había imaginado. Sobre un estrado, el director de la subasta presentaba la obra que se iba a licitar, y esta quedaba expuesta a la vista de los presentes. Seguidamente daba el precio de salida que él mismo iba subiendo según los concurrentes levantaban sus paletas. El señor Orloff era el encargado de realizar las funciones de director, y con voz cavernosa, aunque aparentemente desprovista de emociones, parecía conducir la puja con la maestría propia de quien tiene muchos años de experiencia. A su derecha, la figura de su hija Anna se recortaba detrás de otro estrado desde el cual atendía las llamadas telefónicas de los interesados que preferían pujar desde la distancia, manteniendo, de esta forma, su anonimato.

A Julia le pareció que, aquella tarde, la joven estaba bellísima. Con su pelo recogido en un vistoso moño, lucía cual la ninfa Siringe cautivando al dios Pan, grácil y a la vez inalcanzable.

Padre e hija parecían mantener una comunicación permanente que resultaba cercana a la simbiosis, pues sus gestos revelaban años de trabajo conjunto cuyo resultado final era aquella sincronización en sus cometidos.

Detrás del señor Orloff, un hombre de cabeza cuadrada y pelo muy corto de color rubio, casi albino, permanecía muy quieto con las manos a la espalda vigilante de cuanto ocurría en la sala. Su aspecto se asemejaba al de uno de aquellos miembros de las fuerzas especiales del ejército, y bajo su traje gris podía adivinarse una musculatura de acero. A Julia su cara le resultó bastante desagradable. En uno de sus oídos, un pequeño receptor revelaba que aquel hombre se encontraba en constante escucha con lo que ella supuso debía de ser el servicio de seguridad.

Aquella tarde se subastaron algunas joyas dignas de consideración. Durante una hora Julia asistió admirada al inapelable cambio de manos de unas obras, en su mayor parte milenarias, que otra vez resultaban adquiridas por un nuevo amo, en su eterna andadura por un camino que acabaría por hacérseles interminable, y en el que sentirían añoranza de los dedos del artista que una vez les insuflara su vida.

Casi todas las piezas eran de arte antiguo y Julia se sintió embelesada ante alguna de ellas, como fue el caso de una pequeña ánfora fenicia de vidrio del siglo III a. C., decorada con líneas azules y amarillas que la hacían parecer translúcida, y que una señora se llevó por diez mil euros; o la espectacular cabeza de mármol, de época imperial romana, siglo I a. C., que representaba a Zeus y que fue adjudicada por noventa mil euros.

Exquisitas figuras, fragmentos de capiteles, pequeños mosaicos; objetos todos que lograron que Julia hiciera volar su imaginación hacia los tiempos pretéritos en los que don Sócrates, su amado padre, la iniciara una vez, siendo todavía una niña. De haberse encontrado allí, estaba segura de que hubiera llorado, impotente por no poderse hacer con ellas.

Las obras fueron subastándose una tras otra mientras que Julia sentía crecer su ansiedad ante la proximidad de la puja por el lote número 28. A su derecha, Ahmed parecía dormido, ajeno a cualquier almoneda en la que no estuviera presente el escarabajo sagrado que, según ella había podido comprobar, reverenciaba hasta límites que se le escapaban.

Sin embargo, poco antes de que se iniciara la licitación del escarabeo, ocurrió otra escena que vino a reclamar su atención hasta extremos que iban un poco más allá de lo que dictaba el comedimiento. Dos hombres entraron en la sala y, con paso decidido, fueron a sentarse en la segunda fila donde, al parecer, tenían asientos reservados. Uno de ellos, de mediana estatura, tenía el pelo encrespado y tan pelirrojo como su desordenada barba. Vestía una arrugada chaqueta marrón, y su tez, pálida y pecosa, recordó a Julia a las de los turistas nórdicos que solían frecuentar nuestro litoral durante el verano, aunque justo era reconocer que las gafas de cristales redondos que llevaba le daban un aire como de sabio despistado.

Su acompañante poco parecía tener que ver con él, y Julia experimentó una extraña sensación en el estómago desde el instante en que lo vio. Alto y elegantemente vestido, con un traje oscuro en el que apenas se adivinaban unas discretas líneas diplomáticas, aquel hombre parecía desprender magnetismo hasta por el tejido de sus prendas. Era moreno, con el cabello entrecano, y a Julia le recordó al momento a un galán cinematográfico, ya cuarentón, que estaba de moda, y por el que había mujeres dispuestas a comprar sus besos en pública subasta.

El símil le pareció apropiado, aunque a Julia el hombre que acababa de entrar en la sala le resultase mucho más atractivo. Desde su aventajada posición, una fila más atrás, se encontró sin pretenderlo observándole embobada, tal y como si fuera una adolescente; como la cosa más natural del mundo. Para cuando logró recomponer su postura ya se había despachado a gusto. En ese momento un irreprimible sentimiento de culpabilidad acudió repentinamente desde algún lugar de su conciencia para recordarle lo que se esperaba de ella. Si su padre hubiera podido verla...

Aquello no estaba bien, aunque justo era reconocer en su descargo que Julia no había podido evitarlo.

Se revolvió incómoda en su silla mientras fijaba la vista en el suelo imaginándose, sin pretenderlo, el rostro de su marido dibujado en la moqueta. Casi de inmediato trató de vencer aquella sensación de culpa que era totalmente nueva para ella.

«Es absurdo», se dijo a sí misma.

Hizo una mueca y volvió a mirar hacia el estrado intentando concentrar su atención en la subasta. El señor Orloff presentaba el lote número 27, una pequeña figura de bronce, bizantina, perteneciente al siglo V de nuestra era, cuyo precio de salida era de treinta mil euros. Dos de los asistentes se disputaron la pieza, aunque Julia acabó por perder el hilo de la puja para volver a mirar involuntariamente al extraño sentado a su izquierda, una fila adelante. Justo en ese instante aquel hombre volvió su cabeza hacia ella y sus miradas se cruzaron. Julia se quedó helada. Como cogida en una falta, ella se sonrojó a la vez que volvía a experimentar aquella sensación en el estómago. Durante apenas unos segundos, los ojos de él quedaron fijos en los suyos, y entonces ella captó su poder. Julia desvió su vista hacia el director de la subasta, intentando envolverse en los velos del disimulo, sabiendo que aquel hombre no era como la mayoría. Él miraba como si el mundo le perteneciese.

Desde el momento en que lord Bronsbury llegó al establecimiento tomó plena conciencia de dónde se encontraba. Al sentarse, sus sospechas no hicieron más que confirmarse. Poco tenía que ver aquella sala con las que habitualmente frecuentaba en París, Londres o Nueva York. Incluso las más reputadas de Madrid, que también conocía, en nada se parecían a esta.

«Casa de subastas Orloff», se dijo mientras echaba un vistazo a la lúgubre decoración que iba más allá de lo decadente.

Observó al director de subasta y enseguida adivinó en él a uno de aquellos autodenominados anticuarios que tan bien conocía, para los cuales el arte no tenía mayor valor que el del dinero que pudieran obtener por él. Mercaderes de obras que, en no pocas ocasiones, no eran capaces de entender que estas también poseían su propia alma.

Obviamente, el arte podía representar un gran negocio, aunque a su modo de ver los profesionales serios se encontraban lejos del engaño o el pillaje.

Probablemente, aquella subasta se había organizado para sacar rendimiento a un trabajo llevado a cabo con métodos instalados en la opacidad. Abril era un magnífico mes para tales eventos, y la nutrida concurrencia en la sala así lo atestiguaba. Orloff haría un buen negocio aquella tarde.

Henry se percató de inmediato de la buena sintonía entre el director y la señorita rubia que atendía las ofertas telefónicas. Le parecieron muy hábiles, sincronizándose a la perfección para así aumentar en lo posible el valor de las pujas.

Estudió a la joven durante unos instantes. Le resultó hermosa y ciertamente deseable, aunque también captara en ella una viveza ante la que convenía estar atento.

Su viaje a Madrid tenía un claro propósito que iba más allá del de un simple coleccionista, y que había logrado en los últimos días alejarle de su flema habitual, complicándole una vida en la que apenas existían los sobresaltos. Sin poder explicárselo, un indefinible presentimiento venía a advertirle que la situación se encontraba lejana a su control, aunque él aún no lo supiera.

Cuando, por fin, el escarabeo quedó expuesto a la vista de todos para su subasta, Henry tuvo que hacer un esfuerzo por dominar su ansiedad. La luz proyectada sobre el objeto parecía extraer lo mejor del mismo; reflejos transformados en matices sin fin que solo una joya milenaria como aquella podía ser capaz de exhibir. Era magnífica, un ensueño para cualquiera que tuviera la sensibilidad suficiente de entender su auténtico significado. Lord Bronsbury la miraba como hipnotizado, incapaz de sustraerse a un influjo que había vertido en él su sutil veneno desde las mismas páginas del catálogo la primera vez que lo vio.

—Lote número 28. Escarabeo sagrado perteneciente a la XVIII Dinastía del antiguo Egipto...

Henry escuchaba en la distancia cómo el director de la subasta presentaba una obra cuyas especificaciones él ya se sabía de memoria.

—Una obra maestra de los antiguos orfebres egipcios de hace tres mil quinientos años, que sale con el precio de 350.000 euros.

Lord Bronsbury parpadeó regresando desde su universo ilusorio a la realidad de una subasta que acababa de comenzar. Justo en aquel instante el poderoso estruendo de un trueno hizo acto de presencia en la sala anunciando la llegada de la tormenta y, por un momento, las luces parpadearon débilmente, quizá temerosas ante el aguacero que se avecinaba.

—El señor con el número 21 ofrece 350.000 euros.

Henry miró al director, que había iniciado la puja olvidándose del atronador aviso enviado por los elementos, y casi de inmediato dirigió su atención hacia el caballero de tez cetrina que, sentado a su derecha junto a una dama, una fila más atrás, alzaba su paleta.

—Desde el otro lado de la línea ofrecen 355.000 euros —anunció el director tras recibir una escueta señal por parte de su hija—. ¿Quién sube a 360.000?

El caballero que portaba el número 21 volvió a levantar su paleta al momento, iniciándose de esta forma una pugna con el invisible contrincante que había decidido pujar por vía telefónica, algo que, por otra parte, era habitual.

Durante varios minutos lord Bronsbury observó impertérrito el desarrollo de la subasta. Esta fue subiendo vertiginosamente y, al alcanzar el valor de 400.000 euros, tuvo la sensación de que el director sentía prisa por cerrarla. Entonces examinó el rostro de la joven rubia que atendía al anónimo interesado y durante apenas unos segundos pudo percibir en ella un indisimulado rictus de nerviosismo, que le produjo un mal presentimiento.

La subasta continuó, y el señor Orloff, dadas las circunstancias, decidió elevar las pujas en diez mil euros. Al llegar a 480.000 euros, el caballero que presentaba el número 21 dio muestras de dudar unos instantes, y el director de subasta pareció dispuesto a cerrarla. Sin duda se trataba de una cantidad considerable a la que había que añadir un veinte por ciento en concepto de comisión. No estaba mal para una pieza de dudosa procedencia.

—¿No hay nadie que ofrezca 490.000 euros? —anunció Orloff, disponiéndose a bajar el martillo—. Bien, 480.000 a la una...

Henry levantó la paleta número 54, que era la que le habían adjudicado, entre el murmullo general, y el señor Orloff se quedó petrificado.

En ese momento, un individuo que se encontraba sentado justo delante se volvió hacia él, fulminándole con la mirada.

Henry pareció algo sorprendido, sobre todo porque aquel tipo le resultaba familiar. Era enorme, y tenía una más que generosa cabeza, totalmente tonsurada, que parecía descansar directamente sobre unos hombros que resultaban ciclópeos. Al inglés le recordó al instante a un luchador de sumo, aunque sus rasgos no fueran orientales, sino simiescos.

Lord Bronsbury lo miró como si no existiera, y acto seguido hizo uno de sus gestos característicos arqueando una de sus cejas.

Un nuevo estampido vino a estremecer la sala como si un rayo hubiera caído en la misma puerta, y las luces volvieron a fluctuar vacilantes.

El señor Orloff sacó un pañuelo de su chaqueta y se limpió el sudor de la frente.

—Bien, el caballero con el número 54 sube a 490.000 euros.

—Así es —alegó lord Bronsbury en un perfecto castellano—. Y le rogaría que tuviese a bien el considerar aumentar la cuantía de cada puja, pues tampoco es cuestión de que pasemos aquí toda la noche.

Ante lo atípico del ofrecimiento, el director lo observó anonadado. Solo a él correspondía el subir el precio de cada licitación, quedando siempre esta a su único criterio.

—¿Estaría el señor dispuesto a ofrecer 510.000 euros? —preguntó con una mueca de perplejidad.

—Sí, lo estaría, absolutamente —contestó Henry sonriéndole con cierta afectación.

Anna Orloff clavó sus azules ojos en aquel hombre y durante unos segundos sus miradas se cruzaron. Henry le dedicó una sonrisa galante, y al punto la joven se pasó imperceptiblemente una mano por la frente, en tanto que parecía volver a retomar su conversación telefónica.

Las cifras subieron y subieron mientras los truenos porfiaban en hacerse escuchar cual heraldos de la formidable tormenta que estaba descargando aquella tarde sobre Madrid. Los 600.000 euros ya habían quedado atrás, en tanto los asistentes contenían el aliento ante el singular combate que dirimían aquellos locos desconocidos.

«¡600.000 euros! ¡Y por un escarabeo que apenas medía quince centímetros! Pocas veces se había visto en las grandes salas de la capital algo semejante», se decían los habituales que habían acudido aquella tarde a la subasta.

El individuo sentado delante de Henry hacía tiempo que se había vuelto definitivamente para mirarle. La luz que nacía de sus pequeños ojos había pasado de la advertencia a la franca amenaza, y ahora la mirada de aquel tipo era torva donde las hubiera, pues además venía acompañada por una expresión de lo más desagradable, quién sabe si como consecuencia de aquellos labios fruncidos tras los cuales se adivinaban unas mandíbulas tan apretadas que parecían a punto de estallar.

Lo que ocurrió después resultó difícil de imaginar. Cuando el anónimo licitador telefónico aceptó una nueva cantidad, aquel digno representante de los más insignes forzudos del orbe sacó sus manazas por detrás del asiento y cuando Henry intentó replicar a la oferta elevando su paleta, aquellas se aferraron sobre ella impidiendo que quedara expuesta.

Sorprendido, Henry intentó forcejear inútilmente contra lo que bien hubiera podido definirse como unos «brazos hidráulicos», pues fue incapaz de moverlos ni un milímetro.

Entretanto, el tipo le miraba fijamente a los ojos esgrimiendo una maliciosa sonrisa.

Todo terminó en un suspiro, y para cuando Henry quiso abrir su boca para protestar, el señor Orloff bajaba su martillo golpeando sobre el estrado.

—Adjudicado en 680.000 euros —dijo lanzando un resoplido.

Lord Bronsbury lo observó fijamente en tanto se deshacía con una sacudida de la presa de aquel individuo, que ahora le miraba con una mueca que resultaba sardónica. Luego dirigió su vista a la señorita de ojos azules, que levantó su barbilla un instante en un gesto que a lord Bronsbury le pareció pretencioso, a la par que desafiante.

Entretanto, Barry, su acompañante, permanecía boquiabierto como mudo testigo de unos hechos dignos de la mejor serie de cine negro, y enseguida imaginó la ira contenida que debía de embargar a su amigo.

De pie, ante una concurrencia que en su mayoría no comprendía lo que había pasado, lord Bronsbury levantó aquella paleta con el número 54 y con estudiada parsimonia la depositó sobre el asiento que había ocupado. Acto seguido ambos amigos se marcharon, como si nada hubiera sucedido.

Julia no había perdido detalle de cuanto había ocurrido allí aquella tarde. Se sentía fascinada, a la vez que perpleja por la forma en la que se había dirimido la puja. Al principio se sorprendió por el modo en que Ahmed, el hombre que estaba sentado junto a ella, tomaba parte en la almoneda. Aún recordaba sus palabras después de que el primer trueno resonara estruendoso, justo en el momento en el que el señor Orloff iniciaba la subasta.

—Las huestes de Set se aproximan —había dicho Ahmed, apenas en un murmullo.

Durante el transcurso de la sesión, Julia había constatado cómo el nerviosismo había ido en aumento en Ahmed, terminando por hacerle parecer indeciso, hasta el extremo de que su vista acabó por perderse más allá del asiento que tenía delante. Fue entonces cuando se escuchó el estampido del segundo trueno y Ahmed volvió a murmurar como para sí.

—Ya están aquí.

Casi sin tiempo para comprender, Julia vio como el extraño en el que había reparado más de la cuenta entraba en escena, iniciando una emocionante puja que nunca olvidaría. Ella se percató enseguida de que aquel hombre se enfrentaba contra algo más que un anónimo oponente camuflado tras una línea de teléfono; sin embargo, resultaba avasallador. Volvió a experimentar otra vez esa extraña sensación en el estómago al verle dominar el escenario con la naturalidad propia de quien está acostumbrado a conseguir siempre sus propósitos. El propio señor Orloff parecía sentirse incómodo, y al observar con atención a su hija Anna, Julia pudo captar en ella un semblante algo demudado, como si por momentos mantuviera alguna discusión telefónica. Poco tenía que ver aquella joven con la que tan amablemente la atendiera una vez, y bien podría decirse que se trataba de otra persona.

Cuando la puja pasó de los 600.000 euros, Julia sintió como la emoción que se respiraba en el ambiente la atrapaba por completo, haciéndola vibrar con cada nueva apuesta. Hacía rato que Ahmed permanecía en silencio, mudo quizás ante la dimensión que estaba alcanzando el evento, y ni tan siquiera los sucesivos truenos que volvieron a repetirse lograron hacerle despegar los labios; tal y como si no existiese.

La atención de Julia iba más lejos que la simple curiosidad. Se preguntaba quién podía ser la persona que, desde el otro lado del teléfono, pugnaba tenazmente por llevarse la obra, sin importarle pagar una fortuna por ella. ¿Sería un rico potentado, o acaso alguna millonaria dispuesta a no dejar pasar la oportunidad de hacerse con una joya como aquella?

Julia se encogió de hombros al pensar en esto. En cualquier caso daba igual, pues le mostraba la realidad del mundo en que vivía. El lenguaje del dinero era capaz de abrir cualquier puerta, como si poseyese en exclusiva una llave maestra. Probablemente, aquella verdadera fortuna apenas significaría algo más que una simple cantidad de dinero con la que conseguir un nuevo capricho.

Ante aquellos pensamientos, Julia no pudo evitar dirigir su vista hacia el escarabeo expuesto a escasos metros de ella. Se empapó de los múltiples destellos que la luz proyectada sobre el objeto repartía con generosidad, sintiéndose embriagada a la vez que decepcionada por el hecho de que aquel escarabeo desapareciera de su vista para siempre, yendo a parar a manos extrañas.

Este razonamiento le hizo considerar todo lo anterior, comprendiendo lo lejana que podía encontrarse aquella obra de ser un capricho. Julia se mordió suavemente un labio, y tuvo que admitir que ella misma estaría dispuesta a pagar lo que fuese por poseerla y que, siendo honrada consigo misma, le hubiera gustado ocupar el lugar de cualquiera de aquellos dos licitantes.

Enseguida volvió a desviar su atención hacia el caballero del traje oscuro, justo para presenciar el insólito desenlace. Julia fue testigo de cómo las enormes manos del individuo sentado delante de él se aferraban a la paleta impidiéndole continuar la puja. Era un tipo enorme, y al instante le recordó a uno de los Hecatónquiros que Urano hubo de relegar a los infiernos para protegerse de su fuerza desmesurada. No le extrañó que el caballero perdiera sus opciones, pues para cuando quiso reaccionar el martillo había golpeado ya sobre el estrado, dando legalmente la puja por cerrada.

Sin salir de su perplejidad, vio cómo aquel caballero mantenía su compostura con una flema difícil de imaginar, para terminar por abandonar la sala junto a su acompañante, sin que hubiera salido de sus labios ni una sola palabra.

En la sala se originó un cierto revuelo, e incluso hubo cuchicheos, pero enseguida el señor Orloff prosiguió sin dilación con la subasta, dado que aún restaban dos lotes más.

El gigante tonsurado se aproximó hacia el estrado que

ocupaba Anna, con la que intercambió algunas palabras. Julia los observó desde su asiento, y enseguida comprobó como la joven le ofrecía su teléfono, por el que aquel remedo de Atlante pareció recibir instrucciones. Movía su espléndida cabeza de arriba abajo, mecánicamente, sin dejar ninguna duda a aquellos que pudieran prestarle atención de que cumpliría al pie de la letra cuanto le ordenaban desde el otro lado de la línea.

Julia parpadeó como saliendo de su propia ensoñación y miró distraídamente a la butaca de su derecha. Con cierta sorpresa comprobó que esta se encontraba vacía y le extrañó que Ahmed, su ocupante, se hubiera marchado sin ni siquiera despedirse, pues al fin y al cabo se había presentado a ella con educación. Hizo un gesto con el que trató de quitar importancia al asunto y enseguida miró su reloj: «Las nueve y media pasadas», se dijo cogiendo su bolso para levantarse.

La subasta había resultado ser una experiencia inolvidable para ella, y mientras se dirigía hacia la salida del establecimiento pensó una vez más en el escarabeo, y en el inusitado desenlace que había presenciado.

Julia aguardó junto a la puerta unos instantes mientras abría su paraguas. En la calle el agua corría por las aceras como impulsada por el soplo de Boreas, el temido viento del norte que los antiguos navegantes griegos tanto respetaban. Llovía con fuerza inusitada, con gruesos goterones que hacían que el aire se transformase en una pared translúcida, tan densa como si fuera de hormigón.

Decidió esperar unos minutos, pues aquel diluvio no podía ser frenado por ningún paraguas que se preciase, y mucho menos por el plegable que ella llevaba.

Fue entonces cuando, de repente, un espantoso estruendo bajó desde la tenebrosa noche resonando estrepitosamente, tal y como si los cielos se hubieran abierto embravecidos para descargar su ira contra toda la humanidad.

A Julia le vinieron a la memoria las palabras que Ahmed pronunciara en la sala al escuchar el primer trueno, e imaginó a Set, el terrible dios del caos del antiguo Egipto, abriéndose paso entre las turbulentas nubes espoleado por su iracundo ejército para, al cabo, desbocar su espíritu violento contra los hombres.

En un acto reflejo, Julia se acurrucó un momento ante semejante estallido. Luego, súbitamente, la ciudad entera se quedó a oscuras.

Cuando terminó su conversación telefónica, el gigante regresó a su asiento. Había recibido instrucciones precisas sobre lo que debía hacer y, como de costumbre, él las cumpliría.

Miró a ambos lados sin cambiar el gesto hosco que le era propio, con la naturalidad de quien pasa la mayor parte del tiempo vigilante. Junto a él, otro individuo de parecida catadura, pero con la mitad de su tamaño, miraba su reloj de vez en cuando, ansioso por terminar aquel trabajo cuanto antes.

Existían varios procedimientos a la hora de retirar una pieza adquirida en una subasta, habiendo quien incluso prefería que esta le fuera enviada, aunque para ello tuviera que contratar un seguro. Sin embargo, aquellos hombres tenían órdenes de no salir de allí sin la obra. Esta había sido ya pagada y se encontraba en el almacén de aquella sala, donde estaba siendo convenientemente empaquetada, como era usual en cualquier casa de subastas.

La joven de ojos azules les había asegurado que el trámite no llevaría más de quince minutos, y ellos decidieron permanecer aguardando en sus asientos, observando cómo el señor Orloff subastaba el lote número 30, el último.

Justo en el instante en el que el director de subasta adjudicaba la puja, un nuevo trueno vino a hacer acto de presencia con mayor estrépito si cabe que los anteriores, estremeciendo la sala y a sus ocupantes. Esta vez las luces no vacilaron, rindiéndose incondicionalmente ante el colérico poder que llegaba desde el cielo. Al momento, la sala quedó a oscuras. Pasaron unos segundos de desconcierto e incertidumbre mientras el señor Orloff llamaba a guardar la calma. Se encendieron algunos mecheros que crearon un extraño efecto en la sala, tal y como si en ella se hallaran reunidas algunas ánimas perdidas, quién sabe cuándo.

Una de ellas vino a iluminar el granítico rostro del gigante, y al pálido reflejo producido por la llama de su encendedor aquel semblante pareció descomponerse.

Un escalofrío recorrió el corpachón de aquel tipo en tanto soltaba un gruñido propio de la peor de las bestias. Sin mediar palabra, se abalanzó contra el señor Orloff y, a empujones, le obligó a dirigirse hacia el almacén a la vez que vociferaba órdenes en una lengua extranjera a su acompañante. El revuelo que se originó fue mayúsculo, pues tropezaron varias veces derribando algunas sillas e incluso la hornacina en la que se hallaba la última pieza subastada, un jarrón de alabastro corintio del siglo VI a. C., que cayó al suelo con un sonido poco prometedor.

El almacén se encontraba en un pequeño semisótano por cuya escalera se precipitó Orloff tras recibir un nuevo empujón. El director de la subasta lanzó un juramento y acto seguido se escuchó como su cuerpo chocaba con gran estrépito, oyéndose al instante quejidos lastimeros.

Unas voces que se aproximaban le llamaron en ruso, percibiéndose, al poco, nuevas pisadas que bajaban por la escalera. Entonces, súbitamente, se hizo la luz. La escena que se representó en el pequeño almacén, aunque esperpéntica, bien pudo terminar en tragedia. El hombre que acababa de irrumpir en la escalera llevaba una pistola y apuntaba con ella al gigante, que, no obstante, le miraba desafiante. Era el individuo casi albino encargado de la seguridad del señor Orloff, quien enseguida pareció darle instrucciones para que bajara su arma en tanto se incorporaba con dificultad.

En el suelo, un poco más adelante, un hombrecillo los miraba con expresión horrorizada a través de unas gafas cuyos cristales se encontraban hechos añicos. Estaba recostado contra una caja, y de su cabeza brotaba un hilo de sangre.

—Justo cuando se fue la luz alguien me golpeó, señor Orloff.

Este lo miró con los ojos desorbitados, temiéndose lo peor.

—¿Quién fue? ¿Quién te golpeó? —preguntó el director sin ocultar su excitación.

El empleado movió su cabeza pesaroso.

—No pude verle bien. Llevaba un mechero en la mano que movía frenéticamente a su alrededor, como si estuviera buscando algo. Luego se aproximó a mí amenazándome con un revólver y me preguntó dónde estaba la pieza.

—¿Qué pieza? —le inquirió Orloff zarandeándole por los hombros—. Contesta, ¿qué pieza?

—El escarabeo... Él se lo llevó.

—¿Él?

El hombrecillo asintió despavorido.

—Solo pude ver el tenue brillo del cañón de su arma en la penumbra —prosiguió atemorizado.

Orloff hizo un gesto de desesperación.

—Su voz...

—¿Su voz? —interrogó Orloff, mirando de nuevo fijamente a aquel hombre.

—Tenía un acento extranjero —dijo el empleado, tras una pausa para coger aliento—. Hablaba como si fuera árabe.

Al escuchar aquellas palabras la cara del gigante se enrojeció de ira, dando la impresión de que fuera a estallar. Sus ojillos se movieron nerviosos de un lado a otro y sus manazas se cerraron amenazadoramente.

Súbitamente, la puerta de servicio situada en un lateral del almacén se abrió violentamente, y la figura del acompañante del gigante se dibujó ante lo que parecía una débil cortina de agua.

Al ver a su compañero, le habló atropelladamente en aquella lengua desconocida, aunque sus claros ademanes no dejaban lugar a dudas de que le apremiaba para que le siguiese.

El titán dio un bufido, y con una agilidad sorprendente para un hombre de su tamaño, salió corriendo hacia la fina llovizna que aún mojaba la noche.

Julia había permanecido en la entrada del establecimiento protegiéndose del aguacero. A pesar de la oscuridad reinante, podía escuchar el repiqueteo de las gruesas gotas al impactar sobre la acera. El agua llegaba con la furia propia de los elementos desatados, aunque Julia tenía confianza en que en breve estos se aplacarían y podría llegar al cercano aparcamiento en donde le esperaba su automóvil.

El ímpetu del agua comenzó a amainar. La tormenta se marchaba, como siempre suelen hacerlo, dejando su ira por doquier y el epílogo de una lluvia fina que acabaría por desaparecer.

La luz llegó de nuevo a las calles, devolviéndolas a la difusa realidad. Aquella noche parecían particularmente abandonadas, como envueltas aún por los invisibles peplos del ejército de las tinieblas que las había devastado; fantasmagóricos reflejos que la mortecina luz de las farolas proyectaba sobre la riada de agua que se precipitaba calle abajo. A lo lejos, el eco de las sirenas llegaba amortiguado por el ruido producido por las rodadas de los coches sobre el suelo encharcado. La ciudad regresaba a la rutina de sus sonidos naturales, como en una noche cualquiera.

Julia caminó con paso presto guareciéndose de la llovizna bajo su pequeño paraguas. Llevaba los pies empapados, pues sus zapatos de fina piel no eran lo más apropiado para sortear las anegadas calles aquella noche.

Pensaba en todo lo ocurrido como si la subasta a la que había asistido hubiera significado un corto paréntesis en su anodina vida. Otros mundos distintos al suyo le habían hablado de su existencia en lo que bien podrían clasificarse como planos paralelos que, en cualquier caso, resultaban ajenos para la mayoría de la gente.

Al bajar la escalera del aparcamiento vino a su memoria la imagen del hombre del traje oscuro, e inmediatamente hizo un mohín de disgusto. Durante unos instantes se sintió molesta por su actitud, abriendo y cerrando el paraguas con más brío del que necesitaría para quitar las gotas de agua. Era absurdo, aunque tuviera que reconocer haber demostrado la inmadurez propia de una jovencita.

Movió la cabeza, como considerando su estupidez, mientras introducía su billete en el cajero automático. A Julia no le gustaban aquellos ingenios que relegaban al hombre en sus funciones siguiendo unos criterios económicos que él mismo definía. En su opinión, el mundo se encontraba controlado por volátiles variables que unos hilos intangibles trataban de manejar dentro de una jungla feroz, y eso a ella la horrorizaba.

La máquina devolvió su cambio, y entonces se escuchó otro estampido. Julia recogió las monedas, y al momento un segundo estallido llegó hasta ella como apagado por la distancia. Le pareció que aquello eran detonaciones que en nada se parecían a los estrepitosos truenos que había descargado la tormenta aquella noche. Julia sintió un escalofrío mientras trataba de recordar el lugar donde había aparcado su automóvil.

Con paso apresurado bajó a la segunda planta, segura de que era allí donde este se encontraba. Al acceder a ella, un sentimiento de temor la invadió por completo.

La plataforma se encontraba tan oscura como la noche cerrada que caía sobre Madrid. Julia necesitó de varios segundos para reparar en las tenues lucecillas con que los plafones del sistema de emergencia trataban de abrirse paso entre aquellas tinieblas. Orientándose lo mejor que pudo, Julia comenzó a caminar con paso vacilante tratando de adivinar la situación de su coche. Cada cierta distancia, una luz mortecina venía a reflejarse sobre alguno de los automóviles, ayudándola a tomar conciencia de dónde se encontraba. Andaba entre penumbras, tan solo acompañada por el característico sonido producido por sus tacones a cada paso que daba. Sin poder remediarlo, Julia se sintió sobrecogida en tanto un mal presentimiento se apoderaba de ella.

Nerviosa, se detuvo un momento para quitarse los zapatos, y al hacerlo escuchó un ruido.

Julia notó como su pulso se aceleraba, creyendo que el corazón se le saldría del pecho. Angustiada, se recostó contra una de las gruesas columnas en tanto aguzaba el oído cuanto podía. Estaba segura de que había oído algo, y enseguida se imaginó toda una secuencia con las peores escenas que podrían vivirse en una pesadilla. Durante un tiempo imposible de precisar forzó su vista en un vano intento de distinguir lo que no podía.

Presta a percibir cualquier sonido, Julia trató de serenarse, convenciéndose de que su coche se encontraba cerca. Casi de puntillas avanzó muy despacio, intentando formar parte de la propia oscuridad que lo envolvía todo.

Julia se aproximó a una de aquellas luces que cada cierta distancia le daban una idea del lugar en el que se hallaba. Al punto suspiró aliviada, pues un poco más allá creyó ver dibujada la figura de su vehículo, sintiéndose más confiada. Justo entonces volvió a escuchar algo. Otra vez Julia creyó que el corazón le iba a saltar en mil pedazos. No tenía duda, allí había alguien. Podía oír su suave respiración, como si apenas fuera un resuello. Se agachó entonces atenazada por los nervios, preparada para salir corriendo hasta su automóvil. Sigilosamente avanzó en esta posición como si fuera un felino, con el corazón latiéndole de tal forma que estaba convencida de que cualquiera podría escucharlo dentro de aquel garaje. Apretando los dientes, se deslizó bajo la última de aquellas luces que la separaban de su coche y, en ese momento, todo se precipitó. Una mano se aferró a Julia agarrando uno de sus tobillos con una fuerza que parecía surgir de la propia desesperación. Al sentir el contacto, ella lanzó un grito que bien hubiera podido ser tomado como espantoso, pues en él iba todo su miedo.

Pasado el primer momento, Julia trató de zafarse de

aquella garra que sujetaba su tobillo, como si le fuera la vida en ello. Ella se revolvió dispuesta a defenderse, y, al hacerlo, la pálida luz proyectada por el plafón le mostró el rostro de un hombre mirándola desde su agonía. Entonces escuchó de nuevo aquel sonido que antes le llegara como un resuello, comprendiendo esta vez de lo que se trataba. Aquel hombre estaba agonizando.

—Ayúdeme —oyó que le decía una voz tan débil que parecía que se fuera a quebrar.

Julia reparó entonces en que aquel cuerpo se hallaba sobre un charco de sangre, y se sintió desfallecer.

—Es usted, es usted... —volvió a escuchar entre susurros.

Ella lo miró de nuevo y apenas logró ahogar un grito de sorpresa.

—¡Ahmed! Pero...

Sin poder salir de su perplejidad, Julia se inclinó sobre el cuerpo del hombre que hacía poco había estado sentado junto a ella en la subasta.

—¡Dios mío, le han disparado! —exclamó horrorizada—. Iré a pedir ayuda —dijo Julia haciendo ademán de marcharse.

Ahmed la asió por un brazo y ella vio que su mano estaba ensangrentada.

—¡No! Ya no hay tiempo —balbuceó Ahmed.

Presa de la desesperación, Julia no supo qué hacer. Trató de incorporarle un poco, pero él efectuó un gesto para que no le moviera.

—Estoy muerto, pero usted aún puede ayudarme.

Ella lo miró sin comprender mientras sentía como los ojos se le humedecían.

—No. Deje que pida ayuda —volvió a repetir angustiada, abriendo su bolso en busca de su teléfono móvil.

—Escúcheme, usted es buena. Yo he visto su luz y...

Ahmed se interrumpió mientras un pequeño hilo de sangre salía por la comisura de sus labios.

—Prométame que me ayudará —dijo de nuevo Ahmed, que parecía respirar con mayor dificultad.

Julia puso una mano sobre su boca, ahogando un sollozo.

—¿Qué quiere que haga? —contestó, cogiendo una de sus manos.

—Busque en el bolsillo de mi chaqueta, hay un paquete...

Otra vez Ahmed se interrumpió intentando coger aire.

Julia hizo lo que le pedía y encontró un envoltorio.

—Ábralo —dijo Ahmed, cuya mirada comenzaba a parecer perdida.

Julia le obedeció y al terminar de desenvolverlo se estremeció por completo.

—¡El escarabeo! —exclamó mirando la pieza con incredulidad.

Aquel hombre la observaba con un rictus extraño.

—¡Usted lo ha robado! —le acusó Julia, sin salir de su perplejidad.

Ahmed negó con la cabeza.

—Yo solo lo he recuperado. Pertenece a Egipto, ¿lo recuerda?

Julia frunció el ceño.

—Usted no lo sabe, pero la desgracia cabalga de la mano de esta pieza —dijo Ahmed en un tono que parecía profético—. Él es solo el principio...

La profesora lo miraba desorientada.

—Ahora todo depende de usted —continuó Ahmed en medio de su agonía.

Julia lo observó con desesperación.

—Debe ir a El Cairo —masculló aquel hombre, que, sin lugar a dudas, se moría—. Allí buscará a Saleh.

—¿Saleh? ¿Quién es Saleh? —inquirió Julia, que no podía dar crédito a cuanto estaba ocurriendo.

Ahmed pareció sonreírle.

—Saleh —continuó casi en un murmullo—, en el Museo Egipcio. Entrégueselo a él.

—¡Oh, no! —protestó ella, intentando reanimarle—. ¡No me haga esto!

—Ahora márchese —indicó Ahmed—. Su vida corre peligro. Si la encuentran, la matarán.

Julia dio un respingo mientras se separaba inconscientemente de aquel hombre que la miraba fijamente, sin pestañear.

Ella volvió a ahogar un sollozo en tanto comprobaba como aquellos ojos habían perdido su luz para siempre, vacíos de toda vida. Ahmed estaba muerto.

Julia no sabía qué hacer. Sentada junto a uno de los coches estacionados, observó el cadáver de aquel hombre tirado sobre un charco de sangre. La mórbida luz del solitario plafón daba a la escena un aire tétrico, difícil de imaginar; una atmósfera irreal que parecía surgida de la peor de las pesadillas. Sin embargo, aquello era tan real como la sangre reseca que manchaba sus manos, o la figura del escarabeo perfilándose dentro del envoltorio.

Recordó las dos detonaciones escuchadas mientras se hallaba junto al cajero automático, comprendiendo que habían sido los disparos que habían acabado con la vida de aquel hombre. En ese momento el corazón le dio un nuevo vuelco.

Hasta ella llegó el eco apagado de unos pasos aún lejanos; pisadas que se aproximaban con la cadencia propia de quien busca algo. Las palabras de advertencia de Ahmed surgieron nítidas desde algún lugar de su memoria, atemorizándola por completo. Debía marcharse de inmediato.

Julia miró por última vez el cuerpo inerte de Ahmed y, sin poder evitarlo, sus manos se apoderaron del precioso paquete que había extraído de uno de los bolsillos de su chaqueta. Luego se incorporó despacio, sabedora de que un poco más allá, entre las tinieblas, había alguien que estaba dispuesto a matar. Dirigió una mirada nerviosa hacia donde creía que se encontraba su coche, apenas a unos pocos metros de distancia, convenciéndose de que podría llegar hasta él. Aguzando su vista, abrió su pequeño bolso y sus dedos lo recorrieron tratando de encontrar las llaves de su utilitario. Estas dejaron escapar su característico sonido metálico que, en el silencio angustioso de aquel aparcamiento, a Julia le sonó como una campanada.

Los amenazadores pasos se detuvieron un instante, para enseguida convertirse en rápidos ecos que se acercaban. Julia salió corriendo en tanto pulsaba desesperada el mando a distancia del cierre de su automóvil. Al momento se hizo la luz en el interior del vehículo y ella avivó su carrera. La distancia se le hizo interminable, recordándole aquellas pesadillas en las que intentaba escapar de algún peligro y sus piernas se negaban a responderle. En ese instante se dio cuenta de que la luz del interior de su auto la delataría, sintiendo como sus piernas le pesaban todavía más.

Respirando miedo por cada poro de su piel, Julia se sentó al volante a la vez que todas sus pertenencias se desparramaban en el asiento contiguo, tan nerviosas como ella.

En su estado parecía incapaz de introducir la llave en el contacto, no dejando de escudriñar hacia el tenebroso peligro que adivinaba al otro lado del cristal de su ventanilla.

Gimiendo de excitación, Julia trató de calmarse, concentrándose unos instantes en su llave. Al fin, esta consiguió hallar su camino, y al punto el motor arrancó con suavidad.

Incapaz de poder coordinar sus movimientos con precisión, la caja de cambio emitió un rechinante sonido al meter la marcha atrás. En su desesperación, Julia creyó percibir los amenazadores pasos muy cerca, tanto que durante unos instantes se convenció de que no podría salir de allí. En un esfuerzo por superar su nerviosismo, la profesora hizo acopio de toda la serenidad de que fue capaz y, tras accionar el seguro de las puertas, logró al fin sacar el auto del estacionamiento. Entonces, cuando se disponía a arrancar hacia la rampa de salida, algo impactó contra la parte trasera. Julia lanzó un grito y al momento metió la primera velocidad, acelerando enloquecida, sabedora de que le iba la vida en ello. El coche salió disparado hacia la pendiente de ascenso al nivel superior, a la vez que escuchaba el sonido metálico de un objeto que repiqueteaba contra el suelo.

Sin dejar de gimotear, Julia condujo su vehículo tan rápido como fue capaz. Subió hasta la primera planta, la cual hubo de atravesar para volver a ascender por una nueva pendiente que le condujo hasta la salida.

Ni un conductor, ni un peatón, ni un mal vigilante, nadie... Aquel aparcamiento parecía tan solitario y lóbrego como si en verdad hubiera sido abandonado a su suerte, o simplemente formara parte de una tramoya surgida de la propia paranoia.

Julia detuvo el coche junto a la barrera de salida, que, al menos, permanecía iluminada. Un poco más atrás, las sombras que ocupaban el aparcamiento presentaban el invisible telón tras el cual había tenido lugar, aquella noche, la más trágica de las representaciones.

Todavía agitada, Julia lanzaba nerviosas miradas a través del espejo retrovisor hacia el espantoso escenario que dejaba atrás, temerosa del peligro que la acechaba. Por fin bajó el cristal de su ventanilla e introdujo el ticket en el cajetín, mientras se preparaba para salir sin dilación. Sin embargo, la barrera permaneció en su sitio. Julia volvió a mirar angustiada por el retrovisor y dio la vuelta al ticket introduciéndolo de nuevo en el cajetín. Aquello le ocurría en no pocas ocasiones, aunque en ese preciso momento le hiciera lanzar una maldición. Presa del frenesí, intentó probar introduciendo aquel billete de todas las formas posibles, mas la barrera permaneció en su sitio, ignorándola por completo.

Desesperada, se le ocurrió que quizá la validez del billete había caducado, pues no tenía noción del tiempo transcurrido desde que efectuó el pago. Un sudor frío recorrió su cuerpo al contemplar semejante posibilidad, lo que la llevó a intentarlo una vez más. Fue entonces cuando, con el rabillo del ojo, vio que alguien se le abalanzaba. Un cuerpo se estrelló contra su coche produciendo un sonido quejumbroso, como de latas reventadas. Tal como si una mole se hubiera desplomado desde los cielos atravesando en su caída incontables latas de hojalata.

Para Julia los segundos se convirtieron en un tiempo imposible de cuantificar, como si en verdad no significaran sino una parte más de aquella pesadilla que estaba viviendo, pues, que ella supiera, los sueños no pueden medirse. Horrorizada, miró hacia la luneta trasera, donde una forma se debatía como poseída por las furias, tal cual si las Eríneas hubieran regresado desde el Erebo.

La vaga figura se hizo plenamente corpórea, y Julia no tuvo duda de que las Hijas de la Noche, implacables, arrastraban a aquel infeliz a la locura por la sangre que se había derramado. Sin embargo, cuando aquella cara se aplastó contra el cristal, el ensalmo se desvaneció y la pesadilla cobró una nueva dimensión.

El rostro que Julia observó al otro lado de la luneta posterior del automóvil le pareció monstruoso; deformado por la presión que sus mejillas ejercían contra el cristal, aquella cara le hizo recordar a la de un gran antropoide extraído de algún tiempo remoto. Por unos instantes ambos se miraron a los ojos, y ella fue plenamente consciente de que su suerte estaba echada. El hombre la miraba fijamente con sus ojillos, a la vez que sus labios se entreabrían en un rictus que hacían asemejarle a la más feroz de las bestias.

A Julia, aquella expresión simiesca le trajo recientes recuerdos. Ella conocía a aquel hombre. Era...

Tragando saliva con dificultad, Julia continuó observándole fijamente como hipnotizada. Su cabeza grande y rasurada, sus ojos pequeños e implacables, su cuello inexistente... Aquel era el individuo que había visto aquella tarde en la sala de subastas, el mismo que había sujetado la paleta del hombre del traje oscuro decidiendo el resultado de la puja. La luz vino a hacerse en su interior sobrecogiéndola.

Consciente de cuanto ocurría, Julia vio como aquel energúmeno recuperaba el equilibrio después de su caída y con ambas manos zarandeaba el coche como si fuera un juguete. Luego, casi de inmediato, lanzó un terrible puñetazo contra el cristal de uno de los laterales, destrozándolo por completo.

Julia recordó el sonido metálico que escuchara con anterioridad en el estacionamiento, y comprendió que su perseguidor debió de haber perdido su revólver al intentar detenerla en el interior del aparcamiento. Entonces sintió como su cuerpo se aflojaba y vio como la enorme manaza de aquel tipo intentaba abrirse paso entre los cristales astillados. Ella lanzó un grito de terror y notó como se humedecía sin poder controlarse. Al momento escuchó claramente los gruñidos de aquel hombre, pareciéndole la peor de las alimañas a punto de cobrar su presa.

Fuera de control, Julia metió la primera velocidad a su auto, sin importarle un ápice que aquella maldita barrera le cerrara el paso. Las ruedas patinaron con estrépito y, justo en ese instante, como si en verdad hubiera sido objeto de la más pesada de las bromas, la barrera se elevó, dejando el paso franco al automóvil en cuyo interior Julia gritaba como una posesa.

El coche ascendió por la rampa hacia la encharcada calle en tanto su perseguidor, al que se le había unido otro hombre, lanzaba un terrible alarido. De nuevo la débil luz de las farolas hacía que la lluvia caída sobre la calzada formase sobre ella una pátina espectral.

Aferrada al volante con ambas manos, Julia hacía caso omiso a semejantes detalles, mirando una y otra vez por el espejo retrovisor hacia las tinieblas que dejaba atrás. Con los ojos todavía desorbitados, pudo ver como dos figuras corrían tras ella, a lo lejos, sin posibilidad de alcanzarla.

6

Durante los siguientes dos días, Julia fue incapaz de salir de su casa. Su marido, Juan, había iniciado la misma tarde de la subasta un viaje por Europa que le mantendría ausente durante casi dos semanas. Sus hijos, como de costumbre, no eran más que ánimas errantes que entraban y salían del hogar de forma caprichosa, sin pararse a considerar demasiado los sentimientos ajenos. Julia se sentía sola, más sola que nunca, pues tampoco le apetecía llamar a su amiga Pilar para hacerla partícipe de su desventura. Al principio se sorprendió a sí misma mirando cada cinco minutos por la ventana, ocultándose detrás de los visillos. Esperaba encontrarse de nuevo con el repugnante rostro de aquel hombre al que ya nunca olvidaría, escondido en alguna esquina, observándola disimuladamente, quizás esperando el momento propicio para asaltarla. Las mismas sirenas de la policía la sobresaltaron, pues no en vano había sido testigo de un crimen, y era posible que su presencia en el lugar de los hechos pudiera llegar a involucrarla.

En un principio, aquellos pensamientos la preocuparon, aunque terminó por desecharlos al comprender que significaban el menor de sus problemas. Si acudía a la policía a denunciar el caso, su vida, y quién sabe si la de los suyos, correría aún más peligro, aunque en su fuero interno estuviera convencida de que, en cualquier caso, ya lo estaba.

Nadie podía ayudarla, y mucho menos Juan, que enseguida hubiera acudido a notificarlo a la comisaría más cercana. Ella recordaba una y otra vez las palabras que Ahmed le dirigiera poco antes de morir, como si hubieran quedado grabadas a fuego, comprendiendo que aquel hombre moribundo tenía razón. Desgraciadamente, era un asunto que la sobrepasaba.

Durante aquel fin de semana, su único compañero resultó ser aquel escarabeo que de forma involuntaria había terminado por entrar en su vida.

Julia se sorprendió a sí misma al pasarse las horas muertas contemplando ensimismada la antigua reliquia. Unos lazos sutiles parecían haberse tendido entre ellos, creando un vínculo difícil de definir. Julia ya lo había sentido la primera vez que lo vio, aunque acabara por atribuirlo al simple deseo de poseerlo. Ahora se daba cuenta de que aquel sentimiento abstracto iba mucho más allá. Sus dedos recorrían incansables cada forma de la milenaria figura, casi con reverencia, como si a través de ellos fuera capaz de percibir los arcanos más remotos; insondables misterios ya olvidados hacía siglos que resultarían poco menos que incomprensibles en nuestro tiempo.

Sin embargo, al cerrar sus ojos, Julia sentía cómo las yemas de sus dedos eran capaces de captar aquel lenguaje, más propio del espíritu, perdido para siempre, aunque al cabo no lo comprendiera. Los mismos jeroglíficos, tan exquisitamente grabados en el reverso de la pieza, eran una prueba de ello. No tenía la menor idea de lo que significaban, y aunque intentó averiguarlo consultando un viejo libro de gramática egipcia de Wallis Budge, que había pertenecido a su padre, fue incapaz de encontrar un sentido a tales inscripciones.

Al desistir acabó por convencerse de que no hacía falta, pues detrás de aquellos símbolos, en la sombra, había quien no dudaría en matar por recuperar la joya. Fuera lo que fuese lo que contaran, tenía la ocasión de disfrutarlo para ella sola, como si en verdad le pertenecieran.

Por la noche, en la soledad de su habitación, Julia rememoraba la mirada de Ahmed, que, suplicante, le pedía cumplir su último deseo. Ahora, Julia era capaz de darse cuenta de la desesperación que había en sus palabras, y del compromiso que, sin pretenderlo, había contraído. Era la última voluntad de un moribundo, y ella no tenía ni idea de cómo la llevaría a cabo.

Por fin, en la mañana del lunes, Julia decidió salir de su casa. Lo hizo no sin temor, escudriñando desde el portal antes de poner un pie en la calle, aunque, como enseguida comprobó, todo estuviera tan tranquilo como de costumbre.

Aun así, Julia no pudo evitar el volver temerosa su cabeza de vez en cuando, buscando entre los rostros de los transeúntes aquellas horribles facciones que ya nunca olvidaría.

Sus clases en la universidad la ayudaron a intentar convencerse de que, a la postre, su vida continuaba por los habituales senderos de su rutina diaria.

Aquel día, almorzó con su amiga Pilar, aunque se abstuviera de comentarle nada de lo ocurrido. Como de costumbre, su amiga no paró de hacer referencia a lo ingrata que era la vida con ella, y la batería de medidas que iba a tomar contra el cabrón de su ex marido.

Ya en el autobús, de vuelta a su casa, Julia se abstrajo pensando en Pilar y en el mundo en el que se hallaba instalada, así como en el hecho de que, a nuestra manera, todos acabemos por forjarnos uno propio, en el que en demasiadas ocasiones somos incapaces de encontrar la felicidad.

Paseó junto a la valla del Retiro camino de su casa, permitiendo que el sol de media tarde acariciara su rostro. Después del calor sufrido durante todo el mes, la temperatura se había suavizado, siendo sumamente agradable el poder pasear disfrutando de aquella soleada tarde de primavera.

Al torcer por la calle donde vivía, Julia se encontraba más animada e incluso había dejado de mirar hacia atrás vigilante en busca de sus temidos perseguidores. Sentía que algo en su interior, desconocido hasta entonces para ella, surgía para reconfortarla; como si le insuflara fuerzas.

Julia vio unas luces de colores que fluctuaban al fondo, y al poco reparó en lo que se trataba. Un coche de la policía se encontraba estacionado junto al portal de su casa, y enseguida tuvo un mal presentimiento.

Lo primero que pensó fue en que algo le había ocurrido a alguno de sus hijos. La imagen de Juanito fue la primera que le vino a la cabeza, como si en alguna parte de su interior estuviera esperando que, antes o después, alguna desgracia le tuviera que pasar. Luego, molesta consigo misma, apartó semejante idea de sí sintiéndose injusta con su hijo, reprochándose a la vez los constantes temores que sentía por él. Quizás en esta ocasión fuera ella la verdadera causante del problema, y aquel coche no representara sino el preámbulo de las pesquisas que se avecinaban.

Pensó en ello un momento, mientras sus pasos la llevaban mecánicamente hacia el portal. En los tres días que habían transcurrido desde la muerte de Ahmed, ningún periódico se había hecho eco de la noticia, algo que a Julia le había parecido extraño.

Pudiera ser que la policía llevara toda aquella investigación en secreto, o simplemente que aquel coche patrulla nada tuviera que ver con ella.

Con creciente ansiedad, Julia entró en el ascensor de su casa. El portal se hallaba vacío, y ello le hizo conferir la idea de que se preocupaba excesivamente. Sin embargo, cuando las puertas del ascensor se abrieron al llegar a su piso, Julia comprendió que su presentimiento era cierto. La puerta de su vivienda se encontraba abierta y junto a ella un agente de la policía parecía tomar notas. Al verla acercarse, dejó de escribir.

—¿Vive usted aquí, señora?

Julia notó como las piernas se le aflojaban y se sintió desfallecer.

Al observar la palidez de su rostro, el agente la sujetó con suavidad por un brazo.

—No tema, señora. Afortunadamente, no hay que lamentar ninguna desgracia personal —se apresuró a decirle.

Julia lo miró con un nudo en la garganta, incapaz de articular palabra. El agente, un joven amable, pareció compadecerse.

—¿Le ha ocurrido algo a mis hijos? —acertó a preguntar por fin Julia, angustiada.

—Ya le he dicho que no hay que lamentar ninguna desgracia. Me temo que han sido ustedes objeto de un robo.

—¿Un robo? —acertó a balbucear Julia mientras entraba en su casa. Esta se encontraba sumida en el caos.

—Debe comprobar si le falta algo antes de interponer una denuncia —señaló el agente mientras la acompañaba.

Visiblemente conmocionada, Julia creyó que un huracán había atravesado su piso. Muebles, lámparas, ropa, enseres personales; todo yacía por el suelo en el más caótico de los amasijos. Boquiabierta, entró en el salón, donde se encontró a su hija Aurora fumando un cigarrillo con síntomas de haber llorado. Al ver a su madre, la joven corrió a abrazarla.

—¡Mamá! —prorrumpió en sollozos—. Mira lo que han hecho...

Julia la besó, y acto seguido se volvió hacia el otro agente que las miraba con cara de circunstancias.

—Cuando llegó su hija, ya se habían ido, señora. Ella fue la que nos avisó.

—Te llamé al móvil, mamá, pero lo tenías apagado.

«El móvil», pensó Julia recordando que se lo había dejado olvidado en casa. Luego echó otro vistazo alrededor observando el desastre.

—Creemos que se trata de una banda de albano-kosovares que se dedica al robo de joyas —aseguró uno de los agentes—. Han cometido varios delitos por esta zona. ¿Guardaban joyas en casa?

Julia negó con la cabeza.

—Bueno, las normales. Pero nada que tuviera excesivo valor. Tampoco solemos tener mucho dinero.

—¿Podría ver si le falta alguna? —la invitó el policía.

Julia parpadeó un instante, y acto seguido se dirigió a su dormitorio, que se hallaba en un estado lamentable.

Apartó su ropa interior, que se encontraba tirada sobre los cajones del aparador, y comprobó que sus enseres más valiosos se hallaban guardados en sus cajas. Relojes, pulseras, anillos... Todo estaba allí.

—No sé... —murmuró Julia—. Aparentemente no parece que se hayan llevado ninguna joya. Aunque con el estado en el que se encuentra el piso, tardaremos en saberlo.

—Han tenido suerte, señora —subrayó el agente que

parecía estar al mando—. Estos individuos son muy peligrosos, verdaderos profesionales. Han forzado la puerta de su casa con suma facilidad, seguramente esperando encontrar a alguno de ustedes para que les indicara dónde guardan sus objetos de valor.

Julia miró al agente en tanto una sombra de terror se apoderaba de ella.

—Créame, señora. A alguno de estos tipos les hemos llegado a detener hasta veinte veces, pero enseguida vuelven a estar en la calle.

La profesora se acarició los cabellos mientras intentaba poner orden en sus ideas.

—En cuanto organicemos un poco este caos, iré a la comisaría a interponer una denuncia, agente —dijo Julia suspirando abatida.

Los agentes se miraron con la misma resignación que mostraba la señora, sabedores de que, desgraciadamente, aquello era lo de todos los días.

Cuando madre e hija se quedaron solas, Julia escondió la cara entre sus manos reprimiendo un sollozo.

—No llores, mamá —susurró Aurora—. Los agentes tienen razón, al menos no nos ha ocurrido nada.

Julia levantó el rostro y miró a su hija a través de sus ojos velados, abrazándola de nuevo.

—Es verdad, Aurora. Ahora tendrás que ayudarme a poner orden en todo esto.

Los peores augurios hicieron acto de presencia en el nuevo universo que se abrió para Julia. Las últimas palabras de Ahmed acabaron por tomar una consistencia insospechada, pesándole como una losa en su maltrecho ánimo. Suponían mucho más que una advertencia, aunque ella no hubiera sido capaz de percatarse de ello hasta ese momento. Había sido una ilusa, y lo peor de todo era que no se sentía a la altura de las circunstancias.

Para cuando terminó de poner un poco de orden en su casa, Julia ya tenía una idea clara sobre quiénes habían sido los autores de aquel desastre. También sabía lo que andaban buscando, como pudo comprobar al constatar que no faltaba ningún objeto de valor. La aterradora mirada del individuo que la había asaltado en el aparcamiento vino a presentársele tan vívida como si en realidad se encontrara allí, sobresaltándola.

Mientras se preparaba una infusión, no dejó de pensar en el asunto. Obviamente, debía tomar alguna determinación, y cualquiera de ellas le resultaba, como poco, complicada. Ir a la policía era lo que menos le apetecía, pues sospechaba las inconveniencias a las que debería hacer frente hasta que se acabara el caso; eso si por cualquier circunstancia no se veía imputada en él. Pensó también en la posibilidad de dirigirse a la sala de subastas y devolver la obra, aunque finalmente se inclinara a desecharla. Lo ocurrido le hacía recelar de la familia Orloff, cuyo papel en todo aquel embrollo se encontraba lejos de estar claro. Ella había sido la última persona que atendiera a Ahmed en los instantes anteriores a su muerte, con lo cual nadie podía asegurar que este no hubiera hablado más de la cuenta antes de morir. Si la casa de subastas se hallaba implicada, no dudaría en tomar medidas contra ella. Mientras removía el azúcar en su taza, a Julia incluso se le ocurrió que quizás hubieran sido ellos los causantes de aquel desastre, pues conocían su dirección.

Apuró de varios sorbos la infusión, reflexionando sobre el particular sin saber qué pensar. Incuestionablemente, la pieza no podía permanecer más tiempo en sus manos, y menos aún en su casa.

Parpadeó ligeramente mientras sonreía para sí. Era preciso reconocer que había sabido tomar sus precauciones, pues fueran quienes fuesen sus asaltantes, estos no habían podido encontrar el escarabeo.

Julia dejó la taza y avisó a su hija de que iba un momento al portal. Con cierta excitación se observó un instante en el espejo del ascensor, en tanto este bajaba con su habitual lentitud, algo que a ella siempre le había exasperado. Cuando por fin llegó al piso bajo, Julia abrió las puertas dirigiéndose después con paso presto hacia el lugar donde se encontraban los buzones del correo.

Antes de abrirlo, ella miró a uno y otro lado, como una niña mala a punto de cometer una travesura. Luego introdujo la llave en la cerradura del buzón, y su puerta se abrió mostrando el abultado sobre que se encontraba en su interior. Julia no pudo evitar sonreír abiertamente, en tanto volvía a cerrar la puerta de nuevo. En esta ocasión había resultado ser más lista que ellos.

Aquella noche, poco o nada pudo dormir. Cuando su marido la llamó, se abstuvo de contarle nada, conviniendo con su hija que era mejor no preocuparle. Julia conocía muy bien a Juan y sabía que este se pondría histérico si se enterase de lo que había pasado, regresando a casa en el primer avión que pudiera. Si había algo que Julia no necesitaba en ese momento era una sobredosis de nerviosismo en su vida. Ella intentaría poner orden en todo aquello.

Por la mañana llamó a la facultad explicando lo ocurrido, ante lo cual la instaron a que se tomara varios días de descanso hasta que se sintiera con ánimos de volver a clase.

Julia aprovechó para cambiar la cerradura de su puerta,

y después se dirigió a la comisaría para denunciar los hechos.

Era curioso, pero desde el momento en que sus pies tocaron la calle, tuvo el convencimiento de que la vigilaban. De vez en cuando, se paraba frente a algún escaparate para observar con disimulo a través del reflejo de sus cristales si alguien la seguía, como había visto hacer en las películas, mas no vio a nadie que le resultara sospechoso.

De regreso desde la comisaría caminó algo más despreocupada. Por ello se dejó llevar caprichosamente por sus pasos a donde estos quisieron llevarla hasta que, sin saber cómo, se vio paseando por una calle inusualmente solitaria. Al poco de encontrarse en ella, comprendió que se había equivocado.

Julia escuchó como el ruido del motor de un coche se aproximaba en la distancia. Era un sonido poderoso que se hizo aún más patente en el fragmento de tiempo que tardó en volver su cabeza hacia él. Para cuando quiso tomar conciencia de lo que pasaba, una lujosa berlina de color negro paró junto a ella y se abrió una de sus puertas traseras.

Entonces dio un paso atrás dispuesta a salir corriendo calle arriba, con un grito de socorro presto en su garganta; sin embargo, sus pies permanecieron quietos, y su voz muda cual si viera una aparición.

Atónita, Julia observó cómo aquel hombre descendía del lujoso automóvil y le regalaba la más seductora de las sonrisas. Era tal y como lo recordaba la tarde del viernes, cuando lo vio por primera vez en la subasta, solo que en esta ocasión se dirigía hacia ella.

Julia vio a aquel extraño hacer un ademán con sus manos, invitándola a tranquilizarse. Acto seguido su voz le llegó pausada y embaucadora.

—Señora, le ruego que no se asuste, pero creo que necesita ayuda.

7

Como era bien sabido por todos, Spiros Baraktaris era un hombre sin sentimientos. No tenía ni idea de lo que era la ética y tampoco sentía ninguna necesidad por saberlo, puesto que nunca se le había ocurrido el emplearla, ni tenía intención de hacerlo.

Él consideraba que el mundo poseía unas leyes inmutables que era preciso comprender a fin de no arruinarse la propia vida, aunque esto fuera lo que, de ordinario, él acabara por hacer con la mayor parte de la gente. Él la despreciaba, como también despreciaba la estúpida hipocresía en la que pensaba que vivían, pues al fin y al cabo no eran más que monigotes envueltos en la falsa capa de libertad que el poder les proporcionaba. A su modo de ver, las leyes de la naturaleza eran extrapolables a los demás órdenes de la vida: el poderoso siempre destruye al débil y, si no, abusa de él.

Spiros creía saber bien de lo que hablaba. Su abuelo, que atendió al mismo nombre que él, murió de frío en el 27 junto a uno de los muelles cercanos a Battery Park, en la ciudad de Nueva York. Allí lo encontraron una mañana del mes de enero, hecho un ovillo y tan solo como un perro. Siempre que Spiros paseaba por Battery Park, se acordaba de aquello, aunque nunca llegara a derramar una sola lágrima por el viejo. Simplemente, su abuelo había elegido el lado equivocado, aquel en el que los sueños acaban por necesitar de los milagros.

Al menos, el viejo Spiros había tenido la lucidez de dejar a su familia en su tierra, emprendiendo en solitario el sueño americano con el que pensaba sacar a los suyos de la pobreza. Él fue uno de los quince millones de inmigrantes que pasaron por Ellis Island, para ser inspeccionados, en busca de una vida mejor.

Al final las ilusiones no fueron suficientes, y la lucha por la supervivencia en las calles de Nueva York resultó tan implacable como la que diariamente puedan mantener las especies que habitan en las planicies del Serengueti. Así son las cosas.

Para Spiros, la historia de su abuelo no era sino una más de las muchas que ocurrían todos los días en cualquier otro punto del globo, y en las que no se podían buscar culpables. Las leyes que regían el mundo no tenían corazón, resultando además implacables.

Ese era su credo. Él jamás moriría como su abuelo, pues siempre había tenido claro cuál era el camino que conducía a la otra orilla; aquella en la que vivían los que ostentaban el verdadero poder.

Indudablemente, alcanzar semejante meta no había resultado sencillo para un tipo como él. Su familia no dejaba de ser la de un pobre pescador de Heronissos, un pequeño pueblo al norte de la isla de Signos, en las Cícladas. Un lugar perdido en el tiempo, de paisajes áridos y montañosos, que conservaba todo el sabor del inmortal Egeo que bañaba sus bellísimas costas. De allí había partido un día su abuelo hacia las Américas, dejando a su mujer y su pequeño hijo al cuidado de su hermano y con un mundo de ilusiones futuras.

Obviamente, su abuelo nunca regresó y su progenitor hubo de criarse huérfano bajo el amparo de su tío abuelo. Sin embargo, este resultó ser como un padre para él, enseñándole todo lo que él mismo había aprendido de aquel mar cuya historia se perdía en los tiempos de los héroes inmortales. Eso fue todo el bagaje recibido por el joven, y a fe cierta que lo aprovechó.

El padre de Spiros, que también se llamaba así, tuvo claro que no pasaría toda su vida pescando para subsistir. La mar le dio otras posibilidades y él supo sacar partido de ellas, aunque estas no se encontraran precisamente dentro de la legalidad. Desde temprana edad se dedicó al contrabando, actividad que, con los años, llegó a dominar hasta el extremo de convertirse en un auténtico virtuoso. Como contrabandista, Spiros hizo una pequeña fortuna, que le permitió que sus dos hijos fueran a estudiar a uno de los mejores colegios de Atenas. El mayor de ellos, también llamado Spiros, pronto mostró sus aptitudes para la vida, pues era inteligente, tenaz y sumamente astuto, y al pasar la adolescencia se convirtió en un hombre guapo y de gran fortaleza, a quien el mundo parecía quedársele pequeño.

Como también ocurriera con sus ancestros, el joven Spiros sentía pasión por el mar, aunque a diferencia de estos él sí supiera cómo hacer una gran fortuna con él. Gracias a su padre, Spiros montó una pequeña naviera con la que empezó a hacer cabotaje por las islas del Dodecaneso. Rodas, Kasos, Simi, Astipalea, Kos..., poco a poco el negocio fue creciendo y sus barcos comenzaron a transportar todo aquello que reportaba buenos beneficios.

Así fue como a finales de los setenta, con tan solo veintisiete años, Spiros ya había acaparado una hacienda respetable.

Sin embargo, su gran fortuna todavía estaba por hacer. A principios de la década siguiente, el joven conoció en una fiesta a Melina, hija única del magnate de las navieras Nikos Stavros, que se enamoró perdidamente de él, casándose al poco tiempo.

Al nieto del indigente que un día apareciera muerto de frío en los muelles de Nueva York se le presentaba un panorama bien diferente al de su pobre abuelo, y en verdad que no hizo sino ensancharlo hasta límites insospechados.

En los ochenta, Spiros Baraktaris era un hombre inmensamente rico. Poseía el control de la mayoría de los negocios de su suegro, y además formaba parte de consorcios formados por otras poderosas empresas navieras. Los mares del planeta eran surcados a diario por sus gigantescos petroleros, haciendo negocios con la voracidad propia de quien parecía que había de saldar alguna cuenta pendiente con el pasado.

Al llegar los años noventa, su suegro murió y él quedó al frente de un imperio de proporciones colosales. Sin embargo, para Spiros nada parecía ser suficiente. Sus inversiones se diversificaban cada vez más, sin preocuparle lo más mínimo que fueran meramente especulativas. Se dedicó a comprar empresas en quiebra, para maquillarlas y volverlas a vender después con jugosas plusvalías. Los trabajadores poco significaban para él, pues su último fin no era sino el de acaparar riqueza. A la postre era como un juego, un juego que nunca acababa.

Como suele ocurrir entre los poderosos, llegó un momento en el que sus influencias alcanzaron el plano de la política, sensible siempre a la opinión de las grandes fortunas. Aquello no hizo sino aumentar aún más su poder, que se autoalimentaba vertiginosamente dentro del círculo que tan hábilmente había creado.

No obstante, su matrimonio con Melina fue un desastre. Ella se había enamorado de un hombre incapaz de sentir amor por nadie, y aunque intentó salvar su relación, finalmente se vio embarcada en una nave en la que solo ella parecía estar dispuesta a hacer frente al temporal. Ni los tres hijos que le dio sirvieron para recordarle que era un ser humano. Por el contrario, su mirada se volvió más dura con los días, hasta convertirse en piedra, igual que su corazón.

A Spiros, su fracaso matrimonial no le supuso más que una anécdota en su vida. Él tenía otras prioridades, en las que poco importaban unos sentimientos ajenos por los que apenas se sentía interesado. Si en algún momento necesitaba amor, lo compraba, aunque ello significara tener que verse rodeado por las putas más caras de Nueva York. Al fin y al cabo, aquel también era un negocio, y eso sí era capaz de comprenderlo.

Sin embargo, en algún lugar de su rocoso corazón existía un atisbo de sensibilidad. Era como un pequeño remanso en la tempestad permanente en la que parecía encontrarse su espíritu, aunque indudablemente no dejara de ser un indicio. Todo el despotismo que Spiros acostumbraba a demostrar a sus semejantes se transformaba en delicadeza cuando una obra de arte caía entre sus manos. Su afición por el arte llegaba a ser desmedida, y para alimentarla no dudaba en dar salida a su voracidad, siempre en pos de poseer aquello que le interesaba.

Era un entusiasta admirador de las culturas antiguas, de alguna de las cuales incluso se consideraba un buen conocedor, y aquel reducto de sensibilidad que poseía se lo dedicaba por entero a ellas, abrumándolas con su generosidad.

Además de ser un gran coleccionista, Spiros aportaba dinero para no pocas instituciones relacionadas con el mundo de la cultura. Era mecenas de varios museos, formando parte, además, de los órganos de dirección de alguno de ellos. En su país, Grecia, sus aportaciones eran de sobra conocidas y muy bien recibidas por todos los estamentos culturales. También ayudaba a las misiones arqueológicas de varias universidades, sufragando él mismo sus propias excavaciones en diversos países.

Por este motivo, Spiros solía estar muy bien informado sobre los nuevos hallazgos arqueológicos que veían la luz, incluyendo los que, por inexplicables circunstancias, acababan perdiéndose.

Aquella mañana, Spiros Baraktaris se encontraba de un humor peor de lo habitual, algo difícil de imaginar, aunque no por eso dejara de ser una mala noticia.

Con las manos a su espalda observaba desde su despacho el ir y venir de los transbordadores a través del East River, sobre cuyas aguas reverberaba el sol matutino. En su opinión allí comenzaba el mundo. Su corazón, su fuerza motora, estaba en aquel lugar, irreductible bastión del capitalismo más absoluto, del que él formaba parte destacada. A través de los enormes ventanales del diáfano ático, Spiros era capaz de sentir aquel latir que era el origen de un flujo económico capaz de llegar a cualquier punto del planeta. El distrito financiero de la isla de Manhattan expandía su poder desde el río Hudson hasta el East Side, en un alarde de gigantes más propio de los antiguos dioses que antaño habitaran en su tierra que de los hombres. Los grandes bancos, las poderosas corporaciones; mirara por donde mirara, todos estaban allí y él permanecería a su lado.

Muy cerca, el edificio del cuartel general de la banca Morgan se erigía como símbolo inequívoco de cuanto el griego pensaba. Junto a este, todo un inconmensurable bosque de portentosos rascacielos se elevaban orgullosos, incapaces de ocultar su propia soberbia. El Banco de Nueva York, el Citibank, el Barclays, el Chase Manhattan...; aquello solo era el principio, y por eso había elegido aquel lugar, entre la calle Pine y la famosa Wall Street. Desde allí regía su imperio.

Spiros abrió y cerró las manos en un acto involuntario que reflejaba su estado de ánimo. La furia del primer momento había dejado paso a una suerte de ira contenida que Spiros no dudaba en dar salida caprichosamente para gran quebranto de sus empleados. Estos hacía ya tiempo que se amparaban en su resignación, pues no en vano significaba el único refugio posible.

Todo había comenzado algunos meses atrás en Saqqara, cerca de El Cairo. En ese lugar, el magnate griego tenía una concesión del gobierno egipcio por la cual podía realizar excavaciones arqueológicas en una zona situada al oeste del Serapeum, la grandiosa tumba de los bueyes sagrados, no muy alejada de este. Spiros había pagado una cuantiosa suma por ello, empleando a los mejores profesionales que le había sido posible encontrar. Para el griego, la necrópolis de Saqqara se asemejaba a una enorme alfombra mágica capaz de cubrir lo insospechado. Durante miles de años, los antiguos egipcios se habían enterrado bajo las ardientes arenas de aquel inhóspito paraje, acumulando en sus entrañas fragmentos de un pasado milenario de un valor incalculable.

Spiros estaba convencido de que bajo aquella tierra sagrada los más preciosos ajuares se encontraban a la espera de ser sacados a la luz. En su opinión, quedaba más de un setenta por ciento de hallazgos por descubrir. Obras maravillosas que aguardaban en silencio, sepultadas por toneladas de arena, a que alguien les tendiera la mano.

Como era norma común en él, Spiros no había reparado en gastos, proporcionando a la misión cuanto pudiera necesitar, incluidos los medios tecnológicos más avanzados.

Los egiptólogos, por su parte, habían hecho un buen trabajo, empleándose concienzudamente en su labor, excavando minuciosamente cada metro del área elegida.

Sin duda, la historia de las excavaciones en Egipto estaba repleta de sinsabores y fracasos, aunque para Spiros Baraktaris esta última palabra no tuviera cabida en su diccionario particular, pues él era un hijo de la Fortuna, como pronto demostró.

Un día, sus hombres hallaron una vasija de alabastro en cuyo interior se encontraron restos de los antiguos aceites empleados para la momificación de los cadáveres. La jarra, de por sí, ya era verdaderamente hermosa, y tan translúcida que parecía un soplo de arena. Al enterarse de la noticia, Spiros no dudó en tomar su avión privado y volar hasta El Cairo, solo por acariciar aquel objeto que era un regalo del remoto pasado. Mas su emoción se vio desbocada cuando le leyeron las inscripciones grabadas en ella. Entre estas había un nombre, Neferkaptah, un nombre que por sí mismo quizá no habría de significar nada, pues muchos fueron los que en su tiempo se llamaron así.

No obstante, el hallazgo le hizo conferir esperanzas, un buen augurio que hacía pensar en la proximidad de alguna tumba. A los pocos días, su euforia se desató aún más, al enterarse de que se habían hallado unas vendas de lino y más jarras con restos de productos para el embalsamamiento. El nombre de Neferkaptah volvía a leerse en las paredes de una de las vasijas, y aquello fue más que suficiente para que Spiros se convenciera de que se encontraban cercanos a su tumba.

Los arqueólogos trataron de recomendarle prudencia, pero el opulento griego ya había dejado volar su imaginación. Enseguida se acordó de Theodore Davis, el magnate de los ferrocarriles americanos que un día excavara en el Valle de los Reyes a principios del siglo XX. Él también halló unas vasijas similares con restos de vendas y aceites para la momificación. El nombre que aquellas jarras tenían grabado era el de Tutankhamón, pero Davis lo desdeñó, creyendo que aquello era todo cuanto quedaba del *faraón niño*, no pudiendo imaginar que a menos de dos metros se encontraba la entrada a su famosa tumba, que pocos años después descubriría Howard Carter.

Baraktaris despreciaba a Davis. En su opinión, el antiguo abogado había hecho uso de las excavaciones como si se tratara de uno más de sus negocios, buscando obsesivamente la gloria que le supondría poder encontrar la tumba de la reina Tiyi.

Spiros había pensado, en no pocas ocasiones, en la similitud que él mismo pudiera tener con el viejo magnate. Aunque distanciados en el tiempo, ambos eran poderosos y no se paraban ante nada. Sin embargo, él pensaba que Davis era incapaz de emocionarse ante una obra de delicada hermosura, mientras que él podía llegar a vibrar.

Reflexionó unos instantes acerca del viejo Theodore. Él había tenido la suerte de vivir la época dorada de las excavaciones en Egipto, un tiempo ya demasiado lejano en el que él mismo pensaba, no pocas veces, con añoranza. Apenas diez años después de que Davis abandonara Egipto para siempre, las cosas cambiaron. Gastón Maspero, el que durante muchos años fuera reputado director del Servicio de Antigüedades, dejó su puesto al francés Pierre Lacau, convencido de que este continuaría la tradicional política de permisividad hacia los excavadores extranjeros. Sin embargo, se equivocó.

Para Spiros, Lacau representaba el final de aquella época sin igual, y el comienzo de los abusos que, según su opinión, se perpetraban contra los mecenas que financiaban las misiones arqueológicas en Egipto. El primero que tuvo que soportarlo fue el mismísimo lord Carnarvon, tras el descubrimiento de la tumba de Tutankhamón. Hasta ese momento, el excavador y el Estado se repartían los objetos hallados por partes iguales, en lo que se consideraba una forma mediante la cual la misión arqueológica podía recuperar parte de los cuantiosos gastos efectuados a fin de mantener la excavación. Pero Lacau había decidido que era hora de cambiar semejante convenio; desde entonces, todo lo encontrado en cualquier yacimiento arqueológico de Egipto pertenecería por completo al Estado y Lacau aprovechó la repentina muerte del lord para hacer que la ley entrara en vigor.

Baraktaris creía que aquel burócrata jesuítico que para él era Lacau había estado a punto de echar por tierra el mayor hallazgo arqueológico de todos los tiempos. Howard Carter, el afortunado descubridor de la tumba y un hombre de carácter difícil, no se dejó avasallar por el francés, llegándose a generar tensiones que se trasladaron al plano de la política y que llevaron finalmente a Lacau a ordenar cerrar la tumba durante dos años.

Spiros hizo un gesto de disgusto al pensar en todo aquello. Aquel funcionario francés había terminado con lo que él consideraba un derecho de los excavadores que financiaban los proyectos. Él mismo se gastaba un cuarto de millón de dólares por temporada en excavar en el País del Nilo. Un dinero que nunca recuperaría, y por el que tan solo obtendría permiso para fotografiar las piezas encontradas y estudiarlas durante un período de cinco años.

Siempre que recordaba este aspecto, el griego notaba como las venas de sus sienes parecían a punto de estallar, invadiéndole una indignación que creía justificada. Él estaba convencido de los derechos que le asistían, independientemente de lo que cualquier gobierno pudiera decir, y era por eso por lo que no reparaba en hacer ver a sus hombres lo aconsejable que sería el que alguna pieza digna de interés pudiera extraviarse sin que tuviera noticia de ello el Servicio de Antigüedades.

Él conocía muy bien cuál era el método universal para comprar voluntades, sobre todo en un país como Egipto en el que un funcionario apenas ganaba cien dólares de salario al mes.

Suspiró con pesar mientras observaba desde su aventajada atalaya el puente de Brooklyn, que cruzaba el East River, un poco a su izquierda. Entonces pensó en todo lo que había ocurrido y en cómo la estupidez humana era capaz de aparecer en el momento más insospechado.

A los pocos días de que salieran a la luz las vasijas de alabastro, el encargado de la excavación encontró varios objetos de una importancia extraordinaria. Dándose cuenta de lo que podían significar, el responsable ocultó con gran habilidad dos de las piezas halladas al inspector que el Servicio de Antigüedades había designado para que inspeccionara la excavación. Obviamente, dichos objetos quedaron sin registrar, permaneciendo en poder del encargado, que los puso a buen recaudo; o al menos eso creyó él, pues misteriosamente aquella misma noche desaparecieron.

Cuando Baraktaris se enteró de lo ocurrido, su cólera se desató cual Aquiles al conocer la muerte de su amado Patroclo. Ese mismo día ordenó relevar de sus funciones a su responsable en Saqqara, enviándolo a una plataforma petrolífera en la Patagonia, aunque en realidad hubiera estado tentado de confeccionarle un buen traje de cemento y mandarle de vacaciones permanentes al fondo del río Hudson.

Durante varios días su ira corrió por cada planta de su edificio en Manhattan, sin respetar cargos ni funciones, decidiéndose finalmente por regresar a Egipto y encargarse personalmente del asunto. Sin embargo, las piezas no aparecieron.

Entonces, Spiros entró en una suerte de excitación cercana a la desesperación, difícil de explicar. Antes de desaparecer, ambos objetos habían sido fotografiados, aunque dadas las circunstancias no había habido tiempo suficiente para dibujarlos y copiar convenientemente los caracteres que poseían. No obstante, gracias a las fotografías, uno de ellos, un extraordinario escarabeo de lapislázuli, reveló las inscripciones grabadas en su chatón. Ellas volvían a mencionar el nombre que aparecía inscrito con anterioridad en las vasijas, Neferkaptah, a la vez que hacían referencia a una historia terrible.

Neferkaptah...

Spiros no tardó mucho en averiguar lo que podía esconderse detrás de aquel nombre. Fue entonces cuando su agitación aumentó todavía más, hasta dejarle en brazos de la exasperación.

Ahora estaba convencido de que la tumba de Neferkaptah se encontraba en algún lugar próximo a la excavación, quizá más de lo que imaginaba, y si era así, esta le pertenecía.

Sin duda, tales pensamientos bien podían calificarse como de locura o delirios irrealizables, mas el griego había entrado en un camino para el que se creía elegido y nada ni nadie le apartaría de él, aunque para conseguirlo hubiera de llegar a ser víctima de su propia paranoia.

Era necesario, por tanto, que aquel nombre no saliera a la luz.

Spiros resopló, como riéndose de sí mismo por tan quiméricos pensamientos. Él sabía mejor que nadie que aquellas obras solían acabar en manos que no tardaban mucho en conocer su verdadero significado, aunque justo era reconocer que, en su caso, la Fortuna había acudido una vez más en su ayuda. Y es que, a los dos meses, el escarabeo salió en un catálogo de subastas que él mismo recibió, en el que se informaba de una puja que se celebraría próximamente en Madrid.

En un principio, Baraktaris se quedó estupefacto, sobre todo al comprobar que el catálogo atribuía la procedencia de la pieza a una colección privada. Al leerlo se le revolvió el estómago, aunque un hombre tan pragmático como era él enseguida pensase en los medios más adecuados para recuperar la obra.

Aquel no era el primer caso, ni por supuesto sería el último, en el que aparecían piezas robadas en el catálogo de alguna casa de subastas. El mercado negro de obras de arte gozaba de buena salud, como él mismo sabía muy bien, ya que este no le era en absoluto desconocido.

Lo que sí le resultó desconocido fue la firma encargada de organizar la subasta, Orloff, un nombre que nunca había oído con anterioridad, y que al punto le hizo sospechar de su autenticidad.

Como era de esperar, poco tardó el griego en averiguar quiénes se escondían detrás de tan pomposo apellido y, al hacerlo, hubo de reconocer que sintió cierta curiosidad, llegando incluso a esbozar una sonrisa. El mundo se encontraba repleto de aventureros y buscavidas, y no sería él quien lo criticara, aunque en aquel caso hubiera salido perjudicado.

El tal Orloff resultó ser en realidad Fedor Sukov, uno de los mayores sinvergüenzas que pululaban en el negocio de las antigüedades, cuya reputación, justamente ganada, era de sobra conocida por todo aquel que estuviera relacionado con los círculos del arte. A Sukov sus cualidades le venían de lejos, pues ya a su padre, Nicolai, se le reconocieron unas inmejorables condiciones para la estafa y el engaño. Fedor pertenecía a una familia de origen ruso que se había instalado en Ámsterdam hacía casi un siglo, para dedicarse principalmente a la compra y venta de obras de arte u otros objetos de valor. Él, sin duda, había resultado ser un alumno aventajado, no apartándose nunca de la máxima que un día recibiera de su abuelo: «Hijo mío, lo importante es el dinero; lo demás es conversación.»

Fedor se había atenido a tales reglas toda su vida, aunque con el correr de los años no hubiera tenido más remedio que utilizar métodos camaleónicos a fin de mantener alejada a una justicia que ya sabía de él.

Para ello solía acudir a los lugares menos recomendables en busca de piezas de gran valor, de origen incierto. Él las adquiría y posteriormente las subastaba en alguna ciudad en la que no se viera comprometido. Organizaba la almoneda por captación de obra, y en ella incluía la pieza en cuestión, que solía reportarle suficientes ganancias como para retirarse prudentemente durante un tiempo para retomar más adelante su negocio. En cuanto al nombre utilizado, este no importaba, pues procuraba cambiarlo cada vez que efectuaba una nueva subasta en otra capital.

Spiros se había visto obligado a reconocer que aquel tipo había demostrado poseer una falta de escrúpulos digna de consideración, lo cual, por otro lado, se ajustaba perfectamente a su forma de ver la vida. Además, Fedor había resultado tener una hija, de nombre Anna, cuyas prácticas y modo de hacer no le iban a la zaga. Al parecer, ella había sido la que había encontrado el escarabeo, lo cual por sí solo ya era suficiente para tenerla en cuenta. Según le habían asegurado, era avispada y sumamente hermosa, dos armas capaces de proporcionar insospechados resultados.

Baraktaris pensó en aquello durante unos instantes, mientras fijaba de nuevo su atención en el cercano puente de Brooklyn. El sol de la mañana despertaba tímidos reflejos sobre el agua que besaba sus pilares en tanto el tráfico que se dirigía hacia Manhattan circulaba perezosamente camino del edificio del City Hall.

Spiros no pudo reprimir un nuevo gesto de enojo. Él, personalmente, había telefoneado a los Orloff para aclararles cuál debía ser el resultado final de la puja, advirtiéndoles de las consecuencias que sufrirían si otra persona se hacía con el objeto. Todo parecía haber quedado claro; sin embargo... Con sumo placer el griego hubiera terminado con aquella estafa de raíz, mas la prudencia le llevaba a actuar con cautela. El catálogo estaba en circulación desde hacía varios meses, y Spiros desconocía a qué manos había llegado a parar. Hacer desaparecer de este el escarabeo hubiera podido traerle complicaciones y, dada la magnitud de sus intereses, debía evitar correr ningún riesgo.

No obstante, aquella joven había resultado ser más pícara de lo que le habían asegurado. Durante la subasta, Spiros no tuvo ninguna duda de que ella estaba intentando alargar la puja todo lo posible para aumentar las ganancias. «La muy zorra —pensó el griego— me sacó nada menos que 680.000 euros, más un veinte por ciento de comisión, por una pieza que, además, era de mi propiedad.» Spiros estaba convencido de que aún hubiera podido resultar peor de no ser por las furiosas amenazas que se vio obligado a proferirle por teléfono para que cerrara inmediatamente la subasta. Pronto ajustaría las cuentas a aquella listilla, aunque, obviamente, había otras cuestiones que le preocupaban más.

Una de ellas era la presencia en la sala de un competidor al que conocía bien y por el que sentía verdadera inquina. Lord Bronsbury representaba el arquetipo de persona que más aborrecía. Era culto, refinado y perteneciente a lo mejor de la rancia aristocracia inglesa, lo cual por sí solo ya era motivo más que suficiente para que Spiros lo detestara. Mas la cosa no se detenía ahí, ya que el inglés sentía idéntica pasión que él por el arte, dedicándole gran parte de su tiempo y su inmensa fortuna.

Aquel detalle exasperaba a Spiros sobremanera. La mera presencia de uno de aquellos ricos herederos era más de lo que podía soportar, siempre envueltos en un céfiro cuyos aromas su pituitaria era incapaz de asimilar. Ellos gastaban a manos llenas lo que sus ancestros habían ganado con su esfuerzo, convencidos de que su único fin en la vida era disfrutar de todo ello.

En este particular, Henry le había parecido especialmente aventajado, aunque su mayor antipatía viniera por el hecho de que el inglés pudiera ser dueño de su vida, haciendo en cada momento lo que le viniese en gana. Había tenido la desgracia de tener que soportar sus aires de caballero en algún que otro acto al que ambos habían sido invitados, aunque lo peor, sin duda, había sido el ver cómo le arrebataba una obra de Le Corbusier en la sala Christie's de Londres por un millón de dólares en el último instante, debido a un malentendido.

Ahora parecía que el lord andaba interesado en su escarabeo, y Spiros sabía muy bien que ello no debía ser tomado a broma. Estaba seguro de que a esas alturas el inglés sabría perfectamente lo que aquel escarabajo sagrado significaba, y ello le inquietaba, sobre todo ahora que la pieza había vuelto a desaparecer.

Esta, sin lugar a dudas, era la primera de sus preocupaciones. Después de que se realizaran los hallazgos en Saqqara, el asunto había ido tomando unas dimensiones insospechadas que parecían acercarle al vodevil, con muerto incluido, y el señor Baraktaris ya vislumbraba los problemas que todo ello podría generar.

Había tratado de reflexionar sobre lo ocurrido, aunque a la postre su ira no fuera la mejor compañera para el discernimiento. Spiros estaba convencido de que era objeto de una broma pesada urdida por los volubles dedos que se encargan del destino de los hombres. La Fortuna, que siempre le había favorecido, ahora se burlaba de él demostrándole que su poder no era nada comparado con las leyes que se encuentran por encima de los mortales.

De nada habían servido sus sobornos, amenazas y atropellos, por muy aderezados que estuvieran con su inagotable soberbia y despotismo. Haciendo caso omiso a su prepotencia, la milenaria joya había decidido emprender su propio camino, desdeñando su poder y probablemente su compañía. ¿Cómo era posible, si no, que aquella espléndida reliquia hubiera sido objeto de un robo semejante, para acabar en manos de una profesora de universidad que nada tenía que ver con el asunto?

Spiros no era capaz de comprenderlo, aunque hubiera decidido extremar la prudencia y cubrir el yacimiento con el velo de hermetismo que su inmenso poder material le proporcionaba. Su determinación era absoluta, y nadie se interpondría en su camino.

No obstante, el que el escarabajo deambulara libremente en manos extrañas representaba un peligro demasiado grande para la consecución de sus propósitos. Tarde o temprano, alguien intentaría averiguar si las palabras inscritas por Neferkaptah en aquel escarabeo eran ciertas, codiciando al instante el enigma que pudiera albergar su tumba.

Indudablemente, el griego prefería no dejar el camino sembrado de cadáveres, aunque sus hombres se hubieran visto obligados a acabar con la vida de un tal Ahmed Guirigar, del que nada sabía, pero que con toda seguridad representaba los intereses de alguien que prefería mantenerse en la sombra.

Afortunadamente, habían podido hacer desaparecer el cuerpo de Ahmed y, a pesar de que nadie lo había reclamado, Baraktaris prefería mantener una especial cautela.

Spiros suspiró mientras echaba un último vistazo al paisaje que el poder de los hombres había creado en aquella emblemática ciudad. Luego fue a sentarse en un sillón de su despacho estirando sus piernas. Al parecer, la señora que mantenía el escarabeo en su poder había tomado sus precauciones, lo cual, después de pensarlo durante un rato, no le pareció mal, pues de una u otra forma ella se lo devolvería.

La segunda de sus preocupaciones iba, en realidad, íntimamente unida a la primera, pues se refería a la otra pieza que había desaparecido del yacimiento. Se trataba de una caja de madera con incrustaciones de marfil en forma de ibis. La caja contenía un papiro con unas inscripciones al parecer escritas en hierático que desgraciadamente no habían sido copiadas.

Nadie sabía lo que aquel texto decía, aunque Spiros estaba seguro de que estaba relacionado con Neferkaptah, el nombre que aparecía en el escarabeo. Hasta el momento no había tenido noticia de aquella obra, lo cual le había hecho conferir esperanzas de que quizás aún se encontrase en Egipto.

El sonido de su teléfono le hizo reparar en que llevaba esperando aquella llamada toda la mañana.

Baraktaris escuchó con atención durante unos minutos sin despegar apenas los labios, moviendo sus ojos de acá para allá, como si estuviera asimilando todo cuanto le decían sin perder detalle. Al finalizar colgó su teléfono y juntó ambas manos bajo su nariz, lo justo para cubrir su sonrisa.

Al parecer, el sagrado escarabeo regresaba a la tierra de donde nunca debió salir. Aquella profesora de universidad volaba rumbo a El Cairo con el preciado objeto celosamente guardado, como el mayor de los tesoros. Finalmente, la Fortuna volvía a reconducir la situación adecuándola a sus intereses. ¿Acaso él no era su hijo predilecto?

EL VUELO

8

Julia observaba pasar el mundo. A través de la ventanilla del avión la tierra parecía moverse con la pereza propia que le es habitual cuando se la contempla desde cuarenta y siete mil pies. A semejante altitud las sensaciones se vuelven engañosas, hasta el punto de dar la impresión de que el enorme mapa postrado a nuestros pies es recorrido por una tortuga infatigable. Desde tan aventajada atalaya, los accidentes geográficos tienden a hacerse particularmente difusos; la Tierra se acerca a su forma natural, y hay incluso quien asegura que es capaz de observar su propia curvatura.

Exageraciones al margen, Julia tenía el total convencimiento de encontrarse alejada del mundo. Pocas personas podían tener la oportunidad de volar a tan elevadas altitudes y observar cómo las vaporosas estelas de los vuelos comerciales se rendían a sus pies, muy abajo, creando caminos ilusorios en una atmósfera que, finalmente, acabaría por devorarlos. A la izquierda del avión, el sol se aproximaba al horizonte en su eterno peregrinaje, ofreciendo un espectáculo difícil de imaginar. Su luz se transformaba en toda una sinfonía de colores capaces de abarcar la línea del lejano oeste, tiñéndolo de grandiosidad. Desde su privilegiada posición, Julia fue capaz de percibirlo y de ver cómo toda una gama de azules y rojos se desgranaban caprichosamente para acabar uniéndose en la más asombrosa de las creaciones; un ocaso digno de los antiguos dioses a quienes tanto amaba su padre.

Entonces se vio embargada por emociones difíciles de explicar; sintió su propia insignificancia, y lo lejanas que parecían encontrarse las leyes de los hombres. Al fin y al cabo, la Tierra no era más que un lugar diminuto en medio del universo infinito, y por un momento Julia creyó poder hallarse libre de las mil y una ataduras con las que, de ordinario, solemos aferrarnos en nuestra andadura por la vida. Viendo aquel atardecer, comprendió que el cosmos poseía sus propias reglas, en las que no cabía la mezquindad. Sin duda, ningún artista hubiera podido jamás recrear las pinceladas que cubrían aquel cielo crepuscular.

Una mirada al interior de la aeronave le devolvió a la realidad. Una realidad que, por otra parte, también era nueva para ella y que la aproximaba a lo que bien hubiera podido definirse como un sueño. Solo en ellos se hubiera imaginado volando en un aparato semejante, que le recordaba a los que había visto en alguna de aquellas películas de amor y lujo a las que no era en absoluto aficionada. Todo el habitáculo de aquel avión rebosaba exclusividad, desde sus confortables asientos de piel hasta los suntuosos embellecedores fabricados con las más nobles maderas. Aquella máquina era lujo en movimiento, y se resistió a convencerse de que hubiera alguien capaz de poseer algo así. Allí había un pequeño salón, una sala de juntas, un baño con ducha y hasta un dormitorio; más de lo que muchas parejas en busca de su primera vivienda hubieran deseado.

Julia hizo un pequeño gesto de desdén al pensar en ello y trató de imaginar lo que costaría un avión privado como aquel, aunque le fue imposible. De haber sabido que su precio era de cincuenta millones de dólares, seguramente hubiera experimentado un cierto disgusto, pues se negaba a admitir que el mundo estuviera tan mal repartido.

Por otra parte, el hecho de encontrarse allí ya era un problema digno de consideración. Se había visto obligada a abandonar su vida, que, buena o mala, no dejaba de ser suya. A bordo de aquel aparato tenía la sensación de ser una extraña incluso para sí misma, como si presintiera que habría un antes y un después de aquel viaje.

Como distraída con estos pensamientos, Julia miró hacia su derecha. Justo una fila más adelante, Henry parecía dormir plácidamente en su mullida butaca. Viéndole sestear de aquella forma, el inglés daba la sensación de hallarse libre de problemas o preocupaciones, como si realmente su vida se encontrara al margen de todo lo que solía inquietar al resto de la gente. Indudablemente, aquel hombre había dado sobradas muestras de un espíritu imperturbable, ya desde la escena presenciada en la subasta, que Julia recordaba muy bien. Allí le habían arrebatado su derecho a la puja de forma ciertamente artera, y él había sabido controlar su cólera casi sin inmutarse. Luego, durante el trato que tuvieron ocasión de compartir, Henry había demostrado una flema sorprendente que contrastaba, sin duda, con el estado de nervios que ella había tenido que soportar.

Julia pensó en ello mientras volvía a observar el espectacular atardecer, no dejando de admirarse ante la determinación de que había hecho gala. ¿Cómo había sido capaz de embarcarse en semejante aventura?

Ni ella misma conocía la respuesta. Solo sabía que algo

en su interior la había impulsado a hacerlo desde el mismo momento en que aceptó escuchar al extraño que la abordó aquella misma mañana. En cierto modo, tampoco tenía demasiadas opciones. ¿Qué podía haber hecho? ¿Ocultar el escarabeo en su buzón durante toda su vida? ¿O acaso emprender en solitario un viaje que se presentaba, cuando menos, azaroso?

Julia era plenamente consciente de que mientras tuviera en su poder aquella comprometedora obra, corría un serio peligro estuviera donde estuviese. Su vida se transformaría en un calvario, siempre temerosa de que en cualquier momento aquel horrible individuo la asaltara de nuevo. Por las noches, al cerrar los ojos, todavía podía ver su rostro, grotescamente siniestro, aplastado contra el cristal de la ventanilla de su coche. Era una cara difícil de olvidar y que, estaba segura, siempre la acompañaría como el peor de los recuerdos.

A Julia le resultó fácil admitir las razones que aquel inglés le argumentó en apenas quince minutos. Estas eran demoledoras, y no vinieron sino a confirmar lo desvalida que se encontraba en todo aquel asunto. Los argumentos del caballero resultaron sumamente convincentes, y su comportamiento, extremadamente educado y considerado. Además, su español era perfecto, y él y su curioso amigo le hicieron ver que su ayuda era lo único con lo que podía contar en tan espinoso caso.

Obviamente, en su fuero interno Julia mantuvo su desconfianza, pues no en vano aquel individuo también codiciaba poseer la pieza, una reliquia con la que ella creía haber desarrollado un vínculo difícil de racionalizar y que, no obstante, la subyugaba.

Lo que más la sorprendió fue comprobar como aquellos

hombres se encontraban al tanto de cuanto había ocurrido. Parecían saberlo todo, y por ello apenas se inmutaron cuando les relató lo sucedido en el aparcamiento la misma noche de la subasta.

—Vaya. Esta obra parece capaz de despertar los más bajos instintos en determinadas personas —acertó a decir Henry por todo comentario mientras la escuchaba.

Aquellas palabras le parecieron inoportunamente jocosas, aunque enseguida volviera a rendirse ante la contundencia de los razonamientos del aristócrata.

—Supongo que a estas alturas no tendrá ninguna duda acerca de la identidad de los hombres que entraron en su casa —había continuado el inglés, en tanto arqueaba una de sus cejas—. Estoy seguro de que comprenderá que no es usted la única persona que corre peligro. Sin pretenderlo, su familia también se halla involucrada. Es preciso que piense en ello.

Al escuchar tales juicios, Julia no pudo dejar de sentirse molesta, no tanto por las palabras en sí como por el hecho de que desnudaban su propia incapacidad para decidir lo que debía hacer. La posibilidad de que le ocurriera una desgracia a algún miembro de su familia resultaba evidente, siendo consciente de que, para mantenerlos al margen, era necesario alejar la milenaria pieza de ellos tanto como pudiera.

Durante las noches de zozobra que pasó, Julia pensó en todo aquello, así como en la posibilidad de devolver el escarabeo a los sicarios que habían sido capaces de matar por recuperarlo. Sin embargo, algo en su interior le hacía rebelarse ante semejante eventualidad y se sintió incapaz de poner una joya como aquella en unas manos manchadas de sangre.

Julia comprendió entonces que no debía demorar más su marcha y que, para bien o para mal, aquellos ingleses eran la única alternativa capaz de protegerla. Semejante decisión bien hubiera podido ser tomada como una locura, pero, aun dentro de la desconfianza que pudiera sentir hacia ellos, ¿qué otra cosa podía hacer?

Además, un impulso difícil de explicar la empujaba a realizar aquel viaje, como si la última voluntad de un moribundo se hubiera transformado, a la postre, en una misión que también concerniese a su propia alma, una cuenta que tenía la obligación de saldar independientemente de los planes que pudiera conferir aquel caballero inglés y las expectativas que, indudablemente, albergaría.

Así fue como, de la noche a la mañana, a Julia le surgió la oportunidad de acudir a un simposio sobre el Egipto grecorromano en la ciudad de El Cairo al que no podía renunciar. Dijo a sus hijos que estaría fuera una semana y avisó a su padre de que debía ausentarse.

—Espero que visites el templo del Oráculo de Siwa —le advirtió don Sócrates—. Recuerda que el gran Alejandro fue acogido en él como amadísimo hijo del dios Amón.

Julia le aseguró que lo haría, en parte por no discutir, pues el templo en cuestión se encontraba en un lugar remoto, a apenas cincuenta kilómetros de la frontera con Libia.

A pesar del paso de los años, su padre no había perdido su natural ingenio, aunque, eso sí, podía resultar un poco pesado; debía de ser cosa de la edad, pues don Sócrates hacía tiempo que era ya octogenario.

En la universidad Julia no tuvo ningún problema para conseguir los días que necesitaba, ya que era tenida por persona muy cumplidora y muy querida por todos.

—Tómate el tiempo que necesites —le dijeron.

Luego, telefoneó a su amiga Pilar, que no se creyó nada de cuanto le dijo.

—¡Ay, hija!, tú sabrás lo que haces —la había preveni-
do—, pero ándate con ojo; los hombres son todos unos sinvergüenzas.

—Mujer, no empieces con...

—Ya, ya —la había cortado Pilar—. Tú no hagas caso y
verás como al final te arrepentirás.

—No es nada de lo que te imaginas, créeme —le aseguró—. Solo te pido que le eches un vistazo de vez en cuando
a mi casa.

—Querida, cualquiera diría que te vas para siempre.
Dime la verdad, ¿tienes una aventura?

Julia no pudo evitar una sonrisa.

—En cierto modo sí, aunque no la que tú piensas.

—Ya sabía yo que lo tuyo con Juan no podía funcionar
más —oyó Julia que le decía su amiga con tono excitadísimo—. En estos asuntos me equivoco poco. Por lo menos
cuéntame si es guapo. ¿Le conozco?

Julia lanzó una pequeña carcajada.

—Te prometo que te lo explicaré todo a mi regreso
—apuntó conciliadora.

—Desde luego que me vas a tener en ascuas; en fin, ya
estoy deseando que vuelvas. De todos modos, hazme caso;
no le des todo lo que te pida; son tremendos.

—Descuida, que las cosas no van por ahí; espero estar de
vuelta en una semana.

Julia escuchó una especie de suspiro a través del auricular e imaginó la expresión de su amiga después de la conversación que habían mantenido. Pilar era capaz de elucubrar
lo inimaginable, la conocía bien.

—Lo que más me preocupa es Juanito —prosiguió Julia—. Aunque parezca un caso perdido, en el fondo sigue
siendo un niño y...

—No pienses más en eso —le cortó Pilar—, bastante te has sacrificado por ellos. Lo mínimo que te mereces es una semana alejada de esa vida gris que llevas. ¡No sé cómo lo aguantas!

—Mujer, no digas eso.

—Sigue mi consejo por una vez y trata de poner un poco de luz en ese corazón tuyo rodeado de penumbras. Creo que lo mejor es que se vengan a mi casa durante toda la semana y así controlo a ese pequeño monstruo de hijo que tienes; yo le ataré corto. Te aseguro que enseguida se dará cuenta de que conmigo no valen sus juegos. Si no te llamo, es que todo marcha bien.

Emocionada, Julia le agradeció su ayuda y, seguidamente, ambas amigas se despidieron.

Aquella misma tarde Julia salió para Torrejón, donde la esperaba un vuelo privado con destino a El Cairo. Su equipaje era inusualmente exiguo, una pequeña maleta y poco más, aunque esto no le preocupara. Su verdadero tesoro viajaba junto a ella, envuelto cuidadosamente en una funda de terciopelo rojo, y eso era todo cuanto le importaba.

Como de costumbre, Julia parpadeó repetidamente para salir de sus pensamientos. La nube de sus recientes recuerdos se dispersó como por ensalmo y sus ojos volvieron a fijarse en la figura de Henry, que aún dormitaba. Durante unos instantes lo examinó a sus anchas, lo suficiente como para corroborar algo que ella ya sabía por mucho que se negara a entrar en consideraciones.

Aunque desconcertada, Julia no tenía ninguna intención de entrar en juegos para los que no se encontraba preparada, por ello era conveniente que tomara sus precauciones; aquel tipo era la seducción personificada y podía llegar a entrañar un indudable peligro.

Hizo un mohín de disgusto mientras apartaba su mirada de él, pensando si no se habría apoderado de ella alguna forma de enajenación mental. ¿Qué extrañas circunstancias se habían dado para verse inmersa en semejante dislate? ¿Cómo había podido embarcarse, junto a personas que apenas conocía, en una aventura cuyo alcance era incapaz de calibrar? ¿Qué desatino era aquel? ¿Acaso se había vuelto loca?

Una voz suave y pausada le hizo tomar conciencia, de nuevo, de la realidad.

—¿Me permite que me siente a su lado, señorita?

Julia miró hacia aquel individuo pelirrojo que solicitaba su permiso para acompañarla. Aunque, obviamente, casi no lo conocía, a Julia le caía simpático, y su aspecto de sabio despistado le recordaba en cierto modo a su padre. Barry, como al parecer se llamaba, resultaba ser la antítesis de su amigo, pues no mostraba un interés especial en su aspecto personal. A Julia le hacía gracia aquel cabello rebelde y ensortijado, diabólicamente rojizo, al que acompañaba una barba del mismo color y tan desaliñada como todo lo demás. Por otra parte, el tal Barry lucía unas particulares lentes que a Julia le recordaban a las que había visto llevar en los antiguos grabados a don Francisco de Quevedo, y que le daban un cierto encanto; todo ello dicho con el mayor de los respetos.

—Señora, si no le importa —corrigió ella haciendo un ademán con la mano para que se sentara.

—¡Oh! ¡Por supuesto! —exclamó Barry disculpándose algo azorado—. Antes de nada —continuó— quisiera que supiera que me hago cargo de su situación, y que en nuestro ánimo solo está el ayudarla.

Julia lo observó con atención. Aquel hombre hablaba un

inglés perfecto que a Julia le recordó al de los académicos de aquel país, a los que había tenido la oportunidad de escuchar en no pocas ocasiones.

—También quisiera transmitirle mis simpatías —prosiguió él—. Ha demostrado poseer un coraje digno de encomio.

—Me halaga usted, señor —respondió Julia sonriéndole—, pero temo que mi coraje se halla más depauperado que nunca.

—Permítame que discrepe de su comentario y, en cualquier caso, no creo que deba juzgarse con severidad. Por cierto, habla usted muy bien mi idioma.

—Otra vez vuelve a halagarme —exclamó Julia sonriendo más abiertamente—. Forma parte del legado heredado de mis padres. Ellos hicieron hincapié en que aprendiera su lengua.

Barry hizo un gesto de aquiescencia.

—Muchos desprecian tales legados —apuntó el inglés—. La felicito, profesora.

Julia lo miró extrañada.

—¿Sabe a qué me dedico?

Barry pareció algo azorado.

—Sé que es usted profesora de Historia Antigua en la universidad.

Julia no pudo disimular su sorpresa.

—Bueno, espero que no me malinterprete. No piense que hemos indagado en su vida, pero como puede comprender, necesitábamos saber con quién tratábamos.

Julia hizo un mohín de disgusto.

—Lo único que le interesaba a lord Bronsbury era conocer su posición en todo este asunto. Él es una persona generosa, créame, y la ayuda que le brinda es absolutamente desinteresada.

Al escuchar aquellas palabras, Julia se quedó perpleja, a la vez que constataba lo poco que sabía acerca de sus anfitriones.

—¿Lord Bronsbury? Si no recuerdo mal, me dijo que su nombre era Henry, Henry Archibald.

—Me temo que en eso los ingleses seamos todavía un poco anticuados, señora. Sin duda Henry prefirió presentarse ante usted como un ciudadano corriente; pero le aseguro que pertenece a la más alta aristocracia de mi país.

—Comprendo —observó Julia mientras trataba de hacerse una idea de la situación.

—Ahí tiene usted una prueba de su discreción. Confío en que no se moleste por nuestras pequeñas pesquisas.

Julia volvió su mirada hacia el lejano atardecer, para poder pensar en todas aquellas explicaciones. Para ella, la aristocracia, fuera del país que fuese, no representaba más que un remedo envuelto en cierto aroma de folclore que evocaba épocas lejanas cargadas de abusos. No sentía la más mínima simpatía por ella, y mucho menos tenía interés en relacionarse con sus miembros.

—Yo solo soy Barry Howard —intervino el inglés, quien parecía haberle leído el pensamiento—, soy egiptólogo del Griffith Institute de la Universidad de Oxford; así pues, somos colegas.

Julia volvió el rostro hacia él con un brillo nuevo en sus ojos.

—Admiro su institución —respondió cambiando de inmediato su anterior expresión de incomodidad—, tuve la ocasión de asistir un verano a las clases del profesor Lane.

—¿Conoce a Robin? —preguntó Barry sorprendido.

—Como le decía, tuve la oportunidad de escuchar sus disertaciones sobre el Mundo Clásico, mi especialidad.

—Vaya, esto sí que no me lo esperaba. Desde luego, el profesor Lane tiene una sólida reputación. Como sabe, es catedrático en Oxford, y autor de varios libros.

—Algunos magníficos. *Alejandro el Grande, paganos y cristianos* me parece excepcional, y uno de los preferidos de mi padre, que, en tiempos, también fue catedrático de la misma materia.

—No hay duda de que conoce su obra —apuntó Barry sorprendido.

—Como le dije, siento un gran respeto por su institución.

Barry le dedicó una de aquellas sonrisas beatíficas tan suyas mientras le tendía la mano.

—Permítame estrecharle la mano —dijo sin ocultar su satisfacción.

—Estoy encantada —aseguró Julia en tanto le daba un caluroso apretón—. Pero con la condición de que nos tuteemos. Como tú bien dijiste, somos colegas.

Barry hizo un gesto de satisfacción y ambos profesores charlaron durante un rato; enseguida se creó entre ellos una corriente de simpatía.

—¿Y cómo te decidiste por el Mundo Clásico? —le preguntó Barry con curiosidad.

—Sobre este particular no tengo más remedio que admitir la influencia de mi padre. Desde que tengo uso de razón me he visto rodeada de héroes, dioses y epopeyas; te aseguro que lo de mi padre va mucho más allá de toda comprensión.

Barry la miraba boquiabierto, mientras la oía hablar sobre su padre. Se quedó estupefacto al conocer su nombre, Sócrates. Aquello sí que era predestinación por las humanidades. Era como si él mismo, o su propio progenitor, se hubieran llamado Seti, Amenhotep o Sesostris. Asombroso.

—Él siempre sostiene que el Mundo Clásico representa los valores auténticos sobre los que se levantó nuestra civilización. Recuerdo cómo, desde pequeña, me repetía que la misma palabra «clásico» corroboraba lo que decía, pues provenía de *classicus*, que era como se llamaban los reclutas de primera categoría del ejército romano. Así quedó admitida como sinónimo de «primera clase». Para mi padre no hay nada que pueda compararse con el universo que encierra esa palabra.

—Entiendo a tu padre, Julia. En no pocas ocasiones yo siento lo mismo. Para mí, la civilización del antiguo Egipto es otro universo, y se encuentra repleto de misterios sorprendentes.

Julia notó como la voz de Barry se quebraba ligeramente.

—Quisiera hacerte una pregunta —continuó este, adoptando un tono más reservado.

Julia le hizo un gesto con sus manos, animándole.

—¿Conoces el significado del escarabeo?

Ella sonrió.

—Aunque no soy experta en egiptología, estudié su cultura. Los escarabeos son amuletos que pueden cumplir diferentes funciones, generalmente funerarias.

—No me refiero a su significado genérico —objetó Barry—, sino al sentido de la pieza que posees.

Por un momento Julia no supo qué responder, y Barry aprovechó para ofrecerle una copa; ella declinó la invitación.

—Me temo que la pieza que obra ahora en tu poder va más allá de la simple significación general —indicó el profesor mientras se servía un whisky.

Julia se reclinó cómodamente prestándole toda su atención, mientras Barry daba un sorbo de su vaso.

—Hummm... —exclamó con deleite—. Hay que reconocer que Henry es capaz de ofrecerte lo mejor. Este malta es sencillamente excepcional. Bien, como te decía —continuó Barry—, este escarabeo escapa a cualquier clasificación ortodoxa dada por la egiptología. Podríamos definirlo como un apóstata en su género y, por tanto, absolutamente heterodoxo.

Julia intentaba acertar a comprender el alcance de aquellas palabras.

—Como habrás podido comprobar —señaló el profesor—, la pieza posee unas inscripciones en su reverso que, a mi modo de ver, resultan estremecedoras.

—Son muy hermosas, pero he de confesarte que desconozco su significado. Nunca he estudiado la escritura jeroglífica.

Barry la observó fijamente en tanto daba otro sorbito de su vaso, luego su expresión se hizo más seria.

—Entonces ¿no sabes a quién perteneció? —inquirió con incredulidad.

—No tengo ni idea —respondió ella sin inmutarse.

Barry soltó un resoplido y volvió a acercarse el vaso a los labios.

—En ese caso, supongo que tampoco sabrás quién fue Neferkaptah, ¿verdad?

—Pues no.

—Vaya, ¡esto sí que no me lo esperaba! —exclamó él apurando su whisky—. ¡Te encuentras implicada en una trama cuyo alcance desconoces por completo!

—Supuse que eso ya lo sabríais cuando me ofrecisteis vuestra ayuda —contestó Julia con aplomo.

Barry pareció turbado.

—Por extrañas circunstancias el escarabeo vino a mí; no tengo explicación para todo lo demás.

Barry se acarició un instante la barba, pensativo.

—¿Podría verlo? —preguntó seguidamente, mirándola por encima de sus lentes.

Julia se sobresaltó sin saber qué responder. La mera posibilidad de desprenderse de aquel objeto la impulsaba a decirle que no, pero enseguida comprendió que no podía negar a aquel hombre el derecho a examinarlo.

Miró a Barry. Los ojos del profesor se mantenían fijos en los suyos, y ella trató de disimular su desasosiego; seguidamente extrajo del pequeño neceser de viaje situado a sus pies una funda de terciopelo rojo y se la entregó.

Barry tragó saliva en tanto sacaba el precioso objeto de su interior. Al verlo, el profesor ahogó una exclamación.

—¡Es espléndido! —murmuró mientras lo tocaba con las yemas de sus dedos—. Nunca he visto ninguno como este.

Julia observó cómo aquel hombre examinaba la joya sin apenas poder contener su admiración.

—Ninguno de los que conozco puede comparársele en belleza —volvió a murmurar—. Es una obra de arte salida de las manos de los mejores orfebres de la remota antigüedad.

Luego, Julia vio al profesor dar la vuelta al escarabeo y estudiar con atención los caracteres que cubrían el chatón. Cuando terminó, Barry volvió a pasar las yemas de sus dedos por el fino lapislázuli. Parecían recorrer cada signo jeroglífico casi con reverencia, tal y como haría un invidente, para poder empaparse de ellos.

—¿Te gustaría conocer su significado? —preguntó Barry, levantando su vista de aquel objeto con parsimonia.

Julia asintió abriendo sus hermosos ojos un poco más; entonces el profesor le tradujo los antiguos jeroglíficos.

Al finalizar, Julia apenas podía ocultar su agitación.

—¡Es un texto terrible! —exclamó—. Habla de la angustia vital de un hombre que se siente maldito para toda la eternidad.

—Me temo que sea mucho más que eso —subrayó Barry.

Julia lo interrogó con la mirada.

—La historia de Neferkaptah es conocida, aunque siempre se haya considerado como una leyenda; un cuento de los muchos que fueron escritos durante la Baja Época y el período Ptolemaico.

—Quizá se trate de una simple coincidencia.

Barry negó con la cabeza mientras le devolvía el escarabeo.

—No lo creo. Obviamente, desconoces la historia. Escúchala y después juzga por ti misma.

Julia se arrellanó mejor en su asiento con la pieza entre sus manos, dispuesta a no perder detalle de cuanto le relatara el profesor.

—Cuenta la leyenda que el príncipe Neferkaptah era un sapientísimo mago obsesionado por poseer todo el conocimiento de los sagrados misterios. Al parecer, deambulaba por las necrópolis introduciéndose en las antiguas tumbas para estudiar sus textos. Visitaba con asiduidad las Casas de la Vida, en cuyas salas de archivos investigaba los viejos papiros tratando siempre de encontrar hechizos y conjuros ya olvidados. Un día, mientras asistía a una ceremonia en honor del dios Ptah, en Menfis, se encontró con un viejo sacerdote que le observaba entre apagadas carcajadas. El príncipe, que se hallaba enfrascado en la lectura de unas inscripciones, le increpó indignado: «¿Por qué te ríes de mí?» El sacerdote lo miró con sorna: «Es tu interés por los insignificantes conjuros lo que provoca mi risa. Tus hechizos no son nada comparados con los de Thot, el dios de la sabiduría.» Neferkaptah se quedó pasmado al escuchar aquellas palabras.

«Él escribió de su mano un papiro. En él se encuentran dos hechizos cuyo poder va más allá de lo que nunca pudiste imaginar.» El príncipe estaba estupefacto. «¿Qué dicen tales conjuros?», preguntó con ansiedad. El anciano lo observó sonriente: «Al leer el primero de ellos podrás comprender las leyes de la Naturaleza. Verás todos los cielos, y la Tierra, y el mar que nos rodea; además, podrás entender a todos los seres vivos de la tierra, pues el lenguaje de las bestias no tendrá secretos para ti, tal y como si fueras un dios. Al leer el segundo», continuó, «podrás evitar el mundo de los muertos y ver brillar la luz del Sol y la Luna como un dios inmortal». «Oh, gran sacerdote, daría lo que fuese por encontrar ese papiro», exclamó el príncipe. El anciano volvió a reír: «Yo sé dónde se encuentra el *Libro de Thot*», dijo pausadamente. «Pídeme cuanto desees y te lo concederé», aseguró Neferkaptah excitado. El sacerdote le miró unos instantes en silencio: «Si me das cien deben de plata y te ocupas de que dos sacerdotes cuiden de atender a mi *ka* cuando muera, te lo diré», señaló al fin.

Julia observaba a Barry con el mismo interés que demostraba de niña a su padre cada vez que este le contaba un cuento.

—¿Y qué ocurrió después? —preguntó con expectación.

—Que el príncipe le entregó lo que el sacerdote le pedía. Luego este le musitó al oído: «El *Libro de Thot* se halla en el interior de siete cofres, en el fondo del río, junto a la ciudad de Coptos. Pero deberás tener cuidado, pues su magia es muy poderosa, y se encuentran custodiados por escorpiones y serpientes.»

Julia no perdía detalle de la narración.

—Como puedes imaginar —prosiguió el profesor—, Neferkaptah usó toda su influencia para procurarse un buen barco, hasta el punto de que su divino padre, el faraón, le prestó el suyo. De este modo, Neferkaptah partió rumbo a Coptos en compañía de su esposa Ahwere y su hijo Mrib. Barry hizo una pausa que aprovechó para servirse otro whisky.

—Lo que ocurrió a continuación —continuó el egiptólogo tras paladear el primer sorbo— entra dentro de la literatura clásica del antiguo Egipto. Relatos fantásticos, cargados de magia y conjuros por doquier, a los que los egipcios de aquel tiempo eran tan aficionados. Según cuentan, el príncipe hizo uso de hechizos y encantamientos para localizar los cofres que, uno dentro del otro, contenían finalmente el ansiado papiro. Tras dragar el fondo del río, se deshizo de las serpientes y escorpiones que los protegían y se apoderó del deseado tesoro. Al fin el *Libro de Thot* era suyo, y al tenerlo entre sus manos, Neferkaptah se sintió el hombre más poderoso del mundo.

Julia sonrió con gesto de incredulidad.

—Como de seguro adivinarás —dijo Barry, haciendo un leve gesto con la mano, con el que le demandaba un poco de paciencia—, enseguida el príncipe se dispuso a estudiar los conjuros. Al leer el primero, se produjeron todo tipo de encantamientos y, tal y como le había asegurado el sacerdote, pudo comprender el lenguaje de todas las bestias del planeta y los misterios que ocultan el cielo y la Tierra. Obviamente, tras esto leyó el segundo hechizo y, entonces, Neferkaptah se vio imbuido por un poder que iba más allá de su propia comprensión, hasta el extremo de llegar a sentirse glorificado junto a los dioses.

Barry hizo otra breve pausa para dar un nuevo sorbo de su vaso.

—Puedes suponer la felicidad que embargaba al príncipe

cuando comunicó la buena noticia a su mujer. Era tal su euforia que llegó a copiar los conjuros en papiros nuevos para luego disolverlos en cerveza y así poder bebérselos, convencido de este modo de que sus poderes nunca le abandonarían.

»Mas, como suele ocurrir con los relatos antiguos de este tipo, tarde o temprano acaban por entrar en escena los dioses y, en este caso, lo hicieron de forma terrible. La ira del sapientísimo Thot parecía imposible de aplacar, exigiendo al mismísimo rey de los dioses, Ra, su intervención. La sentencia de este fue implacable, y la maldición de todos los dioses de Egipto cayó sobre Neferkaptah. Esta se hizo presente en el viaje de regreso a Menfis. Primero su hijo Mrib, y luego su esposa Ahwere, cayeron del barco ahogándose en el Nilo. Antes de morir, ambos aseguraron al príncipe que la ira de Thot les maldeciría para siempre.

»A partir de aquel instante, la vida de Neferkaptah se convirtió en un tormento. Durante días lloró amargamente la pérdida de sus seres más queridos, que se había producido a consecuencia de su vanidad y arrogancia al creer poder igualarse con los mismos dioses. Por todo ello, y tras celebrar los ritos funerarios de ambos y enterrarlos en Coptos, decidió poner fin a sus días. Así, en el trayecto de regreso a la corte de su padre, Neferkaptah hizo que le envolvieran en lino con el maldito papiro en su interior, y se arrojó a las aguas del Nilo. Nadie fue capaz de encontrar sus restos hasta que llegaron a Menfis, donde descubrieron su cuerpo trabado en el timón de la embarcación.

»Cuando el faraón se enteró de la tragedia, lloró desconsoladamente, junto al resto de la corte, y al punto ordenó que su hijo fuera embalsamado y enterrado junto al pergamino que tantas desgracias había traído; nadie debía encontrarlos jamás.

Tras finalizar, Barry miró a su colega con cierta solemnidad.

Julia parecía divertida.

—Todas las civilizaciones antiguas suelen poseer cuentos similares. La misma mitología griega es todo un compendio de luchas y engaños entre los hombres y los dioses, que también gustan de pelear entre ellos. Es parte de las tradiciones de ese pueblo, y a menudo suelen extraerse consecuencias morales de ello —subrayó sonriendo.

—Sin duda —afirmó Barry—. Y así debería haber ocurrido con esta historia.

—¿Debería? —inquirió ella enarcando una de sus cejas—. No irás a decirme que crees en ella.

Barry dio otro sorbo de su whisky sin apartar su mirada de la española.

—Antes de leer las inscripciones del escarabeo te hubiera dicho que no con rotundidad; sin embargo, ahora todo es diferente.

Julia rio con suavidad.

—Vamos, Barry, supongo que bromeas.

—En absoluto. —Julia lo miró perpleja—. Los jeroglíficos del escarabeo no son sino una perfecta sinopsis de la historia que te acabo de contar. Es imposible que se trate de una casualidad.

—Evidentemente, existió alguien que se llamó Nerkaptah al que, al parecer, le ocurrieron cosas terribles, sin embargo, el mundo de los conjuros y encantamientos poco tiene que ver con la ciencia; tú deberías saberlo mejor que nadie —concluyó ella.

El inglés negó con la cabeza en tanto esbozaba una sonrisa.

—El antiguo Egipto en nada se parece al resto de las

culturas de la antigüedad. Todo él se encuentra envuelto en difusos velos cargados de misterio que lo hicieron auténticamente genuino. Durante más de tres mil años la magia impregnó aquella civilización hasta extremos que incluso hoy en día no pueden dejar de sorprendernos. Sus relatos, como todo lo demás, estaban influenciados por la magia, por los sagrados misterios, muchos de los cuales hoy no somos capaces de comprender. Nada tiene que ver nuestro mundo con el suyo.

Julia acariciaba inconscientemente el escarabajo que aún tenía entre sus manos; mientras lo hacía, parecía pensativa.

—Es preciso liberar esta historia de la parte de leyenda que la rodea. Piensa que no deja de ser un relato escrito por escribas para los propios egipcios —prosiguió Barry—. En mi opinión, más allá de los hechizos y conjuros en los que no creo, existió alguien llamado Neferkaptah y, por supuesto, un misterioso papiro.

—Me temo que ese sea un terreno algo movedizo. ¿No te parece?

—Como sobre el que se han basado algunos de los más grandes descubrimientos arqueológicos de nuestro tiempo. ¿Recuerdas a Schliemann? Él persiguió un sueño, y encontró la antigua Troya. ¿Y qué me dices de Carter? Para la comunidad científica, el Valle de los Reyes se encontraba agotado y, sin embargo, él sacó a la luz la tumba de Tutankhamón. Los hechos se tornan frágiles cuando retrocedemos milenios en el tiempo.

—Eso es lo que nos invita a soñar —apostilló Julia, mirando de nuevo el escarabeo—. Cuesta resistirse, ¿verdad?

Barry hizo un gesto elocuente.

—Esto es más que un sueño, Julia.

Esta dirigió su vista hacia el profesor.

—Lo que tienes entre tus manos es una obra magnífica y, sin lugar a dudas, codiciable; aunque, francamente, no creo que deba llevar a una situación como la actual, con asesinato incluido.

Julia se acarició la barbilla.

—¿Piensas que lo que en realidad desean es el papiro?

—No me cabe ninguna duda —respondió Barry—. Lo están buscando, y alguien cree saber dónde se encuentra.

—No dudo de su posible valor para la ciencia, aunque por lo demás...

Barry volvió a mirarla beatíficamente.

—Antes que nosotros, otros lo codiciaron. No pensarás que somos los primeros en estar interesados en él.

Julia hizo un leve ademán con el que daba a entender su ignorancia.

—Aunque solo unos pocos hayan sabido de su existencia, el *Libro de Thot* ha sido buscado durante miles de años. Existen las historias más peregrinas sobre este particular que, no en pocas ocasiones, resultan inverosímiles.

—Entonces crees que, de ser cierto el relato, el papiro continúa enterrado junto a Neferkaptah, ¿me equivoco?

—Sería lo más plausible, aunque al retroceder a tan remota antigüedad nunca podamos saberlo con certeza. En cualquier caso, allí fue visto por última vez.

Julia pareció sorprendida.

—Así es, estimada colega —aseguró Barry, satisfecho del efecto que sus palabras habían causado en ella—, el relato de Neferkaptah no es el único que conforma esta historia. Existe otro que lo complementa a la perfección y que a mí, en particular, me resulta fascinante. ¿Te suena el nombre de Khaemwase?

—¿Khaemwase? Hum... He oído ese nombre —murmuró Julia pensativa—. ¿No existe una tumba en el Valle de las Reinas en la que se sepultó a un príncipe llamado así? —interrogó al fin.

Barry asintió complacido.

—En efecto, aunque no es a ese príncipe a quien me refiero. El nombre de Khaemwase fue relativamente común durante un tiempo entre la realeza. La persona de la que te hablo vivió unos cien años antes y fue una figura de primera magnitud.

Julia volvió a arrellanarse en su butaca, dispuesta a escuchar otro relato. Se veía que el profesor inglés disfrutaba contándolos, y ella estaba encantada.

—Khaemwase nació del gran Ramsés II y su esposa Isisnofret, cuando todavía gobernaba su abuelo Seti I. Era el cuarto aspirante al trono dentro de la línea sucesoria de su padre, aunque durante toda su vida solo demostrara interés por los textos sagrados y su conocimiento. Como te dije, fue una personalidad destacada y muy querida por el faraón, que le cubrió de honores. Entre otros, acaparó títulos como los de «Supervisor de Monumentos, Actos Religiosos, Actividades Artísticas y Joyería». Fue sacerdote *sem*, llegando a ser nombrado Jefe de los Artesanos del clero del dios Ptah o, lo que es lo mismo, su sumo sacerdote. Por si fuera poco, él fue quien supervisó las obras del Ramesseum, el templo funerario de su padre que todavía hoy se alza al oeste de Luxor, y la sala hipóstila del templo de Karnak; asombroso, ¿no crees?

Julia se relamía escuchando las explicaciones del profesor.

—También se hizo cargo de las obras de construcción de Pi-Ramsés, la nueva capital que su abuelo había comenzado a levantar en el Delta, inspeccionando a su vez gran número de templos, alguno de los cuales llegó incluso a restaurar. Sin embargo —continuó Barry—, si por algo se caracterizó este personaje, fue por la desmedida afición al estudio de los antiguos misterios y viejos papiros, y su gusto por recorrer las necrópolis en busca de tumbas perdidas. Su propio padre, el augusto Ramsés, estaba perplejo por semejantes prácticas y le advertía en no pocas ocasiones sobre la conveniencia de dejar a los difuntos descansar tranquilos en sus moradas eternas. No obstante, le dejaba hacer, convencido de que, a pesar de todo, su hijo los respetaría. Un día, su profundo estudio de los milenarios archivos le llevó a dar con el paradero del *Libro de Thot*, así como con la situación de la tumba de Neferkaptah. Entusiasmado, se dirigió en compañía de su hermano, el príncipe Anhurerau, y un grupo de hombres a las ardientes arenas de Saqqara, en cuya necrópolis se encontraba la tumba.

Barry se detuvo un instante para observar el gesto interesado de Julia, quien parecía no perder detalle.

—¿Encontró la tumba de Neferkaptah?

—Así es, querida amiga, o al menos eso asegura la historia. El propio Khaemwase fue el encargado de abrir un agujero en la puerta para poder entrar. Al parecer, él y su hermano Anhurerau vivieron una angustiosa experiencia en el interior del túmulo, donde llegaron a perderse. En fin, no quisiera aburrirte con los pormenores de cuanto les sucedió en aquel lugar, pues resultó francamente tétrico.

—Pero... ¿hallaron algo dentro? —preguntó Julia intrigada.

—Ya lo creo. Cuenta el relato que una luz purísima guio a ambos hermanos a través de las espesas tinieblas en las que se encontraban hasta la mismísima cámara funeraria donde, al parecer, Khaemwase llegó a enloquecer.

Julia volvió a mostrar su incredulidad.

—Me estás relatando otro de tus queridos cuentos egipcios —aseguró complacida.

—Demasiados, ¿no es verdad? —se apresuró a contestar Barry—. También demasiadas casualidades, aunque fueran escritas en la misma época.

—Dime al menos lo que pudo llevar a la locura a Khaemwase.

—Indudablemente, jamás podríamos aceptar la versión que nos cuenta esta historia. En este caso, como en el anterior, es necesario que separemos la magia de lo que verdaderamente nos interesa.

Julia ladeó su cabeza divertida, y con un gesto le animó a continuar.

—Ejem, bueno... —prosiguió Barry un poco azorado—. Como te decía, llegaron a una cámara repleta de un riquísimo mobiliario en el que se hallaba la momia de Neferkaptah cubierta por una máscara de oro y, junto a ella, sobre una mesa de ébano, un papiro del que se desprendía una luz purísima, como los príncipes nunca habían visto en su vida. Khaemwase se empapó de ella a la vez que lanzaba grandes carcajadas ante el hecho de haber conseguido su propósito. Mientras reía siniestramente, se bañaba en el haz que aquella luz propagaba y que no era sino el compendio de toda la sabiduría que el dios Thot había escrito de su propio puño en el mágico papiro.

Dicho esto, el inglés hizo una pequeña pausa para estudiar el efecto de sus palabras.

—Supongo que ahora me contarás la parte fantástica de la historia.

Barry se puso colorado.

—Sin lugar a dudas que tal parte existe, pero a mi modo

de ver solo debe ser considerada como un aderezo de la enseñanza final que nos deja el relato. Dice la narración que había alguien más en la cámara funeraria; al parecer, los príncipes se encontraron con dos *ka*.

—¿Dos *ka*? —a Julia se le escapó una pequeña carcajada.

—Sí, *ka*. El doble espiritual de cada persona. La fuerza vital que continuaba viva cuando el individuo moría. Entiendo que te rías, yo también lo considero divertido —aseguró Barry algo turbado—. Pero qué quieres; los antiguos egipcios eran aficionadísimos a estos argumentos; su preocupación por todo lo que rodeaba el Más Allá se encuentra lejos de nuestra comprensión.

—¿Y quiénes eran aquellos *ka*? —inquirió Julia irónica.

—Uno pertenecía a Ahwere, la esposa de Neferkaptah, y el otro a su pequeño hijo Mrib. Ellos advirtieron a Khaemwase de lo que le ocurriría si robaba el papiro: «Si te lo llevas, la desgracia caerá sobre ti», le dijo Ahwere. Entonces el *ka* le contó la historia de su marido. Khaemwase la escuchó con atención, sin embargo, al finalizar el relato, el príncipe decidió que se llevaría el libro. Aquello desencadenó la ira del difunto, haciendo que su momia se incorporara en su sarcófago.

Al ver la cara de Julia, Barry se apresuró a hacer un gesto contemporizador con sus manos.

—Este fragmento es verdaderamente pintoresco —se apresuró a reconocer el profesor—, puesto que en él Neferkaptah desafía el poder de Khaemwase con una partida a las damas.

—Eso sí que no me lo esperaba —dijo Julia burlona.

—Así es —afirmó Barry—. Se trataba de un juego maravilloso, cuyo tablero estaba fabricado de ébano y el más fino marfil, y sus fichas eran de oro y plata. Neferkaptah le propuso jugar cuatro partidas, tras las cuales, si Khaemwase ganaba, le entregaría el libro, mas por el contrario si este perdía, su vida le pertenecería.

—¿Y qué ocurrió?

—Resultó que el difunto era un jugador formidable, y que a cada partida que ganaba musitaba un conjuro con el que enterraba poco a poco al príncipe.

—Un tanto macabro, ¿no te parece?

—Je, je... —rio Barry ante el comentario—. Después del primer juego, Khaemwase se hundió hasta los tobillos; tras el segundo, hasta la cintura; al perder el tercero quedó cubierto hasta el cuello... Fue entonces cuando le pidió a su hermano que se fuese de allí y le trajera sus amuletos y papiros mágicos, pues su suerte parecía echada.

—El pasaje bien podría formar parte de un clásico de terror.

—Desde luego —continuó el profesor, que disfrutaba enormemente cuando se recreaba en sus relatos—. No obstante, cuando todo estaba perdido, apareció el príncipe Anhurerau de vuelta a la tumba, portando una antorcha en una mano y varios papiros y amuletos en la otra. Neferkaptah había vencido en la última partida y la arena se aprestaba a devorar a Khaemwase cuando su hermano colocó sobre su cabeza los amuletos sagrados invocando el poder del dios Ptah. Al momento, este liberó al primero de sus servidores y amantísimo sacerdote de la tierra que ya casi lo cubría por completo, y Khaemwase aprovechó para apoderarse del papiro y huir de la tumba en compañía de su hermano. Al ver lo que ocurrió, Ahwere se puso a sollozar. «No llores», dijo Neferkaptah a su esposa. «Algún día regresará penitente, con un plato de incienso sobre la cabeza, y el bastón del suplicante en su mano.»

—¿Así fue como el príncipe se apoderó del libro? Estarás de acuerdo conmigo en que fue un robo en toda regla.

—Su deseo de poseerlo lo obcecaba, y no se paró a considerar las consecuencias que aquel hurto le acarrearía —apuntó Barry—. Lo primero que se originó fue un gran revuelo en la corte que incluso llevó al faraón a intervenir, recomendándole que devolviera el papiro de inmediato y vaticinando incontables desgracias a su hijo si no lo hacía. Pero este era incapaz de escuchar, pues el *Libro de Thot* le impedía razonar; tal era el poder que ejercía sobre su corazón. Una mañana, Khaemwase se encontraba en uno de los patios del templo de Ptah, en Menfis, estudiando su ansiado pergamino, cuando observó a una mujer que, acompañada por su servidumbre, se dirigía al templo a orar. Al verla, el príncipe se quedó prendado de inmediato, pues era tal su belleza que creyó desfallecer. «Ve inmediatamente y entérate de quién es aquella señora», ordenó a uno de sus sirvientes. Este hizo lo que su señor le demandaba y regresó al poco —apuntó Barry—. «Se trata de la dama Tabube, mi señor, y es persona principal.» El príncipe apenas se inmutó. «Vuelve y dile que el príncipe Khaemwase desea pasar algunos días junto a ella y que, si acepta, la obsequiaré con diez deben de oro.» El sirviente trasladó el mensaje de su amigo a la señora y volvió al cabo de unos minutos con el semblante acalorado: «¡Oh, mi príncipe!, gran indignación han causado mis palabras; aunque la dama estaría dispuesta a recibirte si la visitas en su casa de la ciudad de Bubastis, donde es sacerdotisa.» Durante unos instantes Khaemwase se quedó encantado, llegándose incluso a olvidar por completo del libro mágico y sus conjuros. Su corazón no albergaba más pensamientos que los que le recordaban a aquella mujer. Por eso a la mañana siguiente se dirigió al norte, hacia la ciudad de Bubastis, dejando en Menfis a su mujer e hijos.

Julia rio con suavidad.

—Lo siento, Barry —dijo a modo de disculpa—, pero al oír tus palabras me ha venido a la memoria una íntima amiga; de seguro que ella habría hecho algún chascarrillo al escucharte. Ya sabes, «los hombres no han cambiado» o cosas por el estilo.

—Sin duda el príncipe se encontraba inflamado por el amor, pues si no, sería difícil de comprender todo lo que aconteció.

Las palabras del profesor volvieron a acaparar la atención de Julia:

—Al entrar en la casa de Tabube, Khaemwase se encontró en un frondoso jardín repleto de deliciosos aromas. Allí le esperaba la hermosa sacerdotisa apenas cubierta por un vestido de fino lino, tan transparente que todas sus formas se podían adivinar con facilidad. Además, Tabube iba maquillada con los más costosos cosméticos y su cabello desprendía un irresistible perfume a flores de loto; antes de abrir sus labios, el príncipe ya estaba rendido a sus pies. La dama lo invitó a seguirla hasta sus aposentos, donde el incienso que se quemaba en los pebeteros hacía que el aire pareciese más denso. Khaemwase estaba admirado del lujo con el que se rodeaba aquella mujer, pues los suelos de la habitación eran de lapislázuli y sus paredes tenían incrustaciones de turquesa. Cuando se sentó junto a ella, Tabube le ofreció un plato de ricas granadas y vino, mas el príncipe se encontraba tan excitado que no pudo probar bocado. Así, rechazando cuanto le ofrecía, intentó besarla. Tabube se apartó con habilidad mientras reía. «No soy una cualquiera», dijo con su voz más embaucadora. «Si quieres tenerme, deberás casarte conmigo.» Khaemwase se sentía tan enamorado que sin más dilación mandó llamar a un escriba para que estipulase un contrato. Al poco se presentó uno, y tras preparar el acuerdo el príncipe lo firmó, cediendo de esta forma a su amada todas sus riquezas. Como te puedes imaginar —indicó el profesor—, Khaemwase intentó besarla de nuevo, pero Tabube volvió a rechazarle: «El contrato que has firmado está bien, pero quizá no sea suficiente, pues para que tenga validez tus herederos deberán renunciar a su legítimo legado.» El príncipe se quedó confuso mientras su voluntad parecía desaparecer en el fondo de aquellos ojos oscuros que le enloquecían. Con gesto calculado, ella le sirvió vino en tanto su vestido resbalaba por sus hombros acentuando sus encantos. «Deberás ofrecerme una prueba definitiva de ni amor», dijo al fin, humedeciendo sus labios provocadoramente con su lengua. El príncipe la contempló embobado. «Nuestro matrimonio no estaría a salvo mientras vivieran tus hijos. Es necesario que los mates.»

—Sin duda que la perfidia de las mujeres egipcias resulta legendaria —exclamó Julia, cautivada por aquella parte del relato.

—¿También haría algún comentario sobre esto tu amiga? —aprovechó para preguntar Barry.

—Conociéndola, yo te diría que sí —apuntó Julia—. Podría decir que todo cuanto le ocurriera al príncipe se lo tenía merecido.

Ahora fue el profesor quien rio.

—Pues espera a conocer el final —dijo, haciendo ademán de continuar—. Khaemwase estaba tan enloquecido por aquella mujer y era tal su deseo que aceptó.

—¿Ordenó matar a sus hijos? —inquirió Julia incrédula.

Barry asintió.

—Incluso fue capaz de escuchar cómo los perros despedazaban sus restos mientras él brindaba con su amada.

—¡Qué horror!

—Sin embargo, cuando por fin sus anhelantes labios se unieron con los de Tabube —prosiguió el profesor—, surgió de la garganta de esta un grito espantoso y todo se desvaneció como por ensalmo.

—Ya debí de suponer que se trataba de otro de tus conjuros —intervino Julia volviendo a reír.

—Y este es de los mejores —subrayó Barry—, pues el príncipe se vio tirado en plena calle cubierto de polvo como el último de los indigentes. En ese momento se dio cuenta de lo que había hecho, y ello le llevó a lamentarse con desgarradores gritos cual un poseso enloquecido. En medio de su desolación, Khaemwase fue capaz de comprender que, en cierto modo, Neferkaptah se había vengado de él. Cuando sus sollozos eran más amargos y mayor su desconsuelo, el príncipe vio como se le acercaban unos porteadores que transportaban a un hombre sentado en una silla de mano. «El príncipe Khaemwase no debe arrastrarse por el polvo», oyó este que le decían. «Vuelve a Menfis», prosiguió el extraño, «pues tu mujer e hijos te esperan». Al escuchar semejantes palabras, el príncipe creyó volverse loco. «Te repito que vuelvas a Menfis. Tu familia se encuentra en tu casa aguardando tu vuelta.» El príncipe se frotó los ojos incrédulo por cuanto le estaba ocurriendo y, al abrirlos de nuevo, aquel hombre cuyas palabras le habían devuelto la esperanza había desaparecido. Así fue como, cubierto de polvo como un pordiosero, Khaemwase regresó a Menfis, donde, tal y como le habían asegurado, le esperaban los suyos.

—¿Y qué ocurrió con el papiro?

—El final de la historia te lo puedes imaginar. Fue tal la lección que recibió Khaemwase que a la mañana siguiente regresó a la tumba de Neferkaptah para devolver el papiro, con el bastón de suplicante en una mano y una bandeja de incienso sobre la cabeza, tal y como predijo Neferkaptah a su esposa que ocurriría. Además, y para quedar en paz con el difunto para siempre, Khaemwase rescató los cuerpos de Ahwere y Mrib, enterrados en Coptos, para depositarlos juntos en la misma tumba. Así, Neferkaptah y su familia quedarían definitivamente unidos por toda la eternidad.

—Como cuento he de reconocer que me parece maravilloso —exclamó Julia, a la vez que hacía ademán de aplaudir—. Es obvio que el papiro se dejó allí.

—En efecto. La tumba volvió a ser sellada y las arenas de Saqqara la cubrieron por completo. Los milenios cayeron sobre el lugar y nunca se volvió a saber nada de ella.

—Tengo curiosidad por conocer cuál fue el destino de Khaemwase. Por lo que sé, él no sucedió a su padre, Ramsés II.

—No. Fue su hermano menor, Memeptah, quien lo hizo. Khaemwase murió sobre el año 55 del reinado de su longevo padre, y fue muy llorado.

—En cualquier caso, encuentro muy arriesgado admitir como pista para conseguir el papiro un relato como este —observó Julia.

Barry se encogió de hombros.

—Ya te he dado mi punto de vista. Tanto la estructura del cuento como su final encajan perfectamente con los valores morales que los antiguos egipcios trataron de salvaguardar durante toda su historia. El desenlace es claramente admonitorio, justo lo que ellos buscaban para sacar conclusiones. En nuestro relato queda claro lo infructuoso que resulta a los humanos su empeño en igualarse a los dioses. Al final, de una u otra manera, estos se encargan de ponerlos en su lugar. Como tú bien dices, toda esta narración no deja de ser un cuento fantástico, pero tras él es posible que se oculte una realidad.

—Es tentador, Barry, aunque demasiado cercano a la quimera —apostilló su colega.

—¿Acaso es una quimera el escarabajo que usted posee? Julia se sobresaltó al escuchar aquellas palabras. Frente a ella, lord Bronsbury la miraba fijamente. Sus ojos, de un verde intenso, brillaban con fulgor, como si hubieran sido extraídos del magma en las entrañas de la Tierra. Durante unos instantes, ella volvió a sentir su magnetismo y el poder que se escondía más allá de aquella mirada.

Otra vez las incómodas sensaciones que ya experimentara con anterioridad la invadieron irremediablemente. Era algo que no podía precisar, y mucho menos comprender, y que la desasosegaba; pese a todo, trató de disimularlo.

—Se trata de una obra maravillosa, sin duda ajena a cualquier fantasía —recalcó Julia mientras adoptaba un aire de indiferencia.

Henry le regaló una de aquellas sonrisas, tan suyas, cargada de picaresca.

—A menudo, ocurre que en la vida las cosas no son lo que parecen —apuntó sin dejar de sonreír.

—Por eso la ciencia debe apoyarse sobre sólidos pilares —respondió Julia muy digna.

Los dos ingleses se miraron.

—¿Se le ha ocurrido pensar que quizá la verdadera historia no tenga nada que ver con lo que Barry le ha contado?

—Es posible —aseveró ella con toda la rotundidad de que fue capaz, tal y como si fuera el último baluarte de la ortodoxia científica—. Incluso es probable que nunca haya tenido lugar.

Henry movió su cabeza.

—Al menos reconocerá que tanto la figura de Neferkaptah como la de Khaemwase se encuentran documentadas. Desde luego, el cuarto hijo del gran Ramsés existió, y como confirman las inscripciones del escarabeo, Neferkaptah también. El que una figura tan importante como Khaemwase se encuentre involucrada en un relato semejante da que pensar, ¿no le parece? Todo lo referente a conjuros, ensalmos y hechizos forma parte del folclore de la época —indicó Henry, sin dejar de sonreír—. En mi opinión, es posible que Khaemwase encontrara el papiro.

Durante unos instantes todos permanecieron en silencio.

—Si al menos supiéramos dónde se encuentra enterrado Khaemwase... —apuntó el profesor.

—¿Su tumba no ha sido hallada? —preguntó Julia, a la que el comentario le había interesado.

—No —respondió Barry—. Mariette descubrió una momia cubierta con una máscara de oro, collares y amuletos de piedras semipreciosas en un túmulo cerca del Serapeum, en el año 1851. Durante un tiempo se especuló con la posibilidad de que aquellos fueran los restos de Khaemwase, aunque finalmente no existieron pruebas concluyentes. Este personaje parece diluirse como el agua entre los dedos —aseguró el profesor— y ha sido motivo de interés durante muchos años. Entre los años 1991 y 1993, sin ir más lejos, la misión japonesa de la Universidad de Waseda excavó en Saqqara, descubriendo los restos de un edificio de piedra caliza con el nombre y la imagen de Khaemwase. Es posible que la obra forme parte del conjunto de su tumba o conecte con ella, aunque no llegaron a encontrarla. En cualquier caso, el príncipe se halla bajo las arenas de la necrópolis en algún punto entre Abusir y Saqqara, de eso no me cabe duda.

—¿No estarán pensando en buscarlo? —saltó Julia con

evidente espontaneidad, convencida de que aquellos dos tipos eran perfectamente capaces de ello.

Al observar su gesto, Henry lanzó una pequeña carcajada.

—No se preocupe, no tengo alma de excavador. Digamos que me mueven otros intereses de índole personal. De cualquier modo, no le negaré mi curiosidad por averiguar la verdad que pueda esconder todo este asunto.

—¿Quiere decirme que no está interesado en el papiro de Thot? —inquirió Julia con incredulidad.

—No le ocultaré que, como coleccionista, estaría encantado de poseer una obra como esa, aunque he de confiarle que sus famosos conjuros me tienen sin cuidado. Sin embargo, Barry es de otra opinión, ¿verdad, amigo?

—Bueno —dijo este carraspeando—, un documento semejante tendría un valor incalculable para la ciencia; ese es el ánimo que me mueve, querida colega. Imagínese, sería un descubrimiento de primera magnitud para la egiptología.

Julia miró a ambos amigos, un poco desconcertada.

—Es evidente —concluyó Henry— que su misión en todo esto es, en principio, mucho más sencilla. Tiene una promesa que cumplir, satisfecha la cual espero que pueda regresar con su familia y, algún día, olvidarse del susto que ha pasado.

Un poco desconcertada, Julia desvió su vista hacia el neceser situado a sus pies. Su pequeño tesoro yacía en su interior envuelto en terciopelo rojo, ajeno a las ambiciones humanas. Pensó un momento en el hecho de que el aristócrata inglés no le hubiera pedido verlo, tal y como había ocurrido con su amigo, y le pareció extraño. Al fin y al cabo, aquel hombre había ofrecido una fortuna por él, y sin embargo...

Turbada, volvió a mirar por la ventanilla del avión. El horizonte estaba a punto de devorar por completo el fulgurante disco, ahora teñido de carmesí. En la distancia todavía podía observarse el contorno de una isla alargada sobre la que diminutas luces parecían repartirse caprichosamente, formando irregulares dibujos. Sus costas tenían aspecto de ser escarpadas, y tres macizos montañosos se destacaban entre la póstuma luz de aquel atardecer.

—Es la isla de Creta, y aquellas luces de allí corresponden a la ciudad de Heraclión —oyó que le decían.

—Creta —se dijo Julia embelesada—. Tierra de leyendas mitológicas y héroes legendarios. En ella se crio el mismísimo Zeus, padre de los dioses, y se desarrolló, entre el segundo y tercer milenio antes de nuestra era, una civilización espléndida.

Arrobada, Julia trató de distinguir cada accidente geográfico, imaginándose los emplazamientos en los que los milenarios hitos tuvieron lugar. Al instante pensó en su padre, de seguro que él sería capaz de trazar un mapa exacto de todas las gestas que los dioses y los héroes dejaron como inapreciable legado.

A Julia le vino a la memoria la historia del Minotauro, que don Sócrates le contara por primera vez siendo todavía muy niña. Se sonrió para sí al recordarlo y no pudo evitar situarla dentro de aquel emocionante paisaje. Allí gobernó el sabio rey Minos mucho antes de que tuviera lugar la legendaria epopeya de Troya. Y allí también fue donde mandó construir a Dédalo, el más famoso arquitecto del Ática, su fabuloso Laberinto, para encerrar a la bestia que había nacido del vientre de su propia esposa, Parsifae.

Julia suspiró sin ocultar su ensoñación.

—En aquella planicie se encuentra Cnosos —oyó que le

comentaba Henry—. Allí fue donde Evans sacó a la luz sus maravillosos palacios.

Julia se volvió hacia él un momento y luego trató de descubrir el lugar que le señalaba, aunque no pudo. Siempre había querido visitar la capital de la civilización minoica, pero no había sido posible.

—Como sabes muy bien, querida colega —intervino Barry—, esta isla fue un enclave estratégico ya en aquellas épocas. El imperio marítimo que aquí se desarrolló fue de envergadura.

—También sus leyes lo fueron —musitó ella sin apartar la mirada—. Esa isla está llena de embrujo.

—Yo prefiero quedarme con su aportación al legado artístico —opinó Henry—. En Creta nacieron Dipoimos y Esquilis, dos escultores que en el siglo IV a. C. viajaron por el Peloponeso enseñando su arte a las futuras escuelas que harían grande a Grecia.

Julia miró al aristócrata y, en ese instante, el avión viró a la derecha haciendo que perdieran definitivamente toda perspectiva de la isla. Los silenciosos motores Rolls-Royce los sacaban de su espejismo, empujándoles con sus seis mil setecientos kilos hacia nuevos lugares, tal y como si fueran dioses caprichosos.

En apenas unos minutos todo fue distinto, la oscuridad envolvió a la aeronave con una singular celeridad, como si se sintiera apremiada por hacer acto de presencia. El avión volaba rumbo a Alejandría, puerta de entrada al milenario Egipto.

Nut, la diosa de la noche de los antiguos egipcios, mostraba ya su vientre cubierto de estrellas, formando así la más majestuosa de las bóvedas. A Julia le pareció encontrarse tan cerca de los luceros que pensó que podía tocarlos a través del cristal de su ventanilla. Luego se dio cuenta de que aquella miríada de luces solo salía a recibirla para darle la bienvenida al reino de la noche. Nut le abría así las puertas de sus ancestrales dominios, casi tan antiguos como el tiempo.

EL CAIRO

9

Al correr las cortinas de su habitación, el resplandor la cegó por completo. La luz estallaba a su alrededor creando espesas cortinas de un fulgor centelleante como nunca antes se había visto. Al salir a la terraza, Julia hubo de refugiarse tras las oscuras gafas de sol para así poder ser capaz de ver cuanto la rodeaba. En el aire, las notas metálicas dictadas a través de un megáfono la sorprendieron, cautivándola sin saber muy bien por qué.

—*Allahu Akbar!** —oyó que decían.

—*La Ilaha Illa Llah!***

El muecín llamaba a la segunda oración del día, cubriendo los cielos con sus alabanzas a fin de que todos los creyentes le acompañaran en sus rezos.

Fascinada, Julia escuchaba aquellos cánticos cuyo significado desconocía, mientras sus sentidos disfrutaban de un regalo difícil de describir.

A sus pies, como una vieja alfombra polvorienta, la ciu-

---

* «Alá es el más grande.» *(N. del A.)*

** «No hay más dios que Alá.» *(N. del A.)*

dad de El Cairo abría sus entrañas irradiando su propia luz; una esencia de más de mil años que acababa por fundirse con la remota herencia de sus antiguos dioses en una comunión perfecta. Al-Qahira, La Victoriosa, auténtico nombre con el que fue fundada la ciudad, parecía mecerse al son de las plegarias de los muecines que, desde los más de mil minaretes, proclamaban su fe en Alá, su único dios, en tanto su pulso incansable se aferraba a la tierra, al devenir incesante del día a día; la eterna subsistencia del hombre.

Desde su aventajada ubicación en el piso veintitrés, Julia veía fluir majestuoso al viejo Nilo. Sus aguas, procedentes del corazón del continente, discurrían cargadas de la milenaria historia que, celosas, habían arrebatado a sus riberas camino del laberíntico delta.

Aquel río había corrido incansable desde mucho antes de que el hombre tuviera memoria, y Julia no pudo evitar sentir hacia él más que una respetuosa reverencia.

Ya prisionera de tan desbordante luz, fue capaz de apreciar mejor cuanto la rodeaba. El pequeño canal situado a su izquierda, Sayalit-al-Rhoda, que bordeaba la isla de aquel mismo nombre y que desembocaba justo a sus pies, junto a varios pantalanes en los que se amarraban pequeños barcos y falucas. Estas iban y venían navegando con sus velas henchidas a través del reflejo del sol sobre las aguas, esquivando lo que parecía ser una fuente, allí, en el centro del río. También a su izquierda se alzaba la figura del lujoso hotel Grand Hyatt, y justo enfrente, al otro lado del Nilo, el inmenso rompecabezas de edificios color ocre que formaba el Doqqi, el barrio de la clase media creado en los años sesenta en donde se rendía especial culto al tráfico y al hormigón.

Julia sintió una especial emoción cuando vio surgir, tras los distantes edificios, los vértices altivos de las inmutables pirámides. Se destacaban en la lejanía, arropadas por sus inseparables dunas, ajenas a aquel cataclismo urbanístico. Vistas desde la terraza, le parecieron poseedoras de un aire solitario e, incluso, cargado de melancolía, aunque quizá solo se tratara de nostalgia. Al fin y al cabo, eran tan antiguas que hacía ya milenios que habían perdido a los suyos; demasiado tiempo hasta para ellas.

Desvió la mirada hacia su derecha. Al otro lado del río contempló lo que parecía una isla de exuberantes jardines cuyos edificios poco tenían que ver con los de su vecino barrio. Aquella isla, conocida como Gezira, quedaba dividida en dos zonas diferenciadas: Zamalek, situada al norte y lugar residencial de la clase alta, y Gezira, al sur, un área boscosa de espléndida vegetación donde se levantaban importantes museos y el edificio de la Ópera de El Cairo.

Julia observó su blanca cúpula sobresalir entre los frondosos jardines de Nadi-al-Qahjra, y le pareció un oasis en medio de la anarquía que se obstinaba en rodearla.

Al norte, muy próximo a ella, se erigía el edificio más elevado de la ciudad, la Torre de El Cairo, un altísimo minarete que a Julia le pareció hecho de cestería y del que los cairotas se encontraban muy orgullosos.

Colmada de sensaciones, se sentó en un sillón de la terraza, empapándose de aquella plétora de impresiones mientras esperaba el desayuno. Contraria a su costumbre, se había despertado tarde, después de tener un sueño inusualmente pesado y profundo.

Mientras, ensimismada, observaba el río, Julia creyó percibir una particular fragancia que iba más allá de la portentosa contaminación que asfixiaba a la ciudad. Cerró los ojos y aspiró, tratando de clasificarla, pero no pudo, pues era tan etérea que le resultaba totalmente desconocida.

Resignada, volvió a abrir sus ojos para observar el puente Qasr-el-Nil, que cruzaba el Nilo camino de la céntrica plaza de Midan Tahrir, pletórica de tráfico y ensordecedoras bocinas; justo en ese instante el servicio de habitaciones tocó a su puerta con el desayuno.

Deliciosamente abandonada, Julia desayunó en aquella terraza que parecía colgada sobre un escenario que nada tenía que ver con el de su vida diaria. Mientras tomaba café con tostadas se sintió inmensamente privilegiada por poder disfrutar de todo aquello, incluido el hotel, claro. Sus atentos «protectores» británicos no habían reparado en gastos, registrándose en tres suites del hotel Four Seasons at the Nile, el más lujoso de todo El Cairo, y ella se sentía abrumada por la generosidad con que se prodigaba aquel aristócrata inglés que nada le había pedido a cambio.

Mientras sorbía su café pensó en ello y de inmediato le vino a la memoria la imagen de su amiga Pilar y sus inefables consejos. Seguro que si la viera en aquel momento le advertiría: «Este tipo te lo cobrará antes o después; algo trama.»

Julia no pudo reprimir una sonrisa convencida de que, en el fondo, a su amiga le encantaría estar en su lugar disfrutando de aquella experiencia. Indudablemente, esta parecía una irrealidad surgida en su aburrida rutina diaria, tal y como si se tratara de uno de aquellos cuentos de princesas que su madre le leyera de pequeña.

Obviamente, era la primera vez que se veía rodeada de un lujo semejante, y cada vez que echaba una ojeada a la habitación en la que se alojaba, le daban ganas de no salir de ella. Aquella escena bien podía haber sido extraída de algún famoso guion de cine y, sin querer, se sintió encantada.

Dentro de su estado de placidez trató de reflexionar sobre la situación. Después de incontables mensajes en su buzón de voz, Julia había podido hablar con su marido la noche anterior, aunque su conversación no hubiera durado más de dos minutos.

—¿Estás en El Cairo? —le había preguntado Juan sorprendido.

—Es un viaje organizado por la universidad, cariño; mi padre y Pilar se encargarán de cuidar que todo esté bien. No te preocupes.

Durante varios segundos se había hecho un incómodo silencio, luego Juan le comentó a su mujer que volvería a Madrid más tarde de lo previsto, y que con toda seguridad lo haría después de que ella regresara de Egipto.

—Espero estar en casa dentro de diez días —le había dicho—. Cuídate mucho.

Esa, más o menos, había sido la conversación. Juan parecía estar muy cansado, y al día siguiente le aguardaba una jornada agotadora, por lo cual se iba a dormir.

Julia ahogó un bostezo en tanto se servía otro café. Su matrimonio resultaba ser uno de tantos en los que los cónyuges acababan por convertirse en dos extraños unidos por los lazos del cariño anudados por el tiempo. Sin querer se creaban mundos paralelos que debían converger en el hogar, donde en no pocas ocasiones los hijos se encargaban de volver a separarlos.

Era difícil sobrevivir así, aunque Julia pensara que aferrarse a aquel cariño era todo cuanto le quedaba.

Después de desayunar, cogió su pequeño tesoro y lo miró una vez más. A pesar de las grandes medidas de seguridad que ofrecía aquel hotel, ella había preferido ocultarlo en un escondite ciertamente ingenioso que le parecía mucho más seguro que cualquiera de las cajas fuertes que le habían recomendado y que, astutamente, había fingido aceptar.

Sonriéndose para sí, lo expuso a los rayos de aquel fulgurante sol, y estos resbalaron por el inmenso azul del lapislázuli desprendiendo destellos sin fin en el oro que engastaba la obra. Igual que viera hacer a su colega inglés, ella también pasó las yemas de sus dedos por los elegantes jeroglíficos del reverso intentando comprender su significado. Como ya le explicara Barry, aquellos símbolos sagrados formaban un texto terrible, impropio de una pieza de semejante belleza; probablemente una advertencia.

—¡Una advertencia! —musitó para sí en tanto no dejaba de acariciar la figura.

Julia notó una vez más el inexplicable magnetismo procedente del escarabeo convencida de que el vínculo entre ambos existía. Su razón era incapaz de explicarlo, pero no podía negarse a la evidencia. Era capaz de pasarse las horas muertas observándolo, tocándolo con reverencia sin cansarse.

Pensó en todos los problemas que aquella figura le había acarreado y en la necesidad de hacer cumplir la última voluntad del moribundo que se lo entregó; para eso había venido a El Cairo. Debía encontrar al tal Saleh y librarse de aquella peligrosa carga para siempre.

Sin embargo, con el paso de los días había desarrollado un insólito apego hacia la joya. Cuanto más la miraba, más difícil se le hacía la idea de separarse de ella, como si sus caminos ahora fueran el mismo.

Julia la desechó, una vez más, mientras volvía a guardar el escarabeo. Tenía razón Henry al advertirla de su problema. Su vida corría peligro; más ahora que se encontraba en una ciudad tan extraña para ella como era El Cairo.

—Henry...

Al pensar en él no dejaba de experimentar sentimientos

encontrados. El lugar del que procedía era tan distante al suyo como pudieran serlo dos galaxias lejanas. Sin embargo, era un hombre extremadamente atento y educado, aunque, y de eso era plenamente consciente, acostumbrado a hacer su santa voluntad. A Julia no le cabía ninguna duda de que ser inmensamente rico le daba ese privilegio, mas por otra parte ella no lo envidiaba. Saltaba a la vista que era un hombre culto, desbordante de sensibilidad, pero también intuía en él una personalidad cerebral que le creaba cierta desconfianza.

Luego estaba su encanto personal, tan natural, y que a ella le parecía arrollador; aquel hombre era un conquistador, aunque no aparentaba tener el más mínimo interés en ello. Todavía recordaba la sensación que le causó la primera vez que lo vio, y cómo había vuelto a sentirse en posteriores ocasiones; incómodamente insegura. Además, cada vez que la miraba sentía cierta indefensión, como si aquellos ojos de un verde cautivador tuvieran el poder de rebuscar en su alma.

Quizás al final Pilar tuviera razón y no debiera dejar de seguir alguno de sus consejos. Aunque se mostraba caballeroso en todo momento, Julia ignoraba por completo cuáles eran las expectativas de aquel hombre, aunque, eso sí, esperaba encontrarse alejada de ellas.

El sonido del teléfono de su habitación la llevó de vuelta a la realidad. Al otro lado de la línea Barry se interesaba por ella.

A Julia su colega le despertaba cierta ternura, llegando a resultarle incluso entrañable. La corriente de simpatía que se había despertado entre ellos era evidente, y a ella le gustaba conversar con él.

El motivo de la llamada no era otro que el de concertar

una cita, exactamente a las ocho en la recepción del hotel. Al parecer, debían acudir a una cena.

Sayed Khalil recibió a sus invitados con la hospitalidad que le era propia. La mesa a la que se sentaron estaba tan atiborrada de platos que difícilmente hubieran dado fin de ellos ni en una semana.

Ensaladas, verduras de temporada, marisco fresco recién traído de Alejandría, calamares, sabrosos *bouri*,* gambas, brochetas de *Kefta*, unas albóndigas de carne picada muy especiada a la brasa, kebab de cordero, de pollo, e incluso *hamam* asado relleno de arroz componían los platos principales. Para acompañar a semejante banquete, el anfitrión había dispuesto numerosos platos con variedad de salsas típicas, como por ejemplo el *babaghannuj*, una salsa espesa hecha a base de berenjenas, tomates y cebollas, el *laven*, crema de yogur aromatizada con ajo, o la famosa *tahina*, una pasta de sésamo en la que se solía mojar el delicioso pan egipcio.

Toda una batería de tés, zumos y refrescos se unían a la explosión de color que para los ojos significaban aquellas viandas, a las que había que añadir, cómo no, la inefable Stella, la cerveza nacional.

Sus tres invitados miraban con ojos incrédulos la ingente cantidad de comida que les habían preparado para la ocasión, encomendándose interiormente a todos los santos a fin de que les ayudaran a pasar semejante examen; una dura prueba para sus estómagos, sin duda.

Sayed los observaba encantado de comprobar el demo-

---

* «Mújoles.» *(N. del A.)*

ledor efecto que les causaba la ligera cena que les había dispuesto.

—Espero que me sepáis disculpar por este ágape, pero no ha habido tiempo para elaborar una cena en condiciones, tal y como requería la ocasión.

Al igual que ocurriese con Henry, Sayed Khalil también procedía de una familia ilustre que había ostentado cargos públicos con cierta asiduidad durante los últimos cien años. La fortuna de sus próceres ancestros se había iniciado con la ocupación británica que sufrió el país a finales del siglo XIX. Durante su protectorado, y con la nueva legislación vigente, cierto número de terratenientes autóctonos pudieron beneficiarse de esta, amasando grandes riquezas.

Sus antepasados pertenecieron a aquel grupo de agraciados que lograron hacer fortuna a la sombra de Albión y, al poco, decidieron aprovechar su suerte y considerables recursos para entrar en la política, instalándose paulatinamente tan cerca de los hilos del poder como les fue posible a fin de poder mantener su privilegiada posición durante generaciones.

En los tiempos en los que los reyes títeres, Fuad y Faruq, gobernaron Egipto, su familia detentó diversos puestos de relevancia, consolidando un estatus que solo se vio trastocado con el levantamiento de los Oficiales Libres Revolucionarios al mando del coronel Nasser.

El 26 de enero de 1952 estallaba la revolución en Egipto en un alzamiento generalizado contra el protectorado británico y sus adláteres. Sin embargo, mientras durante aquel «sábado negro», media ciudad de El Cairo ardía en llamas bajo la furia desatada de un pueblo harto de abusos, su abuelo disfrutaba, junto a su familia, de la hospitalidad de la ciudad de Zúrich, en uno de cuyos bancos atesoraba una fortuna capaz de hacer que no tuvieran por qué preocuparse durante generaciones.

Mas esto no fue necesario, ya que con la llegada de Sadat al poder su posterior política de puertas abiertas dio una nueva oportunidad a los poderosos.

La familia de Sayed regresó a Egipto e incluso su padre volvió a detentar un cargo político importante, tal y como hubiera ocurrido ya con su abuelo durante los años anteriores a la revolución.

El auge económico que experimentó Egipto durante el gobierno de Sadat impulsó al país hasta cotas desconocidas, auge del que salió favorecida, principalmente, la clase media. Obviamente, la familia Khalil aprovechó para hacer grandes negocios. Su exilio durante más de una década en Suiza les hizo tomar contacto con los grandes industriales europeos, con los que entablaron lazos económicos. Supieron invertir sabiamente y así, a su regreso a Egipto solo tuvieron que conjugar su poder económico con los múltiples contactos políticos que aún conservaban para convertirse en una de las familias más influyentes del país.

Sayed era ahora la cabeza de aquel imperio. Vivía en la misma casa que había pertenecido a su abuelo, una villa de estilo neoclásico de principios del siglo XX, junto a la calle Maahad-al Swisstry, rodeada de embajadas en el elegante barrio de Zamalek. Sayed estaba orgulloso de ella, así como del legado que había recibido de sus antepasados tras su azaroso caminar. Para él, la vida representaba una aventura inseparable de los negocios, un universo en el que, si no engañas, te engañan.

No obstante, tenía cierta consideración con los amigos, y más aún con los de su juventud, de los que guardaba un buen recuerdo. Alguno de ellos incluso le merecía un gran respeto, como era el caso del inglés que hoy tenía invitado a su mesa. Siempre había sentido fascinación por la antigüedad de su linaje, casi desde el día en que se conocieron en el colegio de Harrow, donde Sayed había sido enviado a estudiar por sus padres, como ocurriera con otros muchos niños de la clase alta cairota, muy aficionada a educar a sus hijos en los mejores colegios de Inglaterra.

Sayed se sentía orgulloso de haber estudiado en Harrow.

—El vizconde y yo dejamos de ser niños allí, ¿verdad, Henry?

Julia los observó sin saber de qué hablaban; no tenía ni idea de que aquel inglés fuera vizconde.

—Los *harrovians* crean lazos que perduran toda la vida. El sello que deja en ellos el colegio es indeleble —recalcó el egipcio.

Julia seguía la conversación con una expresión en su rostro de absoluto desconocimiento.

—¡Cómo! ¿No conoce usted el colegio, señorita? —preguntó el anfitrión al observar su gesto.

—No —dijo Julia, que no sentía ninguna inclinación por las escuelas elitistas—. Además estoy casada.

Henry sonrió asintiendo con la cabeza.

—¡Oh, discúlpeme entonces, señora! —exclamó Sayed levantándose de su asiento para hacer una reverencia—. Créame que su aspecto juvenil me hizo pensar en tal posibilidad, independientemente de su belleza.

Julia no supo qué responder. Aquel tipo poseía un verbo endiablado.

—Espero que, al menos, descubra hoy en mi casa alguna de las especialidades culinarias del país —continuó, invitándola con un ademán a que comiera.

—Todo tiene una pinta estupenda —aseguró Julia mientras se servía un refresco—. ¡Hummm! —exclamó al probarlo—. Está delicioso.

Sayed sonrió agradecido.

—Es *karkadai* helado. ¿No me diga que no lo conocía?

Ella negó con la cabeza.

—Se extrae de las hojas de hibisco hervidas, y resulta verdaderamente refrescante.

—Desde luego; y esta salsa me parece exquisita —alabó mientras saboreaba un poco de pan egipcio con *tahina*.

—¿Acaso es la primera vez que visita Egipto?

—Así es. Aunque siempre fue un lugar al que quise venir.

—En ese caso sea usted doblemente bienvenida a mi casa, que es la suya. Pero cuénteme, ¿cómo ha sido que se ha decidido por fin a visitarnos?

—Julia disponía de algunos días de asueto y ha tenido la deferencia de acompañarnos. Ella es profesora en la universidad y colabora con su colega Barry en algunos proyectos —se apresuró a intervenir Henry, que no deseaba dar demasiadas explicaciones.

—Entonces es usted egiptóloga —pareció sorprenderse Sayed.

—Soy historiadora, pero mi especialidad no es el antiguo Egipto, sino el Mundo Clásico —apuntó Julia al tiempo que paladeaba otro pedazo de pan con *tahina*.

Barry carraspeó tras apurar su primera cerveza.

—La doctora me ayuda con sus conocimientos en un trabajo que estoy realizando sobre el gobierno de los lágidas en Egipto; ya sabe, la dinastía ptolemaica, que como usted ya conoce, era de ascendencia griega —indicó el profesor tratando de disimular, algo que se le daba realmente mal.

Su anfitrión asintió sin dejar de sonreír, convencido de que no le decían la verdad. Pensó que, probablemente, aquella era una de las conquistas de su amigo, que siempre había resultado muy discreto en cuestión de amores. Sin duda le alabó el gusto, pues la señora estaba de muy buen ver.

—¡Magnífico! —exclamó con acentuada teatralidad—. Entonces ¿es usted española?

—De Madrid —subrayó Julia tras dar otro sorbito a su refresco.

—Adoro su país —aseguró Sayed con rotundidad—. Conozco casi todas sus regiones; me parece un auténtico crisol de culturas.

—Eso tratamos, al menos —dijo Julia lacónica.

—Y luego está la comida... —apuntó Sayed, que parecía no haber terminado sus anteriores juicios.

—Apuesto a que eres un furibundo consumidor del jamón de pata negra —interrumpió Henry sin poder resistirse—. Siempre has sabido apreciar todo lo bueno, allí donde se encuentre.

—Por el Profeta que sigues manteniendo tus antiguas aptitudes para la provocación —manifestó el egipcio con teatralidad.

Julia lo observó un momento con atención, pareciéndole cómico. Aquel hombre poseía auténtica madera de histrión, que se veía acentuada por un aspecto un tanto grotesco, pues el tal Sayed en cuestión le resultaba feo como un demonio: calvo, con los ojos saltones y unas orejas de consideración, aunque, eso sí, saltaba a la vista que era inteligente.

—No puedo creer que hayas abandonado tus antiguas costumbres. En el colegio ya sacabas matrícula en sibaritismo —exclamó Henry.

—Locuras de juventud, querido vizconde. Qué te voy a contar yo a ti.

Henry sonreía divertido.

—Ni que lo digas, amigo. Por aquellos tiempos ya te gustaba el champán, pero, según veo, has acabado por refugiarte en la cerveza local.

—Con el paso de los años, de nuevo en el sendero de la verdadera fe; uno acaba por acostumbrarse.

—Quién lo iba a suponer, Orejitas, con lo que tú has sido —recalcó Henry.

Al oír aquellas palabras, Julia, que bebía su *karkadai*, se atragantó, y tras mirar un instante al egipcio, le entró tal acceso de risa que en unos segundos contagió a todos los comensales. Barry, su colega, lloraba tras sus quevedescas gafas mientras daba palmaditas sobre la mesa, y Sayed, lejos de sentirse molesto, lanzaba grandes carcajadas en tanto se estiraba de sus apéndices haciéndolos todavía más grandes.

—Así le llamábamos en el colegio —trataba de explicar Henry sin parar de reír.

—Como es bien sabido —intervino el egipcio, intentando hacerse oír—, Dios da con una mano y quita con la otra.

Con la cabeza entre sus manos, Julia era incapaz de refrenar su risa, sin poder evitar mirarle las orejas a su anfitrión de soslayo.

Sayed hizo un gesto con las manos tratando de apaciguar a sus invitados.

—Fue una época en la que tuve que afrontar ciertos desórdenes morales —aseguró, tratando de recomponer la compostura.

—Ya lo creo —aseveró Henry—, todavía recuerdo el día que te sobrepasaste con míster Beefeater. Agarró tal melopea que estuvieron a punto de echarlo del colegio.

—Gracias a la ayuda de mis compañeros lo pudimos arreglar; sobre todo a la tuya, Henry.

—Es cierto.

—Henry era una celebridad en la escuela. Él colaboraba en la edición de *The Harrovian*, el periódico semanal del colegio. En él escribió un artículo sobre mi persona que emocionó a todo el mundo. Alababa unas condiciones humanas que, francamente, yo desconocía poseer, y unos valores que con seguridad sabía que no tenía. Acababa su glosa con una referencia a mis orejas, a las que consideraba nada menos que patrimonio histórico del colegio, pues, desde su fundación en 1572, dudaba que hubiera existido ningún alumno que hubiera podido aventajarme en ese particular.

Henry asentía nostálgico mientras sus dos acompañantes terminaban de serenarse.

Entonces, Sayed hizo una seña al mayordomo y al cabo de unos minutos este se presentó con una cubitera y varias botellas.

—¡Bollinger! —exclamó Henry, encantado al verlas—, y además de una añada excelente.

Barry se ajustó las lentes mientras se relamía; aquellas palabras le sonaban a música celestial, la mejor sinfonía que podían escuchar sus oídos.

Las botellas de aquel néctar cayeron con una velocidad pasmosa. Brindis y más brindis por los tiempos pasados y por los que estaban por llegar. Barry se confirmó como un verdadero virtuoso del buen beber, apurando cada copa apenas sin inmutarse. Hasta Julia, que no era aficionada al alcohol, acabó por beber más de la cuenta, contagiada por la atmósfera que envolvía aquella velada.

Totalmente desinhibido, el señor Khalil recitaba una de las leyendas que conformaban el escudo de Harrow, un león rampante.

—*Stet fortuna domus* —decía enardecido.

—*Donorum dei dispensatio fidelis* —continuó Henry—, reseñando la otra.

Luego, como si fueran adolescentes, ambos ex compañeros se pusieron a cantar *Forty Years On*, la más famosa canción del colegio, en tanto Barry tamborileaba con sus dedos.

Al terminar, los dos amigos se abrazaron efusivamente mientras Barry aplaudía; luego, abrieron otra botella.

Julia estaba asombrada de ver cómo bebían aquellos hombres e, inconscientemente, se palpó la cintura. «Con varias noches como aquella —se dijo— su peso se dispararía descontroladamente.»

Acto seguido vio como Henry sacaba una petaca de un bolsillo de su chaqueta y ofrecía un puro a los presentes. Ella lo rechazó con un ademán, pues odiaba el tabaco.

—¿Le importa si fumamos, Julia? —preguntó Henry.

—En absoluto —mintió ella.

Al poco, sus acompañantes dibujaban caprichosas volutas de humo con evidente gesto de satisfacción. Julia observó cómo su colega se repantigaba en su silla y echaba la cabeza ligeramente hacia atrás, saboreando la fragancia de su habano con expresión cercana al éxtasis; sin duda aquel hombre no le hacía ascos a nada.

—¡Espléndido; delicioso! —exclamó Sayed—. Espero que durante vuestra estancia en El Cairo podamos cenar juntos todas las noches.

Julia se sobresaltó solo de imaginarlo.

—A propósito, Henry —continuó exultante—, supongo que enseñaréis a la señora las excelencias del Alto Egipto.

—No creo que dispongamos de tiempo para ello.

—¡Cómo! ¿Vas a decirme que no llevaréis a la profesora de crucero por el Nilo? Imposible.

—Qué quieres, amigo; ella debe volver a su universidad.

—Buah... Dispongo de los mejores barcos que surcan el viejo río. Si queréis puedo prestaros mi lujosa *dahabiyya* para vosotros solos. Todo un deleite para los sentidos —concluyó con picardía.

—Orejitas...

—Tenéis que conocer a mi familia —dijo cambiando de conversación—, mi mujer y mi hija se encuentran en Alejandría, pero regresarán esta misma semana. Mi hijo mayor está terminando sus estudios en Estados Unidos.

—Será un placer, amigo —aseguró Henry—, aunque me temo que no podemos compartir todas las veladas contigo.

—Comprendo —dijo el egipcio—. Olvidaba que su señoría es hombre de gusto por el arte, y que tendrás asuntos que atender. En cualquier caso, espero que aceptéis mi ayuda en todo cuanto necesitéis.

—A mí me vendría muy bien —saltó Julia irreflexivamente, a la que el champán le había terminado por alegrar un poco.

Todos la miraron sorprendidos.

—He de encontrar a un hombre llamado Saleh que, al parecer, trabaja en el Museo Egipcio de El Cairo —manifestó sin pensarlo.

Henry y Barry se quedaron lívidos, y Sayed la observó durante unos instantes a través de las difusas espirales de humo. Al instante, Julia se dio cuenta de que se había equivocado.

—Saleh, dice. Bueno, me temo que no sea una pista determinante. Ese es un nombre muy común en nuestro país. ¿No sabe cómo se apellida?

—No. Me lo recomendó un compañero de la universidad; al parecer, resultó un guía excelente —mintió Julia, tratando de reparar su equivocación.

Sayed pareció considerar aquellas palabras mientras fumaba lentamente.

—En cualquier caso, no creo que haya problema en encontrar al tal Saleh. Mañana mismo telefonearé a la doctora Wafaa, la directora del Museo, y seguro que me proporcionará una lista de todas las personas que trabajen allí con ese nombre.

Julia le dio las gracias sonriéndole algo forzada.

—Tampoco queremos causarte demasiadas molestias —intervino Henry—. Tú eres un hombre muy ocupado que debes atender a tus negocios y...

—De ninguna manera —cortó Sayed, levantando su mano—. La gestión apenas me llevará unos minutos. ¿En qué hotel os hospedáis?

—En el Four Seasons.

El egipcio sonrió malicioso.

—Su señoría siempre supo cuidarse, ¿eh? En cuanto sepa algo, te llamaré.

Henry levantó su copa a modo de agradecimiento.

—Ah —continuó el anfitrión—, lo que no podéis rechazar es un chófer que os lleve allá donde necesitéis. Os mandaré un hombre de mi confianza para que os acompañe.

—Está bien, Orejitas —bromeó Henry—. Solo espero que el automóvil sea cómodo.

A Julia, el champán de la velada anterior le había dejado las secuelas típicas de quien no está acostumbrado a beber: dolor de cabeza y una sensación de hartazgo en el estómago ciertamente desagradable.

Después de tomar un frugal desayuno servido en uno de los elegantes restaurantes del hotel, no tuvo más remedio que pedir una aspirina.

—Hazme caso, Julia —le decía Barry—, lo mejor para estos casos es desayunar fuerte, e incluso tomarse una cervecita en ayunas. Te lo digo yo.

Julia observaba boquiabierta a su colega británico sin dar crédito a lo que decía ni a lo que comía, pues el desayuno que estaba tomando aquel hombre era, cuando menos, pantagruélico, algo que a ella le resultaba difícil de entender; sobre todo después de haber comprobado lo que el profesor había sido capaz de comer y beber la noche anterior. Ese hombre era un redomado glotón.

Lo miró con disimulo una vez más, contemplando cómo daba cuenta de sus huevos fritos. Ella, por su parte, removió la infusión de su taza y mordisqueó una galleta integral; era lo máximo que le permitía su maltrecho estómago.

—¡Magnífica cena la de ayer! —recordó Barry mientras comía con deleite—. El señor Khalil demostró ser un anfitrión capaz de estar a la altura.

Julia no pudo más que asentir, incapaz de hacer ningún comentario. Se encontraba molesta por la indiscreción que había cometido, y también por el hecho de sentirse un poco fuera de lugar en todo aquello. Cada día se sorprendía al escuchar cualquier comentario acerca de sus nuevos amigos, de su identidad o simplemente de sus meros gustos o forma de vida. Era una extraña en un escenario donde se representaba una obra de la que desconocía el argumento.

Terminó la infusión en tanto Barry regresaba del buffet con un plato de quesos variados; ella se dispuso a presenciar otra demostración de sus facultades devoradoras.

—Henry bajará en breve. Es posible que hoy consigamos significativos avances —aseguró el profesor a la vez que untaba queso azul en una tostada.

Julia lo miró muy seria.

—¿Henry? ¿Lord Bronsbury? ¿El vizconde...? ¿Quién diablos nos acompañará hoy? ¿Acaso no nos sorprenderá con una nueva identidad? —preguntó sin poder reprimir su mal humor.

—¡Oh! —exclamó su colega sin ser capaz de decir una sola palabra más.

—Francamente, Barry, mi situación es algo incómoda. Comparto mi presente con unas personas sumamente amables cuyos planes, en los que al parecer estoy involucrada, desconozco por completo y a los que, no obstante, debo estar agradecida por la ayuda que me han prestado. Siento haberme equivocado anoche, pero en mis actuales circunstancias deseo solucionar cuanto antes mi problema y regresar a mi casa.

Barry la observaba perplejo, con la tostada a mitad de camino hacia su entreabierta boca; estupefacto ante el inesperado mal humor de su colega. Julia le mantenía la mirada y sus hermosos ojos brillaban como ascuas capaces de quemar en la distancia. La expresión desafiante de su rostro denotaba el genio que guardaba aquella mujer, y al profesor le pareció que estaba arrebatadora.

—Por favor, por favor —se apresuró a decir, dejando su tostada en el plato—. ¡Oh, cuánto lo siento! —volvió a exclamar con gesto compungido—. Créeme si te digo que no existe ninguna intención de involucrarte en nada. ¡Qué situación!

Julia se acomodó mejor en su silla sin dejar de mirarlo. Durante unos momentos ambos permanecieron en silencio.

—Querida —dijo al fin el inglés, que parecía haber ordenado sus pensamientos—, no sé qué decir..., aunque creo que tienes razón. Quizá no hayamos sido todo lo considerados que debiéramos, pero te aseguro que no ha habido mala intención y sí un deseo de que no te encontraras incómoda. Algo que, obviamente, no hemos conseguido.

Julia lo escuchaba en silencio.

—Tanto Henry como yo te profesamos una gran simpatía y, desde el principio, nuestro único ánimo ha sido el de ayudarte.

—Ayer por la noche tuve la impresión de que, de alguna manera, interfería en vuestros planes —replicó ella—. Me sentí ridícula.

Barry movió la cabeza apesadumbrado.

—Es culpa nuestra, tendríamos que haberte advertido de algunas cuestiones, y no lo hicimos.

Julia arrugó el entrecejo.

—Todo se reduce al deseo de no causarte más inconvenientes —se apresuró a decir Barry mostrando las palmas de sus manos de modo conciliador—. Nuestros intereses en El Cairo pueden causarte más problemas de los que ya tienes; ese es el motivo que lleva a Henry a ser reservado contigo.

—Esa fórmula puede conducirme a la indiscreción, Barry. Soy plenamente consciente de mi vulnerabilidad.

—Por eso te pido una vez más que confíes en nosotros. Encontraremos a Saleh y podrás regresar a Madrid; pero es preciso que seamos muy precavidos.

Julia bajó la cabeza un poco avergonzada por no haber sabido controlar su enfado. Barry alargó la mano y tomó una de las de Julia, apretándola cariñosamente.

—Te contaré algunas cosas sobre Henry —murmuró en tono de complicidad—: Pertenece a un mundo que poco tiene que ver con el nuestro, pero es un gran tipo.

Julia escuchó con atención a su colega, sorprendiéndose de que en pleno siglo XXI existieran personas que pudieran vivir al margen de los problemas de la mayoría de la gente del planeta. Tras oír las explicaciones, la profesora no pudo evitar hacer un comentario crítico al respecto.

—Indudablemente, Henry tiene una forma muy diferente de ver la cuestión —aseguró Barry—. Aunque te diré que colabora, más que generosamente, en ayudas sociales.

Julia también se sorprendió al enterarse de que el aristócrata tenía sangre española, interesándose vivamente por ello.

—Según cuentan, su madre era una mujer capaz de quitar el hipo a todo un regimiento. El viejo lord Belford se volvió loco por ella en cuanto la vio; ya sabe, una belleza andaluza irresistible.

—¡Vaya! —masculló—. Eso sí que no me lo hubiera imaginado. Por eso habla tan bien el español —continuó como para sí—, aunque, bien pensado, debería tener acento.

Barry pareció no comprender.

—Sí. Los andaluces tienen un acento peculiar que él no posee.

Él se encogió de hombros.

—Tal vez tuviera algún profesor en su casa. Tales detalles se me escapan. En cualquier caso, viaja con asiduidad a Madrid, donde, incluso, tiene familia.

—No me digas.

—Un par de primos, según creo, si bien no tiene mucho contacto con ellos.

Luego, tras una breve pausa, se aproximó hacia ella bajando aún más la voz.

—Además —murmuró sonriendo maliciosamente—, nunca se ha casado.

Julia se turbó un poco mientras observaba al profesor asentir con la cabeza como un pícaro.

—Como lo oye. Un solterón irreductible... Bueno —balbuceó Barry casi al momento—, como yo, aunque nuestras situaciones no sean comparables, claro.

Julia no pudo evitar soltar una carcajada.

—Así pues, voy acompañada por dos solterones empedernidos. Supongo que estaréis llenos de manías y rarezas —subrayó—. Tengo una amiga separada que dice que prefiere los divorciados a los solterones; según asegura, estos últimos son mucho más difíciles de manejar.

El profesor pareció algo confundido, y al ver su expresión, Julia volvió a reír.

—Es una broma, Barry —apuntó, todavía riendo.

Justo en ese momento, Julia vio como la figura de Henry se les aproximaba.

—Me alegra encontraros especialmente contentos esta mañana. Yo tengo un dolor de cabeza espantoso —aseguró mientras se sentaba a la mesa y pedía un café bien cargado con una aspirina.

Ambos profesores se miraron con cierta complicidad. Acto seguido, Julia se levantó para ir al buffet a por un yogur.

Henry la miró disimuladamente, en tanto Barry le comentaba algo en voz baja.

—Bueno, Julia —dijo Henry cuando esta regresó a la mesa—. Espero que aceptes mis disculpas en todo lo que te haya podido molestar; supongo que podemos tutearnos, ¿no es así?

Julia se reclinó contra el respaldo de la silla suavemente. Era la primera vez que veía al aristócrata lejos de su habitual actitud preponderante, y se sintió encantada de entrever en él cierta vulnerabilidad. Ella aprovechó para observarle.

—Me parece bien, Henry —indicó haciendo un pequeño mohín.

—Perfecto —convino el inglés, regalándole otra de sus seductoras sonrisas—. Hoy visitaremos a un viejo amigo. Quizás él pueda ayudarnos en nuestras pesquisas; pero recuerda una cosa —dijo cambiando el tono de voz—: De ahora en adelante es preciso que tengas especial cuidado con lo que digas, no te fíes de nadie, ¿has comprendido?

Julia sintió un leve estremecimiento que disimuló con una sonrisa.

—Comprendido, Henry.

—Magnífico. Es hora de que nos vayamos, ya os contaré algunos detalles por el camino.

—¿Y adónde vamos? —preguntó Julia.

—A un lugar que te fascinará.

10

Julia ignoraba que pudiera existir un lugar semejante. Tuvo la impresión de que viajaba en el tiempo y el medievo le abría sus puertas, invitándola a pasar a un mundo que la atrapó por completo; un microcosmos de infinitas callejuelas, estrechas y zigzagueantes, sobre las que pendían los viejos muros, los minaretes y las celosías; bazares, mercados y achacosas tiendas; reino de los charlatanes impregnado por aromas hace tiempo olvidados y alimentados ya solo por la nostalgia de un pasado esplendoroso, el de las ricas caravanas que arribaban desde los confines de Oriente, o el del embrujo de sus variopintos rincones que surgieron como pinceladas extraídas de los relatos de *Las mil y una noches*.

Era el Khan-al-Khalili, corazón de El Cairo islámico, «El Cairo de los fatimíes», construido por los califas que gobernaron Egipto hacía mil años y que fueron capaces de levantar un sueño de donde nada había.

Las más hermosas mezquitas se alzaban todavía altivas después de un milenio, cubriendo el cielo de El Cairo con un bosque de minaretes, desde el barrio de Gammaliyya hasta la Ciudadela de Saladino.

Este Cairo poco tenía que ver con el de sus barrios vecinos. Aquí el olor del humo de los coches que atravesaban sus vías principales se daba la mano con el del ganado que aún podía verse en muchas de sus calles o con el que podían despedir las propias alcantarillas, para mezclarse con la fragancia de los exuberantes puestos de especias en los que la albahaca o el comino inundaban el ambiente con su dulce perfume.

El Khalili, como vulgarmente se le llama, va mucho más allá de lo que representa una mera visita turística en busca de recuerdos. Es todo un escaparate en el que la indiferencia no tiene cabida. El bazar de los bazares, el gran zoco donde es posible encontrar joyas y cachivaches. No hay límite en él, pues se puede hallar desde una piedra preciosa hasta una boquilla de cigarrillo de segunda o tercera mano. Telas, alfombras, oro, plata, orfebrería... engaños sin fin. Los príncipes del regateo se dan la mano con los vendedores ambulantes, siempre atentos a solucionarse la vida por ese día, que unen su destino al de aquel barrio en ocasiones durante generaciones. Los *ahwas*, los cafés bulliciosos, salpican las callejuelas con sus terrazas al aire libre en cuyo viejo mobiliario se da cita la más variopinta de las clientelas, que acude con la esperanza de que el tiempo se detenga. Ver pasar la gente o reconfortarse con el delicioso té, sin más compañía que la de una narguila en cuyo embriagador aroma poder abandonarse, fumando sin apresurarse, ajenos a lo que no importa.

Cuando Julia descendió del automóvil, junto a Midan Hussein, fue capaz de captar todo aquel significado.

Lo primero que vieron sus ojos, justo a su izquierda, fue la estampa de la mezquita de Al-Azhar, cuya universidad, fundada en el año 988 de nuestra era, estaba considerada como la más antigua del mundo. A su derecha, otra mezquita se levantaba airosa intentando rivalizar con su milenaria hermana en importancia. Era la de Sayyidna-al-Hussein, que daba nombre a la plaza en la que se encontraban y que, además, era tenida por uno de los lugares más sagrados de Egipto, pues se decía que en ella se enterró la cabeza de Al-Hussein, nieto de Mahoma.

Julia se quedó observándolas unos instantes, y luego se vio empujada suavemente por la mano de Henry, que la invitaba a caminar.

—Procura no separarte mucho de nosotros; aunque, como vas a poder comprobar, no te resultará nada fácil.

Los tres amigos pasaron junto al gran café Hussein y tomaron la primera calle a la izquierda, una estrecha callejuela de comercios sin fin que se perdía cuesta abajo al abrigo de los toldos.

—¡Amiga, amiga, pase, por favor! ¡Solo mirar! —gritaban los comerciantes que salían al paso de Julia, invitándola a entrar en sus tiendas.

Julia se vio en medio de un río de gente que subía y bajaba por la estrecha calle al compás de los sonidos que aquel lugar poseía.

Sus ojos viajaban de escaparate en escaparate invitando a sus pies a permanecer quietos para poder percibir, realmente, la atmósfera que respiraban todos aquellos comercios.

Los turistas y los cairotas parecían formar una misma unidad en la abigarrada callejuela, tal y como si por unos minutos unieran sus destinos a la sombra de una compra o del regateo.

Julia cerró sus ojos y se dejó llevar. Durante unos instantes volvió a sentir aquel olor indefinible que ya la cautivara con anterioridad. No podía explicar qué era, pero la hacía desinhibirse, liberándola de absurdas cargas y permitiéndole manifestar su verdadera esencia.

Unos metros más adelante, sus nuevos amigos caminaban enfrascados en quién sabe qué conversación, rodeados de vendedores ambulantes capaces de oler su dinero. Henry se disculpaba con amabilidad y de vez en cuando miraba hacia atrás para comprobar que ella les seguía.

Con su camisa blanca y sus pantalones *beige* de algodón, a Julia le pareció que Henry había surgido de entre los clichés de una de aquellas películas de exóticas aventuras que tanto le gustaban de jovencita. Todo un sueño de un pasado decadente en el cual los galanes en nada se parecían a los estereotipos de músculo y quirófano que se llevaban en la actualidad.

Fue en ese momento cuando se le acercó el joven, apenas un muchacho con la mirada repleta de vida y una sonrisa que llenaba de luz su humilde aspecto. Sus ojos eran grandes, como seguramente también lo era su necesidad, que le empujaba a salir a las callejuelas para así poder terminar el día; como a su vez ocurriera con la mayor parte de los veinte millones de personas que vivían en aquella ciudad.

—*Io parlare italiano, signorina* —dijo abordándola—. ¿No? Entonces es usted española.

A Julia se le escapó una sonrisa.

—¿De Barcelona? *Visca el Barça!* Yo soy un seguidor de Ronaldinho.

—De Madrid —contestó ella sin abandonar su sonrisa.

—Bueno, también soy seguidor del Real Madrid. Veo todos sus partidos por la televisión.

Julia movió la cabeza divertida; sobre todo porque no le gustaba el fútbol.

—¿No? Entonces es usted del Atlético, un gran equipo, sin duda.

—No me seduce el fútbol —reconoció por fin Julia mirándole a los ojos.

—Pero apuesto a que le gustan las joyas exclusivas —intervino el joven con rapidez—. Conozco un bazar en el que tienen las mejores piedras preciosas de El Cairo; solo los mejores orfebres trabajan allí. Si quiere podemos ir en un momento, está muy cerca.

—No me interesan las joyas...

—Hassan. Mi nombre es Hassan, para ayudarla en cuanto necesite. También sé dónde puede comprar buenos perfumes.

Julia volvió a sonreír negando con la cabeza.

—Quizá quiera adquirir papiros, ¿o busca una buena alfombra? Le aseguro que en los sitios que conozco le puedo conseguir un descuento.

Ahora Julia no pudo reprimir una carcajada.

—No quiero adquirir nada. Solo estoy de paseo.

—¿De paseo? Este no es un buen lugar para pasear, señora.

Julia observó como sus acompañantes ingleses torcían a la izquierda, y los siguió.

—¡Ah! —exclamó el muchacho, que no se separaba de ella—, ahora lo entiendo: lo que usted desea es marfil.

—¡No! —se apresuró a contestar ella—. ¿Acaso aquí está permitido el comprarlo?

—Claro —dijo Hassan encogiéndose de hombros.

Luego, adoptando un tono más confidencial, prosiguió.

—Señora, Hassan conoce todos los bazares de El Cairo, cualquier cosa que desee no tiene más que decírmelo.

—Muy considerado de tu parte. ¿Y solo conoces los bazares? —se animó a continuar ella, a quien el muchacho empezaba a caerle simpático.

—No. Conozco El Cairo como la palma de mi mano. Si quiere puedo servirle como guía para visitar el sitio que desee. Hassan está disponible veinticuatro horas al día, siete días a la semana.

A Julia el joven le parecía muy divertido.

—¿Dónde has aprendido a hablar tan bien el español?

—Pues dónde va a ser, en El Khalili.

Ella no pudo evitar lanzar otra carcajada.

—Ya veo —dijo mirándole de reojo.

Luego, Julia observó como los ingleses doblaban una esquina para detenerse junto a una gran puerta de madera.

—Creo que por hoy se acabó el paseo, Hassan.

El muchacho reparó en los dos hombres que los esperaban apostados junto a la puerta, y asintió.

—No importa. Aguardaré a que salga. Hassan está ahora a su servicio —aseguró sonriente.

Julia volvió a mover la cabeza y sacó de su bolso cinco euros para entregárselos.

—Toma. Una propina por la conversación.

—Aquí se llama *baksheesh* —dijo el joven metiéndose el billete en el bolsillo—, y para nosotros es mucho más que una propina; muchas gracias.

Ella hizo un gesto de despedida con la mano.

—No se preocupe, señora. Encontrará a Hassan siempre que le necesite.

Abdul-al-Fatah era egipcio viejo, de los que conocían la opresión y las revoluciones y, por ende, la verdadera naturaleza del alma. Era alto, flaco y nervudo cuan raíces de sicómoro, y sus ademanes pausados y su voz serena y armoniosa hacíanle parecerse a uno de aquellos antiguos sacerdotes que cuatro mil años atrás habitaron en Egipto. Vestía una *galabiyya* de lino de un blanco inmaculado y a Julia su figura le recordó a la de un *hierofante* surgido de las nieblas del pasado desde la ciudad de Eleusis, lugar donde, como sumo sacerdote, se encargaba de guardar celosamente sus sagrados misterios. Sin embargo, poco tenía que ver aquel hombre con los sacerdotes de la Grecia clásica, y mucho menos con los misterios que protegían. Él era comerciante, como también lo habían sido su padre y su abuelo y el abuelo de este y, a sus casi ochenta años, los únicos secretos que le interesaban eran los que pudiera encontrar después de su muerte.

Abdul vivía en un *caravasar* próximo a la bulliciosa *sharia* al-Muski, la calle más comercial del barrio. Era un albergue medieval construido en el siglo XV, cuando Egipto estaba gobernado por los mamelucos. Antaño sirvió para dar cobijo a los mercaderes que llegaban a El Cairo con sus caravanas. Ellos solían instalarse en el primer piso, mientras que las bestias de carga y las mercaderías se colocaban en las habitaciones de la planta baja, que rodeaban un gran patio.

Con el paso de los siglos, el edificio fue restaurado, y desde hacía tres generaciones había servido como vivienda y lugar de trabajo para la familia de Abdul. Sin embargo, el edificio conservaba todo su sabor y la mayor parte de sus centenarias piedras.

En el patio se había instalado una fuente policromada cuya agua salpicaba el vecino empedrado con borbotones mágicos que invitaban al silencio. Parecía un lugar perdido en la memoria del tiempo que se resistía a abandonar el legado de siglos pasados.

Sobre el patio, en el piso superior, se suspendían las celosías de madera que resguardaban las ventanas de las habitaciones que permitían a las mujeres observar sin ser descubiertas; las *mashrabiyya* acaso quedaban como mudos testigos de los anhelos e ilusiones de las enamoradas que un día se asomaron a ellas para esperar.

Sentados sobre mullidos almohadones en una de las habitaciones que daban al patio, los invitados contemplaban admirados los vestigios de una cultura a la que eran ajenos. Mientras Abdul les servía té de menta, paseaban sus miradas por la sala atestada de objetos, alguno de los cuales no sabían bien para qué valía.

—¿Le gusta el juego de escribanía? —preguntó Abdul al reparar en cómo Julia se había fijado en él.

—Es precioso —contestó esta, sorprendida de ver que a aquel hombre no se le escapaba nada.

—Perteneció al rey Faruq, el último monarca que gobernó en Egipto. Forma parte del inmenso botín conseguido tras su precipitada marcha del país. Faruq acaparó grandes riquezas, entre las que incluso se encontraban objetos de procedencia un tanto particular.

Julia lo miró sin comprender.

—El rey tenía fama de cleptómano, al parecer aprovechaba sus visitas a otros países para apropiarse de alguno de los objetos personales de sus mandatarios.

La profesora pareció escandalizarse.

—Entiendo su sorpresa, señora, ciertamente es una conducta vergonzosa. Imagínese que llegó a poseer nada menos que una espada del Sha de Persia y un reloj de Winston Churchill. No es de extrañar que fuera apodado como El ladrón de El Cairo.

Julia parpadeó anonadada.

—Como le comenté en un principio, después de la salida del rey del país, las turbas arrasaron con todo lo que pudieron, aunque a la postre no tuvieran más remedio que malvender lo que saquearon. Mi padre se hizo con varias vajillas y alguna cubertería que, seguramente, seguirán dando cierto fuste a las mesas de los millonarios americanos que las compraron. ¿Está interesada en algo en particular, señora?

—Solo admiro algunas de las obras que tiene usted aquí.

—Forman parte de mis recuerdos —dijo Abdul con cierta melancolía—. Demasiados, como puede usted observar.

Julia dio un sorbo a su infusión en tanto estudiaba disimuladamente la expresión del viejo comerciante, cuyo rostro, surcado de arrugas, daba buena fe de sus palabras. Las vivencias de toda una vida se acumulaban en aquellas arrugas, como cicatrices de su propia existencia que Abdul trataba de disimular con una corta barba tan fina como el poco pelo que le quedaba.

—Muchas de las piezas que usted ve pertenecieron a personajes ilustres que poco o nada significan para la gente de hoy en día, pero que para mí continúan poseyendo un gran valor sentimental. Milord sabe a lo que me refiero.

Henry asintió mientras dejaba su vaso vacío sobre una pequeña mesa de marquetería.

—Hoy los tiempos han cambiado. El mercado se encuentra repleto de falsificaciones, la mayoría de ellas malas. Yo mismo me dedico a ello; en los talleres que poseo al otro lado del patio mis artistas son capaces de reproducir cualquier obra que se propongan. Mucha gente me pide copias de piezas de nuestro glorioso pasado. Desean que sean fabricadas con los mejores materiales y aunque, obviamente, disten mucho de las originales, cumplen con sus funciones decorativas. Hacemos buenos trabajos, y a la mayoría del público le sería difícil distinguir entre la verdadera y la falsa. Tengo encargos de todo el mundo, aunque la mayor parte sean de Japón y Estados Unidos —subrayó el mercader—. Son los tiempos en los que vivimos; ahora el plástico señorea donde antes mandaban los materiales nobles.

Henry volvió a asentir en silencio, en tanto sus dos acompañantes observaban fascinados aquella sala atiborrada de historia.

—En la actualidad el tiempo es lo que importa. Los clientes demandan los artículos con la condición de que se entreguen a la mayor brevedad posible; no les interesa el alma de la obra, sino solo su forma. El verdadero arte vive ajeno al paso de las horas, los días o los meses. Cada obra de arte, sea cual fuere, necesita su tiempo; incluso con las buenas falsificaciones ocurre lo mismo.

Abdul paseó un instante su mirada por entre sus invitados, y luego bebió su té con parsimonia; estaba claro que, para aquel hombre, la prisa hacía mucho tiempo que había desaparecido de su vida.

—Recuerdo que mi abuelo ya me hablaba de esto cuando yo era apenas un niño —continuó Abdul—. Contaba que, a raíz del descubrimiento de la tumba de Tutankhamón, la ciudad de Luxor se llenó de acaudalados turistas en busca de antigüedades en el mercado negro. Fue tal la fiebre por la egiptomanía que desató aquel hallazgo que los anticuarios no dieron abasto ante el aluvión de pedidos que recibieron. Todos querían llevarse un pedazo del esplendoroso Egipto milenario que Carter se había encargado de resucitar al mundo. Como pueden comprender, en poco tiempo las calles de Luxor se llenaron de falsificaciones, algunas de las cuales llegaron a ser adquiridas a precio de oro. Al público parecía darle igual; ellos querían un recuerdo que mostrar ante sus amigos, y el hecho de haber sido adquirido en el mismo lugar donde había sido descubierta la famosa tumba era más que suficiente. Se hicieron grandes negocios —prosiguió el anciano tras tomarse un respiro—, pero a no mucho tardar, el mercado se inundó de burdas réplicas, lo que trajo consigo la protesta de los falsificadores profesionales, que no dejaban de considerarse artistas. Uno de ellos llegó incluso a quejarse públicamente en un diario de difusión nacional asegurando que una copia en condiciones requería de, al menos, una semana de trabajo.

Los tres visitantes rieron al escuchar la anécdota.

—Aquella fue una época dorada; irrepetible, sin duda. En esos mismos almohadones sobre los que están sentados vi cómo mi padre negociaba con el agente de uno de los museos más importantes del mundo la venta de una colección de piezas soberbias pertenecientes a la XIX Dinastía. Ahora, como bien sabe milord, la situación es diferente.

Julia no pudo evitar adoptar un gesto de desdén.

—A mí, particularmente, me parece bien que se haya acabado con los expolios —dijo sin poder contenerse.

El viejo comerciante la miró con inexpresividad.

—Me temo que en este campo la realidad supere a la ficción, como ustedes acostumbran a decir. Se sorprendería si conociera la identidad de muchos de los que han pasado por esa puerta dispuestos a vender sus «colecciones». Algunos eran los mismos que clamaban en los medios contra los extranjeros que excavaban en Egipto para llevarse nuestros tesoros, reclamando el fin del reparto de lo que se encontraba. Así es la vida. En cualquier caso, yo no me dedico a robar. En la mayor parte de las ocasiones soy un mero intermediario entre una obra, en demasiadas ocasiones maltrecha y abandonada, y un comprador dispuesto a admirarla en su justa medida; capaz, en suma, de devolverle la vida. Seguro que milord puede entender lo que quiero decir.

—Perfectamente, Abdul —asintió Henry—, aunque me temo que la señora tenga otro punto de vista.

—Pues sí, lo tengo. Para mí el tráfico ilegal de obras de arte hace que muchas piezas espléndidas, de las que se podrían extraer importantes datos científicos, se pierdan para siempre.

Abdul se reclinó con suavidad entrelazando sus manos bajo su vientre.

—Le aseguro, señora, que me alegra saber el que usted cree en la bondad del alma humana.

Julia permaneció callada, sin saber qué decir.

—¿Cuánto hace que nos conocemos, Abdul? —intervino Henry, dando por terminada la cuestión—. ¿Veinte años quizá?

—Más o menos.

—En cualquier caso, siempre hemos mantenido una fructífera relación y una buena amistad.

—Su señoría me honra con sus palabras.

—Conozco a pocas personas en el mundo capaces de igualar tu vista certera en el negocio de las antigüedades.

—Sin duda milord hoy viene dispuesto a sonrojar a este pobre viejo —replicó el comerciante negando con la cabeza.

—No creo que haya en El Cairo ningún movimiento o transacción que se te escape. Tus colegas aseguran de ti que posees ojos y oídos en cada bazar.

—¡Qué exageración! —exclamó el mercader riendo—. Últimamente apenas salgo de casa.

Henry asintió en tanto parecía reflexionar.

—A pesar de eso, confío en que puedas ayudarme.

Abdul mostró sus manos animándole a continuar.

—Verás, Abdul. Como te adelanté ayer por teléfono, se trata de un asunto muy delicado que requiere de toda tu reserva.

—Es lo primero que aprendí en este negocio —aseguró el anciano.

Henry observó un instante al egipcio y, acto seguido, sacó el catálogo de la subasta de la casa Orloff del interior de un pequeño zurrón de cuero que llevaba consigo.

—Quisiera que me dieras tu opinión sobre esto —dijo, entregándoselo abierto por la página que le interesaba.

Abdul se puso sus lentes y lo examinó un instante. Casi de inmediato, el anciano apartó su vista del catálogo y miró a los visitantes por encima de sus gafas. Durante unos segundos paseó su mirada por cada uno de ellos con una expresión en su rostro mezcla de sorpresa e incredulidad; acto seguido volvió a concentrarse en el folleto, el cual pareció estudiar con atención.

Mientras lo hacía, todos guardaron un respetuoso silencio.

Abdul suspiró al cabo de unos minutos y a continuación cerró el catálogo y se quitó las lentes.

Henry lo interrogó con la mirada.

—Hace unos tres meses tuve entre mis manos esta pieza.

Perplejos, sus invitados intentaron asimilar aquellas palabras.

—¿Estás seguro, Abdul? —preguntó al fin Henry.

—Absolutamente. Una tarde se presentó un individuo con dos obras, dispuesto a venderlas.

Lord Bronsbury se incorporó hacia delante sin poder ocultar su interés.

—Una de ellas era este escarabeo —prosiguió el comerciante, señalando con un dedo el catálogo—, y la otra era una caja de ébano cuya tapa llevaba esculpida la figura de un ibis de marfil; una verdadera obra de arte de la antigua marquetería egipcia.

Barry, que hasta aquel momento no había despegado los labios, dio un resoplido. Abdul le hizo ver, levantando una mano, que aún no había terminado.

—Lo más curioso era que en el interior de aquella caja había un papiro.

—¡Dios nos asista! —exclamó Barry sin poder evitarlo.

Julia observaba la escena con creciente interés.

—¿Viste un papiro? —inquirió Henry.

—Lo desenrollé con sumo cuidado. En él había un texto escrito en hierático que no pude comprender. El papiro parecía encontrarse en muy buenas condiciones.

Al escuchar aquello, Barry se frotó las manos presa de la excitación.

—¿En su opinión era auténtico? —preguntó con suavidad el profesor, haciendo un esfuerzo por controlar sus emociones.

—Sin ninguna duda. Tanto el escarabeo como la caja y el papiro eran auténticos —aseguró Abdul.

—¿Cree que existe alguna relación entre ambas obras? —intervino Julia.

—Hummm... es una buena pregunta, aunque no sabría decirle con seguridad. De lo que no tengo duda es de que las dos piezas procedían de un robo.

Henry juntó las palmas de sus manos bajo la nariz mientras pensaba con rapidez.

—¿Robadas?, ¿las dos? —preguntó Barry casi en un murmullo.

—A los quince minutos de encontrarse aquí, el precio de venta había bajado ya hasta una cantidad irrisoria —recordó Abdul.

—Una buena oportunidad, desde luego —intervino Julia sin poder contenerse.

—Eran unas piezas magníficas, pero también comprometedoras. El escarabeo era el más hermoso que he tenido oportunidad de ver nunca, comparable a las joyas faraónicas que se exhiben en el Museo de El Cairo. Julia sintió que se estremecía.

—Ya le dije que no tengo interés por los robos —recalcó el anciano con tono pausado—, además, como seguramente ya saben, el expolio de obras arqueológicas está muy perseguido por la ley. La gente de Hawass tiene oídos por todos lados y trata de controlar el mercado.

—¿Hawass? ¿Quién es Hawass? —preguntó Julia.

—Es el secretario general del Consejo Supremo de Antigüedades —respondió el mercader.

—Un título rimbombante, desde luego —comentó la profesora.

—Algo así como el viceministro de Cultura de su país —trató de matizar el anciano.

—Seguro que le ha visto alguna vez en televisión. Es un asiduo de los programas sobre el antiguo Egipto emitidos por el National Geographic y el Discovery Channel —aseguró Barry.

—Me parece que ya sé quién es —pareció recordar Julia.

—Aquí es una persona muy popular. No hay excavación en Egipto por pequeña que sea que no necesite de su permiso.

—Entonces cuenta con mis simpatías —recalcó Julia.

—Como dirían en Occidente —apuntó Abdul, obviando el comentario—, es un personaje mediático; da numerosas conferencias por todo el mundo.

—Conozco a Hawass desde hace muchos años —indicó

Barry—. Particularmente, opino que ha desarrollado una buena labor.

—En varias ocasiones le solicité permiso para visitar algunos yacimientos arqueológicos cerrados al público, y siempre fue extremadamente amable conmigo —subrayó Henry.

—Últimamente está comprometido en una cruzada personal para devolver a Egipto todos sus tesoros esparcidos por el mundo —explicó Abdul—. Además, su departamento se mantiene sumamente vigilante ante todo lo que ocurre aquí.

Julia parecía encantada de escuchar aquello.

—Pero no crea que el mercado negro de antigüedades ya no existe —se apresuró a matizar el egipcio al ver la expresión de la española—. Como ha podido comprobar, está tan vivo como siempre, aunque, eso sí, se haya vuelto más peligroso. ¿Quieren más té? —ofreció solícito—. Si conoces los mecanismos adecuados, todo es posible —aseguró en tanto servía otra taza a sus invitados—. La corrupción en algunos estamentos puede llegar a resultar sorprendente. Muchos funcionarios no llegan a ganar cuatrocientas libras egipcias al mes; imagínense. Con el equivalente a cincuenta euros, ¿quién puede vivir hoy en día? La gente trata de abrirse camino de la mejor manera posible; creo que entiende lo que quiero decir.

Se hizo un breve silencio mientras saboreaban el delicioso té.

—Por lo que a mí respecta —prosiguió Abdul—, no estoy dispuesto a que me condenen a treinta y cinco años de cárcel.

Julia lo miró sorprendida.

—Ni más ni menos, señora. Esa es la pena que deberá

cumplir quien sea condenado por este tipo de delito, y le aseguro que Egipto no es como su país. Aquí se cumple la pena íntegramente. No hace mucho hubo un caso sonado. Nada menos que un conservador del Museo Egipcio fue detenido y acusado de robo de antigüedades. Al parecer, llevaba años haciéndolo sin que nadie se hubiera percatado de ello. ¿Ven adónde quiero llegar?

—A la postre la ley ha caído sobre él, ¿no es así? —intervino de nuevo Julia.

—El individuo, al que conocía de toda la vida, reemplazaba las obras del museo por réplicas perfectas. El tipo poseía un almacén donde guardaba las piezas originales, que luego vendía a clientes en el extranjero. Como pueden comprender, junto a él también había implicados algunos agentes de aduanas y policías corruptos, que se llevaban una buena *baksheesh* por mirar hacia otro lado.

Julia parpadeó sin dar crédito a lo que oía.

—Por mi parte, no estoy interesado en correr semejantes riesgos. Simplemente, no tengo necesidad de ello, aunque comprendo la desesperación de otros.

—¡Pero se trata de bienes nacionales! —exclamó Julia—. Un patrimonio de un valor incalculable para el país.

—Mire, señora, le seré franco, a la gran mayoría de los casi veinte millones de habitantes que viven en El Cairo eso que usted dice les preocupa más bien poco. Le sorprendería saber que muchos de los cairotas jamás han visitado los maravillosos restos arqueológicos de Saqqara o las pirámides; ni piensan hacerlo.

Julia no supo qué responder.

—¿Qué ocurrió con las piezas que te ofrecieron? —preguntó Henry, que parecía haberse mantenido ausente durante toda la conversación.

Abdul se encogió de hombros.

—Aquel hombre envolvió las piezas en una vieja *galabiyya* y se marchó por donde había venido.

—¿Pudo habérselas comprado otro comerciante? —inquirió Julia con cierta candidez.

—Je, je —rio quedamente Abdul—. Sobre eso puede usted tener la más completa seguridad. La mejor prueba de ello es este catálogo —concluyó mostrándolo con la mano.

—¿Conoces al individuo que te las intentó vender? —intervino de nuevo Henry.

—No lo había visto nunca, aunque...

Henry lo observó con atención.

—Aunque uno de mis trabajadores me aseguró conocerlo de vista —continuó Abdul con cara de estar haciendo memoria—. Si no recuerdo mal, me dijo que vivía en Shabramant; je, je, un pueblo de ladrones próximo a Saqqara.

Julia pareció escandalizarse.

—No es el único; se lo aseguro —subrayó el comerciante.

Henry hizo un gesto con sus manos con el que solicitaba su opinión.

Muchos de los hombres que viven en estos pueblos trabajan en las excavaciones cercanas. Es posible que ese individuo estuviera contratado en alguna de ellas y pudiera encontrar esas piezas para después sustraerlas, algo que no es fácil, ya que existe mucha vigilancia; o simplemente las robara del almacén posteriormente. Sin embargo...

Abdul y Henry se miraron un momento.

—Claro que si eso hubiera ocurrido, el hurto debería haber sido denunciado inmediatamente por la excavación —indicó el anciano.

—A no ser que los hallazgos hubieran sido ocultados al Servicio de Antigüedades —señaló Henry con perspicacia—. Por algún motivo, el escarabeo no se encontraba registrado; de no ser así, ninguna casa se hubiera atrevido a subastar públicamente una obra como esa.

A Abdul se le iluminó la mirada.

—Esas prácticas llegaron a ser habituales cien años atrás —dijo con expresión ensoñadora.

—¿Y qué opina de la caja de ébano? —preguntó Barry, incapaz de ocultar sus intereses por más tiempo.

—¿Se refiere a si se encuentra en circulación?

El inglés asintió con los ojos muy abiertos.

—Es difícil de saber. Quizá fuera adquirida junto con el escarabeo y esté esperando comprador, o por el contrario forme ya parte de una colección privada; incluso puede que todavía esté en poder del individuo que la robó. Ese tipo de piezas no son fáciles de colocar a no ser que se conozcan los canales adecuados. No me extrañaría que aún la conservara, escondida en alguna parte.

Al escuchar las conjeturas del comerciante, Barry se sintió más excitado.

—Con esta clase de gente nunca se sabe, créame —aseguró Abdul al ver la expresión del profesor—. Él no conoce el verdadero valor de lo que ha robado ni entiende que alguien pueda pagar dinero por el papiro que hay en el interior de la caja. Si por él fuera, lo arrojaría al fuego para calentarse.

Barry masculló un juramento sobresaltándose.

—No se preocupe —dijo el anciano, divertido al ver la reacción del profesor—. Se cuidará de hacerlo. Aunque no lo comprende, él sabe que hay quien está dispuesto a pagar por ello.

—¿Podrías averiguar la identidad de ese hombre y la de la persona que le pudo haber comprado las piezas? —le interrogó Henry.

—Es posible —dijo Abdul algo circunspecto—, en cualquier caso, supongo que milord ya habrá hecho sus propias averiguaciones.

Henry no pudo evitar el esbozar una sonrisa pícara. A su viejo amigo no se le escapaba un detalle, y si pretendía que le ayudase, debería confiarle algunos pormenores. Obviamente, resultaba absurdo venir a preguntarle por la procedencia de una pieza que había sido subastada en otro país.

—Escucha, Abdul. No quiero comprometerte más de lo necesario en este asunto. Como ya habrás adivinado, yo pujé por el escarabeo en la subasta, sin embargo, por una serie de circunstancias, la pieza desapareció.

—¿Robaron la pieza en la sala? —preguntó el viejo con incredulidad.

—Así es. Te aseguro que en mi larga experiencia acudiendo a este tipo de actos nunca vi nada semejante. Al parecer, el escarabeo ha despertado un interés inusitado. Hay quien está dispuesto a todo por conseguirlo.

—Comprendo —murmuró el anciano acariciándose la rala barba—. A mi edad, ya nada me sorprende.

Durante unos instantes todos permanecieron en silencio.

—Por lo que parece, el interés del que habla milord va más allá del valor de una simple pieza —reflexionó Abdul en voz alta—, que por otra parte deduzco pueda encontrarse aquí.

Henry miró disimuladamente a Julia sin decir nada.

—Mi olfato me advierte que hay que ir con cuidado —dijo Abdul tocándose la nariz—. No obstante, veré qué puedo averiguar.

—Si fuera el caso, sería de gran utilidad conocer la excavación en la que ese individuo pudiera haber estado trabajando —apuntó Henry, sin hacer caso del comentario de su viejo amigo.

—Eso no resultaría difícil.

—También se me ocurre que podrías hacer correr discretamente la voz de que hay un coleccionista inglés interesado en adquirir antiguos papiros. Si el pergamino se encuentra todavía en El Cairo, tal vez anime a su poseedor a sacarlo a la luz —continuó lord Bronsbury.

El comerciante dibujó una extraña sonrisa en su ajado rostro, en tanto su mirada se llenaba de astucia.

—Estoy seguro de que milord ya ha sopesado los riesgos que puede comportar lo que me pide. El Cairo, como el resto de las ciudades, tiene sus propias reglas, que en nada se parecen a las de Londres o Madrid. Aquí la calle ve, oye y siente como si fuera un ser vivo; y lo peor es que nadie escapa a su control. Miles de personas trabajan diariamente para ella, alimentando una curiosidad que puede llegar a ser agobiante.

—Por ese motivo no quiero comprometerte confiándote otros detalles. Si puedes proporcionarme la información que te he pedido, ya me habrás hecho un gran favor.

El anciano negó con la cabeza.

—Hoy la calle sabe que viniste acompañado por tus amigos a ver al viejo Abdul, y querrá averiguar para qué. Como te dije, cada ciudad posee sus reglas.

Henry asintió.

—Está bien, amigo mío. En todo este asunto hay quienes aparentan estar más interesados en el hecho de que otros no se hagan con los objetos que en poseerlos ellos mismos. Como señalaste muy acertadamente con anterioridad, las piezas encierran un interés que parece ir más allá de lo que dicta su propio valor.

—¿Su señoría se refiere a que tan solo sean una pista que conduzca a un secreto que alguien desea guardar? —preguntó Abdul.

Henry hizo un gesto de ambigüedad con sus manos.

—Supongo que no creeréis en este tipo de cosas —intervino Julia.

Abdul la observó pensativo.

—¿Sabes de algún grupo que se dedique a tales prácticas aquí, en El Cairo? —preguntó Henry al ver la expresión de su amigo.

—No con seguridad, aunque existen un sinfín de historias sobre una hermandad de este tipo. Mi abuelo ya me contaba relatos sobre ellos. Según él, se trataba de una sociedad cuya antigüedad se remontaba a los mismos albores de la civilización que floreció hace cinco mil años en el Valle del Nilo.

Julia lo miraba sin poder disimular su escepticismo.

—Particularmente, opino que es una leyenda más de las muchas que atesora esta ciudad y que han llegado a formar parte de su folclore —señaló el anciano—. Sin embargo, hay quien cree en ella —continuó—. Mi abuelo e incluso mi padre aseguraban que existía.

Durante unos segundos se hizo el más absoluto silencio.

—¿Saben? —prosiguió el egipcio—, mi abuelo era un magnífico narrador de cuentos. Todas las noches me contaba alguno; en ellos solía referirse al encanto de El Cairo medieval, lugar de intrigas y aventuras interminables, donde era posible soñar.

—Parte de esos sueños a los que usted se refiere aún aparecen escondidos tras las esquinas —alabó Julia.

—Yacen dormidos, me temo que para siempre —se lamentó Abdul—. En aquella época El Cairo era una ciudad que nadaba en la abundancia. Durante el gobierno de los mamelucos, en los siglos XV y XVI, la opulencia se instaló en estas calles. Ellos, junto a los venecianos, controlaban el comercio entre Oriente y Occidente a través del antiquísimo canal que enlazaba el mar Rojo con el Nilo y el Mediterráneo, cobrando unos impuestos enormes a todo aquel que lo navegara. Sin embargo, todo se desmoronó cuando Vasco da Gama descubrió el cabo de Buena Esperanza, abriendo así nuevas rutas comerciales. De todas aquellas inmensas riquezas, ya puede ver lo que queda.

—Los relatos de su abuelo —dijo Julia con cierta dulzura.

—Posiblemente —sonrió Abdul alzando el dedo índice—. Mi preferido era el del sultán Al-Hakim, que se dedicaba a recorrer la ciudad por las noches, a lomos de su burro *Luna*, en busca de comerciantes deshonestos.

Barry observaba asombrado cómo el anciano comerciante demostraba ser fuente inagotable de conversación. Hablaba y hablaba sin temor al tiempo ni al circunloquio, envolviéndolos a todos con su perífrasis.

—Discúlpeme —intervino el profesor, que, devorado por la impaciencia, aprovechó uno de aquellos silencios que tanto gustaba de guardar el anciano entre relato y relato—. Nos comentaba usted que hay quien cree en la existencia de una extraña sociedad que podríamos calificar como secreta.

—Cierto; como ya apunté con anterioridad, mi abuelo era uno de los que creían en ella.

—¿Y qué le contó acerca de esta?

—Historias fantásticas, como que eran celosos guardianes de conocimientos ocultos y cosas por el estilo. Mi abuelo era un virtuoso adornando las narraciones.

—¿Y qué nombre empleaba para referirse a ellos? —preguntó Barry intrigado.

Ahora Abdul pareció adoptar un aire más misterioso.

—Se les conoce como Los Hombres de Negro.

La magia de aquel lugar volvió a recibirles calladamente cuando abandonaron la casa de Abdul. De nuevo aquella sutil atmósfera aprisionada entre las callejuelas abandonadas por el tiempo volvía a acompañarles entre el embrujo y la cochambre. Julia captó otra vez el mensaje que el viejo barrio susurraba a todo el que quisiera escucharlo; secretos que iban mucho más allá del polvo y las telarañas.

Al poco, los tres amigos salieron a la *sharia* al-Muski, la calle comercial por excelencia del barrio, siempre abarrotada de paisanos y turistas en busca de lo insospechado.

Los comercios se daban la mano abigarrándose a ambos lados de una calle sin asfaltar en la que unos obreros se empeñaban en cubrirla de zanjas.

Destartalados toldos, misteriosamente aferrados a sus anclajes, trataban de dar sombra a los escaparates que tenían el privilegio de poseerlos. Tiendas que ofrecían toda una amplia gama de papiros y magníficas alfombras o simples bazares en los que se exponían una olla de cocina junto a un sujetador.

Julia recordó los relatos de Abdul e imaginó por unos instantes cómo debió de haber sido aquel lugar mil años atrás.

—Es usted un privilegiado al vivir en una casa como esta —le había dicho al anciano al despedirse.

—Lo sé. En la época en que los otomanos gobernaron en El Cairo, llegó a haber más de trescientos *caravasares* como este; hoy apenas quedan veinte.

Julia suspiró con satisfacción mientras caminaba calle arriba.

Junto a ella, sus dos acompañantes hablaban en voz queda de sabía Dios qué. A ella no le interesaba en absoluto la conversación, pues se resistía a perder detalle de cuanto veía.

Hasta su nariz llegó el aroma de las especias. Sobre la acera, un comercio había decidido sacar a la luz un completo muestrario de sus productos presentándolos en generosos montones. Desplegados en todo un abanico de colores, las especias inundaban la calle con sus naturales olores. Aspirarlos representaba todo un placer al que Julia no estaba dispuesta a renunciar, así como un regalo para la vista.

Mostaza, pimienta, comino, cilantro, chile, hibisco, azafrán... Julia se dejó atrapar durante unos instantes abstrayéndose por completo.

—Conozco un sitio donde se pueden conseguir más baratos.

Julia pestañeó desprevenida.

—¡Hassan! Pero... ¿no te has movido de aquí?

—Hoy no ha habido mucho trabajo. He llevado unas alfombras a unos turistas hasta su coche y poco más; pero nunca se sabe dónde puede estar la suerte; por eso estoy aquí, porque sabía que volvería a verla.

Julia no pudo evitar sonreír.

—No tengo nada que me puedas llevar —dijo mientras volvía a caminar calle arriba.

—No importa, quizás otro día me necesite; ya le dije antes que la puedo acompañar al lugar de la ciudad que quiera.

—¿Qué edad tienes, Hassan? —preguntó Julia, todavía sonriendo.

—Dieciséis años, señora.

—¿Seguro?

—Bueno, los cumplo este año.

—¿Y no vas a la escuela?

—Ya fui, pero ahora debo buscar algún trabajo. Tengo cuatro hermanos más pequeños que yo, ¿sabe?

—Ya —dijo Julia, al ver la expresión pícara que ponía el jovencito.

—¿Qué opina de Khan-al-Khalili, señora?

—Me gusta —admitió Julia suspirando.

—Yo podría enseñárselo tal y como lo describe Mahfuz en sus libros.

Julia no salía de su asombro, aquel muchacho era capaz de engatusar a cualquiera.

—¿Conoces a Mahfuz?

—Aquí todo el mundo lo conoce; él fue premio Nobel. También conozco el lugar donde nació, en Gamaliyya.

Sin darse cuenta, habían llegado ya a Midan Hussein, la plaza donde había iniciado su pequeño viaje de ensueño. Barry la observaba sonriente mientras Henry hacía una señal al chófer para que se aproximara.

—Seguro que un guía como tú tendrá algún otro modo de ser localizado que no sea el de pasear por aquí.

—¡Claro! —exclamó el jovencito alborozado, en tanto sacaba un pequeño papel de uno de sus bolsillos. En él se encontraba escrito un número telefónico.

—¿Es el número de tu móvil? —preguntó Julia mientras lo cogía.

—No, no tengo, pero ahí me localizarán. Ya sabe, pregunte por Hassan.

Julia rio.

—No lo olvidaré. Ah, yo me llamo Julia —dijo dándole otro billete de cinco euros—. Buena suerte, Hassan.

Este le sonrió abiertamente y luego desapareció calle abajo.

Julia entró en el coche y se acomodó en el asiento trasero. Justo antes de que el vehículo arrancara volvió a aspirar aquel olor indefinible que tanto la había atraído. Ahora, por fin, supo de qué se trataba. Aquella ciudad olía a vida.

Aquella misma noche Julia y sus dos acompañantes cenaron juntos en el Bella, el magnífico restaurante italiano situado en la primera planta de su hotel. Sentados a la mesa, junto a uno de los grandes ventanales que daban a la Corniche, los tres extraños compañeros de viaje observaban el incesante tráfico que todavía circulaba por aquella calle y que no parecía cesar nunca. Al otro lado de la avenida, el Nilo fluía silencioso, ausente por completo al ruido de las bocinas o las llamadas a la oración; él era intemporal, ajeno a toda aquella vorágine que el hombre había creado a su alrededor.

A Julia le pareció que aquella caótica connivencia de contrastes formaba parte inseparable de la ciudad; era su sello, y sin él, El Cairo no sería igual.

El mismo lujo que exhibía aquel restaurante era buena prueba de ello. Rodeados de una atmósfera de ensueño, Julia disfrutó de una cena inolvidable, abrumada por un servicio que le hizo sentirse como una princesa de las antiguas épocas doradas.

Los dos británicos parecían muy animados, sobre todo Barry, que, excitadísimo, no cesaba de hacer aspavientos con las manos mientras comía con su habitual apetito.

—¡Hum! ¡Espléndido, espléndido! —exclamaba a cada bocado que daba.

A Julia su colega le parecía muy divertido y, desde luego, daba gusto verle comer.

—Le decía a Henry —comentaba en tanto daba fin a su

carpaccio— que la entrevista de hoy ha resultado muy interesante; esclarecedora diría yo.

Henry hizo un gesto de complicidad y levantó su copa de vino tinto.

—Un brindis es un brindis, sin duda —se apresuró a decir Barry aprovechando para así apurar la suya—. Este vino es excelente, quién lo iba a suponer.

Julia, que apenas había mojado los labios con el vino, no pudo evitar sonreír abiertamente.

Henry le leyó el pensamiento y soltó una risita.

—En la universidad ya era famoso por su afición a los ágapes —aseguró—. Hasta le pusieron un mote por su glotonería.

Julia miró al profesor, que ni tan siquiera se inmutó.

—Le llamaban Yogui, como al oso.

Julia lanzó una carcajada.

—Considero que no es un mote tan malo —dijo Barry sin sentirse molesto en absoluto.

—Lo único que le diferenciaba del famoso oso —continuó Henry— era que había extendido sus dominios lejos de Yellowstone, y que no hibernaba.

—¡Muy gracioso, claro que sí! —exclamó Barry mojando un poco de pan egipcio en aceite—. Su señoría debería sentirse orgulloso por sus buenos modales y consideración; sobre todo cuando él también posee su propia historia.

Julia abrió los ojos encantada.

—¡No me digas! —exclamó a su vez—. Cuenta, cuenta.

—Ah, querida colega, qué razón tiene el viejo refrán que dice que unos se llevan la fama mientras otros cardan la lana —señaló el profesor dando otro chupito—. Aquí su excelencia también tenía su mote, y bien merecido.

—Bueno, eso es algo que deberías compartir con tus colegas —le animó Julia.

—Le llamaban Don Giácomo; y te aseguro que le venía como anillo al dedo.

—Barry. Me temo que en lo sucesivo he de cuidarme de invitarte a beber buen vino —intervino Henry con una sonrisa en tanto le servía otra copa.

—¡Giácomo! —exclamó Julia complacida—. Me suena ese nombre. ¿No se referirá por casualidad al de Casanova?

—Al mismo —recalcó Barry, que empezaba a trabar feroz batalla con unos *tortellinis al pesto*.

Henry movió su cabeza divertido, recostándose en la silla para observar mejor a su amigo.

—¿Qué quiere? Milord debe aceptar los hechos con deportividad. Si yo soy Yogui, su señoría es Don Giácomo. Reconocerás, querido amigo, que hiciste méritos para ese nombre.

—Exageraciones de jovencitos —precisó Henry sin abandonar su sonrisa.

—¿Y qué méritos hizo, si se pueden contar? —inquirió Julia maliciosa.

—Bueno, los típicos. Ya me entiendes, siempre andaba enredado con alguna falda. Aunque lo más sonado fue lo de la señorita Perkings.

Henry dio un respingo.

—Barry... —le advirtió el aristócrata.

—No sé de qué te avergüenzas después de tantos años. Tú mismo me aseguraste que no tenía importancia y que no había sido para tanto.

—¿Pero qué es lo que ocurrió? —preguntó Julia frotándose las manos.

—Poca cosa. Tan solo pillaron a su señoría en la biblioteca con la señorita Perkings perpetrando todo tipo de actos ilícitos.

—¡Pero, Barry, qué barbaridades estás diciendo! —exclamó Henry.

Julia rio divertida.

—La realidad. Aquello fue un gran escándalo —aseguró Barry—; imagínate, nada menos que con la señorita Perkings.

—Bueno, la cosa fue exagerada por las lenguas de doble filo —recalcó Henry.

—Tampoco creo que sea para tanto. Supongo que la tal Perkings sería un amor de juventud —señaló Julia.

Henry hizo un gesto de agradecimiento.

—¡Cómo que un amor de juventud! —replicó Barry al instante, mientras trataba de limpiarse el tomate que le caía por la barbilla—. La señorita Perkings era la bibliotecaria, y tenía más de cincuenta años. Era toda una institución, e incluso había quien aseguraba que era virgen; hasta que llegó Don Giácomo, claro.

—Guardo gran recuerdo de la señorita Perkings —apuntó Henry sin inmutarse.

—Y tanto —continuó Barry—. Al parecer, la pobre mujer le cogió un gran afecto; valiente depravado.

—¿Y qué ocurrió después? —quiso saber Julia.

—Ya sabe cómo somos en Inglaterra. Si el pecado capital de los españoles es la envidia, el nuestro es el de la hipocresía. Se organizó un escándalo monumental, aunque a la postre todo se solucionara con unas amonestaciones públicas. En mi país, ser noble todavía puede suponer tener un buen paraguas protector.

—Bueno —apostilló Julia llevándose lentamente la copa a los labios—. No hay duda de que los dos poseéis vuestras habilidades.

Henry se llevó una mano al corazón para dar fe de que se consideraba tocado.

—Quién no tiene alguna anécdota de juventud que contar —dijo después de dar otro sorbo de su copa—. Seguro que tú también las tienes.

Julia se ruborizó un poco.

—Ejem, qué queréis que os cuente —dijo al fin.

—Estoy convencido de que también poseías un mote —intervino Barry, que parecía desatado en aquella velada.

—No sé...

—Si yo hubiera estado en tu facultad —aseguró Barry—, te hubiera llamado Palas Atenea. —Julia se puso colorada—. No me negarás que es como una diosa venida del mismísimo monte Olimpo, ¿verdad, Henry?

—Es cierto —aseveró este mirándola fijamente.

Ante aquella mirada, Julia sintió que de nuevo se le aflojaban las piernas, y bebió un poco de agua.

—Más bien una mujer de otro tiempo —subrayó lord Bronsbury.

Julia no pudo evitar removerse en su silla.

—Los dos sois muy galantes —apuntó sonriéndoles.

—Es verdad —subrayó su colega haciendo caso omiso del anterior comentario—. Es difícil ver mujeres así.

Claramente turbada, Julia bajó la mirada hacia su plato sin poder ocultar su timidez. Cuando la levantó de nuevo, se encontró con los ojos de Henry clavados en ella. En una fracción de segundo percibió su propia fragilidad y un torbellino de emociones surgidas de no sabía dónde. Era una situación nueva para ella en la que ni siquiera era capaz de reconocerse, como si otra Julia hubiera ocupado su piel. Aquella noche se creía capaz de experimentar sensaciones que le eran completamente desconocidas; se sentía invadida por un inexplicable optimismo que no se preocupaba en ocultar y que hacíale parecer llena de vida. Quizá fuera la misma ciudad que la había acogido gozosa, como a uno de sus hijos predilectos, o simplemente que aquella mañana en el Khan-al-Khalili había dejado por unas horas el triste lastre de la existencia que había decidido llevar.

Sin embargo, por primera vez en su vida Julia supo que no podía engañarse. Desconocidos fantasmas salieron en tropel de los más recónditos lugares de su alma, presentándose ante ella con su auténtica cara. Las incómodas sensaciones en el estómago, el inexplicable nerviosismo... súbitamente todo se hizo corpóreo, sin opción a que hubiera ninguna duda. Se habían despertado al unísono en ella los peores demonios para una mujer. Ahora percibía claramente sus propios deseos, que creía definitivamente enterrados hacía mucho tiempo, y esto le produjo una vaharada de placer que la inundó por completo.

No podía engañarse por más tiempo, pues siempre había sido persona de ley; aquel hombre le gustaba; se sintió atraída hacia él desde el primer momento en que lo vio, sin poder explicar una razón para ello. Simplemente su presencia la hacía vibrar, y ante eso no existía razonamiento posible.

Julia volvió a fijarse en sus ojos color esmeralda y durante unos instantes tuvo la sensación de poder leer en ellos la sombra del deseo.

Henry trató de enmascarar aquella mirada y ella lo captó al instante sintiendo que se humedecía; entonces se asustó.

—Los postres tienen una pinta estupenda.

La voz de Barry hizo que Julia tomara de nuevo conciencia de la realidad.

—Creo que tomaré un tiramisú —aseguró el profesor.

Durante unos minutos hablaron de trivialidades, luego la conversación derivó hacia la visita efectuada aquella mañana a casa de Abdul.

—¿Qué os ha parecido el viejo comerciante? —preguntó Henry.

—Se ve que conoce muy bien su trabajo —dijo Julia con cierta mordacidad—. Además, es un buen conversador.

Barry rio quedamente.

—¿Te fías de él? —preguntó a su amigo.

—Todo lo que se puede confiar en un mercader. No obstante, su comportamiento conmigo siempre fue honorable, y mantenemos una amistad desde hace muchos años. Además, si hay alguien que pueda ayudarnos, es él.

—¿Creéis que la caja y el escarabajo están relacionados? —intervino Julia.

—Absolutamente —dijo Barry en tono excitadísimo—. Creo que la caja es una parte fundamental de todo este asunto.

—¿Piensas que ese supuesto papiro aportará nuevos datos?

—No me cabe duda, querida. Ya te di mi opinión de que el escarabeo representa una advertencia, y ese papiro puede proporcionarnos claves que quizá resulten definitivas.

—¿Sería posible que no tuvieran nada que ver? —volvió a inquirir Julia, que no parecía muy convencida.

—¿No te das cuenta? —señaló Barry—. La caja tiene una figura de ibis esculpida en su tapa.

Julia lo miró pensativa.

—¿Recuerdas qué dios del antiguo Egipto adoptaba esa forma? —preguntó el profesor.

—Si no me equivoco, Thot se hacía representar con cabeza de ibis —murmuró Julia.

Barry la miró sonriente.

—¡Vaya! —exclamó ella—. Eso sí que es una casualidad.

—No creo que lo sea —aseguró su colega—. Si ambos objetos han sido robados en la misma excavación, es posible que exista una tumba cerca. Leer ese papiro resulta fundamental.

—Alguien debe de estar buscándolo desesperadamente —comentó Henry burlón.

—Milord no debería tomárselo a broma —recalcó Barry, que parecía muy interesado en el papiro.

—Y no lo hago, pero debemos tener paciencia. Es preciso conocer algunos detalles; luego las piezas encajarán solas —añadió Henry.

—No creeréis lo que dijo Abdul acerca de una sociedad secreta, ¿verdad? —saltó Julia.

Ambos hombres la miraron en silencio.

—No puedo admitir que dos personas tan inteligentes como vosotros deis pábulo a algo semejante. ¡Nada menos que la hermandad de Los Hombres de Negro! —exclamó riendo con suavidad.

—Te aseguro que me encuentro lejos de admitir las llamadas «teorías de las conspiraciones», pero estoy abierto a todo tipo de curiosidades —dijo Henry mordaz.

Julia arrugó el entrecejo.

—Tú, al menos, no darás crédito a tal posibilidad —señaló mirando a su colega.

—Bueno, yo... —balbuceó Barry—. Es posible que tan solo nos hallemos ante un grupo de criminales con delirios del pasado.

Julia negó con la cabeza.

—¿De verdad no habías oído nunca ese nombre? —le preguntó Henry.

—Jamás.

—El título de esa hermandad no es fruto de la imaginación del abuelo de Abdul —aseguró Henry con una nueva sonrisa.

Julia pareció sorprenderse.

—Hay diversos autores que han escrito acerca de esta cofradía. El más conocido, sin duda, fue Jacques Bergier —apuntó el aristócrata.

—¿Jacques Bergier? Me suena ese nombre, aunque no recuerdo haber leído nada de él —comentó Julia.

—Editó un libro que tuvo bastante éxito en España, *El retorno de los brujos*, seguro que has oído hablar de él.

—Ah, sí. Yo leí ese libro en mi adolescencia, aunque no recuerdo que dijera nada sobre extrañas hermandades.

—Es en otra de sus obras en la que hace referencia a ellos. Se titulaba *Los libros malditos*.

—Reconozco no haberlo leído.

—En él, Bergier habla sobre la destrucción, censura y persecución del saber científico a lo largo de toda la historia del hombre. Trata de demostrar que tras el uso dado por los grupos aficionados al esoterismo a este tema, subyace una realidad que va más allá de lo meramente literario.

—Las bibliotecas se hallan repletas de teorías de este tipo. Algunas han sido escritas por reputados lunáticos.

—Bergier no era un lunático —dijo de repente Barry, que ya estaba bastante contento—, era de Odessa; aunque según creo murió en París.

Henry rio el chiste de su amigo.

—Ja, ja —subrayó Julia sin ocultar su desdén—. ¿Y qué más cosas dice Bergier en su obra?

—Afirma que dicha hermandad, por otra parte antiquísima, trata de impedir la difusión de obras que ellos estiman peligrosas. Él parece convencido de que esta cofradía estuvo involucrada en el incendio de la biblioteca de Alejandría.

—La ignorancia es atrevida, sin duda —indicó Julia—. Seguro que sabes quiénes la incendiaron, ¿no?

—Creo que ahí llego —contestó Henry con aire burlón—. Las tropas de César la quemaron por primera vez, aunque hubo un segundo incendio perpetrado por Cirilo, sobrino del patriarca Teófilo de Alejandría, a principios del siglo V de nuestra era.

—¿Y piensas realmente que los llamados Hombres de Negro pudieron estar detrás?

—Querida, yo creo firmemente en la intransigencia de los hombres, así como en su ambición y desmedida ansia por el poder. No es fácil conseguir el control absoluto, aunque muchos lo intentan. Sin duda, la Historia se encuentra plagada de hechos que demuestran lo que digo. Tú eres historiadora y lo sabes mejor que yo. Muchos han sido los que, desde la sombra, han intentado mover los hilos de sus intereses.

—Eso es cierto, pero traspasar la frontera de los hechos históricos para introducirnos en el país de las leyendas tiene sus riesgos. Es toda una tentación entrar en él y fantasear, pero lamentablemente nos alejaríamos del rigor.

—La profesora tiene razón —intervino Barry, que había decidido bajar la cena con un gin-tonic—. No podemos hacer caso de todos los relatos que circulan por ahí. Sin embargo, al remontarnos a una antigüedad tan remota como puedan ser cinco mil años, el escuchar determinadas leyendas supone toda una tentación. En el caso que nos ocupa, ya conocéis mi opinión, aunque, indudablemente, esas hermandades de las que se habla parezcan historias peregrinas.

—Curiosamente —dijo Henry—, el tal Bergier también comenta algo en sus obras acerca del *Libro de Thot*. Está convencido de su existencia, e incluso le da una antigüedad de más de diez mil años.

—Eso es ridículo —señaló Barry—. En aquel tiempo no se había desarrollado aún la civilización egipcia.

—Estoy de acuerdo en la fragilidad de esa teoría, amigo mío, así como en la conveniencia de limitarse a los hechos.

Henry pareció reflexionar durante unos instantes.

—Me importa poco el que existan o no hermandades secretas dispuestas a controlar lo que leemos —prosiguió—, y mucho menos me interesa su nombre. La realidad es que, en nuestro caso, existen algunas personas que parecen interesadas en que determinados objetos no salgan a la luz.

—¿Cómo puedes estar tan seguro? —le preguntó Julia.

—No hay más que recordar lo que ocurrió la tarde de la subasta en Madrid. Había dos partes interesadas en pujar por el escarabeo y una tercera decidida a llevárselo a toda costa. Su representante, Ahmed, intentó entrar en un principio en la puja, pero enseguida se percató de que no podía competir con sus adversarios. Sin embargo, en mi opinión, se retiró demasiado pronto, lo cual indica que actuaba con un plan preconcebido. No sé a quién representaba ese hombre, aunque, como tú bien sabes, poseía un contacto en el Museo Egipcio de El Cairo. Cuando te entregó la joya, insistió en que era de vital importancia que el escarabeo fuera a parar a las manos apropiadas, y te proporcionó un nombre, Saleh, haciéndote prometer que se lo darías.

—Quizás ellos sean los verdaderos propietarios de la pieza —sugirió Julia.

Henry rio suavemente.

—Nadie roba una obra que le pertenece.

—Pareces olvidarte de que son otros los que están dispuestos a todo con tal de conseguirla —dijo Julia muy seria.

—Sí, y eso es lo que me desconcertó en un principio —subrayó el aristócrata—. Sé muy bien quién estaba al otro lado del teléfono contendiendo por el escarabeo: Spiros Baraktaris.

Julia bajó su mirada, atemorizada al recordar las consecuencias que tuvo aquella subasta para ella.

—El señor Baraktaris y yo somos viejos conocidos —dijo Henry, volviendo a sonreír—. Él no me profesa una gran estima, y está convencido de que tiene antiguas deudas que saldar conmigo, al menos, durante nuestras próximas cinco vidas.

La profesora pareció no comprender.

—Digamos que Spiros está acostumbrado a que todo aquello que le gusta debe ser de su propiedad por el medio que sea. En las subastas de obras de arte, como en otros órdenes de la vida, debe existir cierta deportividad —explicó Henry—. Unas veces se gana y otras se pierde. Sin embargo, esta última posibilidad no entra dentro de los códigos del señor Baraktaris. Particularmente, te diré que ese hombre me parece un despótico canalla, aunque nunca pensé que pudiera ser capaz de acabar con la vida de nadie con tal de obtener una obra de arte. Tú misma pudiste comprobar cómo se las gastan sus acólitos.

Julia se estremeció al recordarlo.

—Sin embargo, desde el principio la reacción de Spiros me dio que pensar. He reflexionado mucho acerca de lo ocurrido y he llegado a la conclusión de que Baraktaris desea el escarabeo por el mismo motivo que el de la supuesta hermandad. Él también cree conocer lo que se esconde detrás de la joya, algo que no quiere que nadie más sepa.

Barry asintió corroborando aquellas palabras.

—Evidentemente, existe una segunda jugada que desconocemos, al menos por el momento —puntualizó lord Bronsbury.

Julia cruzó su mirada con la de aquel hombre, que parecía poseer el don de embaucarla.

—Francamente, Julia —prosiguió él—. Me admira tu

determinación de querer cumplir con la última voluntad de un moribundo al que apenas conocías.

—Ya hemos hablado en alguna ocasión sobre esto —replicó ella, dando por zanjado el tema.

—Mi punto de vista es bien diferente; creo que tienes el mismo derecho que cualquiera a poseer esa obra. El hombre que te la dio la había robado y no tenía ninguna facultad moral de que te hicieras cargo de su misión valiéndose de la proximidad de su muerte.

A ella no le gustó nada el modo en que utilizó aquel argumento.

—¿Te molesta si fumo? —preguntó Henry sacando un habano de su tabaquera.

Julia negó con la cabeza, en tanto observaba al inglés encender su puro con parsimonia.

—Sé que deseas fervientemente esa pieza —dijo frunciendo los labios.

—Eso no es ningún secreto, aposté por ella desde el principio.

—Y estoy segura de que seguirás haciéndolo hasta el final —señaló Julia molesta—. Dime, ¿estarías dispuesto a comprármela?

Henry se reclinó muy despacio. Las volutas del fragante humo creaban una difusa cortina a través de la cual observaba a la profesora. A pesar de la sutil opacidad, era capaz de ver la luz que despedían sus hermosos ojos almendrados. Le pareció que poseían un brillo endemoniado que hablaba, sin ambages, de la dignidad de su alma. Él supo, de inmediato, que el lenguaje del dinero no era el apropiado para tratar con aquella mujer.

Henry adoptó aquel aire burlón que tanto le gustaba.

—¿Qué te hace pensar eso? No creo haber hecho la menor insinuación al respecto.

A Julia le pareció que aquellas palabras se hallaban cargadas de cinismo.

—Perfecto —replicó, claramente encendida—, en tal caso supongo que no me reprocharás el que entregue el escarabeo al tal Saleh; aunque pertenezca a una oscura cofradía.

—Tienes mi palabra —le aseguró Henry sin abandonar su actitud.

Julia tuvo la sensación de que el inglés jugaba con ella, y se irritó aún más.

—Ya veo —dijo tras una breve pausa—, milord solo está interesado en coleccionar cosas.

Henry la miró sin inmutarse mientras aspiraba una nueva bocanada de su cigarro. Luego, sin dejar de observarla, exhaló suavemente el humo creando extraños dibujos.

—No siempre, querida —dijo al fin.

Julia volvió a medir su mirada con la de él.

—No creo que esto haya de ser motivo de disputa entre nosotros —indicó Henry.

Ella seguía mirándolo, incapaz de resistirse a su atracción en tanto dominaba su ira.

—Además —prosiguió el inglés—, tengo una buena noticia para ti.

La española continuó observándolo en silencio.

—Hoy me ha llamado Sayed.

—¡Nuestro amigo Orejitas! —exclamó Barry después de haber permanecido demasiado tiempo callado—. Deberíamos volver a hacerle una visita; me parece un tipo estupendo.

—Al parecer, se ha encargado de realizar algunas gestiones, tal y como te prometió —dijo Henry dirigiéndose hacia ella.

—¿Te refieres a Saleh? —preguntó Julia sin aparente interés.

Henry hizo un gesto afirmativo.

—Según me ha comentado, no ha sido tan complicado dar con él, pues, aunque parezca increíble, en la actualidad solo hay una persona que trabaje en el museo que atienda a ese nombre.

Julia se arrepintió de su reacción anterior, sintiéndose avergonzada.

—Su nombre completo es el de Saleh-al-Hussein y realiza tareas de conservación —confirmó Henry, entregándole un papel con los datos escritos.

Ella lo cogió sin decir una palabra.

—Aproveché su llamada para pedirle algunos favores. Espero que no encuentre problemas en conseguir información sobre las misiones arqueológicas que excavan actualmente en Saqqara. Me prometió que en cuanto lo tuviera me llamaría de nuevo.

—¡Espléndido! —exclamó Barry.

Julia apenas era capaz de ocultar su turbación.

—Es un poco tarde —dijo haciendo ademán de levantarse—. Creo que es hora de irme a descansar.

Sus dos acompañantes se levantaron caballerosamente.

—Mañana deberías tomarte un día de asueto —le aconsejó Henry—. Disfruta del hotel. Tengo la esperanza de que en poco tiempo todo se haya resuelto bien para ti.

Ella asintió dándole las gracias.

—Mañana estaré ausente durante unas horas —añadió Henry sonriendo—. He de hacer algunas gestiones; pero recuerda que es peligroso que salgas sola del hotel; prométenos que tendrás cuidado.

—Os lo prometo.

—Si no tienes inconveniente, te acompañaré hasta el ascensor —señaló Barry—. Yo también me voy a dormir.

Henry observó a la pareja desaparecer por la puerta que se abría al inmenso vestíbulo donde se encontraban los ascensores; luego miró a través de los ventanales que daban a la Corniche y se abstrajo durante unos instantes mientras fumaba.

Un camarero le sirvió un whisky y regresó a la realidad de aquel restaurante. Luego miró detenidamente las paredes forradas de lujosa madera en tanto daba pequeños sorbos de su vaso, cual si tuvieran alguna confidencia que contarse.

Pensó en todo lo sucedido durante aquella velada y en la actitud que Julia les había demostrado. Ella parecía una persona de profundas convicciones, y en cierto modo se sentía impresionado por ello. Además, aquella profesora había demostrado poseer un indudable coraje, y él la respetaba por este motivo; como había dejado meridianamente claro, Julia estaba decidida a llevar su misión hasta el final sin dejarse influenciar por el dinero o el poder que le demostraran los demás. La fuerte personalidad que poseía había salido a escena aquella noche para plantarle cara y dejarle muy claro el tipo de mujer que era.

Henry dio una calada a su habano, exhalando a continuación el humo con deleite. Indudablemente, la reacción de Julia le había sorprendido, pero también había incitado su interés. Aunque en la madurez, la española era una mujer hermosa, poseedora de una natural prestancia que aumentaba su atractivo y que hacía reparar en ella casi sin querer.

El inglés estaba acostumbrado a llevar una vida rodeada de lujos alrededor de la cual abundaban bellísimas mujeres dispuestas a intentar enlazar sus destinos para siempre. Henry había sido consciente de ello casi desde la adolescencia, y a pesar de haber vivido un sinfín de aventuras y alguna relación más seria, nunca había sentido el deseo de dar el paso definitivo con el fin de unir su vida a la de una mujer. Él estaba convencido de que el amor para siempre y las dudas son malos compañeros de viaje, y era preferible no emprenderlo a tener que bajarse en la primera estación con la maleta llena de rencores y odios.

Con el paso de los años, había llegado a la conclusión de que, quizá, sus pretensiones eran totalmente quiméricas y era preferible vivir la vida tal y como él la entendía. Conocía perfectamente la realidad del mundo así como sus propios privilegios, que él reconocía como inmensos y de los que no se avergonzaba. La gran mayoría de los hombres soñaban con tenerlos algún día y muchos estaban dispuestos a hacer cualquier cosa por ello. A él el destino se los había regalado generosamente, y el aristócrata simplemente había decidido hacer un buen uso de ellos.

Enrocado en el interior de su castillo, en un reino inexpugnable, Henry veía la vida pasar apartado de las ficticias realidades que asolaban al mundo, interesado únicamente en la búsqueda de lo genuino. Sin duda, Dios le había dado un don para ello. El inglés era capaz de descubrir la auténtica belleza allá donde se encontrara y en cualquiera de sus formas. Todas aquellas obras que se empeñaba en poseer tenían algo en común que las hacía únicas; un alma de la que brotaba la esencia de su belleza que Henry podía captar al momento.

Con las personas le pasaba igual. Su natural perspicacia le ayudaba a leer con facilidad en el corazón de los hombres y, su particular don, a percibir su verdadera esencia y autenticidad.

Él había advertido aquella alma genuina en Julia la primera vez que la vio, y los hechos posteriores le habían venido a confirmar que no se había equivocado.

Apagó su cigarro pensando en determinadas emociones experimentadas aquella noche. Él mismo se había sorprendido de ellas, pero durante algunos minutos las había notado con total seguridad. Durante la pequeña discusión mantenida con Julia, Henry sintió que la deseaba, y cuando los hermosos ojos de ella le habían fulminado con la mirada, enrabietados, notó como su ardor subía de tono, como si fuera un adolescente.

No guardaba en su ánimo ningún comportamiento que pudiera perjudicar a aquella mujer. Su interés en ayudarla era real, aunque también era cierto que no había perdido la esperanza de poder hacerse con el escarabeo. Él era un hombre acostumbrado a conseguir todo aquello que se proponía y en su fuero interno no se resignaba a perder tan magnífica joya.

Mientras daba otro sorbo de su vaso, Henry volvió a pensar en Julia, experimentando cierta culpabilidad por el hecho de haberse sentido atraído hacia ella. Julia era una mujer casada con una familia a la que quería, aunque poco o nada supiera él al respecto. Siempre había sido una persona discreta, y lo seguiría siendo independientemente de que no pudiera evitar hacerse cierto tipo de preguntas. ¿Cómo sería su marido? ¿La haría feliz? Suspiró al cabo, terminando por desechar tales cuestiones en las que hacía mal en entrar. La realidad era que ella debía regresar a Madrid cuanto antes. Él sabía muy bien que Julia corría verdadero peligro y que las fichas del juego dispuestas sobre el tablero escapaban a su comprensión.

Apuró de un trago su whisky y se levantó de la mesa para ir a descansar. Al día siguiente, Henry debía poner en marcha su propio plan.

11

Sentada en la terraza de su habitación, Julia observaba pasar los barcos. Repletos de luces multicolores, parecían atracciones de feria surcando las aguas del río que un día fuera dios. Seguramente Hapy, el nombre con el que divinizaron al Nilo los antiguos egipcios, se sorprendería al escuchar las fanfarrias, aunque no llegaría a enfadarse, pues a él le gustaban mucho los festivales.

Julia escuchaba el sonido estridente de la música y hasta oía las risas y el jolgorio de los turistas que se divertían en la toldilla del barco. En aquellas excursiones nocturnas se ofrecía, además del paseo por el río, una cena y baile, en el que no pocos de los asistentes salían a hacer sus pinitos de la danza del vientre invitados por la bailarina de turno.

Ella, al verlos pasar, pensó en lo contentos que parecían y en lo felices que regresarían a sus hogares después de haber disfrutado de unas vacaciones en un país como aquel. Para Julia, viajar a Egipto siempre había sido una asignatura pendiente, y ahora que se encontraba allí, tenía la impresión de que su viaje llegaba demasiado tarde.

Debía haberlo visitado con Juan y sus hijos, y recorrerlo en los hoteles flotantes, como hacían tantas familias de turistas. Ahora todo resultaría diferente, y el sabor que aquella tierra dejaría en su boca sería indefectiblemente agridulce. Tenía la sensación de que una enorme losa pendía sobre su cabeza, acompañándola allá donde fuera, dispuesta a desplomarse en cualquier momento.

Mientras acariciaba el escarabeo como si fuera un gatito, la cabeza se le llenaba de temores y presentimientos. Un asesinato en un aparcamiento, canallas, millonarios sin escrúpulos, supuestas hermandades secretas; demasiado para alguien que había nacido en el barrio de Chamberí y a quien le gustaba dormir la siesta.

La magnitud del embrollo sobrepasaba, con mucho, sus peores expectativas, y lo peor era que estaba convencida de que podían empeorar aún más. Al mirar ensimismada la preciosa joya que tenía entre sus manos, era consciente de ello; viéndola, hasta era capaz de llegar a dudar de si entregarla o no a otras manos extrañas. No albergaba ninguna duda de que las palabras de Henry habían influido en ella sembrando su ánimo de vacilaciones. Henry...

Ese era el otro problema, y de una envergadura que a ella le parecía sideral. Se había portado como una mojigata demostrando la absoluta inexperiencia que tenía con los hombres. Había creído que el hecho de no prestar oídos a las señales que anunciaban lo inequívoco era suficiente para evitarlo. Ahora se daba cuenta de su error; pero lo peor de todo era que no sabía cómo salir de él.

Siempre le habían parecido lejanas todas aquellas situaciones en las que las parejas se rompían por culpa de otra persona; durante toda su vida, ella se había sentido ajena a tales cuestiones incluso cuando alguna de sus amistades las había sufrido. Simplemente, pensaba que todo era un problema de madurez, y que los sentimientos nunca pueden doblegarse por medio de la atracción.

Obviamente, había estado equivocada, y ahora que notaba la fuerza irracional de la atracción entre dos personas, se sentía desvalida y también atemorizada. Intuía el poder descomunal de la pasión y la vorágine a la que podía llevarla, empujándola hacia un abismo de consecuencias imprevisibles.

Otra persona había nacido en su interior, capaz de manejar sus emociones y llevarlas hacia senderos que nunca se hubiera imaginado poder transitar. ¡Era una extraña para sí misma!

Desalentada, se rindió a la evidencia. Durante la cena le había deseado, y lo peor era que Julia había visto en los ojos de Henry la llama de ese mismo deseo. Algo en su interior no había podido contenerse, y el temblor de su pulso, que ya sentía, había terminado por acelerarse descontroladamente.

Pensó en Juan, en sus hijos... A ella no podía ocurrirle algo así, ella quería a su marido.

Luego le vino a la mente la imagen de Pilar y cómo esta la animara aquella tarde en la cafetería a echar una canita al aire.

Intentó llamar a Juan, pero, como en tantas ocasiones, la voz del maldito buzón fue todo cuanto pudo escuchar.

—Dios mío, qué voy a hacer —se dijo desesperada.

Volvió a posar su mirada en el escarabeo, que, ajeno a sus congojas, parecía aguardar su propio destino.

—¿Qué será de ti? —susurró Julia—. ¿Qué será de los dos?

Julia envolvió con cuidado la joya en la bolsita de terciopelo rojo y fue a guardarla en su escondite secreto. Luego pareció tomar una determinación y marcó el número de teléfono escrito en aquel papel.

A Julia aquel taxi le trajo recuerdos de una España en blanco y negro. Destartalado y lleno de heridas, el vehículo no hubiera sido capaz de pasar un examen en cualquier desguace español que se preciara; sin embargo, allí, en El Cairo, podía circular como un automóvil más sin sentirse avergonzado en absoluto, vivaz y procurándose su propio espacio. El interior era una alucinante combinación de luces de colores y pequeños objetos que parecían sacados de un bazar egipcio de todo a cien. El salpicadero y el lugar donde un día existiera una guantera se hallaban forrados de una especie de peluche color fucsia sobre el que se encontraban adheridas las fotos de una señora y cinco chiquillos junto con una leyenda en árabe que Julia supuso que querría decir: «Papá, no corras».

El conductor representaba al prototipo medio de aquella tierra: poderosa cabeza bien proporcionada, fuerte cuello, hombros anchos y una sonrisa que parecía inagotable. El hombre no tenía ni idea de inglés, y mucho menos de español, aunque se las arreglaba para tratar de ser agradable. «*Welcome to Egypt*», decía de vez en cuando moviendo su cabeza de arriba abajo.

Sin duda, el taxista era un hombre de recursos, pues llevaba preparados unos casetes de Julio Iglesias que se encargaba de poner a todo volumen. «*Good, good*», volvía a decir. «*Welcome to Egypt.*»

Anonadada, Julia observaba aquella especie de esperpento móvil que parecía sacado de alguna secuencia de los clásicos de lo inverosímil.

—Magued es el mejor taxista de El Cairo —aseguraba Hassan, que iba sentado junto a él—, créame, señora. Cualquier otro le hubiera cobrado diez libras por llevarla al museo, y él se lo dejará en siete; es de confianza.

Julia observaba cómo el conductor movía su cabeza al son de la música y la miraba a través del espejo retrovisor sin dejar de sonreír en tanto la conducía por el más caótico de los tráficos.

—Es hora punta, señora —le indicaba Hassan riendo.

—¿Y cuándo mejora el tráfico, Hassan?

—Nunca, señora. En El Cairo siempre es hora punta.

El ruido ensordecedor de las bocinas invadía el ambiente como si todos los automóviles se hubieran puesto de acuerdo para formar parte de un estridente coro. El mismo Magued no cesaba de tocarla y, por lo que pudo comprobar Julia, funcionaba de maravilla.

Sin poder aguantarlo más, la profesora decidió subir el cristal de su ventanilla, aunque, para su sorpresa, le resultara imposible, pues no había manivela. Ella, asombrada, se dio cuenta de que ninguna de las ventanillas la tenía.

El conductor, que parecía estar atento a todo cuanto ocurría en su negocio, se volvió hacia ella, súbitamente, con una manivela en la mano.

—*No problem, no problem* —dijo, mientras le mostraba el artilugio con su sempiterna sonrisa.

—Con esta herramienta usted puede accionar cualquier ventanilla —apuntó Hassan—. Así es mucho más práctico.

Julia observó la escena perpleja, y luego introdujo la manivela en el mecanismo, consiguiendo subir el cristal.

Tras devolverle el artefacto, el taxista sonrió satisfecho.

El vehículo llegó al fin a su destino, cosa que Julia agradeció, aunque el trayecto no les hubiera llevado más de veinte minutos.

—Magued nos esperará todo el tiempo que haga falta. Él es su chófer particular. No hace falta pagarle ahora —señaló Hassan al ver como Julia sacaba dinero del bolso.

—No quiero un taxi para todo el día —le advirtió ella—. Cuando finalice mi visita al museo, volveré al hotel.

El muchacho pareció considerar aquellas palabras un instante, y acto seguido volvió a sonreír.

—No se preocupe, señora Julia, él solo le cobrará los trayectos. Si quiere contratarle para todo el día, yo puedo conseguirle un buen precio; por treinta dólares, Magued la llevará a donde desee.

—Quizás otro día, Hassan.

—Lo que usted diga, señora.

Julia y su joven guía se dirigieron hacia la enrejada puerta que daba acceso al museo y a las cuatro colas que tuvieron que sufrir sin remedio; la de la taquilla, la de la inspección de bolsos, la de los tornos automáticos y la de una última inspección a sus pertenencias.

A Julia no le importó tener que esperar, pues el edificio del Museo Egipcio le encantó.

—Tiene más de cien años de antigüedad —señaló Hassan, que parecía ser capaz de leerle el pensamiento—. Aquí, en Egipto, todo es antiguo.

Julia movió la cabeza resignada. El muchacho no tenía solución, aunque le caía bien.

—Debo encontrar a los inspectores del Servicio de Antigüedades que trabajan en el museo, Hassan.

—Yo sé dónde se encuentran sus despachos —aseguró el muchacho.

Julia lo miró sorprendida.

—¿Seguro?

—Sí, señora. Yo la guiaré.

Julia lo siguió por los jardines situados frente a la entrada del edificio hasta la esquina Este, en la que había otra puerta de acceso. Hassan se adelantó para hablar con los policías de uniforme blanco que guardaban el paso, y enseguida hizo una señal a la española para que se aproximara. Luego, ambos entraron en un pequeño vestíbulo bastante destartalado que comunicaba con una oficina situada a la izquierda donde varias personas ocupaban unos despachos tan abandonados como el propio vestíbulo.

—¿Pero qué le has contado a la policía? —inquirió Julia sorprendida.

—Usted no se preocupe, les dije que era una famosa historiadora y que tenía una cita con la directora, la doctora Wafaa.

Julia arrugó el entrecejo.

—En Egipto las cosas funcionan así —señaló el joven.

—Escucha, Hassan. Debo hablar con alguno de los funcionarios de un asunto privado, ¿comprendes?

—Tómese el tiempo que necesite, señora. Hassan la esperará en la entrada; no hay problema. Tan solo déjeme que hable un momento con ellos.

—Está bien.

Hassan entró en la desvencijada oficina y al poco salió acompañado de una joven señorita con gafas cuyo cabello se hallaba cubierto por un pañuelo. Julia la saludó y el muchacho se despidió asegurándole que aguardaría el tiempo que fuera necesario.

A Julia la joven le pareció bonita, aunque el velo no la favoreciese nada; hablaba un inglés magnífico.

—¿Es usted historiadora? —le preguntó con amabilidad.

—Sí. Doy clases en la universidad, en Madrid.

—Me gusta mucho España —se apresuró a decir la joven, sonriendo.

—¿Conoce mi país?

—Solo por lo que he visto por televisión, pero algún día espero poder visitarlo.

Durante unos minutos, ambas mujeres hablaron haciendo las presentaciones. La joven egipcia se llamaba Mona y había estudiado egiptología en la Universidad de El Cairo; trabajaba en el Museo para el Servicio de Antigüedades.

—Usted dirá en qué puedo ayudarla —se ofreció.

—Verá, estoy buscando a un hombre llamado Saleh-al-Hussein.

—¿Saleh? Sí, trabaja como conservador en el museo. ¿Quiere verle?

—Ese es el motivo de mi visita.

—Espere un momento, por favor.

Julia vio como la joven desaparecía en el interior de la oficina y volvía al cabo de pocos minutos.

—Saleh no se encuentra aquí ahora, pero regresará dentro de dos horas.

Julia hizo un mohín de fastidio.

—¿Conoce ya el museo? —le preguntó Mona al observar el gesto.

—Es la primera vez que vengo —contestó Julia sonriendo.

—Entonces puede visitarlo mientras vuelve Saleh; le aseguro que las dos horas se le harán cortas. Yo la acompañaré.

Sorprendida por tanta amabilidad, Julia declinó el ofrecimiento, pero Mona insistió.

—Permítame que le muestre algunas cosas interesantes.

Tal y como le había asegurado Mona, las dos horas se le hicieron un suspiro, y no le sirvieron sino para tomar conciencia de los días que necesitaría para poder ver el museo en condiciones.

—Hay más de ciento veinte mil piezas expuestas en la actualidad —le explicó la joven—. Demasiadas para un espacio tan reducido.

Julia asintió al observar cómo las obras de arte se apilaban en algunas zonas por falta de espacio.

—El edificio se ha quedado pequeño. Fue construido en el año 1902 siguiendo los planos de un arquitecto francés llamado Dourgnon. En aquella época Mariette era el director del Servicio de Antigüedades, y fue él quien creó el museo. Antes, todas las obras se encontraban en el Bulaq, pero en 1878 la crecida del Nilo lo inundó y muchas piezas se perdieron o fueron robadas. En la actualidad se está construyendo un nuevo museo cerca de las pirámides, donde las piezas puedan ser expuestas debidamente.

Julia pensó que debía de ser necesario levantar un edificio enorme para dar cabida a tantas maravillas. Aquel lugar se encontraba desbordado.

—Y esto no es nada —apuntó Mona—. En los sótanos del museo hay cerca de sesenta mil obras que no pueden exhibirse por falta de sitio.

Sin lugar a dudas, Mona se mostró como una guía insuperable, y durante las dos horas apabulló a la profesora con el conocimiento enciclopédico de que hizo gala poseer acerca del antiguo Egipto. Cuando terminaron su recorrido, Julia se encontraba impresionada.

Ambas mujeres regresaron a la oficina, donde, al parecer, seguían sin tener noticias de Saleh.

—Puede usted volver otro día si lo desea —la invitó Mona—. Saleh suele estar casi todas las mañanas.

Julia le dio la mano despidiéndose de ella.

—Ya que se encuentra aquí, aproveche para visitar alguna sala del museo con más tranquilidad —dijo la joven—. También hay una cafetería donde puede tomar un refresco.

A Julia le pareció una buena idea, y durante más de una hora estuvo deambulando a sus anchas entre las milenarias obras de arte que abarrotaban las salas. Volvió a detenerse en la número 42 para admirar otra vez una talla que le había llamado poderosamente la atención. En el centro de aquella habitación, la espectacular estatua de diorita del faraón Kefrén preponderaba sobre todas las demás, difundiendo su antiguo poder más allá de la fría piedra. Sin embargo, no era en él en quien Julia estaba interesada, sino en la figura del escriba que, sentado, perdía su mirada en sus propias meditaciones pensando, quizá, qué era lo que estaba a punto de escribir. A Julia, sus ojos incrustados le parecieron llenos de sabiduría, y el conjunto de la obra, poseedor de una fuerza que, en su opinión, iba más allá que la del poderoso faraón Kefrén, pues hablaba de su inteligencia.

Luego decidió ir a la librería situada junto a la entrada principal. Allí compró unos libros y después se sentó en la cafetería del museo a ojearlos mientras bebía un refresco. De repente, tuvo el presentimiento de que alguien la observaba.

Julia paseó su vista por el establecimiento con disimulo. Este se encontraba lleno de gente, en su mayoría turistas, que tomaban algún refrigerio en tanto comentaban sus impresiones sobre las salas que habían visitado; en general, se les veía contentos, y seguramente se encontrarían tan impresionados como ella.

Intentó entonces fijarse con un poco más de atención; había algunas parejas de jóvenes egipcios que reían, hablándose con la mirada, y varias mujeres cubiertas con sus velos que charlaban animadamente. Sin embargo, tenía el convencimiento de que alguien la vigilaba.

Volvió un poco la cabeza hacia su derecha, y entonces lo vio. Sentado al fondo de la cafetería, un hombre de tez cetrina y poblado bigote la miraba fijamente. Julia sintió un escalofrío al notar cómo los ojos de aquel extraño se clavaban en ella, pues se trataba de una mirada dura y poco amistosa, como la del que no está dispuesto a hacer demasiadas concesiones. Ella apartó la vista, claramente azorada, pensando en Dios sabe qué disparates, mas enseguida recapacitó y volvió a mirar hacia el extraño con disimulo.

Aquel hombre pareció cambiar su expresión, y sus ojos antes fríos y lejanos se volvieron más amistosos a la vez que le hacía una seña para que se dirigiera hacia la puerta. «Saleh», se dijo Julia en tanto volvía a apartar su mirada de él. «Ese hombre es Saleh.»

Julia pagó su cuenta y salió de la cafetería mientras notaba como el pulso se le aceleraba irremediablemente. Sin saber por qué, caminó hacia su derecha, sin tener una idea exacta de hacia dónde iba. De vez en cuando se paraba frente a una obra tratando de comprobar si aquel extraño la seguía, para continuar después su lenta andadura por el monumental pasillo.

Llegó hasta el final, y se detuvo frente a una estatuilla de mármol de la diosa Afrodita, fechada en el siglo I a. C., que le pareció interesante; en ese momento el extraño la abordó.

Julia sintió un sobresalto.

—¿Por qué me busca? —le preguntó aquel hombre con tono de desconfianza.

—¿Es usted Saleh? —inquirió ella, reponiéndose del susto.

—Sí, me llamo Saleh —replicó mostrando su identificación.

Julia volvió a sentir que el pulso se le aceleraba mientras trataba de ordenar sus ideas.

—Ahmed me habló de usted —dijo Julia tragando saliva con dificultad—. Estuve con él en Madrid.

Al instante, la profesora observó como a aquel tipo se le demudaba el rostro.

—Me pidió que le entregara algo —prosiguió Julia con nerviosismo.

—Escúcheme —murmuró Saleh sin ocultar su excitación—. Ha sido usted muy imprudente al venir aquí, no deben vernos juntos.

—Pero... era necesario ponerme en contacto con usted.

—¡Está loca! —señaló aquel hombre, abriendo desmesuradamente los ojos—. Esto es muy peligroso y, aunque no lo crea, la están vigilando. Acabará por comprometernos.

Julia lo miró boquiabierta.

—¿A quiénes comprometo? —preguntó alzando la voz más de lo debido.

Saleh pareció apesadumbrado.

—Mire —musitó Julia en voz baja—. He venido a El Cairo a cumplir la última voluntad de Ahmed, y deseo volver a mi casa cuanto antes.

Aquel tipo murmuró un juramento en árabe que, obviamente, ella no comprendió.

—Suponíamos que le había ocurrido lo peor, pero... —Saleh apenas pudo ahogar un sollozo.

Pasados unos segundos, el conservador volvió a recuperar su dura mirada.

—Usted y sus amigos ingleses no saben en dónde se han metido —masculló frunciendo los labios.

Julia se quedó pálida.

—Se enfrentan a poderes que escapan a su comprensión —le aseguró al ver su expresión.

La profesora explotó.

—Escúcheme ahora usted a mí —dijo sin ocultar su enfado—. Estoy harta de esta situación. El único motivo de mi estancia en El Cairo es entregarle la pieza que Ahmed me dio antes de morir, ¿comprende? Mis amigos nada tienen que ver en esto.

Ahora Saleh pareció presa de la excitación.

—¿Tiene el escarabeo en su poder? ¿Se encuentra a salvo? —preguntó súbitamente, como impulsado por un resorte.

—De momento sí —respondió ella todavía molesta.

Saleh miró hacia ambos lados temeroso de que alguien les estuviera observando.

—No debe volver a buscarme, ¿me entiende? —dijo con voz nerviosa—. Yo me pondré en contacto con usted. Ahora es mejor que se marche.

—De acuerdo —repuso Julia más calmada—; aunque tenga por seguro que espero sus explicaciones. Doy por supuesto que sabe dónde me hospedo.

La mirada de Julia no dejaba lugar a dudas, y aquel hombre leyó perfectamente en ella su determinación.

—Las tendrá —aseguró Saleh en tono conciliador—. Tenga cuidado, por favor.

Julia no dijo nada y, dando media vuelta, se alejó por la misma galería repleta de grandiosos vestigios de un pasado perdido en el tiempo. Pensaba en aquel extraño, en el escarabeo y en todo lo que parecía haber detrás.

Acompañada por su inseparable guía, Julia almorzó en el Hilton, muy cerca del museo. En el buffet situado junto a la terraza rodeada de jardines por la que se podía acceder al hotel, la profesora volvió a disfrutar de algunos platos típicos y las salsas que tanto le habían gustado. Sentados junto a la gran cristalera que les separaba de la terraza, ambos charlaban animadamente, libres del calor que ya empezaba a apretar.

Julia observaba cómo Hassan se mostraba muy comedido en todo momento.

—¿No quieres comer más? —le preguntó con ternura.

—No se preocupe, señora Julia. Es que yo no soy de mucho comer.

A ella le hacía gracia la coletilla que invariablemente empleaba el muchacho; el «no se preocupe» parecía formar parte consustancial de cualquiera de sus frases.

—Te serviré un plato que te gustará —dijo ella levantándose de la silla.

Al poco, regresó con un pequeño menú variado.

—Ahora yo soy tu guía, Hassan; verás qué bueno está.

—Gracias —respondió el joven, algo avergonzado, en tanto se disponía a dar cuenta del plato que le habían servido.

Julia reparó en cómo apartaba la loncha de jamón que ella le había puesto.

—Perdona, Hassan. Olvidé que vosotros no coméis cerdo.

—Nuestra ley nos lo prohíbe, señora.

—Claro, pero hace muchos siglos que esta se escribió. En aquellos tiempos tenía sentido no comer cerdo, por las enfermedades que podía provocar, pero hoy en día es diferente. ¿No lo quieres probar? No creo que Dios se enfade por eso.

El muchacho la miró muy serio.

—Lo siento, señora Julia, pero con Dios no se puede negociar.

Ella se quedó perpleja, mientras sentía cómo la mirada del joven la desarmaba por completo. En ese momento no pudo evitar el pensar en su propio hijo y rendirse ante la evidencia del abismo que separaba a ambos. Aquel muchacho poseía convicciones que iban más allá de toda discusión. Cada día salía a enfrentarse a la vida con el ánimo de quien es capaz de emprender una nueva aventura sin sentir ningún temor por ello. Sobrevivir allí era difícil, pero no importaba; como él decía, la suerte podía encontrarse a la vuelta de la esquina.

Julia no pudo impedir sentir cierta rabia al pensar en la existencia que llevaban Juanito y sus amigos. Para ellos lo importante era divertirse, sin que importaran demasiado los medios para conseguirlo. Recordó las pastillas que un día encontró en uno de sus bolsillos, ante lo que no tuvo más remedio que admitir la postura que tanto ella como otros muchos padres habían decidido tomar; la de mirar hacia otro lado.

Su hijo, como sus amigos, había optado por huir de la realidad, emprendiendo un camino de fantasías inexistentes que al final no le conduciría a ninguna parte, pues la vida es implacable y a la postre lo devoraría.

Sin embargo, Hassan se enfrentaba a ella todos los días, sin temerla, consciente del valor que representaba vivir cada minuto.

—Dime, Hassan, ¿qué te gustaría ser? —preguntó la profesora saliendo de sus pensamientos.

—¿Se refiere a si me gustaría ser médico, arquitecto o algo por el estilo?

Julia asintió.

—Eso es imposible, así que no pierdo el tiempo pensando en ello.

—Supongo que tendrás tus ilusiones, ¿no es así?

—Sí, señora. Algún día tendré mi propio negocio; y seré rico. Entonces podré visitar países como el suyo —dijo absolutamente convencido.

—¿Qué tipo de negocio? —quiso saber ella.

—Aún no lo sé, pero aprovecharé mi oportunidad —aseguró el muchacho sonriendo.

—Estoy segura —respondió ella, devolviéndole la sonrisa.

Luego miró su reloj.

—Si quiere podemos ir a visitar la Ciudadela, aún tenemos tiempo.

Julia pareció dudar.

—Quizás otro día. Creo que es hora de regresar al hotel.

—Entonces iré a buscar a Magued.

—¿Está esperando desde esta mañana? —preguntó sorprendida.

—No se preocupe, señora. No tardará más de diez minutos en venir a buscarla.

Hassan salió del establecimiento y Julia se reclinó cómodamente mientras tomaba un té. Reparó entonces con más atención en la terraza situada al otro lado del cristal. Se encontraba muy animada y en ella almorzaban varios grupos de turistas en tanto algunos egipcios tomaban café y fumaban sus *sheesas* con parsimonia.

Una señorita pasó frente a ella y fue a sentarse a una mesa desocupada, un poco más allá. A Julia enseguida le llamó la atención, pues la mujer, una joven rubia espectacular, llevaba unos pantalones ajustados, tan ceñidos que parecían devorar cada pliegue de su piel. Además, vestía una blusa blanca de tirantes, sumamente vaporosa, que dejaba adivinar sus tentadores pechos. Todas las miradas de la terraza se dirigieron hacia ella, pero esta las ignoró por completo, sentándose con estudiada indiferencia.

Julia se incorporó hacia delante. Ella conocía a aquella joven, su figura, su corte de cara... En ese momento la rubia miró en su dirección y Julia la reconoció; era la señorita Orloff. «Anna», se dijo sorprendida.

En una fracción de segundo su corazón le dio un vuelco,

pues presintió que la presencia de aquella mujer era un mal presagio.

Anna parecía ausente a cuanto la rodeaba, ignorando por completo al individuo de la mesa de enfrente, que la devoraba con los ojos. Era un egipcio ya entrado en años que fumaba su narguila dando la impresión de que absorbía una parte de la joven con cada chupada que daba.

Casi de inmediato, un hombre entró en la terraza y, al verlo, Julia creyó que se le paraba el corazón. Sintió que las piernas se le aflojaban e, inconscientemente, se echó hacia atrás para evitar que la vieran. El tipo andaba como los orangutanes y su cara, simiesca, la aterrorizó por completo.

Aquel individuo fue a sentarse junto a Anna, en la misma mesa que ocupaba esta, y luego miró distraídamente hacia el lugar en donde se encontraba Julia. A ella se le cortó el aliento; era el mismo hombre que la había perseguido aquella noche en el aparcamiento de Madrid.

Pero ¿cómo era posible? ¿Qué tenían que ver aquellas dos personas?

Ahogando un grito, se levantó de la silla y se encaminó a la puerta mirando hacia atrás con nerviosismo por si la hubieran reconocido. Casi a la carrera, salió al amplio vestíbulo del hotel y se dirigió a la salida que daba a la Corniche. A cada paso que daba, volvía su cabeza hacia atrás esperando encontrarse con aquella enorme figura que la aterrorizaba. De pronto chocó contra alguien y lanzó un grito.

—Soy yo, señora, Hassan. No se asuste.

—¡Hassan! —exclamó Julia tocándose el pecho.

—¿Le ocurre algo?

—Nada —dijo intentando serenarse—. Debemos volver al hotel cuanto antes.

12

Recostado contra los almohadones de su cama, Spiros Baraktaris observaba el amanecer. A través de la ventana abierta de su habitación, la silueta de la Gran Pirámide se recortaba majestuosa, alumbrada por los tímidos rayos del sol que se anunciaba por el Este. Todo un privilegio reservado solo a aquellos que pudieran hospedarse en una suite como aquella en el hotel Mena House.

El hotel, un palacio transformado en 1869 para acoger a la emperatriz Eugenia de Montijo con motivo de la inauguración del canal de Suez, resultaba el lugar idóneo para él. Estaba situado al pie de las pirámides, próximo a la carretera que conducía a Saqqara, era lujoso y, sobre todo, estaba alejado del centro de la ciudad y de sus miradas indiscretas; algo que, por otro lado, Spiros consideraba fundamental.

El griego observó cómo la claridad aumentaba paulatinamente, permitiéndole reparar con mayor detalle en la inmensa mole de piedra que se levantaba al otro lado de la ventana. Aquel monumento le fascinaba, y si se lo hubieran permitido habría sido capaz de comprarlo para así poder admirarlo él solo. Siempre que lo veía sentía envidia del faraón que lo construyó, Keops. Aquel nombre representó el verdadero poder sobre la tierra que una vez, hacía cuatro mil quinientos años, le llegara a adorar como a un dios; incluso su obra había perdurado como si fuera inmortal.

«Buenos tiempos los del gran Keops», se dijo Spiros en tanto encendía un cigarrillo. Ahora las cosas funcionaban de diferente forma, aunque los hombres también acabaran trabajando para el poder.

Un suave rayo de luz entró por aquella ventana que le había hecho soñar durante un momento con épocas lejanas. Su haz llegó hasta la cama besando las sábanas para, seguidamente, acariciar el cuerpo desnudo situado a su lado. Spiros lo miró mientras fumaba, recorriendo con sus ojos cada curva de unas formas casi perfectas. La piel de aquella joven había resultado ser suave y ardiente a la vez, como el propio temperamento que ella había demostrado poseer. Aspiró con satisfacción el humo de su cigarrillo mientras se recreaba por un instante en la visión de aquel cuerpo de vértigo; luego exhaló con suavidad el aire y continuó concentrándose en sus pensamientos.

Los hechos se habían precipitado de forma inesperada hasta el punto de haberse visto obligado a abandonar sus negocios para acudir personalmente a El Cairo.

Sonrió para sí mientras volvía a observar la Gran Pirámide. La diosa Fortuna parecía dispuesta a cobijarle bajo cualquier circunstancia, manejando los hilos de la casualidad como solo los dioses eran capaces de hacerlo. Solo así podía explicarse la increíble suerte que había tenido.

Todo había sucedido durante los últimos días de excavación de su misión en Saqqara. Corrían los primeros días del mes de mayo y los excavadores se disponían a dar por finalizada aquella temporada hasta el invierno próximo, como solía ser habitual. Con la primavera avanzada y el tórrido verano en el horizonte, los arqueólogos cerraban sus campañas hasta que el infernal calor que se avecinaba los abandonara. Por lo general trabajaban dos o tres meses, en los que desarrollaban una minuciosa labor científica que llegaba a alargarse durante varios años.

En la mayoría de las ocasiones desenterraban múltiples objetos de cerámica, restos que proporcionaban interesantes datos con los que profundizar en el estudio de la antigua civilización del Valle del Nilo. Si alguna pieza de valor salía a la luz, el inspector que el Servicio de Antigüedades había asignado a la excavación se hacía cargo de la misma para su inmediato registro.

Spiros había demostrado ser afortunado desde el principio. La misión, que él mismo sufragaba por completo, había elegido excavar en un paraje apartado que al propio Servicio de Antigüedades le pareció yermo de cualquier vestigio del pasado. Quizá fuera por ese motivo por el que les asignaran un inspector inexperto, algo que ocurría con frecuencia, con el propósito de que aprendiera su oficio trabajando junto a excavadores profesionales.

Forrester, uno de los excavadores, un tipo con gran experiencia y tan pocos escrúpulos como Spiros, se había encargado de manejarlo a su antojo con gran habilidad, logrando ocultar de su vista las dos preciosas piezas que más tarde desaparecieron. Tras el fulminante despido del responsable de la misión, Baraktaris decidió que Forrester era la persona adecuada para el cargo, y sin duda acertó.

Una tarde, mientras se encontraba excavando algo apartado del resto, Forrester descubrió lo que parecía el dintel de una puerta. Dándose cuenta de lo que aquello podía significar, el arqueólogo limpió con gran disimulo una pequeña área, con tan buena suerte que aparecieron unas inscripciones jeroglíficas grabadas en la piedra en las cuales podía leerse el nombre de Neferkaptah. Obviamente, Forrester cubrió de nuevo con arena el hallazgo, tal y como si nada hubiera pasado, y continuó con su trabajo en otra parte.

Inmediatamente, el encargado comunicó la buena noticia al magnate, y él aprovechó que la temporada tocaba a su fin para cerrar la excavación hasta el siguiente año, dando encarecidamente las gracias al inspector por su colaboración.

Durante unos días, Spiros se había sentido presa de una excitación difícil de imaginar, pues estaba convencido de que el dintel que Forrester había descubierto correspondía a la puerta de la tumba de su anhelado Neferkaptah. Pero enseguida se dio cuenta de la necesidad de obrar con prontitud, pues las dos piezas que habían desaparecido suponían un gran peligro para su precioso secreto.

Él sabía muy bien que otros andaban tras su pista, y también que la noticia podía llegar a oídos del Servicio de Antigüedades. Por eso debía tener todo listo para la próxima luna nueva.

Hizo una pequeña mueca de contrariedad al pensar en las dos obras robadas. Representaban un pequeño borrón en la soberbia página que había escrito para él la buena suerte. El premio final, la ansiada recompensa, le esperaba cubierta por la arena de la milenaria necrópolis, perdida como una leyenda más en la que, sin embargo, él sí había creído. El poder sobre la materia, la inmortalidad; sin duda eran razones más que suficientes para que un hombre como él acometiera semejante empresa.

Spiros suspiró en tanto apagaba la colilla en el cenicero situado sobre su mesilla. Acto seguido volvió a mirar a la mujer acostada a su lado. Los rayos del sol incidían sobre su cara dándole un aspecto angelical que distaba mucho de poseer; junto a él, Anna Orloff dormía plácidamente.

«Anna Orloff, ¿o quizá debiera decir Sukov?», pensó Baraktaris. El apellido daba igual, pues era el mismo que de una u otra forma llevaban miles de personas. Aquella joven había demostrado poseer tan poca conciencia que, a la postre, él había llegado a considerarla. Tenía una ambición sin límites que no se preocupaba en ocultar, y una afición por el lujo que parecía llegar a obsesionarla, aunque el dinero le gustara todavía mucho más.

A Spiros esto no le sorprendía en absoluto, pues muchas de las mujeres que conocía eran así. En su opinión, lo único que las diferenciaba era que unas se sabían con las armas apropiadas para intentarlo y otras no. A Anna le reconocía un talento natural para alcanzar sus metas, pues poseía el don de la hermosura y un dominio de las artes amatorias que, incluso a él, le había sorprendido.

¡Quién hubiera podido suponer que tras aquella carita de belleza angelical se escondía un verdadero pozo de insaciable concupiscencia! Sin embargo, eso era lo que le había demostrado con creces aquella noche.

Al pensar en ello, Spiros se ufanó en cierto modo. No cabía duda de que el paso del tiempo había dejado en él sus secuelas. Con los años había engordado, aunque todavía conservara gran parte de la apostura que tuviera de joven. Seguía resultando atractivo para las mujeres, incluso más si cabe, pues su inmensa fortuna lograba hacer parecer a sus canas pura plata fundida en las fraguas de los antiguos dioses.

Spiros todavía mantenía una buena parte de la enorme potencia sexual de su juventud; suficiente, en todo caso, para satisfacer a cualquier mujer, incluida Anna, que le había obligado a emplearse a fondo.

La joven conocía perfectamente las reglas de aquel juego y cuál era el papel que le tocaba desempeñar. Los 680.000 euros que había intentado sacarle a raíz de la fraudulenta subasta debía compensarlos adecuadamente, y ella aparentaba disponer de buen ánimo.

Sin embargo, para Spiros no era más que una zorra astuta para la que tenía reservados algunos planes. Estaba dispuesto a que sudara hasta el último euro, y ello le llevaría sin duda un tiempo.

Por el momento, debía restituir sus intereses en El Cairo. En cierto modo, ella había ayudado a lesionarlos al adquirir el escarabeo que le habían robado.

Anna conocía la identidad de la persona que se lo había vendido, y esta la del posible ladrón, así pues, dejaba a su avispada amante la posibilidad de reintegrarle, en parte, lo que le habían sustraído. Spiros intuía que el papiro encontrado en el interior de la caja de ébano podía tener una importancia decisiva en el descubrimiento que tanto anhelaba. Era imprescindible que la joven encontrara su rastro; si quería seguir disfrutando de la vida, claro. Faltaba una semana para la luna nueva, y ese era todo el tiempo del que disponía.

Los rayos que incidían sobre su rostro la hicieron pestañear. Como una gata mimosa se desperezó suavemente en tanto miraba con indisimulada lascivia al griego. Poco a poco deslizó una de sus manos por el pecho de su amante hasta llegar a la entrepierna. Allí jugueteó con habilidad con el miembro de Spiros, despertándolo de su letargo. Lo vio crecer e hincharse paulatinamente hasta alcanzar el tamaño que ella deseaba. A la joven le había sorprendido el tamaño de aquel miembro que era incapaz de abarcar con su mano y que le había proporcionado un gran placer, como pocas veces había sentido en su vida.

Anna miró una vez más con picardía a los ojos del griego, y luego se acurrucó llevándose el pene hasta sus labios. Durante unos instantes pareció hablar con él, susurrándole inconfesables juegos a los que este no estaba dispuesto a renunciar. Entonces, la joven notó como una mano se posaba sobre su nuca empujándola con suavidad. Ella solo tuvo que abrir la boca para que aquel miembro iniciara su particular carrera de espasmos y sacudidas.

Spiros entrecerró los ojos invitado por las primeras oleadas de placer, observando cómo la imponente figura de la Gran Pirámide se distorsionaba un poco; entonces pensó de nuevo en Keops.

Aquella misma mañana, Henry se acercó hasta la embajada de su país a presentar sus respetos. El secretario era un viejo conocido suyo que también había estudiado en su mismo colegio, con el que pudo departir durante unos minutos.

—Su excelencia el embajador no está en este momento, pero cuando regrese le comunicaré que lord Bronsbury ha venido a saludarle.

—Gracias, James. Estoy en viaje privado y el motivo de mi visita es únicamente de cortesía, quedando a vuestra disposición.

—Muy amable. Por cierto, Henry, el viernes se celebrará una fiesta con motivo del cumpleaños de su excelencia a la cual estoy convencido de que le gustaría que asistieras.

Henry hizo una leve inclinación con la cabeza.

—Me encantaría acudir, sin duda.

—Supongo que milord vendrá acompañado —dijo James con cierto retintín.

—Pues sí, sería una buena idea; por dos personas, exactamente. ¿Tendrías la amabilidad de incluirles en la invitación? Te quedaría muy agradecido.

—Será un placer, Henry —repuso su amigo sonriéndole.

—Por cierto, James. Me vendría bien contar un día con un conductor de tu entera confianza. ¿Crees que podría ser posible?

—No creo que haya ningún problema.

—Espléndido. En ese caso nos veremos el viernes.

Después de su breve estancia en la embajada, Henry se dirigió hacia el Khan-al-Khalili, a casa de Abdul, donde tenía una cita con el viejo mercader. Sentados en los mullidos almohadones de aquella sala pletórica de nostálgicos recuerdos, ambos amigos degustaron un té mientras hablaban de trivialidades y de lo mucho que habían cambiado los tiempos.

—Milord debería haber nacido cien años atrás —aseguró el anciano.

—Bueno, Abdul, tampoco conviene exagerar. Hay que ir con los tiempos que a uno le toca vivir, aunque sin duda tú y yo hubiéramos podido hacer muy buenos negocios en aquella época.

El viejo rio astutamente.

—Tampoco estaría bien menospreciar los que hemos realizado en esta, ¿no le parece a su señoría?

—Así es, amigo mío. Tengo mi casa repleta con tus recuerdos, objetos que me son muy queridos y que poseen su propia historia, como tú bien sabes.

Abdul asintió al tiempo que servía otra taza de té.

—La señora que le acompañó el otro día es persona de buen corazón —dijo dando un pequeño sorbo.

—Y de gran coraje. La encontré en medio del océano, enfrentándose sola a un mar repleto de tiburones.

Abdul volvió a reír.

—Hoy las mujeres son capaces de tomar sus propias decisiones, aunque aquí, en El Cairo, los tiburones se tornan chacales; la señora no podría sobrevivir sola demasiado tiempo. Su señoría haría bien en cuidar de ella.

Henry miró a su amigo por encima del borde de la taza que tenía en sus labios, escuchándole con atención. Como bien sabía, allí las conversaciones tenían su propio protocolo.

El anciano entrelazó las manos sobre su regazo, en tanto observaba a su invitado dejar la tacita sobre la mesa, luego dirigió su vista en derredor para cerciorarse de que se encontraban solos.

—Tengo buenas nuevas que darle a su señoría. Aunque dudo mucho que las consecuencias que se deriven de ellas también lo sean.

Henry permaneció callado.

—Como ya adelanté a milord, uno de mis trabajadores creía conocer al tipo que vino a verme con el escarabeo. Pues bien, he hecho mis averiguaciones y parece no existir ninguna duda sobre su identidad, incluso dispongo de información que estoy seguro le va a interesar.

Henry continuó guardando silencio sin dejar entrever sus emociones.

—Tal y como me adelantaron, el individuo en cuestión vive en Shabramant, y atiende al nombre de Ali Ismail, aunque todo el mundo lo conoce como Ali *el Cojo*, pues arrastra una cojera en una de sus piernas desde su juventud.

El inglés juntó sus manos como queriendo reflexionar.

—Entonces no me será difícil dar con él —musitó al cabo de unos segundos.

—Depende. Si él llegara a sentirse amenazado, nunca lo encontraría.

Henry parpadeó volviendo a sumirse en sus cuitas.

—¿Estás seguro de que se trata del hombre que busco?

—Sin la menor duda. Al enterarme del detalle de su cojera, vino a mi memoria que, efectivamente, el hombre que me visitó parecía cojear un poco, aunque luego comprendí que hizo lo posible por tratar de disimularlo.

El aristócrata pareció considerar aquellas palabras.

—¿Cómo pudieron llegar las obras a sus manos? —preguntó al fin, sin apenas levantar la voz.

—Esa es la segunda buena noticia que tengo para su señoría —dijo el viejo sonriendo ladinamente—. Ali estuvo empleado en una excavación en Saqqara hasta hace pocos días. Estoy seguro de que las consiguió allí.

—Hummm... No resulta nada fácil robar en una excavación —murmuró el inglés.

—Cierto, aunque le garantizo que ocurre todos los días. Al anochecer, un buen número de buscadores de tesoros se aventuran en las necrópolis desde Dashur hasta la misma Guiza para ver qué encuentran. Suele ser gente procedente de los pueblos cercanos que no duda en arriesgarse a que la policía les detenga si con ello pueden conseguir algún botín. Estos ladrones aprenden el oficio desde niños, y son muy astutos. Conocen cada metro cuadrado de las inmensas arenas que cubren Saqqara, y algunas de las familias que se dedican a esto tienen una tradición centenaria.

Henry lo interrogó un momento con la mirada.

—Seguramente, Ali se dio cuenta de que las piezas habían sido ocultadas al inspector; esta gente es muy lista —le explicó Abdul.

—¿A cargo de quién estaba la excavación?

—Era una misión americana, al parecer se trata de una fundación, aunque ese detalle le será fácil de averiguar a su señoría. El encargado se llama Forrester.

—¿Forrester? —Henry se acarició la barbilla pensativo.

El anciano asintió.

—¿Crees que aún tendrá la caja de ébano en su poder?

Abdul hizo un gesto de duda.

—Eso nadie lo puede asegurar. El día que se marchó de aquí le vieron entrando en casa de Ibrahim Mustafa.

—¿Le conoces?

—Ibrahim es un comerciante tan viejo como astuto. Su figura siempre ha estado rodeada de sospechas, aunque aquí en el barrio todos lo conozcamos de sobra. Pertenece a una legendaria familia de ladrones en la que su abuelo, que fue capataz en varias excavaciones, decidió dar salida a sus hurtos, iniciando así el actual negocio familiar.

—Comprendo.

—Ibrahim conoce bien los caminos más oscuros de este negocio. Posee buenos contactos con marchantes sin escrúpulos en el extranjero, por lo que puede ser la persona idónea a la que ofrecer obras de dudosa procedencia.

—En ese caso, ¿por qué vino Ali a visitarte a ti primero?

—Milord, lo único que Ibrahim y yo tenemos en común es nuestra vejez, y que ambos continuamos solteros. El motivo por el cual Ali vino a mí es porque sabía de sobra que en caso de interesarme, me sacaría más dinero. Ibrahim es un auténtico usurero que se aprovecha del ilícito origen de un objeto para pagar poco por él. Es un redomado truhán.

—¿Vive cerca de aquí?

—Sí. Su casa se encuentra en una callejuela pasada la calle de Al Muyzz Li-Din Allah, a diez minutos caminando; aunque ya le anticipo que no sacará nada de ese hombre.

—He de ver a Ali —dijo Henry—. Tengo que conseguir una cita con él.

Abdul no pudo evitar lanzar una pequeña carcajada.

—Discúlpeme su señoría, pero me temo que no estemos en Londres.

—Necesito que sepa que estoy dispuesto a comprar la caja con el papiro. Tú puedes ayudarme en ello, Abdul.

—Sin duda milord no se ha parado a considerar el peligro que entraña lo que pide. Si entra en ese pueblo en busca de Ali, le garantizo que, en el mejor de los casos, saldrá sin un penique, y en el peor, no saldrá.

—Confío en mis posibilidades —dijo Henry con tranquilidad.

Abdul sacudió la cabeza.

—Este asunto no me da buena espina, puedo olerlo. Existe un peligro real detrás de él.

—Escucha. Haz que se entere de que un tipo excéntrico está interesado en comprar antigüedades. Si tiene la caja en su poder, accederá a verme.

—Je, je. La calle ya sabe que está interesado en eso. Su señoría mismo me pidió que corriera la voz, ¿recuerda? Ello traerá consigo cierta desconfianza, pues también llegará a oídos de la policía. Incluso se puede pensar que su excelencia no es más que el cebo de una operación.

—Espero que no —suspiró el inglés.

—Milord —dijo Abdul en tono confidencial—. En la calle se respira una atmósfera que no me gusta. Hay rumores que advierten de desgracias. Peligros que se intuyen sin saber por qué. En este barrio la gente es capaz de percibir esas sensaciones aunque no exista un motivo aparente para ello. Las viejas leyendas vuelven a circular por las callejuelas como si se tratara del ángel exterminador, pues a todos llenan de temor.

—No estarás hablando en serio, amigo mío.

—Somos un pueblo supersticioso al que le gustan las historias —indicó el anciano con voz grave—, y alguien se ha encargado de hacernos llegar las más misteriosas.

—¿Te refieres a la hermandad de la que nos hablaste?

Abdul se encogió de hombros.

—Hay quien cree que pueden desatarse antiguas maldiciones.

—Chismes sin duda, Abdul. Ya sabes lo que opino sobre ello. En cualquier caso, tengo que conseguir esa caja —señaló con seriedad mientras se levantaba de los almohadones—. Prometo recompensarte espléndidamente por tus servicios.

Abdul levantó una de sus manos quitándole importancia.

—Por cierto, en referencia a lo que hablamos por teléfono el otro día...

—Su señoría no tiene por qué preocuparse —aseguró Abdul—, todo se hallará a su entera satisfacción.

Henry sonrió y le dio unas palmaditas en el hombro.

—Recuerda que no dispongo de demasiado tiempo —le advirtió mientras atravesaba la sala.

—Antes de marcharse, tengo algo que quiero que vea su señoría —dijo Abdul dirigiéndose hacia el escritorio—. ¿Qué le parece? —inquirió, regresando con una fusta en la mano.

—¡Es magnífica! —exclamó Henry—. Ya no se ven fustas como esta.

—Perteneció a lord Cromer. Al menos eso fue lo que me aseguró mi abuelo, que fue quien me la regaló.

—Si no recuerdo mal, lord Cromer fue alto comisionado de Su Majestad en Egipto a principios del siglo pasado.

—Más bien el verdadero amo de Egipto hasta 1907 —apuntó Abdul—, el jedive Abbas II fue un títere en sus manos.

Henry guardó silencio mientras examinaba la fusta.

—Los años han pasado demasiado rápido, y desde hace tiempo he pensado que sus manos eran las más adecuadas para tener esta reliquia.

El inglés le miró sorprendido.

—Soy demasiado viejo, y a mi muerte no sé a quién podría llegar a parar. Ruego a milord que acepte este regalo como prueba de nuestra amistad después de tantos años; sé que hará el mejor uso de ella.

Sumido en sus pensamientos, Henry se dirigió a la casa de Ibrahim Mustafa. Las emociones se desbordaban desde su corazón, haciéndole sentirse más vital que nunca a cada paso que daba. Sus propios impulsos iban mucho más lejos que los de la pasión de un simple coleccionista, empujándole irremediablemente hacia los nuevos senderos que había descubierto y que le atraían con tan poderosa fuerza. Él mismo era el primer sorprendido por ello, pues sentía que, de alguna manera, su vida había tomado una nueva dimensión. Su existencia regalada no podía compararse con el alud de sentimientos que le embargaban. Alguien había abierto la puerta de la inmensa jaula de oro en la que se encontraba permitiéndole volar por unos cielos que le hacían vibrar. Notaba el poder de la atracción de lo desconocido y percibía el particular regusto de un peligro que, cercano, flotaba en alguna parte. El misterioso escarabeo había resultado ser un acicate para asomarse a aquellos caminos repletos de emociones en los que se encontraba atrapado.

Pensó en Julia; su mera persona representaba una prueba palpable de todo lo anterior. Él había descubierto que le gustaba observarla, que disfrutaba con el simple hecho de escuchar su conversación o presenciar sus enfados. Ella era una persona normal, pero alejada de los fatuos fingimientos y estereotipados comportamientos a los que él se hallaba acostumbrado, y que eran moneda de curso en el ambiente en el que él se desenvolvía. Su reino había resultado ser vacuo e insospechadamente insípido, alejado hasta los mismos confines del mundo de todo cuanto ahora respiraba. Él, como con anterioridad le ocurriera a Julia, también pudo reconocer el olor de la vida.

Atravesó el bullicioso barrio disfrutando de cada uno de sus matices. En su pequeño zurrón, la fusta que el viejo Abdul le había regalado le hizo imaginarse, durante unos instantes, cómo tuvo que ser El Cairo en aquella época. Tiempos de aventureros y enigmas en espera de ser desentrañados, intrigas, saqueos y fascinantes descubrimientos.

El sol, que caía de plano al cruzar la *sharia* Al-Muizz-Li-Din-Allah, le animó a levantar su cara hacia él para saludarle a través de sus gafas oscuras. Aquella calle era historia viva del pasado fatimí y de la época medieval, en la que llegó a ser la avenida comercial más importante de la ciudad.

Según contaban, en aquellos tiempos podían encontrarse en ella artistas y cuentacuentos, puestos de comida lista para llevar y, un poco más arriba, junto a la mezquita de Al-Hakim, el mercado ignominioso de la carne, el de los esclavos.

Ahora, en su lugar, se encontraba el mercado del ajo y la cebolla, sin embargo, su fuerte olor era incapaz de borrar el del sufrimiento que durante muchos siglos se respiró en aquella plaza.

Henry recorrió las callejuelas situadas al otro lado de la avenida en busca del negocio del viejo Ibrahim. Preguntó en algunos bazares, pero allí lo miraron sorprendidos y lo despidieron con malos modos. Deambuló por el laberinto de callejones intentando dar con el paradero de un hombre del que, al parecer, nadie quería saber nada.

En una esquina se topó con un joven que tiraba de las riendas de un pollino cargado de mercancías. Al escuchar el nombre del comerciante, el muchacho se rascó un momento la cabeza y luego le indicó dónde creía que se hallaba su casa, apenas a unas calles de donde se encontraban.

Henry se dirigió hacia ella. Al doblar la primera esquina, la afluencia de público aumentó con renovados bríos, súbitamente. En cada comercio la gente parecía cuchichear en voz baja, temerosa de sus propias palabras. Al pasar junto a ellos, paraban en sus conversaciones mirándole de soslayo, como si fuera la peor de las apariciones. El inglés volvió a preguntar por Ibrahim y otra vez volvió a recibir gestos de irritada desaprobación.

Por fin, un anciano pareció considerar su pregunta y le señaló con su artrítico dedo hacia el final de la calle, donde la aglomeración parecía mayor. Henry caminó con extraños presagios rondándole la cabeza. Con dificultad, se abrió paso entre los cada vez más numerosos corrillos de personas que le cerraban el paso molestos por su presencia. En alguno de ellos se escuchaban voces que parecían amenazadoras, y en otros algún puño que se elevaba por entre las cabezas,

Henry se detuvo para observar la situación. Con disimulo se arrimó a una de las paredes de la calle y avanzó despacio, calibrando la situación. Al llegar a la esquina, vio que no se podía continuar. La policía había acordonado la zona y la gente, muy excitada, parecía hablar de ello.

El inglés vio como en un cercano portal un hombre grueso apuntaba en una libreta lo que debía de ser una declaración, mientras el hombre situado junto a él hacía ostensibles gestos de dolor e incluso se mesaba los cabellos.

El aristócrata se fijó en el bazar situado junto al portal y en el nombre que aparecía grabado en sus viejos cristales: IBRAHIM MUSTAFA-ANTIQUITIES.

Henry tuvo un mal presentimiento y retrocedió prudentemente tratando de no levantar sospechas. Con discreción se dio la vuelta y tomó el primer callejón que encontró para salir de allí. En él varios niños jugaban al fútbol; al verle, le sonrieron.

—¿Sabéis lo que ha pasado? —les preguntó.

Ellos continuaron sonriéndole, tal y como si no hubieran entendido nada.

Henry les devolvió la sonrisa y se dispuso a continuar por el callejón, mas en ese momento el que parecía mayor de todos se le acercó.

—El viejo Ibrahim —dijo con tono aterrorizado—. Alguien lo ha degollado.

13

Sentado en el callejón del café Fishawy, Gamal Abdel Karim fumaba su narguila con parsimonia e indisimulado deleite. Casi pegado a la pared festoneada de espejos, Gamal entrecerraba sus ojos disfrutando del placer que le causaba el tabaco, en tanto veía a la gente pasar por el estrecho espacio que la terraza del café dejaba a aquel callejón, apenas un suspiro. Como casi siempre, este se encontraba atestado de asiduos, curiosos y turistas que no se resistían a abandonar El Cairo sin darse una vuelta por el café preferido de Naguib Mahfuz. Durante muchos años, Mahfuz acostumbró a reunirse en el interior de aquel local centenario con otros escritores para compartir tertulias de fina crítica y compromiso. Ahora que había muerto, su recuerdo seguía vivo entre los que lo conocieron y, cómo no, entre el decimonónico mobiliario de un café que él hizo suyo. Gamal lo llegó a conocer, y sentía un gran respeto por él, sobre todo a raíz del atentado que el premio Nobel sufriera años atrás y que casi le costara la vida.

Pero ese no era el único motivo por el que Gamal acudía con regularidad al Café de los espejos, nombre con el que también era conocido el Fishawy. Las celosías que abovedaban la callejuela, las vetustas lámparas que parecían colgar en el vacío, las viejas paredes cargadas de recuerdos, el caos extendido por doquier. Todo ello formaba parte consustancial del escenario en el que se desenvolvía la vida diaria de aquel barrio, como también lo era la tienda de babuchas del bazar de al lado o el gato que, encaramado sobre un tejado próximo, lo miraba. Él observaba todo aquello y escuchaba lo que tuvieran que decirle; la calle era el lugar en el que trabajaba y habían acabado por entablar una estrecha relación, hasta el punto de que ella le hacía partícipe de la mayoría de sus secretos.

Tomó un sorbo de su té de menta y acto seguido extrajo de su bolsillo el *tasbith*, el rosario de treinta y tres cuentas que se solía utilizar para invocar los noventa y nueve nombres de Alá y que a él le relajaba, ayudándole a pensar. De nuevo entrecerró sus ojos mientras fumaba en la *sheesa* el tabaco de manzana, tratando de comprender lo que la calle quería decirle. Parecía haberse visto envuelta en rumores durante los últimos días que iban más allá de los que podían considerarse como usuales.

Él, Gamal, los conocía de sobra, pues no en vano todos acababan por llegar a él, hasta el último comentario, ya que era policía. Sin embargo, Gamal Abdel Karim no era un policía cualquiera, pertenecía a *al shortah*, la policía secreta egipcia, de la cual era jefe de departamento y muy considerado por los estamentos superiores de la Dirección General de Seguridad de El Cairo.

Además, Abdel Karim estaba muy bien relacionado y su astucia y gran perspicacia le habían granjeado una aureola que le acompañaba allá donde fuera. Aseguraban que no había criminal capaz de soportar sus interrogatorios y que muchos delincuentes preferían prestar declaración en cuanto lo veían aparecer.

Sin embargo, Gamal no era un hombre violento. Sus maneras, siempre afables, se enmarcaban perfectamente dentro de su particular apariencia, pues tenía un aspecto bonachón acentuado sin duda por su enorme humanidad, ya que pesaba más de ciento veinte kilos. De estatura media, rostro mofletudo, cabeza tonsurada y vientre prominente, Gamal se asemejaba más a un aburrido sultán medieval que a un hombre cuyo cometido era capturar delincuentes; pero así era.

A sus cincuenta años, el policía no tenía intención alguna de renunciar a los pequeños placeres que le proporcionaba la gastronomía egipcia, a la que se entregaba como el más rendido admirador. Mas en todo caso nadie se lo reprochaba, pues eran los únicos excesos que se le conocían, lo que no era criticable dados los tiempos que corrían.

Gamal estaba casado y tenía nada menos que siete hijos, todos tan orondos como él; incluso su esposa, Amira, también mantenía un peso digno de consideración. Según decían, juntos formaban una familia feliz y muy unida, como correspondía a un buen creyente.

Un vendedor ambulante de relojes de imitación pasó frente a él, y lo saludó al reconocerlo.

—Adiós, Mohamed —murmuró el policía con voz cansina—. Espero que no te metas en más líos.

—Le aseguro que soy un hombre nuevo —indicó Mohamed haciendo pequeñas reverencias—. Aprendí una gran lección.

—Ya, ya —señaló Gamal, haciendo un gesto con la mano para que siguiera su camino.

Gamal suspiró mientras observaba cómo el vendedor

desaparecía de su vista. Era un pequeño ratero que, como otros muchos, trataba de sobrevivir en aquella especie de Babel. Había cometido el error de robar un bolso a un turista, y estos se encontraban muy protegidos por la ley. Enseguida lo detuvieron y le cayeron siete años, el mínimo, por otra parte, de la pena impuesta a quien roba a un turista.

Gamal volvió a concentrarse en sus pensamientos. Aquella mañana alguien había asesinado al viejo Ibrahim. Uno de sus ayudantes lo había encontrado en el suelo, degollado, sobre un gran charco de sangre, con los ojos muy abiertos y una horrible expresión en su cara. La de la sorpresa ante la inesperada muerte.

Era un asunto feo, sobre todo por los oscuros negocios que el viejo se dedicaba a llevar. Ibrahim había trapicheado toda su vida, eso todo el mundo lo sabía, aunque curiosamente nunca se hubiera visto imputado. Claro que eso tampoco quería decir nada, pues de sobra conocía la corrupción que, en ocasiones, podía darse dentro del cuerpo. Los sueldos eran bajos y el viejo mercader siempre había sido muy listo.

Después de tantos años dedicándose al negocio de las antigüedades y de tratar con marchantes inmorales y agentes sin escrúpulos de todo el mundo, cualquiera podía haber decidido que era hora de ajustar alguna cuenta pasada con el viejo antes de que la muerte se lo llevara de forma natural.

Últimamente el barrio se había llenado de rumores, alguno de ellos ciertamente fantástico, a los que por otra parte sus paisanos eran tan aficionados. Maldiciones que se despiertan súbitamente por algún motivo desconocido, desgracias que acabarán por hacer acto de presencia entre los vecinos; en fin, cosas de ese tipo que a la gente le gustaba exagerar. En aquel momento, no había café en El Khalili en el que no se hablara del asesinato de Ibrahim ni bazar en el que no se hicieran componendas sobre la identidad del asesino o el móvil que lo había impulsado a hacerlo.

No obstante, existía otro tipo de rumores que le parecían más interesantes. El mercado negro del arte se encontraba un tanto agitado, recordando los lejanos tiempos en los que hiciera su agosto. Se aseguraba que algunos extranjeros estaban buscando con ahínco determinadas obras de arte y que un extravagante caballero inglés había hecho correr la voz de que estaba interesado en adquirir obras del Egipto faraónico. ¡Imagínense! ¡Alguien declaraba públicamente su intención de llevarse piezas pertenecientes al patrimonio del país!

Durante toda su vida, Gamal había conocido gente del más diverso pelaje, pero ninguno tan tonto como para manifestar abiertamente semejantes planes.

Claro que el policía tampoco creía demasiado en los tontos, y si había alguien capaz de hacer algo así, era porque albergaba otros pensamientos. Al parecer, el tipo en cuestión pertenecía a la alta sociedad londinense y se le había visto entrar en un par de ocasiones en casa de Abdul-al-Fatah, un hombre por el que sentía un gran respeto.

No había nada de extraño en ello, puesto que el inglés era un reputado coleccionista de arte y la casa del viejo Abdul, el lugar adecuado para hacer un posible negocio. Sin embargo, aquella misma mañana había preguntado a varias personas por el pobre Ibrahim, llegando casi hasta el portal de su casa. En aquel barrio, uno de cada dos transeúntes era policía o confidente de esta, por lo que el interés del inglés por la víctima hizo levantar sospechas de inmediato, sobre todo cuando aquel individuo abandonara después el lugar por el callejón más cercano como alma que lleva el diablo.

Gamal suspiró volviendo a beber su té. Nadie que hubiera cometido un crimen volvería al lugar de los hechos preguntando a todo aquel con el que se cruzaba dónde vivía la víctima, aunque en cualquier caso no estaría de más mantenerle vigilado y, llegado el momento, tener una charla con él.

En cuanto a los posibles autores del crimen, Gamal no tenía demasiadas pistas. El asesino era un profesional, de eso no cabía ninguna duda, pues había hecho un trabajo limpio y sin que ningún vecino oyera o viera nada extraño en casa del viejo. Debió de haber sido asesinado la noche precedente, ya que uno de sus empleados lo había encontrado muerto a primera hora de la mañana.

La tarde anterior, Ibrahim había recibido varias visitas de conocidos que estaban siendo investigados y, al parecer, la de una pareja de extranjeros de los que poco se sabía. A uno de los agentes que vigilaban la zona le pareció que la mujer era joven y posiblemente rubia, aunque llevaba el pelo recogido bajo un sombrero. Al hombre que la acompañaba lo recordaba mejor; era calvo, muy fornido, y andaba balanceándose de un modo particular.

Una descripción demasiado sucinta, aunque esperaba que fuera suficiente para averiguar de quiénes se trataba.

Gamal hizo una seña a uno de los camareros para que le sirviera otro té, dejó la *sheesa* sobre la mesa y, en ese momento, alguien le telefoneó. Al ver el número desde el que le llamaban, el policía cambió su expresión.

Durante unos minutos, Gamal prestó toda su atención al hombre que se encontraba al otro lado de la línea. De vez en cuando le contestaba con gravedad, pero enseguida volvía a escuchar lo que parecían ser instrucciones. Cuando colgó,

Gamal Abdel Karim cogió su vaso de té y se lo llevó a los labios, luego lo saboreó con fruición.

Aquel caso debía llevarlo con suma discreción.

Julia observaba cariacontecida a sus dos acompañantes. Estos no parecían encontrarse de mucho mejor humor, aunque Henry lo disimulara más. Sentados alrededor de una de las mesas del bar del hotel, los tres amigos aparentaban hallarse sumidos en sus propias entelequias, alejados los unos de los otros.

Barry era el que peor se sentía de todos, aunque por motivos bien diferentes. La noche anterior el vientre se le había soltado de forma descontrolada y no había podido moverse de la habitación en todo el día.

—A eso de las tres de la madrugada las furias tomaron posesión de mis intestinos con verdadera inquina —se lamentó compungido—, no había quien pudiera aplacarlas —continuó—, ni siquiera con buenas palabras.

—Ni con malas —añadió Henry recuperando su aire burlón—. Hubo que llamar al médico del hotel para que se tranquilizara.

Julia se imaginó la escena, pavorosa, sobre todo teniendo en cuenta las ingentes cantidades que aquel hombre comía.

—Por san Jorge que no me he encontrado tan mal desde la fiesta de despedida de soltero de Bobby Gallaguer, en la que tuvieron que recogernos a todos en ambulancia con serios indicios de que no saldríamos con bien de aquella. Acabamos en el hospital y el bueno de Bobby no se pudo casar, aunque a la postre pareció una cosa del destino, pues acabó por formar familia con una de las enfermeras que nos atendieron. Curioso, ¿no?

A Julia las historias que le contaba su colega ya no le sorprendían, aunque reconoció que aquella tenía su miga.

—Gran tipo, Bobby Gallaguer —sentenció el profesor dando un sorbito a su limonada.

—Tendrás que estar a dieta durante al menos una semana —apuntó Henry, mortificándole—. Y, como dijo el doctor, nada de alcohol.

—¡Exageraciones! —exclamó Barry abriendo desmesuradamente los ojos.

—Y es una pena —prosiguió Henry, que disfrutaba haciendo rabiar a su amigo—. Porque mañana nos ha invitado Sayed a almorzar a su casa.

—¿Te refieres a Orejitas? —saltó Barry con gesto de preocupación.

Lord Bronsbury asintió.

—No hay problema. Mañana ya me habré recuperado completamente. Además, necesito reponerme lo antes posible; he debido de perder tres o cuatro kilos.

—No creo que sea lo más prudente —subrayó Henry.

—Sería una desconsideración por mi parte no acudir al almuerzo —sentenció muy serio el profesor, recordando la pantagruélica cena que disfrutara con anterioridad.

—En fin, tú verás. Pero no me hago responsable de lo que te ocurra —le advirtió el aristócrata.

—Su señoría siempre velando por mí —replicó Barry con un gesto de disgusto.

Durante unos instantes los tres volvieron a permanecer en silencio.

Julia no se encontraba de humor para reír las bromas de Henry. Lo sucedido en el museo y el posterior encuentro en la terraza del hotel le habían producido un estado de desolación del que no se había podido recuperar. Todavía tenía en la retina las imágenes de aquel hombre monstruoso caminando apenas a unos metros de donde ella se encontraba, moviendo su simiesca cabeza de un lado a otro como un depredador en busca de su presa. Julia había quedado tan impresionada que estaba convencida de que, aunque abandonara Egipto para siempre, nunca olvidaría aquel momento.

Henry la miró unos segundos y leyó la preocupación que se escondía bajo su semblante. Él sabía que Julia había salido del hotel, pero se abstuvo de hacer ningún comentario.

—Me temo que hoy haya ocurrido algo que va a complicar las cosas —murmuró observándoles.

Julia se sintió confundida y tuvo el presentimiento de que el inglés sabía que ella había estado en el museo.

—Han asesinado a Ibrahim —dijo Henry bajando la voz.

—¿Conocemos a alguien con ese nombre? —preguntó Barry sin comprender.

—No, y a este no lo conoceremos nunca. Ibrahim fue el anticuario que posiblemente pudo haber comprado las obras a quien las robó. Aunque eso ya jamás lo sabremos.

Ambos profesores permanecieron en silencio.

—Abdul me facilitó su nombre —aclaró Henry al observar su expresión— y esta misma mañana decidí ir a visitarle. Pero cuando llegué a su casa me encontré con que Ibrahim había muerto y la policía se encontraba tomando declaraciones.

—Bueno, es el procedimiento ordinario, ¿no? —dijo Barry despreocupadamente.

Henry negó con la cabeza.

—Para encontrar la casa de ese hombre me vi obligado

a preguntar a medio barrio. La gente me miraba como si fuera un demonio. A estas horas todos los agentes de El Cairo deben de saberlo.

—Comprendo —murmuró Barry cabizbajo.

—No tengo la menor duda de que a partir de este momento la policía vigilará cada paso que dé. Hasta es posible que me consideren sospechoso.

Barry lo miró boquiabierto.

—Supongo que milord bromea.

—Me temo que no, amigo mío —añadió este con una sonrisa.

Julia lo observó volviendo a sentirse atraída por la flema que demostraba aquel hombre en las situaciones comprometidas. Después de haber escuchado a Henry, se sintió extrañamente incómoda, sin duda por el hecho de que hubiera ocultado a sus amigos su inolvidable experiencia.

—Yo también tengo una mala noticia que contaros —dijo suspirando, como con vergüenza.

Acto seguido les relató lo ocurrido sin olvidar un detalle. Cuando terminó, Henry la miraba fijamente con la cabeza algo ladeada y un rictus burlón en el rostro.

—¿La señorita Orloff trabajando para Baraktaris? Muy interesante —señaló entrecerrando los ojos.

A Julia la sola mención de aquel nombre la atemorizaba. Henry ya le había hablado de él en varias ocasiones y conocía cuál era su relación con cuanto le había ocurrido.

—Debe de hacer una simpática pareja junto a tu grotesco admirador —bromeó el inglés—. Algo semejante a la bella y la bestia.

A ella el comentario no le hizo ninguna gracia.

—El galán en cuestión se llama Mirko y, según tengo entendido, participó en la guerra de la antigua Yugoslavia, donde se rumorea que dio sobradas muestras de su brutalidad. Trabaja para Baraktaris desde hace años, y suele acompañarle a todas partes.

Julia no pudo reprimir un estremecimiento.

—Si él se encuentra en El Cairo, Baraktaris puede que no esté lejos; aunque eso lo sabremos mañana.

Durante unos segundos, Henry miró a los ojos de la española para comprobar cómo esta le mantenía la mirada. En ellos le pareció leer ciertas emociones envueltas en un velo de temor.

—Si me lo permitís, me retiro a descansar —dijo mientras hacía un ademán de levantarse de la mesa—. Estaría encantando de que mañana nos acompañaras en el almuerzo. Pero eres libre de hacer lo que creas más oportuno. En cualquier caso, procura tener mucho cuidado.

Julia lo observó, pero no dijo nada, pues tanto sus ideas como su propio corazón se hallaban en un mar de dudas. Un mar cada vez más encrespado en el que ella parecía encontrarse a la deriva.

Sayed Khalil les había preparado otro banquete, aunque esta vez fuera más propio de semidioses legendarios que de humanos. Al ver tan ingente cantidad de platos y exquisitas viandas, a Barry se le saltaron las lágrimas, no se sabe si debido a la espléndida generosidad del anfitrión o al hecho de que tenía que guardar dieta.

—¡Oh, magnífico! —exclamaba sin poder remediarlo—. ¡Qué placer para los sentidos!

El almuerzo resultó tan agradable como cabía esperar, aunque a él asistiera un inesperado invitado con el que los tres amigos no contaban.

—¿No habéis oído hablar de Gamal Abdel Karim? —preguntó el anfitrión con gesto extrañado mientras hacía las presentaciones—. Eso es porque no lleváis el tiempo suficiente en la ciudad. En El Cairo el señor Karim es toda una celebridad, pues no en vano es el mejor policía de Egipto.

—¡Exageraciones, exageraciones! —protestó el policía haciendo un ostentoso gesto con la mano.

Luego, tras sentarse a la mesa, paseó su vista por todos los manjares que les esperaban, exclamando:

—¡Qué delicia! Amigo Khalil, no hay duda de que sabes agasajar a tus invitados como nadie.

—Estoy completamente de acuerdo con usted —intervino Barry sin ocultar la buena impresión que le había producido aquel hombre capaz de saber apreciar tan excelsas viandas.

Henry disimulaba su sorpresa por aquel encuentro mientras exhibía frente a los comensales sus habituales modales pausados. De vez en cuando, su mirada se cruzaba con la de Julia, que, finalmente, había decidido aparcar por un día sus miedos y acompañar a sus amigos al almuerzo. Como el aristócrata, ella también se daba cuenta de que la compañía de aquel agente no era ninguna coincidencia; mas permanecía callada, resistiéndose a caer en la tentación que suponía el cercano plato con *tahina*.

El policía, sin embargo, comía a dos carrillos.

Barry lo observaba como hipnotizado.

—¿No come usted? —le preguntó Gamal.

—No habría nada en este instante que me gustara más que disfrutar de este alarde culinario, señor. Pero me temo que mi vientre no me lo permita.

—¿Qué me dice? —profirió el funcionario sorprendido

mientras se chupaba los dedos después de haber terminado con un kebab de cordero.

—A veces los intestinos no atienden a razones.

—En eso tiene usted razón. En fin, otra vez será.

Barry tragó saliva con dificultad al ver cómo aquel prodigio de voracidad atacaba un plato de *haman* o pichón asado relleno de arroz y especias.

—No he comido algo así en años —aseguraba Gamal con satisfacción.

—Gracias, gracias —sonreía agradecido el anfitrión—. Lord Bronsbury y yo somos amigos desde los tiempos en que coincidimos en el colegio. Ambos fuimos a Harrow.

Gamal asintió satisfecho en tanto untaba *babaghannuj* en el pan.

—Supongo que no pensarás cantar ninguna de las viejas canciones al señor Gamal, ¿verdad? —subrayó Henry socarronamente.

—Bueno, yo...

—Canten, canten si lo desean. No me incomodará en absoluto —comentó el policía mientras masticaba.

—Estoy convencido de que nuestro común amigo Sayed lo dejará para mejor ocasión —apuntó el inglés.

Gamal se encogió de hombros sin abandonar su aire beatífico.

—Antes de que llegarais —prosiguió Sayed—, el señor Khalil y yo comentábamos su último caso, el asesinato del viejo Ibrahim. En el barrio islámico no se habla de otra cosa.

—Así es —confirmó el policía, que ya se encontraba en los postres degustando un *omm ali*, hojaldre con pasas y otros frutos secos cubierto con nata—. Era un hombre muy popular en el barrio —dijo al terminar de masticar su dulce—; una desgracia.

Henry observó los despreocupados ademanes del agente en silencio.

—Era un reputado anticuario, ¿sabe? —señaló Gamal mirando al aristócrata mientras bebía una taza de té—. Claro que, ahora que lo pienso, puede que lo conociera. Según tengo entendido, es usted un acreditado coleccionista de arte, e Ibrahim llevaba en el negocio toda su vida.

Henry lo miró imperturbable.

—No, no lo conocía —indicó con aquel acento engolado que solía emplear en determinadas ocasiones—; aunque me hubiera gustado hacerlo. De hecho, me dirigía hacia su casa cuando me enteré de la fatídica noticia; una desgracia, como usted bien ha dicho.

Gamal se reclinó suavemente asintiendo con la cabeza.

—¿Tenía intención de hacer negocios con él? —preguntó mientras parecía estar decidiéndose por qué pasta elegir de entre las que se encontraban en un plato cercano.

—Señor Karim, yo siempre estoy dispuesto a hacer negocios con las personas honorables.

El policía soltó una risita y luego se llevó una pasta cubierta de almíbar a los labios.

—¡Señora, permítame recomendárselas! —exclamó con evidente placer—. Aquí la llamamos *baklava*.

—Me temo que mi dieta no me lo permite —le aseguró Julia.

—Es una pena. ¿Es la primera vez que nos visita? —quiso saber Gamal.

Sí. Aunque es un viaje que siempre había querido hacer.

Gamal pareció satisfecho.

—¿Y qué le parece El Cairo?

—Una ciudad fascinante, rebosante de vida.

—Es muy amable. Pero sobre todo es muy segura; aquí

puede pasear con tranquilidad a cualquier hora. Siempre hay algún agente velando por usted —apostilló mirándola fijamente a los ojos.

A Julia, los ojos del policía le dieron impresión de parecer ascuas encendidas con un brillo cargado de sagacidad que no se molestó en ocultar. Ella pensó al instante que aquel hombre era astuto como Sísifo, el personaje mitológico que fue capaz de engañar a la misma muerte.

—Eso espero, inspector —replicó ella con una media sonrisa.

Gamal volvió a lanzar una risita.

—En realidad soy jefe de departamento, no inspector. Algo así como lo que ustedes conocen con el nombre de comisario.

—Y según ya os comenté, es muy conocido en la ciudad. No hay caso, por difícil que parezca, que no sea capaz de aclarar —apuntó Sayed.

Gamal negó con la cabeza tímidamente.

—¿Y tiene alguna pista que le ayude a arrojar luz en el caso del anticuario? —le preguntó Henry inesperadamente.

El comisario se quedó sorprendido ante la audacia del inglés, aunque se cuidó mucho de demostrarlo.

—Como comprenderá, poseemos datos que no puedo confiarle. El crimen presenta algunas particularidades que están siendo investigadas y, con la ayuda de Alá, espero que en poco tiempo podamos resolverlo —señaló el policía sin dejar de mirar al aristócrata.

—Ojalá, querido amigo —intervino Sayed—, según tengo entendido, hoy el barrio se encontraba un poco alterado por lo ocurrido.

—El barrio lleva ya revuelto varios días —precisó Gamal—, ya sabes, Sayed. Nuestros paisanos son dados a la fantasía y a veces las calles se llenan de rumores sin fundamento. Para ellos, cualquiera puede ser sospechoso, aunque están convencidos de que a Ibrahim Mustafa lo ha matado un extranjero.

Henry no pudo evitar enarcar una de sus cejas en un gesto de sorpresa.

—¿Y en qué se basan para sustentar tal hipótesis? —preguntó.

—Le confiaré algo que ya parece saber todo el mundo —dijo Gamal—. El móvil del crimen no fue el robo. En el negocio del pobre Ibrahim no faltaba nada, ni tan siquiera se habían preocupado de revolver la tienda para confundirnos. Eso ha llevado a pensar a los vecinos que algún extranjero se había decidido a saldar antiguas cuentas pendientes con el viejo. El señor Mustafa no tenía enemigos aquí.

—¿Usted cree eso?

—Como dije antes, no son más que rumores de la calle. Pero todo es posible.

Durante unos instantes ambos hombres se miraron en silencio.

—En fin, ahora me temo que deba abandonarles —dijo Gamal súbitamente levantándose—. Tengo mucho que hacer, querido Sayed, aunque te confieso que he comido como un *jedive*; el *hamam* estaba insuperable.

Sayed le dio unos golpecitos de agradecimiento en la espalda.

—Créanme que ha sido un verdadero placer conocerles —aseguró el comisario, sonriendo al resto de los invitados—. Y nuestra conversación ha resultado muy esclarecedora.

Henry mantuvo su habitual flema.

—No sabe lo que me alegra escuchar esas palabras —señaló el inglés.

Gamal se detuvo un momento frente al aristócrata sonriéndole beatíficamente.

—Usted y yo sabemos que tiene una inteligente coartada, aunque quizá sea necesario el hacerle algunas preguntas —dijo con amabilidad.

—Me encuentro a su entera disposición, comisario —contestó Henry sin inmutarse.

—Estoy convencido de ello.

Luego, dirigiéndose a su anfitrión, se despidió de él dándole sendos besos en ambas mejillas.

—No te molestes, Sayed, conozco dónde está la salida. Espero que disfruten de una buena sobremesa.

Se hizo un extraño silencio entre todos los comensales mientras observaban a Gamal abandonar la sala. Como si al marcharse hubiera dejado aquella habitación sembrada de dudas e imprecisos presentimientos.

Al sentarse de nuevo a la mesa, Sayed intentó reconducir la situación.

—Te juro, Henry, que no he podido evitarlo. Él tenía interés en conocerte y, si no hubiera sido aquí, lo habría hecho en otro lugar.

—Espero que haya disfrutado con nuestra presencia —convino el inglés con ironía.

Todos rieron.

—Lo conozco bien y puedo asegurarte que es una buena persona, pero también procura cumplir con su trabajo concienzudamente. Estoy convencido de que algún día estará al cargo de la policía del Estado.

—En tal caso, será mejor ser amigo suyo, aunque me temo que debe vigilar su dieta.

Ahora fue Barry el que rio.

—No le des más importancia a sus palabras. A Gamal le

encanta ser misterioso. Tiene unos métodos un tanto particulares.

—Yo creo que es bastante claro —aseguró Henry.

—Escucha —dijo Sayed cambiando de tema—. He hecho algunas averiguaciones y ya tengo la información que me pediste. Al parecer, hay una misión americana que terminó su excavación en Saqqara hace apenas una semana. Pertenece a una fundación cuya expedición es sufragada por completo por un filántropo multimillonario.

Henry y Barry se miraron con evidente complicidad.

—Se llama Spiros Baraktaris, un relevante hombre del mundo de las finanzas, y según me han asegurado, también aporta generosas ayudas a otras misiones arqueológicas que excavan por todo el mundo.

Lord Bronsbury arqueó una ceja sonriendo.

—Además, el tal Spiros se encuentra actualmente en El Cairo. Exactamente se aloja en el Mena House, al pie de las pirámides, en una de sus suites.

—¿Estás seguro de ello?

—Absolutamente, milord. Si quieres puedo darte hasta su número de habitación.

Henry mantuvo la calma sin exteriorizar lo que sentía.

—Espero que la información te haya resultado de alguna utilidad —señaló Sayed dubitativo al ver la cara que ponía su invitado.

—Más de lo que imaginas, querido amigo —dijo Henry guiñándole un ojo—. Brindemos por ello.

A Julia, el interior de los sótanos del Museo Egipcio le trajo aromas de las antiguas catacumbas. Interminables pasillos salpicados de cámaras selladas que comunicaban con nuevos pasillos y más cámaras que representaban una suerte de misterioso laberinto en el que se cobijaban obras de inconmensurable valor. Cerca de sesenta mil piezas que no tenían cabida físicamente en las exposiciones del museo y que aguardaban en las sombrías criptas el momento en que la luz las devolviera a la vida, como un soplido.

Algunas llevaban más de un siglo esperando, mucho tiempo para una obra inmortal, aunque no por ello dejaran de perder la esperanza de poder ser admiradas algún día por los ojos de los hombres.

Mientras recorría tan umbríos corredores, Julia tenía la sensación de hallarse en un lugar olvidado. Paredes desconchadas, suelos cubiertos de polvo, trémulas bombillas colgadas de los abovedados techos por insignificantes cables que apenas podían alumbrarse a sí mismas y, por todas partes, la triste compañía del abandono.

Sin embargo, aquellos sótanos despreciados por el tiempo poseían su propia vida e historias sorprendentes que, como las joyas que allí se atesoraban, esperaban el día en que fueran contadas.

Julia no sabía nada de aquello. Ignoraba que en semejante antro pudieran acumularse tales maravillas, y mucho menos conocía las enigmáticas historias que allí se daban cita. Era un reino de sombras de más de cien años al que el hombre había dejado a merced de su desprecio y de las propias leyes que en él habían terminado por originarse.

Aquella misma mañana Julia había recibido una llamada de Saleh. La voz inconfundible de aquel hombre le sonó tan desconfiada como la primera vez y le hizo imaginar al instante su rostro cetrino en donde el poblado bigote y los ojos, que solía abrir desmesuradamente, eran todo cuanto destacaba.

A través del teléfono, Saleh la había citado aquella tarde en los subsuelos del museo, rogándole encarecidamente que acudiese sola y fuera muy precavida.

Julia aceptó, a la vez que consideró detenidamente las últimas palabras del egipcio. Dadas las circunstancias, tomaría todas las precauciones que creyese oportunas, empezando por la de hacerse acompañar por Hassan y Magued, su peculiar taxista, hasta la misma puerta del museo.

Tal y como le habían asegurado, un funcionario del centro la acompañó hasta los sótanos, donde unos policías con uniforme blanco, sentados en la penumbra sobre viejas sillas de madera, le tomaron sus datos personales. Cumplido el trámite, uno de ellos se unió a la pequeña comitiva para adentrarse poco después en el laberinto en busca de Saleh.

Apenas habían recorrido unos metros cuando este surgió de entre los lóbregos corredores como si fuese una aparición.

—La profesora tiene un permiso expedido por la máxima autoridad para acompañarme al interior de las cámaras —dijo por toda presentación mientras entregaba al policía un papel con el sello del Servicio de Antigüedades.

El agente lo miró, devolviéndoselo acto seguido con una sonrisa de beneplácito.

El funcionario que la había recibido aprovechó el momento para despedirse, y Saleh hizo un gesto de invitación a la española para que le acompañase.

—Pocas son las personas que tienen la oportunidad de estar aquí, ¿sabe? —indicó Saleh señalando la sala a la que se dirigían—. Se necesita un permiso especial para ello que es muy difícil de conseguir.

Julia ladeó la cabeza y le interrogó con la mirada.

—Por fin, el Servicio se ha decidido a catalogar las piezas

abandonadas en el sótano; eso al menos es un comienzo, aunque se tardarán generaciones en conseguirlo. ¡Imagínese, casi sesenta mil piezas!

—¿No estaban registradas? —preguntó Julia con incredulidad.

—Así es, señora.

—Pero entonces...

—Puede usted figurarse las irregularidades que han podido presenciar estas paredes —intervino Saleh asintiendo— y durante nada menos que cien años. Solo Dios sabe las obras que han podido desaparecer; aunque como podrá comprobar, todo ese descontrol se ha terminado para siempre.

Luego se volvió con discreción e hizo una señal hacia el policía, que les seguía unos cuatro metros detrás.

—Ahora existe una vigilancia permanente de todo aquel que tiene acceso a los almacenes —subrayó el conservador.

Inconscientemente, Julia miró al policía, que le sonrió con aire inocente.

—¿Cuántas piezas se han catalogado? —preguntó la profesora.

—Unas diez mil. Como le comenté, necesitaremos muchos años hasta completar nuestra labor.

Julia hizo un gesto apenas perceptible.

—Sé lo que está pensando —dijo el conservador con perspicacia—. Pero le aseguro que aunque sus sueldos sean bajos, se cuidan de aceptar sobornos —indicó mientras volvía a señalar al policía—. La ley ha endurecido sus penas por este tipo de delitos, y las cárceles aquí no son como en su país.

Julia miró a su interlocutor mientras trataba de imaginarse lo que ocurriría si alguien tentaba a alguno de aquellos agentes, que apenas ganaban cuarenta euros al mes, con una cifra elevada; mas permaneció en silencio.

—Acompáñeme, por favor —la invitó Saleh con un ademán.

La pequeña comitiva se encaminó por uno de aquellos siniestros pasadizos bendecidos por el olvido, cubiertos de polvo y apenas iluminados. Sus pasos sonaban extrañamente apagados, como si las desconchadas paredes devolvieran su eco con manifiesta apatía, tal y como si en realidad fueran una ilusión.

A Julia le pareció que semejante símil le iba a la perfección, pues aquellos lúgubres pasillos parecían formar parte de una misma irrealidad.

Por fin llegaron ante una gran puerta metálica atravesada por enormes cerrojos que no hacían sino añadir una nota de tristeza a los lóbregos corredores. Sus cierres sonaron lastimeros cuando Saleh los manipuló, y la puerta chirrió desconsoladamente al abrirse, como si se resistiera a dejar el paso franco a aquellos intrusos ansiosos de fisgonear entre las reliquias que tan celosamente guardaba.

El conservador dijo unas palabras al policía y acto seguido hizo un ademán con el que invitaba a pasar a Julia.

—Él nos esperará aquí —indicó mientras accionaba el interruptor de la luz—. Ahora, dispóngase a presenciar lo inesperado.

La primera impresión que Julia tuvo ante lo que vieron sus ojos fue de incredulidad, aunque enseguida se transformara en absoluta estupefacción. El desangelado pasillo dejado atrás tenía su continuidad al otro lado de aquella puerta, quizá maquillado por una pintura color mostaza y salpicado por la luz de las pálidas bombillas que colgaban de largos cables desde el techo. La tenue iluminación hacía que la atmósfera de aquel corredor pareciera saturada de difusos velos, como si el color de los muros respirara por ellos, ensombreciendo aún más el ambiente. Julia tuvo la impresión de hallarse en una suerte de submundo, oscuro y misterioso, dueño de secretos aún por desvelar, que se mantenía como un bastión desafiante en las mismas profundidades de un museo abarrotado de obras de incalculable valor.

Con asombro, la profesora observó las estanterías metálicas situadas a ambos lados del corredor que se extendían a todo lo largo de este hasta donde la vista alcanzaba. Sus laterales se encontraban cubiertos por plásticos que pendían de la parte superior de la estructura y que hacían las veces de cortinas protectoras de las miles y miles de piezas que se ocultaban tras ellas sumidas en la indiferencia.

Reparó en un sarcófago dorado cuyos pálidos destellos pugnaban por abrirse paso entre la penumbra.

—Es magnífico, ¿verdad?

Julia miró a su interlocutor sin poder articular palabra.

—Tenemos catalogados cerca de doscientos como este, aunque hay muchos más.

—¡Doscientos! —exclamó la profesora sorprendida.

—Así es, y alguno de ellos contiene la momia del difunto.

—Pero... ¡es increíble!

—Con las obras que descansan en este sótano se podrían llenar varios museos —aseguró Saleh—. Por favor, sígame.

Julia tuvo la sensación de que pasaba revista a un panteón de reliquias sin nombre. Todo un ejército de joyas arqueológicas que formaba indolente a su paso a través de cámaras y corredores que parecían no tener fin. Sarcófagos, momias, bajorrelieves, estatuas, restos de cráneos, cerámica, cajas repletas de amuletos..., y todo por cientos; como si el tiempo los hubiera ido acumulando en el interior de aquel laberíntico sótano durante siglos. Incluso pudo distinguir entre algunas piezas los restos de unas páginas de un periódico local fechado en 1907.

Boquiabierta, la profesora parecía tomar conciencia de lo que veía.

—Ya le advertí que se tardaría generaciones en clasificar todo esto, señora.

Ella no dijo nada, pues a duras penas podía ocultar su confusión, y un sentimiento de tristeza vino a abrumarla ante la vista de semejante anarquía.

Recorrieron pasillos que se presentían interminables, cruzaron salas y se adentraron en nuevos corredores que llevaban a más cámaras y pasadizos que no acababan nunca. Cientos de metros de galerías polvorientas atestadas de hallazgos arqueológicos que una vez fueron desenterrados, para mayor gloria de los excavadores y aventureros, que alcanzaron la fama por medio de obras inmortales de otra época que, a la postre, habían terminado por ser repudiadas por gentes que les eran totalmente ajenas.

De vez en cuando, Saleh le daba explicaciones sobre alguna obra en particular mientras proseguían su camino.

—Nadie sabe con exactitud el número de piezas que hay. Imagínese, hace poco el doctor Hawass descubrió en estos corredores la momia de la reina Hatshepsut. Un hecho asombroso, sobre todo porque llevaba aquí cerca de cien años sin que nadie hubiera reparado en ella.

Apesadumbrada ante semejantes palabras, Julia pensó que todo aquello no dejaba de ser una afrenta a los propios dioses que un día gobernaron Egipto. Una de sus más grandes reinas había permanecido durante un siglo en tan detestable lugar.

Luego volvieron a su memoria los puntos de vista de

Henry respecto al derecho a poseer tales obras, y reflexionó un instante sobre ello. Viendo el cataclismo que la rodeaba llegó a la conclusión de que esto era mucho peor, pues no hay nada que se pueda comparar a la fría indiferencia.

Sus pasos acabaron por conducirle a una nueva cámara que se diferenciaba de las demás por tener dos sillas de madera. El resto del mobiliario era el habitual: piezas amontonadas y varios arcones que ofrecían un aspecto lamentable.

El conservador hizo un gesto invitándola a tomar asiento.

—Este es mi refugio —dijo con indisimulado deleite—. Todo el museo gravita sobre esta sala.

A Julia la escena le recordó a la de una famosa obra en la que el protagonista habitaba en los sótanos del edificio de la ópera, aunque poco tuviera que ver Saleh con él.

—Paso horas en este lugar, ¿sabe? —indicó el egipcio mirándola fijamente a los ojos—. Aquí sigo la obra iniciada por mi padre muchos años atrás. Él llegó a conocer bien estos corredores y gran parte de las piezas que cobijan. Cuando nadie se interesaba por ellas, él las admiró. A su manera trató de catalogar una obra imposible.

—¿Su padre trabajó en el museo?

—Fue conservador, como yo; un hombre de otra época. Él me enseñó a respetar este sórdido lugar y los secretos que guarda.

Julia hizo un gesto de sorpresa.

—No sé de qué se extraña —apuntó Saleh al ver la expresión de su rostro—, todos los grandes museos los tienen. Aunque le puedo asegurar que los de aquí abajo superan a todos los demás.

Julia sintió un escalofrío e, inconscientemente, miró a su alrededor.

—Estamos solos —matizó el egipcio forzando una sonrisa—, o al menos eso espero.

Ella recompuso el gesto tratando de disimular la poca simpatía que sentía por aquel hombre.

—Secretos indescifrables, misterios insondables... Demasiados enigmas sin fundamento para mí —suspiró.

—Castillos en el aire, ¿no es así?

—Llámelos como usted quiera.

—Tiene razón, es imposible hablar con rigor de lo que se desconoce.

Julia hizo un gesto de desdén.

—Sin embargo, en cierto modo se encuentra atrapada por ellos —continuó Saleh.

—Si quiere que le diga la verdad, no sé qué hago aquí. A veces pienso que debería haber acudido a la policía para así haber terminado con todo este asunto.

—Pero no lo hizo. Decidió cumplir la última voluntad de un moribundo, demostrando con ello poseer unos principios que hoy parecen en desuso.

Julia se movió incómoda en su silla, ya que detestaba que la adularan. Saleh pareció darse cuenta de ello.

—¿Me permite que le haga una pregunta? —inquirió, volviendo a adoptar su habitual tono receloso.

—Claro.

—¿Qué opina del escarabeo?

—Que es una obra maravillosa —contestó ella escuetamente.

—Je, je. No me refería a eso, y usted lo sabe.

—Me temo que más allá de esa pieza no haya sino leyendas capaces de hacer enloquecer a los hombres.

—Entonces ¿no cree en ellas? —preguntó el egipcio sorprendido.

—No más que en otras de las que se halla plagada la Historia. La única realidad es que alguien llamado Neferkaptah tuvo un final desgraciado.

Saleh la miró fijamente en tanto esbozaba una enigmática sonrisa.

—Escuche, Saleh —señaló la profesora, que empezaba a cansarse de los circunloquios del egipcio—. Solo espero sus explicaciones. Ignoro cuál es la relación que le unía con Ahmed y qué se esconde detrás. Créame que estoy harta de sentirme espiada, de intrigas y maquinaciones de tipos ebrios de poder o de supuestas hermandades.

Julia vio como su interlocutor cambiaba de expresión.

—Si quiere que le entregue el escarabeo, deberá aclararme a quién representa usted y cuáles son sus fines. En caso contrario, le aseguro que no lo encontrará jamás.

El conservador apenas pudo disimular su crispación y masculló algunas palabras en árabe.

—¿No me diga que usted también va en busca de la inmortalidad? —continuó Julia alzando un poco la voz.

Saleh se puso lívido.

—Por favor, por favor —musitó, haciendo un claro gesto con sus manos para que bajara su tono—. No debe hablar así.

—¿Ah, no?, pues a no ser que me dé una explicación, no encuentro ninguna objeción para no hacerlo.

Saleh miró a su alrededor sin ocultar su desconfianza.

—Aunque usted no lo crea, existen poderes que van más allá de la razón —dijo apenas en un murmullo—. Hoy más que nunca el hombre pretende ser como Dios. Cree que su conocimiento lo abarca todo, pero ansía saber las claves que rigen el Universo, el destino de los hombres o el último viaje al reino de las sombras. Cuestiones todas ellas que se hallan lejos de nuestro entendimiento y que solo a Alá o a su Dios corresponden.

Julia lo observaba sin perder detalle.

—La naturaleza humana no está preparada para el conocimiento supremo, pues es mezquina y tendería a hacer un mal uso de él —prosiguió Saleh—. Mire si no lo que ocurre a nuestro alrededor. Todos los días accedemos a un sinfín de informaciones inexactas, así como a teorías erróneas que no consiguen más que crear en nosotros una visión irreal de las cosas.

—Creo en la capacidad del ser humano para discernir en todos los asuntos —dijo Julia tranquilamente—. No me gusta que nadie decida lo que debo o no debo saber.

El egipcio negó con la cabeza.

—Se trata de algo mucho más complejo que eso. Encrucijadas a las que no debemos llegar.

—¿Quiere decir que usted o sus amigos vigilan los caminos que conducen a ellas?

—Veo que no puede entenderlo —señaló Saleh con gesto abatido—. Sus ojos no son capaces de ir más allá de una simple figura con forma de escarabajo; sin embargo, yo le aseguro que la historia de Neferkaptah es cierta, y que usted tiene en su mano el evitar que se desaten poderes que escapan a su imaginación.

—Escuchándole, cualquiera diría que he de hacer caso a quienes afirman de la existencia de hermandades secretas empeñadas en evitar la difusión de arcanos misterios —apuntó Julia con cierto retintín.

Saleh hizo una mueca que le dio a su rostro una expresión sardónica.

—A alguna de ellas incluso la han bautizado —aclaró la profesora con indisimulado regodeo—. Figúrese.

—Conmigo puede ahorrarse sus chanzas —saltó Saleh endureciendo su mirada—. Nada es como usted piensa.

Julia lanzó un suspiro.

—Mire, Saleh —dijo cambiando el tono de su voz—, confío en que no se moleste, pero quiero que entienda que me siento distante a todo este entramado.

El egipcio la observó un momento con atención.

—Lo sabemos, y también reconocemos su esfuerzo en todo este asunto; por eso se encuentra hoy aquí.

Ella enarcó una de sus cejas.

—Venga, le enseñaré algo —dijo el egipcio levantándose súbitamente para aproximarse a uno de aquellos vetustos arcones de madera.

Al abrir su tapa, Julia apenas pudo reprimir su asombro.

—¡Dios mío! —musitó, llevándose los dedos a la boca.

Saleh sonrió maliciosamente en tanto hundía sus manos en lo que parecía una miríada de amuletos y abalorios.

Ella vio con espanto cómo revolvía en su interior como si se trataran de piezas sin valor adquiridas en algún rastrillo.

—Aquí hay obras que harían las delicias de cualquier buen coleccionista —apuntó el conservador divertido al observar la expresión de su acompañante—. Mire —continuó, sacando como al azar una pequeña figura de cornalina.

—¡Es preciosa! —exclamó Julia, cogiéndola casi con reverencia.

—Es la diosa Maat —explicó Saleh señalando con un dedo a la pequeña pluma de avestruz que la figurita llevaba en la cabeza—. La divina representación del orden y la justicia para los antiguos egipcios. Hay muchas más como ella en el fondo de estos viejos arcones, y la mayoría están todavía sin catalogar.

Julia se la devolvió sin ocultar su perplejidad ante lo que

veía; luego, observó como Saleh introducía un poco más su brazo en el interior del cofre y al poco sacaba un pequeño cilindro de cartón rígido. Acto seguido dirigió una mirada cargada de complicidad hacia la profesora y la invitó de nuevo a sentarse.

—Para una profesora de Historia como usted, los hechos fehacientes son los que cuentan, ¿no es así? —subrayó agitando el pequeño tubo de cartón.

Ella lo miró sin decir nada.

—Le mostraré algo que muy pocas personas conocen —señaló el egipcio mientras abría la parte superior del cilindro, y extraía de su interior lo que parecía un papiro—. Nadie en el museo sabe de su existencia, salvo yo, naturalmente; tome.

Julia cogió el viejo manuscrito que aquel hombre le ofrecía con sumo cuidado, desenrollándolo con mimo.

—Fue descubierto por Mariette hace más de ciento cincuenta años, durante las excavaciones que realizó en la zona del Serapeum, en Saqqara. Allí encontró una tumba que se supuso debió de pertenecer al príncipe Khaemwase y en cuyo interior se halló este pergamino. Supongo que a estas alturas ya habrá oído este nombre.

—Si no me han informado mal, fue el cuarto hijo del faraón Ramsés II —puntualizó la profesora en tanto trataba de adivinar el contenido del texto—. Parece encontrarse en perfectas condiciones —murmuró admirada.

—Tal y como si hubiera sido escrito ayer, ¿verdad?

Julia levantó su vista hacia el conservador, que le sonreía complacido.

—Durante más de un siglo se pensó que en verdad aquella era la tumba del príncipe, pero las últimas investigaciones han demostrado que no existen pruebas concluyentes para asegurarlo —prosiguió el egipcio—. ¿Puede leer el texto? —preguntó seguidamente al observar el interés con el que la profesora lo examinaba.

—No —señaló con naturalidad—, aunque sus trazos son elegantes; parece escrito en hierático.

Saleh asintió con suavidad.

—Pocas son las personas capaces de traducirlo. En realidad, el papiro que ahora tiene en sus manos solo ha sido leído por dos: mi padre y yo.

Julia sintió un leve estremecimiento y, acto seguido, volvió a enrollar el pergamino con cuidado.

—No entiendo... —musitó ella mientras se lo devolvía.

—Como tantos otros hallazgos, el papiro vino a acabar entre las paredes de estos sótanos; totalmente olvidado.

—Pero... es incomprensible. ¿Nadie se interesó por él cuando Mariette lo descubrió? —preguntó Julia con escepticismo.

Saleh se encogió de hombros.

—Parece increíble, ¿verdad? Sin embargo, eso fue lo que ocurrió, como si una extraña casualidad hubiera querido que terminara por ser abandonado en este sombrío lugar, ignorado por todos.

—¿Quiere decir que nunca fue catalogado?

Saleh volvió a asentir.

—Mi padre fue el que lo volvió a encontrar, muchos años después, en el interior de una caja cubierta de polvo, como seguramente lo debieron de dejar aquí. Posteriormente comprobó que no existía ningún dato sobre él en el registro del museo; él fue el primero que tradujo el texto.

Julia escuchaba al conservador con sumo interés.

—No sé por qué, presiento que dicho texto está relacionado con el asunto que me ha traído hasta aquí, ¿me equivoco? —inquirió pensativa.

—Ya le dije que creo en la historia de Neferkaptah, y este papiro no es sino una prueba más que nos invita a no tomar su leyenda a la ligera —subrayó Saleh—. Al parecer, el texto fue redactado por el propio Khaemwase, pues está firmado de su puño y letra. En él nos habla de la tumba perdida de Neferkaptah y del misterioso *Libro de Thot*, algo que, sin lugar a dudas, pareció obsesionar al príncipe hasta el final de sus días. También nos advierte de las desgracias que puede llegar a acarrear dicho libro, así como de la necesidad de que nunca sea encontrado.

Julia parecía turbada.

—Yo diría que se trata de una prueba digna de consideración —aseguró el conservador a la vez que agitaba el enrollado papiro—. Tengo el convencimiento de que su amigo el inglés se entusiasmaría si lo leyese.

—Algo a lo que me imagino que se opondrá —dijo ella como regresando a la realidad.

—Seguro que es usted capaz de comprenderlo —indicó el egipcio mientras volvía a introducir el manuscrito en el tubo de cartón—. Mi único interés es hacerle ver el propósito que se esconde detrás de todo esto. Debemos dejar que Neferkaptah continúe descansando en paz.

Julia lo observó en silencio en tanto ordenaba sus ideas. El conservador se dio cuenta de ello.

—El escarabeo que usted posee no tendría mayor valor en sí mismo que el de la soberbia joya que es, si no fuera porque supone una llave con la que poder abrir una de las puertas que conducen hasta el *Libro de Thot*, aunque quepa la posibilidad de que finalmente no resulte de ninguna utilidad.

—¿A qué se refiere?

—A cada hora que pasa corremos el riesgo de que alguna de esas otras puertas sean abiertas. Los que se han puesto ya en camino no cejarán en su empeño, señora. Están buscando con ahínco la tumba de Neferkaptah y en cualquier momento pueden hallarla; se encuentran muy cerca.

—Estoy de acuerdo en devolver a la necrópolis lo que una vez se le arrebató —dijo Julia con rotundidad—. No existe un sitio más adecuado para el escarabeo que enterrarlo bajo las arenas que lo guardaron durante miles de años. Lejos de la ambición humana.

—Exacto. Ninguna persona puede pretender cambiar su propia naturaleza. Nadie tiene derecho a apoderarse del papiro. Eso es lo que trato de explicarle.

Julia desvió su mirada perdiéndola por entre los anaqueles y los viejos baúles.

—Los Hombres de Negro... —susurró ella quedamente, apenas en un murmullo.

Durante unos instantes ambos se miraron en silencio.

—Son muchos los nombres empleados para referirse a nosotros —señaló Saleh sin inmutarse—; todo es producto de la desbordante fantasía que el hombre es capaz de desarrollar ante lo que le resulta misterioso o incomprensible.

—Entonces..., es cierto. Algunos aseguran que existen desde hace milenios.

—No seré yo quien dé alimento a los mitos. Creo que he sido generoso en mis explicaciones, señora. Confío en que después de esta conversación se avenga a dar cumplimiento a lo que la ha traído a Egipto.

Al escuchar aquellas palabras, ella parpadeó ligeramente, como si inconscientemente fuera aún presa de las dudas.

—Espero sus noticias —dijo Saleh levantándose de su

silla—. Mientras tanto, tenga mucho cuidado; la propia figura que usted posee es capaz de influir sobre su persona, pues, aunque no lo crea, rezuma magia de otro tiempo. Hágame caso, sé de lo que le hablo; en el fondo de esa obra de arte anida la desgracia, no permita que la atrape.

LA BÚSQUEDA

14

La oscuridad se cernía con la intención de devorarlo todo. Solo la menguante luna, allá entre los cerros de Mokattan, trataba de hacer frente con su mortecina palidez al ejército de las sombras que se hacía corpóreo desde la profundidad de la noche. Una lucha desigual, sin duda, en la que ningún satélite podría sacar ventaja, pues ni los mismos titanes serían capaces de derrotar a las huestes del señor de la oscuridad.

La vieja carretera que desde la avenida de las Pirámides se dirigía hacia Saqqara se hallaba tomada por los demonios de la noche. Aviesos y sutilmente enmascarados en la más absoluta penumbra, tendían los invisibles velos del miedo sobre todo aquel que se aventuraba en aquella hora por tan apartados pasajes.

Reunidos en los cruces o detrás de cada curva, hacían acto de presencia, caprichosamente, en forma de un automóvil que circulaba sin luces, o de un pobre asno que, arrastrando una carreta, se encontraba parado en el centro de la calzada.

Un camino festoneado de sucios canales y palmerales,

miserables pueblos sin calles y las arenas de las viejas necrópolis, inmortales en el tiempo.

De vez en cuando alguna decrépita bombilla, colgando del
techo de uno de los cochambrosos bares que se asomaban a la
carretera, anunciaba la existencia de vida más allá del general
abandono. Gentes sentadas en sillas de plástico, alrededor de
una mesa, que se esforzaban en adivinarse el rostro acaparan-
do la paupérrima iluminación que el lugar les regalaba, en tanto charlaban animadamente ajenos a su propia penuria.

Los demonios apenas reparaban en ellos, pues ya se sentían satisfechos con su infortunio, así como con la imposi-
bilidad de que, algún día, pudieran mejorar. Su desgracia les
pertenecía, y eso parecía ser suficiente. Preferían acechar a
los incautos que se aventuraban por donde nunca serían
bienvenidos; sus almas eran motivo de deseo y su desdicha,
un fin en sí mismo para ellos.

Sin pretenderlo, Henry pensaba en todo eso mientras
circulaba por la carretera.

—Cuídese de los súcubos —le había advertido el viejo
Abdul aquella misma mañana—. Cuentan que, en ocasiones,
recorren Saqqara sedientos de venganza por el desprecio que
los hombres de esta tierra hemos demostrado hacia la herencia dejada por una civilización de gigantes. Desde sus
necrópolis, las almas perdidas vagan en busca de impruden-
tes en los que descargar su ira. Sus tumbas mancilladas por
nuestra mano yacen sumidas en el desconsuelo, en el abismo
donde nuestra inconsciencia les ha llevado. Es allí donde se
convocan a los hijos de la noche que, hartos de nuestros
expolios e impiedad, nos señalan con su dedo acusador mal-
diciéndonos para toda la eternidad a la vez que siembran los
pueblos cercanos de miseria humana. Si esta noche va allí,
ellos procurarán su desgracia.

El inglés le había respondido con uno de sus habituales gestos de ironía, no dando demasiada importancia a las palabras de su amigo. Su mentalidad pragmática solo estaba preocupada en la cita que iba a mantener con aquel al que llamaban Ali *el Cojo*.

—Su señoría deberá esperar a la entrada del pueblo, junto a un enorme estanque al lado de la carretera. Allí aparcará el coche y aguardará hasta que él vaya a buscarle —le había dicho Abdul.

—¿A qué hora nos veremos? —había inquirido Henry.

—Je, je. Me temo que su señoría no tenga demasiada experiencia en estos asuntos. Seguramente pasarán horas antes de que Ali se decida a negociar con su excelencia. Como le advertí, esto es muy peligroso. El mismo Ali desconfiará. La policía puede seguir sus pasos y, si le cogen con el papiro, pasará el resto de su vida en la cárcel. No es ninguna broma, amigo mío, incluso la vida de milord puede correr peligro; si ese hombre se ve amenazado, no dudará en matarle.

—Bueno —había respondido lord Bronsbury con cierta afectación—. Creo que poseo el antídoto perfecto contra la desconfianza.

—Je, je —había vuelto a reír el anciano meneando su cabeza.

—Si algo me ocurriera esta noche, ¿te ocuparás de ayudar a la señora a regresar a su país?

—Prometo a su señoría que así lo haré. Por cierto, el encargo que me hizo estará listo mañana.

—¡Oh! Espléndido. Entonces mañana volveré a verte.

Una vieja camioneta a la que le faltaba uno de los faros delanteros pasó tan cerca de su auto que Henry regresó de sus pensamientos antes de lo previsto. Todavía sorprendido, oyó cómo O'Leary, el hombre que conducía el coche, soltaba una blasfemia digna del peor de los condenados.

—Perdóneme, milord —dijo casi al instante arrepentido—, pero esta parece la carretera que lleva hasta Stillorgan un viernes por la noche, no sé si su señoría me entiende.

—¿Stillorgan? —quiso saber Henry.

—Es el nombre de un pub de un barrio de Dublín donde yo viví hace años. Si me lo permite, milord, le diré que aquel no era un lugar de mala reputación, aunque durante los fines de semana no podía encontrarse un alma sobria en tres millas a la redonda.

—¡Oh! Interesante lugar —apuntó Barry, que iba sentado junto a su inseparable amigo en la parte de atrás.

Henry volvió a fijar su atención en el difuso paisaje que se dibujaba más allá de las ventanillas, tratando de adivinarlo a través de la oscuridad. A aquella hora parecía un lugar desolado, como olvidado a su suerte por el Gran Cairo, situado apenas a unos cuantos kilómetros de distancia. En cierta forma, Abdul tenía razón cuando le había asegurado que los demonios acudirían aquella noche por allí. El canal de Maryutia, justo a la izquierda de la carretera, se presentía como un buen cubil para las huestes de Anubis, un lento fluir de aguas engangrenadas que discurrían en algunos puntos junto a chabolas de adobe; miseria en estado puro.

Él conocía bien aquel camino por haberlo recorrido varias veces con ocasión de sus visitas al área arqueológica de Saqqara, una zona que siempre le había subyugado. Sin embargo, nunca había viajado de noche por allí; y a fe suya que el paisaje resultaba bien diferente.

Sonrió un instante para sí. El viejo mercader sabía bien de lo que hablaba al advertirle sobre el peligro que corría al encaminarse a esas horas por semejantes parajes. Él, por su parte, no había tomado sus consejos a la ligera y había decidido ser precavido. Su amigo James se había encargado de proporcionarle la mejor compañía que se pudiera desear, ya que tanto O'Leary, el conductor, como Jennings, su otro acompañante, resultaban de su total confianza.

El tal Jennings había supuesto toda una bendición caída del cielo, pues se trataba de un fornido ex marinero de Portsmouth, famoso por su mal carácter, pendencia y malos modales, cuyo solo rostro, que parecía haber sido esculpido en la más dura roca, era capaz de asustar a cualquiera. Cuando Henry le había dado la mano para saludarlo, pensó con horror que esta acabaría siendo triturada por una prensa hidráulica, aunque a la postre pudiera conservarla.

El aristócrata no había tenido más remedio que admitir a Barry en el grupo, pues era la única persona capaz de asesorarle con ciertas garantías con respecto a la autenticidad de la pieza que tenía intención de adquirir. Barry se había mostrado muy excitado ante aquella aventura y no dejaba de asegurar que el papiro del interior de la caja de ébano podría arrojar una luz definitiva sobre el asunto. «Créeme, Henry, eso es posible», repetía una y otra vez entusiasmado como un chiquillo.

Juntos habían abandonado El Cairo lo más discretamente posible, en el coche de O'Leary, con la esperanza de pasar inadvertidos. Henry estaba convencido de la posibilidad de que la policía les siguiera y por ello habían salido del garaje del apartamento del conductor ocultos bajo una manta en los asientos traseros. Además, O'Leary había utilizado todo tipo de argucias para asegurarse de que nadie los perseguía.

El automóvil aminoró su marcha y Henry salió de sus entelequias para volver a tomar conciencia de todo cuanto le rodeaba; oscuridad, silencio y unos decrépitos edificios que parecían intuirse en el abismo.

—Ya hemos llegado, milord. Este es el pueblo al que llaman Shabramant —dijo O'Leary deteniendo el coche junto al pequeño muro de un estanque—. Según tengo entendido, aquí viven más ladrones que en el resto del país; aseguran que ni la policía se atreve a venir a este lugar; aunque supongo que serán exageraciones.

Jennings, sentado junto al conductor, hizo un leve movimiento y sacó un revólver de debajo de su chaqueta. Durante unos instantes lo examinó con atención y, acto seguido, volvió a guardarlo dando un suspiro.

Barry, que no le quitaba ojo, tragó saliva al ver el arma y luego miró hacia su amigo, expectante.

—Me temo que no nos queda más que aguzar la vista y esperar —dijo este por toda contestación arrellanándose mejor en su asiento.

Y a fe que esperaron.

Pasaron los minutos y todo continuó como si en realidad se encontraran en un paraje desierto. De vez en cuando un automóvil circulaba por la cercana carretera recordándoles la proximidad de la civilización; otras, eran los ladridos de algún perro vagabundo los que les hacían tomar conciencia del lugar en el que se encontraban, una aldea sumida en el desamparo.

Sin embargo, Henry sabía que así eran las cosas. En Egipto todo llevaba su tiempo, incluso los negocios poco recomendables necesitaban de sus formalidades. Era preciso aguardar como parte inherente a cualquier negociación.

Llevaban más de una hora en el coche cuando la luna se desperezó por encima de los palmerales que cubrían los campos al otro lado de la carretera. Aún en su cuarto menguante, su luz se desparramó con timidez por la tierra de Egipto, dando vida a las formas que antes tan solo eran sombras. Entonces, los ocupantes del vehículo tuvieron plena conciencia de dónde se encontraban. Vieron claramente el estanque junto al que habían aparcado y las calles sin asfaltar que lo rodeaban en las que se amontonaba la arena y la basura. Casi de inmediato, observaron como dos pequeñas figuras salían de un callejón y se aproximaban hacia ellos; eran dos niños.

Uno de ellos, el que parecía mayor, se acercó al coche haciendo claros signos para que le acompañaran. Con la cara casi pegada a uno de los cristales miró al interior del automóvil e invitó a salir a sus ocupantes, como si el tiempo apremiara.

El chiquillo no debía de tener más de doce años, pero su cara era la viva imagen de la suprema pillería.

Henry hizo un gesto a sus amigos, saliendo acto seguido del coche, donde solo quedó O'Leary.

La pequeña comitiva se encaminó entonces hacia una de las callejuelas que partían desde la vía principal y en la que se había instalado la inmundicia. Jennings, con una mano bajo la chaqueta, caminaba por delante de sus dos compatriotas sin perder detalle de cuanto ocurría a su alrededor. Su imponente figura se recortaba sobre los claroscuros como si perteneciera a un personaje de ficción similar a los que protagonizaban las historias de los clásicos del cómic.

Barry pensó en eso, y también en que su idea de la civilización desaparecía como por ensalmo entre el polvo y las condiciones infrahumanas en las que se imaginó que debían de vivir los habitantes de aquel pueblo.

El pequeño grupo entró en el portal de un edificio que parecía estar sin terminar. Paredes de ladrillo sin enlucir, ventanas sin cristales y una escalera sin pasamanos por la que fueron invitados a subir. Esta acababa en un rellano donde la oscuridad terminaba al amor de otra mortecina bombilla colgada del inefable cable.

En el descansillo había una puerta, y junto a ella un hombre vestido con una *galabiyya* que, al verles, les dedicó una sonrisa tan espeluznante que a Barry le recordó a la de las hienas.

Casi de inmediato, el desconocido entró en el piso apremiando a sus visitantes a que lo siguieran. Estos consintieron con no poca cautela y, tras atravesar un corto pasillo, accedieron a una habitación cubierta de almohadones donde había un individuo preparando té. Al verlos se levantó para saludarles mostrando una indisimulada cojera. Era Ali Ismail.

Su aspecto no resultaba mucho mejor que el de su amigo, pues era siniestro y ni su mirada torva ni su boca algo desdentada le ayudaban mucho en ese particular. Con inequívocos ademanes, Ali los animó a sentarse al tiempo que el otro tipo vino a situarse a su lado, iniciando al poco la conversación.

—Ali Ismail se siente honrado de tenerles en su casa. Considérense sus huéspedes —dijo ceremonioso en un inglés mediocre.

—Estamos encantados —señaló Henry mostrando una de sus características sonrisas—. En el coche ya empezábamos a quedarnos fríos.

El acompañante vino a traducir aquellas palabras a Ali, que, al punto, soltó una carcajada a la vez que lanzaba lo que al aristócrata le pareció un juramento de la peor especie.

—A mi primo Ali le gusta su sentido del humor, aunque, lamentablemente, no hable su idioma. Mi nombre es Mohamed y trataré de traducir sus palabras. ¿Quieren un poco de té?

Henry asintió mientras cruzaba una fugaz mirada con Ali, que sin duda le estaba examinando de arriba abajo.

Tras recibir la primera taza, Henry se la ofreció a Barry, que le miraba con los ojos muy abiertos, como temeroso de que le fueran a envenenar.

—Estas personas nos ofrecen su cortesía —indicó lord Bronsbury a la vez que tomaba su taza—. Agradecemos su amabilidad.

—Gracias, gracias —se apresuró a responder Mohamed, bebiendo seguidamente su té.

Durante unos minutos, Henry y su improvisado traductor hablaron de cosas sin importancia, luego el egipcio se interesó por su punto de vista acerca del estado de su país y su futuro. Ali le pedía que tradujera las palabras del extranjero y asentía en silencio. Después, la conversación se encaminó hacia otros derroteros hasta que acabaron por hablar de la difícil situación económica de la mayor parte de la población egipcia.

—La clase media se empobrece —apuntaba Mohamed haciendo gestos ostentosos—, y la baja está ya en la miseria. Nosotros somos buenos creyentes —dijo señalando a su primo—, pero la necesidad acaba por quebrantar la fe.

Henry asentía en silencio con aire circunspecto. A aquellas alturas no albergaba ninguna duda sobre la catadura de aquellos individuos, verdaderos ladrones dispuestos a engañarle cuanto pudieran mientras le ofrecían su hospitalidad. Pensó que el cuadro que se dibujaba en aquella habitación no podía resultar más revelador: la triste bombilla de costumbre, las paredes cargadas de abandono, la ventana en la que unos cartones hacían las veces de cortinas, y los sucios cojines sobre los que se sentaban alrededor de la mesita de latón con tacitas para el té. El inglés no creía nada de cuanto le decían sus anfitriones, y mucho menos de lo que veía. El tal Ali debía de haber sacado un buen beneficio por el escarabeo, aunque lo vendiera en el mercado negro, sin duda lo suficiente como para adquirir unos visillos decentes.

—Hemos sabido que quería hacer negocios con mi primo —dijo de repente Mohamed, que tras más de media hora de conversación había decidido que era el momento oportuno para empezar a hablar del asunto—. Y él está extrañado, porque es pobre y no tiene nada que ofrecer.

Henry asintió, a la vez que bebía su enésima taza de té.

—Es una pena, podría haber ganado un buen dinero.

Mohamed se encogió de hombros.

—No sé quién pudo haberle hablado de Ali. Él es un albañil que trabaja en lo que puede. Como ve, no tiene nada.

Lord Bronsbury hizo un ademán con sus manos mientras miraba de soslayo a Jennings, que, impasible, permanecía recostado contra la pared.

—La gente a veces se equivoca, aunque me aseguraron que podía ofrecerme algo en lo que estoy interesado.

—No entiendo qué pueda interesarle de aquí —se apresuró a decir Mohamed señalando a su alrededor—, aunque siento curiosidad por saber quién ha sido capaz de engañarle.

—Me temo que en eso no puedo ayudarle. Nunca hablo de la identidad de las personas con las que hago negocios.

—Créame que nos encontramos sorprendidos. ¿Podríamos saber, al menos, cuál es el motivo de su interés?

—Una pieza muy antigua.

Mohamed tradujo las últimas palabras y de inmediato Ali se echó las manos a la cabeza lanzando otro juramento.

—Perdónele —señaló Mohamed—, pero mi primo se ha asustado un poco. Como seguramente sabrá, vender antigüedades es un delito muy perseguido.

—Así es —convino Henry volviendo a sonreír—, digamos que soy un hombre al que le gustan las emociones.

Barry tragó saliva al escuchar aquello e, instintivamente, se llevó la taza de té a los labios. Por un momento pensó que aquellos hombres sacarían una faca y allí mismo los degollarían.

—Corre usted un gran peligro. La policía tiene ojos en cada esquina.

—Espero que aquí no —subrayó el inglés enfatizando sus palabras.

Mohamed se volvió hacia su primo y ambos parecieron enzarzarse en una discusión.

—Me pregunta Ali si puede darle más datos sobre lo que busca. Él conoce a mucha gente y quizá pueda ayudarle.

—Se trata de una caja de ébano con una figura de marfil en forma de ibis en cuyo interior hay un papiro.

Al escuchar la traducción, Ali volvió a ponerse las manos sobre la cabeza a la vez que juraba y juraba.

Los tres ingleses se miraron en silencio.

—Perdónele —dijo Mohamed con los ojos muy abiertos—, pero está muy excitado... No puede creer lo que ha oído.

Henry enarcó una de sus cejas burlón.

—Es imposible que alguien pueda saberlo... Es imposible que alguien pueda conocerlo —continuó el egipcio.

—De ébano y marfil —aseguró lord Bronsbury—; y quiero comprarlo —subrayó volviendo a dar otro sorbo de su taza.

Mohamed pestañeó repetidamente en tanto su primo parecía sumido en la más encendida de las peroratas.

—¿Qué le ocurre? —inquirió Barry, que no podía permanecer por más tiempo callado.

—¡No se lo van a creer! —exclamó Mohamed haciendo aspavientos—. Al parecer mi primo tiene esa obra. Es una herencia que le dejó su padre, que a su vez era de su tatarabuelo. ¡Imagínense!

—Nos lo imaginamos —apostilló lord Bronsbury con gesto de hacerse cargo.

—¿Y dice usted que quiere adquirirla?

Henry asintió.

—Parece obra de genios, como si se le hubieran aparecido en sueños para hablarle del asunto. Mi primo está convencido de ello.

—Dígale a su primo que lo soñé en mi casa de Londres un sábado por la noche.

Al oír aquello, Ali volvió a despotricar y Henry supuso que estaría insultándolo, mas permaneció tan impasible como de costumbre.

—Ahora solo queda ponernos de acuerdo en el precio —continuó el lord, flemático—, aunque me encantaría ver la obra primero.

De nuevo los repetidos pestañeos y las discusiones llenaron la pequeña habitación; Jennings, por su parte, miró al aristócrata con el gesto inconfundible de quien está empezando a cansarse, mas Henry pareció no hacerle caso.

—¿Y bien? ¿Puedo verla?

—Verá, señor. Mi primo siente un gran cariño por esa caja. Como ustedes dirían, tiene un valor sentimental inestimable para él. Perteneció nada menos que a su tatarabuelo; nunca podría venderla.

—Bueno, tampoco conviene exagerar, ¿no le parece? Las

cosas vienen y van y, además, con lo que saque por ella podrá comprarse una casa nueva.

Aquellas palabras parecieron excitar aún más a Ali, hasta el punto de que sus ojos se encendieron repentinamente, codiciosos.

—Me pregunta que cuánto estaría dispuesto a ofrecer por ella —dijo Mohamed después de la habitual discusión.

—Eso depende. Primero tengo que ver la pieza —señaló Henry con rotundidad, sabedor de la comprometedora situación en la que se vería si ofrecía dinero por algo que ni tan siquiera tenía a la vista.

Ante esto, Ali dio muestras de enfadarse mucho, hasta el punto de que Jennings se incorporó acariciándose la chaqueta.

Henry hizo un gesto casi imperceptible.

—Dice que lo que usted quiere es un insulto. Recuerde que ha pertenecido a su familia desde hace siglos.

—En tal caso, me temo que debamos marcharnos —señaló Henry haciendo ademán de levantarse.

—No, no, no. No se vayan, por favor —se apresuró a decir Mohamed—. Permítanme un instante a ver si puedo convencerlo; la verdad es que me resulta usted muy simpático.

—Ya me había dado cuenta —replicó el inglés con su habitual sarcasmo.

Tras un nuevo intercambio de opiniones, Mohamed volvió a la conversación.

—Como muestra de deferencia hacia ustedes, mi primo está dispuesto a mostrarles su querida reliquia; aunque a cambio confía en su generosidad. Yo le he convencido para que acepte negociar, pero les advierto que es muy testarudo.

—Muy agradecido —dijo Henry.

Al momento, Mohamed se dirigió hacia uno de los chiquillos que, expectantes, aguardaban junto a la puerta.

—Es mi sobrino, ¿sabe? Un chico muy listo —aseguró Mohamed.

No habían pasado dos minutos cuando el niño apareció de nuevo portando una pequeña bolsa entre las manos. Con estudiada teatralidad, Mohamed abrió la bolsita y puso su contenido sobre la mesa.

Henry tuvo que hacer un esfuerzo para disimular la excitación que le embargó al ver aquella maravilla. Reprimiendo a duras penas sus deseos por tocarla, miró hacia sus anfitriones solicitando su permiso para examinarla. Ali hizo un gesto que podía significar cualquier cosa.

—Por favor —dijo Mohamed invitándolo a cogerla.

Henry tomó la caja entre sus manos con delicadeza y la acercó a la mortecina luz de la bombilla. Tras unos instantes extrajo una pequeña linterna de su zurrón y pareció estudiar detenidamente la pieza. Mientras lo hacía, el aristócrata era capaz de sentir la habitual agitación que solía experimentar al contemplar una obra maestra. A través del contacto de sus dedos, captaba el alma que el artista había insuflado a su creación. Esta era simplemente perfecta, con un acabado que llenaría de asombro al mejor de los orfebres de cualquier época. La taracea de marfil incrustada en la tapa de la caja era, a su vez, sencillamente extraordinaria. En ella había quedado plasmada toda la sensibilidad que atesoraban las manos del artesano que la concibió; representaba la figura de un ibis, y el conjunto poseía tal armonía que daba la sensación de que el ave surgía desde el interior del oscuro ébano que la rodeaba cual si lo hiciera del sagrado Nilo. Hasta el tamaño era el adecuado, apenas treinta centímetros, lo que le daba una apariencia que resaltaba su elegancia.

Haciendo acopio de toda la disciplina en la que fue educado, Henry luchó tenazmente contra el impulso que le empujaba a salir de allí con aquella joya entre sus manos al precio que fuera. Con una pequeña lupa, se detuvo a inspeccionar con más cuidado la obra, en busca de los pequeños defectos que pudiera poseer; mas no encontró imperfecciones, y cuando levantó su vista de nuevo hacia aquellos egipcios que le observaban con ojos de rapaces, una íntima emoción le impidió articular palabra.

—Ejem...

Instintivamente, todos dirigieron su atención hacia Barry, que parecía intentar aclararse la voz.

—¿Tendrían inconveniente en que mi amigo lo viera? —inquirió Henry casi de inmediato.

—No. Usted también puede examinarlo si lo desea —dijo Mohamed, sonriendo a Barry desagradablemente.

—Gracias —contestó el profesor en tanto se ajustaba sus lentes.

Durante unos minutos, Barry se deleitó ante la visión de aquel pequeño pedazo del antiguo Egipto que él tanto amaba. Apenas un remedo insignificante de una época gloriosa que, no obstante, le hizo cerrar sus ojos durante unos instantes para seguidamente tender un puente hacia aquel pasado por el que sentía verdadera pasión.

Luego, tras acariciar casi con reverencia la caja, se la devolvió a Henry absteniéndose de decir cuanto pensaba.

—Ahora comprenderá el cariño que mi primo siente por este recuerdo familiar —explicó Mohamed exagerando sus gestos.

Henry señaló con el dedo el pequeño cierre de la caja, haciendo caso omiso al último comentario.

—¿Puedo abrirlo?

—Hágalo, por favor. Se sorprenderá del acabado que tiene la obra.

El inglés levantó la tapa suavemente y miró en el interior. Al punto vio un pequeño rollo de papiro en el que se adivinaba una gran profusión de inscripciones que parecían escritas en caracteres jeroglíficos.

Henry lo extrajo de la caja y lo desenrolló con cuidado; cuando lo extendió, se quedó estupefacto.

El aristócrata miró un instante a sus dos anfitriones y acto seguido le entregó el papiro a Barry. Este no tardó en soltar un resoplido.

Mohamed miró a ambos amigos con cara de no comprender lo que pasaba.

—¿Ocurre algo? —preguntó por fin.

—Nada que no pueda ser tomado como una broma —contestó Henry con su semblante más serio.

—Una broma del peor gusto, diría yo —intervino Barry en tono jocoso.

—No entiendo —aseguró el egipcio volviendo a mostrar su desagradable sonrisa.

—Yo diría que sí —repuso Henry sin alterarse—. Este papiro no es más que una copia barata de las muchas que pueden encontrarse en los peores bazares de El Cairo.

Mohamed abrió sus ojos desmesuradamente, tal y como si estuvieran hablándole de algún prodigio.

—Es de lo peor que he visto —recalcó Barry—. El autor ni tan siquiera se ha preocupado de transcribir correctamente el texto. Los jeroglíficos de este manuscrito no tienen ningún significado; lamentable, sin duda.

Mohamed reclamó el papiro con cara de no comprender lo que estaba pasando. Cuando lo tuvo entre sus manos, el rostro se le iluminó como por arte de magia.

—¡Ahora lo entiendo! —exclamó, golpeándose la frente con la palma de la mano.

Acto seguido intercambió unas palabras con Ali y volvió a sonreír como solo él era capaz de hacerlo.

—Se trata de un regalo que uno de los hijos de mi primo le hizo hace años. Lo compró en un mercado y Ali, como recuerdo, decidió guardarlo en el interior de la sagrada reliquia de sus antepasados, algo muy natural.

—A mí nunca se me habría ocurrido depositar semejante ramplonería en el interior de un joyero —puntualizó Barry en tono chistoso—. Así es —continuó al ver la expresión de Mohamed—. La reliquia de su primo es un joyero, y en mi opinión digno de un príncipe.

Henry miró a su amigo sorprendido y este se arrepintió de inmediato de haber pronunciado aquellas palabras.

—Bueno —dijo Mohamed más pausado—, poco importa ese detalle. El caso es que, como habrán podido comprobar, se trata de una obra excepcional; una caja única por su belleza.

Al aristócrata se le revolvió el estómago al escuchar a aquel hombre hablar en semejantes términos, mas como de costumbre lo disimuló.

—Me temo que se equivoca —replicó al punto, con su tono más glacial—. El motivo de mi interés incluye tanto el joyero como el papiro original que debería contener.

—¡Pero se trata de una pieza magnífica! ¡Una obra diseñada para los antiguos faraones! —exclamó el egipcio escandalizado.

—Para mí no tiene ningún valor si no va acompañado por el papiro —manifestó el lord, impertérrito.

—Pero... —Mohamed gesticulaba con teatralidad no dando crédito a lo que oía—. En ningún otro lugar podrá encontrar una joya semejante —concluyó, volviendo a abrir sus ojos desmesuradamente.

—Creo haber sido suficientemente claro. Sin el papiro, la caja no me interesa —señaló Henry haciendo un ademán por levantarse.

—Al menos haga una oferta para la obra, señor.

—Siento haberles hecho perder su tiempo, caballeros —indicó el inglés poniéndose de pie, molesto al ver cómo habían intentado engañarlo de forma tan burda.

Al comprobar que sus invitados tenían intención de marcharse, Ali comenzó otra vez a despotricar de mala manera.

Sin embargo, haciendo caso omiso, los tres amigos abandonaron la habitación. Ante el revuelo que se originó entonces, Jennings volvió a meter su mano bajo la chaqueta.

—No creo que sea necesario —subrayó lord Bronsbury sin perder la calma—. Todo este numerito forma parte del regateo.

Cuando se disponían a bajar por la escalera, Mohamed apareció lanzando exclamaciones.

—¡Por favor, por favor! Todo puede arreglarse. No hay problema, amigo.

Henry apenas lo miró mientras ponía su pie en el primer escalón.

—¡Vuelvan, amigos! —exclamaba Mohamed desaforadamente—. ¡Mi primo cree recordar dónde se encuentra el papiro que buscan! Por favor.

Los tres ingleses se sentaron otra vez sobre los viejos almohadones y comenzaron una nueva conversación como si nada hubiera pasado; más té y los consabidos circunloquios como preámbulo obligado para continuar la negociación donde la habían dejado. Esta vez fue Henry quien tomó la palabra.

—Dígale a su primo que, a no ser que nos muestre el papiro que queremos, no tomaremos el té y nos iremos para siempre.

Después de los habituales juramentos, Mohamed tradujo las palabras de su malhumorado pariente.

—Debe de ser cosa de magos, pero Alá parece haberle iluminado y cree que puede ser capaz de recordar el lugar donde se halla el dichoso manuscrito.

—Alá es sabio, sin duda —asintió Henry.

—Bendito sea su nombre —contestó Mohamed—. No obstante, mi primo quiere que sepan que el papiro no iría incluido en el precio de la caja de ébano.

—Lo entendemos perfectamente —señaló el inglés.

El egipcio asintió en tanto hablaba con su primo, que ahora parecía complacido. Como ocurriera con anterioridad, Mohamed se dirigió a uno de los niños que aguardaban junto a la puerta, el cual desapareció al instante.

—Espero que esta vez el papiro sea auténtico —dijo Henry, mirando fijamente a sus anfitriones—, si no fuera así, no habrá trato.

—¡Seguro que en esta ocasión quedará satisfecho, amigo! Con Mohamed nunca hay problema.

Apenas había pronunciado aquellas palabras cuando el chiquillo se presentó jadeante portando un rollo en una de sus manos.

—¡Vaya, afortunadamente, su primo pudo recuperar la memoria!

—Claro.

Mohamed desenrolló el papiro y con gesto de satisfacción se lo entregó al inglés.

—Tengo la esperanza de que este sea el manuscrito al que usted se refería.

Henry lo cogió con cuidado estudiándolo durante unos minutos. A su alrededor, las miradas expectantes de los allí presentes se hicieron un hueco en el extraño silencio que envolvió la sala, como si esta también sintiera curiosidad.

El papiro contenía un breve texto escrito en hierático que Henry era incapaz de comprender, sin embargo, tuvo el presentimiento de que aquel documento era auténtico. Tras enrollarlo de nuevo, se lo dio a Barry.

A aquellas alturas de la negociación, Mohamed sabía perfectamente que el inglés pelirrojo con aspecto de sabio debía de ser eso, un sabio; sin duda algún especialista en la antigua cultura de su país. Clavó su mirada en él y lo observó detenidamente tratando de captar cualquier gesto que pudiera delatar lo que pensaba.

Pero Barry se mantuvo frío, dominando el pulso, que se le aceleraba por momentos ante lo que estaba leyendo. El simple tacto de aquel papel milenario originaba en su interior emociones difíciles de explicar. Una mezcla entre su naturaleza soñadora y la ambición por aumentar aún más los profundos conocimientos que ya poseía. Notó como sus manos comenzaron a temblar e inmediatamente abandonó su lectura para devolver aquel precioso legado a su amigo.

Este le miró arqueando una de sus cejas.

—Yo diría que parece auténtico —le dijo forzando un tono de indiferencia que no sentía.

—¡Seguro, seguro! —saltó Mohamed cual si recitara una alabanza—. Le aseguro que esto es un milagro. La mano del Todopoderoso se encuentra detrás de este portento. Él hizo que mi primo pudiera recordar el lugar donde se hallaba el antiguo papiro.

—No hay nada como presenciar un prodigio antes de

hablar de dinero —dijo Henry, cortando el alegato místico hacia el que Mohamed había decidido encaminarse.

El aristócrata vio al momento como el egipcio se pasaba la lengua por los labios en tanto susurraba algunas frases al que decía ser su pariente. Sin duda, ambos se relamían ante el beneficio que esperaban obtener de todo aquello.

—Mi primo quiere saber cuánto estaría dispuesto a ofrecer por las obras —precisó Mohamed con fingida consternación.

—Dígale que yo vengo a comprar, no a vender. Él debe poner el precio.

—Se equivoca —apuntó el egipcio ladinamente—, Ali no tiene nada a la venta, es usted el que se ha interesado por unas obras que pertenecen a su familia desde la más remota antigüedad; si las desea, debe hacer una oferta.

—Mire, podríamos estar discutiendo sobre esto toda la noche —señaló Henry, que conocía bien el paño—. Pero, lamentablemente, no dispongo de todo ese tiempo; en realidad ninguno de nosotros lo tiene, incluido su primo.

Mohamed se acarició la barbilla, volviendo a murmurar en árabe por enésima vez. Ali le respondió con un ademán displicente.

—Dice que le hará un buen precio; un precio de amigo. Está dispuesto a aceptar cien mil dólares por las dos obras.

Barry soltó un bufido, pero Henry apenas se inmutó. Conocía muy bien el arte del regateo, disciplina en la que los egipcios eran unos verdaderos maestros. Sin embargo, también conocía el valor de las cosas, y sabía el precio que unas piezas como aquellas podían alcanzar en cualquier subasta de arte. Estaba al tanto de los abusos que solían producirse al adquirir obras robadas o de dudosa procedencia por parte de algunos agentes sin escrúpulos. Amparándose en este detalle, acostumbraban a pagar poco por ellas para así sacar posteriormente buenos beneficios.

—Supongo que su primo debe de encontrarse aún bajo los efectos del prodigio que se ha obrado en él tan solo hace unos minutos —replicó Henry.

Mohamed hizo como que no entendía.

—Mi generosidad puede llegar a ser sorprendente, créame —continuó el inglés—. Pero ustedes se equivocan conmigo por segunda vez esta noche al considerarme un estúpido.

El egipcio lo miró boquiabierto, mostrando algunos dientes invadidos por el sarro.

—Haré una oferta a su primo que no hubiera podido imaginar ni en sus mejores sueños —ahora Mohamed volvió a parecer expectante—. Digamos que treinta mil dólares sería el precio adecuado por las dos obras.

Al enterarse de la oferta, Ali volvió a escenificar otra vez sus sobrados conocimientos sobre juramentos, insultos y quién sabe si también blasfemias, aunque fueran expresadas en árabe.

—¡Esa cantidad es un insulto! —clamaba Mohamed muy enfadado.

—Veo que se sienten insultados con mucha facilidad —replicó el inglés tranquilamente—. Sin embargo, esa es mi oferta y no tengo nada más que decir.

De nuevo se escucharon las voces, los exabruptos y algún que otro gruñido mientras Ali dirigía miradas cargadas de despecho hacia el aristócrata.

—Debe comprender que es una reliquia familiar —decía Mohamed una y otra vez consternado—. Al menos ofrezca noventa mil dólares. Esa cantidad también sería razonable.

—Ya me lo supongo —apuntó Henry, esbozando una sonrisa—, pero treinta mil dólares es el precio justo.

—No, no, no —señaló el egipcio—; debe usted subir más. Si no, no podremos hacer negocios.

—Yo creo que sí —replicó lord Bronsbury extrayendo un fajo de billetes de uno de sus bolsillos para mostrarlos bajo la paupérrima luz de la triste bombilla.

Ante la mirada atónita de los dos egipcios, Henry contó el dinero y lo depositó a su lado, en un montoncito.

—Treinta mil dólares —dijo sonriente, mientras se guardaba el resto.

Mohamed y su primo tragaron saliva; que ellos recordaran, no habían visto en su vida tanto dinero junto. Aquello era una fortuna al alcance de su mano, ningún anticuario en El Cairo ofrecería jamás semejante suma por una caja de madera y un viejo manuscrito al que no encontraban mayor utilidad que la de hacer un fuego. Sin embargo, sus almas de mercaderes les decían que aquella cantidad, que ya tenían asegurada, podía verse incrementada, pues no debían olvidar que ellos mismos no dejaban de ser unos hijos del desierto.

—Usted quiere burlarse de nosotros —se quejó Mohamed mostrando su semblante más apesadumbrado—. Somos muy pobres, pero tenemos nuestra dignidad. Usted pretende llevarse una parte del pasado de mi primo ofreciéndole una cantidad ridícula; me encuentro desolado.

Henry tuvo que admitir que el tal Mohamed era un actor de primera. No tenía ninguna duda de que aquel hombre podría ganarse la vida con solvencia en cualquier teatro de la City. Exhibía tal dominio sobre su mímica que estuvo tentado de hacerle una proposición y presentarle algún empresario teatral amigo suyo a fin de que lo empleara.

—Lamentablemente, es cuanto puedo ofrecerles —dijo el inglés con fingida resignación.

Durante unos instantes el silencio se hizo dueño de la

sala mientras los contertulios se escrutaban cual si fueran depredadores.

—Como les dije con anterioridad, el tiempo se agota —indicó Henry dando un suspiro.

—Usted debe mejorar su propuesta. De otro modo, no podremos cerrar ningún trato —señaló Mohamed.

—Será mejor que lo piensen bien. Si me levanto y pongo un pie en el primer peldaño de su escalera, nunca regresaré para negociar.

Mohamed se revolvió incómodo entre los almohadones.

—¡Eso no es justo! —se lamentó el egipcio—, usted tiene dinero para poder ser más generoso. Mohamed lo ha visto, todos lo hemos visto. Dispone de mucho más de treinta mil dólares.

—¿Se refiere a esto? —inquirió Henry volviendo a mostrar el fajo de billetes que se había guardado en el bolsillo.

—¡Claro! Para usted esa cantidad no supone nada, tal y como si para nosotros fueran unas pocas piastras. Debe hacerse cargo de la situación y apelar a su magnanimidad.

—Siento no poder satisfacer sus deseos, lo que ustedes pretenden es imposible —sentenció el inglés negando con su cabeza.

—Pero... dispone de más dinero en sus bolsillos y...

—Soy un hombre de gustos caros —cortó Henry—. Además, quién sabe si haré alguna adquisición más a la competencia.

Los ojos de los egipcios brillaban como ascuas.

—En cualquier caso, harían bien en desembarazarse de estas obras mientras puedan.

—¿Qué quiere decir? —preguntó Mohamed receloso.

—Qué les voy a contar! —exclamó el inglés con fingida afectación—. En El Cairo hay ojos detrás de cada esquina y, como seguramente ya saben, las calles son aficionadas a llenarse de rumores y disparates; lo malo es que la policía pueda darles pábulo.

Mohamed abrió sus ojos como si le hubieran nombrado a todos los demonios del infierno.

—Siga mi consejo y despréndanse de estas piezas antes de que les comprometan.

Sus recomendaciones no fueron recibidas más que con supuestos insultos y amenazas, pues, como era bien sabido, lord Bronsbury no entendía bien el árabe.

—Les aseguro que la policía es el menor de sus problemas —señaló Henry tratando de tranquilizarles.

Mohamed clavó su mirada en el aristócrata interrogándolo.

—Tarde o temprano otras personas les visitarán, y estas no estarán dispuestas a ofrecerles más que desgracias. Ya casi no les queda tiempo.

A Barry se le puso la carne de gallina al escuchar la advertencia de su amigo; sin embargo, a aquellos egipcios no hizo sino enfurecerles más.

Henry miró su reloj y se incorporó recogiendo el dinero.

—Nuestra visita toca a su fin, señores. El té estaba delicioso.

Ante el estupor de sus anfitriones, los tres ingleses se encaminaron hacia la puerta con el paso decidido de quien se marcha para no volver. A sus espaldas, las imprecaciones subieron de tono hasta convertirse en una verdadera escandalera. Jennings se volvió hacia aquellos hombres que se aproximaban con gestos amenazadores y les mostró la cartuchera que llevaba bajo su chaqueta. En ese instante Mohamed corrió hacia la escalera cambiando sus amenazas por súplicas.

—Por favor, amigo; por favor, amigo. Dejémoslo en cincuenta mil dólares. Con cuarenta mil dólares también nos sentiríamos satisfechos.

Henry hizo caso omiso a la propuesta del egipcio y bajó los peldaños con el ánimo de salir de aquel lugar cuanto antes.

—Cuarenta mil dólares —escuchó cuando llegaba al hueco que hacía las veces de puerta que daba a la calle—. Cuarenta mil dólares es un buen precio.

Ya en el sucio callejón, los tres amigos trataron de orientarse para regresar al coche. Los claroscuros producidos por la paupérrima luz de la luna creaban formas espectrales aquí y allá, justo donde nada había. Al doblar la esquina, el grupo salió a otra callejuela donde se amontonaban los desperdicios. Una forma surgió de repente entre la basura y Jennings sacó su arma dispuesto a disparar.

—¡No dispares! —le conminó Henry—, solo es un perro. Está buscando comida.

Por fin salieron a la vía principal junto al estanque. Barry caminaba sin saber muy bien por dónde iba, impresionado por cuanto había visto. Llevaba un mal regusto en el estómago debido, sin duda, al hecho de no haber podido conseguir el papiro que tuvo entre sus manos. Asimismo experimentaba una incontrolable excitación, como no recordaba en mucho tiempo, pues la lectura del texto de aquel manuscrito lo había turbado sobremanera.

—Ahí está el automóvil —señaló Jennings, que no dejaba de vigilar a su alrededor.

Taciturno, Henry no despegaba sus labios.

Próximos al coche oyeron voces apagadas a sus espaldas y, al poco, uno de los chiquillos apareció como surgido de la misma noche, respirando con dificultad.

—Esperen, esperen —balbuceaba, fatigado por la carrera.

Los tres ingleses continuaron hasta llegar al vehículo, con el niño tirando de uno de los brazos de Barry.

—Esperen, esperen —era todo cuanto acertaba a decir.

Al ver aquella escena, O'Leary quitó el bloqueo de las puertas y arrancó el motor, imaginándose que podría haber problemas.

Justo cuando Barry intentaba desembarazarse del chiquillo, una figura surgió del camino, tan jadeante que daba pena verle respirar.

—No se vayan, por favor.

Henry observó cómo Mohamed se inclinaba, intentando acaparar más aire para sus pulmones.

—Está bien, está bien. Mi primo aceptará treinta mil dólares —dijo todavía resoplando.

—En ese caso concluiremos el negocio en el interior del automóvil —señaló lord Bronsbury en un tono que no dejaba lugar a ninguna réplica.

Mohamed comprendió que no podía discutir más con aquel hombre.

—Muéstreme la caja, por favor —dijo Henry ya en el interior del coche—. Ah, y le prevengo de que no intente engañarme.

Pero en esta ocasión el egipcio no lo engañó, y al abrir el hermoso joyero, el aristócrata pudo ver como en su interior descansaba el antiguo papiro escrito en hierático. Controlando su emoción, Henry le dio los treinta mil dólares.

—Cuéntelos, por favor —dijo imperativamente.

Tras dar su conformidad, Mohamed bajó del coche y se alejó dando un portazo.

—Tengan en cuenta mi advertencia, Mohamed. Váyanse de aquí lo antes posible.

El automóvil arrancó y Henry vio como el egipcio se volvía hacia ellos con el puño en alto, gritándoles encendidamente. Mas enseguida la oscuridad volvió a arroparles en su camino de regreso a El Cairo. Allí, en el asiento trasero del coche de O'Leary, lord Bronsbury había hecho el negocio más extraño de su vida. Los antiguos dioses de Egipto habían decidido bendecirle aquella noche con su favor, regalándole un joyero que solo a ellos debió pertenecer; una obra sublime a la que le acompañaba un misterioso manuscrito.

—¿Qué es lo que dice? —preguntó a Barry sin poder aguantar más su curiosidad.

—Je, je —rio este quedamente—. Es un acertijo.

15

Acomodada en el asiento trasero de la limusina, Julia observaba distraídamente las luces del tráfico. El mundo había cambiado para ella; su vida parecía encontrarse en un escenario en el que representaba un papel para el que nunca se había preparado, incluso ella misma era incapaz de reconocerse. Los pilares sobre los que se asentaba su existencia se resquebrajaban inexorablemente, convirtiendo el hormigón en polvo sin que ella pudiera evitarlo; ya nada estaba en sus manos.

Durante unos instantes logró abstraerse entre el caos de la circulación y el incesante sonido de las bocinas, intentando arrojar un poco de luz que la ayudara a encontrar alguna respuesta.

Pero no había luz, y mucho menos respuesta. Julia se encontraba abandonada a su suerte, perdida, y ella lo sabía.

Aquella misma mañana, mientras hablaba con Madrid, se dio cuenta de ello. Por fin pudo contactar con sus hijos, que desde la distancia le hacían saber a su manera que lo mismo les daba que se hallara en El Cairo o en Alaska. Monólogos absurdos, recomendaciones que no eran escuchadas y aquella falta de comunicación, frustrante, que le hacía sentirse una extraña.

—No te preocupes, todo se encuentra como de costumbre en tu casa —le había dicho su amiga Pilar con su habitual tono mordaz—. Tu hija ya ha emprendido su propio camino, el que acabará por llevarla al mismo calvario en el que tarde o temprano terminamos todas, y es que no aprendemos. En cuanto a Juanito..., ese es un caso perdido. Creí que mis hijos eran los campeones de la irresponsabilidad y la vagancia, pero en esta carrera el tuyo va escapado y en solitario; valiente barbián.

Julia había sentido la sempiterna resignación que le era tan conocida, aunque en esta ocasión la notara particularmente distante e intemporal; tal y como si ya nada dependiera de ella. Aún recordaba las últimas palabras de su amiga.

—Hija mía, pásatelo bien y alarga tu viaje. En tu casa ya tienes poco que hacer.

Unos minutos más tarde había podido localizar a su marido, lo cual, en sí mismo, ya era una noticia. Como de costumbre, Juan parecía agobiado y aferrado a su patológica obsesión por el trabajo. Durante el tiempo que pasaron hablando, Julia no escuchó más que frases que intentaban convencerla sobre la importancia de los proyectos en los que se hallaba embarcado y en la necesidad imperiosa de ser competitivo. Tan solo unas pocas palabras para saber cómo se encontraba, sin preocuparse demasiado por cuándo regresaría a casa.

Lo peor de todo era que Julia no se había enfadado por esto. Una especie de melancólica indiferencia la había embargado por completo, empujándola a refugiarse en el nuevo mundo que ella misma estaba forjándose.

Como ya hubiera ocurrido en varias ocasiones, durante los últimos días ella había terminado por acudir a su preciado amuleto, cual si se tratara de un ángel guardián al que poder confiar sus temores, angustias o más íntimos secretos. Aquella figura rodeada de magia parecía ser capaz de escucharla e incluso de darle consejos, envolviéndola en una especie de locura difícil de comprender para quien profesaba una inquebrantable fe en la razón pura.

Mientras las yemas de sus dedos recorrían caprichosas la preciada figura de oro y lapislázuli, Julia recordó las palabras con las que Saleh le advirtiera en el museo: «La figura que posee es capaz de influir sobre su persona.»

¿Sería posible semejante dislate?

Julia ya no sabía qué pensar. Ella misma se había transformado en una extraña, como muy bien había podido constatar. ¿Era atribuible al antiguo amuleto?, ¿o simplemente a que su esencia, de ordinario atrapada por una existencia anodina, había terminado por liberarse de su encierro para mostrarse tal y como en realidad era?

Julia ya no era capaz de aventurar juicios. La extraña comunicación que ella estaba convencida de compartir con el escarabeo se hacía más patente en cada nueva ocasión que lo tenía entre sus manos, a la vez que parecía fortalecer aquel invisible vínculo que se había forjado entre ellos. ¿Por qué debía dárselo a nadie?

Aquel dilema ya no tenía respuesta para ella, y de nuevo las palabras del conservador del museo al despedirse en los sótanos habían vuelto como un extraño presagio: «En el fondo de esa obra de arte anida la desgracia; no permita que la atrape.»

La limusina dio un pequeño tirón al arrancar y Julia regresó de sus cuitas para tomar conciencia del lugar en el que se encontraba. Junto a ella, Henry parecía recluido en sus propias reflexiones, quizás en lo más profundo del reino en el que de ordinario se refugiaba. Hacía tiempo que sospechaba que aquel castillo de fábula en el que moraba el aristócrata, de algún modo, le había convertido en prisionero de su propia irrealidad transformándolo en un solitario. Julia no tenía duda de que lord Bronsbury amaba la soledad, seguramente porque todo su mundo de fastos y oropeles sin fin revertía en su propia persona. Sin embargo, intuía que bajo toda aquella pátina de abundancia y estricta educación se encontraba un hombre necesitado de un vínculo que le uniera con el resto de los seres humanos que habitaban fuera de su palacio de marfil. Alguien capaz de darle la verdadera medida de la realidad.

Julia lo observó un momento de reojo mientras la limusina continuaba con su titánica lucha por abrirse paso entre el tráfico. Aquella noche Henry estaba guapísimo, impecablemente vestido con un traje oscuro que realzaba su natural porte distinguido a la vez que acentuaba aún más su atractivo. Sintiéndole tan próximo, ella apartó su mirada para intentar perderla de nuevo por el otro lado de la ventanilla, entre las luces del caos.

Julia percibía el sutil hechizo de aquel momento mientras se dirigían a la fiesta de cumpleaños del embajador. En realidad toda aquella jornada se había visto rodeada por la magia; tal y como si se tratara de un cuento. El hotel entero parecía haberse despertado aquel día dispuesto a hacerla blanco de sus cuidados y atenciones hasta abrumarla. Habían decidido que fuera su hija predilecta, y la colmaron de parabienes y mimos con la desbordante amabilidad propia de los habitantes del País del Nilo.

Luego, después de una mañana de baños relajantes, masajes y esteticistas, una última sorpresa vino a visitarla como colofón a toda aquella locura. Sobre la cama de su dormitorio, una gran caja envuelta en un lujoso papel de regalo la aguardaba para dejarla sin habla.

Espero no haberme equivocado con la talla.
Esta noche bajarás de tu Olimpo.

HENRY

Antes de abrir el regalo, Julia ya intuía lo que era, sin embargo, al verlo ante sus ojos no pudo reprimir un suspiro emocionado.

Era el traje de cóctel negro de Chanel que ella había visto la tarde anterior en una de las lujosas tiendas situadas en la galería del primer piso del hotel. Se había quedado prendada al verlo en el escaparate, e incluso entró para preguntar su precio, que, finalmente, le pareció prohibitivo. Tras hablar un rato con la simpática dependienta, que insistió amablemente en que se lo probara, Julia terminó por marcharse un poco decepcionada al no poder adquirirlo, y también molesta al no tener ni idea de lo que iba a poder llevar a la fiesta de la embajada.

Sin embargo, no acertaba a comprender cómo Henry había adivinado cuánto ocurría, y mucho menos que eligiera el traje que a ella le gustaba; mas, obviamente, allí estaba; sobre su cama, como si formara parte de un encantamiento.

Pero el ensalmo no acababa ahí. Junto a los pies de la cama había varios paquetes más, todos cuidadosamente envueltos en papel de regalo, del mismo modo que si hubieran sido depositados un 5 de enero por la noche por sus añorados Reyes Magos.

El desenvolver aquellos presentes supuso para ella una remembranza de las emociones sentidas en aquellas señaladas noches durante su niñez. Casi atropellándose descubrió nuevos regalos surgidos, como el anterior, de algún cuento de hadas o de la mano de un hombre que parecía predestinado a hechizarla. Al ver las preciosas sandalias que había en una de las cajas, Julia volvió a ahogar otro grito de sorpresa, pues sentía pasión por los zapatos. Tenían el tacón justo y, al admirarlos, pensó que ni ella misma podía haberlos elegido mejor.

Al abrir los otros dos paquetes pequeños, todo atisbo de aliento desapareció sin dejar rastro; se quedó sin habla, como si estuviera embobada. En el interior había un juego de pendientes y un collar de perlas australianas hermosas donde las hubiera. Con dedos temblorosos acarició aquellas joyas y luego se las probó frente al espejo para sentirse de nuevo abrumada. Julia volvió a introducirlas en sus cajas y durante unos minutos permaneció pensativa, como regresando del país de la ilusión al que había sido enviada.

Casi de inmediato telefoneó a Henry.

—Lo siento, Henry, pero no puedo aceptarlo.

—¿No son de tu agrado? —le preguntó con amabilidad.

—¿De mi agrado? ¡Son preciosos! Pero no creo que debas hacerme unos regalos semejantes, ni yo aceptarlos.

—Te equivocas. Tú mereces mucho más que esos obsequios; pero, en cualquier caso, tómalos como una pequeña muestra de mi reconocimiento hacia ti.

—Te lo agradezco, pero ya has sido suficientemente generoso conmigo y...

—Al menos hazlo por mí —la había cortado Henry—, lleva ese vestido esta noche; te lo pido como un favor personal.

Al escuchar aquello, Julia se había quedado sin reaccionar, sin saber qué decir, y él había aprovechado para finalizar la conversación.

—Te esperamos a las siete en el vestíbulo del hotel.

Tras colgar el teléfono, Julia se había sentido incómoda durante un rato, pero luego comprendió que sería una grosería por su parte el no acompañar a sus amigos a la recepción de la embajada. Suspiró a la vez que volvía a mirar el vestido; era tan bonito. «En fin —pensó—. Algo tengo que ponerme.»

Cuando Julia salió del ascensor a la hora convenida, los clientes y visitantes que se encontraban en ese momento en el vestíbulo se rindieron ante ella. Igual que si Moisés volviera a separar las aguas del mar Rojo con su cayado, así pareció abrirse la gente para verla pasar, como si fuera un acontecimiento.

Henry, al observar el revuelo, miró justo para verla avanzar entre troyanos y aqueos, como si de una Helena rediviva se tratara. Parecía una mujer de otra época, salida de los talleres de Escopas o Briaxis, empedernidos buscadores de la perfección, o quién sabe si de los de Agorácrito y Peonio, firmes defensores del realismo y la belleza en movimiento.

Lord Bronsbury había acertado plenamente en las palabras dedicadas en su nota; Julia bajaba del Olimpo, tal y como lo haría una diosa.

El concurrido vestíbulo se daba cuenta de ello y por eso se doblegaban para rendirle pleitesía con sus sonrisas y murmullos. Para Henry, la cuestión estaba meridianamente clara: Julia era una obra de arte que, además, se movía. Su belleza venía de su interior, como él ya había adivinado hacía tiempo, de su propia esencia. Ella poseía aquello que diferenciaba una obra maestra de otra que no lo es, el hálito sublime dado por el genio que le insuflaba la vida. Y esa diferencia, casi sutil, eran capaces de apreciarla tanto los entendidos como los neófitos, pues cualquiera puede sentir; por eso se volvían a admirarla.

Su espléndida madurez no era más que un acicate en manos del tiempo. La vida se había encargado de ello, cincelando caprichosamente en su cuerpo todo aquello que le era natural. Sin embargo, el paso de los años le había proporcionado una rotundidad que le hacía ciertamente atractiva, envolviéndola en un magnetismo misterioso que muchas jovencitas no poseerían jamás.

Henry se sonrió complacido al verla acercarse. Aquel vestido negro parecía diseñado para ella, y las perlas que adornaban su cuello hacíanle parecer particularmente grácil; erguido como una Cariátide. Era curioso cómo él no había sido capaz de reparar en semejante detalle, aunque enseguida se dio cuenta de que era la primera vez que la veía con el pelo recogido; un peinado que le confería la prestancia de una reina.

Ya próxima a él, Julia le sonrió con timidez.

—Me siento deslumbrado —la saludó el aristócrata—. Simplemente, perfecta.

Barry, que parecía haberse peinado para la ocasión, la piropeó al verla, y luego se puso colorado cuando ella se cogió del brazo de sus dos acompañantes para salir del hotel.

El vehículo se hallaba ya en Garden City cuando Julia cerró definitivamente el epítome de sus recuerdos de aquel día. Las palmeras que salpicaban las calles la hacían tomar conciencia de dónde se encontraba en tanto el crepúsculo se transformaba en noche con sorprendente rapidez.

La limusina giró hacia la calle Ahmed Rabed, aproximándose a la embajada británica. Henry la señaló con el dedo y ella volvió a experimentar el vago sentimiento de extravío que ya conocía; de nuevo aquella impresión que la hacía sentirse perdida.

Traspasar las grandes rejas de hierro de la residencia del embajador británico supuso para Julia una continuación de su cuento, y también un reencuentro con la Historia. El lugar en sí parecía haber sido sacado de alguna de las escenas que Kipling recreara con maestría en sus obras; pinceladas maravillosas que evocaban la gloria y decadencia de una época sin duda irrepetible.

El mismo blasón de la reina Victoria forjado en una de sus puertas de acceso advertía de lo anterior, así como de lo lejanos que quedaban en el tiempo hechos acaecidos apenas hacía cien años. Aquel gran parque situado entre Ismailía Square y el hospital Kasr-el Aini había sido testigo privilegiado de las convulsiones políticas que habían sacudido a todo un país y también de su definitivo alumbramiento como Estado soberano.

Lord Cromer, cónsul general y ministro plenipotenciario de Su Majestad, fue quien adquirió aquellos terrenos y también quien hizo construir la primera residencia, allá por 1894, sobre la cual, posteriormente, se realizaron mejoras y añadidos a fin de adaptarla a las necesidades. Era por eso por lo que el lugar se encontraba impregnado de anécdotas y viejas historias, como parte del legado dejado por las personalidades que por allí pasaron.

Las más rancias tradiciones se aferraban a Garden City de forma sorprendente, como resistiéndose a abandonar toda una pauta de comportamiento que podía resultar anacrónica para todo aquel que no fuera inglés. Los dos leones de mármol situados a ambos lados de la entrada principal eran un claro ejemplo de ello. Habían sido adquiridos por lord Kitchener al Gezira Palace Hotel de Zamalek bajo la amenaza de que jamás permitiría que le hicieran una foto en los jardines de su residencia a menos que en ella se encontraran dichos leones.

El mismo sir Eldon Gorst, sucesor de lord Cromer, se presentó a tomar posesión de su cargo con nada menos que setenta sirvientes, y sir Henry Macmahon, alto comisionado británico durante la Gran Guerra, se negó a que la austeridad obligada durante aquellos años empañase las buenas formas, advirtiendo encarecidamente a Popinjay, su ayuda de cámara y *caddy*, de la necesidad de que el servicio siguiera vistiendo su impecable uniforme azul con adornos plateados y se hiciera una vida tal y como si la guerra no existiese.

Sin embargo, el alto comisionado prohibió durante aquellos años el consumo de alcohol, imitando la política emprendida por Buckingham Palace. Su mayordomo, Jones, se vio obligado a ofrecer a sus invitados únicamente limonada y agua mineral, como no podía ser de otra manera.

Julia no pudo dejar de admirar el hermoso entorno que rodeaba la embajada Los jardines repletos de especies propias de la horticultura británica; el inmenso roble, justo a la derecha, plantado un día por Kathryn, la segunda esposa de lord Cromer, o la morera colocada hacía pocos años por el príncipe de Gales y la duquesa de Cornwalles.

Cuando Julia vio los leones de mármol de Kitchener custodiando la entrada al edificio residencial, enseguida recordó los libros de Kipling y las películas de aventuras sobre la India que tantas veces había visto de pequeña. Los vestigios del antiguo colonialismo que ella detestaba, viniera de donde viniese, tenían en aquel lugar su propia seña de identidad;

inconfundibles, formaban parte de sus tiempos de gloria pasada, y los británicos se sentían orgullosos de ello.

Junto a sus acompañantes, Julia se dirigió hacia la puerta donde el embajador y su esposa daban la bienvenida a los invitados.

Al aproximarse, Henry reconoció a su viejo amigo James, que le sonrió e hizo las presentaciones.

—Su excelencia el embajador sir Derek Plumbly —anunció James con gravedad.

—Representa para mí una gran satisfacción el tener a milord hoy aquí entre mis invitados —dijo sir Derek estrechando la mano de Henry—. Tuve la oportunidad de conocer a su padre, lord Belford, un hombre extraordinario, sin duda. Sentimos mucho su pérdida.

—Una desgracia para todos, excelencia —aseguró Henry.

—Como nosotros, sir Derek también estudió en Oxford —intervino James, volviendo a sonreír.

—Ciencias Políticas, Filosofía y Economía —señaló el embajador.

—En tal caso me temo que todos seamos *oxers* —indicó lord Bronsbury—. Yo estudié Bellas Artes, y el señor Howard, Egiptología. En la actualidad el profesor trabaja en el Griffith Institute.

—¡Oh!, eso es magnífico. Permítame presentarle mis respetos.

—La señora también es historiadora —apuntó Henry—. Ella es profesora en una universidad de Madrid.

Sir Derek pareció sorprendido.

—Gracias por su amable invitación —dijo Julia con amabilidad.

—Le reitero mi agradecimiento y le doy mi más sincera bienvenida, profesora. Confío en que disfrute de la velada.

Después de las presentaciones, James acompañó al pequeño grupo al interior de la residencia, explicando algunos detalles acerca de su historia, así como de las obras de arte que atesoraba. Julia se quedó admirada al contemplar la magnífica colección de alfombras orientales que albergaba el edificio, a la vez que valoraba otras obras notorias, como las acuarelas de Edward Lear o una más reciente de Bridget Riley. Cuando entró en el estudio, la profesora se quedó sorprendida al observar la mesa de despacho en la que habían trabajado los altos comisionados y embajadores de los últimos ciento veinte años.

—Aquí despachó lord Cromer —dijo James señalando el retrato del ministro plenipotenciario—. Esa pintura trajo consigo un agrio rechazo por parte de la Royal Academy por ser considerada poco adecuada para un cargo como el de Cromer; su actitud no fue considerada como la más idónea por el uso poco afortunado que hace de los emblemas imperiales. La de lord Kitchener —continuó, señalando el cuadro situado enfrente—, sin embargo, sí fue de su gusto.

Julia observó los cuadros y luego miró a sus amigos intentando comprender por qué la pintura de Cromer pudo suponer un escándalo para la Royal Academy. Acto seguido, el pequeño grupo se dirigió hacia el jardín donde se ofrecía la recepción a un gran número de invitados.

—Espero, querido James, que los tiempos de Macmahon hayan quedado definitivamente olvidados —apuntó Henry burlón.

—Intuyo que conoces la historia.

—Mi padre me habló de ella en alguna ocasión.

Barry los observaba sin comprender nada.

—Fueron tiempos difíciles y, en cualquier caso, el bueno

de sir Henry no hizo sino seguir las tendencias impuestas desde Buckingham Palace.

Barry no pudo evitar intervenir.

—¿A qué se refieren exactamente, caballeros?

—A limonadas y agua mineral, querido amigo —repuso Henry—. Nada que pueda inquietarte.

Barry parpadeó confundido.

—Afortunadamente, lord Allenby, sucesor de Macmahon en el cargo, decidió dar por terminadas aquellas prácticas, volviendo a las más rancias tradiciones protectoras de los buenos vinos y licores.

Ahora el profesor pareció comprender a lo que se referían.

—Bendito lord Allenby —dijo suspirando.

—Pues sí —acotó James—, el que fuera mariscal de campo fue un hombre notable, y celoso defensor de todo aquello en cuanto creía.

Julia y Barry intercambiaron una larga mirada que denotaba su absoluta ignorancia al respecto.

—Estos jardines se hallan repletos de historias que han acabado por formar parte de ellos mismos, sin embargo, lord Allenby fue capaz de dejar su propio sello entre ellas.

Henry enarcó una de sus cejas.

—¿Acaso el difunto lord Belford no te lo contó nunca?

—Pues no, nunca me habló de tales acontecimientos —subrayó Henry burlón.

James soltó una risita.

—Al parecer —dijo a continuación—, Allenby tenía una mascota a la que profesaba un cariño extraordinario, que mantenía alejada de las mujeres y los niños con particular celo. Un caso único, vamos.

Sus invitados se miraron divertidos.

—Indudablemente, la anécdota no tendría la menor importancia de no ser por la naturaleza de la mascota —aseguró James—. No se trataba de un perro, un gato o un caballo, sino de un marabú africano; nada menos que un marabú.

—¡Asombroso! —exclamó Barry, que ya disfrutaba de su primera copa.

—Hubo, incluso, quien llegó a opinar que era genial —dijo James con cierta circunspección.

—¡Oh! —apenas acertó a pronunciar el profesor en tanto daba un sorbito a su bebida.

Luego James les mostró lo más significativo de la antigua residencia: sus bellos salones, entre los que destacaba la sala de baile, cuyo piso estaba fabricado con tarima desmontable, y que fue el primero de este tipo construido en África, o sus magníficas colecciones, como la de iconos bizantinos que provenían de los tiempos de lord Kitchener.

Sin embargo, a Julia le pareció que todo aquello no eran más que reliquias de una forma de hacer política con la que no estaba de acuerdo. Para ella, los hermosos jardines eran, con mucho, lo que más le gustaba.

Henry la invitó a pasear por ellos en tanto James y Barry continuaban con su recorrido histórico-divulgativo por salas y recovecos.

—¿Sabía que lord Cromer adquirió todo esto por dos mil quinientas ochenta libras? —oyó Julia comentar a James.

—¿No me diga? —inquiría el profesor incrédulo mientras se alejaban por un pasillo.

—Así es, amigo mío, aunque hemos de tener en cuenta que hablamos de 1890 —subrayó James.

—¡Ah! —fue todo lo que acertó a proferir Barry para, seguidamente, desaparecer por otra sala.

Julia y Henry se miraron con complicidad a la vez que se unían al resto de los asistentes al acto diseminados por el jardín, donde se servía el ágape.

—El aire aquí es auténtico —dijo Julia aspirando la suave brisa del Norte que se había levantado—. Trae mensajes del Nilo y de la cercana Alejandría.

—Supongo que hablarás de ensoñación —comentó Henry sonriéndole—. Te prevengo de que yo también soy capaz de abstraerme en ella.

Julia lo miró un momento con suspicacia.

—Te hablo en serio —se defendió el inglés divertido—. Te advierto que soy un rendido admirador de la obra de Cavafis. Incluso Durrel me parece un tipo interesante.

—Me encantó su *Cuarteto de Alejandría*.

—Cuatro libros magníficos, sin duda. Supongo que la Alejandría que ahora captas te trae recuerdos de esa obra.

Julia aspiró suavemente, asintiendo mientras cerraba sus ojos un momento.

—Épocas decadentes que nos hablan de las pasiones que son inherentes al ser humano —musitó como para sí.

Henry clavó su mirada en ella y, al momento, Julia se arrepintió de sus palabras.

—Pasiones que son capaces de sorprendernos hasta el punto de poder acercarnos a insondables abismos —dijo Henry casi en un susurro.

Ambos se observaron fijamente, como si calibraran el poder de sus propias miradas a la vez que trataban de adivinar hasta dónde sería capaz de conducirles su propia pasión.

Un camarero vino a sacarles de aquel embeleso para ofrecerles champán. Bajo la suave luz que pugnaba por hacerse un sitio en el jardín, ellos juntaron sus copas en un brindis apenas perceptible para después llevárselas a los labios y sentir el frío terciopelo burbujeante que se deslizaba por sus gargantas mientras continuaban mirándose.

Sonó la música y, sin pretenderlo, la pareja se vio iniciando unos pasos de baile que enseguida fueron emulados por otros invitados. Sin saber por qué, a Julia le vinieron a la memoria los guateques que celebraban en sus tiempos de estudiante. Seguramente debido a que, en ellos, la incertidumbre parecía esconderse detrás de cada gesto o mirada de los chicos y chicas que se abrían al amor como los pétalos a la mañana. Ilusiones de juventud, quiméricas en no pocas ocasiones, pero cargadas de fuerza y sincera emotividad y siempre dispuestas a enfrentarse al mundo si fuera necesario.

La proximidad de Henry, mientras bailaban, le trajo recuerdos de aquella época, haciéndole experimentar sensaciones que creía olvidadas en los desvanes del tiempo. Al sentir la mano del inglés sujetándola suavemente por el talle, fue como si volviera a sus años estudiantiles e iniciara un nuevo baile con alguien capaz de participar de sus propios sueños y hacerle concebir esperanzas. Incluso la pieza que sonaba se prestaba a tales percepciones, pues era una canción romántica de finales de los setenta que a ella le gustaba mucho y que había bailado no pocas veces con Juan.

Juan... Su imagen pasó por su cabeza tal y como si fuera un espectro perteneciente a una época remota; fugaz e incapaz de producirle emociones.

Enseguida sus pies volvieron a llevarla de vuelta a la realidad del jardín, haciendo que se deslizara de forma sorprendente por aquella improvisada sala de baile al aire libre. Su pareja había resultado ser un buen bailarín, mejor de lo que hubiera podido imaginar, y por supuesto mejor que ella, que se limitaba a conocer algunos pasos de baile sin demasiadas complicaciones. Sin embargo, con Henry bailar parecía sencillo; Julia solo tenía que cerrar sus ojos y dejarse llevar por el ritmo de la música, meciéndose suavemente entre las fragancias del jardín. Nunca había estado tan cerca del hombre que amenazaba su alma. Ahora, al sentirle tan próximo, intuyó verdaderamente el poder al que se enfrentaba, dándose cuenta de su propia indefensión. Ella era una presa fácil para aquel depredador y supo que estaba irremediablemente perdida; solo sería necesario un suave soplido para que las murallas de su fortaleza se derrumbaran hechas pedazos.

Julia se sorprendió a sí misma al pensar que no merecía la pena luchar. Su misma naturaleza la invitaba a ello haciéndole ver que era ella quien debía abrir la puerta del castillo que hasta hacía poco creía inexpugnable. Entonces llegaron las notas de aquella canción y todo se precipitó.

Los pasos de baile les llevaron, como por ensalmo, hasta un lugar apartado del jardín. Entre ellos no había palabras, pues sus ojos se lo decían todo en un lenguaje universal que cualquiera podría comprender. Se miraban como en una suerte de magnetismo creado por poderes que iban mucho más allá de su comprensión a los que resultaba imposible sustraerse.

Separado por unos pocos centímetros, Henry se embriagaba de ella. Su flema hacía un buen rato que había saltado por los aires y pugnaba consigo mismo por alargar aquel momento que parecía surgido del más poderoso de los hechizos, un monumental filtro de amor capaz de adueñarse de corazones y voluntades.

Él aspiraba con deleite la esencia de Julia apreciando su verdadero valor. Como experto conocedor de la belleza en todas sus formas, constataba la autenticidad de lo que tenía ante sus ojos. Formaba parte del legado milenario que los dioses de las culturas ancestrales dejaron a los hombres al enseñarles a plasmar el arte en cualquiera de sus manifestaciones.

Vio cómo su pecho subía y bajaba encorsetado por el vestido, presa, sin duda, de la agitación que sentía, y también captó la denodada lucha que mantenía por aferrarse a todo lo que ella creía que daba sentido a su vida.

Semejante contienda de emociones le enardeció aún más, haciéndole desearla de manera sorprendente. Percibía que su atracción hacia Julia iba más allá de lo que pudiera suponer una simple aventura. Él jamás se le hubiera acercado por eso; quería saber qué escondía aquella alma, pues intuía en ella el valor de las joyas que son únicas.

Los últimos compases de *What a Wonderful World* flotaron en el ambiente con un mensaje un tanto nostálgico y a la vez cargado de todo lo bueno que el mundo puede ofrecer. La melodía de Armstrong dejaba a aquellos dos corazones rendidos ante el viaje desconocido que estaban a punto de emprender. Anhelantes y también temerosos, ambos aproximaron sus rostros hasta que apenas quedaron separados por su propia respiración, nerviosa y entrecortada. Luego se miraron por última vez a los ojos durante un tiempo imposible de determinar que bien hubiera podido representar los deseos de toda una vida o acaso solo una fracción insignificante. Cuando por fin sus labios se unieron, todo acabó. El ensalmo se hizo corpóreo y la magia elaborada por sus propias naturalezas se transformó, súbitamente, en frenesí desmedido; llegaba el tiempo de las pasiones.

Para Julia y Henry el mundo había dejado de existir. Todo cuanto les rodeaba simplemente carecía de importancia; solo ellos tenían un significado, y su propio deseo les impulsaba a conocerlo.

La habitación de Julia se había convertido en el lugar elegido para un encuentro que, a la postre, era inevitable; seguramente porque al destino no se le puede engañar.

Volvieron a mirarse a los ojos largamente, en silencio, transmitiéndose lo que en ocasiones las palabras no pueden. Luego sus labios, tan próximos, se juntaron definitivamente en tanto Julia tomaba plena conciencia de que ya no había vuelta atrás. Una puerta se había abierto ante ella y unas manos invisibles pero poderosas la empujaban a traspasarla rumbo a lo desconocido. Su alma se encaminaba por un pasillo tachonado de dulces susurros, subyugadoras promesas y goces que podían precipitarla hacia el abismo. Mas ella ya se encontraba allí, y sus brazos rodearon el cuello de Henry, aferrándose a él, decidida a compartir la incertidumbre que el destino les deparara.

Sus labios se abrieron y juntos exploraron por primera vez la identidad de su propia naturaleza. Henry se sorprendió ante el ímpetu insospechado que yacía agazapado bajo el disfraz decoroso de una mujer formidable. El ardor se apoderó de él y, al punto, se sintió espoleado por el deseo.

Con un frenesí propio de adolescentes, los dos cayeron sobre la cama envueltos en un abrazo que les hacía una sola persona. Como poseídos por las Furias, se despojaron de sus ropas sin atreverse a separar sus bocas, con la torpeza propia de quien se siente inflamado por el ansia. Entre jadeos y sonidos guturales que anunciaban los preámbulos que les llevarían al paroxismo del placer, sus cuerpos quedaron por fin desnudos, expuestos a las caricias y a las primeras miradas.

Casi rozándola, Henry recorrió su cuerpo con las yemas

de sus dedos con la misma delicadeza con que trataría la obra más valiosa. Él reparó en las cicatrices que el paso de los años había dejado en ella, aceptándolas como parte sustancial de su persona. Al fin y al cabo, eran necesarias, pues la esencia de aquella mujer se había alimentado de ellas para poder forjar, definitivamente, su propia personalidad. Se sorprendió ante la vista de sus areolas, grandes y sonrosadas, como galletones, y también al comprobar la dureza de sus muslos y la tersa piel que envolvía su cuerpo. Sus labios se deslizaron por ella, a la vez que su lengua dibujaba imaginarias composiciones que arrancaron los primeros gemidos; encendidos arabescos sobre un terciopelo que parecía a punto de arder.

Cuando Henry alcanzó sus pezones, estos le esperaban ya enhiestos y desafiantes, conocedores de su propio poder, irresistibles para cualquier hombre. Él los tomó entre sus labios y al poco el juego amoroso vino a convertirse en una carrera desaforada por saciar los instintos que afloraban, incontenibles, desde lo más profundo de su ser. Henry sentía que se liberaba de cualquier atisbo de autodisciplina y pautas de comportamiento para dar salida a una fiera enjaulada que ya no era posible parar. Enardecido hasta la locura, viajó por aquel cuerpo transmitiéndole su propia ansia y su desbocada necesidad de saciarla.

Al llegar a su zona más íntima, la encontró cubierta por el néctar desbordado del incontenible deseo. Las oleadas de placer eran como una marea que subía y subía desde lo más profundo del océano oscuro e insondable en el que ella se había transformado, inundando su cuerpo y ahogando su razón.

La sintió estremecerse cuando sus labios tomaron contacto con aquella hendidura en la que venía a romper el oleaje. Con suavidad se dispuso a explorarla, sabedor de las turbulentas aguas con que tarde o temprano se encontraría. Mas tras los primeros roces notó como una mano le aferraba la cabeza y la empujaba hacia las profundidades Había verdadera desesperación en aquel acto, y él sintió como aquella mano firme le hundía sin contemplaciones en un mar encrespado por la pasión. Al momento se vio cubierto por sus aguas, reconociendo el olor, ligeramente almizclado, que anunciaba el temporal. Él saboreó aquel elixir que no era sino el perfume de la auténtica esencia de ella, su verdadera identidad, sin engaños ni disfraces. En ese instante, Henry supo que no se había equivocado, y mientras ella se arqueaba para atraerle aún más hacia su ser, él se empapó de su fragancia como nunca antes había hecho con ninguna otra mujer, pues se sentía embriagado.

Julia estaba muy lejos de tener el más mínimo control sobre sí misma. Mediaba todo un universo entre la razón y sus instintos, desenfrenados y desmedidamente insaciables. Su alma estaba definitivamente perdida, pues el Diablo en persona se ocupaba de ella. Él le había enviado a aquel hombre para arrastrarla a lo más profundo de sus dominios, de donde ya nunca podría salir. Por un momento se imaginó que sería como un ánima en pena, anhelante y siempre insatisfecha, en busca de las caricias de aquel ángel que el Príncipe de las Sombras había cruzado en su camino.

Apenas podía creer lo que ocurría, y sin embargo era así. Mucho antes de que las manos de él la acariciaran, ya se encontraba empapada y ansiosa por que la poseyera. ¿Qué suerte de hechizo la envolvía? ¿Cómo era posible tamaña locura? Ella, que durante toda su vida había tenido dificultad para llegar al orgasmo, se veía invadida por un placer indescriptible aun antes de que él la penetrara. Cuando sintió su boca recorriendo su cuerpo y su lengua jugando con su piel, creyó que unas alas invisibles la transportaban al Paraíso. Luego, una lengua ávida y devoradora se apoderó de su lugar más recóndito y entonces el Paraíso se convirtió en Infierno; era allí donde definitivamente iba, sin que ya nadie pudiera evitarlo.

En el culmen de su ansiedad, Julia apartó esa boca que se adueñaba de su propia voluntad. Después, con fuerza insospechada, volteó a aquel hombre tumbándolo en la cama hasta quedar a su merced. Respirando entrecortadamente, admiró su cuerpo sin perder detalle, como degustándolo un instante antes de poseerlo definitivamente. Era delgado y fibroso, con el pecho cubierto de vello. Sin saber por qué, aquel detalle la excitó todavía más, impulsándola a acariciarlo para buscar con sus dedos los pequeños pezones medio ocultos. Los besó con delicadeza y luego deslizó una de sus manos hasta su vientre, nerviosa y a la vez anhelante.

Ahora era Julia la que hacía vibrar a Henry, que la miraba suplicante. Sus dedos crearon fantasías junto al ombligo hasta que se toparon con su virilidad. Henry gimió lastimeramente y ella se humedeció aún más. Después dirigió su vista hacia su miembro, ahogando un suspiro de sorpresa al ver su forma y tamaño. Su grosor la excitó de nuevo y al punto intentó en vano abarcarlo con su mano, para seguidamente frotarlo con suavidad. Ella esbozó un rictus de satisfacción; el ángel yacía a su merced indefenso y vulnerable, tal y como ella quería. Si había de ir al Infierno, sería ella quien lo llevaría de la mano.

Julia no estaba dispuesta a demorar más su viaje. Con decisión se sentó a horcajadas sobre él y se apoderó de su miembro para situarlo justo en el fragor de la tormenta. Ella lo empujó invitándole a entablar combate, o quizá simplemente a calmar aquel huracán desatado que azotaba su cuerpo.

Poco a poco sintió cómo Henry formaba parte de ella. Eran dos cuerpos unidos por algo que iba mucho más allá del mero deseo, dos locos desesperados a la grupa de un mismo caballo que galopaba desbocado sin posibilidad de ser controlado.

Ni Aquiles, Héctor y Ayax Telamonio juntos hubieran podido dominarlo, pues aplacar su furia no estaba en manos humanas ni tampoco en la de los antiguos héroes.

Cabalgando como posesos, aquellos dos amantes se aferraban a su montura tal y como si huyeran de un pasado del que querían olvidarse. Un continuo estremecimiento se había apoderado del cuerpo de Julia, como si estuviera poseído por entes o súcubos. Ella sentía cómo el órgano duro y ardiente que tenía en sus entrañas la hacía convulsionarse una y otra vez en una infernal sucesión de orgasmos sin fin. No podía parar. Imprimiendo con sus caderas un ritmo trepidante, estaba dispuesta a continuar hasta que su hambre quedara saciada.

Henry, por su parte, hacía frente con todo su arsenal a lo que se le venía encima. Aferrado con ambas manos a sus nalgas, aguantaba los envites de aquella mujer de furia desatada que se le entregaba como si gozara por primera vez. Sus jadeos y espasmos continuos traían el sello de la ansiedad por aplacar el deseo, y eso le enardecía sobremanera.

Él supo que Julia se hallaba en un lugar nuevo para ella del que era incapaz de salir y eso desató sus instintos más primarios. La bestia que había en él apareció inmisericorde dispuesta a llevarla al paroxismo. Súbitamente, Julia se vio tendida sobre la cama y sometida por un hombre por el que había perdido la razón. Él la poseía con movimientos calculados que le hicieron creer que se volvía loca. Gimiendo lastimeramente, cruzó su mirada con aquellos ojos verdes de los que era prisionera para ver en ellos algo más que el deseo de su carne. Los ojos de Henry le hablaban de muchas cosas, y ella las entendía sin necesidad de oírlas. Entonces él pareció enloquecer, pues arreció en sus embates como si fuera un ariete mientras Julia gemía y gemía alcanzando el éxtasis con cada embestida.

La marea había subido hasta su nivel máximo, y Henry vio llegado el momento de ser suyo. Él también se entregaba a ella, y lo hizo con la generosidad de quien no guardaba nada para sí, hasta quedar exhausto. Así, todavía unidos y jadeantes, ambos quedaron flotando en aquella pleamar en que las aguas tranquilas les mecían adormeciéndolos; mientras, la tormenta se alejaba, poderosa y desafiante, por entre los párpados cerrados, quizá para regresar más tarde.

La mañana vino a despertarlos con su luz cegadora dándoles la bienvenida, tal y como si se tratara del primer día de sus vidas. Aquella noche se habían amado hasta la extenuación, quizás apremiados por la necesidad de saldar viejas cuentas pendientes. De una u otra forma, cada uno de ellos las tenía, aunque Julia tuviera la impresión de que las suyas eran de toda una vida. Al abrir sus ojos, tuvo la sensación de que sus cuarenta y dos años habían quedado atrás, perdidos en algún remoto lugar de una conciencia que ya no los reconocía. Era otra persona. Se sentía libre de tensiones y particularmente lúcida; tanto que comprendía muy bien que no era el momento de pensar en arrepentimientos. Para bien o para mal, una nueva Julia había nacido ese día, tal como el ave Fénix resurgiendo de sus cenizas. Aunque sonara a grandilocuente, aquel símil le gustaba, pues lo encontraba apropiado; tomara la decisión que fuese, su vida ya nunca sería la misma.

El ángel enviado por el Señor de las Tinieblas se había convertido ahora en un querubín desbordante de luz y ternura. Junto a él, Julia creía hallarse en una tierra desconocida por el hombre y no sujeta a sus mezquindades; se sentía liviana, como si flotara.

Se dieron los buenos días entre las caricias de sus miradas y dulces palabras. Luego, desayunaron en la terraza contemplando por enésima vez cómo los antiguos dioses de Egipto enviaban su magia sobre aquella ciudad, antesala del caos, para convertirla en una desbordante fuente de vida.

—Tomémonos el día para nosotros —sugirió Henry mientras comía una tostada—. Esta ciudad está llena de sorpresas.

—Me gustaría recorrer El Cairo de Mahfuz —dijo Julia tras apurar su taza de café.

—¿En serio? Aquí hay monumentos maravillosos, visitas obligadas.

Julia asintió.

—Lo sé. Pero algunas de las obras de Mahfuz dejaron en mí una huella imborrable. Quisiera ver dónde vivían sus personajes.

Henry le sonrió sintiéndose de acuerdo; después su expresión se llenó de complicidad.

—¿Podría verlo? —inquirió con el gesto propio del niño que suplica por un juguete.

Ella se regodeó al ver su expresión, aunque simuló que no sabía a lo que se refería.

—El escarabeo —repitió él con indisimulada ansiedad—. ¿Podrías enseñármelo?

Ahora fue Julia la que sonrió acercándose para robarle un beso. A él no podía negarle nada.

Suspirando se levantó para dirigirse al baño. Allí se encontraba su escondrijo, y ella se regocijó maliciosa como una niña traviesa al comprobar que no había podido ser mejor elegido. Con cuidado levantó la tapa de la cisterna del inodoro y le dio la vuelta. Sujeto con esparadrapos, la bolsita de terciopelo rojo se hallaba en su sitio, tal como ella la había dejado.

Cuando Julia le entregó la pieza, Henry no pudo reprimir un murmullo de admiración. Con sumo cuidado la tomó entre sus manos admirando cada detalle.

—Resulta irresistible, ¿verdad?

—Es espléndido —musitó el inglés en tanto miraba el escarabeo al trasluz.

Al contacto con esta, la pedrería de las alas creó refracciones imposibles.

—Soberbio —susurró el aristócrata.

—¿Notas algo en tus manos? —preguntó Julia.

—¿A qué te refieres?

—A una sensación que no tiene explicación. ¿La sientes?

Él la observó un instante, y luego cerró sus ojos mientras mantenía la figura entre sus manos; al cabo de unos segundos volvió a mirarla.

—Siento como un raro hormigueo —reconoció sin ocultar su extrañeza—. Pero... no tiene sentido.

Julia asintió muy seria.

—Eso solo ocurre al principio. Después el hormigueo acaba por convertirse en una sensación de calor capaz de quemar.

Henry alzó una de sus cejas burlón, pero al ver la expresión de Julia cambió el gesto.

—Escucha —dijo en voz baja mientras le devolvía el escarabeo—. Tengo el papiro.

Julia le miró sin ocultar su sorpresa.

—La caja de ébano y el papiro del que habló el viejo Abdul, ¿recuerdas?

Ella asintió como hechizada.

—Ahora son míos.

Julia no supo qué decir. Recordaba perfectamente al mercader y también su conversación acerca del papiro y otras historias que le parecieron ridículas. Pero, al parecer, estaba equivocada.

Al ver su cara de asombro, Henry dibujó en su rostro una media sonrisa.

—Todo es auténtico.

—¿El papiro es auténtico?

—No hay ninguna duda al respecto, querida.

—¿Y qué hay escrito en él? —preguntó intrigada.

—La historia es cierta. La tumba de Neferkaptah existe.

Cogidos de la mano como dos enamorados, Julia y Henry paseaban su ilusión por el viejo Cairo siguiendo la ruta que Mahfuz escenificara en su inolvidable *Trilogía de El Cairo*. El antiguo jardín de lo que una vez fuera un palacio mameluco del que solo quedaban cinco enormes arcos; el estrecho callejón, Darb Qirmiz, donde nació el famoso autor y que comunicaba con Darb At Tablawi, la calle que conducía a la populosa Bein Al Qasreen en la que se desarrollaba la obra *Entre dos palacios*... Durante toda la mañana, juntos comentaron los detalles de todos aquellos libros maravillosos que un día leyeran sin imaginar que llegarían a visitar sus escenarios tal y como los viera Mahfuz.

Atravesaron Al-Muski y doblaron a la izquierda hacia la estrecha calleja con escalones que desembocaba en otros tres que no tenían salida. *El Callejón de Midaq*, seguramente la más famosa de todas las obras del autor y que un día fuera llevada al cine con el título de *El Callejón de los Milagros*.

A Julia el lugar le impresionó vivamente y también le divirtió el hecho de que la placa con el nombre de aquel callejón se guardara en el café situado al comienzo de la calle, junto a los escalones. Así, todo el que quisiera verlo tendría que pagar una propina. La memoria de un premio Nobel bien merecía una *baksheesh*.

Todavía riendo por aquella anécdota, la pareja se dirigió hacia la casa del viejo Abdul, que se encontraba muy cerca. Este los recibió con los brazos abiertos, como era costumbre en él cuando acogía a sus amigos. Mientras les servía un té, intercambió con sus invitados las habituales palabras de cortesía que son preámbulo obligado de cualquier conversación en Egipto. Después cambió súbitamente de expresión.

—Pareces preocupado —dijo Henry al verle la cara.

El anciano desvió su vista hacia Julia un instante, y luego miró al inglés significativamente.

—Puedes hablar sin temor —señaló Henry—. Ella sabe que conseguí hacerme con el papiro.

Al viejo anticuario aquellas palabras no parecieron aliviarle el ánimo.

—Como le dije el primer día, este asunto se está complicando. Mi olfato no me engañaba, ya nada está en nuestras manos.

Lord Bronsbury no pudo reprimir una carcajada.

—Hoy te encuentro un poco pesimista, amigo mío. ¿Olvidas que son precisamente mis manos las que poseen la caja de ébano con el manuscrito?

—Si piensa eso su señoría, haría bien en marcharse de El Cairo cuanto antes. Aunque, francamente, dudo que pueda.

El inglés hizo un gesto de no entender nada en tanto miraba a Julia.

Abdul los observó mientras sorbía su té.

—Seguramente no se han enterado de la noticia —dijo, depositando su tacita sobre el plato—. Debí suponerlo.

—¿Acaso ha ocurrido algún atentado? —inquirió Julia con espontaneidad.

—Afortunadamente no, Alá no permita semejante atrocidad. Aunque puede que sus consecuencias sean igual de malas para nosotros. ¡Ha sido una catástrofe! —exclamó.

—Será mejor que te expliques —indicó Henry con el habitual tono tranquilo que solía adoptar al escuchar las malas noticias.

—¡Han asesinado a Ali *el Cojo*! —volvió a exclamar el anciano en tanto dirigía su mirada al techo, a modo de plegaria.

Henry se quedó estupefacto, mientras Julia seguía sin comprender.

—Lo encontraron esta mañana a las afueras del pueblo, desnudo y horriblemente desfigurado —señaló Abdul.

—¿Lo torturaron?

—De la peor manera, milord. Al parecer, le arrancaron la piel de las plantas de los pies y le rompieron un sinfín de huesos. Debió de tener una muerte atroz.

Julia no pudo reprimir un gesto de horror ante lo que escuchaba.

—Y eso no es todo —prosiguió el anciano—. Junto a Ali también hallaron el cuerpo sin vida de un tal Mohamed, al que habían degollado.

—Su primo —murmuró Henry, que ahora sí parecía impresionado.

—¿Su primo, dice?

—Eso fue lo que me aseguraron cuando me entrevisté con ellos —confirmó el inglés.

Abdul no pudo evitar soltar una risita llena de astucia.

—Ali no tenía primos, ni hermanos, ni nada que se le pareciera —señaló todavía riendo—. Era un paria entre los parias. Su única familia la constituían ladrones que, como él, no pertenecían a ningún lugar. Desarraigados que no habían conocido ni a sus padres.

Lord Bronsbury se acarició el mentón, pensativo, sopesando las consecuencias que aquel hecho le acarrearía.

—Como comentaba, la policía ha quedado impresionada ante la crudeza del crimen; nunca se había visto nada semejante.

—¿Ha venido la policía a verte? —preguntó el inglés súbitamente.

—Aún no, pero seguro que lo harán.

Henry parpadeó y luego sonrió a su viejo amigo.

—No debes preocuparte, Abdul. Ninguno de nosotros tiene que ver con este asunto.

El anciano movió su cabeza apesadumbrado.

—¿Tienes idea de quién pudo hacer algo así? —le preguntó Henry.

—¿Idea? Ya le advertí de la existencia de adoradores de las tinieblas; rendidos seguidores del Príncipe de las Sombras. Son muchos los que, de uno u otro modo, forman parte de sus ejércitos. Esa gente no se detiene ante nada para conseguir sus propósitos.

Julia se sobresaltó y enseguida pensó en Saleh y en su conversación con él en los sótanos del museo.

Henry se levantó dando por terminada su visita.

—Ten mucho cuidado —dijo, agarrando cariñosamente al viejo por los hombros—. Si te enteras de algo, llámame.

—Su señoría es el que debe andarse con ojo. Ahora milord tiene lo que andan buscando; y ellos lo saben.

El aristócrata asintió sonriéndole.

—Siga mi consejo. Coja su avión y abandone Egipto mientras pueda. Ah, y llévese a la señora; ella es la única alma pura en todo esto —luego le miró pícaramente.

Henry le dio unas palmaditas en la espalda.

—¡Ah!, casi se me olvidaba —exclamó Abdul llevándose la palma de la mano a su frente—. Su señoría puede llevarse lo que me encargó. Espero que lo encuentre a su entera satisfacción.

La luz, la alegría, los olores de las especias, el exotismo del lugar; de repente todo aquello había desaparecido como por ensalmo. A Julia, la calle Al-Muski le parecía ahora un lugar sombrío y amenazante en donde la alegría ocultaba traiciones e intrigas y las especias enmascaraban el perfume de un peligro cierto. Ya no había exotismo, ni vida, sino una engañosa tramoya urdida por los dedos de la muerte; ella tenía sus propios planes, y estos siempre se cumplían, inexorablemente.

La noticia de la tortura de aquel hombre la había impresionado aunque no lo conociese. Ali *el Cojo* era un mero eslabón de la cadena en la que ella también se encontraba, y eso le bastaba. De nuevo el juego le demostraba que desconocía sus reglas y que, a la postre, no encontraría en él más que desgracias e infortunios.

Mientras caminaba junto a Henry no tuvo ninguna duda de que aquella partida ya la había hecho su prisionera y le sería imposible salir de ella. Entonces sintió un escalofrío y miró hacia el hombre que había provocado que su pasado saltara en pedazos. Viéndole andar a su lado, impertérrito, con el gesto de quien está disfrutando de un agradable paseo, Julia tuvo la impresión de hallarse ante alguien capaz de transformar su sangre apasionada en el más gélido iceberg.

Él se percató de que lo observaba y la miró sonriéndole como si nada hubiera pasado, resistiéndose a que la magia de aquel maravilloso paseo se difuminara por una mala noticia, aunque se tratara de un asesinato. Ella le asió la mano con fuerza, y al punto se tranquilizó.

Se detuvieron frente a algunos bazares, como haría cualquier turista, sin más propósito que el de ver sus escaparates o escuchar a sus dependientes invitarles a entrar. Julia declinaba el ofrecimiento con una sonrisa, lo cual daba pie a que siguieran intentándolo incansables; siempre era igual.

Se pararon junto a una famosa tienda de papiros en la que la clientela, invariablemente extranjera, solía acudir en busca de recuerdos o simplemente para adquirir algún regalo. Los papiros que allí se vendían eran copias genuinas del arte del antiguo Egipto, aseguraban los vendedores, realizadas por artistas de «reconocida valía».

Entraron a fisgonear; en parte para intentar olvidarse de su conversación con el anciano mercader, y también por curiosidad. Se quedaron sorprendidos de lo que vieron, pues el bazar era un compendio de arte faraónico al más puro estilo, y una exhibición de las «nuevas tendencias» que representaban las antiguas imágenes y monumentos en relieves cubiertos de purpurina.

A Julia le pareció divertido.

—Si desea alguna obra que no se encuentre aquí, se la podemos hacer en media hora, señora —le aseguró uno de los vendedores que les seguían por toda la tienda—. No hay problema, *welcome to Egypt*.

Tras pasar unos minutos declinando las ofertas de los infatigables dependientes, la pareja decidió volver a la calle, donde al menos el acoso duraba el tiempo que tardaban en pasar de largo ante el comercio. Al salir, ambos resoplaron, aliviados por verse libres de semejante agobio; entonces, unos hombres les abordaron.

—Policía del Estado —les dijeron mostrándoles sus placas—. Tengan la amabilidad de acompañarnos.

Gamal Abdel Karim estaba sumamente preocupado. En apenas unos días el habitual pulso de El Cairo se había acelerado hasta asemejarse al de la capital de uno de aquellos países occidentales que se tenían por adelantados. En su opinión, el adelanto era otra cosa, y no estaba dispuesto a que la ciudad por cuya seguridad él velaba se asemejara ni un ápice a lo que otros se empeñaban en considerar como un avance.

Como en cualquier otra gran capital que se preciara, en El Cairo también existía la delincuencia. Entre los casi veinte millones de personas que se aglomeraban en la urbe al mediodía había individuos de la más variada condición, entre los que, lógicamente, se encontraban los rateros, estafadores, carteristas, proxenetas y demás hampones de poca monta. Allí, los atracos, asaltos y asesinatos eran sucesos aislados, pues, como solía decir Gamal, «en El Cairo se conocían todos».

Sin embargo, los hechos acaecidos durante la última semana venían a demostrarle que la realidad se encontraba muy lejos de semejantes quimeras. Tres asesinatos, uno de ellos horrible, le decían sin ambages que el control que él creía ejercer sobre la ciudad era efímero, y eso le resultaba inaceptable.

Las pesquisas realizadas sobre aquellos crímenes habían reportado pruebas en verdad esclarecedoras. El viejo Mustafa y el tal Mohamed habían sido asesinados de la misma forma, pues a ambos les habían degollado cortándoles la carótida; una casualidad en la que Gamal no creía.

En Ali habían cometido todo tipo de tropelías, tal y como si hubiera sido sometido a un interrogatorio. Él conocía de sobra cuáles eran las prácticas al uso para llevar a cabo semejantes procedimientos, y reconoció de inmediato en tales torturas la mano de un profesional.

Él no albergaba ninguna duda de que la autoría de aquellas muertes recaía sobre la misma persona, y estaba convencido, además, de que esta no era egipcia. Si algún compatriota suyo hubiera querido saldar cuentas con el pobre Ali, jamás le hubiera rebanado la planta de los pies como si fueran filetes.

El asunto era de consideración, pues en El Cairo no se hablaba de otra cosa más que de estos últimos sucesos, exagerando los detalles de lo acaecido hasta límites inauditos. Incluso las paredes de los viejos cafés contaban su propia versión.

No obstante, su preocupación iba más lejos de tan lamentables hechos. El jefe de la policía cairota se había puesto en contacto con él instándole a esclarecer el caso lo antes posible, y un alto cargo del Gobierno le había telefoneado para pedirle que le tuviera informado personalmente, a la vez que le indicaba la conveniencia de abstenerse de tomar ninguna acción sin consultarle previamente.

Aquello le había resultado muy extraño. Que un miembro del Ejecutivo se interesara directamente por la investigación de los crímenes, desechando los canales de información de la máxima autoridad policial a la que podían tener acceso, daba que pensar. Además, le había insistido en que fuera discreto, y evitara cualquier tipo de filtración que pudiera despertar el interés de otros departamentos oficiales.

Gamal se abanicó suavemente al recordar aquella conversación. El mensaje resultaba tan claro que solo de pensar en él le daban sudores. Sencillamente, le estaban aconsejando cómo llevar aquella investigación a la vez que le pedían cautela en todo informe que pudiera dar a sus superiores.

—Una de las máximas autoridades del Estado tiene sus ojos puestos en usted, Gamal. Haga bien su trabajo y se le recompensará como se merece —le habían dicho.

Cualquiera podía darse cuenta de que semejantes palabras llevaban a su vez, implícita, una velada amenaza. Si trabajaba como deseaban, tendría un reconocimiento, pero si el resultado no era el esperado...

Estaba claro que había quien sabía más que él de todo aquel asunto; alguien con el suficiente poder como para ascenderle a los más altos cargos de la Seguridad del Estado o enviarle el resto de sus días a algún puesto fronterizo con Sudán.

Gamal se secó con la mano el sudor de su frente al contemplar tal posibilidad, a la vez que lanzaba un suave resoplido.

Como en tantas ocasiones, se encontraba sentado en el Fishawy, tomando el té, fumando su narguila y viendo a la gente pasar distraídamente. Aquel ir y venir de los transeúntes siempre le ayudaba en sus reflexiones, aunque aquel día estuviera lejos de solucionar sus dudas.

Su olfato no se había equivocado. Sus pies se encontraban sobre un terreno movedizo que desconocía y debía extremar su prudencia si no quería verse engullido por él.

Que detrás de los susodichos asesinatos se ocultaba una

trama resultaba evidente, aunque ignoraba cuáles eran los intereses que se movían y a quién podían comprometer. Sin duda, necesitaría de toda su astucia, y la ayuda de Alá, para salir con bien de semejante embrollo.

Sus pensamientos regresaron al caso que le ocupaba. El móvil de los tres asesinatos había sido el mismo, aunque no tuviera clara su naturaleza. En cierto modo, las víctimas habían desarrollado actividades similares, con pequeños matices que les diferenciaban. Ali y Mohamed habían sido redomados ladrones durante toda su vida, y el viejo Ibrahim Mustafa se había dedicado, en no pocas ocasiones, a vender lo que los otros habían robado; así eran las cosas.

En cuanto a la autoría de los crímenes, estos habían sido perpetrados por un grupo organizado, de eso no cabía duda, de otro modo hubiera resultado imposible torturar al pobre Ali como lo hicieron. Los asesinos buscaban información sobre algo que relacionaba a las tres víctimas. Quizá fuera alguna obra de arte: una valiosa pieza antigua, alguna figura cuyo simbolismo fuera objeto de deseo o algo por el estilo. Los coleccionistas occidentales sentían debilidad por ese tipo de cosas, aunque él no lo comprendiera.

Sin embargo, estaba convencido de que tales antigüedades no eran motivo suficiente como para cometer tan sangrientos hechos, y mucho menos para torturar a nadie. No, allí había algo más que una simple pieza de coleccionistas.

Al pensar en la identidad de los asesinos, respiró con resignación. Había algunos sospechosos, pero de momento había decidido no practicar ninguna detención; sobre todo después de los consejos telefónicos recibidos, pues era absolutamente necesario, antes de tomar ninguna acción, conocer el móvil y las conexiones que pudieran existir tras él.

Obviamente, su situación era complicada, ya que no disponía de demasiado tiempo. Sus superiores directos esperaban resultados, y la calle también, y si sus pesquisas no daban fruto en unos días, se vería obligado a detener a alguien, aunque fuera un hombre de paja con el que poder calmar el nerviosismo mientras continuaba con sus investigaciones.

El caballero inglés parecía el principal sospechoso. Con la frialdad de los datos que manejaba en la mano, él era el primero de la lista, el máximo aspirante a ser llevado ante el juez a fin de sufrir en sus carnes la dura ley egipcia.

De alguna manera, había estado próximo a los escenarios de los crímenes. En el de Mustafa, como por casualidad, y en el de Ali y Mohamed, justo la noche anterior a los hechos.

Sobre este particular no cabía ninguna duda. Varios chiquillos aseguraban haberlo visto en compañía de otros dos hombres compartiendo el té en casa de Mohamed.

Gamal se sonrió al recordar este detalle, ya que la casa de aquel bribón no era el lugar más adecuado para un aristócrata inglés a la hora de tomar el té.

Eran oscuros negocios los que le habían llevado a visitar un pueblo tan poco recomendable como Shabramant, seguramente alguna pieza arqueológica de dudosa procedencia por la que estaría dispuesto a pagar lo que le pidiesen.

No obstante, los niños le aseguraron que únicamente se limitaron a tomar el té, asistiendo a una conversación en un idioma que no entendían, aunque Gamal sabía que le estaban mintiendo; en su momento, ya se encargaría de interrogarlos adecuadamente.

A pesar de todas las pruebas que invitaban a pensar en la culpabilidad del inglés, Gamal estaba seguro de que el caballero no había sido el autor de los crímenes. Sin embargo, el británico resultaba una pieza esencial para descubrir los motivos que se escondían tras aquellos sucesos. Presentía que le unía algún tipo de relación con ellos.

Particularmente, no sentía ninguna simpatía por los ingleses. En su opinión, estos habían sojuzgado a su país de forma inaceptable, como una colonia más. Aquel caballero representaba todo lo que su pueblo había tenido que soportar durante casi un siglo: aires de grandeza, prepotencia por su rango y aquella flema hipócrita que se empeñaban en representar, tal y como si el mundo empezara y terminara en ellos.

Pero, inquina aparte, Gamal era plenamente consciente de la posición de lord Bronsbury y lo que esto representaba. Debía ser sumamente cuidadoso con los pasos que diera, sobre todo porque el inglés había demostrado ser un tipo muy listo; sin embargo, había llegado el momento de tratar con él.

Según le habían informado, durante toda la mañana el aristócrata se había dedicado a deambular por las viejas calles que Mahfuz cantara en sus obras en compañía de la mujer española. Aquel era un recorrido que se había hecho popular durante los últimos años, sobre todo entre los intelectuales occidentales, siempre sensibles a tales remembranzas. A él le parecían estúpidas, como tantas otras costumbres que practicaban aquellas gentes. Pocos eran los egipcios a los que se les ocurriría visitar las calles que el maestro plasmara en sus páginas. Incluso estaba convencido de que el mismo Mahfuz, si viviese, se sentiría lejano a tales itinerarios.

La figura de la española había sido motivo de sus reflexiones durante algún tiempo. Su concurso en toda aquella representación resultaba ciertamente anacrónico y daba la impresión, a la postre, de no ser más que una desventurada víctima de las circunstancias.

Sobre este particular el policía albergaba pocas dudas; la profesora se hallaba en lo más inhóspito del desierto occidental y, además, rodeada de las peores alimañas, aunque fuera incapaz de darse cuenta.

Al parecer, ella y el inglés mantenían una relación, ya que, por lo que le habían dicho, paseaban cogidos de la mano mirándose tiernamente a los ojos, como harían los enamorados.

—¡Ay, el amor, el amor! —exclamó para sí Gamal, suspirando. Conquistar el corazón de una mujer puede abocar a esta a su destrucción. Cuando había sentimientos por medio todo se volvía etéreo, hasta el aire que circulaba entre los amantes—. ¿Sería aquel un amor verdadero?

Indudablemente, Gamal no era la persona adecuada para dar respuesta a esta cuestión, y en caso de que así fuera, ello supondría una explicación a la presencia de la dama en todo aquel enredo, aunque...

El comisario también había sopesado la posibilidad de que aquellos sentimientos que la pareja parecía demostrarse se hubieran fraguado recientemente. Esto era plausible, y el hecho de que tuvieran habitaciones separadas en el hotel le hacía contemplar dicha posibilidad. Las parejas de turistas que llegaban a Egipto solían compartir el mismo dormitorio, ¿por qué ellos no?

En ese caso, ella sería una pieza más del juego y cumpliría una función; entonces volvió a imaginarse a la señora en aquel inhóspito desierto rodeada de peligros.

Gamal miró distraídamente a su izquierda, como por casualidad, justo para observar como dos de sus inspectores se aproximaban por el estrecho callejón abriéndose paso entre un nutrido grupo de turistas; les acompañaban dos figuras que enseguida reconoció, algo que le llenó de satisfacción.

—Espero que mis hombres no les hayan incomodado —dijo Gamal levantándose de su silla a la vez que hacía un ademán con el que los invitaba a sentarse.

—¡Oh, no! ¡En absoluto! —aseguró Henry enfatizando su acento—. No veo cómo pueda incomodarme el colaborar con la justicia.

—Me alegra escuchar eso —apuntó Gamal mientras hacía una señal a los dos policías para que se marcharan. Luego llamó al camarero para que les sirviera té.

—Aunque, francamente, no deja de sorprenderme la premura de su requerimiento —prosiguió el inglés, serio.

El comisario le miró complacido.

—¿Quizás hubiera sido más oportuno citarles mañana?

—Creo que mañana hubiese sido un día muy apropiado —respondió el inglés—. Así hubiéramos acabado nuestro agradable paseo, e incluso habríamos almorzado. Definitivamente, hubiese sido mejor el vernos mañana.

Gamal no pudo evitar sonreír ante la desfachatez de aquel hombre.

—Lamentablemente, la justicia no puede aguardar al día que le venga a usted mejor, milord —dijo el policía con sarcasmo—. ¿Le puedo llamar así?

—No tengo ningún inconveniente; incluso puede resultar adecuado —corroboró Henry con aquel tono que podía hacerle parecer insufrible.

—Je, je, lo suponía —comentó el comisario, para llevarse seguidamente la taza a sus labios.

—Bien, señor Abdel Karim, usted dirá en qué podemos ayudarle.

El comisario chasqueó un instante la lengua relamiéndose.

—Me temo que tenga usted el don de la oportunidad

—señaló mirándole a los ojos—. ¿O mejor deberíamos decir de la omnipresencia?

—Tampoco conviene exagerar, señor comisario. Me atribuye usted unos poderes que se encuentran lejanos a mi naturaleza.

El camarero llegó para servirles sendas tazas de té, y Gamal soltó una risita. En el fondo, el cinismo de aquel tipo le hacía gracia.

—Se ve que Alá, el Todopoderoso, ha debido de obrar en milord algún milagro.

—No creo que Alá sienta una particular predilección por mí —dijo Henry después de dar el primer sorbo.

Gamal se recostó en su silla mientras observaba en silencio a la pareja. En el rostro de la mujer se adivinaba cierta expresión de preocupación, y también de ignorancia ante lo que ocurría; sin embargo, el caballero aparentaba una tranquilidad absoluta.

—A estas alturas le supongo enterado de los últimos acontecimientos —indicó Gamal endureciendo su tono.

Lord Bronsbury hizo un gesto de desconocimiento en tanto Julia lo miraba asombrada ante su descaro.

—¿De verdad no se ha enterado? —le preguntó el comisario, clavando su mirada en él.

—Quizá deba ser usted más explícito. ¿A qué se refiere exactamente?

—Sin duda milord ya se ha percatado de que sus sarcasmos pueden llegar a parecerme divertidos, aunque no creo que convenga ir más allá.

—Señor comisario, como le dije, estoy a su entera disposición.

—Yo diría que se encuentra en una posición mucho más delicada, ¿no le parece? Primero el viejo Mustafa, luego Mohamed y el pobre Ali... Y usted siempre tan cerca. Demasiadas casualidades.

—Ahora comprendo —dijo Henry esbozando una media sonrisa—. Esta misma mañana nos hemos enterado del triste suceso. Abdul nos lo comunicó. Todo El Cairo parece consternado.

—¿Visitaron hoy a Abdul-al-Fatah?

—Así es. Como seguramente ya sabe, mantenemos una amistad desde hace muchos años. Es un hombre honorable al que estimo sobremanera.

Ahora fue Gamal el que esbozó una sonrisa.

—¿Acaso fueron a despedirse de él? ¿Tienen pensado, quizá, dejarnos ya?

El inglés negó con la cabeza,

—Aún no hemos decidido cuándo nos marcharemos de El Cairo. Esta es una ciudad fascinante, qué le voy a contar, aunque como comprenderá, mis asuntos particulares me obligarán a regresar a Londres uno de estos días.

—Y dígame, ¿qué opinión le merecen estos dos nuevos crímenes? —preguntó el comisario cambiando de conversación.

—Es algo lamentable. Abdul nos contó algunos detalles que nos resultaron particularmente desagradables; al parecer, se cometieron actos de barbarie con una de las víctimas.

—En efecto —confirmó Gamal fingiendo un gesto de pesar—. Al infortunado Ali le rebanaron las plantas de los pies.

—Una atrocidad —subrayó el inglés.

—¿Se imagina lo que tuvo que sufrir el pobre hombre?

—Me temo que no me pueda imaginar tanto horror.

El comisario asintió.

—Ali anduvo descalzo gran parte de su vida. Por este motivo las plantas de sus pies estaban encallecidas, por lo que hubo que cortarlas poco a poco; debió de resultar laborioso para quien lo hizo.

Julia no pudo reprimir un estremecimiento.

—Espantoso, ¿verdad, señora?

—Ni las bestias harían algo semejante —respondió esta.

Gamal pareció considerar aquellas palabras durante unos instantes.

—Más que bestias, enviados del Demonio —musitó.

Luego se dirigió a Henry.

—Usted ha debido de sentirlo particularmente. Según tengo entendido, tuvo algún contacto con las víctimas.

—Nada especial —aseguró Henry sin inmutarse—. Tan solo coincidí con ellos en una ocasión.

—¿Solo coincidió?

—Se trató de una visita de cortesía. Fueron extremadamente amables conmigo, hasta me ofrecieron té.

—Un lugar acogedor, sin duda, Shabramant. Muy adecuado para tomar una infusión.

Henry le miró en silencio.

—Supongo que su interés por ese pueblo iría más allá que el de conversar con Ali y Mohamed.

—Mire, señor comisario. Yo me dedico a coleccionar obras de arte, se encuentren en la galería Gagosian de Nueva York o en Shabramant, y las piezas que adquiero se hallan, invariablemente, dentro de la legalidad.

—¿Encontró lo que buscaba en esta ocasión?

—Me temo que no —mintió Henry—. Mis anfitriones fueron muy precavidos.

—¿Precavidos? ¿Qué quiere decir?

—Muy sencillo. Tras conversar un rato, debieron de recelar de mí, pues comenzaron a divagar sobre la posibilidad de conseguir alguna pieza que pudiese interesarme.

Gamal miraba al inglés sin perder detalle de cuanto decía.

—¿Alguna obra en especial? —preguntó el comisario.

—Como le comenté, divagaban. Me hablaron acerca de unos amuletos, algunas cajas de marquetería y varios papiros; piezas de poca importancia. Pero enseguida me di cuenta de que su procedencia no reunía ninguna garantía de legalidad y di por terminada la reunión.

—¿Acudió usted solo? —quiso saber el comisario.

—Puedo resultar verdaderamente extravagante, aunque no tanto como para aventurarme en un lugar como ese sin compañía.

Gamal hizo un ademán con el que le invitaba a proseguir.

—No hay mucho más que contar, comisario.

Este arrugó el entrecejo.

—Me sería de gran ayuda el conocer los nombres de sus acompañantes, si milord no tiene inconveniente.

—¡Oh, en absoluto! Mi amigo Barry tuvo la bondad de brindarse para la ocasión, y también un chófer perteneciente a la embajada de Su Majestad, Oleary creo que se llamaba, y otro funcionario de nombre Jennings. Ambos tuvieron la amabilidad de conducirnos hasta el pueblo en su día libre; loable, sin duda.

Al escuchar aquello, Gamal se quedó perplejo y Henry le sonrió mientras estiraba cómodamente las piernas y volvía a sorber su té.

—¿Satisface esto su curiosidad? —preguntó al cabo el aristócrata.

Gamal parpadeó repetidamente en tanto regresaba de sus pensamientos. Aquel inglés era un individuo muy listo, capaz de urdir un buen plan pensando en la posibilidad del encuentro que hoy estaban manteniendo. Ya no albergaba ninguna duda de que tenía intereses ocultos en todo aquel asunto.

—¿Podría decirme dónde estuvo anoche, milord? —preguntó, haciendo caso omiso del anterior comentario.

—Durmiendo plácidamente.

—¿Solo?

—Me temo que esa pregunta sea un poco impertinente —contestó Henry en un tono glacial.

—Creo que no se da cuenta de lo delicado de su situación —le dijo Gamal con suavidad.

—Nunca sospeché que el Fishawy se convirtiera algún día en un lugar en el que fuera interrogado —señaló lord Bronsbury.

—Je, je —rio Gamal—. En eso se equivoca. Esto no es más que una conversación amistosa. Le aseguro que mis interrogatorios son bien diferentes.

Ambos hombres se mantuvieron unos instantes la mirada sin apenas pestañear.

—Sin coartada, su posición se me antoja francamente difícil.

—Haga lo que estime oportuno —indicó el inglés.

Gamal enarcó una ceja ante semejante audacia, recordándole los tiempos en los que los británicos campaban por Egipto como si fuera de su propiedad.

Julia intuyó que la reacción del comisario podría traer problemas mayores, y decidió zanjar la cuestión.

—El señor Archibald ha pasado toda la noche conmigo —dijo suspirando.

Gamal la miró con curiosidad.

—En realidad no nos hemos separado desde entonces —recalcó Julia.

—Ya veo —dijo el comisario volviendo a sonreír—. A la

postre, milord, tiene una envidiable coartada —continuó—. Indudablemente, la señora merece todos mis respetos.

Henry hizo ademán de levantarse.

—Ha sido un encuentro interesante. ¿Podemos dar la entrevista por finalizada, comisario?

—Por supuesto. Ha sido un placer conversar con ustedes, créanme. Milord es libre de ir donde quiera, aunque para abandonar el país antes deberá requerir mi permiso. Seguro que lo comprenderá.

Aquella noche Julia y Henry se amaron hasta la extenuación. Como dos náufragos en medio de la tempestad, ambos se asieron a la tabla salvadora de una pasión que capeaba las enormes olas entre las que se encontraban sin más compañía que ellos mismos y la incertidumbre.

Al despertarse por la mañana, Julia vio que se encontraba sola. Junto a ella, sobre la almohada, había una escueta nota en la que Henry le daba los buenos días y la emplazaba para cenar. «Estaré con Barry tratando algunos asuntos», decía como posdata.

Julia suspiró resignada y luego desayunó en la terraza, admirando una vez más la fascinante vista de la ciudad atravesada por el milenario Nilo. Parecía no cansarse nunca de hacerlo, aunque aquella mañana tuviera una vaga sensación de vacío, como de abandono, que colmaba su ánimo de melancolía. El rumbo de su vida le parecía particularmente incierto, y le dio por pensar en el puerto abrigado del que había salido, aunque este siempre hubiera estado cubierto por un cielo gris.

Tras tomar su café, Julia corrió a refugiarse en su talismán, el amuleto que había terminado por convertirse en compañero y confidente de emociones desbordadas a las que había acabado por sucumbir. Lo sacó de su bolsa de terciopelo y lo acarició con suavidad durante un rato, ensimismada en sus pensamientos, a veces encontrados.

Sin embargo, Julia notó que algo había cambiado. Al cabo de unos minutos percibió que aquella comunicación que ella aseguraba mantener con el escarabeo no existía; se había volatilizado, como si fueran dos extraños sin nada que contarse. Ya no había calor en el lapislázuli, que solo era capaz de transmitirle la frialdad de la piedra inerte, como si la joya hubiera perdido su alma.

Julia sintió entonces que su vacío se hacía mucho mayor y como los fantasmas de su conciencia salían al unísono para mostrarle lo que había hecho y en lo que se había convertido. Ahora era la amante de un aristócrata inglés al que había conocido apenas una semana atrás.

Semejante visión la deprimió irremediablemente, devolviéndola a la antigua lucha entre lo que sentía y lo que debía hacer.

Mas Julia plantó cara a todos aquellos espectros surgidos de sus propios escrúpulos que trataban de remorderla sin piedad, y al poco un rayo de esperanza vino en su ayuda para aliviar su pesar. Era como si se hubiera abierto una ventana en su interior por la que la luz se abría paso para mostrarle cuál era el camino y acallar su conciencia. Tal y como si se hubiera liberado de un engañoso velo, fue capaz de leer en su corazón. En un instante entendió quién había sido, quién era y quién debería ser, dónde estaba el lugar que le correspondía y la necesidad de que todos aquellos fantasmas creados a lo largo de su existencia desaparecieran para siempre. En ese instante, Julia comprendió cuáles eran las reglas de la vida: un regalo maravilloso que había que disfrutar siendo fiel a uno mismo y a los dictados de su corazón.

Sin pretenderlo, le vino a la mente uno de los consejos admonitorios que el sabio Ptahotep dejara escritos hacía cuatro mil quinientos años: «En caso de duda, sigue a tu corazón.»

El sabio tenía razón. Ahora Julia sabía lo que debía hacer.

16

Mientras Spiros Baraktaris marcaba el número de teléfono, notaba que la ira le reconcomía. Sus entrañas se agitaban convulsas azotadas por la cólera y su estado se asemejaba al de la legendaria isla de Thera momentos antes de su destrucción; la Tierra bramó entonces, y él se sentía igual.

Al griego le era difícil comprender cómo aquella situación había acabado por írsele de las manos. El camino adornado por hermosas flores se había transformado en un pedregal cubierto de espinos que amenazaba con hacerse aún más inhóspito y agreste a cada paso. ¿Formaba parte del precio que debía pagar por la inmortalidad?, ¿o acaso era solo un ejemplo de lo quimérico de sus ideas?

A Spiros semejantes cuestiones le daban lo mismo, pues la realidad era que el asunto se había llevado con una torpeza impropia de un hombre de su reputación. Claro que, para el señor Baraktaris, los culpables de todo aquel desastre tenían nombre y apellido, y ya les tenía preparado el pago que se merecían por tan lamentable actuación. Su negligencia no solo había puesto en peligro toda la operación, sino que podía llegar a involucrarle a él mismo en los tristes sucesos acaecidos durante los últimos días en El Cairo. Inaudito.

Como solía ser norma en él, Spiros se negaba a aceptar su parte de responsabilidad, arremetiendo contra aquellos que trabajaban a sus órdenes para tacharles de incapaces, irresponsables y demás halagos que a su mal humor se le ocurriera.

Aquella mañana, su suite del hotel fue testigo de toda una retahíla de lindezas de este tipo. Spiros fue capaz de hacer una demostración de sus conocimientos lingüísticos, pues, tras llamar a capítulo a los responsables, dio rienda suelta a su furia para insultarlos en sabe Dios cuántas lenguas, aunque prevalecieran los insultos en griego.

Y es que aquellos petimetres no podían haber sido más ineficaces, pues lo único que habían conseguido era llenar las calles de la ciudad de un clamor de repulsa ante tales actos vandálicos, a la vez que ponían a la policía tras sus pasos; y él, Spiros, conocía muy bien la eficacia de esta y cuáles eran sus métodos.

¡Justo cuando lo tenía al alcance de la mano, su plan podía desmoronarse!

Sus secuaces habían dejado un rastro de cadáveres y además sin obtener sus propósitos, como si fueran unos aficionados. Que Mirko no era la primera vez que mataba a alguien ya lo sabía él de sobra, aunque nunca imaginó que pudiera llegar a hacer filetes con la planta de los pies de una de sus víctimas. Cuando escuchó de sus propios labios la confesión que había hecho el pobre hombre entre tajo y tajo, se quedó impresionado. Mirko se lo relató con una pasión y profusión de detalles propia del emperador de los sádicos. ¡Hasta los ojos le brillaban de la emoción que sentía!

Para Spiros, el espeluznante relato iba más allá de la agonía de un paria. Aquel ladrón había sido contratado por su excavación y él era el causante de los robos y de todo lo que estos hechos conllevaron posteriormente. En su opinión, se tenía bien merecido lo que le había ocurrido, aunque sus hombres debieron haber hecho desaparecer los cadáveres.

Mirko se defendió alegando que les fue imposible, pues había gente merodeando por los alrededores, pero para Baraktaris esto no significó más que una mala excusa. La cruda realidad de todo aquello era que sus hombres habían llegado demasiado tarde, que otra persona se les había adelantado.

La cólera volvió a reflejarse en su rostro al pensar en este detalle. Esto era lo que en verdad le enervaba, que otro hubiera sido más listo que él. Cuando Mirko le habló de la posibilidad de que dicho individuo fuera inglés, Spiros explotó definitivamente emprendiéndola a patadas con el mobiliario de la habitación; que el caballero inglés tuviera en su poder la caja con el papiro era más de lo que podía soportar. Él no tenía ninguna duda acerca de la identidad de aquel hombre; lord Bronsbury se había apoderado de lo que en su día le robaran por medio de engaños o embaucando a una pobre mujer; le repugnaba aquel tipo.

Cuando al cabo de las horas Spiros recuperó la calma, su mente fue capaz de recobrar la frialdad de sus razonamientos. Tumbado sobre la cama pensó en la situación, y en las posibilidades de llevar a buen término sus objetivos. Aunque gran parte de la baraja se hallaba repartida, todavía conservaba la mayoría de los triunfos en su mano; naipes con los que podía ganar si jugaba sin cometer nuevas equivocaciones.

Indudablemente, el tiempo apremiaba y, dadas las circunstancias, disponía de pocos días para lograr sus propósitos. Dentro de tres noches habría luna nueva, y ese sería el momento adecuado para llevar a cabo sus planes. Todo estaba preparado.

Forrester, su arqueólogo, se había encargado de disponerlo con su habitual eficacia. Para tan delicada misión había contratado a la cuadrilla perfecta; un viejo *reis* al que conocía desde hacía muchos años y seis miembros de su familia. En toda excavación era fundamental contar con un buen capataz, y aquel viejo resultaba de toda confianza, pues, además de conocer bien su trabajo, estaba desprovisto de escrúpulos, siendo a la vez muy discreto. Haría cuanto le dijeran, sobre todo cuando la suma que iba a recibir por aquel trabajo podía retirar a toda su familia para siempre.

A Spiros le gustaba su excavador. Él también era un perro viejo que conocía bien su oficio y a las personas que se movían a su alrededor. Forrester tenía muy claro lo que le convenía, cuál era su precio y el modo en el que debía manejar la situación en cada momento. Al griego le agradaban este tipo de personas, directas y eficientes, con ellas nunca había problemas.

Forrester le había dicho que era preciso iniciar la inspección del lugar aquella misma noche y a él le pareció perfecto; confiaba en Forrester.

El hecho de que aquella tumba olvidada por los siglos estuviera esperándole producía en Spiros una suerte de excitación difícil de imaginar. Un hallazgo de aquel tipo superaba con creces su ferviente amor por las antigüedades; era una experiencia reservada para unos pocos. Un descubrimiento como aquel solo estaba al alcance de los grandes arqueólogos de la historia, y él, Spiros Baraktaris, los superaría a todos.

Sin embargo, estaba preocupado. Ante la proximidad de su triunfo, su misma ansiedad le hacía intuir que algo se le escapaba. Sin saber por qué, presentía que las piezas sustraídas junto a la tumba tenían un significado que ellos no comprendían del todo. Forrester le había asegurado que ambas obras no eran más que una parte del ajuar funerario que por algún motivo quedaron olvidadas junto a los restos de la momificación. Pero él albergaba dudas sobre esto. La historia que rodeaba a la figura de Neferkaptah estaba repleta de detalles significativos. Nada en ella parecía obra del azar, pues rezumaba misterio y magia, la de los antiguos dioses de Egipto que el hombre siempre había perseguido inútilmente.

Era posible que aquel papiro poseyera alguna indicación, conjuro o ensalmo que resultara fundamental en el descubrimiento, o quién sabe si resultaría imprescindible para sortear alguna trampa. En cuanto al escarabeo...

Semejantes dudas lo consumían, sin poder evitarlo, alimentando todos sus temores. Había reflexionado sobre esto durante horas llegando a la conclusión de que no podía correr ningún riesgo más; era preciso que recuperara las piezas antes de entrar en la tumba.

Fue entonces cuando pensó en hacer aquella llamada, un último intento de reconducir la situación dentro de los buenos términos, aunque ello significara tener que telefonear a alguien a quien despreciaba.

Aguantándose su rabia, Spiros comenzó a marcar.

Barry y Henry parecían enfrascados en la interpretación de un código imposible. Milenarios caracteres olvidados por los siglos que volvían a la vida para hablarles de un tiempo lejano en que los hombres aún honraban a sus dioses. Los negros trazos sobre el vetusto papiro rebosaban misterio y un misticismo que se hacía impenetrable a la mirada de una época en la que ya no se creía en nada.

Símbolos arcanos para las gentes que ahora se sentían como dioses, que levantaban desdeñosas sonrisas donde antes infundieran temor. Recuerdos de un pensamiento hermético al que ya solo unos pocos encontraban sentido.

—¡Es magnífico! —exclamaba el profesor mientras inspeccionaba una y otra vez el papiro a través de una gruesa lupa.

—Parece imposible que se pueda mantener en tan buen estado después de todo este tiempo —subrayó Henry.

—Algo más de tres mil años, calculo yo —indicó Barry sin dejar de observar el pergamino.

—Es inaudito. ¿No podría tratarse de una falsificación?

—Hoy en día unas manos expertas pueden hacer maravillas, sin duda —confirmó el profesor—. Tú deberías saber mejor que yo a lo que me refiero. Con la tecnología actual todo es posible, aunque continúo opinando que el papiro es auténtico.

—En tal caso, sería el único existente con semejante antigüedad que se conservara tan bien; me parece algo extraordinario.

—Bueno, querido amigo, tampoco conviene exagerar. Como tú sueles decir, la explicación a veces se encuentra tan cerca que somos incapaces de verla.

Henry le miró burlón.

—El documento se ha mantenido dentro de la caja desde que se escribiera hace tres milenios. Según parece, nadie lo ha tocado desde entonces, permaneciendo oculto en su interior bajo las arenas de Saqqara; no se me ocurre un lugar mejor donde pudiera haber estado.

Ambos amigos intercambiaron sus miradas y luego el profesor prosiguió con su explicación.

—Indudablemente, es necesario tomar las máximas precauciones con el manuscrito. Se trata de una obra de primera magnitud, toda una reliquia que necesita de los cuidados de los mejores expertos. Se me ocurre que el Griffith Institute sería el lugar más adecuado para él.

Henry soltó una risita a la vez que esbozaba uno de sus gestos característicos.

—¿Entiendo que el Griffith estaría dispuesto a hacerme una oferta por el papiro?

Barry lo miró escandalizado.

—Me parece impropio de un caballero como tú el intentar hacer negocio con un hallazgo semejante.

Ahora Henry rio abiertamente.

—¿Ah, sí? ¿Qué crees que debo hacer entonces? ¿Donarlo a tu universidad?

—Sí. Eso sería muy apropiado. Harías un gran servicio a tu país, demostrando así tu generosidad. Además, tu nombre podría quedar unido al documento, inmortalizándote.

Henry observó a su amigo con perplejidad.

—Como te lo digo. El manuscrito pasaría a llamarse *Papiro Bronsbury*, por ejemplo. Sí, ese me parece un nombre muy acertado.

—Barry...

—Si no aceptaras, demostrarías una avaricia lejana a tu condición. ¿Acaso quieres ser más rico que Creso? Podrías quedarte con el joyero, que es espléndido; además, ¿para qué quieres tú un papiro?

Henry sonrió divertido, pues le encantaba ver a su amigo excitado cuando algo le interesaba.

—El papiro es auténtico, te lo aseguro —dijo el profesor señalándolo con un dedo mientras volvía a su anterior conversación—. Existen pocas personas hoy en día capaces de escribir en hierático un texto como este. No cabe falsificación posible en él y, como tú mismo podrás comprobar más adelante, hace referencia a la tumba de Neferkaptah. Falsificar algo así se me antoja poco menos que imposible.

Henry permaneció en silencio en tanto observaba cómo su amigo enrollaba cuidadosamente el manuscrito.

—He tomado la precaución de copiar el original en un folio para trabajar con él, así evitaremos dañar el papiro.

—Muy considerado por tu parte —señaló Henry—. Supongo que ya tendrás alguna idea aproximada de lo que dice —continuó con mordacidad—. Llevas casi dos días intentando descifrar el texto.

Barry lo miró por encima de sus lentes, dibujando en su rostro aquella expresión de sabio despistado que le era tan propia.

—Bueno, yo... —vaciló carraspeando.

—¿Cómo? —le cortó el aristócrata con sarcasmo—. No querrás insinuar que estás como al principio, ¿verdad? Te advierto que lo que me contaste me pareció un verdadero galimatías.

—No es ningún galimatías. Lo que ocurre es que tu mentalidad epicúrea no te permite ver más allá de los goces mundanos.

—¡Me dejas estupefacto, oh, sapientísima reencarnación del gran Hermes Trismegisto! —exclamó Henry—. Imprégname con un poco de tu mística naturaleza, a ver si así puedo llegar a entenderlo.

—Je, je, je —rio el profesor quedamente.

—Aunque te rogaría encarecidamente, oh, excelso guardián de los más arcanos secretos, que no me vuelvas loco con tus circunloquios; mi condición mundana, como tú bien dices, hoy no lo soportaría.

Barry pareció considerar aquellas palabras para mirarle maliciosamente.

—Je, je —volvió a reír—. He hecho algunos adelantos, ¿sabes? Acércate y te los mostraré.

El egiptólogo le enseñó una cuartilla en la que había escrito unas líneas.

—Lee, a ver qué te parece. Creo que ahora el texto tiene sentido.

Henry cogió el papel y lo leyó en voz alta:

Bajo la eterna custodia
del pilar y el replicante,
Osiris vigilará desde Oriente
aquello que Anubis guarda.

Lord Bronsbury miró a su amigo sin comprender.

—Es magnífico, ¿no te parece? —apuntó Barry.

—¿Magnífico? Para mí continúa siendo un acertijo.

—Bueno, en realidad se trata de algo parecido.

Henry arrugó el entrecejo.

—¿Quieres decir que tú tampoco conoces su significado?

El profesor hizo un gesto con sus manos.

—Puede tener muchos significados, pero lo importante no es eso. Lo esencial es que estas inscripciones cumplen una función específica.

—Lo siento, amigo mío, pero me temo que deberás ser más explícito.

—Escucha —dijo Barry en un tono más confidencial—. El acertijo, como tú lo llamas, es solo una parte del texto, exactamente su encabezamiento. La otra resulta reveladora, y no deja lugar a ninguna duda.

Ante la mirada expectante de su amigo, el profesor revolvió entre sus papeles para sacar otra cuartilla.

—Léelo, es el resto del escrito —señaló mientras se lo entregaba.

Henry hizo lo que le pedía su amigo y comenzó a leer otra vez.

—«Yo, Khaemwase, encontré placer al restaurar tu tumba —recitó Henry—. Ay de aquel que ose entrar en ella impuro de corazón y ávido de secretos, pues te aseguro que el cocodrilo se volverá contra él en el agua y la serpiente en la tierra, y la risa del "heredero de los dioses" estallará para engullirlo y entregárselo a Ammit, "la devoradora"; entonces su alma nunca conocerá el descanso. Tal será el destino de quien viole tu última morada, oh, príncipe Neferkaptah, pues yo, Khaemwase, mago entre los magos, he invocado a todos los dioses de Egipto para que mis conjuros se cumplan. Nunca habrá poder en la tierra capaz de deshacerlos.»

Al terminar la lectura, Henry se mostró impresionado.

—Pero esto... Es una maldición en toda regla —musitó al fin.

—Sin ninguna duda.

Henry parpadeó ligeramente tratando de reflexionar.

—En tal caso, no comprendo qué función cumplía el manuscrito olvidado bajo las arenas del desierto.

—Creo que la caja y el papiro fueron depositados allí con pleno conocimiento.

Henry hizo un gesto de extrañeza.

—Querido amigo, como te advertí la otra noche, la tumba existe —corroboró Barry—. Este documento supone una prueba irrefutable de lo que digo.

Ahora era lord Bronsbury el que parecía luchar contra

aquella posibilidad, buscando alguna razón que le ayudase a ello.

—Las maldiciones son tan antiguas como el propio Egipto, como tú bien sabes —indicó Barry—. Generalmente se inscribían en los pasillos de las tumbas o en la misma puerta, algo que, curiosamente, a los saqueadores nunca les importó demasiado.

—¿Entonces?

—Hummm... Creo que Khaemwase hace gala de una gran astucia. Él asegura en el texto que sus conjuros nunca serán neutralizados, lo cual significa que nadie podrá conocerlos para así evitar que los contrarresten.

Henry se acarició la barbilla.

—La magia impregnaba el antiguo Egipto, se hallaba por doquier; en la vida diaria, en los ritos religiosos, en los funerarios, en todas partes. Ellos creían en el poder de la palabra; así, la única manera de luchar contra un hechizo era utilizando otro que sirviera de antídoto. ¿Comprendes?

—¿Quieres decir que quizá Khaemwase se abstuviera de inscribir ninguna maldición en la tumba para que nadie la viera?

—¡Exacto! —exclamó Barry eufórico—. La escribió en este papiro guardándolo en la cajita de ébano; después la debió de enterrar cuidadosamente junto a la entrada del sepulcro.

Henry dio un pequeño respingo.

—¡Vaya, Barry! —exclamó sonriéndole—. Tu capacidad de deducción me asombra. ¿No me dirás que también te instruiste en las técnicas de Conan Doyle?

—Desgraciadamente, Khaemwase no contaba con que un día existirían arqueólogos capaces de remover la tierra más allá de la tumba —continuó Barry sin hacer caso del anterior comentario.

—¿Y qué significado tiene entonces el acertijo?

—No lo sé, aunque parece obvio que será necesario encontrarse en el interior de la tumba para averiguarlo.

—Es una clave —musitó Henry como para sí.

—La tumba de Neferkaptah se halla en ese lugar, Henry —subrayó el profesor con nerviosismo—. Apenas a unos metros de donde apareció la caja.

Lord Bronsbury asintió como abstraído.

—¿Crees que el escarabeo cumple una función diferente a la que pensábamos? —preguntó de pronto.

—Es posible, los antiguos egipcios no hacían nada sin un motivo concreto.

Durante unos instantes ambos permanecieron en silencio.

—La situación se está volviendo peligrosa —dijo Barry de repente, sin ocultar su temor—. Nuestra propia posición lo es. ¡Imagínate! Han ocurrido hechos terribles en los cuales podemos vernos implicados, y ahora tenemos en nuestro poder un papiro escrito por uno de los hijos de Ramsés II. Si el Servicio de Antigüedades se entera, pasaremos el resto de nuestros días en la cárcel.

—Bueno, querido Barry, en ese caso no creo que debamos decírselo, ¿no te parece?

El profesor lo observó boquiabierto.

—Pero la tumba... ¿Qué debemos hacer, Henry? ¡Puede que la hayan descubierto ya!

—Tengo la impresión de que el señor Baraktaris necesitará esto —dijo mostrando el papiro—. Me temo que sea el único camino para encontrar lo que busca.

El timbre del teléfono vino a sacarlos del estado de excitación al que les habían conducido sus conclusiones. Aquel sonido era el implacable heraldo que les devolvía a la realidad, y sin querer se sobresaltaron.

Al descolgar el aparato, Henry reconoció al instante la voz que le hablaba al otro lado de la línea.

—¿Señor Archibald?

—Sí, ¿quién es usted? —respondió Henry con disimulo.

Hubo unos segundos de silencio antes de que contestaran.

—Soy Spiros Baraktaris, supongo que se acordará de mí —dijo con voz grave.

—Claro, cómo podría olvidarme. Espero que se encuentre bien, señor Baraktaris.

De nuevo hubo una pequeña pausa.

—Muy bien, gracias.

—Reconozco que me sorprende su llamada, señor. ¿Puedo ayudarle en algo?

—Desde luego que sí. Quiero que dé por terminado su juego. Podemos llegar a un acuerdo.

—¿A qué juego se refiere exactamente, señor Baraktaris?

—Sabe perfectamente a qué me refiero —subrayó el griego endureciendo aún más su acento.

—Le ruego que me disculpe, pero no sé de qué me habla.

La risa de Spiros sonó particularmente desagradable, y Henry se imaginó al griego al otro lado del teléfono envuelto en el tenebroso halo que acostumbraba a acompañarle.

—Usted tiene algo que me pertenece —señaló.

—Le confieso que sus palabras me sorprenden —apuntó el inglés acomodándose mejor en el sofá.

—Escuche, señor Archibald, como le dije anteriormente, la partida debe finalizar para usted. Tiene dos objetos que son de mi propiedad y deseo recuperarlos.

Henry se sonrió.

—Créame si le digo que me encuentro confuso. ¿De qué objetos me habla?

—Ponga un precio por ellos, seré generoso.

La expresión del aristócrata se tornó burlona. Mientras, Barry lo observaba con los ojos muy abiertos.

—Mire, señor, desconozco la naturaleza de tales piezas, por lo que difícilmente puedo valorarlas.

—Le daré un millón de dólares por cada una.

Henry se regocijó por el ofrecimiento.

—Es una cantidad respetable, sin duda. Ahora me gustaría saber qué debo darle a cambio.

El tono de Spiros llegó entonces claramente crispado.

—Usted ha adquirido una caja con un papiro que me fue sustraída. Le repito que estoy dispuesto a pagarle un millón de dólares por ella y otro por el escarabeo que está en manos de su amiga española.

—Querido señor, ahora lo entiendo; me temo que le hayan informado mal o sea víctima de alguna broma de mal gusto.

—¡Esto no es ninguna broma! —explotó Baraktaris—. ¡Le exijo que me devuelva lo que es mío!

Ante los gritos que llegaban a través del auricular, Henry decidió separarlo de su oído en tanto aparentaba un gesto de desagrado.

—Tranquilícese, querido —señaló el inglés con afectación, acercándose de nuevo al teléfono.

—Guárdate tus ridículas maneras para otro, me son indiferentes. Ignoro cuáles son tus intereses en todo esto, pero te aseguro que no te saldrás con la tuya —advirtió Spiros algo más tranquilo.

—Mi interés es el mismo que el tuyo, amigo mío: las

antigüedades. El dinero no me seduce demasiado, a no ser que lo pueda gastar.

—Desde luego que eres un pirata —dijo el griego forzando su risa.

—Ya que nos tuteamos, te manifestaré mi sorpresa por los métodos que has decidido emplear de un tiempo a esta parte; aunque, francamente, dudo que vayan a darte buenos resultados.

La voz de Spiros sonó entonces más glacial que nunca.

—Ya veremos. La hora de las sombras se acerca.

Acto seguido colgó el teléfono.

Barry y Henry se miraron un momento.

—¿Qué ocurre? —preguntó el profesor sin ocultar su ansiedad.

—Se aproxima el Apocalipsis, amigo mío, y habrá que prepararse.

Cuando Spiros colgó el teléfono, la cólera volvió a visitarle tiñendo su rostro de rojo. Las venas de sus sienes se hincharon y sus mandíbulas se cerraron en una especie de presa que hizo de su expresión la viva imagen de la crispación en estado puro.

Congestionado por la ira, se maldijo una y mil veces por haber efectuado aquella llamada absurda, improcedente en un hombre como él. Se sentía herido en su orgullo a la vez que sorprendido por haber tomado semejante decisión. Sin duda todo aquel asunto había influido en su ánimo, como si su resolución fuera lo único que importara. Algo extraño le estaba ocurriendo. Era como si Spiros Baraktaris se hubiera quedado en el despacho de su rascacielos en Nueva York, manejando su imperio mientras observaba el tráfico circular por el puente de Brooklyn, y en su lugar hubiera enviado a El Cairo a un extraño en busca del mayor tesoro que se pudiera imaginar. Eso era exactamente lo que sentía aquella tarde sentado en su suite del Mena House; simplemente, él había dejado de ser Spiros durante un tiempo, demasiado, y las consecuencias habían resultado nefastas.

Telefonear al aristócrata inglés era una prueba evidente de todo lo anterior; aquel tipo representaba lo que más aborrecía, y el señor Baraktaris jamás se hubiera puesto en contacto con él. ¿Qué especie de locura había sufrido para hacer algo así?

Conforme su furia remitía, comenzó a considerar la situación. No debía engañarse, aquel libro perdido en las nieblas de la leyenda le había llegado a obsesionar hasta el extremo de conducirle a donde se encontraba. Spiros no había sido capaz de enfocar aquella cuestión con la lucidez que siempre había demostrado en el resto de sus negocios. En cierta forma, el anhelo de poseer el *Libro de Thot* le había podido, doblegándole como a cualquier otra persona. Todas las torpezas cometidas procedían de ahí, y él se había dejado llevar.

Como liberado súbitamente del invisible manto que le había encorsetado, su mente pragmática recompuso la estrategia, ordenando sus fichas en el tablero. Su razón las posicionó en las casillas correctas para decidir, seguidamente, cuáles debían ser sus movimientos para ganar la partida.

Ya no estaba dispuesto a perder ni un minuto de su tiempo. Él se movía con el mundo, y este no paraba nunca.

Apartó de su lado las emociones que tanto le habían perjudicado. Sus planes ya estaban trazados; para el ansiado papiro, para el inglés, para todos. Mirko acabaría lo que tan desastrosamente había comenzado y luego se desharía de él como correspondía. Ahora ya no importaba su brutalidad, pues la daga debía ser hundida hasta el final.

En cuanto a su querida Anna..., Spiros se encargaría de explotar sus extraordinarias cualidades amatorias. La mandaría de vuelta a la madre Rusia, posiblemente a Siberia, para emplearla en el peor prostíbulo de Vladivostok, un lugar muy adecuado para ella. Allí podría reflexionar durante el resto de sus días sobre el error que cometió al intentar estafarle, a la vez que comprobaría cómo su belleza se marchitaba en pocos años. Su vida acabaría en las calles, entre el frío y la desesperación de verse en un infierno del que ya no saldría jamás.

17

Julia escuchaba cómo el sonido de sus pasos se perdía por la abovedada cripta. Como ya le ocurriera la vez anterior, el eco de sus pisadas parecía rebotar en arcadas y recovecos, para acabar por adentrarse en los pasillos y salas como si de un niño curioso se tratara. Allí terminaban su viaje para regresar, al punto, apagados y extrañamente ilusorios, como si en realidad no fueran suyos.

En la soledad de aquel pasaje su presencia se le antojaba tan engañosa como los mismos ecos que iban y venían caprichosos, cual si formaran parte de una misma fantasía.

Sin embargo, ella era tan real como las omnipresentes bombillas que colgaban de lo alto; tristes, insignificantes e incapaces de alumbrar más allá del miserable radio que les habían encomendado. Los sótanos del museo continuaban tan desolados y solitarios como Julia los recordaba, incapaces de transmitir algo que no fuera olvido y abandono; un tétrico escenario que parecía extraído de cualquier pesadilla y en el que la española bien podría haber sido tomada por una aparición.

Su figura solitaria volvía a recortarse entre los difusos

haces de luz que pendían de los altos techos. Eran cortinas tejidas por la penumbra y el polvo que se desprendía con su temeroso caminar, pues sin querer sus pies vacilaban.

No obstante, había sido ella la que había tomado aquella decisión, libre de presiones y prejuicios, tal y como en adelante haría las cosas.

Las conversaciones mantenidas consigo misma la jornada anterior habían resultado definitivas, haciéndole emprender un camino del que no estaba dispuesta a separarse nunca.

Alegando encontrarse indispuesta, había declinado asistir a la cita con sus amigos rogándoles que la disculparan. Cenó sola, en la terraza de su habitación, en la que tan a gusto se encontraba, observando los restaurantes flotantes navegar por el Nilo rebosantes de jolgorio y música típica del país.

Cuando por la mañana había llamado a Saleh para concertar aquella cita, su mente se encontraba tan lúcida y despejada que se sintió feliz; al menos su decisión no se vería amenazada por la duda o el resquemor.

Saleh la había emplazado en los sótanos a las seis de la tarde, casi a la hora a la que cerraba el museo. «Un poco tarde», pensó ella, aunque a aquellas alturas no le extrañaba el comportamiento del conservador lo más mínimo. Después de haber tomado una determinación irrevocable, a Julia le quemaba el amuleto entre las manos, y estaba deseando desprenderse de él; sin temor a que con ello desapareciera una parte de su pasado más reciente.

Telefoneó a Hassan para que la acompañara. El muchacho pareció encantado, y le aseguró que se ocuparía de todos los detalles, incluido su genuino chófer.

—No tiene que preocuparse de nada, señora. La estaremos esperando a la puerta de su hotel.

Julia se había sentido enternecida al escuchar al joven,

del que no había vuelto a tener noticias desde hacía unos días. A pesar de esto, su voz había sonado tan alegre como de costumbre, con el optimismo propio que Hassan demostraba cada día ante la vida.

Cuando lo vio, este le regaló una de aquellas sonrisas arrebatadoras, cargadas de ilusión y entusiasmo, capaces de desarmarla.

—¿Quiere visitar el mercado de ropa de Atabba? —le había preguntado al subirse al taxi de Magued.

—No, iremos al museo.

—Le advierto que a esta hora ir al mercado le resultará una experiencia inolvidable —había insistido Hassan.

—Debo llegar al museo lo antes posible —le había cortado Julia con gesto imperativo.

Al llegar a las puertas del Museo Egipcio, uno de los policías de la entrada le hizo un gesto para que le acompañase. Julia se extrañó un poco, pero enseguida pensó que Saleh le había enviado a recogerla. Sin embargo, pidió a Hassan que se les uniese.

El agente, con uniforme blanco, no paraba de hacerles señas para que le siguieran mientras cruzaban los jardines situados frente al edificio.

El muchacho le preguntó algo, y el policía le contestó escuetamente, haciendo una indicación con la mano.

—Dice que el conservador la está esperando, señora.

Entraron por la puerta trasera que daba acceso a los vetustos almacenes. Entonces, igual que la vez anterior, el agente apuntó sus datos en el registro que había sobre la destartalada mesa, invitándola después a que fuera en busca de Saleh; luego le sonrió.

Julia hizo un ademán al muchacho, pero el guardia se negó con un tono que no dejaba lugar a la polémica.

—Lo siento, señora, pero el agente dice que yo no puedo pasar; al parecer, necesito un permiso especial del Servicio de Antigüedades; pero me permite que la espere en la puerta.

Ella suspiró resignada, aunque molesta ante la idea de tener que deambular sola por los siniestros corredores. Le resultó raro que no hubiera ningún agente para acompañarla, mas el policía la despachó al punto con un movimiento de su mano que no dejaba lugar a dudas.

—No te muevas de aquí hasta que salga. ¿Me entiendes?

Hassan abrió los ojos, sorprendido por el tono un tanto angustiado de la española.

—No se preocupe, señora, yo la esperaré.

Julia le dedicó una sonrisa y luego se dirigió por el pasillo de la derecha asiendo firmemente la bolsa en cuyo interior descansaba su tesoro. Su paso, decidido en un principio, había terminado por hacerse cansino mientras se adentraba por corredores que ignoraba adónde la conducían. Julia no tenía dudas sobre el camino que debía seguir, pues solo un pasadizo estaba iluminado, permaneciendo todos los demás en una oscuridad en la que no estaba dispuesta a aventurarse.

Con cada paso, Julia perdía su propia noción de la realidad, hasta que todas las sensaciones que le transmitía la enorme cripta le empezaron a pesar como si se fueran acumulando en su ánimo.

Ahora escuchaba ruidos aquí y allá, pisadas apresuradas en los pasillos vecinos, susurros surgidos desde el corazón de las tinieblas y, al otro lado de la impenetrable muralla creada por la propia oscuridad, la sensación de que unos ojos la observaban sin perder detalle de cuanto hacía.

Notó que el respirar se le hacía difícil, tal y como si le

faltara el aire, y una sensación de angustia nacida de sus entrañas comenzó a extenderse, imparable, sin que pudiera evitarlo.

Entonces las pisadas se transformaron en carreras, los susurros, en risas y las miradas se volvieron amenazantes. Julia notó que se sofocaba a la vez que sus pies se clavaban en el suelo, como atenazados, sin poderse mover.

Creyó escuchar una carcajada, y cómo alguien la llamaba, aunque no pudiera averiguar quién era, pues se encontraba aterrorizada. En ese instante comenzó a sudar por todos los poros igual que si estuviera en una sauna; descontroladamente.

Oyó un siseo y acto seguido de nuevo la voz que la llamaba.

Emitiendo un gemido, trató de sobreponerse a aquel miedo que la atenazaba y, haciendo acopio de su coraje, sus pies se desprendieron de los clavos que la inmovilizaban, dándose la vuelta, prestos a salir corriendo. Justo en ese instante una figura se interpuso en su carrera.

Julia no pudo reprimir un grito de terror.

—No grite —le dijeron en voz baja—. ¿Está loca? Soy yo, Saleh.

Ella lo miró durante unos segundos creyendo que el corazón se le saldría del pecho.

—¿Es que no me reconoce? —inquirió el conservador al ver la expresión descompuesta de la profesora.

Julia tomó aliento en tanto regresaba de su pesadilla.

—Acompáñeme —ordenó Saleh—. Si nos encuentran, estamos perdidos.

Ella lo siguió en silencio, incapaz de pronunciar una palabra, a través de uno de los oscuros pasadizos. El conservador alumbraba el camino con una pequeña linterna que apenas era capaz de iluminar lo que le rodeaba. Cruzaron varias salas en cuyas paredes se dibujaron algunas sombras chinescas creadas por los milenarios cráneos que descansaban sobre las estanterías; una visión que a Julia se le antojó dantesca, como sacada del peor sueño posible. «Solo el Señor de las Tinieblas podría concebir una escena semejante», pensó sin perder el paso, pues todo aquello parecía formar parte de un guion escrito por el mismísimo Diablo.

—Ya casi hemos llegado —susurró Saleh mientras abría una puerta.

Los goznes gimieron de forma espantosa, y el conservador la invitó a entrar.

—¡Vamos, entre, por favor! —le apremió.

Julia obedeció y la puerta se cerró tras ella tan lastimeramente como se había abierto. Saleh encendió la luz y la profesora reconoció la habitación en la que había estado la vez anterior. El conservador observó la bolsa que ella llevaba en una mano.

—¿Lo ha traído? —preguntó haciendo un gesto hacia el envoltorio.

Julia asintió.

—Gracias —musitó el egipcio—. Ha hecho lo que debía, créame.

Ambos se miraron un momento y luego Saleh la invitó a sentarse.

—¿Puedo verlo? —inquirió el egipcio al punto, sin disimular su ansiedad.

Julia lo observó un instante en silencio y acto seguido extrajo la bolsita de fieltro roja, Saleh se apresuró a cogerla con manos temblorosas.

—¡Oh! —exclamó al ver el escarabeo—. Es más bello de lo que imaginaba.

Luego sacó una lupa de gran tamaño y estudió un momento los caracteres inscritos en el reverso.

—Supongo que ya sabrá lo que significan, ¿verdad?

La profesora hizo un gesto afirmativo.

—Según tengo entendido, es una advertencia.

El conservador desvió su mirada de nuevo hacia el escarabeo y después lo acarició con una de sus manos.

—Se trata de mucho más que eso —musitó el egipcio volviendo a mirarla.

Ella lo interrogó con sus hermosos ojos.

—Le juro por el Profeta que devolveremos el escarabeo al lugar que le corresponde —se apresuró a decir el egipcio al leer sus dudas—. Nunca debió abandonar Saqqara; su templo está bajo sus arenas.

A Julia le pareció que las palabras de aquel hombre eran sinceras.

—¿Y qué pasará después? —inquirió ella como para sí.

Saleh se encogió de hombros.

—El hombre seguirá su camino en busca de cualquier otro fetiche que, como este, le haga acariciar la posibilidad de ser Dios; siempre ha sido así.

Julia se revolvió en su silla, incómoda y aún temerosa.

—Espero que ahora pueda regresar a mi país, libre de amenazas —apuntó esperanzada.

Saleh se inclinó hacia ella mirando a ambos lados con evidente incertidumbre.

—Es preciso que salga inmediatamente de aquí —dijo casi en un susurro.

Entonces Julia recordó las palabras del egipcio en el corredor.

—Usted dijo que si nos encontraban estábamos perdidos —señaló ella abriendo aún más los ojos.

El conservador asintió.

—Hay alguien más aquí dentro —murmuró medroso.

Julia se sobresaltó.

—¿Se refiere a que algún extraño ronda por los sótanos?

—Nos están buscando —señaló Saleh—; aunque lo que en realidad quieren es el escarabeo.

—¡Dios mío! —exclamó la profesora llevándose ambas manos a los labios.

—Si nos encuentran, nos matarán.

Julia trató de sobreponerse al miedo que volvía a embargarla.

—¿Pero cómo han podido entrar aquí? El museo se halla muy vigilado y...

—Es gente muy poderosa —le cortó el egipcio, y hoy lo han dispuesto todo para poder actuar—. Sabían que estaríamos aquí.

—Entonces... —balbuceó Julia en tanto paseaba su mirada por el suelo sin ocultar su temor.

—Debemos irnos enseguida.

Ella lo miró angustiada.

—¡Escuche! Intentaremos salir del sótano utilizando los pasillos no iluminados. Usted péguese a mí y sígame.

—¡Oh, Dios mío! —volvió a exclamar la española.

—No se separe, ¿me oye? Si alguien saliera a nuestro encuentro o me pasara algo, corra lo más deprisa que pueda y busque el pasillo iluminado, luego sígalo girando hacia su izquierda, solo así podrá encontrar la salida.

—¿Hacia la izquierda?

—Sí. Hágame caso. Yo mismo dispuse que ese corredor fuera el único en estar iluminado; en cuanto salga a él, gire a su izquierda.

Julia volvió a sentir cómo la respiración se le hacía más

dificultosa y su pulso se aceleraba en tanto su generoso pecho subía y bajaba como impulsado por un fuelle.

Saleh le hizo una seña y, tras apagar las trémulas luces, abrió la quejumbrosa puerta. A Julia le pareció que semejante lamento tuvo que haberse escuchado desde el pasaje más recóndito de aquel submundo y al momento se imaginó que, estuvieran donde estuviesen, aquellos que les perseguían ahora sabían dónde se encontraban.

—No hay tiempo que perder —le apremió Saleh, en tanto volvía a encender su pequeña linterna.

De nuevo los espectros difuminaron sus formas por paredes y bóvedas al compás de la débil luz que el egipcio portaba. Sus caprichosos movimientos, mientras corrían, creaban ilusiones difíciles de concebir, entre lo grotesco y lo terrorífico. Corriendo entre las estanterías repletas de obras olvidadas, las escenas de aquel diabólico guion vinieron a repetirse a los ojos de Julia, que luchaba por no perder el paso.

Las fantasmagóricas imágenes proyectadas parecía que se levantaban de sus polvorientos anaqueles para verla pasar, o quién sabe si simplemente lo hacían para pedirle que las sacara de su miserable abandono. A cada paso que daba, creía que se libraban de su triste manto para hacer acto de presencia y hablarle de su tragedia, tal y como si se tratara de ánimas.

Habían cruzado varias salas y otros tantos pasillos cuando, de improviso, Saleh se detuvo.

Julia casi chocó contra él mientras trataba de buscar más aire para sus pulmones; sus jadeos se escucharon claramente en la penumbra.

—Chsssss —susurró el egipcio.

Este apagó su diminuta linterna y la más absoluta oscuridad cayó sobre ellos atrapándolos sin compasión.

Julia trató de acompasar su respiración aguzando sus sentidos en busca de algún peligro oculto, mas su corazón sonaba tan fuerte que ella creyó que cualquiera que se encontrara allí podría oírlo. Sin poder evitarlo, se asió a uno de los brazos del conservador.

Inmóviles como estatuas, ambos permanecieron en su sitio, atisbando por entre las impenetrables tinieblas que les envolvían. Julia intentó entonces imaginar lo que sus ojos no veían.

El leve crujir de la madera; los ruidos naturales que pudieran ser propios de un lugar como aquel; los sonidos que emite el mismo silencio.

De repente escuchó un suave crujido delante de ella, un poco a la derecha, mas enseguida el silencio volvió a apoderarse del lugar. Los segundos parecieron minutos, y estos a su vez horas. Allí el tiempo no importaba, solo su vida contaba; como ocurriera a diario con el resto de las especies del planeta.

Otra vez volvió a escucharse un ruido y casi de inmediato el sonido de unos pies que se movían presurosos, no muy lejos de allí. Ahora Julia no tenía duda de que alguien les acechaba, y se sintió desfallecer.

Saleh le apretó un antebrazo para que se mantuviese en silencio, pero era tan acelerado su pulso que inconscientemente se llevó una mano al pecho pensando que su corazón acabaría por salirse de él.

Durante unos instantes todo se mantuvo en una tensa calma, como suspendida de invisibles hilos en un equilibrio engañoso, pero, súbitamente, la situación se precipitó.

El lugar se llenó de pasos que parecían confluir hacia ellos desde todos los lados; pasos que acabaron por hacerse corpóreos al abrigo de una luz que de repente les enfocaba directamente; alguien se les echaba encima.

Dando rienda suelta a una angustia que ya casi la asfixiaba, Julia dio un grito terrible, con la desesperación propia de quien no posee otra arma, y salió corriendo hacia delante con todo el ímpetu de que fue capaz. Casi al momento tropezó con aquella luz que había llegado desde las tinieblas dispuesta a llevárselos, quizá para siempre, cayendo al suelo junto con quien la portaba. Entonces se originó un gran estrépito, pues en su caída varios anaqueles fueron arrastrados con todo lo que contenían. Julia pudo escuchar claramente cómo algo golpeaba contra el cuerpo que la sujetaba, arrancándole un grito de dolor que le obligó a soltarla.

—Corra, corra —oyó que gritaba Saleh.

Julia se puso en pie con la celeridad que solo da el intentar escapar de una muerte segura y, apoderándose de la linterna que había rodado junto a ella, salió corriendo a través del más oscuro túnel que cupiera imaginar. En su alocada huida ella pudo escuchar la avalancha de golpes y juramentos que se precipitaban a sus espaldas. Oyó voces en una lengua desconocida, y luego un grito desgarrador que resonó en la cripta como si hubiera sido proferido por el peor de los condenados.

Julia corría sin saber muy bien adónde se dirigía. Solo pensaba en escapar de aquel lugar lo antes posible e intentar hallar el pasillo iluminado. Cada vez que cruzaba un corredor, apagaba su linterna para luego volver a encenderla en un intento de despistar a sus posibles perseguidores. Corrió y corrió, dejando cada vez más lejos lamentos e imprecaciones, hasta que no oyó nada, como si la pesadilla hubiera quedado atrás para siempre.

Más calmada, aminoró su marcha tratando de adivinar qué camino tomar. En su fuga, los objetos que flanqueaban su paso le parecieron aún más amenazadores, como si también estuvieran contra ella. Torció por un pasillo situado a su derecha y continuó por él sin saber dónde le conduciría. De vez en cuando apagaba la linterna, escrutando la oscuridad que dejaba atrás, temerosa de que sus perseguidores se encontraran muy cerca; sin embargo, nadie parecía seguirla.

Entonces trató de situarse en aquel laberinto en el que se hallaba atrapada, invocando a la suerte y a los santos en los que tanto creía su madre, doña Cornelia, para que la ayudaran. Luchando por mantener la calma, llegó al cruce con otro corredor y apagó de nuevo su linterna. Sus ojos escudriñaron entre aquellas tinieblas en busca de cualquier indicio de luz salvadora, pero no encontró nada.

La desesperanza se cernió sobre ella como el peor de los depredadores. Si esta hacía presa en su ánimo, estaría perdida definitivamente. Debía seguir adelante sin desfallecer.

Fue así como, tras acceder a un nuevo pasadizo, Julia vio el suave resplandor que le anunciaba la proximidad de la ansiada galería. Cuando por fin llegó a ella, torció a la izquierda, tal y como Saleh le había dicho, y corrió cual si en verdad le fuera la vida en ello.

Al poco fue capaz de reconocer el ancho corredor que llevaba hacia la salida y aminoró su carrera para intentar, por enésima vez, dar un poco de aire a sus maltrechos pulmones.

Sofocada por el esfuerzo llegó a la última esquina y, al girar hacia la izquierda camino de la puerta de acceso al exterior, tropezó con alguien.

El grito de Julia resultó estremecedor.

—Señora, no se asuste, soy yo, Hassan.

—Hassan...

Ella pareció tardar unos instantes en reconocer al joven, mas cuando lo hizo sus ojos se iluminaron.

—¡Hassan! —exclamó casi sollozando.

—Pero ¿qué le ha ocurrido?

Julia sacudió su cabeza y enseguida buscó con la mirada al agente que solía encontrarse sentado a la puerta.

—¿Y el policía? —preguntó, otra vez angustiada—. ¿Dónde se encuentra?

—Salió hace un rato, y es extraño que no haya vuelto.

Ella volvió a tener los peores presagios.

—¡Hay que avisar a la policía! —exclamó casi atropellándose—. ¡Unos hombres intentan matarme!

Hassan no parecía dar crédito a cuanto escuchaba.

—Cálmese, señora.

—¡Es posible que Saleh esté muerto! —señaló nerviosa, elevando aún más su voz.

—¿Asesinado?

—Sí. Tenemos que ir a la policía.

Hassan le cogió ambos brazos.

—Escuche, señora. No le conviene ir a la policía. Si acude a ella, la detendrán como sospechosa. Hassan conoce bien cómo actúan. Debemos marcharnos cuanto antes.

—Pero hay unos criminales que...

—Créame, señora —intervino Hassan, asiéndola de una muñeca para que lo acompañara—. Sé de lo que le hablo. Debe irse a su hotel ahora mismo, sus amigos la podrán ayudar; pero hágame caso y no acuda a la policía.

Julia lo miró como hipnotizada y al punto consideró sus palabras.

—Vamos, Hassan, salgamos del museo.

La pareja cruzó los jardines situados frente al edificio del museo con toda la tranquilidad que les fue posible aparentar. El crepúsculo se cernía ya sobre la ciudad y los últimos visitantes abandonaban el recinto con la impresión de haber sido testigos de los prodigios que el hombre, un día, fue capaz de crear. Una vez en la calle, el muchacho trató de tranquilizarla.

—No se preocupe, señora, Magued nos espera con el taxi justo en aquella calle —dijo señalando hacia la plaza Tahreer—. Démonos prisa.

Ella asintió forzando una sonrisa en tanto se apresuraba.

—¡Allí está aparcado! —exclamó el joven indicando la calle que salía a su derecha y que acababa confluyendo en la cercana Corniche.

Ambos caminaron un trecho por aquella pequeña vía que a aquella hora permanecía solitaria, tal y como si hubiera sido abandonada a su suerte; entonces, sin saber por qué, Julia tuvo un mal presentimiento, y casi de inmediato la tierra se abrió bajo sus pies para engullirla.

Un automóvil se detuvo junto a ellos y unas manos poderosas como garras se aferraron a ella sin contemplaciones. Antes de que pudiese gritar, se vio en el interior de aquel coche inmovilizada, perdida sin remisión; junto a ella, el bello rostro de Anna Orloff le sonreía.

—Hola, bonita —le susurró—. Me recuerdas, ¿verdad? Ahora vas a dormir un poco.

Julia forcejeó inútilmente mientras sentía cómo una aguja se clavaba ferozmente en su hombro. En su desesperación pudo ver cómo aquel hombre con cara simiesca la miraba con su expresión más terrible. Luego este salió del coche y se acercó a Hassan, que les observaba inmóvil, para entregarle un fajo de billetes.

Ella sintió cómo sus párpados pugnaban por no cerrarse irremediablemente. En su inútil lucha, vio al muchacho contar el dinero para dar su conformidad y cómo, acto seguido, aquel tipo de aspecto brutal entraba de nuevo en el auto para sentarse a su lado.

A Julia la visión se le hizo difusa, enturbiada por la droga y el quebranto que le producían sus emociones. Antes de cerrar sus ojos, intentó fijar la imagen del muchacho por última vez. Este la observaba con atención y, al cruzarse sus miradas, él se encogió de hombros musitando algo que ella fue incapaz de adivinar. Quizá fuera un lo siento, o simplemente que así era la vida; aunque ya nada importaba. Fue entonces cuando el coche arrancó para perderse entre el tráfico de la Corniche, justo en el instante en que sus ojos se cerraron.

Sentado en uno de los bancos de la comisaría, lord Bronsbury esperaba pacientemente a ser recibido. Llevaba más de una hora asistiendo, impávido, a la pasmosa demostración de premiosidad de la que el funcionariado de aquel lugar hacía gala. Aquello era burocracia con mayúsculas, sin duda, no resultando fácil ni siquiera el poner una denuncia.

De vez en cuando entraban varios agentes con algún detenido al que se llevaban a otra sala entre pescozones y juramentos como si fuera la cosa más natural del mundo. Invariablemente, los funcionarios observaban la escena distraídamente, y luego volvían a su rutinario quehacer de sellar una y otra vez las pilas de documentos que parecían no tener fin; aunque, eso sí, lo hicieran tomándose su tiempo, sin apresurarse.

—El comisario le recibirá en unos minutos —le había asegurado un agente con cuello de toro, en un inglés casi ininteligible.

Él había asentido agradecido, aun a sabiendas de que los minutos allí no eran como en otras partes.

Se resignó, sin duda apelando a su paciencia y flemática

compostura, ya que nada conseguiría con la exasperación y el desaliento; simplemente, en Egipto todo llevaba su tiempo.

Sin embargo, su ánimo distaba mucho de ser el mejor, y solo la disciplina que él mismo se imponía evitaba que se rebelase contra aquella lentitud que le exasperaba.

Para Henry, aquel día había resultado particularmente desesperanzador. Durante toda la mañana el aristócrata había permanecido en su habitación, en compañía de Barry, esperando alguna noticia que arrojara luz sobre el paradero de Julia, aunque fuera la peor. Pero nada se supo de la española, tal y como si la tierra de Egipto se la hubiera tragado misteriosamente.

Al mediodía, ambos amigos se encontraban irremediablemente abatidos. Por primera vez en mucho tiempo Henry se sentía impotente ante una situación que desgraciadamente no podía controlar. Con el paso de las horas, lord Bronsbury había comprobado cómo la preocupación dejaba paso a la consternación, y esta al pesimismo. A Julia se la habían llevado, y él era culpable de ello.

Este sentimiento le vino a acompañar durante todo el día, pesando sobre su conciencia como una losa de hormigón. La responsabilidad de que Julia se hubiera embarcado en semejante aventura era suya y de nadie más, maldiciéndose por haberla embaucado para que la siguiese a través de un escenario en el que ella no tenía cabida. Ahora se arrepentía, lamentándose de las consecuencias a las que les había abocado su insufrible extravagancia. Quizás ella debiera haber acudido a la policía en Madrid en un primer momento, entonces todo hubiera sido diferente, pero...

De nada valía lamentarse ahora.

Henry suspiró al pensar en ello en tanto procuraba acomodarse mejor en el duro banco. Durante unos instantes echó un vistazo a su alrededor observando cómo el rutinario ajetreo de aquella comisaría continuaba su curso exactamente igual que cuando entró, hacía más de una hora. Henry se vio rodeado por las miradas indiferentes que los funcionarios le dirigían de soslayo, y al momento decidió regresar a sus pensamientos.

Ante la gravedad de los hechos, había telefoneado a su amigo Sayed, aquella misma tarde, poniéndole al corriente de sus temores.

—¿La señora ha sido secuestrada? ¡Imposible! —había exclamado el egipcio desde el otro lado de la línea.

—Salió ayer por la tarde del hotel y aún no ha regresado.

—Quizás haya decidido hacer turismo por su cuenta; o a lo mejor ha conocido a algún egipcio que le ha hecho contemplar la posibilidad de profundizar en nuestras costumbres. A muchas extranjeras les gusta tener aventuras con los hombres de aquí, algunas incluso enloquecen.

Henry había hecho una mueca de disgusto al escuchar aquellas palabras y Sayed pareció adivinarlo.

—¡Esto es El Cairo! —había vuelto a exclamar—. Aquí la gente no desaparece.

—Te digo que se la han llevado. Tiene todas sus pertenencias en la habitación y, con todos mis respetos, no creo que esté interesada en mantener aventuras amorosas con ningún egipcio.

Se había producido un incómodo silencio antes de que Sayed continuara.

—¿Me estás hablando en serio? ¿Crees que le ha podido ocurrir algo?

—Me temo que sí, amigo mío. Hoy más que nunca necesito de tu ayuda.

—Hummm... ya veo. Está bien, lo mejor será poner el asunto en manos de la policía. Yo mismo hablaré con el comisario Gamal, seguro que te acuerdas de él, ¿verdad?

—Le recuerdo.

—Él es la persona idónea para ocuparse de un caso como este. Si la señora ha desaparecido, Gamal la encontrará, no te preocupes.

—¿Podrías conseguirme una cita con el comisario para esta tarde?

—No puedo asegurártelo, pero créeme que lo intentaré.

—Gracias, Orejitas.

—Te llamaré en cuanto sepa algo. Ah, y no hagas ninguna denuncia ante la embajada hasta que estemos seguros de lo que ocurre, confía en mí.

Esta había sido la conversación mantenida con su amigo. Como había imaginado, todo debía llevarse con arreglo a unas determinadas pautas; los protocolos de actuación le resultaban difíciles de asimilar, mas no tenía otra opción que someterse a ellos.

Una hora después, Sayed le había devuelto la llamada para confirmarle que el comisario tendría mucho gusto en recibirle aquella misma tarde, y de nuevo le aseguró que todo se arreglaría.

—Lo único que te pido es que me tengas informado de lo que ocurra. ¿Me lo prometes?

—Te doy mi palabra, Orejitas. Siempre te estaré agradecido.

De esta forma se había despedido de su amigo; Gamal Abdel Karim le esperaba a las siete en su comisaría y, como de costumbre, él sería puntual.

Henry cambió de posición mientras pensaba en este particular. No tenía duda respecto a las múltiples obligaciones que debían de acuciar al comisario, aunque estaba convencido de que este había decidido hacerle esperar a propósito. El inglés sabía muy bien que su confrontación con él era inevitable y que la posible desaparición de Julia no venía sino a ampliar aquel frente de batalla. No obstante, él mismo se había sorprendido al restar importancia a las consecuencias que pudieran derivarse de ello. Su única preocupación era Julia; lo demás le resultaba secundario.

Aquella consideración era algo nuevo para él. Por primera vez en mucho tiempo alguien le interesaba más que los oropeles que adornaban su existencia. Su rango, sus posesiones, sus intereses, sus aficiones... Todo había pasado a un segundo plano durante las últimas horas de forma misteriosa, tal y como si se tratara de un espejismo. Era como si su corazón se hubiera despojado de toda la vacuidad que le rodeaba para leer sus sentimientos más puros. Todo lo que atesoraba no era más que humo ante la imagen de aquella mujer que se le había entregado como ninguna. Su esencia había prendido en él haciendo saltar en pedazos su mundo de fútiles riquezas. Él había jugado con ventaja y ahora se arrepentía, aunque ella todavía no lo supiera.

Se mesó los cabellos en un acto reflejo nacido de lo más profundo de su conciencia. Julia no se merecía aquello, y probablemente él tampoco fuese digno de sus caricias y sentimientos. Ella estaba por encima de colecciones y antigüedades, por muy valiosas que resultaran estas. Henry estaba seguro de que Spiros Baraktaris se había llevado a la española para emplearla como moneda de cambio en la locura en la que el griego se había instalado. Sus delirios habían terminado por adueñarse de él y ya nada podría detenerle, pues creía tener derecho a poseer el poder reservado a los antiguos dioses.

Un individuo se le aproximó para sacarle de tales consideraciones.

—El señor comisario tendrá mucho gusto en recibirle —le dijo mostrándole la puerta entreabierta situada frente a él.

Henry le miró un momento con la sorpresa propia de quien regresa de un sueño; luego observó aquella puerta medio abierta tras la que le esperaba Gamal, y supo lo que debía hacer.

Gamal Abdel Karim se encontraba en una situación ciertamente comprometida. Aquella misma mañana uno de los conservadores del Museo Egipcio había sido encontrado muerto en los sótanos del recinto; ahorcado de una de las bóvedas, para ser más exactos. Un nuevo suceso que añadir a la lista de crímenes acaecidos en la capital durante los últimos días que no hacía sino aumentar la tensión en el Departamento de Información y Seguridad del Estado. El propio director general de la Seguridad de El Cairo, Ismail Shaiar, le había telefoneado exigiéndole resultados inmediatos si sabía lo que le convenía; la ciudad no podía desayunarse con la noticia de un nuevo y misterioso crimen.

Gamal le había asegurado que la aclaración de tan lamentables hechos se encontraba próxima a producirse y que en poco tiempo todo quedaría resuelto, mas su superior le había hecho saber que no era precisamente tiempo de lo que disponía y que las calles se habían convertido en un hervidero de rumores que era preciso aclarar.

Abdel Karim se había visto obligado a realizar algunas detenciones aun a sabiendas de que los inculpados nada tenían que ver con los luctuosos hechos. Él sabía muy bien que cuando la intranquilidad llegaba a los estamentos superiores lo más conveniente era aplacarla lo antes posible, aunque fuera a costa de la propia justicia.

En realidad, Gamal llevaba sus investigaciones adelantadas. Con la perspicacia que le caracterizaba, había dado los pasos precisos para abrir una pequeña ventana que permitiera arrojar un rayo de luz sobre los lamentables sucesos. Sus hombres se habían empleado a fondo y los interrogatorios se habían sucedido sin descanso durante los dos últimos días. Él mismo se había ocupado de tomar declaración a los vecinos de Shabramant en una operación en la que se habían producido diversas detenciones intimidatorias.

Todavía recordaba la expresión aterrorizada de los chiquillos que habían estado presentes durante la visita del aristócrata inglés al ser conducidos ante su presencia.

Si los niños habían sido testigos de aquel encuentro, también deberían tener alguna idea de lo que ocurrió la noche siguiente.

Como era de esperar, se resistieron a colaborar en las pesquisas, aunque finalmente comprendieron lo que les esperaría si no lo hacían. De no acordarse de nada, pasaron a recordar vagamente algunos aspectos, como por ejemplo que dos individuos y una señorita rubia se habían visto con las víctimas la noche de autos. Al parecer, uno de aquellos hombres tenía un aspecto simiesco y empleaba unos modales rayanos en la brutalidad.

Aquello había significado un gran avance, pues Gamal sabía que un tipo de esas características había visitado al viejo Mustafa en compañía de una señorita rubia la tarde anterior a su asesinato.

No obstante, la localización de aquellos sujetos había resultado infructuosa, desconociendo asimismo su identidad. Tenía a un buen número de agentes vigilando los hoteles de El Cairo, pero, hasta el momento, no había rastro de los sospechosos. Estos parecían haber tomado sus precauciones, aunque estaba seguro de que tarde o temprano él les atraparía.

Cuando aquella mañana le informaron de la muerte de Saleh, Abdel Karim tuvo que hacer esfuerzos por mantener la calma. Con gran pesar, Gamal se personó en los sótanos del Museo Egipcio para ser testigo del levantamiento del cadáver y determinar las causas que rodeaban aquella muerte.

Como era de esperar, todos los trabajadores del recinto se mostraban profundamente consternados, y en el museo el rumor sobre otro posible asesinato recorrió las salas como si se tratara de un soplo exhalado por el mismísimo Diablo.

La directora, la doctora Wafaa, no comprendía cómo podía haber ocurrido algo así, sobre todo en un lugar en el que existía una vigilancia permanente.

El comisario se había hecho cargo del abatimiento general con rostro compungido y luego se había dirigido al lugar de los hechos. Allí, colgado de una de las bóvedas, se balanceaba el cuerpo sin vida del conservador. Fue entonces cuando el alto cargo del ministerio le telefoneó de nuevo.

—Escúcheme atentamente, comisario. Sería de gran interés que encontrara alguna prueba que invitara a pensar que el hombre que cuelga ante su vista se ha suicidado.

Gamal se quedó sin palabras.

—¿Está usted ahí? —volvió a decir aquella voz, sinónimo de los peores presagios—. Sería muy conveniente que estuviéramos ante un suicidio.

El comisario tragó saliva.

—Perdone, ¿conveniente para quién?

—Para el Estado y, por supuesto, para usted —le volvió a señalar tras una pequeña pausa—. Recuerde lo que le advertí la primera vez que hablamos: ningún otro departamento debe inmiscuirse en los sucesos ocurridos.

Los ojos del comisario se movieron de un lado a otro, a la vez que mantenía el auricular junto a su oreja y discurría a la velocidad del rayo.

—La más alta autoridad de la Seguridad del Estado le observa con atención. Hasta el momento se encuentra muy satisfecha de cómo está llevando el caso, no deje que se tuerza ahora. Usted sabe mejor que nadie cómo llevar las cosas, no se precipite.

Acto seguido la señal se cortó.

Al terminar la comunicación, Gamal había permanecido durante unos instantes observando como embobado el cadáver que pendía del techo. Si aquello era un suicidio, él podía dedicarse al submarinismo a pesar de no saber nadar. Reflexionó un momento y luego indicó a los inspectores que deseaba un informe exhaustivo para primera hora de la tarde. Después se marchó.

Durante el resto del día Gamal no había hecho más que pensar en todo lo ocurrido; el rompecabezas comenzaba a presentar su forma y ahora comprendía el alcance de las advertencias telefónicas recibidas. El Museo Egipcio de El Cairo se encontraba bajo la jurisdicción del Servicio de Antigüedades, y el comisario ya no tenía ninguna duda de que era a ese departamento al que se refería su interlocutor telefónico.

El Consejo Supremo de Antigüedades tenía una influencia enorme dentro del Estado, y si la Seguridad Nacional le recomendaba que los mantuviese al margen, era porque no deseaba que los hombres de Hawass, secretario general del Servicio de Antigüedades, metieran sus narices en aquello.

Pero ¿por qué habría de interesarse el Servicio de Antigüedades en los asesinatos?

Ante esta cuestión solo podía haber una respuesta: el móvil de todos aquellos crímenes incumbía directamente al departamento de Hawass. Obviamente, como ya pensara en su día, el motivo de los asesinatos no podían ser unas piezas arqueológicas, aunque fueran muy valiosas, puesto que en ese caso el Departamento de Seguridad Nacional jamás se hubiera preocupado de mantener al margen a otros estamentos. La verdadera causa debía de ser de tal importancia que su conocimiento por parte del Servicio de Antigüedades les llevaría a tomar acciones que ya nadie podría controlar.

Gamal se había acariciado su generosa papada al reflexionar sobre esto. En su opinión, lo único que podía provocar una situación semejante era que hubiese una tumba intacta a la espera de ser descubierta. Esa sería, sin duda, una razón capaz de haber llevado a los asesinos a perpetrar aquellos crímenes.

No obstante, no acertaba a ver el interés de la Seguridad del Estado en todo ello. ¿Quizá la tumba guardara alguna información que afectara a la seguridad nacional?

Para tal cuestión Gamal no tenía respuesta, aunque el mero hecho de planteársela era motivo más que suficiente para estar preocupado. Como ya sospechara, desde las más altas jerarquías del país alguien parecía tener trazado un camino para él, y no tenía más remedio que seguirlo.

Tal y como había solicitado, a primera hora de la tarde Gamal tuvo el primer informe sobre la muerte de Saleh. Al parecer, no se habían encontrado huellas de lesiones en el cadáver que no fueran las propias debidas al ahorcamiento. Además, aparentemente no se había observado la desaparición de ninguna obra en la sala en la que se había encontrado el cuerpo, lo cual invitaba a considerar que el pobre conservador quizá no hubiera sido asesinado.

Pero Gamal no podía dejarse engañar por aquella información. No tenía ninguna duda, a Saleh lo habían matado, a pesar de las apariencias.

Mas estaba escrito que Alá le tenía reservadas más sorpresas para aquel día. Su amigo Sayed se había puesto en contacto con él aquella misma mañana para comunicarle la posible desaparición de la profesora española.

En un principio el comisario se sorprendió por la noticia, aunque enseguida llegara a la conclusión de que aquel hecho era un nuevo fragmento que añadir al rompecabezas. Finalmente, el inhóspito desierto en donde la había imaginado había acabado por engullirla.

Al parecer, el caballero inglés se hallaba muy preocupado y requería que lo recibiera, lo cual le parecía muy lógico dadas las circunstancias.

Aquella entrevista le resultaba muy oportuna. El aristócrata también formaba parte del puzle, aunque su posición en él no estuviera claramente definida. Ahora demandaba su ayuda, y esto facilitaría su ubicación final. No obstante, Gamal decidió hacerle esperar más allá de lo que dictaba la cortesía; aquel extravagante caballero debía saber el lugar que ocupaba y lo que se esperaba de él; ahora se encontraba a su merced, y el comisario estaba convencido de que así lo comprendería.

Cuando pidió al ordenanza que le hiciera pasar, Abdel Karim continuó con su vista fija en los documentos que tenía sobre la mesa de su despacho, imaginariamente absorto en ellos. El inglés entró en la habitación y al punto el subalterno se marchó dejándolos solos; durante varios segundos ambos permanecieron en silencio, mientras el jefe de departamento continuaba estudiando sus informes.

—Desde luego, puedo continuar de pie observándole, señor. E incluso también me sería posible mantener una conversación con usted, toda vez que los cómodos bancos de la sala de espera me han hecho desear estirar un poco las piernas —dijo Henry utilizando aquel acento engolado que sabía que tanto molestaba a la mayoría de la gente.

Gamal parpadeó alzando sus ojos de los documentos como si saliera de una profunda abstracción.

—¡Señor Archibald! —exclamó sonriente, levantándose de su asiento—. ¡Qué distraído soy! Siéntese, por favor, y le ruego que acepte mis disculpas por haberle hecho esperar. No puede imaginarse la cantidad de problemas que requieren hoy de mi atención.

—Me hago cargo —convino el aristócrata, sentándose en el mullido sillón que le ofrecían.

—Demasiados asuntos en un solo día. Como podrá observar, ni aquí en El Cairo podemos encontrarnos libres de soportar una tensión mayor de la deseable.

Henry asintió, mientras reparaba en el caótico aspecto que presentaba el despacho.

—Disculpe el desorden —se apresuró a decir el comisario—, pero no me sobra ni un minuto para poder organizarlo.

El inglés hizo un gesto comprensivo.

—¡En fin! —suspiró Gamal—. Ya habrá tiempo para ello. Ahora estoy a su disposición.

—Es usted muy amable —replicó Henry—. Supongo que estará informado del motivo de mi visita.

—Algo me dijo nuestro buen amigo Sayed, aunque contemplar un hecho semejante me parece poco menos que imposible.

—Mi opinión es otra, comisario. No albergo la más mínima duda.

—¡Señor Archibald! —volvió a exclamar Gamal, esta vez con evidente teatralidad—, en El Cairo no desaparece la gente.

—Conozco bien la seguridad de esta ciudad, aunque convendrá conmigo en que, durante los últimos días, esta nos ha mostrado su cara menos amable.

Gamal se recostó cómodamente mientras observaba a su interlocutor.

—¿Qué le hace suponer que la señora haya sido secuestrada? —preguntó acto seguido.

—¿Aparte de llevar un día sin saber nada de ella y de que sus pertenencias continúen en su habitación?

El comisario hizo un gesto de ambigüedad.

—No pensará usted también que quizás ella haya decidido hacer turismo por su cuenta o simplemente que mantenga una relación con algún nativo del país, ¿verdad?

—Me temo no conocer los gustos de la señora, caballero, pero si usted considera que la profesora ha sido raptada, le recomiendo que interponga una denuncia.

—Desde luego que lo haré —replicó Henry con indisimulada irritación.

Ambos se observaron un momento.

—Mire, señor Archibald —dijo el comisario en tono conciliador—, podemos estar toda la tarde discutiendo sobre supuestos, aunque ya le adelanto que, lamentablemente, no dispongo del tiempo preciso. Le rogaría que si dispone de algún otro dato que pueda serme de utilidad me lo comunique.

Henry forzó una sonrisa, pues ya se imaginaba que el policía le propondría algo semejante. Había meditado acerca de ello durante toda la tarde, y no se había equivocado ni un ápice al pensar que aquel hombre utilizaría el caso en su provecho.

—¿Le parecen graciosas mis palabras? —inquirió el comisario al observar el gesto.

—En absoluto. Simplemente, las esperaba. Pero créame que no he venido a verle revestido de orgullo, sino con el ánimo de pedirle su ayuda en este asunto; mi único interés es Julia.

Gamal percibió la franqueza de aquellas palabras y asintió pensativo.

—¿Sabe si la señora recibió algún tipo de amenaza?

—Que yo sepa no, aunque ya le adelanto que la profesora es una persona reservada.

Gamal enarcó una de sus cejas con incredulidad.

—Quizás a usted le hiciera partícipe de sus temores, algo muy natural dada su amistad.

Henry hizo caso omiso del comentario.

—Ella parecía encontrarse feliz en El Cairo, se sentía fascinada por la ciudad.

—¿Sabe si la profesora había entablado contacto con alguna persona que usted no conociera?

—Julia solía acompañarnos la mayoría de las veces. Salvo en alguna ocasión en la que acudió a visitar sola el museo.

—¿Quizá por motivos profesionales?

—En efecto. Tenía interés en verse con uno de sus especialistas, un hombre llamado Saleh.

—¿Saleh? ¿El conservador?

—Hum... Creo que, efectivamente, ese era su cometido.

Gamal soltó un soplido y clavó sus ojos en el inglés. Este pareció no comprender y le interrogó con la mirada.

—Saleh ha aparecido muerto en el museo esta mañana.

Henry se quedó lívido.

—Como le digo —subrayó el comisario al ver la expresión del inglés—. Su cuerpo colgaba laxo, ahorcado del techo de una de las salas del sótano.

El aristócrata desvió su mirada asimilando el alcance de aquellas palabras mientras sentía como una oleada de sudor frío lo invadía por completo. Sin pretenderlo, su mente se vio sumergida en toda una vorágine de razonamientos que pugnaban por calibrar la trascendencia de lo ocurrido. Tal y como se temía, Julia debió de haber acudido al museo a liberarse de una carga que ya le resultaba insoportable. Sus principios habían terminado por imponerse para zanjar definitivamente una situación en la que no tenía cabida.

Sin embargo, las cosas no habían resultado como ella pensaba, pues tales principios poco importaban a la mayoría de la gente, y mucho menos a tipos como Spiros Baraktaris. Su mano se veía por todas partes, para cumplir sus amenazas inexorablemente, tal y como le dictaba su mala conciencia.

El círculo trazado por el magnate estaba a punto de cerrarse, y ahora tenía el modo de conseguir la última pieza. Henry comprendió el peligro real que corría la profesora si denunciaba a Baraktaris ante Gamal. Spiros mataría a Julia haciendo gala del mismo remordimiento que había demostrado en los crímenes anteriores. Solo él podía liberarla, pues conocía cuál sería el precio.

El mapa de la situación en la que se encontraba vino a presentársele entonces tan claro como si se hallara bajo el ardiente sol de Saqqara. Era necesario ganarse la confianza de aquel comisario si quería que el juego no terminara en una tragedia. La muerte de Saleh venía a ayudarle en sus propósitos, y Henry vio llegado el momento de contar a Gamal la parte de la historia que le interesaba; solo lo indispensable para mostrarle su buena fe, acaparar su interés y hacerle ver todos los dramáticos sucesos acaecidos hasta entonces desde su perspectiva.

—¿Se encuentra usted bien?

La pregunta del policía vino a devolverle a la realidad de aquel despacho invadido por el caos.

—Perdone, Abdel Karim, pero me siento presa de los peores presagios.

—¿Teme por la vida de la profesora?

Henry asintió simulando un gran pesar.

—No se preocupe, si hubiera sido testigo del crimen, la habrían matado allí mismo.

—Verá —señaló Henry haciendo un ademán con su mano con el que recababa su atención—. Hay un punto importante que debe saber.

Gamal le sonrió beatíficamente. Si había algo que le gustaba, eran aquellas declaraciones llenas de espontaneidad; sentía verdadera debilidad por ellas.

—Señor Abdel Karim —dijo el inglés—, la profesora vino a Egipto con el ánimo de devolverle algo que le pertenecía.

Gamal lo miró atónito.

—Así es —continuó Henry, adoptando una postura más confidencial—. Recuperó para el país una obra que cayó en sus manos por casualidad.

—Supongo que se referirá a alguna pieza perteneciente al Egipto faraónico, ¿no es así?

—Y de gran antigüedad.

—En tal caso permítame que dude de que la obra llegara a la señora por casualidad.

—No hay otra explicación, créame —prosiguió el aristócrata midiendo sus palabras—. Un extraño la abordó en Madrid para complicarle la vida.

Gamal se acariciaba la barbilla sin perder detalle.

—Al parecer, aquel hombre era egipcio y le pidió que entregara la mencionada pieza al museo.

—¿Conoce la identidad de dicho individuo?

—No, aunque sí la de la persona a la que debía dirigirse. Este no era otro que Saleh, el conservador.

Gamal hizo un gesto de incredulidad.

—¿Pretende que crea que un tipo puede abordar por la calle a una señora para entregarle una obra arqueológica? —inquirió divertido.

—Al parecer, el hombre se mostraba angustiado, tal y como si le amenazara algún peligro.

El comisario negó con la cabeza.

—Señor Abdel Karim, le doy mi palabra de caballero de que cuanto le he contado es cierto —señaló Henry con gravedad.

Gamal pestañeó repetidamente, como considerando aquellas palabras. Acto seguido incorporó hacia delante su enorme humanidad.

—¿Es cierto lo que me ha contado?

—Completamente, señor. Jamás bromearía con algo así.

El policía volvió a reclinarse mientras juntaba sus manos, pensativo.

—¿Por qué no me hablaron de esto antes?

—La señora no creyó que tuviera importancia. Ella vino a Egipto a entregar la pieza al museo. Probablemente ese era el lugar en el que le correspondía estar.

—¿A qué tipo de obra nos referimos, milord?

—Se trata de un escarabeo de lapislázuli; muy hermoso, por cierto.

—Según veo, lo conoce.

—Naturalmente. La señora tuvo la amabilidad de mostrármelo en varias ocasiones.

—¿Y cree que llegó a entregárselo a Saleh?

—No me cabe duda de que se dirigió a su encuentro con esa idea. Lo que ocurrió después me resulta un enigma.

—Ya veo —apuntó el policía repantigándose cómodamente en su sillón.

Luego miró fijamente a los ojos del inglés, con su semblante más serio.

—¿Ha hablado de esto con alguien más? —quiso saber el comisario.

—Usted es el único que está al corriente, señor.

—Le recomiendo que sea prudente y no comente nada a nadie. Me pondré a trabajar en el caso de inmediato, milord —dijo respetuosamente.

Henry hizo un gesto de agradecimiento y Gamal se levantó dando así por terminada la reunión.

—Le agradecería que me comunicara cualquier información que cayera en su poder —advirtió Gamal mientras acompañaba al visitante hasta la puerta—. Ah, una última cosa. Absténgase de hacer averiguaciones por su cuenta si no quiere complicar aún más las cosas.

Henry hizo un gesto de conformidad y ofreció su mano al comisario. Tras estrechársela se marchó.

Gamal regresó a su mullido sillón y permaneció pensativo durante unos minutos. Su particular rompecabezas seguía recibiendo nuevas piezas que daban sentido al dibujo final.

Obviamente, alguien había secuestrado a la profesora española, y el hecho de que esta poseyera una joya arqueológica codiciada no era suficiente motivo. En tal caso, los raptores la hubieran matado para apoderarse después de la obra. Nadie secuestra a una persona si no es para reclamar algo a cambio.

Gamal sonrió ladinamente. Aunque no le había mentido, el inglés se había cuidado de contarle todo cuanto sabía. Él era el único al que podían chantajear, y no era precisamente dinero lo que buscaban de él. Ahora estaba seguro de que el aristócrata tenía en su poder algo que resultaba determinante en todo aquel asunto. Quizá fuera otra pieza, o una señal que indicara el lugar donde se encontraba la ansiada fortuna.

Debía actuar con suma cautela y buscar el paradero de la profesora, pues, a la postre, ella sería la llave que le permitiría resolver el rompecabezas. Después aguardaría agazapado como un felino hasta que llegara el momento oportuno de actuar, cuando toda la baraja se encontrara extendida ya sobre el tapete.

El sonido del teléfono de su despacho le trajo de vuelta de sus reflexiones. Al otro lado de la línea el director general de Seguridad le pedía información sobre el último suceso con tono imperativo.

—No se preocupe, señor director general —aseguró Gamal con su voz más meliflua—, el hombre que ha aparecido ahorcado esta mañana en el museo se ha suicidado, no hay ninguna duda.

18

Al volver en sí, Julia pensó que se encontraba en el Infierno. Tal y como le había asegurado su madre, doña Cornelia, cuando era pequeña, el Infierno existía, y el lugar en el que se hallaba era una prueba inequívoca de ello.

A la profesora le dolía terriblemente la cabeza, sentía náuseas y el oscuro mundo que la rodeaba parecía no dejar de girar. Era como estar recluida dentro de una cámara que daba vueltas sobre sí misma entre la más espantosa de las angustias. Una sensación desconocida para ella que la invitaba a considerar con seriedad la posibilidad de que en verdad estuviera en el Averno.

Era un mundo de sombras, sin duda, en el que la oscuridad se aferraba a ella como si fuera su única compañera de viaje; el tránsito final de las almas perdidas.

Mas si su destino había sido el Tártaro, antes debía haberse celebrado el juicio divino, y que ella recordara nadie la había juzgado, y mucho menos condenado. Lo último que su memoria era capaz de evocar era una sensación de abandono que se apoderaba de su cuerpo y unos párpados pesados como el granito sobre los que no ejercía control alguno.

No se acordaba de Caronte, ni de haber sido transportada con su barca a la otra orilla del Aqueronte, y en su boca no sentía el regusto del óbolo.

Entonces se dio cuenta de que sus ojos pestañeaban y pugnaban denodadamente por abrirse paso en el vacío que parecía envolverla. Casi de inmediato le llegó un olor espantoso; bocanadas de un aire nauseabundo que su olfato no pudo soportar y que le provocaron una arcada. Julia vomitó lo poco que le quedaba ya en el estómago, aunque finalmente quizá solo fuera hiel. Supo en ese instante que las Moiras seguían tejiendo el hilo que regulaba su vida y que no era en el infierno de los muertos donde se encontraba, sino en el de los vivos.

Este comenzó a mostrarle sus difusas formas; primero vagamente, como si se tratara de meras ilusiones; luego, conforme sus ojos se habituaron a la penumbra, con más claridad. Julia reparó entonces en la línea luminosa situada más allá de sus pies. Delimitaba la parte inferior de lo que parecía una puerta, y su luz ayudaba a tomar conciencia del tenebroso lugar en el que se hallaba; un antro de la peor especie, un cubil propio de súcubos, sin duda.

Julia forzó su vista intentando explorar aquella sala de los horrores a la que, al parecer, había sido enviada, y súbitamente, los recuerdos acudieron en tropel a su mente, casi atropelladamente, como si llevaran mucho tiempo esperando a ser recibidos. Al darles fundamento, la profesora creyó desfallecer, y todo lo vio aún más oscuro.

Las imágenes de su visita al museo, el peligro que sintió acechante, la temerosa voz de Saleh conminándola a marcharse, sus gritos ahogados, la angustia de una huida a través de tenebrosas galerías, la gran traición.

El rostro de Hassan vino a presentársele tan nítido como

si en realidad estuviera acompañándola. El muchacho la observaba murmurando alguna excusa que ella no acertaba a entender, pero que para él tenía un claro significado.

Durante unos instantes, Julia se obcecó en pensar si la actuación del joven había sido premeditada desde el principio o simplemente fruto de las circunstancias. Probablemente, sus captores se habían aprovechado de su proximidad hacia ella, o quizá todo estuviera pactado.

En realidad daba igual, puesto que lo único que se venía a demostrar era que la supervivencia diaria no entiende de amistades, incluso las palabras murmuradas por Hassan mientras se la llevaban debían de hacer referencia a ello, de eso estaba segura.

Se sorprendió al no experimentar ningún sentimiento de rencor hacia su joven acompañante, probablemente porque entendía que no era nada personal y también porque, para la gente como Hassan, la vida en una ciudad como El Cairo no podía esperarse que fuera piadosa.

Luego pensó en sus captores. El semblante simiesco de aquel energúmeno se hizo dueño de su memoria; brutal y repulsivo, le sonreía malignamente mientras observaba cómo sus párpados luchaban por no cerrarse. Aquel individuo era ya el campeón de sus pesadillas, estando convencida, además, de que jamás podría librarse de él.

Tras este, la figura de Anna se le presentó casi por sorpresa, tal y como había ocurrido en la realidad. Anna, la joven que tan amablemente la había invitado a participar en la escenificación de aquel drama, la miraba a través de unos ojos azules que parecían de hielo mientras le mostraba una jeringuilla. La invitaba a dormir cuando, en realidad, era su esencia lo que buscaba.

Julia no tenía palabras para describir un cuadro que se

asemejara a aquel. Se sentía sumida en la desgracia, traidora y traicionada, vacua y absurdamente orgullosa por pensar que el cumplimiento de lo que dictaba su conciencia era suficiente para sentirse en paz con ella misma. No había quietud en su corazón, solo una amarga sensación de frustración que la hacía tenerse como la más fatua de las mortales.

Una nueva vaharada de pestilencia la obligó a regresar a su repugnante habitáculo. Las arcadas se repitieron, aunque esta vez no encontrara nada que arrojar. Descubrió entonces que, alrededor de donde se hallaba, el suelo estaba cubierto de vómitos, suyos sin duda, y comprendió que debían de ser producto de la droga que le administraran en el automóvil.

Sin embargo, aquel olor era, por sí solo, capaz de remover el estómago más templado; un perfume indescriptible que solo podía pertenecer al paladín de la podredumbre. Ella no había soportado en su vida nada semejante, e ignoraba de dónde pudiera proceder una fetidez como aquella.

Durante un tiempo Julia pensó en su familia, a la que ya parecía no pertenecer. Esto le hizo sentirse desgraciada y a la vez cargada de impotencia. Luego apareció Henry, el vehículo que la había transportado hacia su perdición, y sintió súbitos deseos de verlo para abrazarle y susurrarle lo mucho que lo necesitaba.

El sonido de un cerrojo al descorrerse le hizo prestar toda su atención a aquella puerta. Sus goznes chirriaron lastimeramente y la hoja de madera se abrió con lentitud, como si en verdad le tuvieran reservada una nueva sorpresa. La luz entró entonces a raudales, con una intensidad que obligó a Julia a protegerse de ella con las manos. Era un fulgor cegador al que le resultaba imposible mirar, pero que la liberaba del mundo de las tinieblas devolviéndola a la vida, al principio creador.

Julia escuchó un juramento en una lengua que no entendió y a continuación notó cómo unas manos la asían sin contemplaciones y tiraban de ella para llevársela a rastras.

—La señora ya se ha despertado, ¿eh? —dijo alguien con sorna.

Casi al momento, el extraño volvió a soltar un exabrupto.

—Buah... ¡Qué peste! Eres más sucia de lo que pensaba. ¡Mira cómo has puesto el suelo de vómitos!

Acto seguido, Julia sintió como le daban una patada.

—Me gustan las guarras como tú, para poder enseñarles modales.

Julia oyó una risotada y supo de inmediato a quién pertenecía aquella voz; entonces, sin poder remediarlo, sintió que se aflojaba y se orinó.

Al verlo, el intruso la pateó de nuevo.

—Puag... Eres más puerca de lo que suponía, aunque no me importa; te educaré de todas formas.

Luego volvió a reír estrepitosamente y se inclinó sobre ella.

—Vamos, salgamos de este antro en el que vives —le gritó repentinamente a la vez que la cogía por los pelos—. Hemos de conversar un poco.

Julia siguió a aquel energúmeno sin oponer resistencia, dichosa de abandonar al fin su pavoroso tugurio. Al salir, el aire del exterior entró en sus pulmones como si se tratara del más vivificante de los bálsamos. La claridad la acarició, benefactora, apiadándose de su desconsuelo para darle ánimos y recordarle que al menos se encontraba viva.

La profesora entrecerró los ojos en un intento desesperado de ver cuanto la rodeaba. Parecía hallarse en un patio cuya superficie, alguna vez cubierta de baldosas, era ahora de tierra apelmazada, tal y como si hiciera siglos que hubiese sido abandonado. En un lateral había una escalera que desaparecía bajo el suelo, y en algunos rincones crecían ensortijadas zarzas que desafiaban al olvido en el que vivían y que, probablemente, nunca tuvieran sed.

Sobre tan yermo panorama el sol manifestaba todo su poder para lucir como suele hacerlo en Egipto: implacable.

Julia fue llevada a empellones a través de un pasillo hasta otra habitación. Allí la empujaron, de muy malas maneras, para obligarla a sentarse en una vieja silla de madera. A la profesora le llegó una bocanada de tabaco americano y tosió sin poder remediarlo.

—¿No fumas, bonita?

Julia reconoció al instante la voz de Anna, que le hablaba desde algún rincón de la sala. Acto seguido escuchó el sonido de algunos pasos que se acercaban y vio a la joven aproximarse contoneándose. Luego esta acercó un taburete y se sentó frente a ella.

—¿Continúas teniendo náuseas? —se interesó sonriéndole.

Julia desvió su mirada en un gesto de desprecio.

—Se te pasará enseguida. Toma un poco de agua, te encontrarás mejor —señaló ofreciéndole una botella de plástico.

La profesora consideró su postura y aceptó la botella que le ofrecían, bebiendo con ansia hasta sentirse ahíta. Anna la observaba complacida.

—Quién lo hubiera podido suponer, ¿verdad? —dijo sin perder su sonrisa.

Julia no contestó.

—Invitarte a la subasta fue un error, y el que aceptaras también. Claro que entonces no podíamos saberlo.

La profesora continuó en silencio.

—Todos nos equivocamos —continuó Anna—; forma

parte de la vida, aunque en tu caso has intentado sacar provecho de ello.

Julia dirigió sus ojos hacia ella fulminándola con la mirada. Anna rio.

—¿Alimento tu cólera con mis palabras? He de reconocer que tienes coraje, y también que pareces más bella cuando te enciendes.

La profesora se mordió la lengua para no insultarla.

—Sé que a Mirko le gustas —apuntó, haciendo un gesto hacia el hombre que les observaba desde la puerta—, y a mí también —subrayó, inclinándose hacia ella para exhalar el humo del cigarrillo hacia su cara.

Julia hizo un gesto reflejo con la mano para librarse de la bocanada.

—Perdona, bonita. Olvidé que no fumas.

La profesora tosió suavemente y, durante unos instantes, Anna la miró en silencio.

—¿Sabes?, en otras circunstancias hubiéramos podido ser buenas amigas —dijo la joven recorriendo su cuerpo con la mirada—. Es una pena.

—¿De una criminal como tú? No hay duda de que eres una psicópata —dijo Julia sin poder contenerse.

—Al fin escuchamos tu voz. Eso está bien.

—Con gusto os diría todo lo que pienso de vosotros, pero ya lo sabéis. Me habéis secuestrado de la manera más vil, drogándome y encerrándome como si fuera un animal. ¿Adónde me habéis traído?; decidme.

Anna soltó una carcajada.

—Vamos —indicó la joven con suavidad—, no dejes que la cólera te domine. Has sido muy malita, y es justo que recibas tu castigo.

—Vete al cuerno.

Anna volvió a reír.

—¿No te gusta el lugar que hemos elegido para ti?

Julia no contestó.

—Te advierto que tu situación puede empeorar; o mejorar. Eso depende de ti. Has tenido muy mala suerte, bonita. Sobre todo a la hora de elegir a tus amigos.

La profesora hizo un gesto de desdén.

—Tu amiguito inglés no ha sabido protegerte como debiera, aunque tampoco tendría que extrañarnos. Los hombres siempre van a la suyo.

—Que tú me hables de lealtades me parece patético —contestó la profesora sin poder reprimirse.

—Es posible, pero sé de lo que hablo. No creas que te culpo por haber caído en las redes del caballero británico. He de reconocer que es un mirlo blanco. No me importaría hacer un crucero de una semana en su compañía.

—Dudo que llegara a tomarse un café contigo.

—¿Tú crees? —inquirió la joven, acariciándola con la mirada—. Dime, ¿te ha hecho gozar?

Julia hizo un gesto de asco en tanto Mirko lanzaba una risotada. Anna miró hacia el energúmeno y le dirigió una sonrisa de complicidad.

—Estoy convencida de que sí —dijo volviendo a mirarla—. Eso es todo lo que conseguirás de él.

Julia masculló un juramento.

—Francamente, bonita, pienso que has tenido que sufrir demasiado por todo este embrollo. No lo has hecho mal, pero creo que ha llegado el momento de que te retires, y yo voy a darte esa oportunidad.

Julia volvió a hacer un gesto de desprecio.

—Cómo, ¿drogándome y recluyéndome en un antro infecto?

—Eso no será más que una anécdota que podrás contar a tus nietos cuando envejezcas; algo singular, sin duda.

Ahora fue Julia la que forzó una carcajada.

—Solo tendrás que cooperar un poco; es fácil.

—No creo que tenga nada más que os interese. El escarabeo era cuanto poseía, y ahora está en vuestro poder.

—Ja, ja, vuelves a equivocarte. Tú has tenido un contacto próximo al caballero, y podrías sernos de alguna utilidad. Si cooperas te dejaremos marchar.

—Dudo que sepa algo que os resulte de interés.

—Mal empezamos, cariño, aunque te daré la oportunidad de contestar a algunas preguntas.

Julia la miró sin inmutarse.

—Quiero que nos hables del papiro —indicó Anna endureciendo su tono.

La profesora puso cara de no saber nada.

—¿Insinúas que no tienes idea de lo que te pregunto? ¿O tratas de reírte de nosotros?

—El señor Archibald nunca me ha mostrado ningún papiro.

—Pero seguramente te habrá hablado de él. Al parecer, posee unas inscripciones que pueden resultar interesantes.

—Os repito que no he visto ningún papiro. Si Henry lo tiene en su poder, se cuidó de comentarme nada al respecto.

—¿Henry? No creo una palabra de lo que dices, bonita. Si no te portas bien, me enfadaré.

—No puedo inventarme lo que no sé —dijo Julia sin poder ocultar su nerviosismo.

—Ya veo —señaló Anna, mientras hacía una seña al hombre que la acompañaba—. Me temo que tendrás que conversar con Mirko.

Julia vio, aterrorizada, cómo el monstruo de sus peores pesadillas tomaba asiento frente a ella y le sonreía con malignidad.

—Cuéntame algo —le pidió acercando su cara.

Julia gimió sin poderse controlar y notó cómo las lágrimas comenzaban a brotar de sus ojos.

—Haz un esfuerzo —volvió a musitarle—. Seguro que recuerdas algo.

—Él no me habló de nada en particular —apuntó la profesora negando con su cabeza—. No sé qué puede contener ese manuscrito.

Inesperadamente, Mirko le dio un tremendo bofetón.

Julia lanzó un grito y se llevó ambas manos a la cara.

—Mientes —murmuró aquel energúmeno acercándose aún más a ella—. Dime algo que pueda salvarte.

La profesora gimió presa de la desesperación, incapaz de articular palabra. Entonces vio como Mirko alzaba amenazante una de sus manazas y, antes de que pudiera evitarlo, la asía de la blusa rasgándola por completo.

Julia volvió a gritar horrorizada mientras suplicaba.

—No, por favor; no me haga daño...

—¿Recuerdas la noche en la que casi me atropellas en el aparcamiento? —le inquirió Mirko.

La profesora gemía presa de un ataque de nervios.

Aquel tipo se acercó todavía más, hasta apenas estar separados por sus alientos.

—Chsssss. Vamos, sé buena conmigo.

Julia vio como los ojos simiescos adquirían un brillo extraño, como los de un sádico. Entonces, las manos de aquella bestia volvieron a cernirse sobre ella con una fuerza descomunal, para arrancarle el sujetador; sus pechos quedaron expuestos sin remisión, y él pugnó por acariciarlos.

Gritando como una histérica, Julia comenzó a defenderse lanzando puñetazos y patadas con una furia inusitada. Mas en su desesperación escuchaba cómo aquel individuo se reía.

—Dime algo que pueda calmarme —le decía sin dejar de sobarle los senos—. Empiezo a tener una erección.

Esas palabras llevaron a Julia al borde de la enajenación.

—Está bien, le diré todo lo que sé; pero déjeme en paz —gritó la profesora en tanto continuaba defendiéndose.

—Sí, sé que lo harás —le susurró Mirko al oído.

—Henry me dijo que la tumba existía —dijo Julia entre sollozos.

Entonces Mirko se apartó de ella para volver a sentarse.

—Nunca me enseñó el papiro ni conozco las inscripciones que pueda tener —señaló Julia mientras trataba de taparse los senos—. ¡Por favor, deben creerme!

Ahora fue Anna la que se le aproximó.

—Si no se le sujeta, Mirko puede llegar a ser muy malo —dijo acariciándole el cabello.

—¡Es la verdad! —exclamó Julia implorándole con su mirada—. El papiro contiene una prueba que confirma que esa maldita tumba existe, pero no conozco ningún detalle más. Henry nunca me lo mostró.

La joven la estudió durante unos instantes en silencio y luego suspiró resignada.

—¡Por favor, es todo cuanto sé!

Anna y su acompañante cruzaron sus miradas.

—Ha dicho la verdad —apuntó ella al fin.

Acto seguido se volvió hacia Julia.

—El muy cabrón no te lo enseñó, ¿no es así?

La profesora continuaba llorando desconsoladamente.

—Henry se ha portado muy mal contigo, ¿sabes? No solo te ha utilizado, también te ha engañado. De una u otra forma, ellos siempre nos engañan.

Anna sacó un pañuelo de uno de sus bolsillos y se lo entregó.

—No merece la pena que des la cara por él; es un cerdo.

Julia se enjugó las lágrimas lo mejor que pudo y luego miró a la joven con los ojos todavía acuosos.

—Sí, bonita; este es de los peores. Se ha reído de ti.

—¿Qué quiere decir? —preguntó Julia algo más calmada.

Anna abrió un bolso situado junto a ella y extrajo un objeto de su interior.

—¿Lo reconoces? —preguntó mostrándoselo.

—¡El escarabeo! —exclamó Julia sin poder disimular la emoción que sentía al volver a verlo.

—En efecto. Es el escarabeo que tan dadivosamente entregaste a tu amigo Saleh, y ¿sabes una cosa?

Julia la miró sin comprender.

—¡Que es falso!

La profesora dio un respingo.

—No puede ser —balbuceó sin creer lo que escuchaba.

—Se trata de una copia magnífica, aunque dudo que tenga más de una semana de antigüedad —aseguró Anna sonriéndole.

—Pero... eso no es posible.

—Yo diría que sí. Tu amiguito te ha dado el cambiazo. Ese tipo de gente acostumbra a salirse siempre con la suya.

Julia miraba a uno y otro lado desorientada, resistiéndose a considerar aquella posibilidad.

—Un timo en toda regla, y me temo que a cambio de tu amor. ¿Me equivoco?

La profesora se negaba a dar pábulo a aquellas palabras.

—Como te decía, se trata de un trabajo magnífico —continuó Anna señalando al escarabeo—, aunque no sea el original. No obstante, el orfebre que lo realizó sabía bien lo que hacía; le ha debido de cobrar al señor Archibald un buen dinero por ello.

Julia cruzó su mirada con ella durante unos segundos y luego volvió a desviarla, tal y como si estuviera reflexionando.

—Cuesta reconocerlo, ¿verdad? —apostilló la joven divertida.

Al ver su expresión, la profesora frunció el ceño.

—No creo ni una palabra de cuanto me dices —contestó con todo el aplomo que le fue posible.

Anna soltó una risita cantarina.

—Ya me lo imagino, y también me hago cargo. No debe de ser fácil admitir que un hombre haya podido jugar con una misma de semejante forma, aunque se trate de un lord.

Julia hizo un gesto de desconfianza para desviar seguidamente su mirada en busca de la joya; la joven la volvió a alzar para mostrársela.

—Es una pena, pero es falsa.

Acto seguido la arrojó sin ningún cuidado al interior del bolso.

La profesora puso cara de espanto.

—No tengas temor, vale tanto como cualquier souvenir de marca. Tu enamorado posee el escarabeo auténtico y el papiro. He de reconocer que ha sido más listo que nadie, pero aún no tiene suficiente.

Julia se echó las manos a la cabeza negándose a reconocer aquello.

—Él quiere más, bonita. Desea la tumba, lo sé, aunque nunca lo haya confesado.

—¡Mientes, mientes...! —gritó Julia sin poder contenerse—. Sois unos criminales; ¿qué le ha ocurrido a Saleh?

Anna hizo un gesto a Mirko y este se aproximó a la profesora. Al verlo acercársele, esta empezó a gemir.

—No tengas miedo, bonita; él solo quiere acompañarte de nuevo a tu habitación.

Al oír aquello, la española la miró angustiada.

—¡No, por favor!, no me encerréis allí de nuevo —suplicó en tanto el energúmeno la cogía otra vez de los cabellos para levantarla.

Ahora Julia no se resistió y se dejó llevar sin dejar de implorarles.

—¡Os he contado todo lo que sé! —se lamentaba.

—Es posible —señaló Anna, que caminaba tras ella—, pero no ha sido suficiente.

Los tres salieron al desolado patio y Mirko abrió la puerta del antro. Con una sonrisa malévola invitó a entrar a la profesora. Esta se negó, retrocediendo.

El tipo soltó un improperio y se abalanzó sobre ella. Luego, la empujó al interior del tugurio haciéndola caer al suelo.

Julia lanzó un grito de desesperación a la vez que observaba cómo sus secuestradores se inclinaban amenazadoramente. Entonces vio a Anna acercarse con una jeringuilla en la mano.

—¡No! ¡Socorro! ¡Que alguien me ayude! —gritaba despavorida mientras lanzaba patadas desde el suelo.

Mas la bestia se le echó encima y, a los pocos segundos, quedó inmovilizada.

—Esto te tranquilizará, cariño —dijo Anna con suavidad.

Julia sintió cómo la pinchaban y lloró de impotencia.

—Así está mejor —aseguró la joven volviendo a acariciarle el cabello.

La profesora empezó a notar cómo las fuerzas la abandonaban y su voluntad se marchaba dejándola desamparada.

Poco después sus ojos eran incapaces de mantenerse abiertos y sus palabras se volvían inconexas.

—No me dejéis en el infierno —apenas acertó a musitar en tanto parpadeaba con dificultad.

Anna se inclinó más sobre ella.

—Esto no es el infierno, bonita; solo es su antesala.

Julia la miró fijamente un instante, haciendo un esfuerzo por asimilar lo que le decían; unos segundos más tarde se precipitó de nuevo al terrible vacío.

Para Gamal, las horas se habían convertido en minutos, y estos simplemente carecían de importancia. Pasaban y pasaban dueños de sí mismos, como las aguas del Nilo camino del delta; ajenos al hombre y su locura.

Desde el asiento trasero del automóvil observaba cómo esta se había apoderado de sus corazones, de su forma de vida, de la sociedad que habían creado y hasta de la ciudad en la que habitaban. Mas a la postre todo era tan antinatural que sus anhelos nunca se sentían colmados. Las ambiciones eran alimentadas cada día, a veces con el peor de los forrajes, existiendo quien aspiraba a convertirse en dios; aunque su esencia se pareciera a la del becerro de oro.

Era un mundo de ansias, de deseos, de apetencias que satisfacer, que giraba lanzando dentelladas, con un ejército de acólitos portando la codicia como bandera. La codicia...

Gamal hizo un mohín de disgusto. Su semilla estaba en el hombre, fructificando en mayor o menor medida, como alimentada por misteriosos resortes, simplemente por la mera condición de su naturaleza.

Mas si había una cosa cierta en todo ello, era que semejante locura no tenía solución, aunque él estuviera allí para combatir sus dislates.

El comisario observó distraídamente el canal de Maryutia fluir pletórico de podredumbre y el caótico tráfico que asolaba los alrededores de la avenida de las Pirámides. La carretera por la que circulaba tampoco se veía libre de él, aunque sus usuarios formaran todo un conjunto de lo más heterogéneo. Viejos automóviles, vetustos camiones, antiguas motocicletas, carros tirados por burros, asnos con sus alforjas repletas, alguna bicicleta y el minibús que hacía el transporte desde el cruce junto al canal. Así se encontraba el camino que llevaba a Kerdassa a aquella hora de la tarde; abarrotado.

Los cinco kilómetros que separaban el pueblo de la avenida de las Pirámides eran todo un ejemplo de cuanto Gamal había estado pensando, pues ni la miseria se encontraba libre de la ambición. La propia Kerdassa era una demostración palpable de ello. Este era un pueblo turístico famoso por su artesanía, la fabricación de alfombras, pañuelos, y las populares *galabiyyas*, actividades todas ellas honradas y loables donde las hubiera.

Pero también era conocido por el comercio ilegal de animales salvajes y por ser reducto de ladrones y gentes del hampa dispuestos a traficar con lo que hiciera falta. La codicia no conocía de fronteras, y lo único que separaba a aquellos rateros de los saqueadores de guante blanco que esquilmaban los tesoros arqueológicos de Egipto eran sus expectativas.

Gamal suspiró resignado mientras el conductor estacionaba el vehículo en una cuneta a la entrada del pueblo. Le había llevado dos días dirigir sus pasos a aquel lugar; dos días de trabajo frenético, como nunca con anterioridad había conocido. Durante este tiempo, la presión sobre su persona había llegado a resultar agobiante; mas sus hombros eran anchos, y su tranquilidad inalterable, y juntos formaban un caparazón hermético en cuyo interior todavía podía recluirse para pensar.

Sus pesquisas habían dado sus frutos y las piezas de su particular rompecabezas continuaban apareciendo para dar forma a la imagen final.

Tal y como se temía, no había tenido ninguna noticia acerca de la profesora española, lo cual tampoco le extrañaba, pues estaba convencido de que sus secuestradores no harían acto de presencia hasta que llegara el momento oportuno. Sin lugar a dudas, estos se pondrían en contacto con el caballero inglés, el cual parecía haber entrado en una especie de exasperación difícil de imaginar en un hombre como él.

Al parecer, andaba recorriendo El Cairo en compañía de varios compatriotas suyos, cual Diógenes con su candil en busca de un justo.

Contraviniendo sus recomendaciones, estaba revolviendo la ciudad desde El-Matariya hasta El-Mazdi, como si fuera el justiciero solitario, entre el estupor de vecinos y parroquianos, a los que había llegado a ofrecer cuantiosas recompensas si le daban alguna pista sobre el paradero de la señora.

A Gamal semejante dislate le desagradaba sobremanera. Ofrecer a los cairotas dinero por una información como aquella representaba un disparate, pues la capacidad de imaginación de sus paisanos, como él bien sabía, no tenía límites.

Sin embargo, también existía en aquella conducta una lectura positiva. El aristócrata británico demostraba con su proceder que su interés hacia la española estaba fuera de toda duda, lo cual resultaría beneficioso para llevar a buen puerto sus planes.

Extravagancias de aquel tipo aparte, Gamal había seguido el camino apropiado. Sus indagaciones habían comenzado en el hotel en el que se hospedaba la mujer desaparecida. Con su característica minuciosidad, había interrogado a los porteros de la entrada, estudiando con el servicio de seguridad los movimientos en la salida del hotel el día que la española fue vista por última vez. Como él muy bien sabía, los ojos de El Cairo lo veían todo, y tras un arduo día de investigación, pudo confirmar que la señora había abandonado el hotel aquella tarde en compañía de un muchacho. Al parecer, un taxista los esperaba en la puerta, y uno de los empleados lo conocía de vista, pues había venido en otra ocasión a buscar a la dama, llamándole la atención la profusión de adornos y luces de colores con que decoraba su vehículo.

Averiguar la matrícula fue sencillo, pues todos los automóviles que accedían al hotel quedaban registrados; a partir de ahí, localizar al taxista llevó apenas unas horas.

Camal se sonrió al recordar la cara del conductor cuando le detuvieron. El pobre hombre se llevó tal impresión que comenzó a tartamudear de forma que no era capaz de pronunciar ni su propio nombre.

Para cuando se enteraron de que se llamaba Magued, la comisaría se había convertido en una estrepitosa confusión de carcajadas y alardes de hilaridad; un pandemónium, vamos.

Cuando por fin pudo calmarse, Magued les juró por el Profeta que era un hombre honrado y que, con mucho gusto, invitaría a todos los funcionarios a comer un kebab.

Tales palabras originaron tan incontenibles risotadas que el propio comisario hubo de intervenir seriamente antes de que la cosa fuera a mayores. A la postre, su declaración resultó determinante, ya que el taxista reveló la identidad del joven que acompañaba a la española, al que ya conocía por haber trabajado juntos en más ocasiones. Según aseguraba, el muchacho era una buena persona y estaba convencido de que sería incapaz de hacerle daño a nadie, y menos a aquella señora que parecía tan agradable.

Al parecer, aquella tarde se había limitado a conducir a la pareja hasta el Museo Egipcio.

—Al llegar, Hassan me despidió asegurándome que no me necesitaría hasta al cabo de varias horas; me dijo que era mejor que me marchara y que me telefonearía cuando la señora terminara de resolver sus asuntos —había señalado el taxista todavía asustado.

Pero el mozalbete no volvió a requerir sus servicios, y Magued estuvo trabajando hasta bien entrada la noche, haciendo varias carreras.

Gamal no tuvo duda de la veracidad de aquellas palabras.

—Dice que ese joven se llama Hassan, ¿no es así?

—Sí, señor comisario. Vive en Kerdassa, y su familia se dedica a trabajar en lo que puede, aunque tiene un tío que confecciona *galabiyyas*.

Abdel Karim lo había mirado complacido.

—Magued, hoy ha hecho un gran servicio a su país. Puede marcharse.

—Siempre a su disposición, señor comisario.

Así fue como la policía se puso tras la pista de Hassan; un joven que, como otros muchos, estaba dispuesto a alcanzar una vida mejor, independientemente del precio que tuviera que pagar por ello.

El muchacho había resultado ser escurridizo, si bien, finalmente, acabara por ser localizado.

Aquella tarde, en el interior de su vehículo, Gamal pensaba en todo esto y también en la necesidad de detener al pillastre sin dilación.

Para no levantar sus sospechas, el comisario había previsto que sus hombres se hicieran pasar por miembros de la Agencia de Asuntos Medioambientales Egipcia, que solían hacer redadas frecuentes entre los delincuentes dedicados al tráfico de animales salvajes. Eso les permitiría poder tomar posiciones para capturar al joven. Todo estaba perfectamente planeado y Gamal solo debía esperar en el vehículo a que los agentes se lo trajeran.

El sol se ponía ya tras las antiguas necrópolis cuando Hassan fue llevado a su presencia. Esposado con las manos a la espalda, fue introducido en el automóvil casi a empujones. Cuando el muchacho vio al comisario, no pudo ocultar un gesto de espanto.

—Hola, Hassan, soy el jefe de departamento Abdel Karim, seguro que has oído hablar de mí.

El joven apretó sus mandíbulas y sendos lagrimones cayeron por sus mejillas.

—No tengas miedo, tan solo he venido para invitarte a tomar el té. Gamal sirvió té en la taza del muchacho mientras lo atravesaba con su mirada. Junto a él, dos de sus agentes observaban la escena con la atención propia de quien esperaba otro de aquellos interrogatorios que habían llegado a hacer célebre al comisario. En su fuero interno se frotaban las manos ante el espectáculo que podían presenciar.

Hassan, por su parte, era incapaz de levantar su vista de la mesa, y mucho menos de beber la infusión que le servían.

—¿Vas a despreciarme el té? —inquirió Gamal sin alterar el tono suave de su voz—. Me parecería una descortesía por tu parte.

El joven tragó saliva, y sin despegar su mirada de la taza, dio un pequeño sorbo.

—Así está mejor —indicó el policía con satisfacción—. Es posible que podamos llegar a entendernos. Aunque eso solo depende de ti.

El muchacho se removió en su asiento en tanto intentaba controlar el miedo.

—La cuestión es bien sencilla; lo único que tienes que hacer es contarnos lo que le ocurrió a la señora.

Hassan frunció los labios sin decir una palabra.

—¿Sabes a lo que me refiero? ¿O es que eres mudo?

El joven continuó guardando silencio, intentando ganar tiempo para inventar una excusa que le eximiera de todo lo que se le venía encima.

—¿No quieres contestarme? Te advierto que si eres mudo no necesitarás la lengua.

El muchacho volvió a estremecerse en tanto los agentes que presenciaban la escena se sonreían.

—Te diré algo, querido muchacho. Eres un joven muy afortunado.

Hassan miró por primera vez a aquel hombre sin poder ocultar su temor.

—Sí, sí, créeme. Has tenido mucha suerte de que no disponga del tiempo necesario para tratarte como mereces, pero qué le vamos a hacer, las cosas han venido así. Yo había pensado en tenerte en el *al tallaga* durante un par de días antes de que pudiéramos mantener esta magnífica conversación. Eso te hubiera ayudado a reflexionar y a comprender qué es lo que te conviene.

Al escuchar al comisario, el joven se mesó los cabellos.

—El frigorífico... —balbuceó sin poder evitarlo.

—Exacto, veo que comprendes mis palabras. *Al tallaga*

es una habitación muy adecuada para poder tomar conciencia de las situaciones. Como tú muy bien has dicho, se está muy fresquito ahí dentro, alejado de los terribles calores que a veces tenemos que soportar y nos impiden pensar con claridad. Dentro del frigorífico eso no ocurre y puedes salir de él con la mente despejada, dispuesto a colaborar en un interrogatorio.

Hassan sintió que el vientre estaba próximo a descomponerse.

—Como verás, soy una persona razonable e, incluso, generosa. Te he ahorrado pasar por ese estado de trance espiritual, y eso debería hacerte sentir agradecido. Sin embargo —continuó el comisario—, no estoy tan seguro de que pueda evitar que pasemos a la segunda fase: los interrogatorios de toda la vida. ¿Los conoces, Hassan?

Ahora al muchacho se le escapó un gemido involuntario.

—Así me gusta, jovencito, que reprimas tu temor como un hombre.

Durante unos segundos, Gamal lo observó con atención.

—¿Sabes una cosa, Hassan? Hemos hecho algunas averiguaciones sobre ti, y con gran sorpresa nos hemos enterado de que ya eras conocido nuestro. He de confesarte que, dada tu juventud, no me lo podía creer.

El muchacho continuaba sin decir nada.

—Veamos —prosiguió el comisario, ojeando los documentos de una carpeta—. Hace cinco años te acusaron de sustraer una cámara digital a un turista alemán, y tres años después te detuvieron como sospechoso de intentar timar a una pareja de turistas al llevarles a un hotel miserable de un amigo tuyo tras asegurarles que no había ninguna plaza hotelera en El Cairo y que no encontrarían nada mejor. Como de costumbre, tú te llevaste tu comisión, y tu amigo les co-

bró la habitación a precio de oro. Al efectuar la denuncia
—continuó Gamal mirando hacia sus ayudantes—, la pareja aseguró que Hassan les había dicho que debido a la visita del secretario de Estado norteamericano a la ciudad, todos los hoteles se encontraban llenos de agentes de la CIA;
inaudito.

Los agentes que les acompañaban rompieron en estruen-
dosas carcajadas.

—¡Qué imaginación! Es una pena que hayas elegido el
lado oscuro del camino; pero en fin. Mas, por lo que parece,
no saliste mal parado. Aunque te condenaron a la cárcel de
Mazraat, una de tus víctimas, que por suerte era miembro
de Amnistía Internacional, se apiadó de ti y quitó la denuncia, dándote así la posibilidad de perpetrar nuevas fechorías;
algo a lo que, según nuestras pesquisas, no has renunciado.

El comisario cerró la carpeta dando por finalizada la lectura de aquellos datos.

—En fin, muchacho, qué quieres que te diga. En esta
ocasión la fortuna no parece de tu lado. Aquí ninguno de
nosotros pertenece a asociaciones en pro de los derechos
humanos y, si no eres más comunicativo, nos veremos obligados a interrogarte menos amigablemente.

Hassan sintió que se le helaba la sangre en las venas, pues
sabía muy bien a lo que se refería el comisario. Sin embargo,
aquel hombre de aspecto simiesco había sido muy persua-
sivo.

—Si nos delatas, nunca podrás volver a dormir en paz,
estés donde estés, ni tampoco tu familia —le había advertido
amenazadoramente.

El muchacho se creyó desamparado, y Gamal le leyó el
pensamiento.

—Estás involucrado en crímenes muy graves; nada menos que has intervenido en el secuestro de una extranjera y en el encubrimiento de unos delincuentes que es posible que sean responsables de varios asesinatos. Las acusaciones podrían ser de tal consideración que, con toda seguridad, el juez te mandaría a pasar el resto de tus días a la prisión de máxima seguridad de Tora. ¿Tienes idea de cómo es la vida allí, Hassan?

El joven lo miró despavorido.

—¿Y bien?

Hassan se retorció las manos presa de la desesperación, pero continuó en silencio.

—Lástima —apuntó el comisario, haciendo una seña a los agentes que les acompañaban—. Ahora ellos se ocuparán de ti. Avisadme cuando lo tengáis listo.

Aquellos tipos se abalanzaron sobre el muchacho sonriéndole cual si fueran hienas. Sus manos se aferraron a su cuerpo en tanto el joven gritaba aterrorizado. Uno de los policías le propinó un bofetón y Hassan dejó de proferir alaridos; acto seguido, se lo llevaron.

El comisario permaneció pensativo en su despacho durante varios minutos hasta que uno de sus hombres llamó a la puerta para anunciarle que le estaban esperando.

Gamal se levantó de su sillón y abandonó la sala con aire cansino. Le desagradaban profundamente aquellas prácticas, pero en aquel asunto no podía haber margen para la compasión.

Cuando entró en el habitáculo, todo se encontraba tal y como el comisario esperaba. La lúgubre mazmorra, apenas iluminada por la mortecina luz de una bombilla, resultaba tan siniestra que la mera estancia en su interior era más que suficiente para sentirse irremediablemente perdido en la peor de las pesadillas.

Al verle entrar, sus hombres lo saludaron a la vez que daban suaves golpecitos con unas varas de madera en las palmas de sus manos. Con un gesto de sus cabezas señalaron al muchacho. Este pendía del techo colgado por los pies, desnudo como su madre lo había traído al mundo. Tenía los ojos vendados y gemía lastimeramente mientras se balanceaba.

—Es una pena que hayamos tenido que recurrir a semejantes procedimientos; pero en este caso están en juego intereses nacionales, ¿comprendes? —dijo Gamal con su acostumbrada suavidad.

—Por favor —suplicó el muchacho—. No me hagan daño.

—Al fin tu voz suena dulce a mis oídos.

—¡No me hagan daño, por favor! —volvió a exclamar el joven sin ocultar su desesperación.

—¿Crees que vamos a pegarte? —le susurró Gamal al oído.

Los hombres que le acompañaban comenzaron a golpear las varas con más fuerza contra sus manos.

—¿Qué te hace pensar eso? ¿Has oído algunas historias? —le preguntó el comisario al muchacho—. No hagas caso sobre los rumores que corren acerca de palizas y descargas eléctricas. Sabes que la gente exagera.

Hassan se debatió horrorizado.

—¿Vas a contarnos lo que sabes?

El jovencito gimió lastimeramente y el policía aprovechó para darle un suave golpe en las nalgas. Al sentirlo, Hassan gritó aterrorizado.

—Le diré todo lo que sé, señor comisario, lo juro. Pero bájeme de aquí —imploró el rapaz—; por favor.

—Hummm... Me gusta este lugar. Aquí se te escucha muy bien. Ahora cuéntame...

Durante un buen rato Abdel Karim oyó el relato de lo

sucedido. Hassan le dio detalles de todo cuanto le interesaba saber, si bien desconocía la verdadera identidad de los secuestradores y si trabajaban para alguien. No obstante, su descripción coincidía con la que le habían proporcionado los niños de Shabramant. Aquellos eran los tipos que buscaba.

Gamal ordenó que descolgaran al muchacho y le pidió que se vistiese.

—¿Ves como son solo rumores? —le murmuró quedamente.

Hassan notó que se le erizaba el vello de la piel.

—¿Adónde se llevaron a la señora? —le preguntó Gamal clavándole su penetrante mirada.

El joven meneó la cabeza.

—No me lo dijeron, pero cuando se la llevaban en el automóvil escuché que le daban instrucciones al conductor para que se dirigiera al cementerio.

—¿Al cementerio? ¿Estás seguro?

Hassan asintió con la cabeza mientras se ponía los pantalones.

Gamal se acarició la papada mientras reflexionaba. Existían cinco grandes cementerios en El Cairo, aunque el más popular fuera, sin duda, el Cementerio Septentrional, el lugar elegido un día por los sultanes mamelucos para erigir sus tumbas, y que era conocido como «la Ciudad de los Muertos».

Oficialmente, allí vivían cincuenta mil personas en el interior de los túmulos y antiguos mausoleos, existiendo familias que habitaban en tan siniestro lugar desde hacía generaciones. Pero Gamal sabía mejor que nadie que aquellas cifras eran engañosas. En la Ciudad de los Muertos podían llegar a hacinarse hasta medio millón de seres humanos que malvivían en un estado de extrema pobreza. Sin duda resultaba un lugar muy peligroso, en el que era preferible no adentrarse una vez hubiera anochecido.

Aquel era un cementerio enorme en el que todo un laberinto de calles comunicaban mausoleos, tumbas y mezquitas, algunas de las cuales, como la que construyera el sultán Qatbey en el siglo XV, constituían verdaderas obras maestras de la arquitectura. Las tumbas, por su parte, solían constar de patios y habitaciones, resultando un buen lugar donde poder ocultarse durante un tiempo.

Gamal suspiró y acto seguido sonrió a Hassan, dándole unas cariñosas palmaditas en la espalda; después abandonó la celda silbando una cancioncilla.

Gamal Abdel Karim tenía mucha razón al pensar que el aristócrata inglés había perdido la cabeza. Henry se sentía próximo a la enajenación, sobre todo al comprobar que, en aquella ocasión, su dinero no servía para nada.

Durante dos días había recorrido El Cairo con la desesperación propia de un náufrago en busca de la costa salvadora. Junto con Barry y el irlandés O'Leary, deambuló por la ciudad ofreciendo recompensas a diestro y siniestro en un intento de conseguir alguna pista sobre el paradero de Julia. Era una brigada de búsqueda ciertamente patética, pero en solo dos días se hizo muy popular, y hasta circularon los primeros chistes al respecto.

Incapaz de entender la idiosincrasia local, Henry había decidido iniciar las pesquisas por su cuenta, desoyendo las advertencias del comisario. Ni tan siquiera escuchó los consejos de su viejo amigo Abdul, que le recomendaba paciencia.

Pero eso era algo que no podía permitirse en aquellas

circunstancias, pues, como bien sabía, él era quien había empujado a la española al fondo del abismo.

El Hadayk, El Shrabeia, El Waily, Soubra, El Bulak, El Sayyida... Barrios enteros por los que paseó su preocupación y a la vez su desconsuelo. Vivir allí ya suponía todo un desafío para los millones de personas que se despertaban a diario, y Henry fue testigo durante esos días de su auténtico significado.

Se vio sorprendido por el bullicio, y también por las calles abandonadas. Por los hombres que le sonreían en busca de una *baksheesh*, y por las miradas extraviadas de quien lo había perdido todo. Barriadas de paredes desnudas y suelos sin asfaltar, lugares solitarios dejados a su suerte junto a distritos desbordantes de vida y actividad, alegría y tristeza, ilusión y resignación y, por dondequiera que fuere, siempre aquella sensación de que se encontraba en el imperio del ocre.

Su problema allí apenas parecía tener importancia, y eso le desalentaba más todavía. Quizá la ciudad también lo hubiera devorado aunque él se resistiera a admitirlo.

Luego, en la soledad de su lujosa habitación, trataba de dar sentido a toda aquella locura, arrojar luz sobre su propia conciencia a fin de buscar una solución a una situación que nunca habría tenido que producirse. Se imaginaba el sufrimiento de Julia al no comprender los motivos de su acción. «¿Por qué?», se preguntaría allá donde se encontrase.

Sus secuestradores se habrían regodeado por ello, y también la habrían zaherido por su estupidez. Aquello era lo que más le atormentaba. El hecho de que la humillaran le dolía en lo más profundo de su alma, encendiendo en él una ira que ignoraba poseer.

Aquella mujer parecía formar parte de él. ¿Cómo si no

podía sufrir de aquella forma por ella? Imaginar lo que Julia estaría pasando, sentir su desgracia como propia, soñar con encontrarla para abrazarla y pedirle que creyera en él una vez más.

Tales pensamientos suponían el peor de los tormentos, pues, de momento, nada podía hacer. Se encontraba prisionero de sus propias equivocaciones, y eso era algo difícil de asimilar.

El rostro de Julia le acompañaba allá dondequiera que fuese. Él jamás la habría engañado si hubiese sabido que se la llevarían. Nunca la habría puesto en peligro por una joya, aunque esta hubiera sido fabricada en los talleres de los antiguos dioses de Egipto, pues Julia era mucho más valiosa que cualquier precioso amuleto, ya fuera humano o divino.

Mas la idea de que él tuviera el mismo derecho que cualquier otra persona a poseer aquel escarabeo le había conducido a cometer ese error. Henry nunca había tenido intención de arrebatárselo a Julia, y solo la firme decisión de esta de devolverlo le había llevado a actuar como lo había hecho.

Mientras dejaba que su mirada vagabundeara por la habitación, luchaba por volver al camino de la circunspección. De nada servían las reacciones alocadas ni el abandono a un sentimiento impetuoso; las cosas eran de otra manera, y él debería saberlo.

El tratar de buscar una justificación a lo que había ocurrido era algo ciertamente estúpido; él había puesto a Julia a los pies de los caballos, y cualquier otra consideración no era más que un burdo engaño.

Intentó convencerse de que la situación se reconduciría. Antes o después se pondrían en contacto con él, y entonces sería el momento de solucionar su error.

En su apasionada búsqueda, había tratado de encontrarse con Spiros, llegando incluso a personarse en el hotel en el que se alojaba. Pero en la recepción le comunicaron que, inesperadamente, el señor Baraktaris hacía varios días que se había marchado.

Henry estaba dispuesto a hacer cualquier tipo de trato con el griego, mas este parecía tener otros planes.

Con relación a Gamal, el aristócrata había mantenido varias conversaciones telefónicas con él. En cada una de estas, el comisario le dedicaba sus mejores palabras, asegurándole que todo se solucionaría oportunamente antes de lo que pensaba.

—Las investigaciones se encuentran muy avanzadas —le indicó el policía la última vez que hablaron—. Mantenga la calma, milord; esto es El Cairo, no lo olvide.

Y, por supuesto, no lo olvidaba; mas su desconfianza hacia Gamal le parecía insalvable, no encontrando motivos de peso que le hicieran cambiar su punto de vista.

En su opinión, el detective tenía su propio juego, y la situación planteada después de la desaparición de Julia así venía a demostrarlo. Él mismo le había explicado los posibles motivos del secuestro y el comisario se había limitado a escucharle con atención para luego despedirle con su habitual sonrisa y su absoluta confianza en la pronta resolución de tan lamentable suceso.

¿Cómo era posible que no le hubiera transmitido sus recelos hacia él? Resultaba evidente que Henry tenía que levantar algún tipo de sospecha a la policía, y más después de su declaración. Si se habían realizado oscuras operaciones de tráfico de antigüedades, él era una de las personas indicadas para responder por ello, aunque no estuviese implicado en los crímenes que se habían cometido.

Sin embargo, nadie lo había acusado de ningún delito, y

lo único que le había hecho saber el comisario era la necesidad de que le comunicase el momento en el que deseara abandonar el país.

Henry suspiró profundamente en tanto se servía otro whisky. Aquella tarde esa parecía ser su única compañía, triste sin duda, pero siempre generosa a la hora de ofrecer su engañoso refugio.

El inglés se llevó el vaso a los labios y enseguida sintió la cálida sensación de aquel elixir de malta deslizándose por su garganta. Lo paladeó durante unos segundos y luego volvió a pensar en el comisario.

No tenía ninguna duda, Gamal había preconcebido un plan y, de alguna manera, los estaba utilizando a todos.

19

Era noche cerrada y ni el viento ni las estrellas se asomaban a la tierra de Egipto. El cielo, encapotado, aparentaba ser una continuación de aquel paraje yermo y baldío, pues se mostraba infecundo, sin vida, como si los luceros lo hubieran abandonado a su suerte.

En aquella hora, el cielo y la Tierra se abrazaban desvergonzadamente como dos amantes apasionados que, por fin, podían volver a quererse. Geb y Nut burlaban así la orden del dios Ra que evitaba que pudieran unirse fuera de los cinco días *epagómenos* al situar a Shu entre ellos. Mas aquella noche el viento parecía perdido y Geb y Nut aprovecharon para estar de nuevo juntos, como ocurriera al principio de los tiempos, antes de que Ra sintiera envidia y los separara.

Aquella atmósfera saturada por las caricias de los dos enamorados resultaba extrañamente pesada y misteriosa, envuelta en los susurros de quienes llevaban amándose toda la eternidad y aún se deseaban. Ellos habitaron aquella tierra antes que nadie, aunque pocos fueran ahora los que recordaran sus nombres.

Una a una, las berlinas se adentraron en aquel ambiente irreal, como de otro tiempo, en dirección a Abusir. Lo hacían con el respeto propio de quien conocía la ancestral relación entre aquellos dioses, reverenciando la fidelidad que después de los milenios seguían manifestándose.

Envueltos por los velos de la oscuridad, uno tras otro los vehículos entraron en la apartada villa situada en los lindes con el desierto. A apenas unos metros, las dunas de la antigua necrópolis formaban su caprichoso oleaje de arena y, un poco más allá, las pirámides erigidas por los faraones de la V Dinastía aguantaban el paso de los milenios soportando el hálito del tiempo cual orgullosos baluartes de una edad irrepetible.

Seis hombres salieron de sus automóviles y se dirigieron al interior de la lujosa casa rodeada por las sombras de las últimas palmeras que podían encontrarse antes del baldío desierto.

Allí alguien les esperaba para darles la bienvenida, abrazándolos como si todos fueran hermanos. Luego, tras las salutaciones, entraron en una gran sala cuyas paredes parecían hallarse revestidas de siglos de sabiduría.

Miles de volúmenes dormitaban en las estanterías protegidas por mamparas de vidrio. Refugiados en sus urnas a una temperatura y humedad constantes, los libros permanecían ajenos al paso de los años, como si en verdad fueran intemporales. Códices, tratados, manuscritos... Ejemplares escritos por la mano de los grandes pensadores de los siglos pretéritos; autores olvidados hacía ya milenios; obras que se consideraban perdidas o que nunca llegaron a ver los hombres, escondidas con celo a la curiosidad de sus ojos; ajenas a un mundo que había pasado de largo sin saber de ellas; archivos rebosantes de textos que hablaban de lo que realmente ocurrió, y de lo que posteriormente se decidió contar; y luego estaban los ancestrales papiros, almacenados en los templos durante miles de años, impregnados de misticismo y sabiduría, escritos en la época en la que los dioses gobernaban Egipto.

Todo un conocimiento enciclopédico que aquellos siete hombres se encargaban de mantener alejado de los demás, como antes habían hecho otros durante siglos. Juntos formaban la cúpula de una hermandad cuyos orígenes se perdían en la memoria de los tiempos.

Durante muchos años, otros grupos los habían imitado en diferentes lugares, creándose oscuras cofradías dedicadas a parecidos propósitos. Mas no era posible la comparación, su hermandad había recogido el legado de un hermetismo ancestral que era necesario guardar para evitar que los dioses y los hombres se confundiesen en una sola naturaleza, pues más allá el abismo no tendría fin.

Los asistentes se sentaron en silencio alrededor de una gran mesa de ébano cuyas siete patas tenían forma de ibis. En uno de sus extremos, el anfitrión tomó asiento para presidir la reunión bajo la tutela de un enorme bajorrelieve en el que se encontraba representado Thot, el dios de la sabiduría del antiguo Egipto.

Los presentes se miraron un momento con circunspección. Todos se conocían desde hacía mucho tiempo y pertenecían a mundos tan variopintos como el del ejército, las letras, las altas finanzas, la judicatura o la política, si bien se encontraban unidos por un compromiso adquirido bajo juramento que les hacía ser hermanos y garantes de su cumplimiento.

—Caballeros —dijo el que parecía presidir la reunión con gravedad—. Me hallo en disposición de adelantarles la pronta solución del caso que tanto ha venido preocupándonos durante los últimos meses.

Sus seis invitados lo observaron con curiosidad.

—Como hemos podido constatar —prosiguió—, nuestros peores temores se han visto alimentados durante este tiempo por una serie de hechos terribles que no vienen sino a demostrar de lo que es capaz la locura del hombre, y la importancia de nuestra misión.

Los allí reunidos asintieron en silencio.

—Sé la paciencia que hemos tenido que mantener en todo este asunto —continuó—, pero hoy más que nunca queda demostrado que era necesaria. Si algo debe enseñarnos el paso de los siglos, es a valorarla. Ella, junto a la prudencia, es capaz de reconducir una situación, como bien sabemos.

—En esta ocasión hemos tenido que soportar la pérdida de dos de nuestros hermanos, general —se lamentó el hombre sentado a su izquierda—. Hacía siglos que no ocurría algo semejante.

—Así es, Abou —dijo el presidente con pesar—. Ahmed y Saleh se sacrificaron por librar a la humanidad de la demencia, cumpliendo su juramento; pero gracias a ellos podemos ser optimistas.

—¿No crees que la situación ha ido demasiado lejos? —se lamentó otro de los allí reunidos—. Ha habido demasiada gente inmiscuida, incluso hay quien se ha interesado por nosotros.

—Eso no es nada nuevo —indicó el general sonriendo—. Hemos estado en boca de no pocas personas desde hace más de mil años. Nos han bautizado con todo tipo de nombres, algunos ciertamente curiosos, e incluso han llegado a escribir libros acerca de la hermandad.

—Los Hombres de Negro —subrayó otro de los miembros, divertido.

—Dejemos que desvaríen; dan pábulo a los rumores con facilidad —continuó el general—. Hoy en día cualquier leyenda del pasado prende sin dificultad en el hombre; este parece dispuesto a creer en ellas. Hace mucho que nos pusieron ese nombre, pero da igual que nos llamen Los Hombres de Negro o de cualquier otra forma. El simple hecho de referirse a nosotros así hace que pasemos a formar parte de alguna de esas leyendas a las que me refería; en todo caso, alimentaremos sus entelequias.

Todos rieron con suavidad.

—Fijaos que hay quien asegura que tomamos parte en la destrucción de la gran biblioteca de Alejandría cuando, en realidad, salvamos no pocos manuscritos de su interior —dijo el presidente señalando hacia lo que parecía la puerta de una cámara acorazada.

Hubo unos instantes de silencio antes de que el anfitrión continuara.

—Después de tantos siglos, no seremos nosotros los que pretendamos hacerles comprender determinados conceptos o la importancia de la simbología. ¿Os imagináis las burlas de la mayoría si les explicáramos, por ejemplo, el significado que le damos al número siete? Para ellos, el hecho de que la Creación fuera realizada en siete días, que la semana tenga siete días, que el arco iris esté formado por siete colores o que las notas musicales sean siete siempre será una casualidad. El siete está por todas partes. Las Siete Maravillas del mundo antiguo, la danza de los siete velos, e incluso los siete enanitos.

Ahora hubo una carcajada general.

—Sí, ya sé, ya sé que a veces mi incontinencia verbal me juega malas pasadas —señaló el general intentando aplacar las risas—. Pero creo no equivocarme al hablar así. Es un pequeño ejemplo, pero muy significativo. Que el gran Pitágoras de Samos se refiriera al siete como el número perfecto es algo que hoy en día carece de importancia para la mayor parte de la gente, aunque, obviamente, no para nosotros.

—¿Qué pasará con la profesora? —preguntó de repente uno de los hermanos sentados al otro lado de la mesa.

Al general pareció sorprenderle la pregunta.

—Bueno —apuntó tras considerar la cuestión unos segundos—, ella ha obrado al margen de toda esa locura a la que estamos acostumbrados. Es una persona de bien y haremos cuanto podamos por ella.

—Rescatémosla, entonces —subrayó el hermano.

—Me temo que no tengamos más remedio que esperar.

Su interlocutor pareció no estar de acuerdo.

—Como tú has comentado, su participación ha resultado decisiva. Debemos ayudarla.

—Y así se hará, mas hemos de aguardar un poco. ¿Recuerdas lo que dije al principio referente a la paciencia? Si actuamos precipitadamente, no resolveremos nuestro problema.

—Pero... es posible que la señora muera a manos de esos criminales.

—Lamentablemente, nos vemos obligados a correr ese riesgo, aunque personalmente estoy seguro de que, de momento, su vida no corre peligro.

El hermano movió la cabeza apesadumbrado.

—Todo se encuentra dispuesto. Cada elemento que conforma el plan tiende a darle equilibrio y a que todo confluya en el momento adecuado. La señora es una parte fundamental en el plan, y por tanto ha de cumplir su función, como todos los demás.

—¿Confías en el comisario?

El presidente rio suavemente.

—Absolutamente. Su astucia es digna de asombro. No sabe quiénes somos, pero le da lo mismo. Intuye perfectamente la dimensión del caso y no tiene duda sobre cómo debe actuar. Nada y guarda la ropa con la pericia propia de un político consumado. Su concurso ha sido clave a la hora de evitar la injerencia de otros departamentos. ¿Os imagináis lo que hubiera ocurrido si el Servicio de Antigüedades hubiera intervenido?

—Una hecatombe —aseguró Abou.

—En efecto. Hawass habría sacado la tumba a la luz a bombo y platillo.

—¿Estás seguro de que el comisario resolverá el problema como esperas?

—Sí, aunque lógicamente jamás conocerá nuestros motivos. He hablado telefónicamente con él y sabe lo cerca que se encuentra de abrir las puertas que dan acceso a los puestos de relevancia dentro de la Seguridad Nacional. No actuará hasta que se lo ordenemos.

Los asistentes parecieron convencidos.

—No hay duda de que, desde tu posición de privilegio dentro de ese estamento, eres la persona indicada para llevar este asunto —comentó de nuevo el invitado situado al fondo—. Por ese motivo me gustaría saber lo que tienes pensado hacer con los caballeros ingleses.

El anfitrión sonrió.

—Nada. Son dueños de su suerte, y la correrán —indicó encogiéndose de hombros—. Las piezas que poseen regresarán al lugar que les corresponde y del que nunca debieron salir. Eso es lo único que debe preocuparnos.

Su interlocutor lo miró con atención, tal y como si esperara una explicación más esclarecedora.

—Querido Sayed —dijo el general en un tono más jovial—, el mundo no nos pertenece, dejemos que los que se mueven en él afronten su destino. Nuestra labor es de otra índole y, desde luego, en ella no está el interferir en la vida de los demás.

Sayed no pareció quedar convencido por aquellas palabras.

—Todos conocemos tu amistad con el aristócrata, y te aseguro que no sentimos ninguna animadversión hacia él; lo que el futuro le depare será solo voluntad de Alá. Es cierto que, particularmente, no siento la más mínima simpatía por los británicos, y en esto, claro está, incluyo a su nobleza. Tuvimos que sufrirlos en nuestro país demasiado tiempo, aunque, eso sí, nuestras relaciones ahora sean buenas. Obviamente, tú debes de opinar de diferente manera, pues no en vano te educaste en Inglaterra, en el mismo colegio que nuestro querido lord Bronsbury.

El invitado se inclinó levemente hacia la mesa y su figura se recortó en la suave luz proyectada por una lámpara próxima; sus generosas orejas destacaron de entre todo lo demás.

—Confío en que el Todopoderoso proteja a esos hombres —subrayó observando al general fijamente—. Yo, Sayed Khalil, rezo por ello.

Tras unos segundos de silencio, el oficial hizo un gesto con sus manos.

—Todos lo deseamos, Sayed; mas, en último caso, que sea Alá quien decida. Solo en él se encuentra la verdadera justicia.

Hubo un murmullo de aprobación entre los asistentes.

—Señores —dijo súbitamente el anfitrión—. Debemos dar por concluida esta reunión. Todo está preparado.

El despertar de Julia fue tan desagradable como el anterior, aunque en esta ocasión su ánimo se encontrara mucho más maltrecho. A la angustia, mareos y náuseas, tenía que añadir el dolor del engaño, el de los sentimientos zaheridos, el de la traición más vil y el de la burla a su propia esencia. Ella se había arrastrado por el peor de los fangos al renunciar a todo su pasado por perseguir una estúpida quimera, aunque ello la hubiera conducido a vivir la aventura de su vida.

Ahora, al abrir sus ojos de nuevo a la realidad en la que se encontraba, estos se llenaron de lágrimas de impotencia, de rabia y de desesperación. Sentía que le dolía el alma, y su corazón, oprimido por la desventura, parecía una fuente incontenible de donde surgían todas aquellas lágrimas que resbalaban por sus mejillas.

Los dorsos de las manos no eran pañuelo suficiente para enjugarlas, pues no tenía consuelo.

¿Por qué había ocurrido aquello? ¿Cómo era posible que Henry la hubiera vilipendiado así? ¿Qué le había impulsado a hacerlo?

Julia sacudió su cabeza, incrédula, intentando hallar alguna explicación que le insuflara un hálito de esperanza. Mas las palabras de Anna habían llenado su razón de sospechas, y el amargo veneno de la intriga vertido por la joven corría libremente en su interior, como impulsado por fuerzas malignas, recorriéndole las entrañas.

Henry la había engañado, por mucho que se resistiese a creerlo. De alguna manera, el inglés le había cambiado el escarabeo por una falsificación sin que ella lo advirtiera. ¿Pero cómo?

Recordó las noches en las que se amaron apasionadamente hasta quedar exhaustos. Seguramente él aprovechara su sueño para intercambiar las piezas, pues no encontraba otra explicación.

A su memoria acudieron las palabras de Abdul. El viejo mercader le dijo en su presencia que ya tenía su encargo listo, y ahora comprendía a qué se refería. Él tuvo que ser quien fabricara la réplica, pues solo un maestro como Abdul podía realizar una copia tan buena.

A solas con el llanto, Julia se ahogaba en su desgracia. La única luz de la que disponía era la que entraba por debajo de la puerta, y esa de poco valía a su discernimiento.

Entre las tinieblas de su antro, Julia se imaginó el discurrir del día. Los olores más espantosos volvieron a acompañarla, abofeteándola una y otra vez inmisericordes. Llegaron a hacérsele tan insoportables que en ocasiones la profesora estuvo a punto de perder su consciencia en tanto las arcadas parecían no acabar nunca.

En su angustia se tiró al suelo de bruces para intentar aspirar el poco aire que entraba por debajo de la puerta, pero al poco desistió, pues la fetidez parecía provenir del exterior, lo que la llevó a apartarse, recostándose en la pared del fondo de su sórdida mazmorra.

Así, apoyada sobre el muro, Julia se sumió en un sueño ligero lleno de pesadillas y malos presagios que empezaban y acababan con cada una de sus cabezadas. Tras despertarse de uno de ellos la profesora creyó escuchar ruido de gente y, olvidándose por unos instantes de los fétidos efluvios, se arrastró hasta la puerta y escuchó con atención.

A sus oídos llegaron entonces los ecos de lo que parecían lamentos. Eran como gemidos quejumbrosos que venían acompañados por el llanto. Se oían rumores de voces, como si hubiese un grupo de personas reunidas no lejos de allí. Ella no podía entender lo que decían, pero su tono parecía ser de desconsuelo. Sin embargo, los lamentos resultaban desgarradores, y el coro de sollozos que los acompañaban, un concierto de despedida para las ánimas. Entonces, Julia comprendió dónde se hallaba.

Ella recordó las últimas palabras que Anna le dijera poco antes de que volviese a drogarla: «Esto no es el infierno, bonita; solo es su antesala.»

Pocas veces unas palabras podían resultar tan reveladoras. Ahora las entendía, como también entendía el origen de tan espantosa pestilencia; un hedor desconocido para ella hasta entonces, pero que jamás olvidaría. Olía a muerte.

La impresión de encontrarse recluida en un cementerio hizo que un sudor frío la empapara sin remisión. Julia creyó que las fuerzas la abandonaban, y volvió a recostarse contra la pared buscando donde apoyarse. Aquellos desalmados la habían ocultado en un cementerio, seguramente en el interior de alguna tumba vacía.

Le vino entonces a la memoria la imagen del patio, y las escaleras situadas en uno de sus laterales que se perdían bajo el suelo, camino del reino de las sombras. Julia comprendió que aquella escalinata conducía a la entrada de una tumba, y que los llantos y lamentos escuchados no eran sino parte inherente a cualquier entierro; de ahí el hedor insoportable que llegaba del otro lado de la puerta.

Con toda seguridad, aquel sepulcro se hallaría repleto de cadáveres envueltos en sus sudarios, colocados horizontalmente para aprovechar todo el espacio posible del túmulo. Al abrirlo para dar entrada el nuevo difunto, el ya de por sí pestilente olor que exhalaban sus paredes salía libremente, inundándolo todo para recordar cuál sería el triste sino de nuestra naturaleza.

Julia se sintió horrorizada al notar por primera vez el

aliento de la muerte, y la macabra cercanía de los que ya habían sido llamados por ella. Aquello era más de lo que podía soportar, y sin poder contenerse comenzó a sollozar. Si en verdad se había precipitado en un insondable abismo, ella se encontraba ya en el fondo del mismo, pues no podía concebir tanta desgracia. En ese momento dio rienda suelta a sus emociones, llorando desconsoladamente hasta que se le acabaron las lágrimas.

Para cuando estas cesaron, su razón fue capaz por un momento de librarse de su congoja. El mundo parecía haberse confabulado contra ella condenándola a toda suerte de desgracias, pero se encontraba viva, y eso era lo que importaba.

Desde lo más profundo de su ser, Julia escuchó aquella voz con claridad. Era la llamada de la razón, que, por fin, parecía ser soberana; o simplemente la de la supervivencia, que nunca acaba por abandonarnos. Se hallaba con vida, independientemente de su estado de ánimo o de la naturaleza de sus vecinos. Justo entonces se dio cuenta de que no muy lejos de su horrible celda había gente, y que aunque se encontraran celebrando un sepelio, podían ayudarla; fue en ese instante cuando Julia se puso a gritar, emitiendo unos chillidos tan desgarradores que parecían aullidos de ultratumba proferidos por almas atormentadas.

Sacando fuerzas de donde ignoraba tenerlas, Julia pidió auxilio a la vez que golpeaba la puerta con sus puños.

Desesperada, gritaba y gritaba pidiendo socorro con la confianza de que alguien la oyera, y viniera a liberarla de aquel infierno. Por fin, al cabo de unos minutos, oyó claramente pasos que se acercaban, y cómo una mano descorría el cerrojo. Acto seguido la puerta chirrió sobre sus goznes abriéndose quejumbrosamente, y Julia miró esperanzada hacia la luz que entraba a raudales. Una figura se recortó en ella, y la profesora adivinó de inmediato a quién pertenecía. Entonces su aliento se desvaneció como por ensalmo, pues entraba el mismísimo Diablo.

—Ya sabía yo que necesitabas aprender modales —rugió mientras entraba en la celda con una vara en la mano.

Al verlo aproximarse, Julia gritó desesperadamente.

—¡Cállate, zorra! —bramó Mirko mientras le propinaba un zurriagazo en las piernas—, o despertarás a todos los inquilinos.

Aquel comentario le causó satisfacción, pues lanzó una estruendosa carcajada que vino a callar los lamentos de la mujer.

—Ya has adivinado dónde te encuentras, ¿verdad? —dijo acercando su simiesco rostro hacia ella—. Es un lugar adecuado para ti, y si por mí fuera, no saldrías nunca.

Aquellas palabras volvieron a causarle gracia, haciéndole reír de nuevo. Luego se aproximó más a la profesora y comenzó a toquetearla. Esta volvió a gritar a la vez que le lanzaba patadas y puñetazos.

—Grita, pécora, grita —reía Mirko divertido—. Me gusta que te defiendas. Antes de que mueras te sodomizaré, te lo prometo.

Julia intentó librarse de aquel monstruo, pero este la inmovilizó mientras la miraba con aquellos ojos malignos que tan bien conocía.

—¿No te lo han hecho nunca? —susurró acercándole los labios al cuello—. Verás como te gusta —murmuró antes de deslizar la lengua por su piel.

Al sentir el contacto, Julia volvió a gritar presa del pánico, debatiéndose infructuosamente. Entonces aquel bruto se incorporó sin dejar de reír.

—Si no dejas de gritar ahora mismo, vas a recibir un adelanto de cuanto te he prometido, ¿comprendes? —dijo sonriéndole.

Julia gimió lastimeramente apartando su vista de él.

—Sí —continuó Mirko con suavidad—. Creo que ha llegado el momento de que intimemos un poco, ¿no te parece?

Aquel energúmeno se alzó amenazante con el ánimo dispuesto a cumplir lo que decía, y ya comenzaba a enardecerse cuando la voz de Anna resonó en la celda.

Como un verdadero homínido presto para la cópula, Mirko se volvió hacia la joven con disgusto, justo para verla aproximarse con una jeringuilla en la mano.

—Me temo que tendréis que dejar vuestras pasiones para otro momento —apuntó con tono glacial.

Mirko la miró frunciendo el entrecejo, pues tenía una erección.

—Nuestro querido Mirko cree que continúa en la guerra de los Balcanes, ¿no es así? —dijo Anna muy seria—. ¿La echas de menos, Mirko?

Este pareció retraerse y se incorporó alejándose de su víctima en tanto observaba a Anna.

—Así me gusta —señaló esta satisfecha—. Harás lo que te ordene; sé que deseas complacerme.

El aludido emitió una especie de gruñido que parecía surgir de lo más profundo de su monstruosa naturaleza.

—Sé que te excitan estas situaciones, pues conozco tus inclinaciones. Sin embargo, no deseo que malgastes tus fuerzas con ella. Yo decidiré cómo ha de ser tu comportamiento; ¿acaso ya olvidaste nuestro trato?

Mirko pareció confundido, y apenas se atrevió a levantar su vista hacia ella en tanto se apartaba para dejarla pasar.

Anna lo dominó con la mirada, altivamente.

—Bueno, bonita —dijo con tono suave, mientras se agachaba—. Ya has visto lo que puede ocurrirte si te portas mal. Él no entiende más que de instintos, y los tiene muy desarrollados. Es un espécimen poco común.

—Sois monstruosos —murmuró Julia a la vez que intentaba recomponerse la ropa.

—Y tú un poco traviesa —subrayó la joven, acariciándola con la mirada—. No obstante, me gustas —aseguró adelantando una mano para rozarle el cabello.

Julia le dio un manotazo, y Anna volvió a sonreír.

—¿No te caigo bien? Te advierto que aquí soy la única amiga que tienes.

La española hizo un gesto de repulsa.

—En ese caso déjame marchar —dijo mirándola a los ojos.

Anna rio divertida.

—Lamentablemente, eso no está en mi mano, pero en otras circunstancias creo que podríamos llegar a ser buenas amigas.

—Estás soñando.

—No. Pero tú sí que lo harás si vuelves a originar un escándalo. Me temo que no sea capaz de sujetar a Mirko por segunda vez; claro que quizá prefieras que vuelva a inyectarte —indicó mostrándole la jeringuilla.

Julia retrocedió instintivamente.

—No —gimió sin apartar sus ojos de la amenazadora aguja—. Por favor...

—¿Quiere eso decir que no volverás a gritar?

—No gritaré más, pero, por favor, no me droguéis otra vez —exclamó la española angustiada.

La joven rusa paseó la jeringuilla ante sus ojos, lentamente, y luego observó a la profesora con satisfacción.

—Si eres buena, esta noche te sacaré de paseo y no regresarás más a este asqueroso lugar.

Julia abrió sus ojos con incredulidad. Anna aproximó su rostro hacia ella y puso los labios junto a su oído.

—Quién sabe, quizás hasta puede que te libre de todo este infierno, aunque ello depende de ti —susurró rozándole el lóbulo con suavidad.

La española cerró los ojos sujetando su cólera.

—Ahora dejaremos que descanses un poco. Esta noche serás testigo de maravillas.

Dicho esto, Anna volvió a reír e hizo una señal a Mirko para que la siguiera. Luego, la pareja abandonó aquel antro cerrando la puerta con el pesado cerrojo.

Anna Orloff detestaba aquel lugar. Era sucio, peligroso y tan macabro que le resultaba imposible comprender cómo podían habitar en él casi medio millón de personas. Sin duda la desesperación es autora de los mayores milagros, pero aquello sobrepasaba, con mucho, cualquier expectativa. La Ciudad de los Muertos, nombre con el que vulgarmente se conocía aquel paraje, no hubiera podido ser bautizada más acertadamente, pues en su opinión daba cobijo no solo a los difuntos, sino también a familias enteras que bien hubieran podido ser consideradas como muertos en vida, tal y como si fueran encarnaciones de Nosferatu.

Allí la gente vivía con la sombra de la muerte siempre presente, haciéndole regates en su propio territorio para poder sobrevivir. Era un lugar muy peligroso, en el que los desesperados se apoderaban de las tumbas ajenas para poder guarecerse a la espera de que Thanatos les llamase a su presencia. Entre cadáveres centenarios y nuevos difuntos, las gentes que allí habitaban trataban de llevar una vida normal. Sacaban luz de los tendidos eléctricos más próximos, agua de las conducciones cercanas e incluso instalaban antenas parabólicas en las cúpulas de los antiguos mausoleos para poder ver los encuentros de la Champion League, tal y como correspondía a los tiempos que corrían.

En las calles que separaban las miles de sepulturas, los niños jugaban al fútbol y sus mayores se buscaban la vida sin parar en prendas sobre lo que era de ley.

Bajo la bóveda del invisible olor a cadaverina, miles de familias habían constituido un municipio que traspasaba las fronteras de la realidad y se adentraba en un universo fantástico que no tenía parangón. Las fúnebres moradas pasaban de padres a hijos por medio de testamentos no escritos que se cumplían a rajatabla y que hablaban por sí solos de la naturaleza de sus habitantes y las leyes a las que debían obediencia.

Se calculaba que en los cinco grandes cementerios de El Cairo llegaban a congregarse hasta dos millones de personas. Demasiada gente, sin duda, para un territorio gobernado por la muerte.

A Anna le repugnaba semejante costumbre, no comprendiendo su práctica ni los motivos de desesperación que pudiesen llevar a ella.

Sin embargo, su misma presencia en el Cementerio Septentrional era una buena muestra de lo que el ser humano podía verse obligado a hacer. Ella había sido enviada al infierno forzosamente, y lo inapelable de la situación le había hecho sacar sus propias conclusiones.

Pese a su juventud, Anna era una superviviente. Ella sabía que su suerte estaba echada y que Spiros la había condenado para siempre. El sorprendente conocimiento que, para su edad, poseía de la vida, y su amplia experiencia con los hombres, la habían alertado sobre lo precario de su posición.

Desde pequeña, Anna había concebido su existencia como una partida en la que cada día había que participar. Sobre el inmenso tablero debía mover sus fichas, posicionándolas adecuadamente para conseguir sus intereses. Así era como había aprendido a situarlas, y también a comprender el valor de la estrategia y las armas que podía utilizar en cada momento. Unas veces ganaba y otras perdía, pero siempre sacaba conclusiones sobre sus derrotas para hacerse más fuerte.

Se había criado en un ambiente que no pocas veces transgredía los límites de la ley. Su padre, un consumado estafador, había sido para ella un maestro en el oficio, a la vez que había supuesto una fuente inagotable de donde beber hasta hartarse de sus conocimientos sobre el negocio de las antigüedades. Anna estaba acostumbrada desde niña a moverse en él y a acompañar a su padre a citas clandestinas con personas poco recomendables que representaban el lado más oscuro de aquel negocio.

Enseguida se vio que Anna era una alumna aventajada, y en pocos años llegó a desarrollar una sagacidad que llenó de orgullo a su padre, haciéndole concebir grandes esperanzas para ella.

Pronto comprendió la joven la importancia del dinero, así como lo mucho que le gustaba. El lujo y la buena vida pasaron a ser un referente para ella, y comenzó a moverse por los ambientes frecuentados por las personas adineradas.

Anna tenía alma de embaucadora, y a no mucho tardar se dio cuenta de la facilidad con que podía vender a los coleccionistas de arte obras de dudosa procedencia a precios elevados.

Viajaba por todo el mundo en busca de incautos a los que engañar, llegando a desarrollar un olfato especial para dicho cometido.

Mas, con todo lo anterior, si había un don que destacara en Anna sobre todos los demás, era el de la belleza. Alta, rubia, de hermosas facciones y formas proporcionadas; la rusa era una mujer espectacular que llamaba la atención allá donde se encontrara. Un arma más que añadir a su arsenal, y que siempre llevaba cargada, pues la joven solía vestir provocativamente, haciendo resaltar sus interminables piernas y su cuerpo de vértigo.

No había duda de que Anna era capaz de sacar el máximo partido de su artillería, y sus bellísimos ojos azules y sus labios carnosos levantaban suspiros entre los hombres.

Para ella, estos no tenían secretos. La habían acosado desde la adolescencia, y conocía muy bien su naturaleza y cómo tratarlos. Ellos la perseguían como machos en celo, y Anna sacaba el máximo partido a cada situación. En su fuero interno los detestaba, aunque le resultaran muy útiles para alcanzar sus propósitos.

Podría asegurarse, en este sentido, que era una persona carente de moral alguna. Para ella el sexo era una función más que trataba de rentabilizar. La joven era una gran amante, y poseía un lado oscuro que la llevaba a experimentar prácticas que no resultaban comunes. Los hombres se volvían locos con ella, y la rusa gustaba de dominarlos para hacerles esclavos de sus caricias. Sin embargo, su auténtica pasión la constituían determinadas mujeres. Le gustaba ser amada por las de edad madura, con las que podía volverse frenética.

Así era Anna, y su vida se había desarrollado con arreglo a sus previsiones; hasta que Spiros Baraktaris se cruzó en su camino.

Con él, todas sus artes y dilatada experiencia habían saltado por los aires, hechas añicos como si fueran delicada porcelana. Era el problema de enfrentarse a un hombre como aquel. Con los tipos como el griego las habilidades que atesoraba no resultaban suficientes. No se puede intentar engañar a los poderosos sin luego sufrir las consecuencias, y estas solían resultar demoledoras.

Anna había utilizado el escarabeo en su beneficio, y pagaría por ello. Su situación actual entre tumbas y difuntos era una buena prueba de lo anterior; pero lo peor estaba por llegar, pues estaba convencida de que Baraktaris la destruiría. Lo supo desde la primera vez que se acostó con él. Spiros la poseyó como si fuera de su propiedad, haciéndole sentir que aquello solo era una forma de pago por todo lo que le debía. La había tratado peor que a las putas de la Quinta Avenida con las que solía acostarse, arrebatándole su libertad. Ni sus artes amatorias ni sus vicios inconfesables habían servido para conquistarle, y únicamente había conseguido alimentar su desprecio.

Durante los días que había pasado en el hotel, Anna había pensado detenidamente en todo esto. Su vida empezaba a escapársele como el agua entre los dedos sin que ella pudiera controlarlo, y aquello solo era el principio.

Su situación se tornaba desesperada, y eso mismo fue lo que le llevó a observar por enésima vez el tablero del juego en el que desde hacía muchos años movía sus fichas. Vio la posición de estas y estudió sus opciones; entonces fue cuando concibió un plan.

Anna se convenció de que, dadas las circunstancias, era el único al que se podía aferrar. Era peligroso, pero tenía posibilidades.

La maquinación en sí era sencilla, aunque sería necesario

maniobrar con cuidado para llevarla a buen fin. La clave de todo era otro hombre, como no podía ser de otra forma.

La joven sabía perfectamente que Mirko la deseaba con locura. Cada vez que sus miradas se cruzaban, veía cómo la lascivia de aquel energúmeno lo consumía.

Él la observaba taimadamente, y ella se imaginaba la obscenidad de sus pensamientos y cómo debían de atormentarle.

Como era su costumbre, Anna lo soliviantaba cada vez que se hallaba próximo a ella, percibiendo cómo su deseo crecía mortificándole. El campo se encontraba más que abonado, y llegaba el momento de la recolección.

Anna aprovechó su estancia en la Ciudad de los Muertos para poner su plan en práctica. A solas con Mirko lo torturó con su sensualidad hasta llevarlo al paroxismo. Su mirada penetraba en él desarbolándolo con la fuerza de un huracán. El ejército de las pasiones se encontraba en orden de batalla dentro del corazón de aquel hombre, y ella lo dirigía.

Todo resultó mucho más sencillo de lo que se imaginaba; simplemente, aquel ser simiesco se volvió loco. Nunca en su vida hubiera podido soñar con poseer a una mujer como Anna, y se rindió a ella desde el primer momento.

La joven leyó enseguida el alma de aquel individuo. Era malvada, abyecta, lujuriosa, brutal, pero también simple. Ella adivinó lo que le gustaba e introdujo su daga hasta el fondo. Lo hizo berrear de placer como si fuera un verraco, hasta apoderarse de su voluntad, y luego lo dejó tan exhausto que se tornó dócil como un corderito.

Fue entonces cuando destiló el veneno de sus palabras en sus oídos. Lentamente, con la habilidad propia de la reina de los intrigantes, Anna le hizo ver el terrible futuro que se cernía sobre él.

Ella había sido amante de Baraktaris y conocía cuáles eran sus planes para cuando regresara a Nueva York.

—Tú no estás en ellos, querido —le musitaba al oído mientras no dejaba de juguetear con su miembro ya tumefacto.

Mirko apenas podía comprender el alcance de aquellas palabras, pues las escuchaba extenuado.

—El señor Baraktaris te hace responsable de todo lo que ha ocurrido, y te lo hará pagar.

Mirko pareció considerar las palabras de la joven, y en sus ojos apareció la duda.

Anna lo miró tiernamente y le hizo ver que no debía preocuparse, pues ella se ocuparía de él.

—Me vuelves loca, Mirko —le mintió con suavidad—. Ando buscándote desde hace años, ¿sabes? Ya no hay hombres como tú. Quiero que me pertenezcas.

Mirko se sintió enardecido como nunca en su vida.

—Dime que serás mío. Dame tu alma —le susurró ella al oído en tanto notaba cómo su miembro volvía a hincharse desaforadamente.

Mirko gruñó mostrando sin ambages al animal que llevaba dentro, y se abrazó a ella como un poseso.

—Sí... —balbuceó—. Seré tuyo y de nadie más. Te lo juro.

Ella le manoseó con habilidad y vio la súplica de su mirada cual si estuviera hipnotizado. Casi de inmediato sintió sus convulsiones y cómo eyaculaba descontroladamente.

Anna se sintió satisfecha; ahora le pertenecía.

Durante los días siguientes, la joven se había dedicado a preparar a Mirko adecuadamente. No disponía de mucho tiempo, pero resultó tan persuasiva como había previsto. Con habilidad le hizo creer que el futuro les pertenecía y que ningún hombre podría jamás interponerse entre ellos, ni siquiera Spiros Baraktaris.

Toda la brutalidad de aquel tipo desaparecía cuando ella lo miraba, y le juró que sería su esclavo para siempre.

—Conozco tu alma vil —le había musitado Anna mientras hacía el amor sentada sobre él—. Sé que te gustan las prácticas abyectas, pero si me sirves bien, te las permitiré.

Mirko casi perdió la razón ante lo que escuchó y bramó como una bestia entre estertores frenéticos. Él sería suyo y de nadie más.

Aquella misma tarde Anna recibió la llamada que estaba esperando, y al llegar la noche se dirigió hacia la triste celda donde se encontraba la profesora. Al abrir la puerta, Julia se sobresaltó al verse deslumbrada por una linterna.

—Hola, bonita —dijo Anna entrando en el cuchitril—. Como verás, cumplo mi palabra. Has sido buena y mereces que te saque de paseo.

Julia retrocedió instintivamente.

—¿Qué tramáis? ¿Adónde queréis llevarme? —preguntó angustiada.

—Ya te lo dije. Esta noche serás testigo de maravillas.

La española se levantó atemorizada.

—Toma, póntela —dijo Anna entregándole una chaqueta—; en el desierto las noches son frías.

Barry observaba a su amigo con gesto cariacontecido. Se sentía abatido, apesadumbrado y con la mirada cargada de tristeza, como no recordaba haberla tenido. Sus sentimientos hablaban por ella, manifestando toda su pena, y también su impotencia.

Para un hombre como él, aquel tipo de situaciones no

eran comprensibles. Al fin y al cabo, era un científico que no entendía de asaltos ni intrigas, y mucho menos de secuestros.

El profesor sentía un gran afecto hacia su colega española, a la que también respetaba, habiéndole causado una dolorosa impresión la noticia de su desaparición. Ese particular formaba parte de lo incomprensible, como también lo eran la violencia o los crímenes que se habían desatado a causa de una leyenda. Su interés por Neferkaptah y todo cuanto le rodeaba había sido, desde el principio, meramente histórico y, en todo caso, enfocado en aras del conocimiento. Se trataba de un personaje misterioso, a caballo entre el mito y la realidad, de gran interés para la egiptología, cuya posible existencia, no obstante, no justificaba nada de lo que había ocurrido.

Durante los últimos dos días, Barry había estado sumamente afectado por lo acontecido. Él no era la persona adecuada para deshacer aquel entuerto, mas no por ello era capaz de desinhibirse.

En ese tiempo, el profesor había observado los cambios acaecidos en su gran amigo. Sin duda, la desaparición de Julia había supuesto un serio golpe para Henry. Él lo conocía bien y sabía de su sentimiento de culpabilidad, así como de su impotencia contenida.

No obstante, el egiptólogo asistía admirado a la transformación que se operaba en su entrañable amigo. Para un gran señor, como era lord Bronsbury, no debía de resultar sencillo el admitir el sinfín de desaires a su persona que había tenido que soportar por parte del comisario, así como su incómoda situación entre secuestradores y criminales de la peor especie, aunque también fuera justo admitir la frivolidad que había demostrado en todo aquel asunto que, como bien sabía, no dejaba de formar parte de la extravagancia que algunos miembros de la rancia aristocracia británica seguían atesorando, aun encontrándose a principios del siglo XXI.

En demasiadas ocasiones estos se comportaban como si hubieran sido acuñados en una misma ceca y no pocas veces hacían gala de unas maneras que parecían trasnochadas para los tiempos que corrían, dejando siempre patente aquel sello otorgado desde la cuna que tanto molestaba a la mayoría de las personas, incluso en Inglaterra.

Mas no cabía duda de que Henry había sido fabricado de una pasta especial. A la férrea educación recibida, debía añadirse aquel rasgo característico que no pocas personas decían había heredado de su madre. Su sangre española le daba un encanto al que era difícil resistirse, pues el aristócrata poseía un ingenio y una picardía que presentaban el contrapunto perfecto a la rigidez y solemnidad con las que se presuponía debía comportarse. Aquel hombre tenía alma de artista, y una capacidad poco común para admirar la belleza de las cosas allá donde se encontraran. Sin duda, su madre le había dejado el mejor legado posible: el de la sensibilidad ante lo que nos rodea; un título tan valioso como el resto de los nobiliarios que poseía.

Barry percibía perfectamente cuáles eran los sentimientos que embargaban a su amigo, así como la lucha denodada que este había mantenido consigo mismo para encontrar una solución. Esa constituía, sin duda, otra de las características del vizconde de Langley; era pragmático y sumamente camaleónico, amoldándose a cada situación con el fin de conseguir salirse con la suya, algo que generalmente solía ocurrir.

Por eso no le resultó extraño el observar el cambio paulatino en su humor, como si todo hubiera sido reconsiderado sin el menor esfuerzo. Las circunstancias eran las que eran, y el aristócrata trataba de adaptarse a ellas más allá de sus sentimientos, para sacar el mayor beneficio posible de la situación. Henry tenía sus metas bien definidas, y trataría de alcanzarlas sin renunciar por ello a nada; siempre había sido así.

Aquel día, al profesor le había sorprendido que su amigo insistiera en animarle a descifrar el enigmático papiro.

—Solo tú eres capaz de saber lo que el príncipe Khaemwase quiere decirnos —señalaba lord Bronsbury—. Debes esforzarte un poco más.

Barry lo había mirado boquiabierto, sorprendido por semejantes palabras carentes de tacto y prudencia.

—Yo no soy un adivino —le había respondido—. Solo soy profesor de Egiptología de la Universidad de Oxford.

Henry, como siempre que incomodaba a su buen amigo, se apresuró a disculparse con la mejor de sus sonrisas.

—Lo siento, Barry, pero me temo que el significado de ese texto sea la clave para poder recuperar a Julia, y también para conocer cuál fue el verdadero destino del príncipe Neferkaptah.

Al egiptólogo, semejantes razones lo desarmaron, por lo que se había pasado todo el día devanándose los sesos en busca de una solución plausible para la escritura hierática inscrita en aquel viejo manuscrito.

—Estoy seguro de que muy pronto alguien se pondrá en contacto con nosotros; quizás hoy mismo. Debemos conocer el alcance de las palabras del príncipe. ¿No te das cuenta?

—¡Claro que me doy cuenta! —exclamó Barry muy ofendido—, pero tu ignorancia sobre el asunto hace que no seas capaz de comprender la complejidad de lo que me pides. ¡Esto no son matemáticas!

Henry asintió, como haciéndose cargo de cuanto su amigo le decía, aunque no por ello perdió su sonrisa.

—Te comprendo, amigo mío, créeme. Pero estoy seguro de que serás capaz de sacar alguna conclusión al respecto.

Barry lo miró con un brillo particular en sus ojos.

—Bueno —dijo después de carraspear—. Algunas conclusiones ya he sacado de él. Se trata de aspectos que saltan a la vista, pero que pueden resultarnos de indudable utilidad.

Henry lo miró arqueando una de sus cejas en uno de sus gestos habituales.

—Espero que, dadas las circunstancias, puedas resultar conciso, aunque solo sea por esta vez.

Barry frunció el entrecejo e hizo un ademán displicente con la mano.

—Quién diría que te enseñaron buenos modales —indicó sacudiendo la cabeza—. Según parece, tú también te has sentido atraído por eso que hoy en día llaman globalización; aunque sea de las malas maneras.

—Esperaba que dijeras algo así, pero no me importa.

—Ya lo supongo. Milord posee una naturaleza cáustica como pocas, si me permite decírselo.

Henry lanzó una risita, animándole a continuar.

—No pienso perder más el tiempo en tan pueriles discusiones —señaló Barry como si esgrimiera la peor de las amenazas—. Solo deseo de su excelencia que me preste un poco de atención.

—¡Oh, la tienes!; te lo aseguro, querido —apuntó Henry con afectada mofa.

El profesor lo fulminó con la mirada y acto seguido continuó con sus explicaciones.

—La primera parte del texto trata, sin lugar a dudas, de una clave. Hace referencia a algo que permanece oculto en una tumba, probablemente la de Neferkaptah, pues habla de «replicantes».

Henry lo interrogó con la mirada.

—¿No has oído nunca hablar de ellos? —inquirió el profesor regocijándose de que su amigo desconociera aquella cuestión.

—Seguro que tú me lo aclararás pormenorizadamente, estimado amigo.

Barry rio quedamente.

—Los antiguos egipcios los llamaban *ushebtis*, y podríamos definirlos como pequeñas figuras, en general hechas de madera o loza, que cumplían determinadas funciones en el interior de las tumbas.

A Henry aquello le pareció divertido.

—Sí, no pongas esa cara. Se trata de emociones que desconoces, pero que resultan interesantes y muy esclarecedoras acerca del concepto que tenían sobre la magia y el Más Allá en el antiguo Egipto. Los *ushebtis* eran figuritas antropomorfas que solían colocarse en el interior de las tumbas para que sirvieran al difunto en la otra vida.

Henry puso cara de no comprender bien aquella explicación.

—Los antiguos egipcios pensaban que en el Más Allá se les podían imponer determinados trabajos, algunos ciertamente penosos. Por tal motivo se hacían sepultar con este tipo de estatuillas, que tenían la misión de desempeñar cualquier tarea que pudiera ser encomendada al finado. Por esta razón, muchas de estas figuritas llevan azadas o herramientas con las que ejecutar los susodichos trabajos.

—Me resulta un concepto un tanto pueril —se sonrió Henry.

—Para un noble de tu naturaleza sin duda lo es —replicó Barry, malhumorado—, pero para un pueblo como el del antiguo Valle del Nilo, tan sumamente influenciado por la magia en todas sus facetas de la vida, no lo era en absoluto.

—Ruego que me disculpes, caro amigo. ¿Y cómo se suponía que cumplían con sus funciones? —quiso saber Henry.

—Muy sencillo. Cuando el difunto fuera reclamado en la otra vida para hacer algún trabajo, los *ushebtis* replicarían: «Aquí estoy», y le reemplazarían. Por ese motivo se les conoce con el nombre de «replicantes».

—Comprendo —murmuró el aristócrata pensativo.

—Hummm, no estoy tan seguro —intervino Barry, todavía molesto—. Con el paso de los siglos estas figuritas acabaron por acaparar funciones más amplias. Cumplieron labores de protección y se inscribieron en ellas toda suerte de conjuros mágicos para librarle de cualquier peligro, incluyendo, claro está, el de los propios saqueadores de tumbas.

—¿Cuántos de esos *ushebtis* podía llegar a albergar una tumba? —preguntó Henry interesado.

—Eso dependía de la categoría del difunto, pero como ejemplo significativo te puedo decir que en la tumba de Tutankhamón se encontraron nada menos que cuatrocientos trece *ushebtis*. A saber: trescientos sesenta y cinco obreros, uno por cada día del año, treinta y seis capataces, uno para cada semana de diez días, y otros doce de relevo, uno para cada mes.

El aristócrata lo miró asombrado.

—Así es, amigo mío, y eso que el citado faraón no fue relevante en la historia del antiguo Egipto; imagínate los que pudieron tener reyes de la importancia de Ramsés II o su padre, Seti I.

—Eso significa que estas figurillas custodian el *Libro de Thot*, tal y como advierte el texto —señaló Henry como pensando en voz alta.

—Pudiera ser —subrayó Barry—. Aunque el significado parece más complejo. Aquí —dijo señalando la cuartilla donde había traducido los caracteres originales—, se hace mención a otros conceptos a los que no encuentro una explicación tan clara. Por ejemplo, el acertijo alude a un pilar, exactamente lo cita como *djed*, que es como los antiguos egipcios lo definían. Era una representación de la columna vertebral, y simbolizaba la estabilidad, aunque con el transcurso de los siglos llegó a englobar connotaciones mucho más abstractas, entre otras la de la propia resurrección.

—En tal caso podríamos referirnos a él como un amuleto.

—En efecto, aunque no para proteger al difunto. El pilar *djed* no es un amuleto de protección, sino que confiere poder al que lo posee.

Henry asintió en tanto miraba a su amigo.

—Bueno, al menos sabemos cuáles eran las funciones de dioses como Osiris y Anubis —apuntó el aristócrata—, ambos relacionados con la muerte y el Más Allá.

—Así es, aunque no entiendo su correspondencia con el papiro perdido —señaló el profesor rascándose la cabeza—. Me temo que solo estando en el interior de esa tumba podamos averiguarlo; si es que finalmente existe.

—Existe, Barry. De eso no me cabe ya ninguna duda.

Ambos se miraron en silencio durante unos segundos, como calibrando cuanto acababan de comentar.

—¿Y qué me dices de la segunda parte del texto? —inquirió Henry repentinamente.

—Como bien supusiste la primera vez, se trata de una maldición —indicó el profesor encogiéndose de hombros—. Hace referencia a conjuros comunes a la mayoría de los sepulcros; desgracias que acaecerán a quienes osen violarlos.

—Khaemwase hace mención al «heredero de los dioses» —puntualizó Henry.

—Exacto. Aunque me temo que nos hallemos ante una idea un tanto ambigua. El príncipe podría referirse a Geb, divinidad que encarnaba a la tierra, y que por ser hijo de Shu, el aire, y Tefnut, la humedad, era a veces llamado de esta forma; o simplemente a su augusto padre, el gran Ramsés II, que como reencarnación del dios Horus era tenido también por heredero divino.

Henry asintió, en tanto parecía continuar sumido en sus reflexiones.

—¡Qué quieres! —exclamó el profesor a modo de disculpa—. La religión del antiguo Egipto es, con toda seguridad, una de las más complicadas en las que ha creído el hombre. A través de estas líneas, Khaemwase podría sorprendernos con cualquier truco. No olvides que él era mago entre los magos de Egipto; lo que hoy en día definiríamos como un especialista de la magia antigua. El príncipe creía en conceptos que en la actualidad ya nada significan para nosotros.

—Ya veo —señaló Henry, quien trataba de formarse una idea aproximada del manuscrito.

—Si todas nuestras esperanzas están basadas en este texto —indicó Barry—, me parece que tenemos pocas posibilidades de salir con bien del asunto.

—¡Vaya, Barry, no te creía tan derrotista! —protestó Henry.

—Se necesitarían más datos, y un estudio profundo para poder elaborar una simple hipótesis. Y eso significa tiempo.

—Desde luego, algo que no poseemos —interrumpió el aristócrata—. Sin embargo, amigo mío, estoy convencido de que tenemos nuestras posibilidades.

Barry lo observó un instante y vio aquella expresión burlona que tan bien conocía. Henry parecía de nuevo seguro de sí mismo, como era habitual en él, y sospechó que guardaba alguna sorpresa. En ese preciso momento sonó el teléfono de la habitación, y el profesor volvió a mirar a su amigo.

—Es la hora —dijo este mientras cogía el aparato—. Pero no temas, Barry; verás que no estaremos solos.

EL SUEÑO MILENARIO

20

La expectación desmedida dio paso a la euforia y esta, al pesimismo en tan solo unas horas. Para Spiros, sus máximos anhelos se habían visto cumplidos cuando en aquel anochecer, Forrester, su arqueólogo, había desescombrado la puerta de la tumba. Su desaforada pasión por las culturas ancestrales parecía encontrar su culminación con aquel hallazgo, un descubrimiento con el que hubiera soñado cualquier excavador y que él, y solo él, había conseguido. La pista que un día iniciara en busca de Neferkaptah había pasado de constituir una quimera a convertirse en la más tangible de las realidades, y todo gracias a su tesón y al convencimiento de que, detrás de cada leyenda, se esconde una sombra de realidad. Él, Spiros, el hijo de un contrabandista del Egeo, se había convertido en el nuevo Schliemann al encontrar la tumba más fascinante que se pudiera imaginar.

Al tener conocimiento del espectacular descubrimiento, Spiros había llorado de emoción imaginando la repercusión mundial que habría tenido el hecho si la sepultura hubiera sido sacada a la luz por el Servicio de Antigüedades. Se figuró el semblante del doctor Hawass, responsable de dicho departamento, al dar la noticia ante los medios de comunicación, y también el incierto destino que hubiera corrido su ansiado papiro. De seguro que este habría acabado tras la fría protección de una lámina de vidrio, desposeído de todo su misterio y poder. Un triste final, sin duda, quizás el peor que se le pudiera desear a un manuscrito surgido de las manos de los antiguos dioses y concebido por aquel que detentaba la suprema sabiduría.

Por enésima vez en su vida, la Fortuna lo recibía como a uno de sus hijos predilectos. ¿Qué más podía pedir a la vida? ¿Qué le depararía esta que ya no le hubiera dado?

El triunfo final se encontraba, ahora, al alcance de su mano. El poder sobre la naturaleza y la muerte le esperaba en algún rincón de aquel túmulo milenario y nadie podría arrebatárselo. Sus múltiples negocios y riquezas nada significaban ante esto, simplemente, no eran más que oropeles vacuos que, a la postre, se consumirían.

Pero el destino es maestro en deparar sorpresas y desbaratar ilusiones, y Spiros fue testigo de ello en aquel anochecer.

La excitación sentida al ser el primero en traspasar aquella puerta después de tres mil años, y el asombroso mundo que se extendía al otro lado de ella, acabó por esfumarse para convertirse en mero humo de la pasión que lo devoraba.

Mientras en compañía de Forrester se adentraba por los corredores silenciosos del sepulcro, Spiros notaba cómo estos parecían desperezarse tras su letargo milenario. Alumbrados por potentes linternas, los muros cobraban vida, pues sus bajorrelieves despertaban pletóricos de colorido, tal y como si el tiempo no hubiera pasado para ellos. La fuerza que proyectaban iba más allá de la propia comprensión de aquellos dos hombres que se habían atrevido a perturbarlos. ¿Quiénes eran? ¿Por qué osaban interrumpir su descanso?

Forrester enfocaba con su luz las antiguas letanías que hablaban de muerte y resurrección, de protección y poder, y también de maldición. Para él, el mero hecho de admirarlas ya representaba el mayor de los premios al que podía acceder. Después de varios milenios, el arqueólogo tenía la inmensa fortuna de ser el primero en extasiarse, de nuevo, al recorrer con su mirada los símbolos sagrados inscritos con maestría en aquellas paredes. Hoy ya nada significaban para los hombres, sin embargo, él sabía de su misticismo, de su magia, de su complejidad. Aquellos jeroglíficos hablaban de un tiempo lejano en el que se honraba a los dioses procurando su sabiduría y protección en la búsqueda de la eterna armonía, la justicia y el equilibrio perfectos.

Para Forrester, aquellas representaciones significaban la mayor recompensa que hubiera podido recibir en su vida.

En uno de los pasillos, ambos hombres vieron los restos de lo que tres mil años atrás fuera una antorcha. El viejo hachón yacía sobre el polvoriento suelo como recuerdo del paso de los dos príncipes hacía tres milenios. El arqueólogo conocía la historia, y notó como el vello se le erizaba ante la posibilidad de que el mito que antaño Khaemwase y su hermano buscaran fuese cierto.

Como también les ocurriera a los dos hijos de Ramsés II, a aquellos hombres no les resultó fácil encontrar la cámara funeraria. Repitiéndose la vieja historia, Spiros y Forrester pasaron de largo en, al menos, dos ocasiones, confundidos por los dibujos tan hábilmente realizados en los muros por los antiguos maestros. Mas, finalmente, se percataron de la existencia de aquel pequeño corredor, casi enmascarado, que llevaba a la sala sepulcral.

Forrester volvió a recordar la leyenda y su mirada se cruzó con la del señor Baraktaris. Allí no se observaba luz alguna, ni tan siquiera un leve destello que hiciera pensar en la proximidad del mayor de los prodigios, pues las tinieblas resultaban tan espesas como las que señoreaban en los laberínticos corredores.

Con patente ansiedad, ambos entraron en la cámara que con tanto empeño el hombre había buscado durante siglos, con el terrible presentimiento de que el azar les tenía reservada una inesperada sorpresa.

Moviendo sus linternas con un nerviosismo difícil de imaginar, los haces de luz recorrieron aquella sala penetrando en una oscuridad pesada e impregnada de solemnidad en busca de sus más recónditos secretos. Al poco, estos comenzaron a mostrarse, lo cual logró arrancar exclamaciones de asombro, pues tal era la belleza de los objetos perdidos entre las sombras.

Allí se encontraban tres sarcófagos, uno mayor que los demás, y en rededor todo un ajuar funerario digno, sin duda, de un príncipe. Era tal la delicadeza y magnificencia de las piezas que se acumulaban en aquella habitación que Spiros a duras penas pudo ahogar una exclamación.

Espléndidas joyas, obras primorosas, el más rico mobiliario... Jamás había visto nada igual. Aquellos enseres solo podían pertenecer a un grande de Egipto.

Pero pasada la primera impresión, el griego pareció sumirse en el peor de los presagios. Allí no había rastro del ansiado papiro.

—¡No puede ser! —exclamó en voz baja—. ¡Se trata de un engaño!

Forrester se movió con cuidado entre los objetos diseminados por el suelo, alumbrándolos con atención.

—Todo se halla tal y como nos cuenta la leyenda —dijo el arqueólogo—. Fíjese en ese juego de *senet*, y en la máscara de oro del sarcófago del príncipe. Es igual a la que nos explica el antiguo relato.

Spiros lo observó anhelante.

—¡Neferkaptah! —exclamó Forrester mientras sus dedos recorrían el nombre grabado en su ataúd—. ¡No hay duda de que es él! Los dos féretros más pequeños deben de ser los que corresponden a su esposa e hijo —continuó—. Finalmente, Khaemwase cumplió su palabra y los enterró junto al príncipe.

—Entonces... —balbuceó Baraktaris, esperanzado ante aquellas palabras.

—Cuando el príncipe Khaemwase estuvo aquí, dejó constancia de ello en un relato que siempre se ha considerado como falso. Sin embargo, esta es la prueba fehaciente de que, lo que nos contó, era cierto. El *Libro* debe de encontrarse en alguna parte.

—¿Pero dónde?

—No lo sé —señaló Forrester emocionado—. No debemos olvidar que Khaemwase fue un mago poderoso que, al parecer, padeció un sinfín de desgracias causadas por el papiro. Cuando, escarmentado, el príncipe volvió a cerrar la tumba, asegura que lo dejó en su interior. Estoy convencido de que lo escondió en alguna parte.

Spiros consideró aquello un momento.

—Pero esta tumba es enorme —subrayó el griego.

—El *Libro de Thot* está en esta cámara, estoy seguro de ello. No cabe otra explicación.

—De existir, no será fácil dar con él. Khaemwase debió de ocultarlo apropiadamente —sugirió Spiros con pesimismo.

—Debe de haber alguna clave que nos ayude a encontrarlo. Quizás el papiro que desapareció en la excavación podría...

—¡Claro! —exclamó Baraktaris—. Siempre he tenido el presentimiento de que ese manuscrito estaba íntimamente relacionado con lo que buscábamos. Puede que en él se halle la respuesta. Pronto lo averiguaremos.

La noche era tan oscura y el aire se encontraba saturado de tan extraños presagios que parecía que los antiguos dioses de Egipto, reunidos en cónclave, señalaban con su dedo acusador hacia la tierra que, un lejano día, los adorara.

Estos habían abierto las puertas del infernal *Amenti* permitiendo que sus genios lo abandonaran para asolar el viejo País de la Tierra Negra. Las más maléficas criaturas vagaban aquella noche por la necrópolis de Saqqara, lanzando terribles aullidos en compañía del viento. Este ululaba al compás de las lastimeras voces emitidas por las atormentadas ánimas, que se alzaban para reclamar el más terrible castigo.

Los hombres se aprestaban a cruzar la invisible línea que un día fuera trazada por el Creador para delimitar lo terrenal de lo divino, y todas las fuerzas del cosmos se confabulaban en aquella hora ante tamaño sacrilegio, dispuestas a descargar el peso de su ira sin piedad.

Para Henry, la sensación que experimentaba no podía ser más desagradable. El fuerte viento se oponía a su avance adhiriendo la ropa a su cuerpo tal y como si le encorsetara con ferocidad. Su figura quedaba, así, perfilada sobre las desiertas dunas en tanto las ráfagas levantaban rociones de arena que le golpeaban inmisericordes. Él se protegía de aquella furia desmedida como podía, pero la arena era tan fina que penetraba por cada resquicio cual si fuera un ejército de alfileres, mordiéndole con una voracidad que laceraba cada pliegue de su piel.

Visto en la distancia, bien hubiera podido asegurarse que se trataba de algún espíritu errante surgido de las entrañas de la milenaria necrópolis penando por sus culpas. Nada había en él de nobleza, pues su espectral silueta no parecía de este mundo, sino más bien hija de las tinieblas.

Sin embargo, Henry no se hallaba solo. Su amigo Barry y un *fellah* envuelto en una frazada lo acompañaban en medio de la tempestad, balanceándose cual barcos a la deriva en aquel mar de arena.

Avanzar en medio de semejante temporal no era tarea fácil, pues sus pies se hundían en las caprichosas dunas haciendo que cada paso requiriera de un esfuerzo mayor que el anterior. Los zapatos desaparecían bajo la tierra para volver a surgir cargados como si fueran palas.

Solo los locos o los desesperados se hubieran atrevido a desafiar el vendaval para aventurarse en el desierto en una noche como aquella, y Henry pensó que quizá fueran ambas cosas. Sin duda, el escenario en el que se representaría el último acto no podría haber sido mejor elegido; todos los demonios parecían andar sueltos, íncubos sedientos de venganza cual heraldos del Apocalipsis.

Mas tanto él como Barry poco tenían que ver en tan macabra elección. Simplemente, habían sido invitados a aquella representación como el último eslabón de una cadena a punto de cerrarse.

No obstante, ambos amigos acudían a la cita con la esperanza de cumplir su función. Cuando aquella misma tarde la ansiada llamada telefónica les avisara de que debían prepararse, ellos se habían sentido alborozados, confiados en que, por fin, pudieran remediar parte de los males que habían provocado.

—Supongo que no hace falta decirte que la vida de la

señora depende de ti —le había advertido Spiros al aristócrata desde el otro lado de la línea—. Puedes salvarla si me
devuelves lo que me pertenece.

—¿Qué garantías tengo de que cumplirás lo que dices?
—había inquirido Henry.

—En esta ocasión deberás confiar en mi palabra. Si me
restituyes ambas piezas, te prometo que podréis iros libremente.

—De acuerdo —le había contestado el inglés, al que no
le quedaban demasiadas opciones.

—En ese caso, esta noche os dirigiréis a Abusir y aparca-
réis vuestro vehículo a la salida del pueblo. Una vez allí, es-
peraréis hasta que alguien vaya a buscaros. Es imprescindible
que tu amigo, el profesor, te acompañe. ¿Comprendido?

—Perfectamente.

—Bien, no creo que haga falta decirte que si la policía
mete la nariz en esto, tu amiga morirá. Ah, y procura que, en
esta ocasión, tanto el papiro como el escarabeo sean auténticos.

Esta había sido toda la conversación mantenida aquella
tarde con Baraktaris; más bien parca, aunque también espe-
ranzadora.

Henry se había limitado a actuar tal y como le habían
dicho, y ambos amigos se habían dirigido a la localidad de
Abusir, en la carretera que conducía a Saqqara, donde esta-
cionaron su vehículo. Al poco, un *fellah* surgió de la oscuridad para invitarles a que le siguiesen; luego, este les había
conducido a través del infierno.

Los imaginarios senderos que recorrieron les hicieron
adentrarse más y más en el reino de Set. La violencia del dios
de las tormentas y el caos se hacía patente aquella noche a
cada paso que daban. Su iracundo carácter consiguió que

tomaran conciencia de quiénes eran y dónde se encontraban, así como de su frágil naturaleza. Eran seres a la deriva zarandeados por la cólera divina en medio de la mayor tempestad que recordaran los tiempos.

El cómo consiguieron alcanzar su destino constituyó un misterio para Henry, mas de repente este vio como el hombre que les acompañaba les hacía gestos para que le siguieran a las profundidades de la tierra. Allí, sacudido por el vendaval, su imagen parecía grotesca, como extraída de la fantasía de un cuadro del Bosco, señalándoles el pozo por el que al poco desapareció.

Al fin la necrópolis les daba la bienvenida, invitándoles a compartir sus secretos; entonces, el viento pareció arreciar, y Henry tuvo la impresión de que el aire se llenaba de palabras extrañas, incomprensibles para él, como si pertenecieran a una lengua olvidada por los siglos.

Cuando los dos amigos penetraron en la tumba, creyeron encontrarse en un oasis de paz. Era una de las paradojas que ofrecía el desierto; en medio de la mayor desolación, a veces regalaba al desventurado la visión de una tierra feraz y fresca donde guarecerse de su inclemente carácter. Aquella noche, la tumba representó el mejor de los regalos, aunque no hubiera agua con la que refrescarse ni palmeras bajo las que poder descansar. Simplemente, les ofrecía refugio de la cólera de los elementos y la sensación de que habían retrocedido tres mil años en el tiempo.

Henry miró a su amigo, que, alelado, observaba absorto los primeros bajorrelieves mientras se sacudía el polvo de encima. Con labios temblorosos, el profesor le señalaba las paredes con los ojos muy abiertos.

—¡Mira, Henry, es el *Libro de las Puertas*!

El aristócrata asistía enmudecido a la mayor manifestación de arte mural que había visto jamás. Los muros de lo que parecía un interminable corredor le ofrecían un espectáculo único e indescriptible que nunca podría olvidar. Aquel era arte en estado puro, fresco, elegante, significativo, y con una vivacidad tal que parecía haber sido realizado hacía apenas unos días. ¿Cómo era posible que la obra de un artista, plasmada hacía más de tres milenios, permaneciera tan nítida y hermosa como cuando se pintó? ¿Qué tipo de hechizo obraba en aquel lugar para que todo se conservara como si en verdad el tiempo no hubiera pasado?

Boquiabierto y abrumado, el aristócrata examinaba todo aquello con verdadera reverencia, como si se hallara en presencia de alguno de sus artistas preferidos.

No existía galería de arte capaz de ofrecer una visión semejante, y él pensó que con gusto atravesaría cien desiertos cada día con tal de poder extasiarse ante tanta belleza.

Henry notó que le tiraban de la manga y al instante regresó de su abstracción.

—Henry, Henry, vamos. Debemos continuar.

Lord Bronsbury pestañeó levemente y vio como su amigo le observaba con una sonrisa en los labios.

—Debemos continuar —insistió, mientras señalaba hacia el *fellah*, que, unos metros más adelante, hacía gestos para que le siguieran.

—Apenas puedo dar crédito a lo que veo —musitó Henry.

—¡Es el *Libro de las Puertas*, Henry! —volvió a exclamar el profesor sonriendo—. Hace referencia a las doce horas de la noche que Ra debía traspasar en su viaje nocturno, como así mismo los difuntos antes de alcanzar la otra vida.

—¡Es un universo fascinante!

—Y cargado de conjuros, amigo mío. Magia en estado puro, diría yo; nunca nadie ha sido capaz de igualar algo así.

Los siseos del hombre que les había llevado hasta allí les hicieron tomar conciencia de la situación. No se encontraban en aquel lugar para admirar su enigmática belleza, sino para ser partícipes del colofón a un misterio que había comenzado hacía más de tres mil años.

Ambos amigos observaron de nuevo al enjuto egipcio que les instaba a seguirle a través del corredor. El suelo de este se hallaba salpicado de pequeñas lamparitas de aceite que lo iluminaban, creando una atmósfera mágica, como salida de una irrealidad de otro tiempo. El pasillo parecía perderse en las profundidades del sepulcro, dando la impresión de no acabar nunca, como si en verdad fuera una parte más de los ritos mistéricos grabados sobre sus paredes; letanías para toda la eternidad.

Los dos ingleses avanzaron por el pasadizo en medio de un respetuoso silencio, conscientes de la solemnidad del momento y de que, aun sin pretenderlo, eran partícipes de la violación de aquella tumba. Eran saqueadores en busca de tesoros que a nadie debían pertenecer más que al difunto y a los dioses a los que estaban consagrados; vulgares ladrones revestidos por el barniz que la ciencia o el mero coleccionismo les había proporcionado; un motivo que ellos consideraban suficiente para expoliar la eterna morada de un príncipe de Egipto. No tenían derecho a estar allí, y ellos lo sabían.

Vieron la vieja antorcha caída en el suelo y Barry recordó la historia de cómo los murciélagos hicieron que se escapara de las manos del príncipe Anhurerau, apagándose súbitamente. Había permanecido en el corredor durante todos aquellos milenios, y eso le emocionó.

El hombre que les precedía giró a la izquierda por un

estrecho pasadizo tan enigmático como el anterior, y al poco se escucharon voces. El *fellah* se detuvo frente a una puerta e hizo una señal a sus acompañantes para que entraran; estos parecieron dudar unos segundos, pero enseguida traspasaron aquel umbral, sabedores de que más allá les aguardaba una leyenda.

—Por fin llegan nuestros invitados —dijo alguien dándoles la bienvenida.

Henry y el profesor no pudieron ocultar su sorpresa ante lo que vieron sus ojos, pues ni en el mejor de los sueños hubiera imaginado que existiera un lugar así.

Sin embargo, apenas fueron capaces de articular palabra alguna. Embobados, miraban a su alrededor, incrédulos e impresionados por cuanto se mostraba a sus ojos. Una visión que parecía surgida del pasado, extraída de sus páginas más recónditas, y que hubiera sido imposible de imaginar. Un sueño cargado de tesoros de otra época, tan deslumbrantes que se tornaban espejismos, como si no pertenecieran a este mundo.

Ajuares dignos de un príncipe, muebles de singular belleza y, por todas partes, el brillo del oro.

Barry se acordó de aquellas palabras, las mismas que dijera Carter cuando descubrió la tumba de Tutankhamón, y pensó en la magnificencia de cuanto le rodeaba. Sus ojos se fijaron en el hermoso sarcófago y en su dorada máscara. «¡Neferkaptah!», dijo para sí mientras observaba los otros dos féretros pertenecientes a su esposa e hijo.

Aquel príncipe había existido y su mito parecía más próximo a la realidad que nunca.

Henry también se había sentido deslumbrado ante semejante esplendor. En aquella cámara había joyas capaces de hacer enmudecer de asombro a cualquier artista; obras sublimes de los maestros de la orfebrería del antiguo Egipto que habían concebido diseños imposibles, dignos de su señor, para que le acompañaran durante toda la eternidad.

Mas pasados aquellos primeros instantes de fascinación, Henry reparó en el grupo de personas que les aguardaban. Allí estaba Spiros, sonriéndole con desdén, y junto a él la joven rubia que viera en la subasta de Madrid, y el tipo que evitó que continuara pujando en ella. Había dos hombres más situados cerca del griego, reconociendo en uno de ellos al acompañante del individuo que le sujetara la paleta en la casa de subastas; además había un egipcio de aspecto nervudo, vestido con una *galablyya*, que mantenía una expresión ausente y que exhibía el porte típico de los *reis*, los famosos capataces egipcios.

Sin embargo, su mirada pasó por todos ellos con evidente desinterés hasta detenerse en la otra mujer que les acompañaba. Al verla, a Henry se le iluminó la cara soltando una exclamación.

—¡Julia!

Sin pensarlo, el aristócrata avanzó con paso presto hacia ella, lleno de alborozo.

—¡Ni un paso más! —tronó la voz de Baraktaris—. Milord se quedará donde está.

El inglés lo miró con desprecio y luego volvió su vista hacia la española sonriéndole, mas esta parecía afligida.

—No te preocupes, cariño. He venido a buscarte.

La profesora clavó sus ojos en el aristócrata y este leyó en ellos el tormento por el que había pasado.

Spiros rio suavemente.

—¡Qué escena tan emotiva! Digna de un cuento. Aunque me temo que para salir de aquí su señoría deberá entregarme algo.

Henry hizo un gesto de displicencia.

—Suelta a la señora y tendrás lo que quieres.

Baraktaris volvió a reír.

—No estás en posición de exigir nada. Si quieres a tu amiguita, tendrás que darme primero lo que es mío.

El inglés miró a su interlocutor sin inmutarse y acto seguido extrajo una pequeña bolsa del zurrón que llevaba colgado. Luego lo agitó con suavidad.

—Aquí tienes lo que buscas. Ahora permite salir a la señora.

—Claro —dijo Spiros a la vez que hacía un gesto a Mirko para que se acercara al aristócrata—. Pero primero comprobaremos lo que hay dentro, ¿no te parece?

Henry vio como aquel hombre de aspecto simiesco se le aproximaba y lo miraba siniestramente.

—¿Me recuerdas? —le preguntó, acercándose aún más a él.

—Oh, por supuesto! No siempre se tiene oportunidad de coincidir con un homínido como tú.

Mirko pestañeó algo confundido. Él ignoraba lo que era un homínido, aunque tenía pensado de antemano lo que iba a hacer. Antes de que el inglés pudiera evitarlo, le lanzó un puñetazo al estómago que hizo que Henry se doblara de dolor, y acto seguido volvió a golpearle en el mentón derribándolo, en tanto Julia gritaba asustada.

Barry corrió hacia su amigo, pero Mirko se anticipó sujetándolo con una mano por el cuello para levantarlo como si fuera un pelele.

—Sé más gentil con el profesor —dijo Spiros divertido—. Esta noche necesitaremos de su concurso.

Mirko lo empujó de mala manera y luego cogió del suelo la bolsa que Henry les había mostrado; después le arrebató el zurrón, curioseando en su interior. Al energúmeno se le dibujó una sonrisa maliciosa mientras extraía un revólver.

—¡Vaya, esto sí que es una sorpresa! —exclamó Baraktaris al verlo—. ¿Qué pensabas hacer con él? ¿Tenías algo tramado?

—Vete al infierno —masculló Henry en tanto trataba de incorporarse.

—Creo que es el lugar más indicado para ti. Es posible que ya te estén esperando —señaló Spiros, lanzando una risotada.

Luego abrió la bolsa y su semblante se transfiguró al sacar el escarabeo. La luz de una de las lámparas situadas alrededor de la sala arrancó de sus preciosas alas destellos de inusitado fulgor.

—¡Es más hermoso de lo que imaginaba! —murmuró el griego con la voz quebrada por la emoción.

Después volvió a introducir su mano en la bolsa para extraer lo que parecía un papiro. Con evidente excitación se lo entregó a Forrester. El arqueólogo lo desenrolló con cuidado, estudiándolo durante unos instantes.

—Parece auténtico —dijo mientras trataba de traducir el texto.

Spiros miró a Henry entrecerrando los ojos.

—Este papiro estaba en el interior de una caja de ébano; supongo que la habrás traído, ¿verdad?

—No sé de qué caja me hablas. Tú me pediste el papiro, y eso es todo cuanto puedo ofrecerte —indicó Henry con su tono más glacial.

—Desde luego, eres un pirata, como todos los británicos. Habéis expoliado medio mundo y encima tenéis la desfachatez de exhibir las obras en vuestros museos. He de reconocer que tenéis una innegable habilidad para hacerlo.

El aristócrata hizo caso omiso a aquellos insultos.

—Ya tienes lo que querías; ahora la señora vendrá conmigo —dijo, invitando con su mano a Julia para que se le acercara.

Spiros se encogió de hombros mientras volvía a admirar el escarabeo.

—Después de lo que le has hecho, dudo que quiera algo de ti.

Henry frunció los labios sin decir nada, extendiendo sus brazos hacia ella.

Julia había asistido al desarrollo de aquella escena como hipnotizada. Sobrecogida por lo que había soportado, en su razón no había sitio más que para los malos presagios, pues resultaba imposible esperar un feliz desenlace de todo aquello. Ella había perdido la fe en todo, incluso en sí misma, sintiéndose extraña por momentos de su propia identidad.

Durante los últimos días había derramado las pocas lágrimas que le quedaban al pensar en lo que había hecho con su vida, sintiendo cómo le invadían la rabia y la amargura cada vez que la imagen de Henry acudía a su memoria.

Sin embargo, al verle entrar aquella noche en la cámara donde se encontraba, su corazón dio un vuelco, y todo el odio y el rencor que había alimentado durante los terribles días de aislamiento se desvanecieron como por ensalmo. Al mirarse de nuevo a los ojos y escuchar su nombre en sus labios, el pulso se le aceleró irremisiblemente, igual que le sucediera la primera vez que lo vio.

Él venía a reclamarla, y eso era cuanto le importaba; por ello, al verle caer derribado por aquel energúmeno, no pudo reprimir un grito de angustia, tal y como si el golpe lo hubiera recibido ella.

Ahora su caballero le tendía la mano desafiando a aquellos criminales, dispuesto a ofrecer la joya más espléndida por recuperarla. Julia notó como algo en lo más profundo de su ser explotaba para extenderse por todo su cuerpo, reconfortándola. Entonces salió corriendo al encuentro del hombre que amaba, abrazándole con todas sus fuerzas. Él le susurró al oído las más dulces palabras, suplicándole su perdón, mientras captaba todo su sufrimiento y el horror por el que había tenido que pasar.

—Es una escena llena de ternura. Vais a conseguir conmoverme —se mofó Baraktaris.

Henry se deshizo del abrazo con suavidad.

—Ahí tienes tus juguetes, Spiros. Por mí puedes jugar a ser Dios.

El aristócrata se giró dispuesto a marcharse, y entonces se escuchó el sonido inconfundible de un arma al amartillarla.

—No tan deprisa, amigo —dijo el griego con tono imperativo.

Henry se dio la vuelta y vio como los hombres del magnate les apuntaban con sus pistolas.

—Me temo que vuestra misión no haya concluido todavía. No conviene apresurarse.

—Nada nos queda por hacer aquí —contestó Henry conteniendo su ira.

—Eso será algo que yo decidiré.

Entonces hizo una seña al arqueólogo para que se aproximara con el papiro.

—El texto está escrito en hierático, y no entiendo bien lo que quiere decir, aunque parece un acertijo —dijo Forrester, señalando con un dedo las inscripciones.

Henry miró al griego con uno de sus habituales gestos burlones.

—Parece que tu plan se complica, ¿eh, Spiros?

Este lo fulminó con la mirada.

—Ya hemos perdido demasiado tiempo en estúpidas conversaciones. Estoy convencido de que conoces el valor que tiene el tiempo para un hombre como yo. Es lo único que no puedo controlar.

A renglón seguido hizo una leve seña a Mirko para que se encargara de Barry, y al punto lo trajo a empujones, de muy malas formas.

—¡Oiga! ¿Cómo se atreve? —protestó el profesor mientras aquel energúmeno lo zarandeaba.

—Ruego que lo disculpe —terció Spiros—. Mirko nunca se ha caracterizado por sus buenos modales.

—¡Pero esto es un atropello! ¡Resulta intolerable!

—Quizá tenga razón, aunque debo advertirle que no nos encontramos en su universidad. Aquí yo soy el rector, y usted dará una clase para mí.

—Eso ni lo sueñe —repuso el profesor con el rostro congestionado por la indignación.

—En tal caso, me veré obligado a prescindir definitivamente de uno de ustedes; por ejemplo, de la señora. Ella no me resulta ya de ninguna utilidad —a un ademán suyo, Mirko encañonó a Julia con su arma—. Está bien, mátala.

Barry se quedó lívido al ver como aquel individuo armaba su revólver.

—¡Está loco! —gritó apresurándose a interponerse entre Julia y el hombre dispuesto a ejecutarla.

—Me temo que sea usted el que esté a punto de perder la cabeza —señaló Baraktaris—. En todo caso, la decisión es suya.

Barry soltó un juramento y se llevó las manos a los cabellos con desesperación.

—De acuerdo —dijo, haciendo un gesto a Mirko para que bajara el arma—. ¿Qué quiere que haga?

—Su actitud me parece ahora más juiciosa —subrayó el griego en tanto ordenaba a Mirko que dejara de apuntarles—. Lo que necesito es simple: solo quiero que traduzca el papiro. Usted es una autoridad en el conocimiento del hierático y no le será difícil hacerlo. Por favor, aproxímese.

Barry se acercó y el arqueólogo le entregó el papiro.

—No hace falta —señaló el profesor rehusando con la mano—. Conozco el texto.

A Spiros se le iluminó el semblante.

—¡Magnífico! —exclamó—. Así no perderemos el tiempo, ya sabe lo valioso que me resulta.

—El manuscrito contiene dos partes bien diferenciadas —dijo el egiptólogo, sin ocultar su decepción—. La primera habla de lo que parece un acertijo, y la segunda es una advertencia.

—¿Qué clase de acertijo? —quiso saber Spiros.

—No tengo ni idea, las adivinanzas siempre fueron mi punto flaco.

Baraktaris lo miró malhumorado.

—¿Qué es lo que dice exactamente?

Barry lo repitió, pues se lo sabía de memoria:

Bajo la eterna custodia
del pilar y el replicante,
Osiris vigilará desde Oriente
aquello que Anubis guarda.

Spiros parpadeó desconcertado en tanto miraba a Forrester.

—¿Qué quiere decir?

—Tal y como el profesor nos adelantara, parece un acertijo —indicó el arqueólogo, acariciándose la barbilla—; aunque, personalmente, creo que puede que haga referencia al lugar donde posiblemente se encuentre el *Libro*.

—No sé... Debería estudiar esta cámara para intentar averiguarlo, aunque para ello necesitaré de varios días —apuntó Barry.

—Tiene usted diez minutos. Si no es capaz de hacerlo en ese tiempo, empezarán a ocurrir desgracias. Lamentablemente, estas serán irreparables.

Barry tragó saliva y volvió la cabeza hacia su amigo, que le sonrió dándole ánimos.

—Forrester, mi arqueólogo, le ayudará, si no tiene inconveniente —apuntó el griego.

Forrester se aproximó al profesor y cruzó con él una mirada de simpatía.

—Siento verle en esta situación, créame —le dijo en voz baja—. Intentaremos resolver el enigma para que puedan marcharse.

—¿Piensa en serio que el texto es un código con el que encontrar el *Libro de Thot*?

—Estoy convencido de ello, profesor. El papiro lo hallamos cerca de numerosos restos con el nombre del príncipe, y eso prueba su autenticidad. El libro debe de encontrarse en algún lugar de esta cámara.

Barry lo miró un instante y pareció reflexionar.

—Veamos, el acertijo habla de replicantes —dijo como para sí, en tanto buscaba con la vista las pequeñas figuritas—. ¿Ha encontrado algún *ushebti*? —preguntó a su colega.

—¿*Ushebtis*?... —Forrester lo miró pensativo—, claro —dijo sonriéndole—. Ya sé a lo que se refiere, venga conmigo.

Ambos se dirigieron hacia el sarcófago del príncipe. Junto a él había varias cajas que contenían pequeñas figuras de este tipo.

—Son las únicas que he visto, pero seguramente habrá muchas más —indicó el arqueólogo.

Barry miró en rededor en busca de algún pilar *djed* que le pudiera dar una pista, pero el suelo se hallaba repleto de objetos y enseres personales que habían pertenecido en vida al difunto.

—Esto no puede ser —dijo el profesor sacudiendo la cabeza.

—¡Le quedan cinco minutos! —oyó que le recordaba Spiros.

Barry hizo caso omiso de la advertencia e intentó concentrarse.

—¿Dónde queda el Este? —preguntó repentinamente. Forrester lo miró durante unos segundos, y al instante extrajo una pequeña brújula de uno de los bolsillos de su chaqueta.

—Ahí —dijo, señalando la pared situada a su espalda.

Barry dirigió su vista hacia donde le indicaban, en busca de alguna referencia al dios Osiris; mas, como ocurriera anteriormente, el suelo se encontraba cubierto de objetos pertenecientes al ajuar funerario.

El profesor se sentó unos instantes, tratando de dar significado a las palabras de aquel texto. Los elementos a los que hacía alusión no podían estar entre un amasijo de cestos, cajas o cerámica; la respuesta debía ser más sencilla.

Desde detrás, alguien le anunció que solo le quedaba un minuto. Barry miró hacia la pared que tenía enfrente, recorriéndola con ansiedad; entonces, casi por casualidad, lo vio.

El profesor dio un respingo a la vez que se levantaba

dirigiéndose hacia el muro. Allí estaba, no había duda; en ese momento lanzó una carcajada, golpeándose la frente con la mano por no haberse dado cuenta antes.

—¡Aquí está! —exclamó triunfalmente, mientras señalaba la pequeña figura que representaba al Señor del Más Allá, situada en el interior de un pequeño nicho en la pared.

Forrester se acercó presuroso.

—Es cierto —masculló.

Mas el profesor ya corría hacia el muro de la cámara orientado hacia el Norte.

—¡Fíjese! —volvió a exclamar sin poder dejar de sonreír—. ¡Es un *ushebti*!, y también se encuentra en un nicho.

Luego se dirigió a la pared situada enfrente para comprobar cómo en el interior de otra hornacina aparecía la figura de un pilar *djed*.

—¡Cómo no se me había ocurrido! —dijo enfervorizado—. La clave del texto son «los ladrillos mágicos».

Barry se puso a dar saltitos mientras cantaba una cancioncilla, entusiasmado por su descubrimiento.

—¿Ladrillos mágicos? ¿A qué se refiere? —preguntó Spiros presa de la excitación.

—Es un conjunto formado por cuatro ladrillos que se solían colocar en las paredes de las tumbas. Su función era la de proteger al difunto, y estaban dispuestos en los cuatro puntos cardinales. Cada uno solía tener una forma determinada, aunque esta podía variar, y durante la época del Imperio Nuevo fue frecuente colocarlos en el interior de nichos excavados en los muros de la cámara funeraria —explicó el arqueólogo.

—El texto lo decía con claridad —aseguró Barry—. Desde sus hornacinas situadas en las paredes Norte y Sur, el pilar y el replicante son custodios. Desde Oriente, Osiris vigila a Anubis; justo en el muro contrario.

Forrester se dirigió allí para comprobarlo.

—¡Es cierto! —exclamó, mostrando la figurita que representaba al dios con forma de chacal.

—Él es nuestra auténtica referencia —señaló Barry sin poder contenerse—. ¡Desde Oriente Osiris vigilará aquello que Anubis guarda! Magnífico.

Spiros se aproximó sin ocultar su euforia.

—¡Es usted un genio, profesor! Quizá debería pensar en emplearle —dijo lanzando una carcajada.

Acto seguido examinó el lugar.

—¡El *Libro* debe de estar enterrado junto a la pared en la que se halla la figura de Anubis! Vamos, debemos empezar a excavar. No hay tiempo que perder —exclamó exultante.

La cámara funeraria se convirtió en un lugar dominado por la expectación. Todos, sin excepción, observaban cómo el capataz egipcio enterraba su pala, conteniendo la respiración cada vez que extraía la tierra. Durante largos minutos, los allí presentes clavaron sus ojos en la herramienta, como hipnotizados, esperando que se produjera el milagro.

De repente, un ruido metálico les hizo sobresaltarse.

—Aquí hay algo, *effendi* —indicó el egipcio—. Parece de metal.

Spiros creyó que el corazón se le salía del pecho.

—Con cuidado, Ali —advirtió aquel—. El señor Forrester le ayudará.

Tras varios minutos de trabajo, quedó al descubierto lo que parecía la parte superior de un cofre.

—Es de hierro —señaló Forrester, golpeándolo suavemente.

—Cavad alrededor para poder sacarlo —ordenó Baraktaris jubiloso.

Con mano experta, ambos excavadores dejaron al descubierto en poco tiempo un cofre que enseguida extrajeron con sumo cuidado para ponerlo junto a la pared. Parecía muy antiguo y, tal y como habían adivinado, era de hierro.

Forrester lo examinó con atención.

—No contiene ninguna inscripción —dijo en voz alta—. Ni ningún cierre para poder abrirlo.

Spiros frunció el entrecejo.

—¡Espere! —exclamó casi al instante el arqueólogo—. Hay una hendidura en uno de sus lados que tiene forma de escarabajo alado.

Al griego se le iluminó el semblante.

—Quizá sea la forma de abrirlo —dijo mirando a Anna—. Dale el escarabeo.

La joven se lo entregó, y acto seguido el arqueólogo lo puso sobre la hendidura.

—¡Encaja perfectamente! —exclamó sorprendido.

Luego giró suavemente el cuerpo de la joya y, al instante, se escuchó un pequeño sonido metálico. De inmediato, la tapa del cofre se abrió.

—¡El escarabeo era una llave! —musitó Anna sorprendida.

Hubo un murmullo de expectación y Spiros pareció presa de un frenesí incontrolable.

—¡Dentro hay otro cofre! —dijo Forrester mirando al griego.

—Otro cofre... —masculló—. Está bien, habrá que sacarlo.

Extrajeron el nuevo cofre, que era de bronce, mas este no disponía de cerradura y podía abrirse con facilidad.

—¿Qué contiene? —preguntó Baraktaris con la ansiedad reflejada en el rostro.

Forrester sacudió la cabeza.

—Me temo que sea un nuevo cofre.

Spiros pareció desesperarse y miró a Barry, que se mantenía apartado en compañía de sus amigos.

—¿Qué significa esto, profesor? ¿Qué explicación tiene? Usted debe de saberlo.

—La que nos cuenta la leyenda. Según esta, el príncipe Neferkaptah encontró siete cofres, cada uno dentro de otro y en el último se hallaba el anhelado *Libro de Thot*.

Baraktaris tragó saliva con dificultad.

Henry y Barry se miraron un instante, y este último le sonrió extrañamente.

—Creo que todo ocurrirá según asegura la leyenda, amigo mío —susurró misteriosamente.

Tal y como había advertido el profesor, salieron a la luz los siete cofres. Tras el de bronce apareció uno de madera de sicómoro, luego otro de ébano, después uno de marfil, más tarde otro de plata y, por último, uno de resplandeciente oro. Al quedar expuesto a la luz, su fulgor iluminó aquella cámara de forma cegadora.

—¡Es una maravilla! —gritó Spiros sin poder contener por más tiempo su entusiasmo—. Apartaos, apartaos —ordenó con gesto imperioso.

Todos se hicieron a un lado y Baraktaris se arrodilló sobre la adorada joya.

—¡Este es el momento esperado! —exclamó eufórico—. Durante milenios, el hombre lo ha estado buscando infructuosamente y yo, Spiros Baraktaris, he sido el único capaz de encontrarlo.

A continuación, lanzó una carcajada que retumbó en la cripta de manera siniestra.

—Por fin el *Libro de Thot* está a punto de caer en mis

manos. Soy hijo de la Fortuna, y ella ha decidido que me equipare a los antiguos dioses.

Los dos ingleses, que observaban la escena impertérritos, se miraron de nuevo, y Barry esbozó otra sonrisa.

—Ha llegado mi hora —dijo Spiros con solemnidad.

Entonces, con manos temblorosas, el griego abrió con cuidado aquella tapa dorada que le separaba de la inmortalidad y, al hacerlo, un ruido espantoso se apoderó de la tumba, tal y como si miles de condenados gritaran al unísono su desesperación tras ser castigados por el tribunal de Osiris a permanecer durante toda la eternidad en el Infierno.

Sobrecogidos, todos los allí presentes se miraron sin poder comprender lo que pasaba; luego, apenas unos segundos después, aquel terrible lamento cesó por completo, dejando la cámara funeraria sumida en un extraño silencio.

Spiros pareció recuperar el aliento, ya nada le podía detener; ni siquiera un ejército de condenados que viniera en su busca para llevarle al inframundo sería capaz de contenerle. De nuevo sus manos asieron la tapa del cofre, y esta vez la abrió con decisión.

Entonces, ocurrió lo inesperado.

La diosa del Bajo Egipto surgió, súbitamente, como mensajera divina. En aquella hora de terribles blasfemias y sacrilegios, la enviada de los dioses se presentaba para hacer justicia con todo el poder que estos le habían conferido. Wadjet, representante del reino del Norte y del ojo izquierdo del dios Ra, deidad tutelar de los reyes de Egipto a quienes desde su corona defendía de sus enemigos, la gran protectora de los faraones, se alzaba con toda su majestad como el heraldo de la muerte.

Haciendo contener la respiración de cuantos se hallaban

presentes, la cobra se elevó desde el interior de su escondite hasta quedar situada a escasos centímetros de Spiros. Este la miró hipnotizado.

Era una serpiente enorme, de un tamaño inusual, a la que los destellos producidos por el cofre de donde había salido le daban un aspecto fantástico, como surgida de la antigua mitología. Sin embargo, no se trataba de una ilusión.

La cobra se balanceó sacudiéndose suavemente, tal y como si se desperezara de un milenario letargo. Su mera estampa infundía respeto, y al levantarse mostraba su vientre amarillento salpicado de dibujos negros, el mismo color con el que cubría el resto de su cuerpo. Con la majestuosidad de una diosa miró a su alrededor, observando durante algunos segundos el extraño cónclave que había venido a recibirla. Todos la contemplaban atemorizados, rindiéndole inconscientemente su pleitesía como soberana del Delta; la temían, y ella lo sabía.

Como si tomara conciencia de la situación, el reptil se agitó incómodo para volver a concentrarse en la persona que tenía delante. Su lengua bífida exploró durante unos segundos el aire que la rodeaba captando sus mensajes. Luego, sus extraños ojos se clavaron en los de Spiros, que la observaba petrificado.

—No se mueva, *effendi* —oyó que le decía su capataz—. Es mejor que permanezca quieto.

Spiros escuchó aquella advertencia como si le llegara desde un mundo remoto. Apenas podía desviar su vista de los ojos de aquella serpiente que parecía leerle el pensamiento. Su mirada lo atravesaba, demoledora, sin que pudiera ponerle resistencia. Era una sensación que nunca había experimentado en su vida y que le hacía parecer insignificante. No tenía explicación para ello, pero aquellos glaciales ojos le hacían ver dentro de sí mismo, mostrándole toda la maldad que encerraba.

En su infinita soberbia había pretendido convertirse en dios desafiando las leyes no escritas que jamás pueden ser transgredidas por los hombres. Había intentado alcanzar la completa sabiduría, equiparándose al que todo lo conoce, sin reparar en su naturaleza mortal.

En su mundana prepotencia, Spiros había despreciado las milenarias leyes que un día se escribieran en Egipto, insultando a sus dioses, que, aunque ya olvidados, un día rigieron los destinos de una civilización que se extendió durante tres mil años.

Sin embargo, su esencia aún se encontraba allí, impregnándolo todo. Desde sus remotos reinos del pasado, continuaban velando por su querido Kemet, el País de la Tierra Negra, a pesar de la perfidia de los hombres y su irreverencia.

Spiros fue consciente de todo aquello leyendo en su corazón. Toda su vida había sido una carrera en pos del poder sin importarle el precio que tuviera que pagar por ello, mas sin embargo...

Ahora su alma estaba tan negra como la noche que se cernía en el exterior. Era tan pesada que aliviarle de su carga hubiera supuesto para el griego tener que volver a nacer para así resarcirse de sus terribles pecados; una solución imposible que vino a confirmarle que su suerte estaba echada.

La cobra no le quitaba los ojos de encima, y él creyó verla sonreír en un rictus cargado de terrible determinación.

En una reacción desesperada, Baraktaris intentó balbucear algunas palabras.

—¡Matadla! ¡Disparadle! —reclamó amedrentado.

Mas allí no sonó ningún disparo.

Mirko hizo un acto reflejo levantando su arma, pero inmediatamente la mano de Anna se posó sobre su muñeca para mirarle después a los ojos.

—Su destino ya no nos pertenece —le dijo secamente.

Él la observó como anonadado, y acto seguido bajó la pistola, dando órdenes a los demás para que se mantuvieran quietos.

Entonces la cobra pareció levantarse un poco más todavía y su cuello se dilató desplegando su capilla y anunciando así la inminencia de su ataque. Spiros Baraktaris comprendió que debía prepararse, que su fin se hallaba próximo. Él ya estaba condenado, y su alma inclinaría la balanza. De nada serviría su poder en la tierra al enfrentarse al contrapeso; la pluma de la diosa Maat jamás podría equilibrar el fiel, y Ammit, «la devoradora de los muertos» considerados culpables por sus pecados, daría fin de él.

Todo ocurrió con la velocidad del pensamiento, pues Spiros ni siquiera la vio venir. Tan solo un dolor agudo, como el de un picotazo, y luego la sensación inequívoca de que la muerte fluía ya por sus venas.

El griego lanzó un alarido y se llevó las manos al cuello, el lugar donde la cobra le había clavado sus colmillos. Después se derrumbó en el suelo, presa de la desesperación.

La serpiente se volvió hacia el resto del grupo, mirándolos por última vez; acto seguido se echó a tierra y comenzó a reptar sinuosamente. Sin poder contenerse por más tiempo, los hombres de Spiros desenfundaron sus armas y se pusieron a disparar. Los proyectiles pasaron junto al negruzco cuerpo que serpenteaba tranquilamente ajeno a la furia de aquellos hombres que no eran capaces de acertarle. Al poco, la cobra alcanzó uno de los muros y desapareció por un agujero, perdiéndose de vista. Los allí presentes parecían sobrecogidos.

Ali, el capataz egipcio, fue el primero que acudió a socorrer al griego.

—*Effendi*, tranquilo, no se mueva —dijo intentando ver la herida.

Mas el griego se agarraba el cuello con una desesperación difícil de imaginar. La cobra que le había picado era descomunal, de un tamaño fuera de lo corriente en Egipto, un ejemplar único. Aquel reptil le había inyectado casi 350 miligramos de su veneno, una dosis mortal de necesidad, sobre todo al haberlo inoculado en su cuello. Tan solo 50 miligramos podían resultar letales, y la serpiente le había administrado siete veces esa cantidad. Cuando Ali pudo, al fin, ver la mordedura, supo que no había nada que hacer.

—Si le hubiera picado en alguna extremidad, podría tener posibilidades; pero ahí... Era una Naja Haje, no podemos hacer nada.

Todos se miraron un momento, como intentando asimilar lo que estaba ocurriendo. Spiros se moría y la situación tomaba una nueva dimensión.

Mientras Baraktaris yacía en el suelo presa de las primeras convulsiones, Anna alzó su voz amenazadoramente. La suerte se había puesto de su parte, inesperadamente, y ella no desaprovecharía el regalo que parecía dispuesto a ofrecerle el destino.

—Nosotros concluiremos la misión que nos trajo aquí —señaló elevando su tono—. Mirko, asegúrate de que se comportan como corresponde.

El brutal esbirro dirigió una de sus características sonrisas malignas a todos los allí presentes, y los situó seguidamente junto a los ingleses y la profesora. Luego ordenó a su acompañante habitual que los vigilase.

Anna sonrió satisfecha.

—Justo es que todo termine en las mismas manos en las que comenzó —dijo con suavidad.

Luego se aproximó hacia el cofre de oro, mientras Spiros daba muestras de sufrir una insuficiencia respiratoria debido al veneno neurotóxico que lo devoraba.

Impresionada por cuanto estaba ocurriendo, Julia tomó con fuerza la mano de Henry.

—Va a morir —susurró, horrorizada.

—Me temo que sí, querida —repuso Henry.

—Pero...

Hubo unos momentos de silencio y Barry reclamó su atención.

—¡Mirad! —exclamó en voz baja—. ¿No veis la luz que surge del cofre?

Sus amigos observaron con atención y vieron cómo, en efecto, del fondo de aquel misterioso cofre surgía una suave luz azulada, de una pureza desconocida para ellos.

—Dios mío, ¿qué es eso? —preguntó Julia.

—No conocemos ninguna palabra capaz de definirlo —respondió Barry, esbozando una sonrisa—. Pero yo creo que encierra la absoluta sabiduría.

Julia lo miró asombrada y luego dirigió su vista de nuevo hacia el cofre, justo para comprobar cómo el rostro de Anna parecía transfigurarse al inclinarse sobre él. Entonces, súbitamente, una voz tronó en la cripta, obligando a que todos volvieran sus cabezas.

—Tiren sus armas, caballeros. Por favor.

Desde la entrada de la cámara funeraria, Gamal Abdel Karim y dos de sus agentes les apuntaban con sus revólveres.

Gamal se encontraba en un estado de excitación próximo al colapso. Ahora entendía aquellas películas occidentales en las que los protagonistas sufrían infartos debidos al estrés, una palabra desconocida para él cuyo significado, sin embargo, había entendido perfectamente aquel día.

Su trepidante actividad durante toda la jornada no había podido terminar de forma más desagradable. Gamal se había visto obligado a cruzar una buena parte de la necrópolis de Saqqara en medio de la mayor tormenta de arena que recordaba haber visto en su vida.

Precisamente esa tarde había recibido una llamada del Departamento de Seguridad Nacional para advertirle de la necesidad de que actuara aquella misma noche.

—Todo deberá quedar resuelto esta noche a nuestra satisfacción, ¿comprende?

El comisario se había quedado de piedra, sobre todo por el significado que encerraban tales palabras. Nada debía trascender más allá de su departamento.

Durante toda la tarde había extremado la vigilancia en el Cementerio Septentrional. Con discreción, sus agentes habían seguido al vehículo en el que iba la profesora junto con sus secuestradores hasta la misma entrada de la tumba. Gamal había experimentado un indudable alivio al comprobar que la española continuaba con vida, congratulándose por haber tenido la serenidad suficiente de no haber intervenido con anterioridad para liberarla. Seguramente la mujer debía de haber soportado un gran sufrimiento, pero en breve todo se solucionaría y él lograría un triunfo completo al detener a toda la organización criminal en pleno; resolvería un caso sin precedentes y en la Seguridad Nacional lo recibirían con los brazos abiertos.

Pero atravesar la necrópolis había supuesto para su inmensa humanidad una prueba de consideración. La ventisca se ensañó con él de forma virulenta, azotándole sin compasión ni la menor consideración a su rango. Tan irrespetuoso trato le había irritado sobremanera, particularmente porque el polvo se le había introducido hasta en los calzoncillos, y eso era más de lo que podía soportar. Por todo ello, al hallarse por fin al abrigo de la tumba, había dado rienda suelta a su mal genio, propinando algunos cogotazos a los tipos que guardaban la entrada antes de detenerlos. Acto seguido, se había introducido por aquel corredor tan misteriosamente iluminado en compañía de varios agentes.

Sin lugar a dudas, todos aquellos buscadores de tesoros le resultaban de lo más extravagante y, sin temor a equivocarse, pensaba que deberían estar encerrados para así evitar a los verdaderos creyentes quebraderos de cabeza como los que estaba sufriendo. Resopló resignado mientras recorría con su mirada las milenarias paredes cubiertas de inscripciones que no comprendía y por las que tampoco sentía ningún interés.

Ahora todos aquellos individuos se encontraban reunidos en una especie de cónclave trascendental en el interior de alguna cámara.

«Je, je», se sonrió para sí. Finalmente, semejante atajo de criminales no sería capaz de salirse con la suya. Él, Gamal Abdel Karim, resultaría más listo que ellos, demostrándose una vez más lo difícil que era engañarle.

Las voces que venían de uno de los pasadizos laterales le condujeron hasta la puerta de la cámara funeraria. Allí, Gamal fue testigo de cuanto ocurrió, maravillándose de la estupidez que le demostraba aquella gente, así como de su falta de escrúpulos.

La escena protagonizada por la cobra lo dejó estupefacto, aunque se cuidara mucho de intervenir. Si aquellos rufianes eran incapaces de ayudar a su jefe, no sería él quien les enmendaría la plana; al fin y al cabo, las cobras también cumplían una labor beneficiosa.

Solo cuando vio el cariz que tomaba el asunto se dijo que era el momento de actuar, pues tampoco era cuestión de que murieran personas inocentes.

Acompañado por sus hombres, entró en la sala para acabar de una vez con aquello.

—He dicho que tiren sus armas —repitió el comisario con su habitual tono melifluo.

Mirko lanzó un rugido y, sin previo aviso, disparó contra los agentes mientras corría a refugiarse detrás de uno de los sarcófagos. Entonces Gamal le apuntó sin inmutarse, pegándole un tiro en una pierna. Mirko cayó al suelo gruñendo como una bestia en tanto se llevaba ambas manos a la herida.

—¿Alguien más quiere recibir un disparo? —preguntó el comisario.

Todos le miraron desde el suelo, donde se habían tirado al iniciarse el tiroteo.

—Bien, en ese caso tengan la bondad de levantarse —ordenó Gamal.

En aquel preciso momento la sala se llenó de un rumor sordo que hizo estremecerse a los allí reunidos. Parecía provenir de las mismas entrañas de la Tierra, produciendo extraños ecos en las paredes, igual que si estas estuvieran a punto de resquebrajarse; un sonido terrible, como de ira contenida, que fue tomando cuerpo hasta transformarse en vibraciones. Entonces, el suelo tembló.

Julia se aferró a Henry con todas sus fuerzas, mirándolo

con ansiedad, en tanto todos los presentes se observaban desconcertados.

Barry abrió los ojos desmesuradamente.

—Debemos salir de aquí cuanto antes —dijo a su amigo, presa de la excitación.

Este parecía tan sorprendido como todos los demás.

—¡Ahora lo entiendo, Henry, es la maldición! —exclamó tirando del brazo del aristócrata para que le acompañase—. Ya sé a quién se refería Khaemwase al hablar sobre el «heredero de los dioses». Este no es otro que Geb, la Tierra.

Henry lo miró confundido, en tanto los temblores se intensificaban.

—El príncipe aseguraba en su advertencia que la risa del «heredero de los dioses» estallaría para engullirlos a todos, ¿lo recuerdas? —señaló el profesor fuera de sí.

Henry asintió.

—«La risa de Geb» —gritó Barry para hacerse oír entre el estruendo—. Así es como los antiguos egipcios llamaban a los terremotos.

—Dios mío —murmuró el aristócrata, abandonando su habitual calma—. Esto va a venirse abajo.

Henry agarró con fuerza la mano de Julia y la obligó a seguirlo.

—Tenemos que abandonar este lugar de inmediato, comisario —gritó el inglés para hacerse oír—. Es un terremoto; si no lo hacemos, moriremos.

Gamal ordenó a todo el mundo que lo siguiera y salió por la puerta corriendo en compañía de sus hombres. En ese instante, el suelo comenzó a agrietarse.

—Vamos, deprisa —gritó Henry mientras abandonaba la sala junto a sus amigos.

El fantasmagórico corredor se llenó de voces y carreras

precipitadas en busca de la salida, en tanto difusas cortinas de polvo se desprendían del techo en medio de un bramido aterrador. La Tierra temblaba, y lo hacía con toda la ira que el príncipe Khaemwase vaticinara tres mil años atrás. Desde las profundidades de aquella tumba, Geb reía lanzando carcajadas que resultaban sobrenaturales mientras los hombres corrían con su vileza a cuestas intentando escapar a un destino que ellos mismos habían provocado.

Anna Orloff observaba extasiada la luz azulada que se desbordaba desde el precioso cofre. Ajena a estruendos y temblores, se empapaba de aquel mágico resplandor intentando comprender cuál era su prodigiosa fuente. Puso una mano sobre aquel haz y dibujó imaginarias figuras en el aire, como intentando adivinar la naturaleza de semejante milagro. Luego se asomó al interior de aquel arcón y vio un papiro enrollado descansando en el fondo, del que parecía surgir toda aquella claridad. Al verlo, apenas pudo reprimir una exclamación, pues jamás había contemplado nada semejante.

«¡Es el *Libro de Thot*!», se dijo como hechizada. «¡El *Libro de Thot*!»

Acto seguido el suelo se agrietó aún más junto a ella, y Anna regresó de la abstracción en la que se encontraba. Debía irse de aquella misteriosa cámara antes de que esta la atrapara.

La joven cerró el cofre y salió corriendo hacia la puerta; en ese momento vio como Mirko imploraba su ayuda desde el suelo.

—Sácame de aquí, seré tu esclavo para siempre —suplicaba.

Anna lo miró con gesto inexpresivo, reparando en el cuerpo de Spiros Baraktaris tendido sin vida cerca de él.

—No quiero esclavos, Mirko. Lo siento, no puedo ayudarte.

Acto seguido abandonaba la sala y se precipitaba hacia el

pasadizo que la debía conducir hacia la salvación. Con el dorado cofre sujeto entre las manos, la joven trataba de correr con toda la velocidad que le permitían sus largas piernas. Mas el arca pesaba demasiado como para poder avanzar con la rapidez que hubiera deseado, haciéndole padecer de angustia.

A sus espaldas, la rusa escuchaba el sonido producido por las grietas sobre los muros, y cómo el techo se derrumbaba en algún lugar del sepulcro. Ella se apresuraba cuanto podía, pero le era imposible ir más deprisa. Entonces, del fondo de aquel interminable corredor, pareció surgir una figura que le daba ánimos.

La joven reconoció en ella a Henry, que desde la entrada de la tumba le hacía gestos inequívocos para que dejara el arcón y así poder salvarse. Pero ella continuó aferrándose a él como al mayor de los tesoros; la salida se encontraba cerca, y su desmedida ambición le hacía resistirse a tener que abandonarlo.

Mas eran tan sobrecogedores los temblores que la rodeaban que, finalmente, no tuvo más remedio que reconsiderar su postura, y Anna se detuvo un instante para abrir el cofre de oro. Después, introdujo una mano en él y extrajo el precioso papiro, abandonando seguidamente el arcón en el suelo para volver a emprender de nuevo su carrera.

Sin embargo, no había dado el primer paso cuando un terrible estruendo se apoderó de la tumba. El corredor se llenó con el estrepitoso fragor producido por los derrumbes, y entonces el aire se saturó de espesas capas de arena que le impedían respirar. Fue en ese momento cuando en el pasadizo resonó un espeluznante alarido, y el suelo se abrió bajo sus pies.

Anna Orloff apenas tardó un segundo en comprender que la Tierra se la tragaba; Geb la engullía finalmente, tal y como había predicho el milenario papiro. En su caída hacia el inframundo, la joven creyó escuchar una risa espantosa; luego todo terminó.

Desde la entrada de la tumba, Henry asistió demudado al desenlace de aquella tragedia. La Tierra se había abierto despiadadamente en la peor de las venganzas o, simplemente, para reclamar lo que era suyo.

Nunca lo sabría, aunque al menos viviría para intentar encontrarle alguna explicación, por disparatada que esta pudiera ser.

Bajo las pequeñas ráfagas de viento que todavía soplaban, Henry estrechó a Julia entre sus brazos para sentirla parte de él. Luego, cuando deshizo el abrazo, se encontró con la oronda figura de Gamal que les observaba, mientras sus agentes se llevaban a los hombres de Spiros.

El comisario se le acercó para darle unas palmaditas en la espalda.

—Ahora todo ha quedado aclarado, milord. Espero que disfrute de su estancia en Egipto.

El vendaval casi había amainado, y Henry no necesitó protegerse de él para mirar a Gamal, esbozando uno de sus característicos gestos burlones.

—Es un país estupendo —dijo el inglés exagerando su acento—, y muy tranquilo.

Gamal Abdel Karim lanzó una carcajada, y volvió a dar unas palmadas cariñosas al aristócrata. Este volvió su mirada hacia sus amigos y juntos observaron la necrópolis.

Allí la tierra extendía una alfombra cubierta por el espeso manto del polvo milenario, y ellos siempre formarían parte de él.

21

El barco se mecía suavemente al resguardo de la corriente del río. La brisa del atardecer traía indescifrables mensajes desde el lejano Norte, saturando el ambiente de delicados perfumes. A aquel céfiro los antiguos egipcios lo llamaban «el aliento de Amón», el hálito divino encargado de paliar, en parte, los rigores del ardiente sol de Egipto. Su frescor resultaba delicioso e invitaba a abandonarse cerrando los ojos para intentar averiguar lo que traía escrito.

Todos los olores del milenario País del Nilo estaban en él, y resultaba fácil embriagarse de ellos, dejándose llevar de su mano hasta un lejano pasado que parecía renacer.

Julia se dejó envolver por todas aquellas sensaciones que la hacían flotar, libre de cualquier prejuicio mundano o preocupación. Por primera vez en su vida se sentía feliz, sin ninguna sombra que amenazara su espíritu, tal y como si se hubiera liberado de su naturaleza material.

Aspiró con fruición aquel aire y luego abrió sus ojos para ver el atardecer. El sol se ponía por entre los palmerales de la otra orilla, recortando sus exóticas siluetas como si se tratara de ilusiones. Todo aquel paisaje era una fantasía, pues parecía formar parte de un tiempo ya casi olvidado. Sin embargo, era real, y transmitía la verdadera esencia de la gloriosa civilización que un día cobijara.

Aquel era el Alto Egipto, tierra de faraones guerreros y príncipes orgullosos que un día extendieron su poder por todo el mundo conocido. Mirando los márgenes del río, resultaba fácil imaginarse aquella época. Las mismas casas de adobe, los palomares, los hombres trabajando los campos o arreando el ganado, los niños, semidesnudos, bañándose alegremente en las orillas; allí el tiempo parecía haberse detenido, como si el Nilo impusiera sus leyes inmutables. Quizá su naturaleza continuara siendo sagrada, o puede que el dios Hapy, el señor de sus aguas, habitara en él todavía aunque nadie ya lo creyese.

Durante una semana, Julia había recorrido aquel río en compañía del hombre al que amaba. A bordo de una *dahabiyya* habían navegado desde Asuán hasta Abydos disfrutando, como dos enamorados, de las maravillas que aquella tierra les ofrecía con magnanimidad.

El legado de una cultura milenaria, sus grandiosos monumentos, el espectáculo de lo inconcebible. Al caminar entre sus altivas ruinas, Julia tuvo el convencimiento de hallarse ante una civilización de gigantes, de hombres y mujeres sin parangón, capaces de dar vida a los mitos de sus ancestrales dioses.

Ella estaba conmovida, y sentía que todo aquel universo le había impreso un sello indeleble que llevaría el resto de sus días, acompañándola dondequiera que fuese.

Julia recordaría aquella última semana como el colofón a una aventura que la había hecho cambiar por completo, tal y como si hubiera vuelto a nacer. Henry había insistido en mostrarle la otra cara de Egipto y recorrer el Nilo como si fueran dos turistas más. Para ello, su amigo Sayed se había brindado a prestarles su lujosa *dahabiyya*, una embarcación de vela tradicional de cinco camarotes, con la tripulación incluida y un servicio digno de reyes; así la pareja podría navegar el río deteniéndose donde decidieran, disfrutando de un crucero memorable.

Julia había dicho adiós a Barry con los ojos velados por las lágrimas y un abrazo cargado de sentimiento.

—Espero que sea solo un hasta pronto, querida colega —le había respondido el profesor con la voz quebrada—. Una aventura como esta bien merece una celebración.

—Pero esta vez será en Madrid, y correrá de mi cuenta —le había dicho Julia.

—¡Oh, espléndido! La comida española es mi preferida, y vuestros vinos, un néctar divino —había asegurado Barry suspirando—. Ya estoy deseando que llegue el momento, y espero que, en esta ocasión, su señoría no nos meta en nuevos problemas.

Como de costumbre, Henry le había sonreído burlonamente.

—Te veré pronto, amigo mío. Cuídate.

Después de despedirse emocionadamente de Barry, Julia y Henry se embarcaron en el *Dyehuti*, nombre con el que estaba bautizada la embarcación, para iniciar la última singladura de su increíble aventura.

Al enterarse del significado del nombre del barco, la pareja tuvo la sensación de que, en cierto modo, nunca podrían librarse del influjo del antiguo dios de la sabiduría, pues Dyehuti era el modo en que los egipcios denominaban a Thot, que es su traducción griega.

Mas el barco resultó un regalo para los sentidos, un lugar donde abandonarse y poder leerse el alma durante las interminables noches de pasión. En la toldilla de la pequeña embarcación, a la luz de las velas, Henry le declaró su amor mientras la música de Antonio Carlos Jobim les envolvía suavemente con una de sus famosas bossanovas. Las manos del aristócrata se entrelazaban con firmeza a las suyas transmitiéndole lo que sentía por ella, a la vez que le aseguraban que su vida empezaba en ese momento. Igual que ella, Henry había nacido de nuevo; una ancestral leyenda les había dado el hálito de la vida para unirles bajo el cielo de Egipto, y esa unión resultaría inquebrantable.

Tendida junto a su enamorado, Julia observaba cómo la luz de la luna entraba por la ventana del camarote, iluminándolo con sus infinitos hilos de plata. Aquella noche parecían haber sido tejidos por los mágicos dedos de Isis, pues al bañar sus cuerpos desnudos, la luz creaba un efecto ilusorio que hacíales parecer figuras bruñidas creadas por las propias manos de la diosa.

Todavía jadeante después de haber sido amada por aquel hombre, Julia acariciaba el vello de su pecho enredando suavemente las yemas de sus dedos en él a la vez que creaba dibujos indefinidos.

Henry parecía dormido, y aquella luz fantasmal que la noche les regalaba perfilaba sus rasgos dándole la apariencia de un ser intangible, lejano a toda realidad. Sin embargo se encontraba allí, a su lado, y ella no lo dejaría marchar jamás.

Mientras escuchaba su respiración acompasada, le vino fugazmente a la memoria la imagen de Juan. Era una figura surgida de un pasado en el que ella ya no estaba. Sus propios hijos le resultaban unos extraños cuyo egoísmo ya no la sojuzgaba. Ella siempre los querría, pero habrían de aprender a recorrer sus caminos por sí mismos, pues a la postre su vida solo les pertenecería a ellos.

El suyo propio tomaba derroteros insospechados, mas no sentía ningún temor en iniciar la marcha. Se sentía feliz como nunca, y ligera de equipaje para emprenderlo. Henry era el amor de su vida, estaba segura, y eso era todo cuanto le importaba.

Aquella imagen de su marido no era más que la conclusión de una historia que había muerto hacía ya mucho tiempo, aunque ella misma se hubiera resistido a reconocerlo. No había culpables en aquella ruptura, simplemente, la vida tenía sus propios planteamientos, independientemente de no haberse dado cuenta de ello.

Suspiró sin sentir pesar y volvió a observar la luna. Estaba pletórica, elevándose sobre los frondosos palmerales a los que envolvía con un aire enigmático. Ahora su luz alumbraba el mobiliario situado justo enfrente de ella. Sobre uno de los sillones, ella reconoció el zurrón que su enamorado solía llevar habitualmente. Le pareció que brillaba inusualmente para tratarse de una bolsa de cuero, y eso llamó su atención.

Se levantó con cuidado y se aproximó hacia él. La solapa del zurrón se hallaba entreabierta, y de su interior parecía surgir un objeto que era el que provocaba aquel inusitado fulgor. Ella abrió un poco más el morral y, entonces, se quedó petrificada.

Julia no podía dar crédito a lo que veía y, sin embargo...

Ante sus ojos, y bañado por la pálida luz de la luna, el escarabeo brillaba tal y como si tuviera vida propia, espléndido.

Estupefacta, la española se sentó en la cama mientras su mirada se perdía por entre las aguas del río. Era increíble. ¿Cómo había podido hacerse de nuevo con él?

Entonces repasó los terribles momentos vividos en la tumba.

Tras abrir el primer cofre con el escarabeo, este quedó sobre el piso, sin duda olvidado debido a la excitación que se desató. Luego, cuando ocurrió el tiroteo y todos se tiraron al suelo, Henry debió de apoderarse de él con la habilidad que le caracterizaba.

Julia parpadeó asombrada y de repente sintió deseos de reír. Aquel hombre resultaba verdaderamente obstinado. Era como un niño incorregible que, de uno u otro modo, siempre acababa por conseguir lo que quería. Finalmente, lord Bronsbury se había hecho con el escarabeo que tanto deseara desde el primer momento, obteniendo a su vez la preciosa caja de ébano y marfil en la que se guardaba el papiro.

Ella sonrió sin poder evitarlo, alegrándose en cierto modo de que todo hubiera acabado así. Aquel escarabeo había servido para que sus caminos se encontraran, uniéndolos para siempre, y ahora lo acompañaría como el mejor de los amuletos, envolviéndolos con su magia de otro tiempo.

La luna rielaba ya sobre las aguas del Nilo formando una pátina plateada que la hacía asemejarse a un espejo. A él se asomaba el misterioso satélite y la miríada de luceros que la acompañaban. El vientre de la diosa Nut se hallaba aquella noche abarrotado de ellos, mostrando así su generosidad para quien quisiera contemplarlo.

Julia se asomó un momento a la ventana y se empapó de aquel ensalmo, luego regresó a la cama y se acurrucó junto a su amor. Este roncaba suavemente, como si se encontrara en un sueño profundo, pero ella no se inmutó.

Siempre le había molestado el hecho de que su marido

roncara, pues le parecía insoportable, sin embargo, ahora todo era diferente. Henry roncaba a su lado y a ella poco le importaba, pues empezaban a pesarle los párpados. El sueño se apoderó de ella y Julia se durmió abrazada a Henry, feliz de poder amarle durante toda su vida.

22

Un ronquido más potente que los habituales le hizo sobresaltarse. Jadeante, Julia se incorporó en la cama presa de extraños presentimientos, totalmente desorientada.

En su confusa percepción de cuanto la rodeaba, observó el tenue haz de luz que, desde el exterior, pugnaba por abrirse paso entre las gruesas cortinas, y a su derecha el reloj de su mesilla de noche, que le indicaba que ya era hora de levantarse.

Se llevó las manos al rostro intentando convencerse de lo inconcebible. Era la antología del absurdo hecho sueño, lo insólito, lo inverosímil.

En aquel momento un nuevo ronquido vino a sacarla de sus vacilaciones. De inmediato miró a su lado y vio como Juan, su marido, dormía a pierna suelta ofreciéndole una de sus habituales sinfonías.

Ella ahogó un grito y de inmediato se tocó el camisón. Este se encontraba empapado, como si hubiera sudado un fuerte resfriado. Entonces se llevó las manos a sus partes más íntimas; se sintió mojada, y con la sensación de haber hecho el amor durante toda la noche, pero...

No era posible. Aquello no tenía sentido. Solo era un sueño. En realidad ella se encontraba muy lejos de allí...

El ruido de una puerta al cerrarse le hizo volver a considerar su situación. Era la puerta de su casa, y alguien había entrado en ella.

Julia volvió a esconder el rostro entre sus manos, intentando arrojar un poco de luz a su razón. Mas esta se negaba a admitir lo que sus sentidos le decían. Aquella era la habitación de su casa, y quien dormía junto a ella no era ningún hombre llamado Henry, sino Juan, su marido.

Presa de la excitación, Julia se puso su bata y salió del dormitorio, tal y como si buscara un camino que la llevara de nuevo a aquel barco. Sin saber muy bien por dónde iba, entró en la cocina justo en el momento en el que su hija se preparaba un café.

—Hola, mamá, ¿quieres que haga uno para ti?

Julia negó con la cabeza con el rostro demudado, como si todavía se encontrara a más de tres mil kilómetros de distancia.

—¿Te ocurre algo, mamá? —le preguntó su hija al ver su expresión.

Julia no fue capaz de decir nada, tan solo se sentó mientras negaba con la cabeza.

—Por si lo quieres saber, esta noche vi a Juanito. Estaba con sus amigos en la misma discoteca que nosotros; no creo que tarde mucho en llegar.

Julia levantó el rostro hacia su hija y la miró como embobada.

—¿De verdad que te encuentras bien?

Julia volvió a pasarse las manos por la cara y luego parpadeó repetidamente.

—No te preocupes, Aurora, estoy bien. Voy a ducharme, hoy quiero desayunar en la calle.

Julia salió de su casa sin saber muy bien lo que sería de ella. Era una mañana de sábado, de finales de abril, y el día lucía espléndido, colmado por el generoso regalo que le otorgaba la primavera.

Caminó hacia una cafetería cercana y pidió un café con leche mientras se sentaba en una de las mesas situadas junto a las cristaleras que daban a la acera. La gente iba y venía por ella, pero Julia era incapaz de verla.

En tanto removía el azúcar en la taza, la profesora trató de poner algo de cordura en aquella suerte de enajenación que se había apoderado de ella. Todo había sido un sueño, un sueño increíble, sin duda, pero a la postre solo eso; una fantasía para recordar, o acaso un espejismo.

Julia se tomó el café y sintió que un sordo malestar agitaba su conciencia. ¿Quién era en realidad? Ella conocía muy bien la frustración que había sentido al regresar de su ensueño y no podía engañarse. ¿Cómo podía haber deseado traicionar a los suyos? ¿Cómo era posible?

Se sintió avergonzada, y también desorientada. Ella había sido infiel a su marido con otro hombre, y lo peor de todo era que la imagen de este se encontraba tan nítida en su cabeza como si lo hubiera visto hacía apenas unas horas aunque solo se tratara de un sueño.

Sin embargo, se resistía a pensar que hubiera sido así; era imposible. En su mente todo parecía tan real que se sentía ajena al lugar en el que se encontraba. Como si se tratara de una extraña en su propia vida.

Abandonó la cafetería y se dirigió hacia el parque del Retiro, por el que tanto le gustaba pasear. Mas en aquella mañana Julia era incapaz de apreciar su colorido, ni de aspirar los aromas que en él dejaba la primavera. Simplemente lo atravesó cual si fuera una autómata, tratando de buscar una razón que la devolviera de nuevo a la auténtica realidad.

Entonces tuvo una idea, y al instante su pulso se le aceleró irremediablemente. Avivando el paso, Julia se encaminó hacia aquella calle tranquila que confluía en una de las vías más importantes del barrio. Cuando torció hacia ella, pensó que el corazón se le saldría del pecho sin que pudiera hacer nada por evitarlo. Casi a la carrera, recorrió los últimos metros que la separaban del lugar donde soñó que se encontraba la galería de arte. Sin embargo, los grandes escaparates se hallaban tapizados de papel marrón y en el cristal de la puerta había un cartel en el que se anunciaba el traspaso del local.

Julia intentó buscar algún rótulo en el que todavía pudiera leerse el nombre del establecimiento, pero no encontró nada, ni siquiera alguna referencia que le indicase que allí había habido una sala de subastas.

Decepcionada, se apoyó en la pared, junto a la puerta de entrada, y entonces esta se abrió y unos hombres enfundados en monos de trabajo salieron de su interior.

—Buenos días, señora —dijeron mientras sacaban unas cajas de embalaje.

Julia reparó entonces en la furgoneta aparcada en la misma puerta, en la que introducían la mercancía.

Sin perder un instante, la profesora se acercó a los trabajadores.

—Disculpen, ¿podrían decirme si en este establecimiento existía una sala de subastas?

Los operarios se miraron con cara de no tener ni idea de lo que les preguntaban.

—Mire, señora, no sabríamos decirle. Nosotros solo hemos venido a por unas cajas que había que recoger, las últimas que quedaban, contienen ordenadores y material informático.

Julia se les quedó mirando pensativa.

—Nos han pedido que las llevemos a un almacén, pero poco más podemos indicarle. Creo que se trata de un traslado. Al parecer, la encargada las recogerá más adelante.

Los trabajadores terminaron de cargar las cajas y cerraron el portón trasero. Luego se subieron en el vehículo y arrancaron el motor.

—Aguarden —gritó Julia, aproximándose al conductor.

Este la miró con extrañeza.

—¿Dice usted que una señora será la encargada de retirar las cajas?

—Sí. Es una señorita, rubia por más señas.

Julia se sobresaltó.

—¿Podría ser tan amable de entregarle esto? —dijo dándole una de sus tarjetas de visita.

—Bueno, señora, yo...

—Si lo hace, le quedaría eternamente agradecida —señaló con gesto suplicante.

—Está bien, señora —repuso el conductor sonriéndole—. A una mujer tan guapa como usted no puedo negarle lo que me pida.

Los días pasaron con la monotonía propia de los tiempos pasados. Julia se refugió en sus clases de la universidad, volviendo a su lucha diaria por conseguir que su hijo Juanito sentara la cabeza. La vida en su matrimonio transcurrió como de costumbre, con su marido viajando frecuentemente y, en todo caso, siempre cansado.

Una tarde quedó con su amiga Pilar y no pudo evitar contarle lo que le había pasado. A fin de cuentas, necesitaba desahogarse de alguna forma, aunque solo fuera para hacer partícipe a alguien de su locura.

—No me extraña que estés así —exclamó Pilar al escuchar el relato—. Yo en tu caso ya me habría tirado por la ventana.

—Qué exagerada eres.

—Ay, hija, qué quieres. Menuda historia. Solo de oírla me ha subido la libido.

Julia lanzó una carcajada.

—Por un hombre como ese, yo sería capaz de cualquier cosa.

—Yo me olvidé de los míos —apuntó Julia sin ocultar su pesar.

—Yo en tu lugar los hubiera empaquetado a todos juntos y los habría mandado al Nepal. Menuda bicoca, y hasta tenía un avión privado.

—Qué cosas dices, mujer.

—Sí, sí. Lo malo es que uno como ese no se presenta así como así. Aunque tendrás que ir haciéndote a la idea de que lo tuyo con Juan tiene poco futuro; a no ser que quieras acabar amargada.

Se despidieron como siempre, con las sabidas recomendaciones de Pilar para que se liberara. Julia le dio un par de besos y luego se fue caminando a su casa.

Atardecía, y la temperatura resultaba deliciosa, quizás un poco alta para aquella época del año. Sin embargo, Julia parecía más animada. Caminaba por las calles disfrutando de cuanto veía, convenciéndose de que, al fin y al cabo, aquella era su verdadera vida, con la que debía convivir a diario. Era un presente demasiado valioso para desperdiciarlo amargándose por culpa de infantiles entelequias y sueños imposibles. Su esposo llevaba junto a ella toda su vida y era con él con quien debía disfrutar de aquel maravilloso regalo. Era necesario que ambos dieran un giro al rumbo de sus vidas para volver a unirlas en un mismo camino en el que pudieran ser felices.

Ella, al menos, estaba dispuesta a luchar por ello.

Más confortada, Julia entró en el portal de su casa tarareando una cancioncilla. Suspirando, se aproximó al buzón de correo y abrió su pequeña puerta. Había tres cartas en su interior, y una de ellas le produjo un extraño presentimiento. Lentamente, se dirigió hacia el ascensor mientras abría el sobre con dedos temblorosos; dentro había una tarjeta que enseguida reconoció:

La firma de anticuarios Orloff se complace en invitarle a la subasta que se celebrará en su sala el próximo viernes, día 27 de abril, a las 20 horas.

ANNA ORLOFF

Julia guardó de nuevo la invitación en el sobre y luego lo oprimió contra su pecho emocionada.

¿Qué estaba ocurriendo? ¿Acaso se trataba de alguna suerte de encantamiento?

Las puertas del ascensor se abrieron y la luz de su interior se desparramó por el portal, languideciendo. Entonces, el rostro de Julia esbozó la más enigmática de las sonrisas, como nadie recordaba haberla visto nunca, surgida quizá de lo más profundo de un sueño milenario; ¿o acaso no era un sueño?

Epílogo

La historia relatada en esta obra es ficticia. Tanto la trama como la mayor parte de los personajes son fruto exclusivamente de la imaginación del autor. No obstante, algunos de los nombres que se citan en la novela existen en la realidad, y han sido utilizados con el único propósito de crear en torno al argumento la mayor verosimilitud posible.

Así, por ejemplo, el doctor Zahi Hawass y la doctora Wafaa desempeñan los cargos que aquí se les atribuyen, y sir Derek Plumbly ejerce las funciones de embajador del Reino Unido en Egipto, tal y como se relata en la obra.

Asimismo, los escenarios que se narran en la acción también son ciertos. Tanto las descripciones de la ciudad de El Cairo como los lugares a los que se hace referencia tratan de ajustarse a la realidad lo más escrupulosamente posible. El Traveller Club, el Khan-al-Khalili, el Museo Egipcio, sus sótanos, el hotel Four Seasons, la Ciudad de los Muertos, el pueblo de Shabramant, Abusir, Saqqara, Egipto...; todos han sido detallados tal y como el autor los conoce.

Igualmente, todas las instituciones a las que se hace mención han intentado ser recreadas lo más fielmente posible, y siempre con el máximo respeto por parte del autor, en cuyo ánimo nunca ha existido otra intención que no fuera la de su reconocimiento.

En cuanto a la hermandad conocida como Los Hombres de Negro, son muchos los que a través de los siglos han creído en su existencia, empezando por el propio Jacques Bergier, como ha quedado reflejado en la obra. Indudablemente, la existencia de dicha hermandad nunca ha podido ser demostrada fehacientemente, por lo que el autor se limita a hacerse eco de su propio misterio, dejando que el lector extraiga sus propias conclusiones.

No obstante, la leyenda del *Libro de Thot* existe, y es tan antigua como la propia civilización del Valle del Nilo, aunque el cuento en el que se narran las aventuras del príncipe Neferkaptah y las de los dos hijos de Ramsés II, Khaemwase y Anhurerau, fuera escrito durante el período Ptolemaico. La narración que el autor hace de este relato también intenta ajustarse a él con rigor, aunque, obviamente, se utilice como parte del argumento de esta novela.

Muchos han sido los que, a través de los siglos, se han sentido atraídos por la leyenda de Neferkaptah y el enigmático *Libro de Thot*. Sin embargo, la tumba del príncipe nunca se encontró, y el misterioso papiro, de existir, continúa perdido.

Madrid, noviembre de 2007

Índice